U0599324

中国古代散文研究论丛

（2012）

谢飘云　马茂军　刘　涛　主编

中国出版集团
世界图书出版公司
广州·上海·西安·北京

图书在版编目(CIP)数据

中国古代散文研究论丛.2012/谢飘云,马茂军,刘涛主编.—广州:世界图书出版广东有限公司,2013.8
ISBN 978-7-5100-6796-9

Ⅰ.①中… Ⅱ.①谢… ②马… ③刘… Ⅲ.①古典散文—古典文学研究—中国—文集 Ⅳ.①I207.62-53

中国版本图书馆 CIP 数据核字(2013)第 185725 号

中国古代散文研究论丛(2012)

责任编辑 孔令钢
出版发行 世界图书出版广东有限公司
地　　址 广州市新港西路大江冲 25 号
http://www.gdst.com.cn
印　　刷 北京振兴源印务有限公司
规　　格 889mm×1194mm 1/16
印　　张 25
字　　数 764 千
版　　次 2013 年 8 月第 1 版 2013 年 8 月第 1 次印刷
ISBN 978-7-5100-6796-9/I·0278
定　　价 68.00 元

目　录

文学史、文学理论

先　唐

唐　宋

元明清、近代

赠序的流美与妙用

——朝鲜女子金三宜堂赠序7篇书后

曹 虹

（南京大学文学院）

内容摘要：赠序作为古文中之一体，发生于送行临别之际，有其社交功能，多为男性间的文字应酬，故赠序立体的道义原则，诚如姚鼐所概括，贵在“致敬爱、陈忠告之谊”。但明清女性不乏染指此体者，可见这一文类在女性生活与审美活动中亦产生妙用。作为此体源远流长的一种样本，海东李朝女子金三宜堂《三宜堂稿》中存有赠序7篇。她将此体灵活运用于家人之间，一方面积极敦善劝义，適合于中国文体学家的经典定义；另一方面不乏颖秀之才，反映出对汉文化传统的浸润之深。将文体学史置于汉文化圈视野下，既可以了解文体写作传统向域外的播衍，又可以反观中国经典文本生生不息的影响力。

关键词：金三宜堂 赠序 汉文化圈

就中国文体发展的常态而言，文体的成熟，意味着一定的体制规范之形成，这往往与相关作家作品的经典化互相催生。就赠序体而言，韩愈之所以享有最具典范性的地位，就基于他适时地提升了赠序的人际酬酢之道义与审美功能。此体在意境与机轴上的技艺难度，还不妨拿来一验作者笔力。后世在此体上表现出审美创造力的作家不可谓不多，但一向受关注的，自然是社交生活较为丰富的男性。女性从事此体的创作状况，往往鲜有发掘与论列，更勿论求之海外，将汉文化圈视为整体而观察文体的流美与妙用。李朝时期女子金三宜堂汉诗文集《三宜堂稿》中，竟存有赠序7篇，其写作理念与审美笔力反映出对汉文化传统浸润之深。

一、以女性而写赠序

赠序为古文之一体，其成立与繁荣的历程可溯自六朝及唐代。诚如曾国藩《易问斋之母寿诗序》云：“古者以言相赠处，至六朝、唐人，朋知分割，为饯送诗，动累卷帙，于是别为序以冠其端。”[①]由饯别或送行诗前“冠其端”的诗序，变而为独以序为篇的体制，从而增衍出一种新的文类。清代文体学大师姚鼐《古文辞类纂》录有“赠序类”，并将其文体名义的成熟定在初唐：“唐初赠人始以序名，作者亦众。至于昌黎，乃得古人之意，其文冠绝前后作者。”[②]因古文家韩愈等人的典范性影响，赠序吸引才士的创作能量，推动着这种体式从诗歌的附属品晋升为富有诗性的古文专类。

随着赠序类的盛行，前贤也尝试考察其撰作特点。为了说明构成其体貌的要素，宋明文体学家已作相关归纳。如明代吴讷《文章辨体》“序”条云：“东莱云：‘凡序文籍，当序作者之意；如赠送燕集等作，又当随事以序其实也。’大抵序事之文，以次第其语、善叙事理为上。近世应用，惟赠送为盛。当取

---

① 曾国藩：《曾国藩诗文集》，上海古籍出版社2005年版，第161页。

② 姚鼐：《古文辞类纂·序目》，载《续修四库全书》（第1609册）影印清道光元年合河康氏家塾刻本，第314页。

法昌黎韩子诸作，庶为有得古人赠言之义，而无枉己循人之失也。”①在吕祖谦看来，赠序类与序跋类都需依随一个特定意态或事态来完成“序其实”，吴讷更看出这种“序事”之功并不单纯，其中往往还蕴含明理之绩，即所谓“善叙事理”。赠序的依随性反映出这种文类的社交功能，甚至可以说，赠序就是一种社交文体。在吴讷看来，社交应酬对赠序的侵害是难免的，为了克服“枉己循人之失”，就要持守“古人赠言之意”。

究竟“古人赠言之意”落实在何等原则上？对此姚鼐给出了一个恰当的追踪疏理：“赠序类者，《老子》曰：‘君子赠人以言。’②颜渊、子路之相违，则以言相赠处。梁王觞诸侯于范台，鲁君择言而进，所以致敬爱、陈忠告之谊也。”③从君子文化的传统中，找到了“赠人以言”贵在“致敬爱、陈忠告之谊”的资源。就是说，赠序的写作范式应该能体现人际酬酢的道义之美。

就赠序书写的主体与对象而言，习惯上女性均少见。赠序产生于“赠送燕集”的社交场合，而女性多居家、少交游。据学者统计，《全唐文》475 篇赠序中，赠送对象为官员的占 58.5%，无官职的文人学子占 30.5%，僧人、道士占 7.6%，处士、山人占 3.4%。④ 其中缘由，或许也与女性文献保存的难度有关。明清时期知为女作者的人数有所增益，明代有徐媛《送孟年伯母还楚诗序》⑤、吴绡《赠娄东宋公晓序》，清代如张纨英《赠阎母左孺人序》、刘鉴《送别文静芳女史归南昌序》等⑥，赠序及其衍生文类寿序的赠送对象有女性，亦有男性。当然，此期文献上尚未有穷尽式的调查。

近阅张伯伟主编的《朝鲜时代女性诗文集全编》，其正编网罗了海东李朝时期女性专集 34 种。从文体选择上看，令我好奇的是，金三宜堂（1769—1823）所著的《三宜堂稿》中存有赠序 7 篇，她对赠序体的运用不可谓不热心。这个现象似乎也更可改观女子罕撰赠序的印象。她在新婚不久写的《送夫子入京序》中提到：“临别赠言，古之道也。而世之赠言者，多出于情私，南浦歌、灞桥诗是也。人情无怪如此，而苟有大丈夫以义胜情者，岂肯做儿女子此等伤情之语哉？余故于子之行也，赠之以一言，奚多乎哉？莫念闺中去。”⑦以一位偏处海东的闺中女子，却意识到“临别赠言，古之道也”，她在执笔临文之际，自觉采取“以义胜情”的立言观，暂且不论她临文的艺术性如何，就赠序立体的原则而言，她的姿态与姚鼐归纳的“致敬爱、陈忠告之谊”似也遥相合致吧。

二、金氏德才养成与汉文化传统

金三宜堂留存下来的 7 篇赠序，其赠送对象限于家人，6 篇给丈夫，1 篇给次女。书写交往限于一门之内，符合女性的生活特点。她像是把男性社交中的文体，挪用到女性的家庭生活圈中了。不过，虽身为女性，金三宜堂的书写中不难找到予人“巾帼而吐须眉之音”的印象。⑧ 析言之，她的“责善”意

---

① 吴讷：《文章辨体》，载《续修四库全书》（第 1602 册）据北京大学图书馆、北京图书馆藏明天顺八年刘孜等刻本影印，第 166 页。

② 案：据《荀子·大略篇》记“曾子行，晏子从于郊，晏子曰：‘晏闻之，君子赠人以言，庶人赠人以财。’”（王先谦：《荀子集解》，中华书局 1988 年版，第 507 页）则此语乃当时贤者乐闻之格言。姚鼐定为出于老子，或有见于司马迁《史记·孔子世家》（中华书局 1959 年版，第 1909 页）下列记事。鲁南宫敬叔言鲁君曰：“请与孔子适周。”鲁君与之一乘车，两马，一竖子俱，适周问礼，盖见老子云。辞去，而老子送之曰：“吾闻富贵者送人以财，仁人者送人以言。吾不能富贵，窃仁人之号，送子以言，曰：‘聪明深察而近于死者，好议人者也。博辩广大危其身者，发人之恶者也。为人子者毋以有己，为人臣者毋以有己。’”孔子自周反于鲁，弟子稍益进焉。

③ 姚鼐：《古文辞类纂·序目》，载《续修四库全书》（第 1609 册）影印清道光元年合河康氏家塾刻本，第 314 页。

④ 王烨：《唐人赠序研究》，复旦大学 2009 年硕士学位论文。

⑤ 此据其夫妇唱和集《络纬吟》（卷十一），载《四库未收书辑刊》（第 16 册）柒辑影印明末钞本，第 393 页。

⑥ 《历代名媛文苑简编》（下卷），王秀琴编集，胡文楷选订，商务印书馆 1947 年版，第 72—78 页。

⑦ 张伯伟主编，俞士玲、左江参编：《朝鲜时代女性诗文集全编》，凤凰出版社 2011 年版，第 775 页。

⑧ 张伯伟：《三宜堂稿提要》，载张伯伟主编，俞士玲、左江参编：《朝鲜时代女性诗文集全编》，凤凰出版社 2011 年版，第 715 页。

识与"扬名"意识根植于儒家传统，在在有所流露。

金三宜堂出自李朝初期文臣学者金驲孙之后，"早受家学，涉猎经史，一览辄记。而文思水涌风发……而至于义理处，辞气森严，实有丈夫之所难及"[①]（郑锺烨《晋阳河氏五孝子传》）。其自撰《笄年吟》曰"早读圣人书"[②]，可见从小接受儒学熏陶。中国东晋名门谢氏族内曾有"古人诗中何句最佳"的讨论，加载清谈名著《世说新语》而广为流传。金三宜堂新婚之夜承丈夫河雅问，其答案十分超迈，并且她还郑重记人《礼成夜记话》[③]："但杜牧之诗所谓'平生五色线，愿补舜衣裳'者，是吾雅诵也。"诗句出于晚唐杜牧表达壮志的《郡斋独酌》一诗，时人盛赞杜牧是有"王佐才"者[④]。丈夫对金三宜堂的择句表示不可理解："夫人奚取焉？此诗之意在男子则可矣，于妇人则不可也。"金氏答曰："忠君爱国，奚独男子事也"云云，她着意于从"事君而显亲"中，看出"孝莫大焉"。这种家国一体的理念，就女子辈的视野而言，诚然是迥出一般的。丈夫感叹新娘的特异而咏诗曰："世间几男儿，忠孝一妇子。吾东四百年，风化观于此。"受儒家忠孝传统影响，这在海东立国的历史上当然是渊源有自的，尤其在以儒学为国教的李朝时期（1392—1910）更为彰显。金三宜堂生当李朝建朝四百年之际，其德性的养成，堪为汉文化传统渗透之生活实例。

正如吴相喆序《三宜堂稿》称美作者"德性贤孝"[⑤]，作为女子，金三宜堂不可能直接实现"事君而显亲"，她把道德践履的社会成就寄望于丈夫，这也是多篇赠序写给丈夫的动力所在。金三宜堂生活的时代，儒学伦理观对海东礼俗生活影响渐深，金三宜堂《祭第四娌李氏文》表彰李氏"事亲也孝，事夫也敬"[⑥]，妻子的从属角色决定了"事夫也敬"是理所当然的。不过，金三宜堂在寻找定义夫妇关系的方式时，留给了妻子"责善"的空间，其《礼成夜记话》记载了丈夫与她自己的对话："夫子曰：'终身不可违夫子，则夫虽有过，亦可从之欤？'余曰：'大明谢氏贞玉不云乎？夫妇之道，兼该五伦。父有争子，臣有争臣，兄弟相勉以正，朋友相责以善。至于夫妇，何独不然？'"妻子对丈夫非但不能"从夫之过"，而且可以"以义相争"。本着这份心意，她自嫁入夫家的一刻起，就明确了一种责任关系，其《于归日记话》记载了自己初为人妇时的"呈辞"："夫妇之道，奚徒夫唱妇随之谓哉？夫在外，外则君臣；妻居内，内则舅姑。欲尽在外之道，事君必忠；欲尽居内之道，事亲必孝。子其在外勤业，佐我尧舜之君；我当居中主馈，事我鹤发之亲。"[⑦]颇有自督督夫的宣言意味。作为一种对照，她厌薄世俗中的"愚夫愚妇"之状："世之为夫者，溺于爱而不顾义；为妇者，过于情而不知别，此所谓愚夫愚妇也，余甚耻焉。"[⑧]她愿意割舍夫妇之间的"嬉嬉妮妮"，这样的生活样态是否过分自律而落于沉重呢？不过，她对女子容易"过于情而不知别"的警戒意识，令人联想到《诗经》教化观的力量。

《诗经·国风》首篇《关雎》曰："关关雎鸠，在河之洲。窈窕淑女，君子好逑。"《毛传》以为"《关雎》，后妃之德也，《风》之始也，所以风天下而正夫妇也"[⑨]。此处何以用"关关雎鸠，在河之洲"起兴，引出"窈窕淑女，君子好逑"之咏，宋代大儒朱熹《诗集传》释曰："关关，雌雄相应之和声也。关雎，水鸟，一名王雎，状类凫鹭，今江淮间有之。生有定偶而不相乱，偶常并游而不相狎，故《毛传》以为'挚而有别'，《列女传》以为人未尝见其乘居而匹处者，盖其性然也。"[⑩]此诗咏叹乐得淑女以配君子，作为对"淑

---

① 张伯伟《三宜堂稿提要》引之，称此文"名为河氏传，用笔则多在金氏"。张伯伟主编，俞士玲、左江参编：《朝鲜时代女性诗文集全编》，凤凰出版社2011年版，第716页。

② 张伯伟主编，俞士玲、左江参编：《朝鲜时代女性诗文集全编》，凤凰出版社2011年版，第730页。

③ 张伯伟主编，俞士玲、左江参编：《朝鲜时代女性诗文集全编》，凤凰出版社2011年版，第780—781页。

④ 王定保：《唐摭言》，上海古籍出版社1978年版，第63页。

⑤ 张伯伟主编，俞士玲、左江参编：《朝鲜时代女性诗文集全编》，凤凰出版社2011年版，第729页。

⑥ 张伯伟主编，俞士玲、左江参编：《朝鲜时代女性诗文集全编》，凤凰出版社2011年版，第779页。

⑦ 张伯伟主编，俞士玲、左江参编：《朝鲜时代女性诗文集全编》，凤凰出版社2011年版，第781页。

⑧ 张伯伟主编，俞士玲、左江参编：《朝鲜时代女性诗文集全编》，凤凰出版社2011年版，第781页。

⑨ 毛公传：《毛诗正义》（附校勘记），郑玄笺，孔颖达等正义，黄侃经文句读，《十三经注疏》本，上海古籍出版社1990年版，第14页。

⑩ 《诗集传》，朱熹集注，上海古籍出版社1980年版，第1页。

女”善性美质的模拟，儒家注释学家乐于强调关雎这种水鸟“挚而有别”的特性。金三宜堂从生活中警悟到“为妇者，过于情而不知别”的偏失，从昵于情中还能反身别省，她初为人妇时的这份自警，应该也含有她对《诗经》教化观中所谓“挚而有别”理念的心灵契会吧。金氏以三宜堂为号，即其夫河雅为题所居，固然来源于《诗经・桃夭》。金三宜堂于次女出嫁时所写的《送二女于归序》一文，也体现她对《诗经》教化观的重视。文中她想象女儿赴夫家途中“路过丰沛棠阴之下，想见风化之蔚然，必有兴起感发之心也。古昔召伯之憩南国也，南国妇女无不各得其所，摽梅、野麕、江沱、秾华之所以咏也”①。行笔时提到的《国风・召南》的篇目有《摽有梅》、《野有死麕》、《江有汜》、《何彼襛矣》五题，她理解的“《召南》之化”符合儒学的正统解释。例如《摽有梅》，朱子集注虽看出诗情是因女子“见时过而太晚矣”，“惧其嫁不及时”，但还是指出此诗的旨趣在于：“南国被文王之化，女子知以贞信自守。”②再如《何彼襛矣》这首贺婚诗：“何彼襛矣，唐棣之华。曷不肃邕，王姬之车。”朱子集注称此诗咏赞周王之女“不敢挟贵以骄其夫家”，“能敬且和以执妇道”，反映出“文王太姒之教，久而不衰”。③ 远处海东的金三宜堂浸染于《诗经》教化观，仿佛感到“《召南》之化复见于今日也”。她的这种“况我尤被其泽”的亲历感，说明她已经从《诗经》教化观中养成“兴起感发之心”。

在传统观念中，男子立身扬名，是孝道的终极实现，金三宜堂在砥砺丈夫时也熟练地引用过《论语》“扬名于后世，以显父母，孝之终也”之言(《礼成夜记话》)。有趣的是，受传统女性角色的制约，她虽不能如男子般直接参与“勤业”、“扬名”的事功，但她也想通过其文学书写而助夫博得社会名望。其《送夫子再上京师序》谓：“昔冀缺之妻，野妇也。臼季见敬夫之容，而荐其夫为大夫。御者之妻，贱妇也。晏子闻警夫之言，而举其夫为贵人。顾今之大夫，岂无臼、晏之贤也？鄙室无德，显夫不能如古之贤妇。而与君长事别离，临分且愧，不胜慨叹。伏望君子以敬勤之容、忠信之言，往事大夫之贤者，显亲以及妻也。”④她文中联想到两位“显夫”的中国女子。一是春秋时晋人冀缺之妻。臼季见冀缺耕于垄亩，夫妻相敬如宾，遂荐之于晋文公。晋文公问曰：“子何以知其贤也?”臼季答曰：“臣见其不忘敬也。夫敬，德之恪也。恪于德以临事，其何不济!”(《国语・晋语》)冀缺因而被委以官职。另一位是晏子御者之妻。晏子为齐相时出行，其御者之妻从门间而窥，其夫意气扬扬，回家后，其妻请求离异。夫问其故，妻曰：“晏子长不满六尺，身相齐国，名显诸侯。今者妾观其出，志念深矣，常有以自下者。今子长八尺，乃为人仆卿，然子之意，自以为足，妾是以求去也。”⑤此后，夫自抑损。晏子怪而问之，御者以实告知。晏子荐以为大夫。应该说，缺之妻敬夫是一种自然流露，大概并无谋夫升迁的动机；而御者之妻的“警夫”，与她望夫成“官”的期望相表里。金三宜堂的多篇送夫赠序，出之以敦善劝义之笔调，企望朝廷上层有像臼季、晏子这样的贤官，闻其“警夫之言”而能赏识丈夫。由她写文以“显夫”的意愿推测，其文学书写大概不完全是私密的闺中消遣，这也可以提供当时女性作品传播面向的实例。

三、验其文笔

借用北宋邹浩《送史述古序》之言：“君子爱人以德，细人爱人以姑息，富贵者赠人以财，仁人赠人以言。”⑥金三宜堂为家人写作赠序的热情，出于仁心厚爱，是毋庸置疑的。存世的《三宜堂稿》二卷，除诗一卷外，涉及文体有书、序、祭文及杂识共22篇，反映出她诗艺才笔的多方面造诣。不过，中国近世文论家评赏古文，有特别喜欢先以赠序验文笔者，林纾即指出：“验人文字之有意境与机轴，当先读其

---

① 张伯伟主编，俞士玲、左江参编：《朝鲜时代女性诗文集全编》，凤凰出版社2011年版，第776页。

② 《诗集传》，朱熹集注，上海古籍出版社1980年版，第11页。

③ 《诗集传》，朱熹集注，上海古籍出版社1980年版，第13页。

④ 张伯伟主编，俞士玲、左江参编：《朝鲜时代女性诗文集全编》，凤凰出版社2011年版，第775—776页。

⑤ 《晏子春秋》，汤化译注，中华书局2011年版，第369页。

⑥ 邹浩：《道乡集》，载文渊阁《四库全书》(第1121册)本，第406页。

赠送序；序不是论，却句句是论，不唯造句宜敛，即制局亦宜变。”[①]这种着眼方式也是相当合理的。

赠序体虽然富于“致敬爱、陈忠告之谊”，具有劝善或感化功能，但作为一种成熟的文体，它不是直白宣谕或诫告，故贵在“有意境与机轴”。事实上，文论家一向把韩愈视为此体的最高典范。韩愈不算是创体者，但赠序到了他手中，完成了一种诗性的升华，由这样的典范性的存在，标示了此体艺术性的巅峰记录，给后世以启迪与激励。所谓文学典范的意义，大约可以这样简单地理解。林纾对韩愈赠序的艺术性有具体研究，如评价曰：“唐世一有昌黎，以吞言咽理之文，施之赠送序中，觉初唐诸贤，对之一皆无色。”[②]这里的“吞言咽理”之评，就有助于理解赠序如何实现“有意境与机轴”。

借用这种标准来看，金三宜堂的《送夫子读书山堂序》、《送夫子入京序》、《送夫子再上京师序》三文，虽出自至诚叮咛之心，但文思置局上颇有落于板套之感。诸文的布局大致是先定一理，接着引据前贤或从自身体悟出发，想象和规范丈夫此行的意义，结尾往往以“伏愿”、“愿”、“伏望”之语领起，直白表达期待之辞。如《送夫子读书山堂序》的主体如下：“夫学者需要静，静而后心潜，心潜而后工专……是以古人有择所而读书者，白傅之于香社，青莲之于匡庐是也。”“德密庵在蛟山两峰之间，境界清闲，莲榻净寥，游人之所不上也。”“伏愿君子负笈而往，效白傅、青莲之志。”虽称得上是明理达意，但较为浅露少余味。如果要说文中萌动着一些文学性的情味，那就是通过运用“白傅之于香社，青莲之于匡庐”的典故，不必多着议论而能强化读书山堂的令人憧憬。[③] 另外，作为送行对象的目的地，这里对德密庵这个场景的描摹，既具有一定的画面感，也多少代表着路遥人隔情相随的某种言外情致，故也未可抹杀。金三宜堂一方面期待丈夫外求“显亲”，一方面也自顾聚少离多，即如其《送夫子入京序》言“愿君子在外，亟立厥身，以图显亲”，“顾我琴瑟静好，惟兹儿女，岂无别离之怀？”义与情的交织或许可以为文境带来某种缠绵，或滤去某种粗豪，但作者采取了“大丈夫以义胜情”的姿态，所以她两度送丈夫入京之序都显得直率有余，且命意布局，难以出奇制胜。

金三宜堂毕竟有汉文写作之才，读到《送夫子往拜沈熊川象奎序》以下 4 篇赠序时，她在技法上变得颖秀起来。即如此篇，丈夫投访地方官沈氏是写作事因，这位官员的德政如何？丈夫到达所访之地的作为如何？作者没有作刻板的陈说，行文起结颇有神逸之致：“屏山即我姓乡之邻邑也，僻处海隅，隔远王城，氓俗蚩蚩，风化未洽。沈公自京师出补是邑，其如韩文公之莅潮州耶？文公之到潮也，命进士赵德以师之，竟变其俗，未知是邑亦有可师之人乎？子其往，招吾宗人之居此者及邑人之可教者，先谕以沈公仁爱之政，而使归于弦歌之域也。”[④]不难看出，即使是表达对丈夫的期望，也改变了“伏愿”、“伏望”的生硬方式，且其内容也更为切题而有趣。

《送夫子归旧居序》与《送夫子省古山序》，可能也得力于这两题的回归意向，毕竟谋宦易于落入常径，而回归则易于体现个性。《送夫子归旧居序》寄心蛟龙山下旧居“风朝月夕，一斗酒、一砚石，作一清游，嗟不可得。安得凭君替写此等光景，一一唤来于吾几案上也否？于子之行也，赠之以一管一弦”[⑤]，行文有如诗如画之意境。《送夫子省古山序》对丈夫这次的“归省之地”作铺叙时，用笔也含唱叹之音：

瞻彼南天，孤云起没，此其先灵之所庐耶？
于彼东垧，双峰尖出，此其君子之归路耶？
天长山高，嗟我不见。遥想君子归省之地——

---

① 林纾：《韩柳文研究法》，上海商务印书馆 1930 年铅印本，第 12 页。

② 林纾：《春觉斋论文·流别论》，都门印书局 1916 年铅印本，第 24 页。

③ 张伯伟主编，俞士玲、左江参编：《朝鲜时代女性诗文集全编》，凤凰出版社 2011 年版，第 774 页。

④ 张伯伟主编，俞士玲、左江参编：《朝鲜时代女性诗文集全编》，凤凰出版社 2011 年版，第 778 页。

⑤ 张伯伟主编，俞士玲、左江参编：《朝鲜时代女性诗文集全编》，凤凰出版社 2011 年版，第 777 页。

苍苍者，松耶？柏耶？戒樵牧勿剪勿伐；
青青者，茅欤？莎欤？戒牛羊勿践勿入。
寒食清明，香火不愆，三三五五，拜扫惟勤。
山童何知，或摘榛栗而奠；
野竖虽愚，或裹茅饭而祭，
此可见先府君仁爱之入人深者也。①

将思古怀德之情一并融入，如散文诗之秀逸，淡淡插入“天长山高，嗟我不见”之句，也适当添加了送别之愁。另外，她遣词造句时，善于活用《诗经》语汇，如“氓俗蚩蚩”（《诗经》“氓之蚩蚩”）、“瞻彼南天”（《诗经》“瞻彼淇奥”等句）、“于彼东垧”（《诗经》“于彼高岗”等句）、“玉节孔迩”（《诗经》“父母孔迩”）等，也是值得表彰的。

海东女子金三宜堂的赠序写作，看似是个人化的行为，但实际上是有汉文化圈背景依托的。观之海外，省之域中，双向观省应可带来认识开拓。将文体学史置于汉文化圈视野下，既有助于了解文体写作传统向域外的播衍，又可以反观中国范式生生不息的影响力。

① 张伯伟主编，俞士玲、左江参编：《朝鲜时代女性诗文集全编》，凤凰出版社2011年版，第777页。

石刻整理常见误录探因

杜海军

（广西师范大学文学院）

内容摘要：石刻是我国文献的一种重要形式，是文化传播的重要方法和途径。学界对石刻的整理成果很多，也注重开发利用石刻的文献价值，但笔者在整理过程中发现，已有的整理成果中多有不足，比如常出现人物误录、格式误录、字形误录、误入（析出）他碑、断章取义、疏略漏录、放弃辨识、误辨朝代、属地误录等问题，因成此文，一以利于学界对前人成果的利用，一以反省石刻整理中易发生的错误，以使再次整理石刻时尽量避免发生类似问题。

关键词：石刻　整理　误录　探因

石刻文献在我国发展很早，是文献的一种重要形式，是文化传播的重要方法和途径。这类文献的价值在我国历史上早就受到了学者关注，《四库全书总目》称梁元帝已开始集录碑刻之文成《碑英》一百二十卷，“是为裒辑金石之祖”[①]。广西由于多山多石，多岩多洞，山水优美，文人墨客前踵后继等关系，石刻文献（主要指碑碣和摩崖）非常发达，成为我国石刻文献发展的一个特别集中且成就突出的地区[②]，虽然其发展谈不上很早，但却十分充分，因此颇受到学者的重视。如宋代王象之的《舆地碑记目》卷三已记载了静江府韩云卿《平蛮颂》、柳宗元《訾家洲亭石记》、韦宗卿《隐山六洞记》等；明代张鸣凤特著《桂胜》、《桂故》，专录桂林石刻，其后有：陆增祥《八琼室金石补正》，谢启昆《粤西金石略》，刘玉麐《粤西金石录》，王昶辑、罗尔纲撰《金石萃编校补》，杨翰《粤西得碑记》，而汪森《粤西文载》、《粤西诗载》、《粤西丛载》录广西诗文，摩崖碑刻等内容同样占大部。近因对广西石刻全面整理，发现此前成果多误，在《桂林石刻总集辑校》、《广西石刻总集》梓行前，或刊行后，还会有很多人继续使用前人的成果，因此，特将我们整理过程中发现的典型与要害问题分类公诸同好，并探其致错的原因，以利整理他刻。

一、人物误录

碑刻作者多喜以字号落款，造成人物辨识的困难。对历史人物姓氏名字掌握不够丰富，或者见字号不知作者，或者对作者姓名与字号分不清楚，因此整理碑文经常发生人物误录的情况，或作者时代有误，或人物姓名有误，如以下多例：吴亿两宋之际有刻在象鼻山题“水月洞”，署款溪园居士，未刊年月。杨翰《粤西得碑记》、《桂林石刻》误定为唐人元结。[③] 吴亿，字大年，号溪园居士，蕲春人，生活于两

① 永瑢等撰：《四库全书总目》，中华书局1965年版，第733页。本文系国家社会科学基金后期资助项目“桂林石刻总集辑校”（批准号：10FZS019）阶段成果。

② 杜海军：《论桂林石刻的文献特点与价值》，载《广西师范大学学报》2010年第3期；《广西石刻的历史成就与整理之不足》，载《广西师范大学学报》2011年第4期。

③ 桂林市文物管理委员会编：《桂林石刻》（上册）（内部资料），1977年，第5页；重庆博物馆等编：《中国西南地区历代石刻汇编》，载《广西省博物馆卷》（第十三册），天津古籍出版社1998年版，第152页。

宋之交，曾任靖江府通判，有《溪园自怡集》十卷。《桂胜》曾记载龙隐岩有"溪园居士四篆字，吴亿书"，未见。

张说，隆兴癸未年(1163)在融水县真仙岩摩崖《遊老君洞》，题署"营道张说霖卿"，《中国西南地区历代石刻汇编》误署作者张说为张说霖，且署时间误为隆庆元年(1163)。[①] 张说，字霖卿，营道(湖南道县)人。

蔡诜，绍熙甲寅年(1194)在宜州刊《题融水真仙岩》，题"郡丞临川蔡诜子羽领客来游"。《中国西南地区历代石刻汇编》误署"蔡铣、子羽等撰"是将"蔡诜、子羽"视为二人，且误将"蔡诜"写作"蔡铣"。[②] 蔡诜，字子羽，临川(江西)人，曾任融州郡丞，与李蹊、郭有凭、潘修、李石、徐梦莘、王璪、张坦、陈公璟、魏沐、王思咏、孟浩等在桂林有摩崖刻石。

韩休卿，嘉定三年(1210)作《题柳州马鞍山》，摩崖在柳州市马鞍山，《中国西南地区历代石刻汇编》误署方信孺撰。且误将嘉定三年写为嘉定七年。[③] 韩休卿，安阳人，宰相韩琦后，嘉熙年间知融州军州事兼管内劝农使，在今融水真仙岩多有题刻。

张自明，嘉定七年(1214)冬在宜州白龙洞刊《题南山诗》，《中国西南地区历代石刻汇编》误署为胡启先作。[④] 张自明，字诚子，江西建昌人，宜州教授，嘉定中以宜州教授摄州事，擢知宜州，卒于宜州，治行在宜州甚著，或有称其在宜州仙去者。

胡槻，嘉定庚辰年(1220)刊《蛰龙嵓诗后序并跋》，摩崖在桂林辰山。《中国西南地区历代石刻汇编》误署此碑名《刘升之，刘大异辰山题记》。[⑤] 胡槻，字伯圆，号月岩，庐陵人，胡铨之孙，官朝奉大夫尚书户部郎中，在广西知邕州、广南西路转运使，嘉定十三年任知靖江府，嘉定十五年除集英殿修撰再知靖江府，有《普宁志》三卷。

燕山，大德六年(1302)在融水真仙岩刊《游真仙岩题诗》，《中国西南地区历代石刻汇编》误署孙沔撰。[⑥] 燕山，官奉直大夫，佥岭南广西道肃正廉访司事。

卢让，泰定三年(1326)作《融州平猺记》刊在融水真仙岩，题署"胡明允题额"、"卢让撰"。《粤西文载》卷四十五误署为元胡明允。卢让，元泰定间以承德郎为融州知州兼劝农事。

叶原贺，洪武五年(1372)在贵港南山寺刊《游南山景祐寺留题》，题署"奉先奉议大夫佥广西等处提刑按察司事建安叶原贺孟原父题并书"，《中国西南地区历代石刻汇编》误署为孟原父。[⑦] 叶原贺，字孟原，建安(福建)人，官奉议大夫，广西按察司佥事。

胡启先，永乐十六年(1418)在宜州市刻《白龙洞题诗》。《中国西南地区历代石刻汇编》误署为"张自明等龙隐庵诗并跋"，且定为宋嘉定七年(1214)刻。[⑧] 胡启先，永乐丙戌年(1406)科赐进士出身，洪

---

① 重庆博物馆等编:《中国西南地区历代石刻汇编》，载《广西省博物馆卷》(第四册)，天津古籍出版社 1998 年版，第 114 页。

② 重庆博物馆等编:《中国西南地区历代石刻汇编》，载《广西省博物馆卷》(第四册)，天津古籍出版社 1998 年版，第 147 页。

③ 重庆博物馆等编:《中国西南地区历代石刻汇编》，载《广西省博物馆卷》(第四册)，天津古籍出版社 1998 年版，第 167 页。

④ 重庆博物馆等编:《中国西南地区历代石刻汇编》，载《广西省博物馆卷》(第五册)，天津古籍出版社 1998 年版，第 87 页。

⑤ 重庆博物馆等编:《中国西南地区历代石刻汇编》，载《广西省博物馆卷》(第十册)，天津古籍出版社 1998 年版，第 147 页。

⑥ 重庆博物馆等编:《中国西南地区历代石刻汇编》，载《广西省博物馆卷》(第五册)，天津古籍出版社 1998 年版，第 59 页。

⑦ 重庆博物馆等编:《中国西南地区历代石刻汇编》，载《广西省博物馆卷》(第五册)，天津古籍出版社 1998 年版，第 83 页。

⑧ 重庆博物馆等编:《中国西南地区历代石刻汇编》，载《广西省博物馆卷》(第五册)，天津古籍出版社 1998 年版，第 172 页。

熙中监察御史，庐陵人，有《皇都大一统赋》等。

陈彬，正德十年(1515)刊《月牙山记》在月牙山月牙岩，《桂林石刻》误署周进隆。[①] 陈彬，端溪(广东)人，明内官监太监，正德年间镇守广西，正德九年奉宣还朝。在桂林有《游龙隐岩》、《游龙隐岩赋》、《虞山题诗并记》、《月牙山题诗》、《桂林龙隐岩诗歌》等摩崖石刻。

周于德嘉靖丙辰年(1556)在桂林刊《华景洞题诗》，题署"淮阴周于德"，《中国西南地区历代石刻汇编》误署周秋洁撰。[②] 周于德，字南墩，淮安人，世袭大河指挥，历靖州参将，精勤明肃，进右军都督，总兵江淮等。嘉靖乙卯，倭人犯浙，统兵护粮运，却寇金漕，升广西镇守。官至京营都督佥事。

叶可，天启四年(1624)在桂林普陀山玄武洞刻《奉命修庙记》，《中国西南地区历代石刻汇编》误署为叶可绍。[③] 叶可，明末临桂县知县，生平不详。

姚诚立，崇祯四年(1631)在桂林七星山刊《七星山题词》，题署"粤西廉访使禹都姚诚立书"，《中国西南地区历代石刻汇编》误署为姚诚撰。[④] 姚诚立，字惟一，安邑人，万历二十三年进士，曾任广西按察使。

朱荷衣，康熙二十三年(1684)在棲霞寺题刻《朱荷衣汪未光栖霞寺题名》，其中汪未光被《中国西南地区历代石刻汇编》、《桂林石刻》误署为汪来光。[⑤]

黄性震，康熙二十五年(1686)刊《重建桂林府广济院碑》，题署"闽漳浦黄性震识"，《中国西南地区历代石刻汇编》误署为黄惟震。[⑥] 黄性震(1638—1702)，字符起，号静庵，福建漳浦湖西人。康熙二十三年任广西提刑按察使，康熙二十五年为湖南布政使，后升太常寺卿，曾捐俸在桂林修建双忠祠、广济院等。其他在桂林的碑刻还有《书刻范中丞题诗序》、《重建桂林府广济院碑》等。

李文彧，康熙癸酉年(1693)在融水真仙岩刊《题老君岩诗》，自署"寿溪野人"，《中国西南地区历代石刻汇编》误署寿溪。[⑦] 李文彧，字简斋，清流白马人，少从粤东举人殷弼游，不求仕进，好吟咏，屐齿所历，兴到笔随，晚年号寿溪野人，所著有《寿溪草》五卷。

陈弘谋，雍正十一年(1733)在临桂撰刊《重修横山大堰记》，题署"榕门陈弘谋谨撰"，《中国西南地区历代石刻汇编》据清人避讳误署陈宏谋。[⑧] 陈弘谋，字汝咨，广西临桂人。雍正元年恩科，举乡试第一，进士第，授东阁大学士，兼工部尚书。致仕加太子太傅，卒年七十六，命祀贤良祠，赐祭葬，谥文恭。

鄂昌，乾隆十一年(1746)在兴安县秦堤龙王庙刻《重修龙王庙碑记》，题署"西林鄂昌谨撰"，《中国西南地区历代石刻汇编》误署云郭昌。[⑨] 鄂昌，满洲镶蓝旗人，雍正十一年十二月任四川巡抚，乾隆十年任广西巡抚，乾隆十四年三月任甘肃巡抚，乾隆十六年八月调江西巡抚，乾隆十七年十月解，乾隆十九年五月再任甘肃巡抚。

---

① 桂林市文物管理委员会编：《桂林石刻》(中册)(内部资料)，1977年，第89页。

② 重庆博物馆等编：《中国西南地区历代石刻汇编》，载《广西省博物馆卷》(第五册)，天津古籍出版社1998年版，第185页。

③ 重庆博物馆等编：《中国西南地区历代石刻汇编》，载《广西省博物馆卷》(第六册)，天津古籍出版社1998年版，第86页。

④ 重庆博物馆等编：《中国西南地区历代石刻汇编》，载《广西省博物馆卷》(第五册)，天津古籍出版社1998年版，第79页。

⑤ 桂林市文物管理委员会编：《桂林石刻》(下册)(内部资料)，1977年，第153页；重庆博物馆等编：《中国西南地区历代石刻汇编》，载《广西省博物馆卷》(第六册)，天津古籍出版社1998年版，第136页。

⑥ 重庆博物馆等编：《中国西南地区历代石刻汇编》，载《广西省博物馆卷》(第六册)，天津古籍出版社1998年版，第141页。

⑦ 重庆博物馆等编：《中国西南地区历代石刻汇编》，载《广西省博物馆卷》(第六册)，天津古籍出版社1998年版，第152页。

⑧ 重庆博物馆等编：《中国西南地区历代石刻汇编》，载《广西省博物馆卷》(第七册)，天津古籍出版社1998年版，第7页。

⑨ 重庆博物馆等编：《中国西南地区历代石刻汇编》，载《广西省博物馆卷》(第七册)，天津古籍出版社1998年版，第19页。

朱椿，乾隆四十七年(1782)在桂林定粤寺刻《秀峰书院经费记》，题署“云间朱椿记”、“王德瑛书丹”，《中国西南地区历代石刻汇编》误署作者为王德英。[①] 朱椿(1710—1784)，字大年，号性斋，江苏娄县人，监生，历任湖北荆州同知、浙江金华府知府、湖北盐法道等。乾隆三十五年，迁广西按察使；四十年，授云南布政使；四十一年，调广东布政使；四十六年，擢广西巡抚，总督军务，兼理粮饷；同年与僚属捐资购田给秀峰、宣成两书院；四十八年，任兵部右侍郎，后迁左都御史；同年与僚属捐资维修虞山南熏亭。著有《广西郡邑道里图》。桂林他刻还有《重修南熏亭记》、《南郊打猎赋》等。

广西兴安县两金区金坑大寨村乾隆五十一年(1786)刻《严禁游棍滋扰农民告示碑》，彭清远撰。《中国西南地区历代石刻汇编》误作彭书远撰。[②]

张荣组，同治元年(1862)在桂平西山刻《西山寺示四条》，题署“张荣组记”，《中国西南地区历代石刻汇编》误署张荣撰，缺“组”字。[③] 张荣组，字润农，新田(湖南)人，官广西补用道，在桂平西山多刻石。

又如贵港道光二十七年(1847)石应开等立《福德公墓碑》：“德公老大人之墓。……十七年孟秋月吉旦日立。乾山巽向。祀丁石应开、石选开、石明开仝孙。”《中国西南地区历代石刻汇编》误署“乾山撰，石达开等立石”。碑中有“乾山巽向”字样，是堪舆家用语，非人名。立石者为石达开的堂兄弟石选开等，也非石达开。[④]

李振堂，道光二十九年(1849)在融水香山寺摹刻陈希夷书“寿”字，《中国西南地区历代石刻汇编》误署陈孝夷撰。[⑤]

黄炜章，同治三年(1864)在贺州刻《重修陈王祠序碑》，邑人庆元欧阳三书。《中国西南地区历代石刻汇编》误署为欧应香。[⑥]

严永华，光绪十五年(1889)刊《叠彩山题诗并记》，署“沈严永华留题”，“沈”系严永华丈夫族姓，《桂林石刻》误作沈严永华。[⑦] 严永华，字少蓝，斋名纫兰室、鲽砚卢，浙西桐乡人。云南顺宁知府严廷玉女，安徽巡抚归安沈秉承妻。女诗人、画家，著有《纫兰室诗钞》、《鲽砚卢诗钞》，卒年五十五。

二、格式误录

碑刻行文常有自己的格式，有些是固定的或大家熟知的行文格式，有些则是随机的。熟知的易见，而随机的需要认真熟读原文方可辩白清楚。整理碑刻者或误读行文格式而致录文有误。我们试分别论述。

因误读碑文格式增补“□”字，错示原碑文缺失。如《中国西南地区历代石刻汇编》载赵善淇真仙岩诗拓片“计使方先生题《真仙岩诗》，不揆拟和韵，幸丐删削。善淇拜呈”[⑧]。《文史》有文《广西所见

① 重庆博物馆等编：《中国西南地区历代石刻汇编》，载《广西省博物馆卷》(第七册)，天津古籍出版社1998年版，第49页。

② 重庆博物馆等编：《中国西南地区历代石刻汇编》，载《广西省博物馆卷》(第七册)，天津古籍出版社1998年版，第51页。

③ 重庆博物馆等编：《中国西南地区历代石刻汇编》，载《广西省博物馆卷》(第七册)，天津古籍出版社1998年版，第156页。

④ 重庆博物馆等编：《中国西南地区历代石刻汇编》，载《广西省博物馆卷》(第七册)，天津古籍出版社1998年版，第142页。

⑤ 重庆博物馆等编：《中国西南地区历代石刻汇编》，载《广西省博物馆卷》(第七册)，天津古籍出版社1998年版，第146页。

⑥ 重庆博物馆等编：《中国西南地区历代石刻汇编》，载《广西省博物馆卷》(第七册)，天津古籍出版社1998年版，第159页。

⑦ 桂林市文物管理委员会编：《桂林石刻》(下册)(内部资料)，1977年，第595—596页。

⑧ 重庆博物馆等编：《中国西南地区历代石刻汇编》，载《广西省博物馆卷》(第五册)，天津古籍出版社1998年版，第46页。

〈全宋诗〉失收佚诗》整理此篇文字作："计使方先生题《真仙岩诗》，不揆拟和韵，幸丐□□□删削□□□□，善淇拜呈。"[①]较原碑多出7个"□"，也就是7个字。实际上，原摩崖拓片"幸丐"、"删削"以下空格，本为古人示谦的一种行文格式，因作者以诗示他人，谦逊地以"删削"二字表示，因抬格而另起一行，所以"幸丐"下缺字并非坏字，《文史》载文或以为原字坏灭。而"善淇拜呈"由于是作者落款，靠下另起一行，上空，亦属示谦类，凡此类其形式看似缺字而实不缺。

再就是因误读碑文格式而减字，这种情况在人名的著录方面较普遍。人名刻碑若多人名字中有同字者，通常会省略共有的字。如贵港石达开祖墓碑标识了其儿子、孙子、玄孙的名字如石润贵、润财、润禄……进科、处科、赠科等人的名字，其中有曾孙石捷开、石应开、石达开等，由于刻碑为了省略的缘故，将共有的"开"一个字标在中间，曾孙辈共列了两行，这样，"捷开"、"应开"分为上下两行如下：

曾
孙
祥云选成捷霖思瑞贤
开
新玉明应珍达如
开

《中国西南地区历代石刻汇编》便将"捷开应"误作为立碑人名字看待，忽略了人名的排列格式。[②]

我们再说随机格式的误读，这种格式如摩崖石刻或为了石本身的高低不平或者形状的特殊，因刊刻方便而调整文字前后次序，如桂林南溪山白龙洞史载文道光五年（1825）刊立的《置买白龙洞僧田记》。此碑的两边是田记的正文，中间低正文靠下的部分是一系列12个证人名字。这些证人的名字，由于较正文低，上部分空白，又处在中间，所以《桂林石刻》录入者直接按一般的左右顺序录下，且以为中间文上部空白处是阙文，就标明了"下缺"二字。为了易于理解这一问题，将《桂林石刻》所录与笔者所录对比引文如下：

盖闻前人之志，后当继之；前人之事，后宜述之。吾父史公自乾隆七年置买田地一所，土名鲢鱼洲，因白龙洞住持僧法号通悜饔飧不继，遂将洲尾之草地数十丈送与僧人种植瓜菜，聊以养生。及僧没，徒弟懒惰，地仍荒芜。越数年，吾二叔国贤公在此地内开田数丘耕种。叔父遵吾父之命，每年秋收之日，打谷三仓石以养僧人，数十年来无异。迨今道光五年六月内，吾堂弟方洪将洲内名分之田（下缺）村老张胜佩、秦兆雄、阳文运、堂弟方洪、堂侄觐猷、觐业、觐才、觐谋、胞侄觐言、侄孙书惠、书敏、书宪，及洲尾之田数丘变卖，好与买主成偏，情愿以伊自置之田二丘，土名六里桥边，将来替换，每年秋收之日，凭此二丘田内打谷三石，以给僧人。此前人之志，前人之事，至今八十余年，尚未勒碑，今因替田应谷，始末概为注明。吾父之功德善念，庶不至于泯灭矣。

道光五年九月吉日，史载文立。[③]

上为《桂林石刻》原录，标点为笔者设。下为笔者自己录文：

盖闻前人之志，后当继之；前人之事，后宜述之。吾父国圣史公自乾隆七年置买田地一所，土名鲢鱼洲，因白龙洞住持僧法号通悜饔飧不继，遂将洲尾之草地数十丈送与僧人种植瓜菜，聊以养生。及僧没，徒弟懒惰，地仍荒芜。越数年，吾二叔父国贤公在此地内开田数邱耕种。叔父遵吾父命，每年秋收之日，打谷叁仓石以养僧人，数十年来无异。迨今道光五年六月内，吾堂弟方洪将洲内名分之田，及洲尾之田数坵变卖，好与买主成编，情愿以伊自置之田二坵，土名六里桥边，将来替换，每年秋收之日，

① 参见《文史》2011年第4期，第205页。

② 重庆博物馆等编：《中国西南地区历代石刻汇编》，载《广西省博物馆卷》（第七册），天津古籍出版社1998年版，第121页。

③ 桂林市文物管理委员会编：《桂林石刻》（下册）（内部资料），1977年，第256页。

凭此二坵田内打谷三石，以给僧人。此前人之志，前人之事，至今八十余年，尚未勒碑，今因替田应谷始末，概为注明。吾父之功德善念，庶不至于泯灭矣。

村老张胜佩、秦兆雄、阳文运，堂弟方洪，堂侄觐猷、觐业、觐才、觐谋，胞侄觐言，侄孙书惠、书敏、书宪。

道光五年九月吉日，史载文立。

通过上例可见，误解原碑格式割裂了文义，是一个很明显的错误。实际上这些人名按行文内容本当放在文后。

三、字形误录

因字形相近而误辨，此种错误在碑刻整理中最为普遍，略举例如下：元符三年(1100)普陀山玄风洞(清后称“元风洞”)刊《程节张景温等四人玄风洞题记》“程节信叔、张景温敏直、董遵守道、许端卿中甫，元符三年五月十九日游”。《桂林石刻》“许端卿”误辨作许瑞卿。[①] 许端卿，字中甫，一作仲甫，河北新定人。宋哲宗元符三年(1099)官承议郎、礼部员外郎，出为广西平南县令，迁广西提点刑狱。崇宁初提点秦凤刑狱，入元祐党籍。元符五年叙复承议郎，与知州差遣。

杨幼舆，嘉定丁丑年(1217)在融水县真仙岩刊《放生池》，《中国西南地区历代石刻汇编》误署为杨绍舆。[②] 杨幼舆，字次公，杨万里子，庐陵人，嘉定十年任融州郡守。[③] 真仙岩又有其《题安灵庙》。

融水县清康熙三十七年公立《景滁亭碑记》，《中国西南地区历代石刻汇编》辨作“景滁亭碑记”[④]，将“滁”作“滁”。

刘继祖，绍定元年(1228)在融水县刊《太守刘公创置融州贡士库记》，《中国西南地区历代石刻汇编》作《太守刘公创置融州贡土库记》将“士”作“土”。[⑤]

韩休卿，嘉熙戊戌年(1238)刊融水真仙岩《题真仙岩》诗“缅邈忠献画鹊行”、“幅巾咲傲于其间”，《失收佚诗》误“鹊”为“鹃”，误“于”为“放”。

张定于，淳祐丙午年(1246)在融水真仙岩刊《饯别老君洞》，有“聊以志岁月”句。《失收佚诗》作“联以志岁月”，误“聊”为“联”。[⑥]

宗玺，正德丙子年(1516)还珠洞题诗“莓苔无赖半模糊”，《桂林石刻》误作“莓苔芜赖半模糊”[⑦]，误“无”为“芜”。

邝元乐，嘉靖丙寅(1558)在玉林市刊《更定郁林八景诗》，《中国西南地区历代石刻汇编》误署邝元车。[⑧] 邝元乐，号五岭山人，南海人，中嘉靖十年辛卯乡试榜，举人，嘉靖三十二年任郁林(今玉林)州知州，又有《游勾漏洞诗》。

骆士愤，康熙十一年(1672)刊《柳侯祠祭田记》：“设之有豪暴，瞀不畏死，肆其侵渔，而侯岂不能耆其

① 桂林市文物管理委员会编：《桂林石刻》(上册)(内部资料)，1977年，第78页。

② 重庆博物馆等编：《中国西南地区历代石刻汇编》，载《广西省博物馆卷》(第四册)，天津古籍出版社1998年版，第179页。

③ 金鉷等纂修：《广西通志》，载上海古籍出版社影印文渊阁《四库全书》本(卷五一)。

④ 重庆博物馆等编：《中国西南地区历代石刻汇编》，载《广西省博物馆卷》(第六册)，天津古籍出版社1998年版，第155页。

⑤ 重庆博物馆等编：《中国西南地区历代石刻汇编》，载《广西省博物馆卷》(第四册)，天津古籍出版社1998年版，第187页。

⑥ 参见《文史》2011年第4期，第211页。

⑦ 参见《文史》2011年第4期，第211页。

⑧ 重庆博物馆等编：《中国西南地区历代石刻汇编》，载《广西省博物馆卷》(第五册)，天津古籍出版社1998年版，第184页。

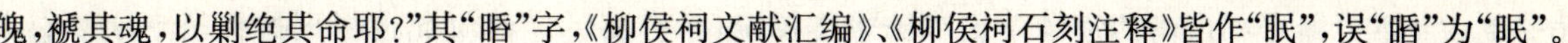

魄,褫其魂,以剿绝其命耶?"其"晤"字,《柳侯祠文献汇编》、《柳侯祠石刻注释》皆作"眠",误"晤"为"眠"。

谢启昆,嘉庆庚申年(1800)《题龙隐岩和方信孺韵二首并记》"迁客浮舟未有家",《桂林石刻》误作"迁客遊舟未有家"[①],误"浮"为"遊"。

林森茂、黄如意,咸丰二年(1852)在独秀峰同刻"独秀社"三字,具籍贯为"贵州",《桂林石刻》误作"贡州"。[②]

周之稚,光绪辛卯年(1891)作《叠彩山和袁枚诗》刊在叠彩山,《桂林石刻》作"周之祺",[③]误"稚"为"祺"。周之稚,字容斋,自署"江右(今江西)人"。

蒋瀚、林均,光绪乙巳年(1905)刊独秀峰题诗"山灵有应常呵扶",《桂林石刻》误作"山灵有应常呵栿"[④],误"扶"为"栿"。

四、误入(拆出)他碑

所谓"误入(拆出)他碑",指的是将不同的碑混作一起或将一碑拆开作几碑录文。如融水真仙岩张庄嘉定元年(1208)题"融州"二字,落款"朝散大夫直龙图阁知桂州军州事充广南路马步军总兼本路安抚管勾经略事张庄书"诸字,《中国西南地区历代石刻汇编》拓入鲍□□题"清远军"碑下,这是很明确的,犹如"清远军"诸字为张庄书一般,而将"融州"二字归为无名氏作品。[⑤]

又如摩崖在广西融水苗族自治县真仙岩的刘祖仁刻于宋乾道四年(1168)的《曾仪等真仙岩游记》,误将程节《题融水真仙岩》"元祐之戊辰(1168),崇宁癸未"等字拓入,时间出现了错误。[⑥]

再如绍兴戊辰年(1148)摩崖在桂林伏波山还珠洞的《刘昉重游还珠洞题记》,《中国西南地区历代石刻汇编》第四册《广西博物馆卷》拓片拆为不连贯的几页,94—95页、97—99页,96页插入《刘昉又游还珠洞题记》,这就将摩崖一件拆为不相关的两段。[⑦]

另有许多拓片者为了拓片品相好,仅拓取碑刻局部,亦属此类,且甚为普遍。如陈说庆元三年(1197)《题南山诗》,拓片较原碑诗前少拓了"南山诗朝请郎权发遣贵州军州兼管内劝农事紫陈说撰并书"。诗后少了"南山五章,章八句。庆元三年冬十月,成忠郎象、贵州巡辖马递铺臣孝似监磨崖,从政郎贵州州学教授陈方文,文林郎签书贵州军事判官厅公事臣赵师懿同盟镌"[⑧]。

凡此诸误多来自拓片,皆直接破坏了原碑,录碑之时必当谨慎。

五、断章取义

所谓"断章取义",是指碑刻整理者因误解或为了一己私利,截取原碑的部分文字录取。如元代承务郎广南西道儒学提举陈懋卿至元二十六年(1289)校刻《柳州文宣王廟碑》,录柳宗元文章,碑有"至

① 桂林市文物管理委员会编:《桂林石刻》(下册)(内部资料),1977年,第215—216页。

② 桂林市文物管理委员会编:《桂林石刻》(下册)(内部资料),1977年,第313页。

③ 桂林市文物管理委员会编:《桂林石刻》(下册)(内部资料),1977年,第414页。

④ 桂林市文物管理委员会编:《桂林石刻》(下册)(内部资料),1977年,第417页。

⑤ 重庆博物馆等编:《中国西南地区历代石刻汇编》,载《广西省博物馆卷》(第四册),天津古籍出版社1998年版,第158页。

⑥ 重庆博物馆等编:《中国西南地区历代石刻汇编》,载《广西省博物馆卷》(第四册),天津古籍出版社1998年版,第120页。

⑦ 重庆博物馆等编:《中国西南地区历代石刻汇编》,载《广西省博物馆卷》(第四册),天津古籍出版社1998年版,第94—99页。

⑧ 重庆博物馆等编:《中国西南地区历代石刻汇编》,载《广西省博物馆卷》(第四册),天津古籍出版社1998年版,第153页。

元二十六年四月承务郎广南西道儒学提举陈懋卿校定，承直郎□广西海北道提刑按察司事胡梦魁书丹，中议大夫□部侍郎李思衍篆额。柳侯真像唐时刻石罗池，柳人事之如生。宋末，柳州移□于此，奉石像以迁焉。中经兵毁，旧石斫裂，柳人惧其□□不可复识也。府长贰等乃与邦人合镌立碑文庙，上方刻侯之文，下方刻侯之像，侪诸从祀，以垂永久。从事郎柳州路总管府经历孙□跋。柳州路儒学正廖亨祖、柳州路儒学……奉训大夫前解盐使司知柳州□总管府……朝列大夫柳州路总管□□劝农事□元……武德将军柳州路达鲁花□管内劝……”等字，这表明是一块元人碑刻，但是《柳侯祠石刻注释》断章录入，便将一元碑入唐碑处理，有造假之嫌。[①]

又比如查礼在乾隆二十四年(1759)崇左刊《丽水龙神庙碑》，全文有 1 200 字左右，《崇左县志》仅录 350 多字[②]，一些主要的涉事官员以及民俗学资料、建庙过程等文字被删去 3/4，文献价值文学意味都大打折扣。

六、疏略漏录

录碑者因疏忽漏录碑文，属于漏辨。此种漏录使得原文变形，难于理解。如《桂林石刻》录南朝宋欧阳景熙地券：“宋泰始六年十一月九日，始安郡始安县都乡都唐里没故道民欧阳景熙，今归蒿里，亡人以钱万万九千九百九文买此冢地，东至青龙，南至朱雀，西至白虎，北至玄武，即日毕了。”[③]漏录中间文字“上至黄天，下至黄泉，四域之物悉数属死人”17 个字，是全文的 1/6，这实际上是地券的最核心部分，因为是买阴宅，若无此文字，该地券便难定地主，亡者财产在另一世界便难得保证。

又如宋宝祐三年(1252)黄应德撰《宜州铁城记》有“亦意造物者设是久而有待于侯之来也。亦岂南方当无狄患，而侯之遂立斯城也。侯关表老将，熟更战守，自领郡后，阅丁壮、治戈甲、明斥堠、结藩邻，为宜备无不周，城其大可书者。然伐柯匪斧不克，所以成侯之绩者，□□是役者□胡公，名籍，字叔献，长沙人，文武伯也，今又被命入奏”。《宜州碑刻集》录为：“设是久而有□□侯之來也。南方当无狄患，而侯之道□斯□也，侬关表老将□更战□，自领□□关□□□□明□堆□□邻为宜备无不周，城其大可□□□□□□□□□□□之投者，□□□□□□□敢献长□人□伯也，今又被命入奏。”[④]其间几十字未辨，也漏录了不少字。

再如嘉庆十五年(1810)周维城的《劝葬碑》原文有：“用是共襄义事，感动善缘，即于城北城南，虞山古刹万寿享堂，起年久无依之灵榇，使夜台有栖。安埋道旁剥蚀之残骸，使牲畜无践踏之扰。约计修葺安埋者，不下三十冢。”《桂林石刻》录为“用是共襄义事，安埋道旁剥蚀之残骸死牲畜无践踏之扰，约计修葺安埋者，不下三十冢”[⑤]，少了许多字，使文气难以接续。

七、放弃辨识

所谓“放弃辨识”，是指前人在整理文字时，因原碑文字难辨或其他原因而放弃辨识，有些直接说明放弃，如龙隐岩刻庆元元年(1195)朱希颜跋石曼卿、董希文等 16 人巨鹿题名，《桂林石刻》录文直接标明 “以下跋文漶灭约一百六十余字”不加辨识。[⑥] 实际上放弃的这些字仍在，且比较易识。通常情

① 程朗编注：《柳侯祠文献汇编》，黄山书社 2004 年版，第 1—2 页。

② 崇左县志编纂委员会编：《崇左县志》，广西人民出版社 1994 年版，第 928 页。

③ 桂林市文物管理委员会编：《桂林石刻》(上册)(内部资料)，1977 年，第 1 页。

④ 李楚荣：《宜州碑刻集》，广西美术出版社 2000 年版，第 22 页。

⑤ 桂林市文物管理委员会编：《桂林石刻》(下册)(内部资料)，1977 年，第 231—232 页；重庆博物馆等编：《中国西南地区历代石刻汇编》，载《广西省博物馆卷》(第七册)，天津古籍出版社 1998 年版，第 74 页。

⑥ 桂林市文物管理委员会编：《桂林石刻》(下册)(内部资料)，1977 年，第 229 页。

况，碑刻整理者对不辨识的文字每字以"□"替代。如常澍于正统十二年(1447)刊《太平岩诗和庄简王次元僧师澄韵》："窦边时鸟鸣簧调，岩外风筠戛佩音。"《桂林石刻》作"窦□□□鸣簧调，岩外风□□□音"①。如李寅与徐问于嘉靖九年(1530)前后刻叠彩山《风洞山次韵》李寅诗"夹道□藜饥鼠窟，乱山烽火古边陲。年来夷险都忘却，历尽颠危任我痴"。《桂林石刻》作"夹道□藜鼠□□，□□烽火古边陲。年来夷险都忘却，感尽颠危□□痴"。徐问的"平生踪迹爱幽奇，五岭从闻独桂宜。天畔群山纷对酒，石阑时而坐裁诗。图因鼎巽开玄象，地为金汤壮远陲。今古悠悠转成梦，听君谈论了吾痴"。《桂林石刻》作"平生踪迹爱幽奇，五岭□□独桂宜。天畔群山□对酒，石阑□□坐裁诗。洞因□巽开玄象，地为金汤壮远陲。今古悠悠转成梦，听君谈论了吾痴"②。王玺于康熙四十四年(1705)刊桂林南溪山《题刘仙岩诗》"一派巑岏铁样坚，数峰矗起势参天。洞岩几曲风常在，亭宇层高雾欲连。羽化自应根异骨，飞升果□藉丹铅。至今临眺寻遗迹，古有南溪咽旧泉"。《桂林石刻》录作："一派巑岏铁样坚，数□□起势参天。洞岩几曲□□在，亭宇层高雾欲连。□□自应根骨异，飞升果□□丹铅。至今临眺寻遗迹，□有南溪咽旧泉。"③

此类失误石刻中最多，虽然脱去的字看起来有时不多，但却使文章难以解读，实际上，从上面例子我们看到，其间许多字本是可以辨识的，从为学术负责的角度说，我们整理碑刻确实应当尽最大努力辨识每一个字，以助于理解原文，为前人负责也为后人负责。

八、误辨朝代(年号)

在石刻文字整理中，整理者常将碑刻的发生朝代或年月误辨。

误辨朝代的，如吴亿，号溪园居士，两宋之际人，在象鼻山题"水月洞"三字。《中国西南地区历代石刻汇编》不知溪园居士为谁，因此误断定为清代石刻，作者属佚名。浔州司理参军冯少平于庆元庚申(1200)在贵港南山刊《南山主持题名记》，《中国西南地区历代石刻汇编》误署为清代刻。④ 张自明于嘉定七年(1214)冬十有一月初一日于宜州南山寺刊题诗并序，《中国西南地区历代石刻汇编》误署明永乐十六年(1418)刻，较原刊晚两百年。⑤ 佚名嘉靖壬戌(1562)仲冬刊桂林冠岩《和敬所游观岩韵》，《广西桂林卷》误断定为清刻。庆远府府学训导李逵明宣德九年(1434)于那坡县刊《会仙山诗记》，包括四诗一记，《中国西南地区历代石刻汇编》误署为清乾隆三十六年(1771)(且题作《重修城皇庙记》，文不对题)。⑥ 林朝钥，南海人，进士，万历间为贵县知县，在贵港南山寺刊《游南山诗》，《中国西南地区历代石刻汇编》误署清代刻。⑦ 张佳胤于明隆庆二年(1568)于贵港南山寺刊刻《游贵县南岩记》，《中国西南地区历代石刻汇编》误署为"宋隆庆二年(1164)(杜注：宋无'隆庆'年号)"。张佳胤，字肖甫，铜梁人，嘉靖庚戌进士，除知滑县，征授户部主事。历官佥都御史、巡抚应天宣府，入为兵部右侍郎，出抚浙江，召拜兵部尚书加太子太保，赠少保，谥襄敏，曾以大司马移粤西都御史，有《崌崃山集》。⑧ 沐昌祚在

---

① 桂林市文物管理委员会编：《桂林石刻》(中册)(内部资料)，1977年，第152页。

② 桂林市文物管理委员会编：《桂林石刻》(中册)(内部资料)，1977年，第138页。

③ 桂林市文物管理委员会编：《桂林石刻》(下册)(内部资料)，1977年，第97页。

④ 重庆博物馆等编：《中国西南地区历代石刻汇编》，载《广西省博物馆卷》(第八册)，天津古籍出版社1998年版，第122页。

⑤ 重庆博物馆等编：《中国西南地区历代石刻汇编》，载《广西省博物馆卷》(第五册)，天津古籍出版社1998年版，第87页。

⑥ 重庆博物馆等编：《中国西南地区历代石刻汇编》，载《广西省博物馆卷》(第七册)，天津古籍出版社1998年版，第38页。

⑦ 重庆博物馆等编：《中国西南地区历代石刻汇编》，载《广西省博物馆卷》(第八册)，天津古籍出版社1998年版，第120页。

⑧ 重庆博物馆等编：《中国西南地区历代石刻汇编》，载《广西省博物馆卷》(第四册)，天津古籍出版社1998年版，第116页。

桂林七星岩内刊《七星洞诗》、独秀峰刊《独秀峰题诗》,《中国西南地区历代石刻汇编》误署"清代刻,刻年不详"[①]。沐昌祚,字世阶,定远人,沐朝弼长子,袭封黔国公,加太子太保,晋太傅,兼太子太傅。天启四年卒,年七十。

误辨年月的,如易祓嘉定二年(1210)十二月丁卯摩崖在融水真仙岩《侍读直院易尚书真仙岩亭赋》,朝奉郎权知融州军州兼管内劝农事借紫鲍粹然书,《中国西南地区历代石刻汇编》误署为"嘉定四年"。[②] 易祓嘉定辛四年(1211)七月吉日摩崖在融水真仙岩《侍读直院尚书易公水洞留题》,《中国西南地区历代石刻汇编》误署为"嘉定元年"。[③] 徐粟、徐虎等三人弘治十三年三月廿四日在叠彩山题记,摩崖在桂林市叠彩山风洞,《中国西南地区历代石刻汇编》误署"弘治三年"。[④]

如果年月误辨时间相差不远,影响不大,但毕竟于考查作者行迹有影响,如果是朝代的错误,那就直接关系到历史研究的结果,影响肯定比较大了。

九、属地误录

许多碑刻整理者因材料非直接得来,或者误记,常会将碑刻的产地误录。如陈邕淳熙十四年(1187)作《海阳山神侯爵记》,摩崖碑刻在灵川海洋山麓。《中国西南地区历代石刻汇编》误署"在融水苗族自治县真仙岩"。[⑤]

莫允熙于宋神宗元丰七年(1084)重装神龛记摩崖在桂林华景洞,《八琼室金石补正》误作"四川摩崖"。[⑥]

九代靖江王朱经扶正德九年(1514)甲戌夏六月初一日刊《独秀峰题诗》于独秀峰,《中国西南地区历代石刻汇编》误署"龙隐岩"。[⑦]

胡文华、彭而述于顺治十八年(1661)《七星山唱和诗》摩崖在桂林七星岩口,《中国西南地区历代石刻汇编》误署"桂林市独秀峰"。[⑧]

叶绍本于道光六年(1826)刻《叠彩山题记》在桂林市叠彩山风洞,《中国西南地区历代石刻汇编》误署"在贵港市南山寺"。[⑨]

王迤祖于淳熙十三年(1186)刻《题龙隐岩诗》摩崖在龙隐岩,《桂林石刻》误署在"龙隐洞"。[⑩]

这种碑刻属地误录,涉及作者的游历地域,文人从来讲究读书与游历相结合,因此碑刻属地误录

---

① 重庆博物馆等编:《中国西南地区历代石刻汇编》,载《广西省博物馆卷》(第十三册),天津古籍出版社1998年版,第145—146页。

② 重庆博物馆等编:《中国西南地区历代石刻汇编》,载《广西省博物馆卷》(第四册),天津古籍出版社1998年版,第162页。

③ 重庆博物馆等编:《中国西南地区历代石刻汇编》,载《广西省博物馆卷》(第四册),天津古籍出版社1998年版,第159页。

④ 重庆博物馆等编:《中国西南地区历代石刻汇编》,载《广西省博物馆卷》(第五册),天津古籍出版社1998年版,第111页。

⑤ 重庆博物馆等编:《中国西南地区历代石刻汇编》,载《广西省博物馆卷》(第四册),天津古籍出版社1998年版,第143页。

⑥ 陆增祥:《八琼室金石补正》(卷105),载《续修四库全书》本。

⑦ 重庆博物馆等编:《中国西南地区历代石刻汇编》,载《广西省博物馆卷》(第十一册),天津古籍出版社1998年版,第45页。

⑧ 重庆博物馆等编:《中国西南地区历代石刻汇编》,载《广西省博物馆卷》(第六册),天津古籍出版社1998年版,第121页。

⑨ 重庆博物馆等编:《中国西南地区历代石刻汇编》,载《广西省博物馆卷》(第七册),天津古籍出版社1998年版,第96页。

⑩ 桂林市文物管理委员会编:《桂林石刻》(上册)(内部资料),1977年,第218页。

看似无谓，其实有实际价值。

以上是笔者举例将整理中总结出的因诸种因素而导致的碑刻的误录，包括人物误录、格式误录、字形误录、误入(拆出)他碑、断章取义、疏略漏录、放弃辨识、误辨朝代、属地误录九项。当然，在实际操作中还有更多方面的原因会导致误录，比如碑文为苍苔盖覆一时难见，比如因不熟悉字体导致误录也是常见现象，因为碑文涉及各种字体的文字如真草隶篆掺杂使用，再加上不同的人又有不同的写法，有些实难辨认。这些误录直接影响到碑刻的文献价值的发挥，影响到人们对碑刻文献的利用，影响到对某个地区、某个时代以及某个人的学术发展水平和发展方向的评价，是一个重要的问题。笔者今天在此细究，一是希望人们在利用上述碑刻时有个参考，二是希望通过这种原因的探索，对自己以后整理石刻时有所帮助。当然这里的总结可能还不是很科学或者全面，但也希望能起到一个抛砖引玉的作用。

【主要参考文献】

[1] 永瑢等撰:《四库全书总目》,中华书局1965年版。
[2] 桂林市文物管理委员会编:《桂林石刻》(内部资料),1977年。
[3] 重庆博物馆等编:《中国西南地区历代石刻汇编》,天津古籍出版社1998年版。
[4] 《文史》2011年第4期。
[5] 金鉷等纂修:《广西通志》,载上海古籍出版社影印文渊阁《四库全书》本。
[6] 程朗编注:《柳侯祠文献汇编》,黄山书社2004年版。
[7] 崇左县志编纂委员会编:《崇左县志》,广西人民出版社1994年版。
[8] 李楚荣:《宜州碑刻集》,广西美术出版社2000年版。
[9] 陆增祥:《八琼室金石补正》,载《续修四库全书》本。

从“苏潮”到“苏海”

江　枰

（江西财经大学人文学院）

内容摘要：在韩愈、苏轼散文的评论史上，有过从“韩海苏潮”到“韩潮苏海”的转变，促成这个转变的关键人物是吴伟业。“韩潮苏海”能成为定论，首先是因此论对韩愈、苏轼二人文章风格特色把握更准确，其次则与吴伟业在文坛的崇高地位有关。

关键词：苏轼散文　韩潮苏海　吴伟业

苏轼曾自评其文曰：“吾文如万斛泉源，不择地皆可出……所可知者，常行于所当行，常止于不可不止，如是而已矣。”①这涉及其文的风格特色，但主要是描绘其因灵感勃发而文思泉涌的创作状态，不过这已开了以水喻其文的先例。此后学者评论苏轼文章时，也常以不同形态的水来比拟。从泉源到大海，水的形态千变万化，似非如此不足以形容苏轼文章的多姿多彩和深厚广博。在苏轼文章评论史上，曾经有过从拟之如潮到喻之如海的公案。宋元间李淦《文章精义》第 17 条曰：“韩如海，柳如泉，欧如澜，苏如潮。”②李淦，字耆卿，为朱熹再传弟子，入元曾任国子助教，学者尊称为性学先生。《文章精义》为其弟子于钦受业时的笔记，今存 101 条。其内容主要是关于古今文章的评论，少数条目谈及诗歌。书中有 28 条涉及韩愈文章，12 条论柳宗元文章，13 条论欧阳修文章，17 条论苏轼文章。当时还没有“八大家”的提法，书中论王安石、曾巩、苏洵、苏辙文章的内容很少。可见在唐宋文章家中李淦最重视韩愈、柳宗元、欧阳修、苏轼四家。

将韩愈、柳宗元、欧阳修、苏轼并提，无疑是因他们在散文上都有杰出成就。这并不是李淦的首创，此前如王十朋即云：“唐宋之文，可法者四：法古于韩，法奇于柳，法纯粹于欧阳，法汗漫于东坡。余文可以博观，而无事乎取法也。”③但以海、泉、澜、潮分别喻拟四家文章风格，仍让人有别开生面之感。可是李淦没有就此具体申说，因而略嫌笼统模糊，且以海、泉、澜、潮分别对应四家文章的论点也未必准确，此说提出后也鲜有响应者。

较早明确质疑李淦此论的是明末清初的吴伟业。他在为其师张溥编的《苏长公文集》所作的序中认为李淦之说：“非确论也，请易之曰：韩如潮，欧如澜，柳如江，苏其如海乎！夫观至于海，宇宙第一之大观也。”④吴伟业对李淦之论改易不小：韩愈、柳宗元、欧阳修、苏轼的顺序变为韩愈、欧阳修、柳宗元、苏轼；改“柳如泉”为“柳如江”；把对韩愈和苏轼的对应词做了对调，“韩海苏潮”变为“韩潮苏海”。对韩愈、柳宗元、欧阳修、苏轼顺序的改变导致原来对应四人的“海泉澜潮”现在变成了“潮澜江海”。这或许有某种深意，毕竟潮、澜只是水势大小的区别，而江、海则是包容广大的水体，不论潮、澜都须依附于江河湖海而存在，因此似可理解为吴伟业论文以韩愈、欧阳修为辅，柳宗元、苏轼为主。反之，按李

---

① 苏轼：《自评文》，载《苏轼文集》，孔凡礼点校，中华书局 1986 年版，第 2069 页。

② 王水照主编：《历代文话》（第二册），复旦大学出版社 2007 年版，第 1165 页。

③ 《梅溪王先生文集》卷十九《杂说》，载《苏轼资料汇编》（上编第二册），中华书局 1994 年版，第471 页。

④ 《吴梅村全集》，载《苏轼资料汇编》（上编第三册），中华书局 1994 年版，第 1094 页。

淦的排序，则是"海泉"为"澜潮"的基础，对应可解读为以韩愈、柳宗元为主，欧阳修、苏轼为辅。改"柳如泉"为"柳如江"，则包容更广，格局更大，显示吴伟业评柳宗元文章地位有提升。当然，易"韩海苏潮"为"韩潮苏海"才是吴伟业这段文字的关键之处，最具学术价值，因而是本文讨论的重点。

可以肯定的是，吴伟业"韩潮苏海"之论一出，即获响应，如清初孔尚任在《桃花扇》中借侯方域之口曰："早岁清词，吐出班香宋艳；中年浩气，流成苏海韩潮。"[①]戏曲雅俗共赏的特点无疑会扩大这一论点的传播范围。至晚清张佩纶《涧于日记》辛卯上卷："吾颇疑坡公以孟郊诗为彭蚏、以山谷诗为江瑶柱皆有贬词，试问能与韩潮苏海较耶？"[②]杨毓辉《郑观应〈盛世危言〉跋》："观其上下五千年，纵横九万里，直兼乎韩潮苏海，则不啻读《经世文编》焉。"[③]从以上诸人在创作和评论中对"韩潮苏海"或"苏海韩潮"的自如引证来看，足以说明"韩潮苏海"已是公论，甚至是人们耳熟能详的习语。尽管俞樾曾发现李淦原文，指出时人之误："国朝萧墨《经史管窥》引李耆卿《文章精义》云：'韩如海，柳如泉，欧如澜，苏如潮'，然则今人称'韩潮苏海'，误矣。"[④]这一方面是考据李耆卿的原话如何，并不一定代表俞樾本人的看法；另一方面也正可从反面说明到清晚期"韩潮苏海"之说已成共识，绝大多数人已不知道或不认同李淦之说了。

从"韩海苏潮"到"韩潮苏海"的转换得以成为共识，至少有两方面的原因：①这一评价更准确，更符合韩愈、苏轼文风特点的实际，自然更能获得认同；②吴伟业在文坛的号召力使然。

首先，韩愈文章向以气势雄奇盛大见长，行文充满力度，有时又一唱三叹，波荡往复，如以水为喻，确实更似汹涌澎湃的潮水。韩愈即使在奏章和议论中也不乏激情，如导致其被贬潮州的《论佛骨表》言辞激烈，无所顾忌；为苏轼所激赏的《送李愿归盘古序》，一唱三叹、波折回环。这些特征和苏轼文章多翻空出奇，反复申说，娓娓道来的风格确乎不同。如同为祭文，苏轼《祭欧阳文忠公文》中规中矩，章法严整；而《祭十二郎文》寓深哀巨痛于貌似絮絮叨叨的叙述之中，能给读者心灵带来巨大的冲击，具有极强的感染力。

韩愈文章这种如潮水般的气势来自其内心不可抑制的激情，韩愈"气盛言宜"、"不平则鸣"[⑤]的为文思想也很好地印证了他对文章气势的自觉追求。不少评论家都注意到韩愈文章气势磅礴的特点，如韩愈弟子皇甫湜评曰："韩吏部之文，如长江大注，千里一道，冲飙激浪，汙流不滞。然而施灌溉或爽于用。"[⑥]汹涌澎湃的潮流必然不适于浇灌田亩，苏洵也评韩愈文章"如长江大河，浑浩流转，鱼鼋蛟龙，万怪惶惑，而抑遏蔽掩，不使自露，而人自见其渊然之光，苍然之色，亦自畏避，不敢迫视"[⑦]，显然也看到了韩愈文章浩荡如潮的特点。

苏轼文章以论说见长，文风悠游从容，机趣横生，情绪内敛，很少有激烈磅礴之作。加之内容广博，无所不包，无事无意不可以传达，显然更具"海"的特征。从苏轼散文风格的多样性来说，并非潮、澜、泉可以形容，而万流归海，只有海最能状其千变万化。再者，韩愈文章除去《顺宗实录》共 358 篇，而苏轼文章超过 4 000 篇，直接从数量来判断，苏轼文章也更浩博，宜乎以海为喻。清嘉庆时海阳(潮安)人郑昌时论评道："苏文如海，韩文如潮。海言所就之宏深，潮言其气之盛大也。"[⑧]王水照先生也认为："韩文公的'驱驾气势，若掀雷挟电，撑抉于天地之间'，以'潮'作喻，至为恰当；而苏轼的文化世界，非大海之广不足以言其'波澜浩大，变化不测'，非大海之深不足以言其'力斡造化，元气淋漓，穷理尽

① 《桃花扇·听稗》，王季思等注，人民文学出版社 1984 年版，第 5 页。

② 《苏轼资料汇编》(上编第四册)，中华书局 1994 年版，第 1585 页。

③ 郑观应：《盛世危言》，辛俊玲评注，华夏出版社 2002 年版，第 603 页。

④ 俞樾：《茶香室丛钞》卷八"韩海苏潮"条，贞帆等点校，中华书局 1995 年版，第 192 页。

⑤ 分别见韩愈《答李翊书》和《送孟东野序》，载马其昶：《韩昌黎文集校注》，上海古籍出版社 1986 年版，第 171、233 页。

⑥ 《皇甫持正文集》卷一《谕业》，载《四部丛刊》本。

⑦ 《上欧阳内翰第一书》，载曾枣庄、金成礼笺注：《嘉祐集笺注》(卷十二)，上海古籍出版社 1993 年版，第 328 页。

⑧ 郑昌时：《韩江见闻录》"韩庙苏碑"条，吴二持校注，上海古籍出版社 1995 年版，第 9 页。

性,贯通天人','苏海'遂成定评。"[①]

事实上,曾为苏轼幕客的李之仪即以海喻其文,其《仇池翁〈南浮集〉序》云:"其绪余土苴,则纵横造次,落笔皆为人所取。所到之处,人人得而有之。海熟而珠富,山辉而玉出,凡所采择,并皆满足而去。是以残章断简,片文只字,侈如前日之家有藏也。"[②]应该说李之仪用"海熟而珠富"来形容苏轼文章还是无意识的,"海"的形象是他因推崇苏轼文章而顺带提及,以海喻苏轼文章的意图并不明确。比较而言,南宋赵夔的评论在这方面的表述则清楚得多,"仆自幼岁诵其诗文,手不暂释。其初如涉大海,浩无津涯,孰辨淄渑泾渭?而鱼龙异状,莫识其名。既穷山海变怪,然后了然无有疑者"[③],所指包括苏轼诗文。这些评论显示以海喻苏轼文章是其来有自。

其次,吴伟业在文坛的声望是"韩潮苏海"得以定论的另一重要因素。吴伟业早年即名重仕林,为复社领袖张溥高弟,位列"十哲"。复社因他的参与而影响力大增,程穆衡《娄东耆旧传·吴伟业传》云:"当社事之盛也,学侣奔辏,联茵接席,虽二张之伟博足振兴之,实公以盛藻巍科树之帜而为招焉。"[④]崇祯辛未年(1631),吴伟业时年二十二岁,即获会试第一,廷试第二,授翰林编修,朝廷制辞评云:"陆机词赋,早年独步江东;苏轼文章,一日喧传天下。"[⑤]皇帝又钦赐归娶,于是天下荣之,"海内争慕其风采"[⑥]。这正是他为张溥的《苏长公文集》作序的同一年,随后吴伟业任职京城,"凡典册制诰之文,多所裁定,黜浮崇雅,一时推为鸿文大章,虽宿居盛名者,亦交逊以为弗及"。入清任国子祭酒,"聚海内英誉,辩论异同,环桥门而观听者数千计"。归里后,"四方问字者接踵至,然闭门好修,吟咏自若,其道谊日隆,文章日富,殆高者益莫测其高,深者益莫测其深矣"[⑦]。顾湄《吴梅村先生行状》描述其地位云:"自虞山(钱谦益)没后,先生独任斯文之重,海内之士与浮屠、老子之流文为请者,日集于庭,麾之弗去。一篇之出,家传人诵,虽遐方绝域,亦皆知所宝爱。"[⑧]"是时先生之文,家弦户诵,虽深山幽谷,儿童妇女,莫不耳熟先生之姓名者,海内士子始蒸蒸渐进于古人之业,先生之功在儒林,盖已久矣。"[⑨]

吴伟业不但生前是继钱谦益之后名副其实的文坛领袖,在他去世数十年后,其作品仍得到乾隆君臣的称赏。乾隆皇帝《题吴梅村集》诗曰:"梅村一卷足风流,往复披寻未肯休。秋水精神香雪句,西昆幽思杜陵愁。裁成蜀锦应惭丽,细比春蚕好更抽。寒夜短檠相对处,几多诗兴为君收。"大臣靳荣藩和诗四首。[⑩] 在文字狱盛行的乾隆朝,吴伟业的诗文却为君臣唱酬,共为推评,这无疑会极大地强化吴伟业的盛名,扩大其文字的影响。

明晚期正值苏轼文章传播的兴盛时期,《苏长公文集》的编选者张溥又是复社领袖,而该书本有为士子编选以应科考的目的,当会传播广远。吴伟业的序,又有助于扩大该书的影响,序中"韩潮苏海"的论点自会因书的流传而得到广泛的认同。而当苏轼文章的阅读热潮消退后,《苏长公文集》即便已不再流行,本来就比"韩海苏潮"更准确的"韩潮苏海"之说,已成定评,深入人心了。

---

① 王水照:《走近"苏海"——苏轼研究的几点反思》,载《文学评论》1999年第3期,第135页。

② 《姑溪居士全集·后集》(卷十五),载《丛书集成初编》本,第90页。

③ 赵夔:《百家注东坡先生诗序》,载《苏轼诗集》,王文诰辑注,孔凡礼点校,中华书局1982年版,第2831页。

④ 吴伟业:《吴梅村全集》,李学颖集评标校,上海古籍出版社1990年版,第1413页。

⑤ 陈廷敬:《吴梅村先生墓表》,载吴伟业:《吴梅村全集》,李学颖集评标校,上海古籍出版社1990年版,第1408页。

⑥ 王昶:《吴伟业传》,载吴伟业:《吴梅村全集》,李学颖集评标校,上海古籍出版社1990年版,第1414页。

⑦ 卢綋:《梅村集序》,载吴伟业:《吴梅村全集》(附录三),李学颖集评标校,上海古籍出版社1990年版,第1489页。

⑧ 吴伟业:《吴梅村全集》,李学颖集评标校,上海古籍出版社1990年版,第1406页。

⑨ 陈瑚:《梅村集序》,载吴伟业:《吴梅村全集》(附录三),李学颖集评标校,上海古籍出版社1990年版,第1490页。

⑩ 尤侗:《祭吴祭酒文》,载吴伟业:《吴梅村全集》(附录四),李学颖集评标校,上海古籍出版社1990年版,第1506页。

古代散文研究的当代困境

阚文文

（山东农业大学文法学院中文系）

内容摘要：古代散文在当代被“恶搞”成一种后现代风格的模仿式戏谑文体；当代散文的创作和古代散文的创作较少直接关联；古代散文在当代的传播缺少电影、电视等大众化的媒介形式；古代散文在当代的传播形式主要是图书；散文在古今中西均以理性、智慧、反思甚至论辩为特点，与亚里士多德提出的“净化说”背道而驰；当代的古代散文研究缺少与西方文论的双向传播；从修辞学角度入手研究古代散文可能滑向功利主义，这与浪漫主义文学传统相悖。

关键词：古代散文　散文研究　困境

中国古代散文是一个早熟的文体，其发展过程不同于古代的诗歌、小说，“古代散文没有经过技巧的发展过程，在战国时期随着语言的发展就已经达到了一个高潮，并且这一时期的散文还成为后人在创作中频频回顾的典范”[①]。同时，创作散文（包括骈文）和创作诗歌、小说的目的也完全不同，散文的指点江山、激扬文字是历代文人晋身仕林、治国安邦所必须掌握的基本生存技能，故而在古代的主流文学观念中，“文体的尊卑等级秩序是文（包括散文、骈文）第一，其次诗，为文之余，其次词，为诗之余，其次曲，为词之余，小说更是等而下之的文体。散文的至尊地位是其他文体无法企及、无法替代的”[②]，即便是以诗闻名的李商隐、杜牧，亦工于散文写作，更遑论韩愈、柳宗元、欧阳修、苏轼。

然而在当代，不但散文自身逐步变得边缘化，古代散文研究与小说、诗歌、戏剧相比亦显得创新不足，散文研究甚至成为一种专门针对散文内容的研究，比如庄老思想、荀子思想、韩愈谏佛骨、袁宏道谈性灵等，有学者指出：“这些所指涉的都只是一个散文家的政治、哲学、宗教、文化等思想，而未及散文这一概念本身。”[③]如此一来，古代散文研究的价值究竟体现在哪里？本文将力图呈现古代散文研究在当代所遭遇的困境，权作抛砖引玉之用，以期帮助广大研究者发现更广阔的视角。

一、古代散文自身的困境

（1）以实用为主要目的的古代散文是当时的社会产物，在当代显然失去了生存土壤，缺少用武之地。但古代散文在如今却出现了一种后现代风格的模仿式戏谑文体（或曰“恶搞”），如《凤姐列传》、《药家鑫列传》、《苍井空列传》等。由某不知名网友杜撰的《药家鑫传》云：

药公家鑫者，华朝长安人氏。华朝五十年（1989），药公诞于古都长安，时天生异象，群驴乱吼，或曰：莫非如《水浒》所载之“洪太尉误走妖魔”之事再现？……人皆称：药公不亡，则法律亡。药公不死，则国家死。药公之事，举国牵动，药公之名，举国牵挂。由此观药公，真乃关系国运之达人也。

---

① 宁俊红：《20世纪古代散文批评范式的演变与反思》，载《兰州大学学报》（社会科学版）2003年第6期。

② 欧明俊：《文学文体，还是文化文体？——古代散文界说之总检讨》，载《文史哲》2011年第4期。

③ 黄卓越：《书写，体式与社会指令——对中国古代散文研究进路的思考》，载《北京大学学报》（哲学社会科学版）2010年第3期。

在F·詹姆逊看来，这种“恶搞”只是形式上的模仿，模仿了古代散文的词汇、句式，但内容却是当代的，源于日常生活的，这种模仿被F·詹姆逊称为剽窃，因为“在一个风格创新不再可能的世界里，唯有去模仿已死的风格，去戴着面具并且用虚构的博物馆里的风格的声音说话”①，才是别具一格的、能够适应这个后现代主义消费社会的艺术形式，用古代文体来记录当代日常生活的确算不上创新，“后现代主义”亦无优劣高下之别，但古代散文这种历史上的精英式文类却面临着现实中的庸俗化挑战。

(2)当代散文的创作和古代散文的创作较少有直接关联，因为在当代作者眼中，前者是“文学”，后者至少不是“纯文学”。古代散文在陈剑晖先生看来，之所以被视为中国文学的正宗，“盖因其是中国正统的‘经世致用’文化的文学化和通俗化的表述”②，散文在中国古代的出现，不是审美需要，而是因为它的实用性，这种经世致用的实用性必然和作者的情感之间关系疏远，但在当代，情感与文学的关系才是不可分的。余秋雨2004年接受央视采访时认为，研究学术和创作散文不一样，有可能想明白，或者想明白但不一定正确的东西，可称为“学术”；而有些想不明白但又觉得很重要的问题，如果这些问题带动了感情，只有在这样的“角落”里，才能写作散文。此处余秋雨并没有把散文当作“经国之大业”或者“圣贤书辞”，而是自然而然地把散文当成艺术创作的一种形式，“学术”固然不同于经世致用或者齐家治国，但其立德立功立言的功能决定了学术本身也是“实用性”的，所以，研究学术和情感注入在他看来是要一分为二，他的散文观也因此与周作人、郁达夫、林语堂等人强调的现代散文一脉相承，现代意义上散文作为文学艺术的一种形式和强调个性与感性的浪漫主义文学观念紧密相关，这自然和古代散文的创作目的、创作方式迥然有别。

(3)和古代小说、古代戏曲相比，古代散文在当代的传播一方面仅限于学校教育与学术研究系统，另一方面也缺少电影、电视等大众化的媒介形式，这无疑限制了古代散文对当代生活的介入。古典小说四大名著自不必说，《赵氏孤儿》、《花木兰》、《西厢记》、《薛仁贵》、《七侠五义》、《穆桂英挂帅》也被多次改编为影视作品，电视剧版《红楼梦》(李少红导演)更是建构起一个全民海选女主角的媒介议程设置。③ 相比较而言，古代散文对于当代社会的影响力甚至不如动画视频版的古诗对于幼儿启蒙教育的影响。以优酷网和土豆网为例，用“古代散文”、“古典散文”进行搜索，赏析类、中学课件类视频不过数十个，而用“古诗”、“唐诗三百首”搜索，视频数量数以千计。此外，散文与当代媒介的结合体“电视散文”自央视三套1996年开播以来，更多地被视为一种电视专题片，是“受到文学散文影响而形成的一种新的电视艺术样式”④，是“中国化的电视艺术作品”⑤，而不是“散文”自身的现代媒介形式，更何况，由全国各地电视台制播的电视散文，其取材选题也大多是现当代散文作品，极少古代散文作品。⑥ 可见，在多媒体、宽带网络和计算机、大众传媒已经全面覆盖基础教育、高等教育甚至日常生活的前提下，古代散文正在面临着“水土不服”的尴尬。

(4)古代散文在当代的传播形式主要是图书，图书又以作品集为主，以译注、赏析等普及类读物为主，其中《古文观止》有数十种译注本，仅中华书局便出版了选译本(2010)、钟基(2009)与葛兆光(2008)的注释本、名家精译本(2007)以及繁体竖排本(2004)等等，唐宋八大家文钞、文选、读本也有数十种版本刊行于世，散文研究类著作仅有30余种⑦，形式不可谓不单调，内容不可谓不单薄；但是古代

① 詹明信：《后现代主义与消费社会》，载詹明信：《晚期资本主义的文化逻辑》，生活·读书·新知三联书店1997年版，第403页。

② 陈剑晖：《时代文体与文化文体》，载《华南农业大学学报》(社会科学版)2009年第4期。

③ 1972年美国学者麦库姆斯和肖提出的议程设置理论认为大众传播往往不能决定人们对某一事件或意见的具体看法，但可以通过提供给信息和安排相关的议题来有效地左右人们关注哪些事实和意见以及人们谈论这些问题的先后顺序。大众传播可能无法影响人们怎么想，却可以影响人们去想什么。

④ 孟建：《论电视散文》，载《中国广播电视学刊》1997年第10期。

⑤ 周星：《诗与画的交响——关于电视诗歌散文艺术的思考》，载《中国电视》1999年第1期。

⑥ 胡志刚：《论电视散文产生的必然性》，载《现代传播》2002年第5期。

⑦ 根据当当网、卓越网2012年5月在售图书数据。

小说、诗词、戏曲等文学形式的传播内容要丰富得多,不仅图书有单行本、选注集成、佳句赏析,音像制品也很多样化,研究类著作则涵盖文献与史料研究、宗教与文化研究、类型与理论研究等多种角度。必须承认的是,图书是一种依靠理性思辨来完成传播与接受的媒介,但诗歌、小说、戏曲所利用的视频、音频、图片等多媒体形式能够同时激发理性思维和感性思维,这对于文学作品在大众层面的普及至关重要,古代散文在这个层面上又处于下风,其媒介不但和古代一样局限于书籍,所传播的内容也受局限。

二、古代散文研究体系与方法的困境

首先不得不承认的是,“散文理论是世界性的贫困,它的学术积累不但不如诗歌、小说、戏剧,而且连后起的、暴发的电影,甚至更为后发的电视理论都比不上。这是因为散文作为一个文类,其外延和内涵都有一种浮动飘忽”[①]。王兆胜先生指出:“在各种文学门类中,散文恐怕是最具边缘性、最不受重视、最缺乏研究的文体。大家几乎众口一词地认为,散文没有自己成熟的理论,因循守旧和缺乏创新也使之乏善可陈。”[②]本文认为,这种局面一方面源于西方现代意义上的“散文”(essay)出现较晚,自蒙田 1580 年出版的《随笔集》而定名,与诗歌、小说、戏曲源远流长的历史不可同日而语,对散文的研究更是晚近之事;另一方面,与韵文相对立的散文在古今中西均以理性、智慧、反思甚至论辩为特点,故而和亚里士多德提出的通过情绪放纵和宣泄来净化读者(观众)心灵的“净化说”背道而驰,后者显然被几乎所有的小说、戏剧、诗歌等文学创作者奉为圭臬,在这个意义上,散文可能随时被剔出“文学”之外,更何况对它的研究想当然被视为与文学渐行渐远。

中国古代散文研究的尴尬之处主要体现于两个层面:①概念体系;②研究方法。

从一般意义上看,先确定了研究对象,才能选择一种研究方法,而这个研究对象必须能够明确自身的内涵和外延,然而,中国古代散文在现当代散文概念的影响下,或与韵文相对,或与骈文相对,有时又与诗歌、小说相并列,陈平原先生就此认为古代散文是一个“滑动”[③]的概念。南帆先生则指出:“散文的定义不是肯定地列举散文的规则,而是将显赫文类排除之后的余数归诸散文,这种‘否定性的定义’,使散文成为诸文类退出竞技舞台之后安居之地,不仅促使一些文类衰老,同时还催生另一些文类……散文是文类的结束,又是文类的开始。”[④]在这样的前提下,针对古代散文的研究自然形不成合力:骈文研究、古文研究、汉赋研究、小品文研究各自为战,在中国期刊网(CNKI)上以“古代散文”和“古典散文”作为题名关键词搜索,粗略计算,自 1980 年 1 月到 2012 年 1 月,30 多年时间,共有 286 篇研究文章,而与此同时“骈文”381 篇,“汉赋”576 篇,“辞赋”515 篇,但同时“古代小说”竟有 984 篇,“古代戏曲”尚且 329 篇;期间以时代或作者为维度的,并以“散文”为题的博士论文仅有 16 篇,而以“古代小说”为题,并从宏观整体视角进行研究的博士论文已经达到 14 篇,这还不包括以单个作品为研究对象的其他数量更加庞大的博士论文——兄弟阋墙、左右手互搏,这确实是古代散文研究的尴尬。

研究对象本身的概念问题因人因时而异,但研究方法却面临着裹足不前的问题。陈剑晖先生指出:“长期以来,我国的散文研究者总是从谋篇布局和行文章法一类的文章做法,即仅仅从外在的组织方式来看待散文的结构。”[⑤]古代散文学者从古至今皆习惯于从细枝末节的修辞角度入手进行研究,以《中国古代散文发展述论》[⑥]一文为例,余恕诚先生将“汉以后的赋、骈体文以及说理性著作中具有才情和注意语言修辞的作品”都称为“散文”,在介绍文学史上具有代表性的“散文”之文学色彩时,《孟子》

① 孙绍振:《评陈剑晖〈中国现当代散文的诗学建构〉》,载《文学评论》2006 年第 5 期。

② 王兆胜:《散文的常态与变数》,载《文艺争鸣》2009 年第 6 期。

③ 陈平原:《古典散文的现代阐释》,载《中山大学学报》(社会科学版)2004 年第 6 期。

④ 南帆:《文类与散文》,载《文学评论》1994 年第 4 期。

⑤ 陈剑晖:《构建新的散文理论话语》,载《学术研究》2005 年第 2 期。

⑥ 余恕诚:《中国古代散文发展述论》,载《安徽师范大学学报》(人文社会科学版)2005 年第 3 期。

的"戏剧性"、《庄子的》"生动故事"、《左传》的"叙事之最"、《战国策》塑造的"形象"、《史记》创造的"人物"、南北朝时的"修辞"与"典故"、韩愈散文的"生动形象"、柳宗元散文对形象的"想象夸张"、欧阳修散文的"论说技巧"、归有光的"细心刻画"……都被余恕诚先生视为散文"文学色彩"的基本组成部分，可这些比喻、夸张、论辩、描摹、形象化、诉诸情感等语言修辞技巧实际上是语言学和修辞学的研究重点，在这个问题上研究古代散文与研究古代诗词、小说相比并无独到见解。

此外，当代的古代散文研究较为孤立，缺少与当代文论、西方文论的双向传播，主要是作品赏析和以人物为核心的社会学、历史学模式，尽管20世纪60年代已有学者认为形成《庄子》汪洋恣肆风格的最主要因素是"它的结构"，"《内篇》的结构不只是一个逻辑问题，它表现了庄子的复杂的艺术构思"[①]。可惜这种类似于结构主义分析的探索未能深入和延续。形成这种现状的原因主要在于西方也一直没有独立的散文理论，什克洛夫斯基的《散文理论》和托多罗夫的《散文诗学》分别把神话、小说都归入到散文理论中来，西方文艺研究的对象并不包括散文，导致我国研究者难以直接借鉴。

最后，由于散文先天的实用性，加之作为散文作者的知识分子与官僚体制、科举制之间的紧密关系，中国文学史中能够得以流传的散文，其作者多具备官僚、学者、文学家三合为一的身份，后世学者所归类的文学之文在作者创作之时未尝不将之当作应用之文而煞费脑筋，斧削雕琢——陈平原先生曾举例，古代散文中的一些被传诵为表达感情名篇，如书信和日记，皆是有意为之，"明知可以入文集、刊专本，文人写信时不免存了给第三人乃至举国上下、子孙后代传阅的心思"，"郑板桥的家书别出心裁，写得古怪利落，可也不脱做文章的心思"。[②] 这样看来，中国古代散文或者被作者用于说服帝王将相，或者用于说服仕林同僚，或者用于说服亲朋至友，那么，对它的研究就必须从修辞学角度入手，从说服的手段和表现的技巧入手，于是乎，针对散文的文学研究就渐渐侧重于实用主义，继而不免滑向功利主义，但这又和自康德以来的浪漫主义文学传统相悖，因为康德认为，审美是无功利的，无目的的合目的性才是美，而研究说服、研究手段、研究技巧，显然是功利性的，显然目的十分明确，这便是古代散文研究和现代散文研究，尤其是和近现代文学理论研究之间不断冲突的根源所在。

三、展　　望

丁晓原先生在2006年时提到："过往的散文研究比较多的是一种批评，包括作家作品评论和创作史、理论批评史的梳理与述评。另外，还有大量的是散文写作指导之类书籍。真正有理论含量、高端而又切实的研究相当匾乏。"[③]不过，这种尴尬局面在2011年得到了改观，这一年内，谭家健先生的新著《中国散文史纲要》由山西教育出版社出版，马茂军的《中国古代散文思想史》由人民出版社出版，陈晓芬的《中国古典散文理论史》由华东师范大学出版社出版……古代散文研究将从此进入新的一页。

---

① 邹云鹤：《试论庄子·内篇散文的艺术特征》，载《江汉学报》1963年第2期。

② 陈平原：《中国小说叙事模式的转变》，北京大学出版社2003年版，第199页。

③ 丁晓原：《文体哲学：散文理论研究深化的可能与期待》，载《文艺争鸣》2006年第2期。

散文与佛学

李正西
（合肥师范学院中文系）

内容摘要：散文与佛学的关系越来越受到学术界的关注和重视。本文抛砖引玉，就散文与佛学的关系做了简略的探讨，主要涉及散文理论、散文创作、散文作家等与佛学的关系。

关键词：散文　散文理论　散文创作　佛学　佛理

一

自东汉末年佛教传入中国以后，思想界和学术界增添了佛学的新内容，并且迅速地改变着人们的思维方式，佛教的唱经、偈语等也在充实着人们的表达方式和表现形式，并且深刻地影响到散文创作，使得散文的文学理论、文学内容以及文学形式也都发生了变化。

可以看到，文学理论出现了《文赋》、《文心雕龙》等理论巨著。特别是《文心雕龙》的出现，正是受到佛教辩经思维的启发，结合《易经》的"大衍之数五十"，规划了这样一部体系完整的巨著。此后一直到清代的文学理论，无不受到佛教学说的影响，并且与儒学、老庄学说一起形成了独具特色的中国文学理论，这些都深刻地影响着散文创作。

文学艺术形式变得更为丰富多彩，并且由单一的叙事走向复杂的讲唱、诗文合一的叙事。因此，散文与佛学的关系可以包括以下几个方面的内容：①文学理论；②作家修养；③文学创作。

文学理论，指在佛学思想指导下形成的文学的认识和对文学的观察而形成的形而上的观点和见解。作家修养，指作家对佛学特别是对佛教般若学的接受、认识、理解及其接受过程中对佛学的运用。文学创作，指文学作品受到佛学的影响造成的深度及其局限，文学作品中自觉运用佛学改变了文学作品的面貌的状况，受到佛学的影响的艺术技巧的使用而改变的形态。

以上方面包括佛学影响到《文赋》、《文心雕龙》等理论著作对"文"的阐释与理解。对佛学阐释的散文都有较高的思辨水平，例如孙绰的文章、谢安的文章、何充的文章、桓玄的文章等。佛学散文也数量惊人，如支遁、道安、僧肇、僧睿、慧远的文章等，还有各种高僧传中的序言、赞语等。这些都是我们注意不够、研究不够或研究得不深入的。

笔者希望在这方面做出一些努力，并希望有所收获。

二

在散文理论方面首先受到佛学思想影响的是《文赋》。

《文赋》认识到文章的写作"难以尽意"的问题，当然是从庄子"得意忘言"引申而来的对散文创作状态的描述，说是"每自属文，尤见其情，恒患意不称物，文不逮意，盖非知之难，能之难也"。

而要尽意，就需要思维的突飞猛进，需要“随手之变”，需要在开始时即“收视反听，耽思傍讯，精骛八极，心游万仞”。这样，才能得到“情曈昽而弥鲜，物昭晰而互进”的艺术效果，写出的文章才能视野开阔，“观古今于须臾，抚四海于一瞬”。

而做到了这些，就会“若夫应感之会，通塞之纪，来不可遏，去不可止，藏若景灭，行犹响起。方天机之骏利，夫何纷而不理？思风发于胸臆，言泉流于唇齿。纷威蕤以馺遝，唯毫素之所拟。文徽徽以溢目，音泠泠而盈耳”。思如泉涌，激活了思维，因此会出现“思风发于胸臆，言泉流于唇齿。纷威蕤以馺遝，唯毫素之所拟。文徽徽以溢目，音泠泠而盈耳”的境界。

至于以下情况“六情底滞，志往神留。兀若枯木，豁若涸流。揽营魂以探赜，顿精爽于自求。理翳翳而愈伏，思乙乙其若抽”，无论怎样努力摆脱这种僵化的思维停滞的状态，都是“或竭情而多悔，或率意而寡尤”。都是因为并不理解事物的本来面目，所以是“虽兹物之在我，非余力之所戮”，所以是“时抚空怀而自惋，吾未识夫开塞之所由”，不懂得打开思维的门径。

这些生动的叙述显然是受到佛学顿悟学说的影响而对思维的突发性做出的描述。

《文赋》的这些对思维突发性、思维的顿悟的论述，开启了散文创作的自觉性，开启了散文创作的新天地，开辟了散文创作的新境界。

刘勰突破了“独尊儒术”或是“玄风独扇”的格局，主张“道沿圣以垂文，圣因文而明道”，提出了“因文明道”的主张，从而创造性地发展了中国古代散文理论，他的创造在今天仍然具有深刻的启发意义。

刘勰开放思维的一个重要贡献就是对佛教般若学和因明学的运用，这体现在《文心雕龙》中，就是认为“论说”如“宋岱郭象，锐思于幾神之区；夷甫裴頠，交辩于有无之域，并独步当时，流声后代。然滞有者，全系于形用；贵无者，专守于寂寥；徒锐偏解，莫诣正理；动极神源，其般若之绝境乎”。认为只有般若学的认识是最高的绝对的境界，这说明，刘勰是推崇佛教般若学智慧的。

“般若”，梵文的译音，是“智慧”但又不同于“智慧”(聪明)，是极为深刻的思辨。这种思维启发人们头脑的是，对于所见所闻所思所感的世俗认识的一切对象，都不要看作是完全的真实。唯有通过“般若”智慧对世俗认识的否定，才能把握真理，达到觉悟解脱。因为一切都处在变化之中、流动之中，只有不断地过滤、不断地追求，不断地用般若学的智慧加以观照，才能获得本体的认识。

这与老子、庄子的“道”以及魏晋玄学的“无”相类似，所以老庄思想和玄学后来成为宣传佛教的武器。与老庄思想的融合，奠定了佛教中国化的基本走向。

“般若绝境”启发了刘勰的头脑，使他用开放的思维看待散文创作，表现在他对“文的自然属性”的理解、“圆照(圆觉)之象，务先博观”的“触象而构”和“以像为教”的认识和论述上。

这体现在《文心雕龙》之中，就是以自然之道来看待“文”的产生与变化。刘勰认为，天地自然就是“文”的体现，“文”的德性与天地并生，形同天地的“玄黄色杂，方圆体分，日月叠壁，以垂丽天之象；山川焕绮，以铺理地之形，此盖道之文也”(《文心雕龙·原道》)。而创作者“仰观吐耀，俯察含章，高卑定位”，就产生了如同两仪运转状态的文章，体现的是“天地之心”。《文心雕龙·序志》说：“生也有涯，无涯为智。逐物实难，凭性良易。傲岸泉石，咀嚼文义。文果载心，余心有寄。”这“余心有寄”，就包括对“因文明道”的“文”的认识，是把“文”看作是天地自然的表现。

刘勰认为，这样与天地自然相应的文章，才是“心生而言立，言立而文明”，符合“自然之道”的文章，即心中体会到天地自然的“文”的特征，就有了发自内心的言论，言论的产生正是在自然之道的启示下而鲜明起来；是“道心惟微，神理设教”的文章，即天地自然是微妙的，会给人以神秘的启示来设立教化；是天地自然的形态的启示，使人的性灵所钟而产生了“文”。这包含着用般若学观照“文”的产生及其本质的认识在内。

刘勰注重意象的发现和创造，也来自庄子和般若学。《文心雕龙·诸子》说：“烛照之匠，窥意象而运斤：此盖驭文之首术，谋篇之大端。”刘勰说，这是同论扁斫轮和郢人运斤，是深刻地认识和理解了对象，技巧高超，才能达到的境界。刘勰把窥见意象提高到散文创作首要的位置。

刘勰说，这是“神用象通，情变所孕。物以貌求，心以理应”(《文心雕龙·神思》)的过程，是心灵对外物的感应和认识的艺术外化,是充分思考了外物的特征并且在心灵上引起强烈震撼的表现。

这种积极主动的意会,不仅可以诞生反映客观真实的物象,而且可以诞生虚幻的、想象的物象。"登山则情满于山,观海则意溢于海,我才之多少,将与风云而并驱矣。"(《文心雕龙·神思》)"凡操千曲而后晓声,观千剑而识器,圆照之象,务先博观,阅乔岳以形陪培塿,酌沧波以喻畎浍。"(《文心雕龙·知音》)这种说法也包含着运用般若学思维在内。亦如晋代郭璞《山海经序》所说:"夫以宇宙之寥廓,群生之纷纭,阴阳之煦蒸,万殊之区分,精气混淆,自相喷薄,游魂灵怪,触象而构,流行于山川,丽状于木石者,恶可胜言乎?""触象而构",发挥高度的想象力,可以将天地之间复杂纷纭的事物,甚至"游魂灵怪",借助于人、山川、木石、禽、兽的形象来表现,寄托对这些事物的认识。

刘勰也看重"以像为教"。佛家有通过物象启示教化俗众的传统,倡导营造境界。"拈花微笑"以及佛教雕塑、绘画的丈六金身,庄严色相,以至天堂清明,地狱阴惨,天女散花,夜叉披发,种种鬼幻,非人所见,然都是宣传教义、启发人心的手段。像这种模拟,既是天地自然之像的模拟与幻化,也是"人心营构"之象的曲折反映。佛教有"感灵震动"境界(《无量寿经》),如梦如幻的"了知境界"(《华严梵品行》),不求意根的"随觉境界"(《法苑珠林》),这种种都是在想象中诞生的物象世界。

在《剡县石城寺弥勒石像碑铭》中,刘勰更强调了佛像不可替代的教化作用,说是"况种智圆照,等觉遍知,扬万化于大千,摛亿形于法界。其灵起摄诱之权,影现游戏之力,可胜言者哉"。这是说,况且佛的一切种子的智慧(般若)光明普照,等觉遍知的无生无灭的佛法,已经飞扬在大千世界,并且舒展在亿万形体的现象和本法界之中。当佛法行使收摄和护持众生的应机之权,借影像显现游戏神通之力以济度众生时,哪里是言语可以思虑尽言的啊!

总之,刘勰的"因文明道"主张的内容是深刻丰富的、自由开放的。此后的文学理论或偏于儒家,或偏于老庄,或执着于某一方面,从而阻滞了文学理论更深入更开阔的发展,也难以出现如刘勰《文心雕龙》这样体系严密完整的鸿篇巨制了,《文心雕龙》是空前绝后的大著作。

三、散文对佛学的阐释

佛学的"般若绝境"被东晋的孙绰、唐代的白居易和元稹、宋代的苏轼和苏辙所接受,被明代的"公安三袁"所阐扬。"公安三袁"对般若学特别是对禅宗有深刻的理解,主张"性灵说"。这样来看待他们的散文,可能会有完全不同的崭新的见解。东晋时期,佛学受到更多的关注,孙绰的文章、谢安的文章等,都在对佛学的认识与理解方面有各具特色的认识与见解。

孙绰(314—371),字兴公,原籍太原中都(今山西省平遥县西北),后定居会稽。幼年丧父,寄身外家。少时即慕老庄,有隐居志趣,曾游放山水十余年。出仕后始任著作佐郎,袭爵长乐侯。不久,应征西将军庾亮聘请,任参军,历官章安令、太学博士、尚书郎、建威长史、右军长史、永嘉太守、散骑常侍、著作郎、廷尉卿等。

孙绰写了很多佛教方面的文章,如《名德沙门论目》、《道贤论》等。在《道贤论》中,他把两晋时的7个名僧比作魏晋之间的"竹林七贤":以竺法护比山涛(巨源);以竺法乘比王戎(浚冲);以帛远比稽康(叔夜);以竺道潜比刘伶(伯伦);以支遁比向秀(子期);以法兰比阮籍(嗣宗);以道邃比阮咸(仲容),认为他们都是高雅通达、超群绝伦的人物。

孙绰还著有《论语集解》、《老子赞》、《喻道论》、《遂初赋》等,后人辑为《孙廷尉集》,原书已佚。明文学家张溥的《汉魏六朝百三家集》有辑本。在他的著述中,影响最大的是《喻道论》(载《弘明集》卷三)以问答的形式对佛和佛道、周孔之教与佛教的关系、出家是否违背孝道等问题进行了论证,提出了"周孔即佛,佛即周孔"的观点,在中国佛教史上第一次用如此明快的语言表达了儒佛一致论,是继《牟子理惑论》之后又一部重要论文。

谢安是相信道教的,对佛教及高僧也敬礼有加。《支遁传》曰:"遁每标举会宗,而不留心象喻,解释章句,或有所漏,文字之徒,多以为疑。"谢安石闻而善之曰:"此九方皋之相马也,略其玄黄,取其隽逸。”

谢安听了这种议论后却说支遁是“九方堙之相马也，略其玄黄而取其骏逸”。说支遁对章句的遗漏，并不是他的演讲的弱点或缺点，而是“得其精而忘其粗，在其内而忘其外；见其所见，不见其所不见；视其所视，而遗其所不视”。谢安认为如同九方皋相马得其精要，这正是支遁讲经说法的高明之处。

还有他的《与支遁书》为证，这篇文章见于《高僧传·支遁》卷四，清代严可均辑《全晋文》卷八十三。全文为：

> 思君日积，计辰倾迟。知欲还剡自治，甚以怅然。人生如寄耳，顷风流得意之事，殆为都尽。终日戚戚，触事惆怅，唯迟君来以晤言消之，一日当千载耳。此多山县，闲静，差可养疾。事不异剡，而医药不同。必思此缘，副其积想也。

这封信写得情深意重。谢安说他日日想念支遁，计算支遁到来的时辰真是缓慢。知道支遁要从京师回剡山，很是不开心。谢安并且说“人生如寄”，“终日戚戚，触事惆怅”，唯有支遁你的到来与我晤谈，可以消除我心中的郁闷，这种思念和等待真的有“一日当千载耳”的感觉。谢安盛情邀请支遁，说吴兴这里是静养疗疾的好地方，不比剡山差，不过医药条件不同而已。希望支遁“必思此缘，副其积想”，在吴兴留下来，从中可以体会到谢安对支遁的情谊之重以及冀望之深。

还有何充的文章、王洽的文章、郄超的文章、王坦之的文章、桓玄的文章等也都在佛教的发展过程中起过积极的或消极的作用。何充、何准兄弟都是最崇信佛教的士族人物。

何充影响深远的文章是《奏言沙门不应敬王者》。何充联合左仆射褚翌、散骑常侍、右仆射诸葛恢、尚书冯怀、守尚书谢广等上《奏言沙门不应敬王者》说：“世祖武皇帝以盛名革命，肃祖明皇帝聪圣玄览”，都认同沙门“不易屈膝”，照顾到沙门不改变他们的修善之法。言下之意是，你庾冰要改变沙门不敬王者就是胆大妄为了。所以，何充的奏文说：“宜遵承先帝之法，于义为长。”

何充等又上奏章，指出“有佛无佛”固然难以确定，但“寻其遗文，赞其要旨，五戒之禁，实助王化”，可以教育人忘身弃名，也有助于德行的修炼。佛教自有其戒律，“今一令其拜，遂坏其法，令修善之俗，废于圣世，习实生常，必致愁惧”。

为了进一步说明沙门不敬王者并不是不守礼法，何充等再上奏，以为沙门守戒刻苦，“亡身不吝，何敢以形骸而慢礼敬哉”。沙门每次“烧香祝愿，必先国家。欲福佑之隆，情无极已。奉实崇顺，出于自然，礼仪之简，盖是专一守法”。所以“先圣御世，因而弗革也”，并明确指出：“臣等屡屡以为不令致拜，于法无亏，因其所利而惠之，使贤愚莫敢不用情，则上有天覆地载之施，下有守一修善之人。”

何充等再三上奏进言，于是庾冰之议寝，沙门竟超脱于中国礼法之外，不致敬王者。

何充在维护传统儒家名教礼法与世俗王权地位的前提下，考虑到佛教的礼俗戒律，对外来文化给予了一定程度的包容，这一“沙门不致敬王者”的成规一直保留了下来。

有关沙门是否致敬王者的争论，是佛教传播到一定程度必然出现的问题。究其性质，正如佛教史家汤用彤先生所说：“沙门致敬，乃夷俗与华人体教冲突之一大事，以此次为其开端。此后，佛教传播日广，与本土皇权及文化屡生冲突，而此次为其开端，意义重大。”

四、佛教散文

佛教散文包括阐述佛理、佛学和佛性的文章，也包括介绍佛教著作的序跋、通信等。其中阐述佛理、佛学和佛性的文章较为难读，序跋也不好理解，只有通信好懂一点，其原因在于佛教的语言体系与我们平时使用的语言有较大的差距，因而造成了阅读和理解的困难。

如我们看道安的徒弟僧睿的《龙树著〈中论〉序》就颇费力气，其中牵涉到“中”、“论”、“三界”、“道”、“俗”等概念的运用，都是我们平时所不常用的。而只有清楚了这些概念的含义，才能顺畅地理解这篇序言。僧睿说:"《中论》有五百偈,龙树菩萨之所造也。""《中论》序所说的'中':以中为名者,照其实也;以'论'为称者,尽其言也。"这是说,《中论》有500篇颂词,是龙树菩萨所造。以"中"为名,是观照其真实;以"论"为称,是要说尽其中的道理。

"实非名不悟,故寄中以宣之;言非释不尽,故假论以明之。其实既宣,其言既明,于菩萨之行、道场之照,朗然悬解矣!"这是说,以"中"为名观照非有非空真实,以破除一切虚妄偏邪,显中道实像;以"论"说尽其中的道理,就可以明朗地解释菩萨行和道场的广大与深邃。如果迟滞于迷惑生于偏见,"三界"(三界,指众生所居之欲界、色界、无色界或指断界、离界、灭界等三种无为解脱之道)便会因此而沦溺;偏悟起于厌智,耿介以之而致乖。所以知道"大觉在乎旷照,小智缠乎隘心",而"照之不旷,则不足以夷有无一道俗;知之不尽,则未可以涉中途泯二际(真谛与俗谛)。道俗之不夷,二际之不泯,菩萨之忧也"。所以龙树大士将这种"道俗之不夷,二际之不泯",析之以中道,使惑趣之徒望玄指而一变;括之以即化,令玄悟之宾丧咨询于朝彻。荡荡焉!真可谓坦夷路于冲阶,敞玄门于宇内;扇慧风于陈枚,流甘露于枯悴者矣!僧睿:"夫百梁之构兴,则鄙茅茨之仄陋;睹斯论之宏旷,则知偏悟之鄙倍。幸哉!此区之赤县,忽得移灵鹫以作镇;险陂之边情,乃蒙流光之余惠。而今而后,谈道之贤始可与论实矣!"

而一些总结翻译佛经经验的文章,就比较好懂,也提供着许多经验。如释道安的《摩诃钵罗若波罗蜜经抄序》(《出三藏记集》、《全晋文》)总结的翻译有"五失本"、"三不易"就仍然有极高的参考价值。这是道安译经的经验之谈,也是译经经验的总结,为后来的译经提供了宝贵的经验。

所谓"五失本",即"胡语尽倒而使从秦,一失本也;胡经尚质,秦人好文,传可众心,非文不合,斯二失本也;胡经委悉,至于叹咏,叮咛反复,或三或四,不嫌其烦,而今裁斥,三失本也;胡有义记,正似乱辞,寻说向语,文无以异,或千五百,刬而不存,四失本也;事已全成,将更傍及,反腾前辞,已乃后说,而悉除此,五失本也。"

"五失本"指出了译经容易犯的错误,这些错误是:①尽量倒置服从秦语,而失去佛经经义的根本;②改变佛教经典"尚质"的特点,而使用华丽的文辞,致使非华丽就觉得不合适,而失去了佛经经义的根本;③裁斥了佛教经典反复咏叹的部分,也将失去佛经经义的根本:④刬去了佛教经典关于该经意义的说明,而失去佛经经义的根本;⑤除去了佛教经典前后反复申说的文字,而失去佛经经义的根本。

当然,要完全解决这些"失本"的问题,也是不容易的。

所谓"三不易",即"删雅古以适今时,一不易也;以千岁之上微言传,使合百王之下末俗,二不易也;今离千年而以近意量裁,三不易也。"

"五失本"和"三不易"译经经验的总结,直接影响到当时佛经翻译的水平和翻译的质量,也对端正译经风气,养成纯正的译经的作风起到了积极的作用。正如道安的徒弟僧睿所说:"迩及桓灵,经来稍广,安清朔佛之俦,支谶严调之风,翻译转梵,万里一契,离文合义,炳焕相接矣。法轮屈心,莫或条叙。爰自安公,始述名录,铨品译才,标列岁月。妙典可征,实赖伊人。"清理"朔佛之俦,支谶严调之风","炳焕相接","莫或条叙","爰自安公,始述名录","妙典可征",实赖释道安之力。

支遁的《上书告辞哀帝文》可以证明这一点,这篇文章比较和读,表达了他希望推广佛教以治理国家的愿望。文章说,佛教具有雕纯反朴,绝欲归宗,游虚玄之肆的性质,并且"守内圣之则,佩五戒之贞",遵守圣人的道德,佩戴五戒之不杀生("非暴力")、不欺诳、不偷盗、不邪淫、不妄语、不饮酒的贞操,因而可以让服膺佛教的人做到"毗外王之化,谐无声之乐,以自得为和,笃慈爱之孝,蠕动无伤,衔抚恤之哀,永悼不仁"。即可以做到将辅助王者之政化为自己的行动,如同无声的音乐的和谐无间,以自我修养为最高境界,扎扎实实地实行上慈下孝,连细微的行动都不伤害别人,心中藏着抚恤鳏寡孤独的心思,永远超度不仁者的罪过。因此,佛教可以使他们"秉未兆之顺,远防宿命;挹无位之节,履亢不悔",即近可以秉持没有先兆的顺通之像,远可以预防不可抗力的宿命;并且具有抑制住虽然没有社会地位而却要去争得权势的欲望的节操,具有履行抵御诱惑的坚强意志。所以"哲王御南面之重,莫不钦其风尚,安其逸轨,探其顺心,略其形敬,故令历代弥新矣"。支遁说这是历代帝王重视佛教的原因。

从文章里，我们也可以了解到佛教在东晋受到重视的社会心理原因。当时的社会弥漫着失去家园、思想空虚的气氛，需要比离群众和生活实际较近的佛教的思维来拯救世风，挽救日益严重的作奸犯科、铤而走险、糟践百姓、横蛮霸道的种种社会问题于既倒，佛教正可用来填补。佛教在普度众生理念的支配下，更接近大众的生活实际，并具有抚慰心灵的作用，佛教在抚慰百姓心灵的安定平和上恰恰是统治者需要的。

因此文章在歌颂哀帝雅尚佛法的同时，希望哀帝普及佛法，使社会政治清明，去陈信之妖诬，寻丘祷之弘议；绝小途之致细微，奋宏辔于平坦大道，从而使得"太山不淫季氏之旅，得一以成灵；王者非圆丘而不禋，得一以永贞"；而且"若使贞灵各一，人神相忘，君君而下无亲举，神神而咒不加灵，玄德交被，民荷冥祐"。那么"恢恢六合，成吉祥之宅，洋洋大晋，为元亨之宇"，并且是"常无为而万物归宗，执大象而天下自往，国典刑杀则有司存焉"。果然如此，"若生而非惠则赏者自得，戮而非怒则罚者自刑。弘公器以厌神意，提铨衡以极冥量"，呈现的就自然是一个"天何言哉，四时行焉"的自然和谐的世界。

这当然是支遁美好的愿望。社会是一个政治、经济、文化、外交、地域、风俗民情等等的综合，当然不是采用佛教这一剂灵丹妙药就可以立竿见影，影响全局，改变现状的。但从另一个角度看，有这种美好愿望与没有这种美好愿望是大相径庭的。这也是佛教得以在东晋广泛传播的社会根源和充分的社会理由。

文章说明自己请辞的理由，出自内心，发自肺腑之言，说得实在，说得动情。他说自己是山野之人，"与世异荣"，"不悟乾光曲曜"，因而即使是"使诣上京"，也是"进退惟谷，不知所厝"，因而是屡蒙引见，"每愧才不拔滞，理无拘新，不足对扬玄模，允塞视听。踧踖侍人，流汗位席"。而且没有汉初商山四皓和战国时段干木的辅佐魏文侯，都有出处的理由，默契而适逢其会。随着岁月的流逝，支遁说自己越来越感到"动静乖理，游魂禁省，鼓言帝侧，将困非据，何能有为"，还是放我回到日益思念的山野里去为好。

由《上书告辞哀帝文》说理的绵密、结构的严谨、遣词造句的规范和起承转合的自然，可以看出，支遁也是文章家。

此外，道安也是文章家，也有他的大量文章为证。

宁夏历代碑刻文的主要类别

梁祖萍　姚　力[①]

内容摘要：本文是对宁夏碑刻文普查整理的一个部分，主要从《宁夏历代碑刻集》、《固原历代碑刻选编》、《彭阳县文物志》、《宁夏历代艺文集》以及宁夏历代方志如《嘉靖宁夏新志》、《万历嘉靖固原州志》、《乾隆宁夏府志》等辑出碑刻文400多篇，按照内容初步分为六类：墓碑文、祠庙寺观碑、书院学校教化碑、颂赞记功碑、修缮重建碑、其他杂纪碑，对其进行简要的说明论述，以期在普查文献和甄别其类别的基础上，对宁夏历代碑刻文的文学文献价值进行全面深入的研究。

关键词：宁夏　碑刻文　类别

中国碑文化博大精深，宁夏碑刻文作为中国碑文化的一部分，历史悠久，内容涵盖丰富，记载事实详细生动，数量巨大。其不仅以特殊的载体保存了大量的书法艺术精品，而且还为我们研究宁夏不同时期的社会政治、经济、文化等提供了弥足珍贵的原始材料。

现存的宁夏碑刻文大多数保存了石质存在形式，如墓志、墓碑、墓铭、诗文题记及各种碑记等；也有一部分碑刻文是以纸质文献出现在传世典籍上的，如一些编纂到地方志史书中的碑记。可能因为年久失修，加之战火、地震等天灾人祸，一些在当时存在的碑石载体，随着时间的推移消失殆尽，但是其所载的内容却记载到了纸质文献中，所以，本文所论及的宁夏历代碑刻文，也包括因各种原因原有的石质载体消失而保存在方志中的文献中的碑刻文，如清代张金城修、杨浣雨纂、陈明猷点校的《乾隆宁夏府志》中的《汉关侯立马祠记》。从全文的论述来看，此篇碑记确实是以前记载在碑石之上的，只不过现在见不到这块碑石载体了。

笔者通过对《宁夏历代艺文集》、《宁夏历代碑刻集》、《固原历代碑刻选编》、《彭阳县文物志》、《嘉靖宁夏新志》、《万历嘉靖·固原州志》、《乾隆宁夏府志》、《平罗记略》、《续增平罗纪略》、《嘉庆灵州志迹》、《乾隆中卫县志校注》的初步整理，统计出宁夏碑刻文的篇目大概有400多篇。据现有材料，宁夏回族自治区现存最早的碑刻是北朝时期的《梁阿广墓表》，因此，文中所论及的宁夏碑刻文是指北朝至清朝的碑刻文，据初步统计，具体数目如下表所示。

宁夏碑刻文数量统计表

朝代	数量	朝代	数量
北朝	12	西夏、金	3
隋	4	元	8
唐	15	明	175
宋	3	清	192

① 梁祖萍：宁夏大学人文学院教授，文学博士，主要从事中国古代文学的教学和研究工作；姚力：宁夏公路管理局固原分局秘书，文学硕士，主要从事宁夏碑刻文献的整理与研究工作。

关于碑刻文的类别，明代徐师曾在《文体明辩序说》中做了这样的记载："有山川之碑，有城池之碑，有宫室之碑，有道桥之碑，有坛井之碑，有神庙之碑，有家庙之碑，有古迹之碑，有风土之碑，有灾祥之碑，有功德之碑，有墓道之碑，有寺观之碑，有托物之碑。"宁夏回族自治区现存的碑文基本上能归属于徐师曾以上所列举的类别。龚烈沸编的《宁波现存碑刻文所见录》一书中将宁波现存的碑刻文分为：教育科举类、水利类、城垣桥梁建筑类、军事类、寺观庙会食类、墓志铭类、其他类。本文参照学术界对碑刻文从内容方面的分类，拟将宁夏碑刻文具体按照内容分为以下六类：墓碑文、祠庙寺观碑、学校书院教化碑、颂赞记功碑、修缮重建碑、其他杂纪碑，下面分别简要说明。

一、墓碑文

明代吴讷在《文章辨体序说·墓碑、墓碣、墓表、墓志、墓记、埋铭》中记载："《事祖广记》：'古者葬有丰碑以窆。秦汉以来，死有功业，则刻于上，稍改用石。晋宋间始称神道碑，盖地理家以东南为神道，碑立其地而名云而。'墓碣，近世五品以下所用，文与碑同。墓表，则有官无官皆可，其辞则叙学行德履。墓志，则直述世系、岁月、名字、爵里，用防陵谷迁改。"[①]吴讷把墓碑文的形式分成了墓志、墓铭、墓志铭、墓志铭并序、墓表、神道碑。宁夏出土的墓碑文大体也可归属于以上所列举的全部墓碑文形式。杨继国、胡迅雷主编的《宁夏历代艺文集》收集了墓碑文 225 篇；银川美术馆编、宁夏人民出版社出版的《宁夏历代碑刻集》记载墓碑文 52 篇，其中墓表 1 篇，墓志铭 49 篇，神道碑 1 篇，墓铭 1 篇；《嘉庆灵州志迹》、《光绪灵州志迹》记载墓碑文 2 篇；《平罗纪略》记载墓碑文 1 篇；宁夏彭阳县文物管理所编的《彭阳县文物考》记载墓碑文 3 篇，等等。本文把墓碑文分为墓志铭和墓表、神道碑两类加以论之。

(一)墓志铭

墓志铭可谓是墓碑文的大宗，数量较多，初步统计宁夏回族自治区存在的墓志铭大概有 73 篇。墓志铭通常可以分为志和铭两部分，是墓志和墓铭的结合体。这两部分有相对的独立性，有时候一篇墓志铭需要两个人分工完成，其中一个人作志文主要记载亡者的生平、世系、爵位等，一般为散体形式。黄璞《陈岩墓志》说："今将葬矣，合作志铭，以备陵迁，夫志者识也，但书其爵里宅兆，镌之于石，藏之于幽，识之于后，故其词不缕矣。"可见志有作标示以防年代久远无法辨认的作用。另一个人负责作铭文，主要是表达对逝者的哀悼，赞美逝者德行功业事迹，通常为韵文，以四言居多，也杂有三言、五言、七言或杂言等铭文，如《大周使持柱国大将军大都督原泾秦河渭夏陇成豳灵十州诸军事原州刺史河西桓公墓志铭》[②]，此篇墓志铭先用散文体的形式叙述了逝者李贤的生平事迹、爵位世里，突出体现了志的标示作用，之后用韵文的形式赞颂了逝者李贤的丰功伟绩，表达了生者无限的思念与悲哀之情。

又如《宋故董府君墓志铭》[③]，作者首先介绍了逝者董怀睿的身世、埋葬地点，告知了自己由于与逝者是亲家，所以写了这篇墓志。紧接着作者回忆了逝者的一生，董怀睿自幼就死了父亲，对养育他成人的母亲非常孝顺，董怀睿勤劳努力，治家有方，简约朴实，为人沉静，对民众慷慨相助。此篇碑文最后写道：

君之为人兮性期有常，既严于家兮又善于乡。
有德有寿兮令名愈芳，广流于后兮子孙其昌。
卜兹私窴兮东北之冈，篆铭幽石兮以示无疆。

---

① 吴讷：《文章辨体序说》，于北山校点，人民文学出版社 1962 年版，第 52 页。

② 银川美术馆编：《宁夏历代碑刻集》，宁夏人民出版社 2007 年版，第 23 页。

③ 银川美术馆编：《宁夏历代碑刻集》，宁夏人民出版社 2007 年版，第 42 页。

用韵文对逝者的一生品德行迹做了概括，也对逝者品德进行了赞美，由此可知逝者在当时是位很有名望的人。

还有一种墓志铭，文前附带着序言，称为墓志铭并序，它是以墓志铭并序作为题目的墓碑文，如北魏延昌元年(512)的《魏故员外散骑常侍清河崔府君(猷)墓志铭并序》，隋唐的墓碑文也继承了前代的这种写法，如《大隋平高县令阎府君墓志铭并序》[①]，从这一类型的墓碑文行文看，序应该是前面的叙事部分，大致是墓志铭的一个引子，用来引起下文的铭词。

(二)墓表、神道碑

宁夏现存墓碑文中墓表、神道碑的数量大概有10篇。吴讷《文章辨体序说》记载："墓表，则有官无官皆可，其辞则叙学行德履。"[②]通过吴讷的记载可知，墓表是专门叙述逝者学习情况、德行、事迹、履历的，它与前面提到的墓志似乎有相像之处，都是采用散体的形式对逝者的事迹加以记叙。这种类型的墓碑文比较简洁短小，墓表的特点是用短小精准的言语记载逝者的生平，比如《梁阿广墓表》[③]：

秦故领民酋大功门将，袭爵兴晋王，司州西州梁阿广。以建元十六年三月十日丙戌终，以其年七月岁在甲辰廿二日丁酉，葬于安定西北小卢川大墓茔内，壬去所居青岩川东南三十里。

此乃宁夏现存最早的墓表，不到一百字却将逝者的爵位、官职、逝世的具体年月，葬于何地写得简洁明了，充分体现了墓碑文发展初期的简短和墓碑文载体的局限。

神道碑是立在墓道中的石质碑文，这类墓碑文其具体所叙写的内容大体上与墓志铭相似，只是因为他们在墓穴中所放置的位置不同，所以才产生了不同的名称，宁夏现存的神道碑重要的有：《清封淑人董母许太夫人神道碑》、《周柱国大将军田弘神道碑》、《原州百泉县令李君神道碑》、《马振威将军神道碑铭》等。

二、祠庙寺观碑

祠庙寺观碑主要置于祭祀的道观、寺庙中，记述道观、寺庙所供奉的神灵，或描写一些发生于道观、寺庙的灵异之事，进而弘扬宗教信仰，赞美神灵，祈求太平；还有一部分祠庙寺观碑也着重对道观、寺庙、祠的建筑物或供奉的神像进行描写。

(一)祠庙碑

作为碑刻类型中的一种，祠庙碑记主要是赞颂所供之人的功德与气节，记述其政绩和伟业，同时也记载祠堂所供神灵的厚泽爱民以及后人因为敬畏神灵、敬佩先人而立祠的意愿和过程。华夏民族是一个注重礼仪之风的民族，上至人主帝王，下至黎民百姓，无不对神灵虔诚祭拜，对先贤敬佩羡慕。历史上的贤君名臣，忠勇节义之士，死后被幻化为神，为他们建祠祭祀，随之产生出许多神祠之碑，如元朝学政李诚撰《重修朝那湫龙神庙记》[④]记载：

大德丙午，陵谷变迁。殿宇湮灭，祈畤日漫，州之群庶，弗获荫休。延佑甲寅，神降焉，摄土入佛玉保通传，复构堂屋，绘神塑像，俱尽其美。元统乙亥，月届蕤宾，连旬不雨，禾且告病。知州朵儿只先一日斋戒，躬率僚吏奉币祝恭，事祠下。未及州而澍雨，越三日乃止。均浃四境，郡人欢呼，民遂有秋之望。五日，朵儿只复率僚吏诣祠谢雨，所以致祷祀之实，交孚隐显之际，以极其诚也。

观此碑记可知，古人不知道成云致雨的条件，恰巧州县境内三个月没有下雨，于是人们便沐浴斋

① 银川美术馆编：《宁夏历代碑刻集》，宁夏人民出版社2007年版，第35页。

② 吴讷：《文章辨体序说》，于北山校点，人民出版社1962年版，第10页。

③ 银川美术馆编：《宁夏历代碑刻集》，宁夏人民出版社2007年版，第4页。

④ 《嘉靖万历固原州志》，杨经纂辑、刘敏宽纂次，宁夏人民出版社1985年版，第87页。

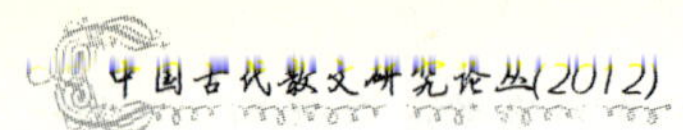

戒，诚心祈祷祭祀，不日便大雨磅礴，下了足足三日才停下；因为无法解释这种下雨的原因，人们便在意象中创造了“龙神”的形象，以为唯有“龙神”的显灵和护佑，才使黎民秋之有望，喜获丰收；为此，人们便设祠祭祀，以祈求护佑。

(二)寺观碑

寺观碑主要记载神灵的灵异以及福泽后人的事迹，讴歌了神灵庇佑之德、皇帝修缮之功。还有一部分是记载佛寺的位置、设置、创建、重修、移建等方面的内容，因为寺庙对世人的生活具有重要意义，于是后人便设碑记下这些事情，记述了世人集资立碑的过程。例如：管律的《城隍庙碑记》①，碑记开篇就写城隍庙宁夏自古有之，但因其狭小简陋，州官厌恶，于是就集资建立新的城隍庙，赞美神灵的庇护之德和福泽万民之功。

管律《牛首寺碑记》②记载：

去灵州西南境不百里，群峰赞兀，慈云掩映，黄河西来奔流浴足，秀丽如芙蓉出水，是为牛首山云。世传为“小西天”释迦牟尼尝会诸佛众生说法于兹，证有大乘经存焉……

此篇碑记先从牛首寺地理方位及其设置等方面写起，叙写了牛首寺的形势之胜及繁杂的机构设置，然后写因为在牛首寺祈福很灵验，往来善士众多，到了嘉靖年间，乡人聚资增创了佛寺，修葺了佛像，使其耀眼生辉。鉴于此，世人作记于碑上，赞颂民众崇慎宗教，好善乐施之德。

三、学校书院教化碑

学校书院碑是宁夏碑刻文中较为特殊的一类，大概有40篇。它所记载的主要是书院学校的设立建设过程，表达师生对圣贤的膜拜之情以及对教书育人重要性的认识，以教兹于乡人，如《朔方书院记》、《银川书院碑记》、《平罗书院记》、《钟灵书院碑记》、《兴复庙学记》等。

知州周人杰的《钟灵书院碑记》③记载：

呜呼勖哉，诸生代遭圣明，缅怀前哲，得是地而砥砺琢磨其中，日游就，月有将，毋怠尔业，毋歧尔志，继自今人材蔚兴，岂徒擢高第，登显士，为闾里光？且必有忠孝、义烈，文学、德行名当世者。则志乘之作又未必不于是乎权舆也。因刻石记之，并有望于后之莅兹土者，成余未逮焉。

碑记的前半部分记载了知州周人杰捐资，地方官员民众齐心修建钟灵书院的过程。借此书院缅怀先哲，供奉圣人香火，希冀书院能使人才蔚兴，“擢高第，登显士”，为乡里增光添彩，荣耀门第。

再如舒表的《兴复庙学记》④，此篇碑刻文写了庙学新建之后，导致了风俗的变化，风俗一变为礼乐之邦，老幼欢声载道，积极驱使家中的子弟前去读书，而且注重学习孔孟之学，君父懿德，注重涵养，从另一个层面上也表现了人们对教育的器重。

四、颂赞记功碑

颂赞记功碑主要记载政绩或功德，或记载战争所取得的辉煌成果，或记载官员德行政绩，志其事，颂其功，称志颂，是表彰事迹之作。

《文心雕龙·颂赞》：“原夫颂惟典雅，辞必清铄，敷写似赋，而不入华侈之区；敬慎如铭，而异乎规

---

① 张金城修，杨浣雨纂：《乾隆宁夏府志》，宁夏人民出版社1992年版，第708页。

② 张金城修，杨浣雨纂：《乾隆宁夏府志》，宁夏人民出版社1992年版，第709页。

③ 杨芳灿监修，郭楷纂修：《嘉庆灵州志迹校注》，宁夏人民出版社1996年版，第213页。

④ 银川美术馆编：《宁夏历代碑刻集》，宁夏人民出版社2007年版，第235页。

戒之域。摛扬以发藻，汪洋以树义。"[①]历史上有重要影响的人和事，往往会撰文予以礼赞和歌颂，使之颂扬当世，流芳后世。如《平虏碑记》[②]，通篇叙述平虏之战，表现当时战斗的激烈，在这次战斗中，白羊岭战役斩首九十五级，随后的五羊坊战役又斩首八十三级，所获马匹器物更多，足见这是一场获得大胜的战斗，为了赞颂天子神勇威武，边鄙诸将与镇巡藩臬之功，地方士庶就奏请将这次战役刻于石碑，以永久纪念战斗所取得的辉煌胜利。

有的记功碑中记载官员与贤者的功德，如社会上的清廉秉政之官，为人民做了好事，人们为了纪念他，撰文刻碑，表示对好官或者贤人的崇奉和希冀。如检讨王九思《总制秦公政绩碑记略》[③]记载：

盖公之在边者二年，以备边之筹惟战与守。于是推演古法，造兵车，造火器，已乃修豫望城，修石硖口、修双峰台三城；又于金佛硖、海子口七堡、甃石为垣，裹铁为门。凡城与堡者皆以绝虏道、卫居民焉。而公于是年夏，复受敕总制三边云，乃命三边与其腹里修城堡开关隘，以处计万四千一百九；铲山崖里计三千七百余；拓其外城奏移批验所盐物于此。自是，商贾云集，物货流行，人有贸易之利，官得经费之资，公日富矣。修孔庙。广学舍，诗书之化人才彬彬焉相继出矣。

此碑记主要记述曾经任陕西三边的总制秦纮的事迹，追述秦公一生的功德政绩。秦公卸任二十余年，边境民众思其功德，奏请今总制立祠固原，祠堂告成，又通过叙王九思撰写碑文，追述了秦公一生的功德，其巩固边防设施，壮大边防战力，鼓励商贸，注重文化学习，使边境人才辈出，日见繁荣。

五、修缮重建碑

修缮重建碑是宁夏碑刻文中较多的一种碑文，其主要内容是围绕修缮的事宜来撰述，一般是某建筑、民用设施等年代久远而失去作用或者是规模已经不适用了，所以地方官员民众修缮，使其能够发挥更好的作用，碑文中对修缮者的功劳加以赞颂，如《重修廨用碑记》、《重修中卫儒学碑记》、《固原镇新修外城碑记略》等。

如《固原镇新修外城碑记略》[④]记载：

陕西西北部有镇曰固原，弘治中从守臣请增筑内外城，宿重兵守之。军民土著，城以内不能容，乃渐徙外城。外城又单薄，聚土为垣，岁久多废。……

此碑记开篇就介绍到由于军民土著众多，内城不大已经不足以容纳了，于是就迁徙到了外城，但是外城防守薄弱，年代久了，多处城垣都已经废弃了。所以州总督有意增修城池，并记载了城池建成的规模设置等。

六、其他杂纪碑

宁夏历代碑刻文有一部分碑文的内容纷繁复杂，也有个别碑刻很难归类，或者某类碑刻数量太少而不必单设一类，于是放入"杂纪"一类，以括其余，称为杂纪碑。

杂纪碑主要包括城池堡寨、渠道水利、地震、讲经等内容的碑刻类别。关于城池堡寨的碑记主要是记载城池堡寨的规模与作用，世人作碑注明其始末，方便后人有所考究。代表的碑记有《打剌赤碑记》，其主要记载的是打剌赤城修建的过程，并追述了修建打剌赤城的官民的功德事迹。相似的碑记还有《乾盐池碑记》等。渠道水利碑记主要记载渠道水利的重要作用以及工程的修建过程，记述渠道

① 《文心雕龙译注》，刘勰著，周振甫译注，江苏教育出版社2006年版，第166页。

② 杨经纂辑，刘敏宽纂次：《嘉靖万历固原州志》，宁夏人民出版社1985年版，第108页。

③ 杨经纂辑，刘敏宽纂次：《嘉靖万历固原州志》，宁夏人民出版社1985年版，第227页。

④ 杨经纂辑，刘敏宽纂次：《嘉靖万历固原州志》，宁夏人民出版社1985年版，第234页。

厚泽乡民的事实，代表碑记有《惠农渠碑记》、《钦定昌润渠碑》等。关于地震碑记，则主要记载地震发生的具体时间、地点，叙述地震造成毁坏后地方官、百姓齐心建立家园的功德，其中有代表性的碑记如《金兴定三年地震碑记》[①]：

维大金兴定三年乙卯六月十八日巳时，地动自西北而来，将镇戎城壁屋宇尽皆摧塌，黎民失散。至兴定四年四月廿一日兴工，差军民夫二万余人再行修筑，至五月十五日工毕……

碑记开头便介绍了此次地震发生于金兴定三年乙卯六月十八日巳时，地震的震中在西北，地震致使屋宇倒塌，黎民流离失所，历时十个月后，朝廷开始重建被地震毁坏的城池，一个月后工毕，立此碑记赞颂了官民修城之功。

中国人自古就有立碑记事的传统，但凡遇到重大事件都会勒石记载，而且碑刻文所涉及的内容丰富多样，涉及社会生活的方方面面，可以说是研究地区历史文化的百科全书。宁夏回族自治区是我国古代文明的发祥地之一，地处中国西北，历史文化悠久，宁夏碑刻文涉及了宁夏社会、政治、经济、文化、生活、宗教、民俗等多方面内容，体现出了异常丰富的历史文化价值，以上问题将另撰文加以深入探讨和研究。

---

① 银川美术馆编：《宁夏历代碑刻集》，宁夏人民出版社 2007 年版，第 75 页。

中国古典散文义味说

马茂军

（华南师范大学文学院）

在探寻古文审美核心范畴的过程中，我们感到古文义味说是中国古代散文理论的精神命脉。在中国古代散文理论研究中，文道与义理表现了散文创作对于思维内容、理性精神的重视，而将文道义理与审美体验相结合的义味说，则真正得古代散文创作的精髓，这一点至今学界还没有人论及。义理审美是个非常复杂的美学问题，需要我们深深寻绎。就学术而言，汉唐重注疏，晋宋重义理。宋诗有理趣说，而宋文有义理说与义味说。义理已经有较为清晰的阐释，至于义味说则源流隐晦、内涵复杂，未能得到充分的研究。是义和味，还是义的味；是重义，还是重味；是偏于理学，还是偏于美学，这一切都需要我们对义味说考辨源流，做出阐释。

一、义味说的佛学溯源

（一）义味之义论

1. 义味之义

从语源学的角度看，诗学中的义味说是佛教义味说中国化的产物，所以要深刻理解义味说，必须追溯它的佛学渊源。

义味说在佛教中首先具有普通的含义，即指一般的意义。“若减七岁不解好恶语义味，名为无知男子；虽过七岁不解好恶语义味，亦名无知男子。若过七岁，解好恶语义味，是名有知男子。”[①]（《摩诃僧祇律》卷十三）有知和无知是以是否知好语与恶语的义味来划分，这里的义味是一般意义。

然而佛教义味说是对佛教义理的兴趣，主要是指对于深奥的佛教义理的品味。“喻人不能玄解义味，要须指事然后悟之也。”[②]（《杂譬喻经·比丘道略集》）深奥义理必须玄解才能领悟。“如我今日，将护无数百千诸比丘僧。与诸大众，广说深法上中下善，义味微妙，具足清净修于梵行；如我今日，与诸大众广说深法上中下善，义味微妙，具足清净。”[③]（《出曜经》卷一）说的是深法，所以才能义味微妙，具足完满的清净。

义理微妙以至于成为秘密义。“秘密之义普得闻之受持不忘。善解字句及其义味。自说法时及听佛说。于是二事各无妨碍。于一字中说一切法。”[④]（《大方等大集经》卷四）强调秘密义，强调义味深奥，一字中说一切法，则近似咒语了。佛教的咒语，一句顶一万句，句句是真理的寄寓。“一一众生有十亿百千现诸佛国。一一佛国有十亿百千法句义味及诸佛法。一一法句义味之法。有十亿百千生诸

---

① 《摩诃僧祇律》，载《中华大藏经》（第三十六册），中华书局1989年版，第702页。

② 《杂譬喻经》，载《中华大藏经》（第五十二册），中华书局1992年版，第33页。

③ 《出曜经》，载《中华大藏经》（第五十册），中华书局1992年版，第583页。

④ 《大方等大集经》，载《中华大藏经》（第十册），中华书局1985年版，第40—41页。

经法炽然尘劳。乃至诸法定门亦复如是。一一诸法门中演出无量众智相貌不退转法。若干种智义味不同。"[①]（《十住断结经》卷七）以一种文学的夸张铺张，表现义味说中的一种宗教情感。

2. 义与味

佛教义理微妙，但其表达及接受过程却能使人心生欢喜，因此，义而具味。"是故应于世间技艺经书等无有疲厌。以堪受故能知义趣。作是念。世间经书以义为味。若人善知经书义味。则于世间法悉能通了。能通了故则能引导上中下众生。作是念。若人无有惭愧则不能令众生欢喜。"[②]（《十住毘婆沙论》卷九）义是本体，经书是以义为味，能够通达经书义味，明白经书中的道理，则能够通达世间法，就能够心生欢喜，能够自度，这是第一层喜悦。能通达佛法，则能引导众生，能够度他，这是第二层欢喜。义味关系，义味一体，以义为本。"谓义是所诠诸法之义。味是能诠诸法之教。"（《华严经探玄记》卷四）魏国西寺沙门法藏述名号品第三解释最为明白："味谓义，味即义，同也。"《止观辅行传弘决序》："味，义味之味，谓所诠之义味也。"（《楞伽阿跋多罗宝经心印科文》）味，是义之味。

义不仅仅是有味，而且是解脱第一义、第一法，故是第一味。这也是义味说的核心意蕴。"愚人乐世话，尽寿常空过。不如思一义，获利无有边。……智慧诸菩萨，能知世话过。常爱乐思惟，第一义功德。法味及义味，解脱第一味。谁有智慧者，心生不欣乐。是故应弃舍，无利诸言话。常乐勤思惟，殊胜第一义。如是第一法，诸佛所赞叹。是故明智人，当乐勤修习。"[③]（《大宝积经》卷九十二）这里是参禅的体悟，苦思冥想一个话头，体会人生的道理。道理想通了，就有了智慧，智慧而生快乐，这是一个合理的逻辑义之有味的推理过程。故言思维是解脱第一味。

(二)义味说之味

1. 甘蔗之喻：由义到味的审美快乐和审美转型

印度佛教义味说由义到味转型的非常重要的一个环节是甘蔗的比喻。"譬如甘蔗味，虽不离皮节；亦不从皮节，而得于胜味。皮节如世话，义理犹胜味。是故舍虚言，思惟于实义。"[④]（《大宝积经》卷九十二）印度的甘蔗之喻，皮节是虚言，义理如蔗汁，让人体会义理。道理想通了，就有了智慧，智慧而生快乐。这是甘蔗之喻。味即是义，谓甘蔗义味丰美，咀嚼出味。又如《发觉净心经》中"甘蔗茎干皮不坚，然彼心中味最上。不以压皮令有味，其味不离于甘蔗。如皮多言既如是，如汁思义亦复然，是故多言乐远离，思惟正义莫放逸。义味法味胜于众，解脱之味亦为妙，此是味中最上味，何故智者不独行？"[⑤]（《发觉净心经》卷下）甘蔗的比喻，皮为言，义为汁，蔗心部分味最上，汁水最多，汁如义味，汁不离于甘蔗（义理），咀嚼而有汁，才有味。义味不离于义理，玩味才有义味。味不是语言的味道，义味即法味，义味就是解脱之味，是智者之味，智慧之味，因而美。这是义味审美可能性的逻辑推理过程。

2. 义味的审美与快乐

佛教义味说达到了很高的理论思辨水平。佛教理论体系中，不仅规定了义与味的各自内涵，而且规定义味关系，有义才有味，令人快乐才有味，才美。"第二句中义味深者名义为味。不同余处名字为味。义能津心令人爱乐，如世美味故名为味。与下文中譬如甘蔗数数煎煮得种种味。其义相似。"（《涅盘义记》卷二，隋净影寺沙门释慧远述）义的特点是能够津心，产生甜蜜的快感，让人爱乐，如同甘蔗反复煎煮出甜味，义也是反复玩味出义味。"味谓义味即义同也。"（《止观辅行传弘决序》）"如《止观辅行补注》引显宗论以示其义味势等者味谓诸法滋味。"（《天台三大部补注》卷四）永嘉沙门释从义撰，通过甘蔗的比喻，让我们认识到，味就是诸法的滋味，让人产生宗教审美的快感。

---

① 《十住断结经》，载《中华大藏经》（第二十册），中华书局1986年版，第987页。

② 《十住毘婆沙论》，载《中华大藏经》（第二十九册），中华书局1987年版，第330、331页。

③ 《大宝积经》，载《中华大藏经》（第九册），中华书局1985年版，第201页。

④ 《大宝积经》，载《中华大藏经》（第九册），中华书局1985年版，第201页。

⑤ 《发觉净心经》，载《中华大藏经》（第九册），中华书局1985年版，第778页。

快乐与审美。“造广下三正造诸论二。初广论。谓甘蔗论。释中本楞伽经义味丰美。故立斯称。”[①]（《起信论疏笔削记》卷一）甘蔗义味丰美，让人快乐，这是宗教快感审美。“五乐闻语。丰诸义味。令乐闻故。”（《法华玄赞摄释》卷二）因为意味丰美，才让人喜闻乐见。“我又说言。过九部经有方等典。若有人能了知其义。当知是人正了经律。远离一切不净之物。微妙清净犹如满月。若有说言如来虽为一一经律演说义味如恒沙等。”[②]（《大般涅盘经》卷七）人能解义，则义味丰美，远离一切不净之物，达到微妙清净犹如满月的境界。这是一个美妙的比喻，表示达到很高的境界，也是宗教快乐的可能性、逻辑性。

义味说的快乐，不仅仅是个体幸福，不仅仅是自度，还有度他，体现一种社会幸福。“广开解义味者，显非浅近粗疏之学而已，直欲致广大而尽精微也。开，是通达无碍。解，是契悟无疑。义，是经律事理。味，是其中奥妙。经律威仪，准能诠文字，习教行于身也。广解义味，据所诠圆妙，明理证于心也。以契悟经律之宗趣，通达义理之深味，然后利他。”（《佛说梵网经初津》卷六，清古杭昭庆万寿戒坛传律沙门书玉述）佛教对义味说的要求很高，广开解义味，是追求义理致广大而尽精微。证悟方面是要通达无碍，契悟无疑。义，是事理。味，又是事理其中的奥妙。义味即要求能诠文字，又要求能够修行，能够习教行于身。广解义味，不仅要解释圆妙，不仅明理，还要能够证悟于心。做到上面几点，才能够契悟义理之宗趣，通达义理之深味，才能够自度，自度还是不够的，还要度他、利他，这是一套非常复杂的义味说。

义味说的审美价值在于它将义上升到味，味是滋味，有滋有味，让人欢喜。喜闻乐见。“一闻总持修多罗藏。亦持律藏。为诸众生常说法要。博识辩聪义味甚深。音声朗彻令人乐闻，得听法者心生欢喜。永即不复堕诸恶道。”[③]（《大宝积经》卷一百零九）说法者博识辩聪，义味甚深。说法的外在形式是音声朗彻，令人乐闻，可见义味说还具有形式美。听法者获得的感性享受是心生欢喜，是一种神秘的审美感受，而不是抽象的灰色的令人厌烦的理论。说法听法的结果是获得清净和超脱，永即不复堕诸恶道。

3.佛教禅宗是中国化的佛教宗派，禅宗将佛教义味说增添了对于言外之旨的追求

“问：经教无闻。为诸佛子还宜以论明妙道。岂可如宗门把无义味话头令人提究。如栢树子、干屎橛、麻三斤之类。恐非佛意耳。答曰：此实佛意也。”（《会稽云门湛然澄禅师语录》卷八，门人明凡录吴兴丁元公山阴祁骏佳编）

“若是没量汉，闻下便脱然，其余诸人正好向一无义味句中拚身拼命拶将去。不期放下而自放下，管取呵呵大笑去也。”（《建州弘释录序》）义味发展到宋代后甚至推崇不立文字。“法师曰：‘但取义味，不须究其文字，此罪唯僧能治，非一二三人故，名僧伽婆尸沙。’”[④]（《善见毘婆沙律》卷十二）后期禅宗越来越重视妙悟，但取义味，不究文字，重视妙悟，重视言外之旨。

二、义味审美是从汉代事功与谶纬向魏晋玄学的审美转型

中华文化中的义味说，最早是对玄学人物的评价。如《三国志·蜀志》卷十五中：“王文仪尚书，清尚敕行，整身抗志，存义味，览典文，倚其高风，好侔古人。”说王文仪尚书赞美玄学人物的精神世界之美。嵇康有《明胆》论一首：“有吕子者，精义味道，研核是非，以为人有胆可无明，有明便有胆矣。”[⑤]对胆与明的关系进行思辨和推理，胆是物质的，明是精神的，有明才有胆，有胆依然可以无明，推崇一种

① 《起信论疏笔削记》，载《中华大藏经》（第九十二册），中华书局1995年版，第825页。

② 《大般涅盘经》，载《中华大藏经》（第十四册），中华书局1987年版，第531页。

③ 《大宝积经》，载《中华大藏经》（第九册），中华书局1985年版，第344页。

④ 《善见毘婆沙律》，载《中华大藏经》（第四十二册），中华书局1990年版，第585页。

⑤ 嵇康：《嵇中散集》（卷六），载《文津阁四库全书》（第354册），第432页。

人物的玄学思辨。“精义味道”，将义味提高到义味道的高度，推崇一种义理之美，思辨之美，玄学之美。这是中国哲学与印度哲学撞击的火花，引领中国哲学走向了思辨一路。昭明太子《与何胤书》：“方今朱明受谢，清风戒寒，想摄养得宜，与时休适，耽精义味，玄理息嚣尘玩，泉石激扬，硕学诱接，后进志与秋天竞高，理与春泉争溢，乐可言乎，岂与口厌刍豢耳聆丝竹之娱者同年而语哉。”[①]推崇人物的志向与义理，以为义理的快乐高于“口厌刍豢耳聆丝竹之娱”，体现了义理审美的精神和以玄为美的价值取向。又《晋书・徐苗传》：“徐苗，字叔胄，……义理深厚……弱冠与弟贾就博士济南宋钧受业，遂为儒宗，作《五经同异评》。又依道家著《微论》前后所造数万言，皆有义味，性抗烈，轻财贵义，兼有知人之鉴。”(《晋书》卷九十一)徐苗世代儒家，以博士为业，受时代影响，吸收玄学义理，著《微论》，深有义理，皆有玄学义味。他身上体现了儒玄一体的倾向，这种倾向最终导致儒学的义理化。进入隋代仕林仍然表现了高昂的义理兴趣，崇尚义味。徐则“先生履德，养空宗？齐物，深明义味，晓达法门”(《隋书》卷七十七)，表扬徐则玄学、义理、道德一体的素养，依然以义味品评人物的精神境界之美。义味说起源于玄学发达的晋宋时期，汉代儒家美学以齐家治国平天下的事功美学为主，东汉美学又打上了谶纬迷信的烙印。魏晋玄学的意义在于从迷信走向理性的思考，从外在事功转型为对人物精神生活的关注。魏晋玄学的成就表现在两个方面：义理思辨的高度；人的觉醒。而能够代表这两方面成就的审美范畴恰恰就是义味说。

在玄佛大的社会思潮影响下，精通佛学的刘勰在《文心雕龙・总术》第一次以义味评论文学创作。“若夫善奕之文，则术有恒数，按部整伍，以待情会，因时顺机，动不失正，数逢其极，机入其巧，则义味腾跃而生，辞气丛杂而至，视之则锦绘，听之则丝簧，味之则甘腴，佩之则芬芳，断章之功于斯盛矣。”[②]总术所论谋篇布局，目的仍然是“义味腾跃而生”，为了表达义理美的效果是“味之则甘腴”，明显受到钟嵘滋味说的影响，以滋味讨论义理。

在魏晋时代，义味说主要是玄学审美，是中华民族审美的向义理审美的深度掘进。玄学是汉民族思维水平的一次革命性突破，义理也因而具有了无限的深度和无穷义味，进而进入了审美视野。《隐居通议》评论郭象《庄子注》：“郭象注庄子，议论高简，殊有义味，凡庄生千百言不能了者，象以一语了之，余尝爱其注混沌凿七窍一段，惟以一语断之曰，为者败之，止用四字，辞简意足，一段章旨无复遗论，盍其妙若此。”[③]认为郭象注《庄子》，议论高简，殊有义味，这里义味的表达是辞简意足，达到神妙境界。这种神妙境界是说清楚了庄子没有说清楚的问题，魏晋时代郭象对人类精神世界的认识无疑已经超越了庄子，达到了透彻了悟境界。

魏晋义味说一方面体现了一种理性主义的美、一种高扬的精神之美，从而超越了两汉的事功与政治品格之美；另一方面，清谈本身是一种感性的美的生活方式，因而具有美学价值。同时清谈的生命哲学内容更具备特别的美学价值。玄学是人的觉醒，玄学义味体现了对人类精神世界的终极关怀，关注人类的精神皈依。玄学和义味说不是理念的感性显现，而是生命的理性显现，其中自有活泼的生命律动。魏晋玄学所展现出来的越名教而任自然，无限与自由，有情与无情，形与神以及言、意、象等的形而上思辨中透露出来的古奥幽眇，无疑具有极致的义理之美，具有令人回味的韵味，具有无限的义味美。玄学义理是一种美，魏晋时期的义味主要就是玄味。

三、宋明理学语境下的古文义味说

宋明理学在关注义理、关注人物精神世界方面直接继承了魏晋玄学和隋唐佛学，唐宋儒学的大兴表明义味说逐渐偏重于儒家文献的审美，义味说讨论的范围也以儒学经学为主。

---

① 萧统：《昭明太子集》(卷四)，载《文津阁四库全书》(第354册)，第536页。

② 《文心雕龙注》，刘勰著，范文澜注，人民文学出版社1958年版，第656页。

③ 刘埙：《隐居通议》(卷十九)，载《文津阁四库全书》(第286册)，第765页。

(一)义味：文外重旨

宋元时期人们开始用义味说进行古文批评。元代《文献通考》："《李文叔集》四十五卷，后村刘氏曰，李格非字文叔，济南人，诗文四十五卷，文高雅，条鬯有义味，在秦鼌之上，诗稍不逮。"[①]认为李格非的文章高雅有义味。叶适《习学记言》："然(赋)自班固以后，不惟文浸不及，而义味亦俱尽然。"[②]认为汉以后赋词藻、义味俱无。

黄庭坚以义味说谈创作。"遂能使师旷忘味，钟期改容也，如足下之作，深之以经术之义味，宏之以史氏之品藻，合之以作者之规矩，不但使两川之豪士拱手也。"[③]黄庭坚强调味，强调文章的精神命脉在于经术的修养。黄庭坚还强调读经，"庭坚顿首，昨日幸一参候，古器与山川之怪产，参然满前，可以清暑，此物辈殊胜，用心于博奕也，然要须以强学力行守之，所谓德之休明，虽小重也，不审今治何经，读何种史书，参其义味，有日新之功否"[④]。读经，参其义味，是一切的根本，其他皆是游戏。

随着儒释道三教的融合，儒学逐渐从经验哲学发展为义理哲学，追求义理成了儒家学者的趋向。据《四库全书总目提要》称国朝张次仲"独以义理为宗"。"独以义理为宗"的提法是符合宋明理学义理之学的实际的，儒门之中也出现了一批以义理为宗的经义探究者。深入发掘经典文字以外的义味，是儒家义味说产生的学理基础。

刘勰、黄庭坚、叶适义味说语焉不详，我们讨论义味观，可能要结合《文心雕龙·隐秀》篇，隐的不仅仅是情，义更是一个维度。所谓"隐也者，文外之重旨者也"、"隐以复意为工"谈的都是义之隐，由发现义之隐达到义之味，可见重旨、复意是义味说的重要维度。"夫隐之为体，义生文外，……始正而末奇，内明而外润，使玩之者无穷，味之者不厌矣。"[⑤]夫隐之为体，义生文外。秘响旁通，伏采潜发是含蓄表达，义因为隐秀而具有玩味的滋味。赞曰：文隐深蔚，余味曲包。这是对义味说的经典概括。

文外重旨首先让人想到的是春秋笔法，在文笔之外的春秋大义。刘埙《隐居通议》卷四《古赋·总评》记载："古赋尤难，自班孟坚赋两都左太冲赋三都，皆伟赡巨丽，气盖一世，往往组织伤气骨，辞华胜义味，……独吾盱傅幼安，自得深明春秋之学，而余事尤工古赋，盖其所习，以山谷为宗，故不惟音节激，而风骨义味，足追古作。"[⑥]他人辞华胜义味，独傅幼安的义味在于深明春秋之学，所以风骨苍劲，义味深长，将义味的本体指向了春秋大义。又《周易玩辞困学记》记载："周用斋曰：以上临下而曰交，有敌已之思，以上取下而曰求，有惟恐不从之意，圣人下字之间，义味深矣，两与字一是党与之与，一是取与之与。"[⑦]这里有春秋笔法、尊王攘夷的儒家价值观，是推广一种主流的价值观，普通的言语被赋予了话语的权力，也体现了一种礼仪文化，言语的意义被扩大化、神圣化，而显得意味深长，所以"圣人下字之间义味深矣"。通过神化、圣人化，将儒学儒教化，借此挖掘微言大义，交、求之别，在于儒家礼乐文化而已。真德秀《咏古诗序》中以为诗乃"以诗人比兴之体，发圣人义理之秘"[⑧]，字字玩味的是儒家文化。"诗人探见祸本，故不于如齐，刺之而于归鲁，刺之旨深哉，集传以归为归齐，既失考证，义味亦短。"[⑨]

汉儒喜欢以道德教化解释《诗经》，《诗经》在文本、文献的价值之外也被赋予了政治、伦理学的内涵，因此《诗经》就具有了文外之旨，因此最具义味。《钦定平定台湾纪略》卷首二："天眷耳近日以宫商三百，逐章餍饫其义，竟如幼年书室学诗之时，然彼时但知读其章句，而今则究其义味，因思采薇出车

---

① 马端临：《文献通考》(卷二百三十七)，浙江古籍出版社2000年版，第1886页。

② 宋叶适：《习学记言》(卷四十七)，载《文津阁四库全书》(第280册)，第689页。

③ 黄庭坚：《山谷集·山谷别集》(卷十九)，载《文津阁四库全书》(第372册)，第405页。

④ 黄庭坚：《山谷集·山谷别集》(卷十九)，载《文津阁四库全书》(第372册)，第404页。

⑤ 《文心雕龙注》，刘勰著，范文澜注，人民文学出版社1958年版，第632页。

⑥ 刘埙：《隐居通议》(卷四)，载《文津阁四库全书》(第286册)，第724页。

⑦ 张次仲：《周易玩辞困学记》(卷十四)，载《文津阁四库全书》(第11册)，第728页。

⑧ 真德秀：《西山文集》(卷二十七)，载《文津阁四库全书》(第392册)，第354页。

⑨ 陈启源：《毛诗稽古编》(卷六)，载《文津阁四库全书》(第29册)，第375页。

诸章,乃上之劳下,其义正斯为正雅,祈父北山诸什乃下之怨上,其义变斯为变雅。"认为《采薇》、《出车》诸章,体现了等级制度、风俗民情以及由此带来政治治乱的雅正、变雅的问题,也是文献背后的丰富的儒家文化。"何谓四灵,麟凤龟龙,谓之四灵,□石梁王氏曰四灵以为畜,衍至此无义味,太迂疏。"(明胡广《礼记大全》卷九)义味说成了批评非儒学的依据,认为他们将深厚说成肤浅,则无义味。至此义味说与汉儒以德解诗互为合理的依据。诗合德,合乎理学,则有义味。

相比较而言,诗学批评家对文外之旨做了更加明确的表述。"盖兴者,因物感触,言在于此,而意寄于彼,义味乃可识,非若赋比之直言,其事也。"(《说郛》卷二十一下)言在于此,而意寄于彼,是义味和兴共同的表现方式,对义味的阐释非常到位。"足以尽颂之义乎,未也,盖颂有颂之体,其词则简,其义味则隽永而不尽也。"(《图书编》卷十一)其词则简,其义味则隽永而不尽,也是对义味的最佳表述。

(二)宋人义味说的义理审美机制探讨

1.义味说与内圣之美

文外之旨揭示了义理美的现象,但也是儒家的自言自语,因为从主流美学来看,有形式审美、情感审美,而抽象的义理恰恰与审美是对立的、矛盾的。所以儒家的义理何以美,儒家义理审美的形成机制需要我们去探究。宋人用义味进行批评最多的是文学大家黄庭坚:"要是读书数千卷,以忠义孝友为根本,更取六经之义味灌溉之耳。"①在黄庭坚看来,义味是六经的义味,而六经的根本是忠孝仁义。"声叔六侄得书,知同诸新妇侍奉不阙子职,牙儿长茂张士节佳士,想笔砚间益得讲学之乐,日月易失,官职自有命,但使腹中有数百卷书,略识古人义味,便不为俗士矣。"②"切观才器英特,可以尽心于古人远大之业。闭门读书,求心求已,渍润以古人义味深沈重厚,谢去少年戏弄之习,以副父兄之愿,岂不美哉……闲斋清净,古器罗列,左右思古人不得见,诵其书,深求其义味,则油然仁义之气生于胸中,虑淡而其乐长,岂与频频之党喧哄作无义语之乐可同日哉。"③这里的古人义味是读书做人的道理,黄庭坚不是个政客,以为人生短暂,官职也自有命,他的人生理想是做古雅人格的佳士,他的快乐是得笔砚间讲学之乐。而他的人格也难免受理学的影响,腹中有数百卷书,诵其书,深求其义味,他的义味是油然仁义之气生于胸中,虑淡而其乐长,体会儒家义理中的快乐,略识古人义味,不为俗士,是他做人的终极追求。这种儒家义理带来的幸福感,以仁义为义味,达成内圣之乐,有点宗教情感、宗教快乐的倾向。前苏联美学家雅科夫列夫说:"艺术和宗教都诉诸人的精神生活,并且以各自的方式去解释人类生存的意义和目的。"④

义味说的以义为味,以道义为快乐,在宋代是一种社会思潮,其代表是对"颜子之乐何乐"的追问。据《宋史道学传》及吕大临《横渠先生形状》载,张载二十一岁上书范仲淹有意于兵事,范仲淹告知:"儒者自有名教可乐,何事于兵?"(《程氏遗书》卷三)程颢说:"某自再见茂叔后,吟风弄月以归,有'吾与点也'之意。"宋明理学家津津乐道的"孔颜乐处"、"回也不改其乐",不是物质快乐,是精神快乐,是道义之乐。范仲淹在晚年制止子弟为其建豪宅,说:"人苟有道义之乐,形骸可外,况居室乎!"(《范文正公集·年谱》)宋人批评的唐人韩愈、柳宗元怨怨戚戚,是不能乐道义,只乐功名富贵。因此笔者提倡唐宋文之争,唐人是寒士之文,寒瘦的忧道之文;宋人是快乐之文,乐道之文。⑤ 程颐作《明道先生行状》云:"先生为学,自十五六时,闻汝南周茂叔论道,遂厌科举之业,慨然有求道之志。"(《二程文集》卷十二)放弃科举,以求道为安身立命之本,为幸福和快乐,这需要宗教般的勇气和使命感。义味说本身的学理依据是:儒家的快乐哲学使儒家本身具备了追求个人幸福和社会幸福的内在机制。有意思的是,这种以道义为快乐,以道德自足为幸福的思想,不仅仅是东方特色,也存在于西方世界。古希腊的亚

---

① 黄庭坚:《山谷集·山谷外集》(卷十),载《文津阁四库全书》(第372册),第315页。

② 黄庭坚:《山谷集·山谷别集》(卷十七),载《文津阁四库全书》(第372册),第397页。

③ 黄庭坚:《山谷集·山谷别集》(卷十九),载《文津阁四库全书》(第372册),第404页。

④ [俄]雅科夫列夫:《艺术与世界宗教》,文化艺术出版社1989年版,第7页。

⑤ 参见《论唐宋文之争》,载《文学评论》2011年第3期。

里士多德说："幸福就是合乎德性的现实活动"，"合乎德性的行为，就是自身的快乐"，"最美好、最善良、最快乐也就是幸福"。[①] 将真、善、美结合在一起，他在这里说的"幸福"、"快乐"也可理解为"道义之乐"。

2. 义味说与外王之美

除了儒家内圣之学的义味说，我们还发现了大量的儒家外王之学的义味说材料。在儒家看来，道何以美，也是个外王的问题，是救世、是社会幸福的问题，牵涉王圣一体、牵涉拯救的话题。"文彦博进《尚书》、《孝经》解，奏曰：臣伏以皇帝陛下间日御迩英阁，令讲官讲《尚书》，又阁之南壁张《孝经图》，出入观览，有以见陛下祖述尧舜，宪章文武，以至德要道孝治天下，臣今辄于《尚书》诸篇中节录十篇，及《孝经》诸章中节录六章进上，以备禁中清闲之暇，研究义味，或时令讲官节录疏义进入。"[②]《尚书》、《孝经》的义味无非是忠孝仁义，文彦博希望帝王具有祖述尧舜、宪章文武的高标政治理想，以忠孝仁义的至德要道孝治天下，实现王朝的长治久安。这里有实用美学的味道，在儒家看来有道义，就有社会安定和幸福，就有味，就是美。宋代王安石认为文章的本体就是儒家的治教政令，务为有补于时，有用就是有义味的，就是美的；苏洵、苏轼的战国纵横家风是不切实际的，无补于治的，因而是不美的。

儒家作为帝王师的角色，知道寓教于乐的教学原理，知道枯燥的说教会引起帝王的反感，所以主张以义味诱导帝王，以义理之美感化帝王。"徽宗时左司谏江公望上言曰：义理者，有心之所同得刍豢者，有口之所同嗜口之悦，刍豢以得味也；心之悦义理，亦必得义味而已矣。学不得义味，淡薄而难向，勤苦而不入。"[③]要让帝王能够体会到快乐，能够体会到义理的美味，如果经义本身没有义味，则不值得学习，虽有义味，学不得义味，淡薄而难向，勤苦而不入也没有吸引力。

更有儒家学者对义味说的阐释采取了直指人心的说法。《历代名臣奏议》："及陛下有志于继述，愿以圣学为先讲读之，臣，陛下亲迩以求多闻者也，详延精义之学，切磋琢磨，疏瀹心源，斟酌义味，王功帝绩，自此流出，法度政事，乃土苴尔。……盖义理之学，上以穷性命之 下以达先王制作之美意，……要之不悖义乖理，以成治世之通法，真得所谓继述者也。"[④]将斟酌义味，与疏瀹心源结合起来，这里我们可以理解为，爱心即仁，仁爱即王道，王道即天下无敌，长治久安。宋代理学已经从心灵上找出路，精义之学，切磋琢磨，是从心灵流出的，所以要疏瀹心源，斟酌义味，一切外在事功，王功帝绩，自此(仁爱心灵、理学)流出，法度政事，乃土苴、末节。外王从内圣来，内圣可以出事功。《历代名臣奏议》："臣伏愿陛下讲学之际更留圣心，咨询考问，以尽臣下之情；反复研究，以求理道之要，磨砻渐渍，日累月积，疏瀹其心源，斟酌于义味，自然德性成就，知虑开明，物来而能名，事至而能应以之，用人则邪佞者远，忠直者伸，以之立政则蠹弊日销，绩効日着，何为而不成，何求而不获哉。"[⑤]这里的义味不仅仅是心灵，而且是德性的成就，希望帝王斟酌于仁爱的义味，成就圣王的德性，实现天下大治。一些儒家的经济之策，也被认为义味。朱子《宋名臣言行录》续集卷一江公望"累数百言，上称奇者数四，读终篇上曰卿文采甚奇，每进札子皆根义理，不唯文采过人也，他日又谓公曰，卿前所进札子禁中无事玩味不释手，句句义味，已令编入上等文字中，与卿流传不朽"。札子义理高妙有味，能够让帝王玩味不释手，这也是义味说的直接证据。

这种由内圣而外王的思想一直是中国社会的主流思想，影响直至今天。孙中山在三民主义之民族主义第六讲题提到："我们现在要能够齐家、治国，不受外国的压迫，根本上便要从修身起，把中国固有知识一贯的道理先恢复起来，然后我们民族的精神和民族的地位才都可以恢复。"这是儒家修身的政治思想具有的现代性价值。

无独有偶，这种内圣外王的义味说，在西方学界也有类似看法。颜回的道德自足是个人的自得之

---

① [古希腊]亚里士多德：《尼各马可伦理学》，苗力田译，中国人民大学出版社 2003 年版，第 14、15 页。

② 杨士奇等：《历代名臣奏议》(卷七)，载《文津阁四库全书》(第 148 册)，第 539 页。

③ 杨士奇等：《历代名臣奏议》(卷八)，载《文津阁四库全书》(第 148 册)，第 547 页。

④ 杨士奇等：《历代名臣奏议》(卷八)，载《文津阁四库全书》(第 148 册)，第 547 页。

⑤ 杨士奇等：《历代名臣奏议》(卷九)，载《文津阁四库全书》(第 148 册)，第 554 页。

乐，帝王的仁爱可以让社会幸福，也是一种个人成就感的自得之乐的道德幸福。古希腊的伊壁鸠鲁派和斯多葛派“都不承认德行和幸福是至善中两个彼此无关的要素”。“壁鸠鲁派说：自觉到自己的准则可以获伊致幸福，那就是德行；斯多葛派则说：意识到自己的德行，就是幸福。”①康德认为：“在把德行和幸福结合起来以后，才算达到至善。”②至善（义味）是中西圣人圣王都想体会的最高境界。

按康德的思路，儒家义味说我们理解为几层意思：①义味首先是个人幸福，体会道义之乐的幸福，道德可以快乐，是道义之乐的基础和可能性；②义味说具有实践性，我们将道义之乐付诸行动，帮助别人，齐家治国平天下，可以实现社会幸福，从而得到更大的快乐和满足，即康德所谓道德的“愉快感情”或“自得之乐”，至善，是人生的一种成功和满足感。这也是孟子所说的独乐乐和与民同乐的关系。

（三）具有东方特色的古文审美：玩味

1. 义味说是儒家经学高度发达的产物，义味说因而也有一套复杂的理论系统

义味说的话语背景是经学的神圣化，表达的词简意丰，隐而不发，深长可玩。从阅读的角度，义味说的核心范畴是玩味说，而玩味说的原型是孔子韦编三绝和朱子读书三纪的神话，《经义考》中“而义深读者未必遽了，非文王周公，故隐而不发也，开其端于言之中，而存其意于言之外，欲学者深思而自得之，则象所蕴蓄义味深长可玩而不可厌也，尼父生知之圣也，而读易韦编三绝，且曰加我数年，则于易道彬彬矣，十翼训释不惮辞费，学者岂得易言之哉”③。周琦《东溪日谈录》：“朱子读通书三纪，方知义味，然后发其精蕴，盖三纪计三十六年，愚故谓读书不如古人多矣。”④从逻辑性的角度看，经学义味深厚不容易阅读，经义是深厚而神圣的，言外之意是指向无限的。读经者需要一种宗教情怀，需要虔诚的心。除了体会其中的义理，还要体会其中的宗教精神（学界以为儒教是一种准宗教），阅读的过程实际上也是修正的过程、悟道的过程、体道的过程，所以，后生小辈总是被批评不得义味。“小子相今年已十七，诵书虽多，终未能决得古人义味，近喜作古诗，他日或有一长尔，未可量也。”⑤《山谷集·别集》：“辱手毕，喜承日用轻安示谕，读书甚喜，然须深探其义味，使不为诵古人之空文，乃有益也。”⑥

当然，既是宗教，肯定是让人读懂的，于是就有方便言说的理论。熊禾《孝经大义序》：“其书为初学设，故其词皆明白而切实，熟玩之则义味精深，又有非浅见謏闻所能窥者。”⑦真正的阅读者也是体道者，能够在体道中获得类似宗教情怀的审美活动。陆龟蒙《复友生论文书》：“辱示近年作者论文书二篇，使仆是非得失于其间，仆虽极顽冥，亦知惴息汗下，见诋诃之甚，难招祸怨之甚易也，况仆少不攻文章，止读古圣人书，诵其言思行其道而未得者也，每涵咀义味，独坐日昃，案上有一杯藜羹，如五鼎七牢馈于左右，加之以撞金石万羽薵也。”陆龟蒙《笠泽丛书》卷二儒者体道是如人饮水，冷暖自知，是个人体验，个性体验，只可意会不可言传。陆龟蒙体会到了“如五鼎七牢馈于左右，加之以撞金石，万羽薵也”的审美享受。又《周易玩辞困学记》卷一：“爻词不过八字，文言释之，一句一字，俱有无穷义味，所以学易者，但向词中会文切理，逐字还他下落，便觉羲皇去人不远。”⑧认为文字是通圣的桥梁，经典意味深长，一句一字，俱有无穷义味。同时提出了文言释之，意味深长，可见文言文的简洁、含蓄之处。“便觉羲皇去人不远”其中还有一种宗经、徵圣的宗教情怀，大抵“玄道在于妙悟，妙悟在于即真”⑨。玩味排除一切逻辑推理和语言论证，只注重人的感官的直觉运动，是直觉的体验式的，是非理性的思辨，是非分析的，是一种体验美学，是东方式审美，是神秘的冥想与迷狂的宗教体验。

---

① ［德］康德：《实践理性批判》，关文运译，广西师范大学出版社 2002 年版，第 106 页。

② ［德］康德：《实践理性批判》，关文运译，广西师范大学出版社 2002 年版，第 105 页。

③ 朱彝尊：《经义考》（卷二十七），中华书局 1998 年版，第 158 页。

④ 明周琦：《东溪日谈录》（卷十二），载《文津阁四库全书》（第 237 册），第 423 页。

⑤ 黄庭坚：《山谷集·山谷别集》（卷十八），载《文津阁四库全书》（第 372 册），第 400 页。

⑥ 黄庭坚：《山谷集·山谷别集》（卷十九），载《文津阁四库全书》（第 372 册），第 404 页。

⑦ 熊禾：《重刊熊勿轩先生文集》，载《宋集珍本丛刊》（第 91 册），线装书局 2004 年版，第 212 页。

⑧ 张次仲：《周易玩辞困学记》（卷一），载《文津阁四库全书》（第 11 册），第 604 页。

⑨ 释僧肇撰：《肇论中吴集解三卷》，释净源集解，载《续修四库全书》（第 1274 册），第 32 页。

2. 玩味字句，精读文章，一种中国式的阐释美学

玩味说也可以看作是一种细读理论，宋人将它概括为朱子读书法，张洪《朱子读书法》："又曰读书须随章逐句仔细研穷，方见义味，若只用粗心，但求快意，恐无以荡涤尘埃，划除鳞甲也。"[①]经学的根本不在章句，但是离不开章句，细读的重点是章句之学，从章句中见义理。《山谷集·山谷简尺》："庭坚顿首，辱手笔，喜承日用，轻安示谕，读书甚喜，然须深探其义味，使不为诵古人之空文，乃有益也，班固汉书最好读，然须依卷帙先后字字读过，久之使一代事参错在胸中，便为不负班固耳，周子发书，乱写置卷尾不成字也。"[②]强调读书要字字读过，深探义味，了然于胸。

玩味这种阐释法，有时会发展为过度阐释，汉儒将《诗经》经学化，将《春秋》经学化，就是例子，儒家文化喜好以比德说阐释一切。"后汉循吏传注引韩诗羔羊篇薛君章句云：素喻洁白，丝喻诎柔，紽数名也，诗人美贤人为大夫者，其德能称，有洁白之性，诎柔之行，进退有度，数也，此最有义味，可补毛郑之未及。"[③]汉儒将诗经经学化、政治化、神圣化，甚至有神秘化、宗教化的倾向，受到后世疑经派的批评。杨简《慈湖诗传》："也是诗以螽斯羽喻子孙众多尔，毛传亦未尝言后妃不妒忌，惟序乃言不妒忌，序所以必推原及于不妒忌者，意谓止言子孙众多，则义味不深，故推及之，吁此正学者面墙之见。"[④]诗以螽斯羽喻子孙众多，是日常经验的解读，而序乃言后妃不妒忌，这是儒家诗教说阐释诗歌，在罢黜百家独尊儒术，普天之下莫非儒教的时代，难免一切服从于儒家，一切服务于儒家，而陷入僵化的文化一元论。

四、结　　论

通过对义味说的梳理，我们发现，义味说对义理的审美丰富了中国古代美学的内容，深化了美学思考，成为中国特色的古文美学观。但是义味说来源于宗教，而且由于儒教的准宗教特色，使儒家古文义味说带上了浓厚的经学色彩，古文义味说过于关注内圣外王之道，成了传道、体道、修正的宗教情怀和宗教美学。在儒家成为封建正统思想后，儒学获得了话语霸权，道义成了义味的主体，成了文学的主体，而古文作者的主体性也被消解了，作者死了，作者只能起到作者功能的作用，文章成了代圣贤立言，成为传教之文，徒有义之味，而乏人情之味。虽然体现了后世古文家宣扬的古文的精神命脉，却反证了古文的政教、准宗教的文章本体。

---

① 张洪：《朱子读书法》（卷三），载《文津阁四库全书》（第 235 册），第 774 页。

② 黄庭坚：《山谷集·山谷简尺》（卷下），载《文津阁四库全书》（第 372 册），第 418 页。

③ 清陈启源：《毛诗稽古编》（卷二），载《文津阁四库全书》（第 29 册），第 354 页。

④ 杨简：《慈湖诗传》（卷一），载《文津阁四库全书》（第 24 册），第 369 页。

陀汗国在何处

孙爱玲

（印度尼西亚汉语教学促进协会，印度尼西亚国民大学）

内容摘要：本文从唐代段成式笔记型小说《酉阳杂俎》外篇的“叶限”，对比与之具有同构性的印度尼西亚民间故事以窥探东方灰姑娘——叶限与白蒜——所体现的人文价值观，将其与西方灰姑娘故事所蕴含的文化观进行比较，通过古代散文民间故事探讨中印（尼）之间的文化纽带，挖掘古代散文民间故事之协调功能。提出“丢鞋”与“凭鞋找人”情节之非印尼性特征，从“陀汗国”之地理位置、历史、语言以及印度尼西亚与马来西亚“红葱白蒜”之争尝试探索“叶限”与“白蒜”之间的历史渊源。

关键词：叶限与白蒜　东方灰姑娘　陀汗国　叶靓灰白

一、叶靓灰白之协调功能

中西方及东南亚翡翠、千岛之国印度尼西亚（以下简称“印尼”）均有灰姑娘故事。西方灰姑娘故事于 1697 年由法国人查尔斯·佩罗特（Charles Perrault）之《有寓意的传说集》中《辛黛瑞拉》和 17 世纪德国格林兄弟《格林童话集》及 1636 年意大利乔姆巴迪斯塔·巴西尔 *Lo Gunto de li Cunte* 之故事集开始问世。后者主人公齐左娜全名露克里扎西娅，有“煤灰猫”之称。因充满神话传奇色彩而脍炙人口，因承载着丰富的现代人文主义内涵而在世界文学文化史上占有相当的地位。然而，最早的“灰姑娘”传说其实发源于广西壮族先民（时称骆越民族），记录于唐代段成式所著《酉阳杂俎》续集《支诺上》。20 世纪 30 年代中国翻译家杨宪益曾撰文指出“世界上最早的灰姑娘”口头传说出现在“秦汉前的邕州洞中吴洞”，文字传说形成于 9 世纪唐代《酉阳杂俎续集》卷一《叶限》。日本学者君岛久子和美国华人学者丁乃通都曾到南宁等地考察，撰文肯定“灰姑娘”的原型乃古代邕州“叶限”（今为达加）。美国 1982 年《学校图书馆杂志》评曰：“中国叶限故事是欧洲著名的灰姑娘故事的基础，西方人知道这故事至少比中国人晚一千年。”而印尼灰姑娘“红葱白蒜”故事的最早记录则至今无从考察。

印尼是世上回教人数众多、有着为数众多华侨华人居住之国。尽管近史记录着其排华反华之频度、深度、时间长度及其激烈度[①]，仍然无法阻止中国新移民之到来。早年中国人离乡背井下南洋是在中国积贫积弱以及战乱的历史背景之下，如今中国崛起了，而来到印尼的中国人却更多，新入籍印尼公民者大有人在。说明人类迁徙活动是不会完结的，由此不同民族相处需要寻找平点以便互相协调。不同民族共处因文化差异而出现的摩擦，累计起来足以引发激烈的矛盾，唯有求大同存小异才能拉近彼此间的心理距离。印尼是东南亚之交通枢纽，杜绝外国人来到印尼几乎不可能。比较“叶限”与“红葱白蒜”之文化内涵相当于探索中印（尼）文化脉络、纽带。使“叶限”与“白蒜”体现的人类潜意识共性拉进彼此间的心理距离，不同文化观念是彼此互相谅解、互相尊重的重要依据。

民间故事体现的相同文化价值标准能缩小人际间的心理距离。钟敬文《民俗学概论》写道：民间

① 周南京：《风雨同舟》，中国华侨出版社 1995 年版，第 432 页。

文学具有教化功能、规范功能、维系功能、调节功能四种功能。[①] 其实应加一项协调功能，它不但维系、凝聚本民族，同时还能起着协调不同民族和睦共处的作用。对离乡背井、长居域外的华人而言，了解《酉阳杂俎·叶限》，寻求与其生活场景间的联系，乃落叶寻根、落叶保根到落地生根情结的一种表征。

二、东方灰姑娘

灰姑娘故事超越时空地口耳相传，从秦汉时古朴宁静的村庄到中世纪封闭的欧洲城堡，从东南亚踝着天足在河边洗衣的妙龄少女到中国南方穿着绣花鞋的窈窕淑女，故事一代代地在世界各个角落广泛地流传着。以“灰姑娘”为母题的故事变体为数众多，玛丽安·洛尔夫·考克斯在1892年曾对此故事母题作系统研究，搜集并整理了345个流传于欧洲的灰姑娘故事集。遍布中国大江南北流传于21个民族的灰姑娘型故事也达72篇。今人知晓中国灰姑娘乃西方灰姑娘故事原型者不少，然而“叶限”在印尼却鲜为人知。显然因西方灰姑娘走遍了全球，广西叶限却似乎未抵千岛之国，而中国大江南北青少年、儿童知道灰姑娘，听过煤灰猫却也未必认识叶限。

叶限出生卑微，却对未来充满憧憬渴望机遇，“及洞节，母往，令女守庭果”时，就“伺母行远，亦往，衣翠纺上衣，蹑金履”。后因“母所生女认之……母亦疑之，女觉，遽反，遂遗一只履，为洞人所得”，反而被“国主得之”并且“命其左右履之，足小者，履减一寸。……乃以是履弃之于道旁”，最后“得叶限，令履之而信”，终于如愿以偿。然而获得幸福必有条件。西方灰姑娘“穿上华丽裙裾，踏着珍奇水晶鞋，在轻舞飞扬中与王子缔结美满姻缘”；叶限“衣翠纺上衣，蹑金履”，接着“叶限因衣翠纺衣，蹑履而进，色若天人也”。进入高攀的婚姻，摆脱卑微的身世，“始具事于王，载鱼骨与叶限俱还国……陀汗王至国，以叶限为上妇”。满足男权对“财色”的追求，实现女人在男权社会里梦寐以求的幸福，其条件是得到高权贵人提携，“忽有人发粗衣，自天而降”。“白蒜”则得老妪相辅，获得金银珠宝，版本不含婚姻情节，未曾体现对社会地位的崇尚与追求，反映善恶果报，折射了仙人手中的财物为转运不可或缺的因素，与《酉阳杂俎》基本同构：“忽有人发粗衣，自天而降。慰女曰：‘尔无哭，尔母杀尔鱼矣！骨在粪下。尔归，可取鱼内藏于室。所须第祈之，当随尔也。’女用其言，金玑玉食，随欲而具。”叶限“为母所苦，常令樵险汲深”，白蒜穿着褴褛不堪，担负起繁重的家务，逆来顺受，从不怨天尤人。悲剧是在父亲与世长辞或失去统摄家庭能力下造成的，主人公是逆境中受害者的象征和符号。纵观人类历史，父系社会贯穿整个人类文明史，男权意识几乎主宰这一全过程，妇女必须具有忍耐、顺从、克己复礼、以德报怨等美德，吃得苦中苦，方为人上人，这是男权社会所希望妇女遵从的道德规范。

有学者认为叶限是第一代灰姑娘，衍生出第二代灰姑娘“靓妹”。它折射了不同时代的不同价值观，延伸出了女性追求对象的不同标准。叶限所嫁的夫家“兵强，王数十岛，水界数千里”，是陀汗国国王，与西方灰姑娘同样体现出了对王权的崇尚。《疤妹和靓妹》成书于20世纪30年代，是中国女性高喊解放、争取婚姻自由的时代。靓妹把幸福寄托于秀才，表现历史发展中人文观念的变迁和转型，但仍然影射婚姻为女性取得幸福的唯一保障这种男权社会的本质和不变性。从“叶限”到“靓妹”显然是经过文人的加工，加入了民间故事“田螺姑娘”等情节。体现出“故天将降大仁于斯人，必先苦其心志，劳其筋骨，饿其肌肤，困乏其身……”(《孟子·告子下》)，说明光靠美色和美德不足以取得永恒的幸福。因此，靓妹必须为永久幸福而奋斗，承受痛苦，历经磨难。按中国人的传统观念，强调苦难是自我的炼狱，苦难愈为深重，经历考验的自我就愈为坚强，在压迫和忧患之中生命愈能勃发生机。[②] 不仅善恶之间激烈奋斗，而且需要超越和蜕变，经过奋斗脱胎换骨。传达“人定胜天”的观念，反映了一个民族对生活的解读。叶限和靓妹的幸福和命运(包括西方的灰姑娘)似乎还需要异类相助，帮助叶限的是鱼骨，帮助靓妹的异类包括黄牛与老妪，这种异类相助办成大事的例子，在《西游记》中表现得最突

① 钟敬文:《民俗学概论》，上海文艺出版社2009年版，第27页。

② 杨正润教授讲义“比较文学”第14页，南京大学新加坡硕士班，2005年。

出，唐僧的四个徒弟无一不是异类，没有异类徒弟的协助唐僧去西天取经几乎无法实现。西方民间故事中的异类相助，最典型的是魔灯阿拉丁。异类相助情节的普遍性说明人类虽是万物之灵，但是人类的能力是有限的，即使是在科技发达的今日，人类在大自然中仍然是渺小的。

叶限的后母其结局是“其母及女，即为飞石击死”，是善恶果报观念的体现，后母死后“洞人以为禖祀，求女必应”；白蒜的后母有两种结局：葬身鱼腹、痛改前非，均体现出了劝善的教化。叶限经历了两次塞翁失马：①“其母……易其敝衣，后令汲于他泉，计里数里也，母徐衣其女衣，袖利刃，行向池呼鱼，鱼即出首，因斫杀之。鱼已长丈余，膳其肉，味倍常鱼，藏其骨于郁栖之下。”结果因祸得福“人发粗衣，自天而降。慰女曰：‘尔无哭，尔母杀尔鱼矣！骨在粪下。尔归，可取鱼内藏于室。所须第祈之，当随尔也。’女用其言，金玑玉食，随欲而具。”②“女觉，遽反，遂遗一只履，为洞人所得。”终于因祸得福“始具事于王，载鱼骨与叶限俱还国……陀汗王至国，以叶限为上妇”。白蒜也有一次塞翁失马的经历：在河边洗衣时后母最爱的衣服被水冲走，她沿着河流苦苦寻找后遇上老妪，有条件地将衣服还给白蒜。传达了“祸兮福所倚，福兮祸所伏”之人生解读。之后，叶限嫁给国王时带的“所须第祈之，当随尔也”的鱼骨，使国王因福而得祸，“一年，王贪求，祈于鱼骨，宝石无限，逾年，不复应。王乃葬鱼骨于海岸。用珠百斛藏之，以金为际。至征卒叛时，将发以赡军。一夕，为海潮所沦”。

灰姑娘们善良谦卑，勤劳可爱，楚楚可怜的品性受到社会普遍的认同和赞赏，然而决定其幸福的还有一双鞋：叶限的金鞋、灰姑娘的玻璃鞋、靓妹的绣花鞋，这双鞋最终确定了其身份和命运。靓妹是“掉鞋”、“拾鞋”、“穿鞋”，改变了“丢鞋”、“凭鞋找人”的情节路线。“鞋”在中国文化中为定情之物，即使是充满禁欲主义的红色经典也不乏以“鞋”言“情”的情节；“鞋”在西方文化据说是一种“性符号”、“性象征”，穿鞋的动作是“性行为”的具体暗示。而金鞋、玻璃鞋、绣花鞋又是故事年代的依据，唐代以“金”为贵，现人则都穿布鞋。印尼白蒜未丢过鞋，“丢鞋、凭鞋找人”情节具有“非印尼性”特征。印尼灰姑娘主配角之命名与实物相连——红葱与白蒜，人们根据红葱、白蒜的特征与来历，赋予了文化意义。灰姑娘之妹红葱标志不善，以害人始，以害己终，白蒜代表善良高洁、乐于助人。两者一雅一俗，一善一恶，体现了中西方人生价值观的共性。

三、陀汗国在何处

叶限家住吴洞，经考察证明吴洞即为今之广西南宁。娶叶限的夫婿是拥有广大海域的陀汗国国王。陀汗国是否纯属文学虚构？广西南宁周围到底有无“其洞邻海岛，岛中有国名陀汗，兵强，王数十岛，水界数千里”之“陀汗国”？若非虚构，有据可循吗？那是印尼？还是马来西亚？或是菲律宾？《酉阳杂俎》成书于6—9世纪的唐代。梁立基在《印度尼西亚文学史》上册写道：“5世纪的古戴王朝已有相当的实力，……国力强盛……。8世纪在苏门答腊巨港一带崛起印度尼西亚历史上最大的佛教王朝室利佛逝，这个王朝成为当时东南亚最大的贸易中心和佛教文化中心，与我国的唐朝有着密切的经济和文化的交流关系。”①假设陀汗国便为当时室利佛逝王国，并非毫无根据。

---

① 梁立基：《印度尼西亚文学史》，昆仑出版社2003年版，第71—73页。

且看“红葱白蒜”原地之争：有谓之苏门答腊岛的，有说是爪哇岛的。印度尼西亚—马来西亚之文化版权之争①中双方各持己见。大可借《酉阳杂俎》的陀汗国寻求答案，指出陀汗国为当时“兵强，王数十岛，水界数千里”的室利佛逝王朝，其版图包括苏门答腊岛与马六甲半岛。曰广西姑娘嫁给室利佛逝某一国王，则中国和印尼有着姻缘关系，对中印（尼）友谊，对华人与非华人之共处均能发挥极大的协调功能，对民族和谐共处起着正面的作用。

【主要参考文献】

［1］ 梁立基：《印度尼西亚文学史》，昆仑出版社 2003 年版。

［2］ 钟敬文主编：《民俗学概论》，上海文艺出版社 2009 年版。

［3］ 龙矜频、孙爱玲、郑小雁：《叶靓灰白》，新加坡玲子传媒出版社 2005 年版。

［4］ 孔远志：《马来语发展史上的重要文献：中国高僧义净记载的昆仑语》，载《东南亚研究》1990 年第 2 期。

［5］ 孔远志：《印尼华人与印尼语的诞生》，载《东南亚纵横》1991 年第 4 期。

［6］ 谭家健：《中国古代散文史稿》，重庆出版社 2006 年版。

［7］ 段成式撰：《酉阳杂俎》，金桑选译，浙江古籍出版社 1987 年版。

［8］ 中国谷歌网页资料：www. google. com. cn。

［9］ 印度尼西亚谷歌网页资料：www. google. co. id。

① 印度尼西亚与马来西亚国际文化版权争执包括一首名为“拉沙沙扬”（意译：爱的感觉）之歌以及其他舞蹈剧目。

中国古代的“文章”与“文章教育”

唐晓敏

（北京第二外国语学院）

内容摘要：中国古代重视“文章”，首先是因为“文章”具有政治价值。同时，中国古代的士大夫写作文章时，常常是倾注了自己的全部情感，文章又成为士大夫的精神家园。古代文章在教育领域发挥重要的作用，文章教育是中国古代教育的重点，古人的文章学习以吟诵为主，这一经验值得继承。

关键词：散文　文章教育　吟诵

中国古代的文章，不同于现在的文章。现在的文章，常常是与“文学”对举的。我们有文学，也是“文章学”，文学指的是形象生动、情感丰富而且常常虚构、具有审美价值的文字作品。而文章则不需要有这些，文章多是指实用的文字作品。在语文教学界，叶圣陶把这样的文字作品叫“普通文”，他曾提出：“中学生不必写文学是原则，能够写文学却是例外。……阅读与写作的训练应该偏重在基本方面，以普通文为对象。……唯有对于基本训练锲而不舍，接触文学才会左右逢源，头头是道。”[①]从这里不难看出，叶圣陶的“普通文”，是比文学低一个档次的，是人人都能写的，至少是人人都应该能写的。这实际上也成为许多人的看法，写文章是比较简单的事情，不同于文学创作。但这种看法是今天的看法，古代并不是这样。古人倒是认为，今天我们称为“文学”的东西，如戏剧、小说，是比较简单的东西，而文章是复杂、高雅、重要的东西。戏剧、小说可以有文采也可以没有文采，而文章却必须是有文采的，不光是有文采，而且还必须有丰富的思想。中国现代作家林语堂曾说过，在中国，“所谓文章之含义，尤为特别。大概有黼黻文章之意，有文采的，才称为文。故文章二字，惟中国有之，西文 Belles Letters 去文章之义尚远”[②]。“文章二字，惟中国有之”，刚看上去似乎有点武断，但这个看法是有道理的。只是，这种中国独有的文章，只是古代的文章。中国古代的许多文章达到了文字运用水平的极致，马克思认为古希腊的史诗“高不可及”，中国古代那些最好的文章，也可说是这样。

自古以来，中国文化中就有重视“文”的传统，“文”可以说是中国古代文化的核心。古人认为，整个宇宙都有“文”，刘勰《文心雕龙》开篇的《原道》就提出“天文、地文、人文”的说法。此前的《易经》讲“观乎人文，以化成天下”，这是中国古代的“文化”一词的来源。孔子曰：“焕乎其有文章。”人们认为“文”关乎社会政治的一切方面，所以有“经天纬地谓之文”，帝王的谥号中，“文”是最高的。历史上，许多人凭一篇文章就“名垂青史”。《新唐书》、《旧唐书》的《韩愈传》全文收录了韩愈的文章《进学解》等，中国古代写史非常讲究简洁，可以说是“惜墨如金”，却可以让一篇文章占这样大的篇幅，这充分显示了古代对文章的重视。

中国古代何以有着这种文章？或者说，在古代社会，文章何以这样重要，何以具有西方文章和现在的文章所没有的许多特点？这有多方面的原因。

中国古代重视文章，首先是因为文章具有政治价值。从整个中国文化的形成与发展说，文章就有

---

① 叶圣陶“国文教学的两个基本观念”，载《叶圣陶语文教育论集》，教育科学出版社 1980 年版，第 61—63 页。

② 林语堂“国文讲话”，载沈永宝编：《林语堂批评文集》，珠海出版社 1998 年版，第 39 页。

特别重要的价值。古代的中国地域辽阔，方言纷杂，文字在统一中国方面发挥着重要的作用。而所谓文字的作用，自然不是指单个的汉字，而是通过文字作品而体现的。这文字作品，就是文章。具体而论，古时的各个朝代，都没有广播，没有电视，更没有互联网，中央政府管理一个庞大的国家，朝廷政令的下达，地方情况的上报，全凭文章，"朝廷政治的运转实际是文牍的运转"，政治经验也主要凭借文章来记载，于是文章就成为"经国之大业，不朽之盛事"。

古代的文章，不仅仅在社会政治领域发挥作用，它也是士大夫抒发感情的凭借。中国古代的士大夫写作文章时，常常是倾注了自己的全部情感，既以诗为文，也以文为诗，文章也具有了诗意，文章于是又成为士大夫的精神家园。苏轼就多次谈到"文章如金玉"(《答毛滂书》)，"文章如金、玉、朱、贝、未易鄙弃也"；在艰苦岁月里，每读到一篇好文章，"则为数曰喜，寝食有味"(《答刘沔都草曹书》)，自述"平生无快意事，惟作文章，意之所到，则笔力曲折，无不尽意。自谓世间乐事，无逾此者"(《春渚纪闻》)。文章的写作寄托着作者全部的精神生命，成为第二个自己。也就是说，中国古代的文章，也满足着士大夫的心理需要。

中国古代的士大夫多具有很高的文化修养。他们写文章抒发感情，常常是给自己的同事即其他的士大夫看的。这样，文章写作时就不能写得太白、太露，要给对方留下体会乃至猜想的空间，让对方参与进来，发挥自己的想象力、判断力。从这一点来看，阅读既是情感的沟通，也是双方之间的一种智力的较量，如此，文章的阅读也成为一件高雅的活动。有人讲道，中国古代的诗歌和散文犹如"一盘棋"："棋盘的格式是确定的，走子的规则也很严格，胜负的双方，也都有自知之明，毫不含糊。但是，如何进行谋略，怎样展开攻守，先走哪一步，后走哪一步，怎样能够用最少的步子达到最好的结局，是高度关心，密切关注，须臾不可疏忽的问题。这里，作者为一方，是执子先行的一方；读者为一方，是解读和应对的一方。最佳的结局，是'棋逢对手'的'和棋'，双方共享'知己知彼'的喜悦。谁是胜方，就'棋高一着'；谁落败，就'稍逊一筹'。作者的高超，就在于鲜有破解者，甚至为他的每一着棋论证，争执；读者的高明，就在于势如破竹，几乎没有任何留恋处。每一步都能看出门道，解其深意，一般的读者，也可以明了基本情况，有所感受。如果毫无所得，只能说是水平不高，不能责怪作者。"①

中国古代社会中文章的价值，还表现在，它的文化传承即广义的教育的主要工具，在古代教育史上发挥着巨大的作用。中国古代教育培养的是文人，文人的特点当然是能写文章。整个中国古代的文化教育就是围着文章转：上学首先是识字，而识字，则是把字编成文章，编成《千字文》、《三字经》。识字是通过阅读、背诵"文章"来完成的，识了一定数量的文字之后，就要开笔，也就是学习写文章。写好了文章，再去参加科举考试，而科举考试，考的也是文章写作的能力。

怎样学习文章？在这方面，传统教学有非常成功的经验，这就是重视诵读，而不是繁琐的讲授。在今人眼中，文章属书面语言，是"看"的。而古人则认为文章是需要读出声的。就像音乐作品，虽然可以记录到纸上成为曲谱，但学习音乐总不能默默地对着曲谱看来看去，而必须是唱出来。古人认为，文章也需要唱出来，这就是吟诵。这吟诵非常重要。姚鼐就说："大抵学古文者，必要放声疾读，又缓读，祗久之自悟。若但能默读，即终身作外行也。"

出声的诵与默默地看有何差异呢？在古人看来，这是很不同的。看只是动眼及脑，而吟诵则不仅动眼动脑，同时也动用听觉，乃至全部的心力、体力。清人梅曾亮说："夫观书者，用目之一官而已；诵之则入于耳，益一官矣。且出于口，成于声，而畅于气。夫气者，吾身之至精者也；以吾身之至精，御古人之至精，是故浑合而无间矣。"即是说，吟诵不仅加上耳，更重要的是加上"气"，而"气"是"身之至精者"。"气"可以"御古人之至精"而与古人"浑合而无间"。大致意思是说，吟诵是动用人的全部精神力量与古人实现心灵的沟通。古人懂得，看面对的无声的文字，看文字时，其声调、节奏是不能直接体会到的，而作品的情感主要包含在声调、节奏中，故只有吟诵，才能深切地体会作者的情感，走进作者的心灵世界，让自己与古人"浑合而无间"。

---

① 张颂：《朗读美学》，中国传媒大学出版社2010年版，第111页。

与古人的心灵的这种沟通,是一种深切的情感体验,多一次吟诵,便多一重体验。而人的体会、理解能力,也正是在吟诵中不断提升的,故此,古人谈读书,多讲"遍数"。如朱熹讲:"凡读书,须整顿几案,令洁净端正,将书册整齐顿放。正身体,对书册,祥缓看字,仔细分明读之。须要读得字字响亮,不可误一字,不可少一字,不可多一字,不可倒一字,不可牵强暗记。只是要多诵遍数,自然上口,久远不忘。"又说:"书须熟读,所谓只是一般然,读十遍时与读一遍时终别,读百遍时与读十遍又自不同也。"吕祖谦也是如此,说道:"凡读书务必精熟。若或记性迟钝,则多诵遍数,自然精熟,记得牢靠。若是遍数不够,只务强记,今日成诵,来日便忘,其与不曾读诵何异?"程端蒙也是一样,说:"读书必专一,必正心肃容,以计遍数:遍数已足,而未成诵,必须成诵,遍数未足,虽已成诵,必满遍数。一书已熟,方读一书,毋务泛观,毋务强记。"姚鼐说:"大抵学古文者,必要放声疾读,只久之自悟;若但能默看,即终身作外行也。"曾国藩说:"如'四书'、《诗》、《书》、《易经》、《左传》、《昭明文选》、李、杜、韩、苏之诗,韩、欧、曾、王之文,非高声朗读则不能得其雄伟之概,非密吟恬吟不能探其深远之趣。二者并进,使古人之声调副然若与我之喉舌相习,则下笔时必有句调凑赴腕下,自觉琅琅可诵矣。"(见《家训·字谕纪泽》)这都是很精当的。中国台湾学者龚鹏程也讲:"中国人读书,讲究讽诵。亦即不仅是阅读,更须体会文章字句中蕴含的声情。起承转合,抑扬顿挫,韵律之铿锵,文气之卷舒,都应在讽诵中体会出来。"[①]

学习文章是培养人的文字功底的重要手段。中国古代的教育主要是文章的教育。直至民国时期,语文教育也多是以文章的教育为主,当时的基础教育,通过古代文章的教育而保持了很高的水准。许多过来人对此都有叙述,如周汝昌讲,自己小学时就学习了古代的文章,包括《岳阳楼记》、《秋声赋》、《病梅馆记》,[②]敏泽入私塾,学习的内容包括《祭十二郎文》、《陈情表》。[③] 罗庸读初中时,在语文老师的指导下,"选的是韩昌黎,三年中把一部韩文大半背熟"[④]。而且,那个时代的教学方法,也是以朗诵文章为主,而不是做烦琐的讲解。如罗庸回忆他的老师时说:"王先生操着本色的宝坻土音,声如洪钟,语言缓慢而沉着有力,读本文时抑扬顿挫,一字不苟,尤其是语势的转折,虚字的照应。经他一念,整篇文章就像一个人在面前说话一般,不待解释,已大部分明白了。"[⑤]这些学者后来的成就,与他们童年、少年时期文章学习的经验密不可分。正如有研究者说的:"20世纪上半叶的语言大师们都精通古代汉语和中国古代文化,具有深厚、扎实、完整的文言根基,文笔纯粹、凝练、典雅、古朴,能够自如、闲熟地从古诗文中选取极富表现力和生命力的词汇、诗句,生动、鲜活地表情达意,寥寥几句,便传神极致。"[⑥]中国传统教育对"文章教育"的重视以及在具体的教育实践中积累的成功经验,都值得我们继承和发扬。

---

① 龚鹏程:《国学入门》,北京大学出版社2007年版,第26页。

② 周汝昌:《语文第一课》,载王丽编:《我们怎样学语文》,作家出版社2002年,第40页。

③ 敏泽:《私塾教育与我》,载王丽编:《我们怎样学语文》,作家出版社2002年,第48页。

④ 罗庸:《我的中学国文老师》,载顾黄初、李杏保编:《二十世纪前期中国语文教育论集》,四川教育出版社1990年版,第729页。

⑤ 罗庸:《我的中学国文老师》,载顾黄初、李杏保编:《二十世纪前期中国语文教育论集》,四川教育出版社1990年版,第728页。

⑥ 潘文国:《危机下的中文》,辽宁人民出版社2008年版。

论中国古代文章学中的“反言”笔法

余祖坤

（华中师范大学文学院）

内容摘要：“反言”（或称“反言见意”）是古代文章批评家从古代文章作品中抽象出来的一个概念，它精练地概括了中国古代文章创作中的一个悠久而又独特的笔法。所谓“反言”笔法，是指文章在特定的语境下，不以正面肯定的方式表达思想或情感，而是以说反话的方式予以暗示的一种隐微笔法。“反言”笔法与中国史学传统中的“春秋书法”有着紧密联系，同时也体现了中国古人崇尚迂回的言说方式。“反言”笔法有助于文章产生陌生化、含蓄化和反讽的艺术效果，有利于增强文章耐人寻味的韵致。明确“反言”笔法的理论内涵、文化渊源及其蕴含的审美原则；有利于研究者透过“反言”的迷雾，准确把握文章的言外之意，对于深入细致的文本分析，具有较为重要的理论意义。“反言”理应成为中国古代文章批评话语中的一个重要概念。

关键词：“反言”　古典文章学　文化渊源　审美原则　理论价值

中国古代文章学非常讲究文章的寓意深刻、层次丰富，讲究表达的委婉曲折、层出不穷，以千变万化、神鬼莫测为文章的最高境界，最忌平铺直叙、一览无余。所以，中国古代文章作家往往通过虚实、宾主、顺逆、开阖、正反等艺术辩证法的巧妙搭配，尽量避免直话直说和浅白平弱；高明的作家，甚至有意隐藏自己的真实意旨，刻意营造一种隐微曲折的效果。正如清代文章理论家王又朴所说：“昔人作文，主意惟恐人易知，今人作文，主意惟恐人不知，此古人文字所以绝非后人所能及者也。”[①]在中国古代的隐微写作中，“反言”是一种比较重要的笔法。

一、“反言”笔法的内涵

韩愈之文，如神龙出没，穷极文章之变。他的有些文章，如《送石处士序》、《送温处士赴河阳军序》，意蕴奥渺，其主旨是褒是讽，曾使人们产生了截然相反的理解。[②] 误解产生的原因之一，是读者忽视了这样一点：韩愈之文，好以反言见意。这是晚清古文理论家吴铤明确提出来的：“退之好以反言见意：樊绍述文最坚涩，而退之以为文从字顺；郑权在南海，积珍宝以遗朝士，而退之以为贵而能贫，为仁者不富之效。”[③]那么，究竟何谓“反言”呢？先看吴铤所举的两个例子。樊宗师之文以僻涩著称，而韩愈却在《南阳樊绍述墓志铭》中称赞他的文章“文从字顺”[④]。对此，李淦指出：“铭谓‘文从字顺，各识职则’，宗师之文不从、字不顺者多矣，亦微有不满意。”[⑤]在《送郑尚书序》中，韩愈称郑权家属有百人之多，没有足够的住所，以至不得不租房居住，“可谓贵而能贫，为仁者不富之效也”[⑥]。而据《旧唐书》记

---

① 王又朴：《史记七篇读法》（卷一），清乾隆诗礼堂刻本，第14页。

② 霍松林：《韩文阐释献疑》，载《文学遗产》2000年第1期。

③ 吴铤：《文翼》（卷二），道光十六年刊本，第14页。

④ 韩愈：《韩昌黎文集注释》（卷七），阎琦校注，三秦出版社2004年版，第290页。

⑤ 李淦：《文章精义》，载王水照主编：《历代文话》（第二册），复旦大学出版社2007年版，第1172页。

⑥ 韩愈：《韩昌黎文集注释》（卷四），阎琦校注，三秦出版社2004年版，第432页。

载，郑权以家人数多，俸入不足，于是通过宦官疏通关节，出任广州刺史、岭南节度使。到任后，肆意积聚财货，贿赂宦官，"大为朝市所嗤"[①]。所以朱熹在《昌黎先生集考异》中指出郑权多姬妾、性豪奢，而韩愈之所以称他"贵而能贫"，乃是讥刺之语。[②] 从吴铤所举之例来看，所谓"反言"，就是指文章不以正面、明确、肯定的方式表达思想或情感，而是以说反话的方式进行隐藏和暗示的一种隐微笔法。

"反言"是韩愈非常擅长的一种笔法。除了吴铤所举二例之外，《送董邵南序》也是比较突出的一个例子。董邵南很有才华，且中了进士，但在京城一再碰壁，不得已，于是打算投奔河北藩镇。而在中唐时期，藩镇拥兵割据的形势对中央政权构成了严重威胁，削弱了中央政权的威信和统治；韩愈一贯主张维护国家的大一统，反对藩镇的割据局面。所以韩愈此文，表面上句句是送别之语，实则句句有挽留之意。"反言"笔法的运用，使文章产生了含而不露、耐人寻味的韵致。

《进学解》也是韩愈运用"反言"笔法的一篇杰作，该文由作者与假想的学生之间的往复问答组成。文章以说反话的方式，含蓄地批判了当权者埋没人才，用人不公，抒发了自己长期不受重用、反而遭受贬斥的愤懑之情。比如："方今圣贤相逢，治具毕张，拔去凶邪，登崇俊良。占小善者率以录，名一艺者无不庸；爬罗剔抉，刮垢磨光。盖有幸而获选，孰云多而不扬？诸生业患不能精，无患有司之不明；行患不能成，无患有司之不公。"[③]这表面上是赞颂当权者唯才是举，公正无私，实则是明褒暗贬，反话正说。下文中对孟子和荀子的一番评论，则又转为正话反说。孟子和荀子无疑是历史上的两位大儒，韩愈表面上是说孟子和荀子不合时宜，不符当权者的用人标准，因而导致了悲剧命运，实则是明贬暗褒，暗含了对两位大儒人生际遇的同情以及对当权者是非不分、用人不公的愤慨。

从以上所举例文可以看出，"反言"笔法，有反话正说和正话反说两种表现形态。所谓"反话正说"，就是以肯定的语句暗示否定的观点和态度；正话反说，则是指以否定的语句暗示肯定的观点和态度。

那么，"反言"何以能够"见意"？从"反言"的表层意义来看，它必定蕴含着一个假判断。假判断是不能表达人们对客观事物情况的断定的，但在特定语境的作用之下，这个假判断被转换成为真判断，从而能够有效地表达对客观事物的观点和态度。由此可见，特定语境是"反言"笔法的一个核心要素，离开特定的语境，"反言"笔法是不可能奏效的。"反言"笔法之所以成立的语境是丰富多样的，其中最普遍的一种，是中国古代伦理型、政治型的文化特点。在中国古代社会，由于对伦理和礼仪的强调，人们在不同对象面前，或者在不同场合之中，都必须有其相应的言说方式。这样，在不便直言的情况之下，"反言"的表达方式也就应运而生了。除文化传统的原因之外，作家的思想个性、作品的创作背景、作品内部的深层结构以及作品与作品之间的互文关系，等等，也都是"反言"笔法的生成条件。在中国古代的文章创作中，有些作品运用"反言"的笔法，十分隐微，要敏锐地捕捉它，必须全面和准确地把握它之所以成立的特定语境。

"反言"笔法与现代修辞学中的"反语"很接近，有时很难分别，但从总体上说，二者还是有较大的差异。反语一般运用在语句的修辞中，意思相对较为明朗，读者通过上下文即能理解其正面之意。比如林黛玉对贾宝玉说："真真你就是我命中的天魔星。"[④]"天魔星"一看就知是反语。而"反言"笔法则具有更大的隐蔽性，它往往要在文本的整个结构设置甚至是文本之外的特定语境中才能体现出来。换言之，反语是一种局部的修辞手法，而"反言"笔法则涉及整篇文章的立意构思和结构安排。反语的表达目的，是为了获得幽默、滑稽或讽刺的效果，而"反言"笔法则是为了使文章产生更加新奇、更加隐微、更加深邃的境界。

另外，"反言"笔法与古代文章批评中的"反笔"概念也有不同。那么何谓"反笔"呢？清人何家琪

---

① 刘昫等：《旧唐书》(第十三册卷一六二)，中华书局1975年版，第4246页。

② 朱熹：《昌黎先生集考异》(卷六)，上海古籍出版社1985年影印本，第14页。

③ 韩愈：《韩昌黎文集注释》(卷一)，阎琦校注，三秦出版社2004年版，第66页。

④ 曹雪芹、高鹗：《红楼梦》(第十九回)，人民文学出版社1982年版，第273页。

举例说,在《史记·李斯列传》的论赞中,“不然,斯之功且与周、召列矣”一句,就运用了反笔。[①] 可见,反笔的逻辑是,先正面陈述,再以否定句式说反面情形。“无正不切实,无反不醒豁。”[②]正反结合,目的是从正反两个方面将一个意思说得深透,反笔与正言是相辅相成、不可分割的关系。“反言”笔法则往往无需通过正言,而是通过说反话来隐藏、暗示真实的思想和感情。

二、“反言”笔法的历史考察

作为一种创作方法,“反言”笔法至少在春秋时期就已出现。由于中国史学自《春秋》开始,就形成了暗寓褒贬、惩恶劝善的传统,所以在史传文学中,“反言”笔法比较常见。

比如,《左传·隐公元年》描述郑庄公对其兄弟的步步退让,表面上显示了他的宽宏大度,实则暗示了他的阴险和老谋深算。文中说:“颍考叔,纯孝也。爱其母,施及庄公。”[③]这表面是赞庄公之孝,实则是借颍考叔之孝,反衬郑庄公之不孝,是典型的“反言”笔法。

又如《隐公十一年》记载:是年七月,郑庄公与鲁隐公、齐僖公联合伐许,结果很快占领许国都城,许庄公逃往卫国。之后,郑庄公说了一番冠冕堂皇的话,以掩饰自己的侵略行为,仿佛郑国攻入许国,不是为了侵略,而是为了拯救许国百姓。接着文章评论道:“郑庄公于是乎有礼。礼,经国家、定社稷、序民人、利后嗣者也。许无刑而伐之,服而舍之,度德而处之,量力而行之,相时而动,无累后人,可谓知礼也。”然而文章马上笔锋陡转,又批评他既无德政又无威刑:“郑伯使卒出豭,行出犬鸡,以诅射颍考叔者。君子谓:‘郑庄公失政刑矣。政以治民,刑以正邪,即无德政,又无威刑,是以及邪。邪而诅之,将何益矣!’”[④]这一褒一贬,前后变化何其之快!实际上,《左传》称赞郑庄公“知礼”,是以“反言”的笔法,反话正说,借以讽刺他的贪婪和伪善。正如《左传》所指出的,“有虚美实刺之法,如郑庄贪许,方才赞他知礼,即刻便讥其失政刑,有此一刺,连美处都认真不得”[⑤]。

秦汉时期,由于专制集权的建立和强化,臣子向君主的上书或讽谏之辞,为了避免冒犯君权,往往采用“反言”的方法。李斯的《狱中上书》就是一个典型的例子,这篇文章是李斯遭赵高陷害而被下狱之后,给秦二世的上书。文章表面上是历数自己的七大罪状,而实际上这七宗“罪”,实则无一不是自己为秦王朝立下的赫赫功勋:“胁韩弱魏,破燕、赵,夷齐、楚,卒兼六国,虏其王,立秦为天子,罪一矣;地非不广,又北逐胡貉,南定百越,以见秦之强,罪二矣”[⑥],等等,皆为正话反说,其目的是以一种卑恭可怜的语气,乞求秦二世的同情和赦免。

《史记》中“反言”笔法的例子就更多了。《太史公自序》中,司马迁隐然以孔子修《春秋》作为自己修史的楷模。而壶遂诘问道:“孔子之时,上无明君,下不得任用,故作《春秋》,垂空文以断礼义,当一王之法。今夫子上遇明天子,下得守职,万事既具,咸各序其宜,夫子所论,欲以何明?”[⑦]司马迁为了回避时忌,故意先把汉朝的功德颂扬了一番,继而说:“废明圣盛德不载,灭功臣世家贤大夫之业不述,堕先人所言,罪莫大焉。余所谓述故事,整齐其世传,非所谓作也,而君比之于《春秋》,谬矣。”[⑧]这显然是情非得已的反话,而这恰恰透露了司马迁内心的雄伟抱负,其欲吐还吞、曲折迂回的语言,令人叫绝。再如《秦楚之际月表序》,文章开头就感叹,自陈涉起义,项羽灭秦,到汉高祖平定海内,“五年之间,号

---

① 何家琪:《古文方》,载王水照主编:《历代文话》(第六册),复旦大学出版社2007年版,第6047页。

② 陈仲星:《作文指南》(第一册卷一),1934年中华书局铅印本,第3页。

③ 杨伯峻编著:《春秋左传注》(第1册),中华书局1990年第2版,第15页。

④ 杨伯峻编著:《春秋左传注》(第1册),中华书局1990年第2版,第76页。

⑤ 李骅、陆浩辑:《左绣·读左卮言》,载《四库全书存目丛书》(经部第141册),齐鲁书社1997年版,第140页。

⑥ 李斯:《狱中上书》,载严可均辑:《全上古三代秦汉三国六朝文》(第1册),河北教育出版社1997年版,第232页。

⑦ 司马迁:《史记》(第十册卷一三〇),中华书局1982年第2版,第3299页。

⑧ 司马迁:《史记》(第十册卷一三〇),中华书局1982年第2版,第3299—3230页。

令三嬗。自生民以来,未始有受命若斯之亟也"[①]。这似乎在歌颂刘邦的盖世功勋。然而紧接着,文章以浓墨重彩,极力强调前代的圣明之世,如虞、夏、汤、武等,无不是经过数十年,乃至几代人的修行仁义,最后者才继承大统的。其言外之意无非是说:在短暂时间内继承大统的刘邦,不是通过修行仁义实现统一的;刘邦不是一位仁义之君。既然如此,那为何偏偏是他统一了天下呢?对此,作者感叹道:"岂非天哉,岂非天哉!非大圣孰能当此受命而帝者乎?"[②]这表面上是在歌颂刘邦是"大圣",并称其之所以统一天下,乃是顺应了天命,但实际上这只不过是司马迁在专制强权的压力下,出于万般无奈而发出的言不由衷的赞叹。"反言"的笔法,将作者的真实意图掩藏起来,使文章如云中之龙,虽只显露一鳞半爪,但更见其神奇莫测之姿。又如《外戚世家》记载,汉武帝晚年欲立少子,于是杀了少子之母钩弋夫人。接着文中写道:"诸为武帝生子者,无男女,其母无不遣死,岂可谓非贤圣哉!昭然远见,为后世计虑,固非浅闻愚儒之所及也。谥为'武',岂虚哉!"[③]这表面是极力赞美汉武帝的深谋远虑,实则也是反话,是对汉武帝残酷无情的辛辣讽刺。此类例子在《史记》中还有很多,《万石张叔列传》、《卫将军骠骑列传》、《酷吏列传》、《滑稽列传》,等等,都不同程度地运用了"反言"的笔法,收到了明褒暗贬的效果。

《汉书》中也不乏"反言"的笔法。如《武帝纪》的论赞说:"孝武初立,卓然罢黜百家,表章六经,遂畴咨海内,举其俊茂,与之立功。兴太学,修郊祀,改正朔,定历数,协音律,作诗乐,建封禅,礼百神,绍周后,号令文章,焕焉可述。后嗣得遵洪业,而有三代之风。如武帝之雄才大略,不改文景之恭俭以济斯民,虽《诗》、《书》所称何有加焉!"[④]评价之高,可以说无以复加。但实际上,武帝朝一改前朝休养生息之策,以至于外则战争频仍,内则骨肉相残,海内凋耗,几至大乱。班固在文中不厌其烦地罗列灾异和人祸、记载战争和叛乱,表明他内心对武帝是有批评意味的;而他在赞语中称武帝"不改文景之恭俭",乃是违背事实的反话正说。因为班固所载武帝的任何事迹,都与"恭俭"二字沾不上边。一个作家如果故意犯下常识性错误,那么他肯定是别有用意的。正如凌稚隆所言:"此赞率多褒语,而其所不满于帝者,都包括于'不改文景之恭俭'一句,微婉委曲,深得史臣之体。"[⑤]文中所有关于天灾、星象和祸乱的繁琐记载,原来都是为了与"不改文景之恭俭"一句形成反照。这就像高手下棋,看似不经意的一着,却顿时使全局皆活。

《史记》、《汉书》之后,"反言"一直是中国古代文章创作中的一种独特笔法。当作者为了避开某种忌讳或者为了达到讽刺的目的,"反言"笔法就成了他们的一种明智选择。比如《全唐文》卷四三二所载仆固怀恩的《陈情书》中,"臣实不欺天地,不负神明,夙夜三思,臣罪有六"[⑥]云云,明为认罪,实为表功,其"反言"的笔法,与李斯《狱中上书》如出一辙。

再如,据《新唐书》、《旧唐书》记载,安史之乱爆发后,唐玄宗仓皇逃到蜀地。太子李亨在玄宗毫不知情的情况下,擅自即皇帝位,是为肃宗。后来二京收复后,玄宗回朝,李亨恐玄宗生变收回皇权,于是对其父长期实行武力监控。对此,颜真卿在其《天下放生池碑铭并序》中进行了委婉的讽谏:"迎上皇于西蜀,申子道于中京。一日三朝,大明天子之孝;问安视膳,不改家人之礼。"[⑦]肃宗擅自即位,并对其父玄宗实行武力监控,哪有什么孝道可言?哪有什么"家人之礼"?颜真卿之所以表面赞颂肃宗之孝,其实是以"反言"这一隐微笔法,对肃宗进行旁敲侧击。

晚唐小品作家罗隐,擅长讽刺,其《书马嵬驿》一文也巧妙地运用了"反言"的笔法。文中写道:"夫水旱兵革,天之数也,必出圣人之代,以其上渎社稷,下困黎民,非圣人不足以当其数。故尧之水、汤之

---

① 司马迁:《史记》(第三册卷一六),中华书局 1982 年第 2 版,第 759 页。
② 司马迁:《史记》(第三册卷一六),中华书局 1982 年第 2 版,第 760 页。
③ 司马迁:《史记》(第六册卷四九),中华书局 1982 年第 2 版,第 1986 页。
④ 班固:《汉书》(第一册卷六),中华书局 1962 年版,第 212 页。
⑤ 凌稚隆辑:《汉书评林》(卷六),光绪辛卯刻本,第 30 页。
⑥ 仆固怀恩:《陈情书》,载董诰等编:《全唐文》(第 5 册卷四三二),中华书局 1983 年版,第 4396 页。
⑦ 颜真卿:《颜鲁公集》(卷四),上海古籍出版社 1992 年版,第 17 页。

旱,而玄宗也革焉。”[①]作者表面上是说,安史之乱,与尧舜时期的水灾和旱灾一样,都是天数运行的结果;而这些灾害,往往出现在圣人的时代,因为“非圣人不足以当其数”。如果读者稍不留意,一定会以为这是一篇为玄宗荒淫误国而辩解开脱的翻案文章。实际上,这篇短文通过“反言”的笔法,对玄宗的荒淫误国进行了十分隐蔽的讽刺,这比直接、正面的谴责更加具有批判的力量和讽刺的意味。

又如欧阳修《与荆南乐秀才书》,表面上是奉劝乐秀才顺时以取荣誉于当世,但其弦外之音却是极力主张摆脱时俗,卓然自立。清人王元启评论此文时说:“欧公措辞微婉,不作伉直语,较为可味,而读者竟至无可捉摸,率意妄评,则亦良可悯矣。”[②]

由于中国古代文章浩如烟海,所以“反言”笔法的例子恐怕是难以穷尽的。这就需要读者格外留心,不要为作者的反言所迷惑,否则就会得出与作者本意完全相反的理解。

明清时期,文章评点的风气十分兴盛。“反言”在明清的文章批评中,经由批评家的反复运用,逐步形成了一个固定的文章学概念。只不过有人称“反言”,有人称“反言见义”,有人称“反言见意”,其实含义是一致的。比如,《汉书·万石君传》中有“内史坐车中自如,固当”[③]一句,顾炎武指出说:“反言之也,言贵而骄大,当如此乎!”[④]韩愈《送陆歙州诗序》一文中说:“先一州而后天下,岂吾君与吾相之心哉?”[⑤]何焯指出:“按权文公《送陆公佐序》,当日似以直道不为时宰所容者,此言‘岂吾君吾相之心哉’,反言之也。”[⑥]方苞在《书淮阴侯列传后》一文的《自记》中说:“后论似果以信为叛逆者,盖其诬于传具之矣,故反言以见义,谓天下已集,非可以叛逆之时矣。若果谋此,虽族诛亦宜,然以信之智,而肯出此乎?”[⑦]四库馆臣在《魏书》的提要中说:

收(引者案:指魏收)以是书为世诟厉,号为“秽史”。今以收传考之,如云:“收受尔朱荣子金,故减其恶。”其实荣之凶悖,收未尝不书于册。至论中所云:“若修德义之风,则韩、彭、伊、霍,夫何足数。”反言见意,正史家之微词。[⑧]

到了道光年间,吴铤在继承前人的基础之上,将“反言”作为一个固定的术语,运用到自己的文章批评中,提出了“退之好以反言见意”的论断,标志着“反言”成为一个固定的文章笔法概念。当代学者钱钟书也曾使用过“反言”概念,他在《管锥编》中说:

李斯乃从狱中上书:“臣为丞相,治民三十余年矣。……卒兼六国,虏其王,立秦为天子,罪一矣”云云,《考证》:“凌稚隆曰:‘按李斯所谓七罪,乃自侈其极忠,反言以激二世耳。’”按《滑稽列传》褚先生补郭舍人为汉武帝大乳母缓颊,“疾言骂之曰:‘咄!老女子!何不疾行!陛下已壮矣,宁尚须汝乳而活耶?尚何还顾?’”亦“反言以激”也。《全唐文》卷四三二仆固怀恩《陈情书》:“臣实不欺天也,不负神明,夙夜三思,臣罪有六”云云,全师李斯此书,假认罪以表功,所谓“反言”也。[⑨]

钱钟书在罗列例子之后的总结是:“所谓‘反言’也。”这明显表明他将“反言”视为一个专门的概念。而且,《管锥编》将“反言”作为一个小标题,更清楚地表明钱钟书是将“反言”作为一种专门的笔法来进行观照的。通过上文的考察,可见“反言”(或称“反言见意”)的概念,是从中国古代的文章创作中抽象出来的,是在明清以降的文章批评中逐渐成形的。它既符合古代文章创作的实际,又具有较强的概括性,因此将它作为一个固定的文章笔法概念,是合情合理的。

---

① 罗隐:《罗隐集校注》,潘慧惠校注,浙江古籍出版社1995年版,第460页。

② 王元启:《读欧记疑》(卷二),湖北省图书馆馆藏刻本,第21页。

③ 班固:《汉书》(卷四六),中华书局1962年版,第2196页。

④ 顾炎武:《日知录集释》(下册卷二四),黄汝成集释,上海古籍出版社2006年版,第1539页。

⑤ 韩愈:《韩昌黎文集注释》(卷四),阎琦校注,三秦出版社2004年版,第346页。

⑥ 何焯:《义门读书记》(中册卷三二),中华书局1987年版,第562页。

⑦ 方苞:《望溪集》(卷二),载《四库全书》(第1326册),上海古籍出版社1987年影印本,第748页。

⑧ 永瑢等:《四库全书总目》(上册卷四五),中华书局1965年影印本,第407页。

⑨ 钱钟书:《管锥编》(第1册),生活·读书·新知三联书店2008年版,第536页。

三、"反言"笔法的文化渊源

从文化渊源上来说,"反言"笔法与中国史书修撰中的"春秋书法"有很紧密的关联,同时也体现了中国古人崇尚迂回的言说方式。

"春秋书法"原指《春秋》在记载史事中的书写原则和书写方式。根据《孟子》和《史记》的记载,孔子面对世道衰微、礼乐崩坏的社会现实,于是在鲁国旧史的基础上,删改修订,著成《春秋》。《春秋》在记载史事时,通过一定的书写原则和方式,暗示了孔子对当时政治和伦理的评判,同时也寄托了他的政治理想和伦理观念。《左传》最早总结了《春秋》的书写特色:"《春秋》之称,微而显,志而晦,婉而成章,尽而不污,惩恶而劝善。非圣人,谁能修之。"①这表明,隐晦曲折、婉而成章的笔法是"春秋书法"的一个重要表现。"春秋书法"在中国古代的著述中产生了广泛而又深刻的影响,形成了一个悠久的传统。其中,"反言"笔法作为一种隐晦曲折的表达手法,成为古代史学修撰和文章创作中被经常运用的一种笔法。《史记》作为一部杰出史学巨著和文学经典,继承和发扬了"春秋书法",将"反言"的笔法运用得更加奇妙莫测。在《淮阴侯列传》的论赞部分,司马迁表面上说韩信谋反、罪有应得,而他在正文中却以大量笔墨,详细记载了韩信的忠诚之举和知恩图报的品性,实际上是句句在说韩信未反,而且根本不可能反。司马迁曾被汉武帝残酷地施以宫刑,身心遭到了极度的摧残,人格受到了极大的污辱,因此他在揭露和批判汉统治者时,不得不避开专制政权的淫威,采取"反言"的笔法,隐晦曲折地表达他内心深处的不满和抨击。可见,在中国古代历史上,专制威逼和政治迫害是"春秋书法"得以长期盛行的外部原因,也是"反言"这种特殊笔法生成和存在的一个历史原因。面对专制威逼和政治迫害,古代作家往往通过"反言"的笔法,曲折隐微地表达内心的愤激不平。柳宗元就是一个突出的例子,他在被贬之后的文章,如《乞巧文》、《送娄图南秀才游淮南将入道序》、《与萧翰林俛书》,等等,都或多或少地运用了"反言"的笔法。

当然,专制政治不是全部的原因。中国古人偏好迂回曲折的言说方式,也是"反言"笔法的一个生成机制。法国汉学家弗朗索瓦·于连在其《迂回与进入》一书中,对中国古人偏好迂回曲折的言说方式进行了专门的论证。他指出:"中国表达法的本质(也是中国文章的特点)就是通过迂回保持言语'从容委曲':以与所指对象保持隐喻的距离的方式。"②"反言"笔法正是一条追求迂回的有效方式,古代作家在无法直言或者为了追求更加丰富的言外之意时,往往会采用"反言"的笔法。比如,黎、安二生是两位青年才俊,善古文,因乡人讥其迂阔,所以请曾巩作文为之辩驳。曾巩于是写下了著名的《赠黎安二生序》。文章表面说自己十分迂阔,只知志于古道,不知合乎时俗,然而实际用意,却是在勉励黎、安二生为文应当志于古道,不要流于时俗,更不必计较世俗的讥评。曾巩此文之妙,关键在于"反言"的笔法,使文章产生了含蓄委婉、意在言外的韵味。

四、"反言"笔法的表达效果

"反言"笔法通过反话正说或正话反说的形式,借助"言"与"意"之间的对立和张力,可以使文章产生陌生化、含蓄化和反讽的艺术效果。

(一)陌生化

任何文章的创作,都要遵循一定的形式逻辑和情感逻辑。一般来讲,形式逻辑属于理性思维,它所包含的同一律、矛盾律和排中律,要求意思具有明确性和一贯性,不能模糊不清,更不能前后矛盾。

① 左丘明传:《春秋左传正义》卷二七《成公十四年》,杜预注,孔颖达正义,北京大学出版社1999年版,第765页。

② [法]弗朗索瓦·于连:《迂回与进入》,杜小真译,生活·读书·新知三联书店2003年版,第37页。

但在文章创作中,如果情感逻辑与形式逻辑完全重合,那么文章的意味必然是确定的、直白的,它不能使读者产生新奇的感受。相反,如果情感逻辑摆脱形式逻辑的束缚,超出人们思维的固定规律,那么文章的情感必然获得更加丰富、更加新奇的效果,这正是文章增强审美内涵的一个奥妙。接受美学的理论家姚斯指出,期待视野与作品间的距离,决定着文学作品的艺术特性。[①] 如果文章完全符合读者的期待视野,表明它的内容和形式流于陈旧的俗套;而只有打破读者的期待视野,才能出奇制胜,提升文章的新颖性、感染力和审美价值。

"反言"笔法使情感的表达超越了形式逻辑的一般思维规律,打破了读者的期待视野,增强了理解的难度,拉长了理解的时间长度,从而使文章产生陌生化的艺术效果。韩愈以继承孟子道统为己任,其应举求官的道路却十分坎坷;艰难进入仕途之后,又屡遭贬黜。《进学解》就是他在被贬为国子博士时所写的。在他经历种种坎坷和打击之后,心中难免愤愤不平。按照正常的形式逻辑来推,以韩愈刚毅果决的个性,他心中的不平,理应表现为对当权者的猛烈批判。然而事实上,他在文中摇身变为一个温文尔雅、安时处顺的国子先生,对当权者不仅没有批判,相反却大唱颂歌;不但没有发泄怨气,反而表示心满意足。这些都违反了形式逻辑的固定思维,从而使文章产生了鲜明的陌生化效果。

不过,"反言"笔法并不是在任何条件下都是适用和有效的,而必须在它确实能丰富文章的内涵和深度、提升文章的陌生化程度时,才是必要的、有效的、新颖的。《文心雕龙·定势》篇曾指出:"旧练之才,则执正以驭奇;新学之锐,则逐奇而失正;势流不反,则文体遂弊。"[②]在文章创作中,如果正说就能有效地达到很好的效果,就不应当刻意"反言",文章不能脱离创作的规律而一味炫异争奇。反意见意的笔法,必须以确实能提升文章的陌生化程度、丰富文章的内涵为前提条件。

(二)含蓄化

中国古代的言说方式具有很强的暗示性和曲折性,因此,含而不露是古典文章的一种理想境界。刘大櫆说:"文贵远,远必含蓄。或句上有句,或句下有句,或句中有句,或句外有句,说出者少,不说出者多,乃可谓之远。"[③]"反言"笔法由于采取正话反说或反话正说的方式,避免了直话直说和平铺直叙,从而使文章产生隐微曲折、含而不露的艺术效果。那些运用"反言"笔法的古文,之所以容易被人所误解,就是因为"反言"笔法的运用,使文章的微情妙旨具有了很强的隐蔽性。比如汉武帝不惜劳民伤财,打算派兵通西南夷。司马相如于是写下著名的《难蜀父老》,文章借蜀中长老的责难之辞,引出了一大段回护和颂扬武帝的话。李兆洛认为此文"意虽寓规,实则颂也"[④]。然而事实上,文中假托蜀中长老的批评之词,就是作者自己的真实立场。至于文中大段冠冕堂皇的辩解和颂词,读者千万认真不得,那是为了顾及君臣大体而说的套话和反话。

(三)反讽效果

所谓"反讽",就是指"语境对于一个陈述语的明显的歪曲"[⑤]。通俗地说,就是指在一定的语境下,一个表达的实际内涵与它的表面意义恰恰相反。"反言"笔法在特定的语境之下,有意通过反话正说或正话反说的方式,使文章的所言和所指之间形成尖锐的对立和巨大的张力,从而使文章产生强烈的反讽效果。"言"与"意"之间的张力越大,反讽的效果就越强。

《史记·淮阴侯列传》是一篇寓意深刻的传记。司马迁在论赞中说:"假令韩信学道谦让,不伐己功,不矜其能,则庶几哉,于汉家勋可以比周、召、太公之徒,后世血食矣。不务出此,而天下已集,乃谋

---

① [德]姚斯:《文学史作为向文学理论的挑战》,载[德]H·R·姚斯、[美]R·C·霍拉勃:《接受美学与接受理论》,周宁、金元浦译,辽宁人民出版社 1987 年版,第 31 页。

② 《文心雕龙义证》(中册),刘勰著,詹锳义证,上海古籍出版社 1989 年版,第 1139—1140 页。

③ 刘大櫆:《论文偶记》,人民文学出版社 1959 年版,第 7 页。

④ 李兆洛选辑:《骈体文钞》(卷三),中州古籍出版社 1990 年版,第 56 页。

⑤ [美]克林思·布鲁克斯:《反讽——一种结构原则》,载赵毅衡编选:《"新批评"文集》,中国社会科学出版社 1988 年版,第 335 页。

畔逆,夷灭宗族,不亦宜乎!"[①]这段话若无痕迹地运用了"反言"笔法,不易被人察觉。司马迁表面上表达了对韩信的批评和惋惜,实际上他在正文中,通过巧妙剪裁事件和精心安排文本的结构,暗示了韩信根本没有反意的真相。王又朴指出,韩信的将才及其对天下大势的洞幽烛微,在当时实无有出其右者。"乃武涉说之,蒯通复说之,信不于此时反,迨天下已集,乃谋叛逆耶?是以于武涉、蒯通两段,皆备述无遗,而于赞内点明此意,曰'不亦宜乎',盖反言之耳。"[②]这就是说,在楚汉相争的过程中,以韩信之才,他完全可以拥兵自立,与项羽、刘邦成鼎足之势,但他没有这样做;而且当武涉、蒯通劝其叛汉时,他也没有动摇。既然韩信在手握重兵、刘邦势力尚弱或战事失利时都没有反叛,那么他怎么可能在协助刘邦统一天下之后谋反呢?王又朴还进一步指出:"前叙信寄食南昌亭长、漂母饭信、及受辱于少年诸琐事。后叙信之相报,一一详写,不少遗者,正为信不反汉作证。见信(引者案:即指韩信)一饭尚报,况遇我厚之汉王乎?以少年之辱己,尚不报其怨,又岂以汉王之厚己,反肯背其恩乎?此亦史公之微意也。"[③]按照一般的解读模式来看,《史记》中的琐事和细节,都是为了刻画历史人物的鲜明性格,将人物写活。这样理解是有道理的,但还没有切中要害。王又朴却别具慧眼,一针见血地指出了细节背后的微言大义。

司马迁为韩信功高盖世、却被无辜杀害的遭遇,感到深深的同情和不平,对高祖、吕后的刻薄寡恩、阴险毒辣感到极端的愤慨;但在汉王朝残暴的统治之下,他无法直言,故而采取正话反说的方式:一方面在论赞中假装批评韩信居功自傲、反叛朝廷,一方面,却又在正文中细针密线地记叙韩信种种不反的事实。二者之间构成强烈的反讽,深刻揭示和讽刺了汉王朝的残暴无道,同时也暗含了作者对自身所受污辱的强烈控诉。他对韩信的"批判"越是郑重其事,其反讽的意味不是越强烈吗?通过以上分析,可以发现,在"反言"的字里行间,司马迁隐藏着多么深刻的思想、多么沉郁的情感!何寄澎说得好:"'文本'的研究,除了透过'史料'推敲、掌握真相之外;'文本'本身遣辞造句的精细解读也是'发现'作者真意的重要途径——尤其中国史书撰写,自《春秋》以下即有'曲笔'此一'书法'传统在,后世读者更宜用心斟酌。"[④]

总之,在特定的语境下,"反言"笔法以其所产生的陌生化、含蓄化和反讽的艺术效果,有助于避免平铺直叙,有助于增强文章的审美意蕴和情感内涵的深度,有助于增强文章耐人寻味的韵致。

五、"反言"笔法的当代价值

自现代学术产生以来,关于古代文章的研究,就一直是中国古代文学研究领域的一个薄弱环节,远不能与诗词、小说、戏曲等文类的研究相比。造成古代文章学研究滞后的一个重要原因,就是"五四"以来,文学界和学术界割断了几千年的古代文章传统,将古代文章学中的概念、范畴、命题、理念几乎全盘抛弃,导致了今人对古代文章学的隔膜,缺乏一套有效的批评话语,最终导致研究只能停留在内容复述、主旨概括和风格判断的模式之中,而不能深入剖析文章的形式技巧和结构肌理。今人对于一篇古文的阐释,大多先说:本文通过什么,表达了什么,揭示了什么,或者说抒发了什么样的情感,之后再加上一些似是而非的价值判断,比如"主旨明确"、"中心突出"、"叙事生动"、"形象鲜明"、"语言流畅",等等。在中国古代文学史的课堂上,如果就一篇古文的写作特点向学生提问,其问答一定不会超出这样一套思维模式。这套归纳模式,着眼点是文章的主旨大意,其突出的弊端是遮蔽和遗漏了具体的行文技法。金圣叹曾说:"吾最恨人家子弟,凡遇读书,都不理会文字,只记得若干事迹,便算读过一

---

① 司马迁:《史记》(第八册卷九二),中华书局1982年第2版,第2630页。

② 王又朴:《史记七篇读法》(卷二),清乾隆诗礼堂刻本,第32—33页。

③ 王又朴:《史记七篇读法》(卷二),清乾隆诗礼堂刻本,第33—34页。

④ 何寄澎:《〈汉书〉李陵书写的深层意涵》,载《文学遗产》2010年第1期,第23页。

部书了。”[①]如果研究者对文章肌理本身没有透彻的理解,那么他对文章主旨和内容的理解也一定会产生偏差。“反言”笔法,难道不就是一个很好的例子吗?改变单纯注重归纳的方法,加强文本本身的细读,是今后古代文章研究的一项重要任务。而为了进行有效的文本细读,首先必须要有一套批评的话语。所以,为了推进中国古代文章学的深入研究,当务之急是从中国古代文章作品和文话、评点等著作中,提炼、总结出中国古代文章学的范畴、概念、命题等,并对之进行深入的阐释,明确其理论内涵,从而沟通古今,消除今人的隔膜,激发其理论活力,最终建构起一套切实可行的古代文章的批评话语体系。

“反言”这一概念,准确地概括了中国古代文章创作中的一个悠久而又独特的笔法,简明精练,富有理论概括力;而且事实上,明清以来的一些文章批评家在各自的批评活动中已经使用了这一概念。既然如此,那么当代学者完全可以使其成为中国古代文章批评话语中的一个概念,完全可以借用它来观照古代文章的创作。明确“反言”笔法的理论内涵、文化渊源,及其蕴含的审美原则,有利于研究者透过“反言”的迷雾,准确把握文章的言外之意,对于深入细致的文本分析,具有较为重要的理论意义。

虽然当代散文创作所运用的白话,与古代文言存在较大差异,但只要是运用汉语进行思维和交流,那么中华民族的根本审美原则就不会改变,当代作家必须摒弃那种强行将古与今、传统与现代进行二元对立的思维模式。事实上,中国古代文章学中一些创作理念和创作方法,对当代散文的创作具有很大的借鉴价值。“反言”作为一种古文笔法,其反常合道的立意取向、含蓄隐微的审美原则、言此意彼的表达方式,对当代散文作家避免立意的直白和行文的平铺直叙,都具有丰富的启发意义。刘大櫆说:“文字只求千百世后一人两人知得,不求并世之人人人知得。”[②]这句话,应当引起当代散文作家的深思。

---

① 金圣叹:《读第五才子书法》,载施耐庵:《金圣叹批评本水浒传》,金圣叹批评,陆林校点,凤凰出版社2010年版,卷首第10页。

② 刘大櫆:《论文偶记》,人民文学出版社1998年版,第3页。

整体化学术建构与学术分裂的历史

——兼论明代文学的历史境遇

张德建

（北京师范大学文学院）

内容摘要：对原初性、根本性、整体性的追求是古代学术思想的一个突出特征，而持续的分裂则不断消解着这种追求，明代学术也经历由整体统一走向分裂的历史进程。明初，理学思想影响下的明道论流行，皇权政治则强调功业、节义、文章，二者尚未形成紧密的关联。永乐以来，建立了以政事为中心，道德、政事、文章一体的学术思想体系，从而实现了政治权力下的学术整体化。但政治权力下虚伪化、工具化弊端，使得学术又一次从整体中分裂出来。弘正年间，复古诸子打破台阁一统的天下，分裂为气节、文章，道德、政事不再是学术的中心。嘉靖年间，出现了对气节、文章的反思，欲以救其不足。王阳明良知学获得了统一学术的力量，道德、事功、文章、气节均统一于良知之下，既改变个体气质，又以积极入世的面目出现，从而获得了一统学术的号召力。但晚明士人的思想核心是解脱、自适，由此出发，他们对道德、政事、气节、文学一一加以解构，学术呈现为完全的分裂状态。

关键词：道德　政事　文章　气节　良知　解脱

夏商周三代"官师合一"，学术一体，后世各类学术均统一于官学之下。春秋战国，天下大乱，王官之学变为诸子之学，分裂后的学术丧失了整体统一的力量，分裂后的各家学说也不再具有对整体的掌控能力，因而也就不再具有道的根本和整体特征。史华慈在《古代中国思想世界》一书中指出中国各家思想存在着三点共同预设：①一个无所不容的社会政治秩序观念，中心在以宇宙为本的王者的观念；②一个涵盖天人的秩序观念；③一种内在主义的整体观念。[①] 对原初性、根本性和整体性的追求是古代学术思想的一个突出特征，不同时代的各种学说都在努力重建学术完整性，试图以此获得思想的权力。

自宋代以来，关于学术分裂的讨论一直在儒学范围内进行。中国古代学术在儒学影响下一直试图建立内在道德与外在秩序统一世界，即"道法无二"[②]。从知识史的角度来看，在人们历史的构建的学术史中，上古时期"知识既是专门之学，同时又专属国家的部门，自然也是在国家意图的控制下才是有效的"[③]。因此，"道法无二"成为讨论的预设前提并得到了古代知识谱系的支撑。但对这个前提，道学家试图通过道统建构一个澄清心性、塑造人格并进而影响政治的话语体系，而政治则通过体制的力量控制一切，使意识形态化的"道"依附于政治和制度，以治理为中心的话语体系。在明代的相关讨论中，正是沿着将理道与治理结合所包含的提升儒者的地位与强调治理合法性两种可能展开。因此，我们看到在关于学术分裂的讨论中，重心是道德与政事，"文艺之学不与焉"。但文学依然努力为自己争取相应的地位，并逐渐在学术中占有重要地位。

---

① 转引自葛兆光《中国思想史》第一卷《导论：思想史的写法》，复旦大学出版社 1998 年版，第 43 页。

② 《西樵遗稿》卷六《杜氏通典序》，康熙三十五年方林鹤刻本。

③ 杨念群：《何处是江南？——清朝正统观的确立与仕林精神世界的变异》第七章，生活·读书·新知三联书店 2010 年版，第 337 页。

从历史变迁的角度看，分裂是必然的。李濂《送焦子晦之贵州参政序》[①]、陶望龄《潜学编序》[②]及钱谦益《新刻十三经注疏序》[③]简要地疏理了古今学术分裂的历史，从中可见这个过程在汉代儒学一统的时代就已发生，至明代古文、经义之分也是这一历史过程的延续。

对学术分裂的描述和分析多种多样，“学分为三”是一个共有模式，即分裂后的学术呈现为涵括了儒学思想、社会治理、文学表达的三种主要类型：道德、政事、文章。三者呈竞争态势，但话语权力与学术处境并不一样，道德是根本，政事是实用，文学止于修辞。气节只是道德信仰下的一种政治行为方式，理想主义和牺牲精神的感召冲击了政治的退缩保守，也成为建构新学术的一个重要成分。各个时代、不同群体都有自己的出发点和目标，既有来自道学和政治恢复学术一统的努力，也有冲击道德、政事或者突显文字表达意义而意图突破整体化限制的努力。明代关于学术分裂的论述呈现为以下几个特点：①以儒学为核心对学术分裂的论述和整合儒学与文学的努力。②国家权力与理学意识形态结合之后，也有着坚持学术一统的现实力量。在他们的论述中，政事是中心，理学是理论基础，以此形成道德、政事、文章为一体的统一学术体系。③对学术分裂这一现象的审视呈现为不同的角度，但文章总是其中必然涉及的问题。不同时代道德与文学、政事与文章都呈现出从属和独立两种存在很大差异的取向。④经义之学在功利的诱导下偏离培育出具备完满道德自觉个体之初衷的正轨，这便从根本上破坏了整体化的目标。于是，经义之学也经常出现了讨论的视野中。⑤气节在弘、正以来，不仅起着纠正政风士气的作用，而且以道德和政治作用下的另一种新学术形态出现，打破了道德、政事一统天下的局面，与文学结合在一起，使文学以独立的面貌出现在历史舞台上。

总之，在理学家以《大学》“八条目”为中心建立起来的理想系统中，意欲形成一个小至一人，大至国家天下治平的完整有机体，任何环节或条目的缺失都将破坏存在的合理性和实践性。这种观念已经深入人心，嘉靖间官至礼部尚书的霍韬之《北山文集序》[④]以及晚明作为普通文人的宋楙澄《方公祖宦游稿序》[⑤]皆可为证。一方面这是自古以来建立的思想、历史和文化逻辑，另一方面则是这一逻辑不断被打破的现实，于是每个时代都要面对同样的学术分裂之时，将这些要素进行重新建构。为了实现这一人格理想和社会理想的共同体，将道德、政事、文章整合为一的整体主义思路成为普遍的选择，也成为关注的焦点。

福柯说：“为了弄清楚什么是文学，我不会去研究它的内在结构。我更愿去了解某种被遗忘、被忽视的非文学的话语是怎样通过一系列的运动和过程进入到文学领域中去的。”[⑥]他又说：“思想存在于话语的体系和结构之上。它经常被隐藏起来了，但却为日常的行为提供了动力。”[⑦]本文试图将明代文学置于整体学术语境中加以研究，努力寻找隐藏在话语体系和结构之中的思想如何进入到文学领域中。

一、理学统绪建构中的一体化趋向

理学本身包含着一统学术的内在要求，统一学术的内在要求又与现实需求结合在一起，在明初突出地表现在明道论、功业论、教化论之中。

明初谈论比较多的是理学与文学的关系，宋濂在《题许先生古诗后》指出诗文由本出一源到分裂

① 《嵩渚文集》（卷六十三），嘉靖刻本。

② 《歇庵集》（卷三），明万历乔时敏等刻本。

③ 《初学集》（卷二十八），上海古籍出版社1985年版，第851页。

④ 《渭厓文集》（卷五），万历四年霍与瑕刻本。

⑤ 《九籥续集》（文卷一），万历刻本。

⑥ 《文化的斜坡》，载福柯：《权力的眼睛——福柯访谈录》，严峰译，上海人民出版社1997年版，第90页。

⑦ 《思想批评转型》，载福柯：《权力的眼睛——福柯访谈录》，严峰译，上海人民出版社1997年版，第51页。

为二，导致古代文学不能发展出纯文学，而总是处于复杂的各种关系的纠缠之中。[①] 针对此弊端，宋濂的《元史·儒林传》题序中表示“经艺文章，不可分为而为二也”[②]，随后将儒林、文苑合而为儒学传，这可以视为宋濂以理学思想为中心，试图打破儒林、文苑二分的现实，实现二者融合的努力。

宋濂在《赠梁建中序》所说“心与理涵，行与心一”的圣贤之学，既是身心之学，又是经世明道之学。[③] 单纯的文学仅停留在搜文摘句，务求新奇，“去道益远”。如何解决这个问题？他提出德立而道明，贯通于身心，施之于事业。王祎在《宋景濂文集序》[④]和《敏求录序》、《送胡先生序》[⑤]中与宋濂所论如出一辙，皆以理学之“道”、“理”统合文学，使文学摆脱文辞修饰的束缚。《送胡先生序》一文指出道学与文学都存在着弊端这一永恒矛盾，但道学之弊是流，文学之弊是本。因此他们仍突出道德第一，文章必须在明道明理统领下才有价值。这些讨论由于尚未获得政治上的权力，只能在理论上试图将文学统归到理学门下。

总体上，理学“倾向于强调儒家道德思想中内向的一面……而非社会模式的或政治秩序架构当中的道德观念”[⑥]，但不可忽视理学也强调和关注“真知实践”、“帝王经世之略”。费孝通指出：自孔子以后，就“构成了和政统分离的道统”，出现了“用文字构成理论，对政治发生影响”但已不再“占有政权者”。[⑦] 这只是儒学的一个方面。另一方面，经过意识形态淘洗的儒学则充分与国家政权合作，从而“占有政权”。明代就经历了这样一个过程，明初朱元璋治天下“高皇帝以实求，而天下以实应”[⑧]，他所倡言的理学当然要打个折扣。王世贞概括得非常准确，明初的思想文化体系围绕着“功业、节义、文章”建立，功业是中心，节义实质上是对王朝的忠诚，文章则仅止于对二者的宣扬。[⑨] 后人对宋濂的评价也透露出这种信息，陈如纶《东厓文稿序》中称宋濂为海内文章大家[⑩]，但不包括政事。政事论是得位者体制内的建构，宋濂虽任翰林学士，但这更多是前元政治模式的一种延伸，内阁制度到永乐间才形成。永乐以来，人们提倡的是道德、政事、文章，以道德为首，没有节义，因为它已经被包含在道德之中了。

方孝孺多次强调教化的作用，《刘樗园先生文集序》论学术、教化、文章三者之关系，以为“学术视教化为盛衰，文章与学术相表里”，但仍需“明吾教于天下”[⑪]。张弼《送松江府同知于公之任序》[⑫]认为“治教一源”，治教分则不足以达到“治平”。教化论是传统的思想命题，也是政治要求。教化论与政事论不同之处，主要体现在地方官员的具体治理中，是儒家社会责任感和改造社会方式的体现，即所谓“治教一源”。

上述三个方面是明初理学思想主导下整体化建构的主要内容，呈现为两个特点：①属于思想一统的努力；②属于国家政治的实际需要，这表明统一学术受到理学、政治的双重限定并随之展开。明初理学明道观对文学有极大的影响，构成了明初文学的观念背景；明初文学创作充斥着的功臣颂歌及墓志碑铭，即是在功业论的现实要求下的产物；教化论则使文学向着辅赞治理的方向发展。

---

① 《宋学士先生文集辑补》，明天顺五年黄誉刻本，载《宋濂全集》，浙江古籍出版社 1999 年版，第 2085 页。

② 《元史》(卷一百八十九)，中华书局 1987 年版，第 4313 页。

③ 《銮坡前集》(卷十)，载《宋濂全集》，第 577 页。

④ 《王忠文集》(卷五)，载文渊阁《四库全书》本。

⑤ 《王忠文集》(卷七)，载文渊阁《四库全书》本。

⑥ 刘子健：《中国转向内在——两宋之际的文化内向》，江苏人民出版社 2002 年版，第 141 页。

⑦ 吴晗、费孝通：《皇权与绅权》，天津人民出版社 1988 年版。

⑧ 王世贞：《湖广第四问》，载《弇州四部稿》(卷一百十六)，文渊阁《四库全书》本。

⑨ 王世贞：《湖广第四问》，载《弇州四部稿》(卷一百十六)，文渊阁《四库全书》本。

⑩ 《冰玉堂缀逸稿》(卷一)，万历刻本。

⑪ 《逊志斋集》(卷十二)，宁波出版社 1996 年版，第 396 页。

⑫ 《张东海先生文集》(卷一)，正德十三年周文仪福建刻本。

二、政治话语权力下的整体化要求

元明清三代皇权专制都是通过理学的意识形态化来使整个社会都在国家哲学控制下，由此形成了政治文化的概念，“既包含了政治，也涵盖了学术”[①]。永乐初，开始系统的意识形态建设，《五经大全》、《四书大全》的编制标志着程朱理学的官方地位得到全面确立，国家获得了经典解释权，并从而使道统、政统合一。

他们把道学与政事统一起来，视为一个整体。“道者，治之本”[②]，志于道可以培育仁心，推而极之，是即政道。吏治是政事的延伸和具体化，在明初现实政治中，吏治严苛，只专注于“期会簿书”之间，不讲教化。张翊在《东坡三体诗集序》[③]中从儒学角度出发，认为教化是致治之途，如果归结到根本，则需要讲求经世之学。但道学与经世之学歧而为二的现象长期存在于现实之中，并不具有新的建构意义。吏治属于政事系统中的治理层面，他们只是在较低层面上关注道德与政事的关系。同样，政事也不能等同于吏治，政事属于意识形态的一部分，是更高层面的建构。储巏《曾少参吴君之官广西序》提到道德与政事是体用关系，体用一源，后世依傍道德者和驰骛功业者相互鄙斥的态度才造成了道德与政事的分裂。[④] 作为得位者，台阁官员关注中心是“举而措诸天下”的政事，道德在完成了理学意识形态化建构之后作为隐藏而不需言明的思想存在，无须论证。道德是高悬在上的准则，更重要的是在意识形态化下实践活动，只有“纯乎圣贤之学才”[⑤]才足以当之。李贤也说：道是永恒不变的，但众人“不著不察”，学者“择之弗精”，只有圣贤之徒才能“明而行之”。[⑥]

明代的政治思想和政治措施的较大变化发生在永乐以来的台阁体制下，他们建立了一套树立台阁思想、政治和文学权威的文治方案，杨士奇[⑦]、杨荣[⑧]都曾论及这种文治思想。陆深《北潭稿序》概括台阁文学特征，可以看出他们所建立的文治思想以是“通达政务”、“裨世用”为主，这是台阁官员的基本职能，以“柢经据史”为思想根基，使文学足以修饰政治，是儒学应有之义。如杨守阯《送按察佥事林君序》[⑨]、彭韶《政垣备览序》[⑩]中指出举凡一切实政无不在其把握之中，施之于政，便足以开物成务。类似论述在明代文集中比比皆是，显示出理学对明代政治的巨大影响。但在官僚文化中，政事是第一位的，谢铎《复姜漳州》提出天下之理源于心，理涵括一切，故理不外于心，不外于物。[⑪] 但理散于万物，并不等于万物皆合于理，这是人性差异所致。所谓“政”就是将存于心的理贯彻到万事万物中去，故不论是道学、文学、经史、文章都要归结到政事当中。

正是在这个意义上，道学与政事结合，并以文章为附属，形成了一直作为集体信仰的台阁文学国家主义文学观。为维持这一体系运作，台阁官员提出“以文学饰政事”代表的一系列主张。[⑫] 明初是在重吏治、轻文学的背景下进行讨论的，而台阁大臣则要扭转这一局面，故正式提出并成为台阁官员关注的中心问题之一则始于永乐以来。台阁文学集政事与文章于一身的核心思想，因其基于儒家的文

---

① 余英时：《朱熹的历史世界》(自序二)，生活·读书·新知三联书店2004年版，第7页。

② 《商文毅公集》卷四《草庭诗序》，明万历三十年刘体元刻本。

③ 《东所先生文集》(卷二)，嘉靖三十年张希举刻本。

④ 《柴墟文集》(卷六)，嘉靖四年刻本。

⑤ 章懋：《枫山集》卷二《与韩知府焘》，载文渊阁《四库全书》本。

⑥ 《古穰集》卷八《送吴先生还家序》，载文渊阁《四库全书》本。

⑦ 《俨山集》卷四十《北潭稿序》引杨士奇语，载文渊阁《四库全书》本。

⑧ 《文敏集》卷十二《送浙江左布政黄敷仲之任序》。

⑨ 《碧川文选》(卷一)，明嘉靖四年陆珂刻本。

⑩ 《彭惠安集》(卷二)，载文渊阁《四库全书》本。

⑪ 《桃溪净稿》(文卷三十五)，明正德十六年台州知府顾璘刻本。

⑫ 张德建：《明代政治理念与文学精神之关系的嬗变——对“以文学饰政事”观念的考察》，载《励耘学刊》2011年第1期，第40—90页。

治思想而得到了广泛的响应。洪武年间“政事”的概念尚未出现，而是只重吏治。这种法吏之治造就了大批循守法律，谨重自奉的官员，相应的，文学没有相应的空间。永乐以来，台阁文学建立一套完整的国家主义文学体系[①]，台阁文学并不完全否定文学，但却主要强调文学对政治的依附，所谓“敷阐洪猷，藻饰治具”[②]。杨士奇在与仁宗的一段对话中，提出“诗人无益之词，不足为也”[③]，这种对纯文学的排斥态度代表了台阁文人的典型心态，那么，文学的地位何在？他们发展出三种盛行一时的理论：①在传统诗学理论下强调吟咏性情的合理性，虽诗歌为末事，但亦不可无，为诗歌的存在提供了一个相对合理的空间；②实用文学观，先道德而后文艺，道为本，文为用；③“余事为文”。

台阁文学最为推崇欧阳修，把他视为政事与文章相结合的典范，杨士奇在《王文忠公文集序》[④]中举出欧阳修、苏轼作为代表，正是因为二人首先有“立朝之大节”，其次才是其文。但后来的议论却日益严苛，程敏政《金坡稿序》[⑤]和丘濬《云庵集序》[⑥]中，连作为典范的欧阳修也不符合政事的标准，可见政事论在永乐以来的台阁学术体系中占有核心地位，甚至到了严苛的程度。

三、学术分裂的内在机理

但是，永乐以来学术一统建立在国家政治权力之下，不能实现真正的儒学思想引领下的整体化，甚至还在某种程度上消解了儒学思想，于是不可避免地产生分裂。丘濬在《会试策问五首》中指出文辞、政事、理道之分的现象在孔子殁后即开始，秦汉而下分而为三：文辞、政事、理道。[⑦] 分裂之后的学术存在着诸多弊端：文章之士偏求奇怪艰深之辞，政事流于闳阔娇激之习，道学则弊至于虚娇。因此，丘濬提出了“各矫偏而归正，必使风俗同而道德一”的主张。张宁《梅溪书屋序》指出学术的分裂是由于不能“不深于道”，“立异为高，祛陈为新”，背离了六经四书。[⑧] 陈献章《书漫笔后》说若“大本不立”，不能“心常在内”，使文章、功业、气节皆“自吾涵养中来”，也不足称。[⑨] 他们都极力维护道德即道的权威，以纠正过度强调政事论及其他方面缺失造成对道德的危害。

顾璘也提出了学分为三的问题，从文辞、经义、道学的分裂谈起，《赠吕泾野先生序》一文中指出文辞之弊在务华失实，不能底于大义；经义破裂圣学，徒为口耳之具；道学失实失己，走上立异尚新之途。[⑩] 经义对明代学术有着重要影响，提出经义作为学术分裂后的一个趋向，是非常贴近明代学术现状的。从对这个问题的持续讨论中，经义之学已成为一个新的学术热点。这是成化以来出现的新问题，《重蔡虚斋先生批点四书程文序》指出“近世学术大坏……科举之文为之大弊”[⑪]。自此，正文体遂成为明代官方纠正科举偏向的共同行为，显示了经术破坏的普遍性。吕柟《易经大旨序》认为经义的困境既源自身的功利性质对经典的背离，也与性命之学沦于空谈有关[⑫]，比此前的论述更进了一步。

在顾璘的论述中没有提到政事，代表明代学术思想发展的一个新动向。从早期对政事的强调到将政事置于视野之外，显示出人们对政事的回避疏离。刘元卿《明贤四书宗解序》写到思想的旨趣是

---

① 陈邦偁《湘皋集序》：“古谓姚宋不见于文章，刘柳无称于功业，盖慨夫二者之难兼耳。粤稽我朝，树开国之勋，兼有文传世若青田刘公，后是而名公硕辅若三杨二李、商文毅公辈代不乏贤。”《湘皋集》卷首，嘉靖三十三年王宗沐等刻本。

② 《文敏集》卷首。

③ 《东里别集·圣谕录》(卷二)，载文渊阁《四库全书》本。

④ 《东里续集》(卷十四)，载文渊阁《四库全书》本。

⑤ 《篁墩文集》(卷二十八)，载文渊阁《四库全书》本。

⑥ 《重编琼台稿》(卷九)，载文渊阁《四库全书》本。

⑦ 《重编琼台稿》卷八《会试策问五首》其三。

⑧ 《方洲集》(卷十四)，载文渊阁《四库全书》本。

⑨ 《陈白沙集》(卷四)，载文渊阁《四库全书》本。

⑩ 《息园存稿》(文卷一)，载《顾华玉集》，文渊阁《四库全书》本。

⑪ 《息园存稿》(文卷一)，载《顾华玉集》，文渊阁《四库全书》本。

⑫ 《泾野先生集》(卷一)，万历二十年刻本。

要不断适应新的时代需要而贵广，政治则"防闲甚严"，二者渐不能相容，尽管在最初的设计本身是"共贯而互用"，但分离亦是一种趋势。[①] 顾清《道德文章不可出于二论》也对学术分裂的现实做出了深刻分析。道德完全发自内心的五伦，而现实中却被视为实行统治的工具，工具化的道德必然丧失存在的本根，陷于虚伪化的境地，应是得之口，宣之于心的文学在台阁体制下的"华国润身"论里同样工具化。[②] 道德、文学从台阁文化体系中政治一统的整体化中分离出来，实质上源于台阁文化本身使得道德失去了本质特征而陷于工具化，如此便在儒学本真意义上提示明代学术分裂的必然性。

正如张位《刻敬所王先生文集序》中表达的意思，理学思想高广但不能"实用"，文人则离道而言文，故而受到礼法之士即政治家的厌薄。[③] 顾璘《赠别王道思序》[④]和罗伦《福州府学重正诸书序》[⑤]皆表明建立在世用论基础上的国家主义文学观念逐渐受到怀疑，作为台阁文学思想基础的理学也遭到虚伪和不切于实际的批评，台阁文学的政治模式开始动摇，即以道德、政事、文章三者一统的学术系统开始受到怀疑和批判。

他们的态度和关注重心开始发生变化，赵宽《送周方伯擢任广东序》中提到尽管也希望有一以贯之，会而通之的全才，但又从才性气质的角度承认"才之难全"，即分裂的必然性。[⑥] 如方凤《送左都御史陈公诗序》倡导"全才"者，只能是理想的目标，道德、文章、事功不再是一体关系，而以"或"的面目出现。[⑦]

随着社会、文化、经济、政治的变化，突破思想控制的冲动越来越大，并形成了一股强大的社会力量。表现在很多方面，如理学内部的变化，陈献章的主静之学；如吴中派则从知识体系的边缘寻找对正统的突破，进而形成了以边缘知识体系为中心的支撑起的思想和行为；最有代表性并具有一定建构意义的是复古派。

四、气节、文学对整体化学术的突破

弘正以来，郎署文学崛起于文坛，以复古号召天下，打破了台阁文学一统天下的局面。但复古文学的意义不仅止于文学，是打破台阁道德、文学、政事一统的天下，表现在三个方面：①反对理学，抨击虚伪化道德；②以对文学情感的重视和对既有规范的挑战冲决了以政事为心的文学体系；③以激昂政治热情对抗旧有政治格局、政治理念、官僚风习，以气节著称于世。至此，一体化的学术分裂为气节、文章。储巏《寿介庵王先生九十序》："治之治，君明臣忠，至今天下人追思暇咏而不能已"[⑧]，彭黯《欧阳恭简以遗集序》提到的"右文"[⑨]局面无疑激起了士人抱着以天下为己任之献身精神的人格和政治理想。政治上以风节自砺，文学上以敦朴道古为标志，显然与台阁文学的明哲保、雅正雍容不同。

以李梦阳为代表的复古派文人投身政治，以激切敢言的精神打破了台阁文人的政治涵养论。李梦阳等人并非不食政治烟火，对此他一直保持着清醒。在《送按察使房公序》中，他对官僚体制下官员，特别是"以官为家"现象的批判可谓尖锐。[⑩] "内无绁罥，色不黯如，穷约靡悔"[⑪]的自信和对既有体

---

① 《刘聘君全集》(卷四)，咸丰二年重刻本。

② 《东江家藏集》(卷二十二)，载文渊阁《四库全书》本。

③ 《敬所王先生文集》卷首，万历元年刘良弼刻本。

④ 《息园存稿》(文卷三)，《顾华玉集》。

⑤ 《一峰文集》(卷二)，载文渊阁《四库全书》本。

⑥ 《半江赵先生文集》(卷十一)，嘉靖四十年赵褕刻本。

⑦ 《矫亭存稿》(卷一)，崇祯十七年方士骧刻本。

⑧ 《柴墟文集》(卷六)，嘉靖四年刻本。

⑨ 《欧阳恭简公文集》卷首，明嘉靖刻本。

⑩ 《空同集》(卷五十四)。

⑪ 《空同集》卷五十四《送按察使房公序》。

制下官员行为的鄙视，他敢不顾不一切后果，以一种抗拒及批判世俗的勇气与残酷的官僚政治进行抗争，能够“不躐其等，不计不必”[①]以超越世俗的精神实现自我价值。[②] 对志节的推崇胜过政业、文技是弘治间文人政治的普遍特征，郎署官员们表现出与台阁大臣不同的政治品格。王九思在《答王德征书》中自称为当世之狂人，当然，这并非不理性的冲动，而是充满理想主义精神、高度的政治责任感、高尚人格的追求和对道义的坚守。《与中丞刘养和书》：“夫违俗者骇众，遵道者被谗，固烈夫志士特立独行超世之盛节也。”[③]不论在儒学思想还是在现实政治中，政事高于文学是自然的，当文人以文学与政治抗争时其失败便是必的。但他们又不愿屈身，宁以志节、文学名世。李梦阳虽然反对理学，但其思维方式也仍是理学的，他所反对的仅是理在现实中“性行有不必合”。以此推论，他所追求的便是性行相合的人格完善。[④] “故宁伪行欺世而不可使天下无信道之名，宁矫情干誉而不可使天下无仗义之称。”[⑤]这成就了李梦阳孤傲不驯的品格和直言敢谏的政治勇气，奋不顾身，倍受摧折。其实不仅李梦阳，弘治、正德间的士大夫特别是复古派中人差不多都具有这种特点，可以说，复古派成员的内心都横亘着一个绝对的理，因此他们对理学中天理的批判仅止于其现实境遇中的虚伪化。但不可否认气节在整个学术思想体系中的地位和作用，晚明赵南星曾说，欲救天下，必须有“伏清死节”之士起而矫之。[⑥]

在他们的学术建构中，气节与文章是一体，陆深多次谈到这个话题，如《送叶白石令邵武序》：“夫以气节根柢乎文章，文章缘饰乎吏事。”[⑦]何以“气节根柢乎文章”？必须从前七子的养气论入手，方鹏《静观堂集原序》很准确地把握了复古派养气论的核心，即气指的是气质之气，不是理学家气本论的天地之气。[⑧] 气质之性属于血气之知，易于陷入刚肆桀傲，在精神上完全听从气质召唤，即前七子以理想主义精神奋不顾身地投入政治斗争和“气节根柢乎文章”的原因。由于坚持气节，他们都是政治的失意者，只能退而以文章名世，故文章与政事功难以相兼，却可以与气节同构。台阁建立的“以文章饰政事”的文学与政治的关系模式也当然面临质疑，并逐渐退出了新的学术系统。

复古诸子建立了一个以“真”、“质”为特征的道论，以文学精神为中心，执着于气质之性的养气论和作为文学发生论文的感物论三者一体文学观念世界[⑨]，对道的破坏十分严重。道德与文学是一对永恒的矛盾，但在明初以来设计中并不存在冲突，到了弘正之际则陷入矛盾之中。汪道昆《郭语》一篇言谈道德者“下汉唐而登宋”，谈词章者则“左宋而右汉唐”，出现严重分裂。[⑩] 同时，复古派反对“尚一”的文学，而这正是盛世文学的特征之一，不追求文学的统一整齐，宁愿在并不合谐的众声同唱中展现自我。这意味着前期文学格局开始发生重大变化，以台阁文学为代表的国家主义文学走向末路，翰林独

---

① 《空同集》卷四十二《钓台亭碑》。

② 陈益祥《木铖》引李梦阳天富天贵说：“李献吉曰：古之所谓贵者，不待爵命而贵也。古之所谓富者，不待货财而富也。道德有诸己而已。故虽处畎亩为齐民，而贵莫加焉；衣不完，食不足而富莫加焉。得之自我，失之自我，人不得而与之，亦不得而夺之，通不荣而□不丑，有不骄而无不戚，此之谓天贵天富。今之所谓富者，非道德之谓也，爵命而已，财货而已。故朝居位而暮去位，则暮得而贱之矣。朝有余而暮不足，则暮得而贫之矣，人可得而与，亦可得而夺。通则荣，穷则醜，有则骄，无则戚，此之谓人贵人富。是故君子有人贵而无天贵，无宁有天贵而无人贵，有人富而无天富，无宁有天富而无人富。”足见李梦阳的魅力所在。《陈履吉采芝堂文集》(卷十三)，万历四十一年刻本(卷十六配钞本)。

③ 以上二文见于《渼陂集》(卷七)，嘉靖刻本崇祯修补本。王九思在与友人的书信中不断重复这个话题，同书卷九《春雨亭夜饮离歌序》亦云：“厉志亢节者，君子之高蹈，由众而悲喜者，恒人之情也。有所托而鸣者，风人之意也，击剑悲歌者，烈士之行也。”

④ 《空同集》卷六十三《答左使王公书》。

⑤ 《空同集》卷四十一《大梁书院田碑》。

⑥ 《赵忠毅公诗文集》卷八《终慕录序》，崇祯十一年范景文等刻本。

⑦ 《陆文裕公行远集》(卷三)，明陆起龙刻清康熙六十一年陆瀛龄补修本。

⑧ 《静观堂集》卷首，清雍正十年桂云堂刻玉峰雍里顾氏六世诗文集本。

⑨ 张德建：《学术分裂与明代复古文学的“道”论》，载《中国文化研究》2009年秋之卷。

⑩ 《太涵集》(卷十六)，万历刻本。

占文学权力的局面被打破。

新学术话语以气节、文学为中心打破了理学以理道为中心和台阁以政事为中心建立的学术体系，道德、政事退居其次。这是明代学术思想史上的一次重要变化，冲击了理学的话语权力，突破国家主义下的整体化学术限制，导致了整体化学术的分裂。

五、救正气节、文学之失

薛应旂《送王汝中序》疏理自洪武以来学术的变化，指出矜文辞者和高谈性理者都已失去的学术号召力，学术的虚浮化导致政事失衡，而新的学术陷于使人无所适从的局面。[①] 分裂的学术话语引起了广泛的讨论和批判，主要有四个方面：①倡导实学以纠正政事论及文辞论的不足；②对气节的反思和批判；③以学术内涵弥补文学的不足；④道德论的提出，以良知为中心对学术进行重新建构。

王廷相《石龙集序》所说的政事是以理道为中心参与、改造政治，使政治脱离"陋劣"。[②] 在这个意义上，文学也必须依附于道德、政事。[③] 王慎中可称是嘉靖间讲求实学的代表人物，他对官员以文事为高的现象表示不满，明确指出完全按照官方规定，亦步亦趋地干办公事式的勤于政事为俗。[④] 而一二文学之徒虽能出于政事之上，但徒陷于"自足"[⑤]，无实政之能。更进一步，王廷相将政事的笼统提法改称源于道义之心的实学，人能游心淡泊，出则能独断内凝。[⑥] 这些主张开启了嘉靖以来的实学思潮，既是复古思潮的深化，也是思想界运动的必然结果。对于复古派单纯讲求文学、气节而言，不啻是一剂清醒药。

前七子多以气节不屈闻名当代，但毕竟终遭不幸，罢官而去。刚直激切在尊崇气节的明代得到了很多赞美之词，徐祯卿《与朱君升之叙别》[⑦]和焦竑《原学》[⑧]正是对弘正以学术新变的概括，名节、气节被上升到学术的高度。但不可否认，这种性格气质不适于政治。夏良胜《答李空同书》提到，愤怒的情绪必导致德性修养偏乱，这是儒家个体修养论很重要的一面。[⑨] 讲求气节当然有积极的意义，但"刚毅"亦有"英气害事"之弊。弘正以来，名节之士往往为气所使，不能通时之变，甚至有些浮靡燥进之习。一时刚愤激切，固名于当世，称于后人，然于事无补，士人因此遭遇坎坷。王世贞在《书李空同集后》指出李梦阳的抗争既是正义之气的外露，也有血性气质掺杂其中，故不知事物的复杂性，纯任个性的放纵。[⑩] 这种分裂学术的形态对旧有秩序形成强烈冲击，对虚伪化道德及政治中的保守态度有一定纠正作用，但却以比较粗陋的激愤形态为主，无法形成学理化的学说，只能依附于道德和政治而存在。就道德而言，复古诸子的"道"失去了对道的本质属性的体认，所谓"沉溺气骨，乐随色相"[⑪]。唐顺之《寄黄士尚》中认为士人所沉溺的文章、气节这两个复古文学的支撑点毫无意义。[⑫] 就政治而言，复古诸子皆被政治抛出，失去了依附。这样一来，气节、文章之学便成为无根之学，无法形成系统的学理化的学术话语。

---

① 《方山先生文录》(卷十)，嘉靖三十三年东吴书林刻本。

② 《王氏家藏集》(卷二十二)，嘉靖刻顺治十二年补修本。

③ 《芝园定集》卷二十六《潘笠江先生文集序》，嘉靖刻本。

④ 《遵岩集》卷二十四《寄道原弟书一》，载文渊阁《四库全书》本。

⑤ 《遵岩集》卷十《送史大梅君应召序》，载文渊阁《四库全书》本。

⑥ 《王氏家藏集》卷二十二《送泾野吕先生尚宝考绩序》。

⑦ 《凌溪先生集》卷末附录，明嘉靖刻本。

⑧ 《焦氏澹园集》(卷四)，万历二十四年刻本。

⑨ 《东洲初稿》(卷四)，载文渊阁《四库全书》本。

⑩ 《读书后》(卷四)，载文渊阁《四库全书》本。

⑪ 杜柟：《王氏家藏集序》，载《王氏家藏集》卷首。

⑫ 《荆川集》(卷四)，载文渊阁《四库全书》本。

何良俊视正德间“文章之盛几与古埒”为无益。① 有鉴于复古文学流于形式和模拟肤浅之弊，后七子开始提倡以学问补文辞之不足，李维桢分析了集部之学的特点，认为辞林不应单指文辞，应涵括经史子集四部。他一方面承认四部“各诣其胜，合固双美，离不两伤”②；另一方面，分门立户，各不相及，也是一隅之见，需要以学问入辞林，提升辞林的内涵。胡应麟以博学著称于世，他对“当今之世，士持学术则摈词章，挟词章亦绌学术”③的风气十分不满，在《黄尧衢诗文序》中指出枚曹李杜，左马扬韩都“未尝废问学”。而自李梦阳始取径狭窄，造成词章、问学“判为两途”④。问学指向博学，还不是完全意义上的学术，但对复古文学有很大的修正。由此再进一步，他讨论了诸子的历史和现实⑤，从学术变迁和著述的角度看，“唐宋而下文不在子而在集”，集部之学包含了子部，而这正使文学获得了提升的空间。明代著述不仅包含着“子以文”，也包含着“子以理”，有着深厚的学术内涵。隆庆、万历以来文章盛行纪述，论理者则少闻见，子与文分而为二。胡应麟为我们审视明代学术提供了两个角度，诗歌、文章陷于不学之弊，谈文者纠缠于事实，论理者远离实际，都是学术分裂的产物，这些主张带有强烈的救正意味。

在儒学思想中，立德、立功、立言虽分而为三，但德是中心⑥，背离了德，便有不实之弊。王慎中《曾南丰文粹序》也提出中心是“一出乎道德”的学术一统主张。在这个中心命题之下，文的价值和意义在于“通志成务，贤不肖、愚知共有之能，而不为专长一人，独名一家之具”。他一方面认为周衰学废之际诸子虽有不醇不该之弊，但能够“皆以道其中之所欲言”；另一方面，他极力反对一味模拟剽窃而“道德之意不能入焉”⑦。

徐师曾《临川王氏文粹序》也对“周衰教失，道术不明，士各以其所见为学”的现象表示不满，又承认诸子之文虽多疵驳之言，然仍是“能道其中之所欲言”，反对的是“离本真之实，而掠藻饰之辞，假艰深之言以文浅易之意者”⑧。他们针对文学的意义缺失之弊设立了两道防线：一道是“能道其中之所欲言”；一道是明于学术，出于道德。前者可使文学表述能达其中之所欲言，后者则能使文学获得道德本体。张位《刻敬所王先生文集序》从理辞关系入手，指出只有将理辞合一，才能超越分裂后各得其一的弊端。⑨ 提升文学的学术品味，增加文学内涵是改变修辞之士往往流于肤浅模拟之弊的一条途径。

六、融通、破障与新的分裂

在对明代学术的分析和描述中，“三分”与“三变”是最常见的表述方式，呈现了不同的学术理路，三分更多着眼于学术从整体中分裂的现象，对分裂后学术的偏颇深表不满，三变则更注重向由偏颇向得其全的转变以及个体学术境界的提升。罗洪先《龙场阳明先生祠记》梳理出王阳明作为明代士人思想转变的典型代表，学术思想一变而为文章，再变而为气节，终悟得良知之学。⑩ 王阳明对学术分裂之弊也有深刻批判，在《与顾东桥书》中指出自圣学湮没之后，学术分裂为训诂之学、记诵之学、词章之学⑪，基于学术分裂使人无所适从的严重景象，王阳明欲以心学统之，使归于圣人之道。

---

① 《何翰林集》卷八《伾山外集序》，嘉靖四十四年何氏香岩精舍刻本。

② 《大泌山房集》卷八《辞林人物考序》，万历三十九年刻本。

③ 《少室山房集》卷八十四《贺张明府子環考绩序》，载文渊阁《四库全书》本。

④ 《少室山房集》(卷八十六)，载文渊阁《四库全书》本。

⑤ 《少室山房集》卷八十三《义苍漫语序》。

⑥ 《王氏家藏集序》，载《王氏家藏集》卷首。

⑦ 《遵岩先生文集》(卷二十二)。

⑧ 《湖上集》(卷八)，万历刻本。

⑨ 《敬所王先生文集》卷首，万历元年刘良弼刻本。

⑩ 《念庵罗先生集》(卷五)，嘉靖四十二年刘玠刻本。

⑪ 《王阳明先生全集》(卷二)，康熙十二年刻本。

良知之学既是身心性命之学，又是开务成物，经世济民之学。王阳明在《与王纯甫》[①]和《与黄宗贤》[②]等文中屡次讲到个体只有变化气质，悟得良知，才能应世。王畿《读先师再报海日翁吉安起兵书序》中表达只有超越利害毁誉，顺应万物之自然，才是良知之妙用。[③] 而这正是慷慨激昂的文学之士和空言明道的儒学之士所无法达到的境界，就此而言，王阳明确实为明代士人树立了一个超越自我，去除蔽累之心的榜样。陈来说："只有真正了解阳明正德末年经历的巨大人生困境，和面对的严峻的生存考验，我们才能了解良知学说对阳明自己早已超出了纯粹伦理的意义，而涵有生存意义上的智慧与力量。"[④]变化气质，悟得良知可以使士人超越气节、文章之学的遮蔽，就这个意义而言，王阳明心学不仅是一套完整的思想建构，而且具有应对现实的实用功能。

心学肩负着安顿自我与开物成务的双重使命，变化气质只是开端，更重要的是以悟得良知之心从事经世济民之业。以王畿为代表，他们提出"政学合一"，认为悟得良知便"道在其中"，便可以"政学合一"。[⑤] 此主张得到了阳明后学的认同，王艮："夫学外无政，政外无学。"[⑥]"政学合一"是对"以文学饰政事"、"以经术饰吏治"的超越[⑦]，不仅超越了国家主义背景下意识形态化的经世论，也超越了文学之士对政治的激情投入和悲愤结局。在更高的层面上，良知学不仅解决个体的意义和存在的价值，更在用世层面解决了士人如何应世的问题。

在王阳明那里，良知学以内在理路的方式出现，又有外在路径的一面——平辰濠之乱是可以大书特书的伟大事功。同时，他也是一个文学家，心性与审美的结合超越了文人审美方式。至此，道德、事功、文章、气节均统一于良知之下，既改变个体气质，又积极入世，从而获得了一统学术的号召力。但学术思想的整体化努力依然无法改变学术分裂的现实，心学本身后来就分裂为求圣狂者派、归寂派、求乐自然派、事功进取派[⑧]，并且心学在进入官场并被接受的过程中也被工具化。内在超越如何转化为外在事功是一个永恒的学术和社会问题，在明代也同样如此，即使有王阳明的良知之学所建学术体系成为士人的典范，但也仍然无法建立一个为整个社会接受的学术思想体系。晚明政治一片混乱，所谓政事、事功离士人理想越来越远，气节也渐陷于党争，文学则以自我解脱而不是精神超越为理想追求。聂豹《杂著》即《困辩录》之《辩诚》篇[⑨]针对学术分裂现象，指出胸有所障，故见有不足，故有道理障、格式障、知识障。[⑩] 所谓"义理"一旦成为固定的模式，不能"随事变以适用"，"格式"不能顺应时势，就会造成义理之学的僵化。至此，有关学术分裂的思考已经进入思想最隐秘之处，摆脱知识的障碍就成了思想保持精深的必由之路，从而引发了晚明思潮中对心性自由和灵明一窍的推崇。在这样的观照背景下，气节、文章固然高于世俗，有过人之处，然"士大夫不知用心于内以立其本"者必不能达到超越境界。

---

① 《王阳明先生全集》(卷一)。王阳明多次谈到这个问题，如《答刘内重》："外面是非毁誉，亦好资之以为警切砥砺之地，却不得以此稍动其心，便将流于是劳心拙而不自知矣。"(《王阳明先生全集》卷二)《答友人》："毁誉荣辱之来，非独不以动其心，且资之以为切磋砥砺之地，故君子无入而不自得，正以其无入而非学也。若夫闻誉而喜，闻毁而戚，则将惶惶于外，惟日之不足矣，其何以为君子！往年驾在留都，左右交谗，某于武庙当时祸且不测，僚属咸危惧，谓群疑若此，宜图所以自解者。某曰君子不求天下之信己也，自信而已，吾方求以自信之不暇，而暇求人之信己乎？"(《王阳明先生全集》卷三)。

② 《王阳明先生全集》(卷三)。

③ 《龙溪王先生全集》(卷十三)，万历十五年萧良干刻本。

④ 陈来：《有无之境——王阳明哲学的精神》，北京大学出版社2006年版，第230页。

⑤ 《龙溪王先生全集》卷八《政学合一说》。

⑥ 《重刻心斋王先生语录》卷下《再与林子仁》其二。

⑦ 《欧阳南野先生文集》卷二《答方三河》、卷七《缪子入觐赠言》，嘉靖三十七年梁汝魁刻本。又：卷四《答陈豹谷》第二书、卷二《答谷龙厓》。相关论述参见吴震《阳明后学研究》第九章"阳明后学与讲学运动"，上海人民出版社2003年版，第432—438页。

⑧ 左东岭：《王学与中晚明士人心态》，人民文学出版社2001年版，第336页。

⑨ 《双江聂先生文集》(卷十四)，嘉靖刻本。

⑩ 《焚书》卷三《童心说》，中华书局1975年版，第98页。

晚明文人的精神追求以自得、解脱为中心，但客观上刻意保持、维护血气之知。李贽《与陆天溥》可视为晚明士人精神的自我表白。[①] 经历了明初至嘉靖以来的痛苦，一旦获得了新的思想资源和安放自我身心之所，文人便开始抛却政治。正如袁宏道《顾升伯太史别叙》中所言，中国古代文人不论是否身在政治之中，因为放不下功名，总也说不出明白彻底的话。朝政中，即使是君子也只能混于庸众。既如此，唯一能够实现自我价值之法是放开性灵，以透达圆融自足的精神世界超然于世俗之上。[②] 至此，"以文学饰政事"的论题不再成为士人关注的问题，甚至被完全解构。明人对李梦阳的斗争精神极为推重，但到了晚明，对气节也有了不同的看法。袁小修《余给谏奏议序》："予谓以气节名者，非士君子之得已也。……惟君子者，其气激而不平，名根太重，成心不化……其害孔亟。"[③]钟惺《南州草序》意欲为在现实中解体的"文章经国之大业"观念加以辩解，无奈之意充溢于文辞之间。[④] 钟惺直接以表现和反映作为文学的功用的朴素文学观念是卸载了一切负担之后的轻松，由此我们也就可以理解竟陵派所倡导的"幽情单绪，孤行静寄"正是完全抛弃了明道论、政事论之后的产物。

从阳明心学中获得启迪，经过一系列转化，晚明文人逐渐摆脱一切束缚，抛开了儒家思想中现实责任和历史使命感，形成了以个体生命解脱、自适为中心的生命观念。以此为中心，晚明士人对道德、政事、气节、文学一一加以解构，却无法建立起一套完整的体系化的学术，因为这本不是他们所追求的。

考察明代学术思想体系整体建构与分裂的历史可以为我们认识明代思想文化提供一个全面的视角，从而避免单一学科视野的局限。通过上文的简要疏理，我们发现，学术思想的整体建构由于获得了理学思想的支撑而具有深厚精神内涵，明代学术正是由此获得了巨大的生命力。但当理学思想意识形态化之后，这种努力转而成为思想控制的力量，造成思想文化的虚伪化、工具化，限制了思想活力，于是学术分裂就是不可避免的了。分裂具有对意识形态化思想的破坏作用，同时也是重建思想文化的努力，为社会思想文化注入新的血液。但是，这种重建的努力往往被政治和现实的力量消解，无论复古文学还是阳明心学都在现实面前表现出无力之态。由于思想文化和政治制度的超稳定性，分裂后学术无力建构一套完整的足以对抗理学的思想体系（心学在总体上也是宋明理学的一个组成部分），人们的反抗只能是局部的、分散的，只能对旧体系起到解构作用，而不能建构出一个新的体系。

由于篇幅和论题的限制，本文无法对文学的变迁进行详尽论述，重心是疏理明代学术思想的历史变迁，力图为认识明代文学在不同学术话语体系所构成的语境下的历史境遇提供一个视角，从而在学术层面上认识文学的历史嬗变。

---

① 《续焚书》(卷一)，中华书局1975年版，第4页。

② 《袁宏道集笺校》(卷十八)，上海古籍出版社1981年版，第704—705页。

③ 《珂雪斋集》(卷十)，上海古籍出版社1989年版，第464页。

④ 《翠娱阁评选钟伯敬先生合集》(卷一)，崇祯九年陆云龙刻本。

文言复兴是古籍学者的民族大义

邹　然　刘贤忠

（江西师范大学文学院）

内容摘要："文言"是华夏民族以往岁月通用的书面语体，是先民祖辈交流思想、抒发情感、叙述历史、传授经验等社会活动不可或缺的重要工具；其历史悠久，优胜良多，形成了简古精辟、典雅庄重的独到风格；承载着"小康"、"大同"、"仁义"、"民为邦本"等千年传统文明。文言以古汉语为基础，词汇丰富，句式灵动，体裁多样，音韵悠扬；适合表达深邃思维、精微哲理、鲜活灵性与浩然正气。文言复兴是思想活跃、语词雅正、学术发达、国运昌隆的标志之一，指学人自觉运用文言语体来思维与写作，承前启后，推陈出新，弘扬传统文化，彰显中国特色。此系民族大义之呼唤，是古籍学者当仁不让、义不容辞的时代使命。

关键词：文言　复兴　古籍学者　民族大义

一

"文言"者，中华民族古代社会通用书面语体也，凝练紧凑，简古生动，整饬精辟，典雅庄重。读之满屋馨香，咏之气度自华，思之意味隽永，作之超凡入圣。其经典著述，博大精深，承载"小康"、"大同"、"仁义"、"民为邦本"等千年传统文明，素为国家诏书诰令所重所用、庠序乡校所教所习者也。盖以儒家"十三经"与先秦两汉诸子文章为典范之作。

例如："大道之行也，天下为公。选贤与能，讲信修睦。故人不独亲其亲，不独子其子。使老有所终，壮有所用，幼有所长，鳏寡孤独废疾者皆有所养……是谓大同。""今大道既隐，天下为家，各亲其亲，各子其子，货力为己……礼义以为纪，以正君臣，以笃父子，以睦兄弟，以和夫妇，以设制度，以立田里……刑（型）仁讲让，示民有常。如有不由此者，在势者去，众以为殃，是谓小康。"（《礼记·礼运》）盖字字庄严，句句精辟，其允执厥中、持平正论之气也，力透纸背！此"文言"特有之君威神力乎？

又如："皇祖有训：民可近，不可下；民惟邦本，本固邦宁。"（《尚书·五子之歌》）"虽有周亲，不如仁人。天视自我民视，天听自我民听。"（《尚书·泰誓》）"尧知子丹朱之不肖，不足授天下，于是乃权授舜。授舜，则天下得其利而丹朱病；授丹朱，则天下病而丹朱得其利。"（《史记·五帝本纪》）其"天视"、"天听"、"不如"、"不足"、"权"、"病"等语词，联结紧凑，意蕴深远，省却"白话"表述诸多水分，给读者以古朴、简约、典雅之美。而古代圣贤为"我民"、为"邦本"、为"天下"着想之拳拳用心，亦彰明较著焉。

再如："斯是陋室，惟吾德馨。苔痕上堦绿，草色入帘青。谈笑有鸿儒，往来无白丁。可以调素琴，阅金经。"（刘禹锡《陋室铭》）如是傲岸耿介、孤高自廉之志也，非古辞雅裁与骈句双出，不足以畅其情、达其意。若改以"白话"表述，则索然无味矣。复如："大学之道，在明明德，在亲民，在止于至善。知止而后有定，定而后能静，静而后能安，安而后能虑，虑而后能得。"（《礼记·大学》）其简明精要而发人深省也，足令学人置诸座右而为铭焉。设想：此意若以"白话"对译，则必如村妇叨叨唠唠、喋喋不休矣，人岂喜闻乐诵哉？夫"白话"虽曰通俗浅显，易于普及，然不简洁，不典雅，不隽永，不优美，非语体之高贵者。譬如，高校学子学习《诗经》，绝无不读周人四言原作，而反诵今人白话译作之理。诗云："蒹葭苍苍，白露为霜。所谓伊人，在水一方。”(《秦风·蒹葭》)其意境缥缈，心绪惆怅，表达主人公思念对方而可望不可即之情感眷恋。且朗朗上口，音韵流畅。如是“文言”佳作，岂待“白话”转译，反而破坏其优质美感乎？

二

“文言”之名，始见于《周易》，当孔子撰“十翼”时，专设《文言》篇以释《乾》、《坤》二卦之义。如释“潜龙”云：“龙德而隐者也。不易乎世，不成乎名，遁世无闷，不见是而无闷；乐则行之，忧则违之，确乎其不可拔：潜龙也。”然则此之谓“文言”，何也？曰：“‘文’谓文饰，以《乾》、《坤》德大，故特文饰以为‘文言’。”(《周易正义》)“文言”字义及出典，或可作如是之解者乎？

夫文言者，先民表达思想、交流情感、叙述历史、传授经验而诉诸书面之必由渠道也，系文字产生之后，汉语于竹简、于缣帛、于铜器、于石刻等载体，存在保留之最佳体式——简练，敦朴，传神，深有其独到句法语法以及形象之美音韵之美存焉。例如《尚书·盘庚》：“若网在纲，有条而不紊”，“若火之燎于原，不可向迩”之比喻之联想；《周易·大壮》：“羝羊触藩，不能退，不能遂；无攸利，艰则吉”之观察之寓意；《孟子·万章》：“非惟……为然也，虽……亦有之”之句式与递进；《庄子·天道》：“与人和者，谓之人乐；与天和者，谓之天乐”之骈俪之新造；屈原《离骚》：“惟草木之零落兮，恐美人之迟暮”之象征之典雅；“纷吾既有……”、“耿吾既得……”、“朝吾将济……”之变换之前置；《鄘风·桑中》：“爰采唐矣？沫之乡矣；云谁之思，美孟姜矣”之押韵之称颂之诙谐之灵动。

王力先生曰：“以先秦口语为基础而形成的上古汉语书面语言以及后来历代作家仿古的作品中的语言，也就是通常所谓的文言”；“是语言巨匠们在全体人民所使用的语言的基础上高度加工的结果”；“必须把文选的阅读与文言语法、文字、音韵、训诂等理论知识密切结合起来，然后我们的教学才不是片面的。”[①]盖谓“文言”为精粹语体，系“语言巨匠们”长期打磨之结晶。

吕叔湘先生曰：“秦以前的书面语和口语的距离估计不至于太大，但汉魏以后逐渐形成一种相当固定的书面语，即后来所说的‘文言’。”[②]又云：“白话是现代人可以用听觉去了解的，文言是现代人必须用视觉去了解的。”(《文言和白话》)如是界定，遂令学人心头迷惑涣然冰释，终得正解：何以文言文章，令“现代人”多望而却步，必革之废之而后心快耶？盖由其“视觉”能力或嫌不足，不及古代博达矣。

吕先生所谓“视觉”者，何也？盖谓人之“三深”能力耳——深度阅读，深刻体悟，深邃思辨之禀赋。例如：“元亨利贞”，“曰若稽古”，“致知在格物，格物而后知至”，“风风也教也风以动之教以化之”，“真谛玄凝，法性虚寂”，“神理本寂，感而后通”云云[③]，如是“文言”，固非“听觉”所能遽晓，必待目视心思、审分明辨之后，乃始了知。此非浅尝辄止、困而不学之人所能望其项背，唯孔子所称“上智”与“学知”者，乃能潜心而左右逢源焉。

张中行先生曰：“文言有个明显的特点，句子和篇幅都比较简短，因而显得干净、充实、紧凑。”“文言里有不少大家熟悉的名句”，如“落霞与孤鹜齐飞，秋水共长天一色”；“落花人独立，微雨燕双飞”；“今宵酒醒何处，杨柳岸晓风残月”；“良辰美景奈何天，赏心乐事谁家院”等；“都能用少数文字点染，画出一种优美的境界。现代汉语或者由于不注意，或者由于句法松散、冗长，已经不大有这种本领”。[④]

网上文章曰：“文言文是一种需要长期的训练和大量的知识阅读才能掌握的语言，这样，操文言者与操白话者之间就存在着一条不可逾越的阶级鸿沟，文言文为知识精英和无知大众之间划清了界限。”

---

① 王力主编：《古代汉语》“序”及“绪论”，中华书局1962年9月版。

② 吕叔湘：《近代汉语指代词》，江蓝生补，学林出版社1985年版，第1页。

③ 上引诸语分别见《周易·乾卦》、《尚书·尧典》、《礼记·大学》、《毛诗序》以及僧祐《出三藏记集序》。

④ 张中行：《文言津逮》，中华书局2007年版，第120页。

三

夫文言之运用，多为不世之雄文、绝唱之佳作。虽然，"圣贤"尚须"发愤"而为，况凡庸之辈乎？昔司马迁深有感悟，曰："西伯拘而演《周易》，仲尼厄而作《春秋》，屈原放逐，乃赋《离骚》……《诗》三百篇，大抵圣贤发愤之所为作也。"(《报任安书》)盖谓天生不世之才，又遭不世之厄，必申不世之志，乃有不世之作；言精妙诗文所以难得也。近人亦云："无此绝等伤心之事，亦无此绝等伤心之诗。就百年论，谁愿有此事？就千秋论，不可无此诗。"(陈衍《宋诗精华录》)其蚌病生珠、人困磨莹之谓乎？不有唐婉之生离死别，焉有陆游"红酥手，黄藤酒，满城春色宫墙柳"！不有楚王昏聩，屈原流放，焉有"金相玉质，百世无匹"之《离骚》！故有苦难现实之不幸，而后"情动于中"，意契于心，其文章乃能"动天地，感鬼神"(《毛诗序》)，庶几变不幸为幸焉。譬如宫刑之于马迁，其人身之不幸、耻辱之极致也；而后了悟死而无益，"若九牛亡一毛"，觉醒"戴盆何以望天"(《报任安书》)，遂摒弃杂务，一心著述。则于《史记》成书，于民族文化事业而言，又为莫大之幸焉！由是言之，诗穷而后工，文抑而后精，千古至理也。所谓"椽笔"、"牛耳"者，盖坎坷诎约如屈原如贾谊如太史公者所执尔，非饱食终日衮衮诸公所能握也——以其"气满志得，非性能而好之，则不暇以为"(韩愈)故耳。

先哲又云："文章憎命达"(杜甫《天末怀李白》)；"欢愉之辞难工，而穷苦之言易好"(韩愈《荆潭唱和诗序》)；"诗人少达而多穷"(欧阳修《梅圣俞诗集序》)；"赋到沧桑句便工"(赵翼《题遗山诗》)云云。言义愤出诗人，苦难铸英才，坎坷屈厄并非全坏事，而往往锻精耀，造脊梁也。胡守仁先生诗云："知否穷檐读书客，依然忧道不忧贫？""青灯黄卷是生涯"，"诗书而外复何求？"(《拜山集》、《劫后集》)此之谓"书生精神"，谓"野有遗贤"。夫文言生命之树所以常青，所以迄今不凋者，以其植根华夏沃土，历朝各代皆有"穷檐"、"沧桑"之"读书客"故。

莫言曰：生活中我可以是"孙子"，是"懦夫"，是"可怜虫"，而执笔著述，则必"贼胆包天"，"色胆包天"，"狗胆包天"！此言学者良知未泯、作家道义未灭，于是非原则、民族大义、天心公理、人道人性面前，则必为勇士，为巨人，为大无畏直笔，必以笔代言、以文代人，而正气凛然仗义执言焉。故时贤称："义理散文往往代表了一个民族理性精神的最高水平和深邃境界。"①盖此之谓也。言神州大地，文化多元，中国公民不唯需要义理小说，亦且需要义理散文；不唯需要感性愉悦，亦且需要理性精神；不唯需要白话之通俗与幽默，亦且需要文言之高雅与庄严。

时贤又云："一生顺当，你可能成就不了大作家；一生坎坷，你也不过具备了当大作家的可能，到头来可能什么都不是。"②此言文章谢绝平庸，学术鄙夷阿附。文言所以高贵、大师所以难得者，职是故也。

梁代刘勰撰《文心雕龙》，博极群书，钩玄提要，曰："文集胜篇，不盈十一；篇章秀句，裁可百二。"(《隐秀》)由是知自古文章，胜篇少而庸作多，秀句少而冗杂多。夫以文言语体简古庄重尚且不免如是，况白话语体人可率意而为，亵渎滥造，或藉此量化计酬而竞铜利之争者乎？故有识之士痛心疾首，斥责"学术泡沫"、"废纸文化"泛滥充斥③，良有以也。

昔司马迁尝曰："鄙没世而文采不表于后"(《报任安书》)；李白尝语："天生我材必有用"(《将进

---

① 马茂军：《中国古典散文义味说》，载《文学评论》2012年第4期。

② 姚跃林：《文章憎命达》(网上文章)，其文又曰："人之磨难有肉体上的或者说是物质上的，也有是精神上的。""像我辈，生在新社会长在红旗下，一帆风顺，除却无病呻吟还能写出什么东西来？难道太平盛世就诞生不了伟大的作品？这也未必；但没有跌宕起伏的人生经历，想写出伟大的作品则几乎不可能。从这个意义上说，'国家不幸诗家幸'用来叙说某位诗人是可以的，但不一定具有普遍意义，倒是'文章憎命达'更为恰当。"

③ 庄建《学术著作出版：缘何"不差钱"却"差了学术"》："学术抄袭、学术造假、论文买卖时有发生，学术出版的严肃性和权威性受到挑战。""项目持有人不差钱，却差了学术。"(载《光明日报》2012年3月19日第1版)盖利禄为主，学术为仆，贫富悬殊，人心浮躁，孔方兄大行其道，冷板凳无人肯坐焉。如是风气，遑论继承文言文脉，光大祖考洪烈。

酒》);杜甫尝云:“语不惊人死不休”(《江上值水如海势聊短述》);苏轼尝言:“九死南荒吾不恨,兹游奇绝冠平生。”(《六月二十日夜渡海》)此古代贤哲远猷高迈,志在千载,咸不肯辜负宿缘而枉为人身,必要用“我才”、“惊人语”等,以“冠平生”而“表于后”焉。岂其谋猎一时禄饵乎?非也,在明天心人道与生命慧觉耳。此所谓“纡朱怀金者之乐,不如颜氏子之乐”(扬雄《法言·学行》)者也,所谓“一蓑烟雨任平生”,“也无风雨也无晴”(苏轼《定风波》)者也,言其智身慧命,江山才人,天必诱其衷,神必益其睿,而能贯道达微,允公允义,藉“文言”发愤著书焉。

四

夫“文言”者,汉语之妙用,书面之华彩,其巍巍乎渊渊兮灿灿然之形容,恰似泰山之高耸,有如南海之深广。书面语体之有文言,譬诸艺术天地之有国粹。例如唱腔之有京剧,弦乐之有二胡,管乐之有竹笛,博弈之有围棋,丹青之有国画,汉字之有书法……素为各朝大师所习所传、历代俊彦所精所通者也。岂可轻言废之乎?人能为之,其羞乎哉?而“我”不能,其“荣”乎哉?遂要罢黜耶?此亦犹梅兰芳京剧艺术,下里巴人不能欣赏,必要砸烂剧场乎?又如聂卫平九段棋艺,于中日擂台赛战胜小林光一,为国争光,其羞乎哉?而“我”不能,弈道因要废除、棋枰因要焚毁耶?唐诗云:“沉舟侧畔千帆过,病树前头万木春。”言沉者自沉、病者自病,岂妨千帆竞航而滔滔朝东哉?岂碍万木争春而欣欣向荣哉?故知京剧国粹,必然万古长青,自有来人;而弈林高手,亦必不羞,所谓“才难”也。故聂卫平表示,来生犹要为国手,犹要致力围棋事业焉。①

同理,汉立五经博士,于太学讲授《诗经》、《尚书》、《礼记》、《易经》、《春秋》诸经典,皆属“文言”也。古代学者如郑玄、如王弼、如孔颖达、如阮元,能“传”能“笺”,能“正义”能“校勘”;古人多能,阐释典籍,弘扬国学,传承文明,其羞乎哉?而“我”不能,反称“荣”乎哉?夫以“不能”为“荣”,以“破坏”为“耀”,而横蛮喊:“打倒孔家店!”“废除文言文!”则其人曷足以生礼仪之邦、文明之国乎?其心蒙矣,其性蔽矣,其“钝根”肆虐而“利根”暗昧矣!诗云:“矮人看戏何曾见,都是随人说短长。”(赵翼)故门外之徒随波逐流,俯仰由人,不足与言焉。

孔子曰:“困而不学,民斯为下矣。”(《论语·季氏》)王充云:“尧舜之典,伍伯不肯观;孔墨之籍,季孟不肯读”;“世无一卷,吾有百篇;人无一字,吾有万言:孰者为贤?”(《论衡·自纪》)先哲诸语,苦口婆心,意欲何为也?盖劝人承学也,上进也,不可知难而退,反找借口而心安理得、畏缩不前矣。

故曰:20世纪初“白话文运动”,早已完成其政治历史使命,今兹不必率由旧章、墨守成规,而宜绳愆纠谬——反思其矫枉过正,检讨其经纶失方焉!夫昔日所以喊出“崇白话而废文言”口号,盖以文言博洽典奥,而凡庸智浅,莫能及焉之故耳。乃曰:“《学》、《庸》、《语》、《孟》,皆二千年前古书,语简理丰,非卓识高才,未易领悟”;“愚天下之具,莫文言若;智天下之具,莫白话若”(裘廷梁《论白话为维新之本》);又谓:“今夫文言之祸亡中国,其一端矣。中国四万万之人之中,试问能文言者几何?……开民智莫如改革文言。”(陈荣衮《论报章宜改用浅说》)如是言论,今日看来,殊泥时囿而为短视,其过激与偏执,不言而喻。兹略剖析,以正视听。

夫以晚生后进,才微力弱,不能阅读古人精深之作为由,遂要“废文言”而“崇白话”,如是逻辑,殆非强盗行径之口实耶?此亦犹贝多芬第九交响曲,世上或有五音不全者,以其不能欣赏为由,遂要“废”钢琴而崇“击瓮叩缶”、“歌呼呜呜”者乎?何其谬哉!何其蛮矣!夫精英之于平庸,圣人之于凡众,固为少数,是为难得,乃为可贵。譬如宋玉之开导楚王:“客歌《下里巴人》,国中属而和者数千人”,“歌《阳春白雪》,国中属而和者不过数人而已”,何哉?“其曲弥高,其和弥寡”(《对楚王问》)耳,自然之理也。“客”未尝以和者“寡”为由,而要“废”高雅之曲也。同理,“文言”者,书面语体雅正者也,其高韵优美较诸“白话”,亦犹钢琴之于瓮缶,《阳春白雪》之于《下里巴人》,岂可“废”乎?又焉能“废”

① 凤凰卫视“名人面对面”节目,聂卫平曾向许戈辉坦言。

哉！——夫黄河长江不竭，华夏民族长在，文言亦必不废，必有薪火相传而潜心大业者承学焉！《传》曰："类我类我，久则肖之矣"（《法言·学行》），岂不此之谓乎？

五

时至今日，国运昌隆，高校林立，有志青年多能遂愿，可圆大学之梦；而硕士博士，亦比比皆是也。故昔日"崇白话而废文言"口号，已然过时，失却意义。夫"白话"通俗浅显，虽妇孺亦可无师自通，不学而能；遑论"80后"、"90后"、"00后"新人，尽是"天之骄子"乎？而"文言"高深，有待学焉，又岂可抱一"废"字不放，斡弃周鼎而耽俚安俗耶？岂不古籍学者之羞乎？王安石诗云："古心与此分冥冥"（《寄题颍州白雪楼》）；苏轼歌曰："不惜阳春和俚歌。"（《和王胜》）言圣凡有别、雅俗有分焉：以圣同凡，以雅和俗，可也；以凡等圣，以俗废雅，不可也！

夫孔墨老庄之文、诗骚词赋之作、经史子集四库、经律论记佛典，皆属"文言"范畴，非"白话"所染指也；乃堪称中华文化瑰宝，福祉营建指南，道德修行彝训，众生精神资粮，心灵开悟皈依，生命不息信仰……岂可再依昔者褊狭思维，废之为酱瓿，弃之于纸篓乎？

又，彼时必欲打倒之"孔家店"，时至今日，已然重新"开张"，并建立"孔子学院"，走向世界！彼时必欲废弃之"文言"藏书，如今世易时移而观念迥别，已然重修，大举四次，曰：《四库全书存目丛书》（季羡林总编纂）、《续修四库全书》（顾廷龙、傅璇琮主编）、《四库禁燬书丛刊》（王钟翰主编）、《四库未收书辑刊》（傅振伦荣誉主编，罗琳主编）。盖天道好还，文瑞复现也！夫泱泱大国、悠悠古邦，其思想文化博大精深，精神文明灿烂辉煌，必不因一时政治风云而遽毁，必要重熙累洽而复见天日也！

故曰：中华民族伟大复兴，非唯国力强大，物质丰赡，生民幸福，维护世界和平，引领科学发展为然也，虽文化、精神、语言等层面亦有之。若夫民族进步文化，民族优良传统，民族自豪精神，如"自强不息"，"厚德载物"，"仁义廉耻"，"孝悌忠信"，"温良恭俭让"，"富贵不能淫，贫贱不能移，威武不能屈"，"立天下之正位，行天下之大道"（《孟子·滕文公下》），"以天下为一家，以中国为一人"，"大道之行也，天下为公"（《礼记·礼运》）之理想信念、思想境界、道德情操、胸襟气度、民族魂魄等，咸在复兴之列焉。而"文言"，为其根本载体耳。摒此（或蔑此，或畏此，或忌此），则犹人之欲强身而自恶其臂，必断之然后心快，何其不智欤？故曰：文言复兴，亦犹壮士左右臂皆有力焉，洵为盛世昭代古籍学人应运承荷之时代使命、历史责任也。以文言创作者，国学志士也；藉文言传播华夏进步文化，弘扬民族优良传统者，当今贤哲也。其忠行廉业，诚有益于中华文明多元呈现，诚有益于世道人心趋美向善，诚有益于学术思想生动活泼，绿树常青，别开一番天地，另辟一方境界！

岂能如此诋毁古文和白话文

——读《骈文考》

谭家健
（中国社会科学院文学研究所）

内容摘要:《骈文考》为论文集,共12篇文章,其中专论骈文仅2篇,其余各篇附带涉及并推崇骈文。作者基本态度是否定古代散文和现代白话文,诋毁韩愈、欧阳修和胡适,对骈文本身并未做深入的学术考察。本文认为评价中华文化,要坚持实事求是的立场,要有根有据,讲求科学性、逻辑性,避免走极端,犯片面性错误。不应该对自己所喜欢的就捧上天,所不喜欢的就踩入地。

关键词:《骈文考》 走极端 片面性

《骈文考》,作者钱济鄂,出版者为美国洛杉矶中华诗会、新加坡木屋学社,印刷者为香港文渊学术资料供应中心,出版时间为1994年11月,共266页,全书用文言文写作,文字部分234页,附录照片32页。

据该书后记,作者系苏州人,1946年初以高三同等学力考入苏州美术专科学校,1949年初毕业,旋赴台湾,后来到美国,主要职业为绘画,兴趣广泛,涉猎文史艺术各门类,著作有《欧文观止》、《吴越国武肃王记事》等。

乍看《骈文考》的书名,以为是专门研究骈文的学术性著作。读完全书方知,此书实为论文集,共12篇文章,其中专论骈文仅2篇,其余各篇附带涉及并推崇骈文。作者基本态度是否定古代散文和现代白话文,诋毁韩愈、欧阳修和胡适,对骈文本身并未做深入的学术考察。

一、阳春白雪数骈文

该篇五个小标题是:“骈文出自汉连珠”、“骈史固源远流长”、“两晋文学分两类”、“骈与散自当有别”、“赏骈非易制骈难”。

此文论点大致与20世纪90年代以前出版的中国骈文史相近,并无太多新见,唯其对骈文地位评价高出他人很多。该书第16页把文章分为五级,“第一级者,白话家也;第二级者,文白家也;第三级者,散文家也;第四级者,赋家也;第五级者,骈文家也”。还说第一级好比老百姓和士兵,第二级好比乡镇长和连排长,第三级好比县市长、营团长,第四级好比省长、旅长,第五级好比一国之首长、军长。如此区分文体之高下,前所未见。

二、尚书诗经大学史记已有骈文考

该篇六个小标题是:“异族难识因反骈”,以北周宇文泰为例;“华人盲从竞尾随”,批评韩愈、苏舜钦、尹洙、穆修、明代前后七子和公安派等散文家;“散文三派见功夫”,评论清代的桐城派、阳湖派和曾国藩以及龚自珍、魏源、谭嗣同、梁启超等人的文章；“证以诗书卻未必”，指出《尚书》、《诗经》已有对偶句；“《大学》、《史记》复如是”，列举二书之若干对偶句；“骈散定名适所学”，认为白话文是浅近的，骈体文是高深的。第 34 页说：“其白话文者，乃小学之事也。彼散文者，中学之业也。而散骈，大学之诣也。于赋，则研究所之涂也，独骈，自非博士莫属也。”

作者申明：“为撰是文，并无鄙视散文（含白话）之意。生为国人之一，唯恐华夏文化变质、丧失，以致愧对吾等之列代列祖。”这番表白并不符合实际，该书对古代散文和现代白话都是极端鄙视，攻击不遗余力的。

三、史书无韩柳之说

认为《旧唐书·文艺传论》并未提到韩愈、柳宗元的散文成就，仅承认韩愈“自成一家新语”，“新语”不等于古文。到了宋祁修《新唐书》，才把唐代文体分为三变，给韩愈以很高评价。钱济鄂批评宋祁《新唐书·文艺传论》论文体三变那段文字是“故作艰深”，说“宋祁掣柳以壮韩”。而欧阳修的文坛盟主地位，乃是其后裔元初欧阳玄重修《宋史》时所“妄誉”的。钱济鄂根据欧阳修自传所说少时从其母画荻识字，后来得韩愈文集读而好之等史料，断定欧阳修“才学皆逊”。对于欧阳修散文，钱济鄂另有《欧文现止》，对欧阳修之为人为文均彻底否定。本人另有读书笔记《吹毛求疵的欧文观止》，予以反驳。

四、视同儿戏八大家

此文并非批评八大家本人，而是指责明茅坤称“八大家”是“易弁为钗”，汉时“大家”（读如大姑）乃指贵族女子，茅坤不该用于男士。又指责清储欣编的《唐宋十先生全集录》不伦不类，他认为既称“全”就不能用“录”，“录”只能是选集而已。钱济鄂主张唐代文章以四杰为最尊，“韩柳仅可望尘下拜，屈居下隅”，宋代才子应数杨忆第一。

五、评二大家名作管见

前文批评茅坤误将女士之“大家”用于男士，此文却又称韩愈、欧阳修为“二大家”，岂非自相矛盾？

在这篇文章中，钱济鄂对韩愈的《贺册皇太后表》和欧阳修的《英宗皇帝灵驾发引祭文》大加挑剔并进行修改。钱济鄂所指欧阳修文章的错误其实并非错误，如“灵舆”指英宗皇帝灵车，钱济鄂说“舆”是小轿、小车而已。“同轨毕至”指车同轨者皆至，钱济鄂认为“毕至”只能用于军营训练新兵。这样的批评实在可笑。钱济鄂又批评欧阳修的《鸣蝉赋》不好，自己另作《鸣蝉赋》与欧阳修赋并列。自评曰：“余之骈文，才气放纵，文气遒劲，涉猎广博，婉约有致。缉类纡徐，会比兴之义；穷文正变，极绚素之辞。雅驯近古，深得风人之旨。余之赋，义精才隽，理赡辞秀，未蹈柔情之格，不晦奥衍之典。绮错而淡雅，藻密而轶荡，优游而沉博，清丽矜庄，迥绝尘表。”（《骈文考》第 91 页）又说：“韩之复古，如乡里人之拒奢华，不愿就正于学者。……数典忘祖，而滥竽教席矣。”“其欧之继踵，则纯属小人行径，阳示以能文，阴则不行，损之，迹近流氓，不择手段，厕身试官，垄断试场，霸占文坛，恬不知耻。复极力排斥骈文，已不知其为何族人也？”（《骈文考》第 98—99 页）如此人身攻击，破口大骂，在《骈文考》及《欧文观止》中比比皆是。

六、欧阳修自毁名场

此文专门指责欧阳修几次主持科举考试，认为：“欧之主试，笑话百出，比《儒林外史》之趣闻，大过之而无不及。”（《骈文考》第 103 页）此文小标题是：“主试事閧堂绝倒”，“主试官滑稽嘲谑”，“主试者后患不少”,“主试记文义摘裂”,“主试人怯于赴考”。钱济鄂所根据的资料,即欧阳修事迹中常被引述者,并无新的发现,只不过钱济鄂断章取义,深文周纳、夸张解读而已。在《欧文观止》中也有同类的指责。

七、欧阳修文启五代之俗

此文以《归田录》之资料批评欧阳修,“恒喜以俚言鄙语,自以为高明”,“好胡语终身不厌”,“文章鄙俚识见昧”,“心胸狭窄文险怪”。末段说:“乃略翻《文忠集》,始知集中之作,悉以谀墓、朝廷庆典为多。”“乃对皇室极尽歌劲颂德、吹牛拍马之能事,对死者说尽好话,死不负责之美言。诈点荣身禄、润笔金,如此而已。”

八、精粗语文举例

此文认为白话文不如文言文。“拉屎”不如说“方便”,“爸爸”不如称“家父”,“你们家的娃儿”不如说“令郎”,说“站了半个世纪的讲坛”情理不通,不如说“执教五十年”……

此文又将欧阳修骈文与当代台湾某先生之骈文比较,将欧阳修之文与钱济鄂先生之远祖五代吴越王钱璎之文比较,认为欧阳修之文远远不如。

九、论 雅 俗

小标题有:“文化深厚立国久”,“语文俚俗必速亡”,“乡里文学隔阂多”,“好谈禅者易误事”,“行语录者非雅言”。此文认为推行骈文是立国之本,贬低古文、白话文和民间文学、禅宗语录以及宋明理学语录。末段痛骂“胡适等贼出,以学力不足,颠倒黑白,左右学阀,羡外轻内,媚洋贱华”。

十、析死胡同胡语

此文大部分内容攻击胡适。几个小标题是:“胡适善伪冒学历”,“胡适毕生讳真名”,“新文学论战始末”,“胡适白话乃韃靼文”,“胡适自犯八不忌”。早在“五四”时期,就有人指责白话乃宋代蒙古语,即韃靼文。钱济鄂此文举《元朝秘史》之文句为例,认为它“确非吾华夏历代相传之文体”,“胡适之所倡行者,乃是胡人韃靼所适之文学也”,钱济鄂骂胡适是胡人之隔代遗传。这种漫骂其实缺乏常识。元代之蒙古人,有自己的语言和文字,一直在内外蒙古地区使用流传至今,而《元代秘史》乃是将当时的蒙古人用当时北方的汉人口语翻译而成。《元朝秘史》所用语言那并不是蒙古语,而是汉语。因为蒙古人汉化不深,讲起汉语来啰里啰唆不流畅。当时的大臣记录皇帝口谕也是这个样子(见《元大令》)。稍后的明太祖朱元璋没有文化,发圣谕多用口语,也是啰唆并夹杂方言。人们不能因为这种白话不够顺畅就说它不是汉语而是蒙古语,这个问题七八十年前已经解决了。

十一、文明古国剩白话

此文专门批评白话文不通。第一个小标题是“洋人卓见论华文”,例如:华人质问我华人:“开心死啦!”“心”如何能开?“死了”如何能说话?“热死啦”是不是中暑了?钱济鄂对此等问题,竟自称“哑然莫对”。又如“桌子”、“椅子”、“盘子”这些词尾的“子”字,钱济鄂与洋人一样,理解为“儿子”,竟批评说:“此等物本已不再生,何必强助其传宗接代?”(《骈文考》第193页)钱济鄂还指出:“校长”,作为率伍之长，即今军队之士官，“今不知何故，欲称主理一校之长者，谓之为校长”。“老师，本年辈最尊者之谓也。”“今之小学教师，师范毕业，年仅十几岁，学生即称为老师，殊骇人听闻。”（《骈文考》第202页）钱济鄂自诩精通中国语文，竟然不知汉语构词法和词汇的古今变化，提出如此常识性问题来责难白话文？我实在弄不明白，难道钱济鄂先生几十年来就不用“老师”、“校长”、“桌子”、“椅子”这些词汇吗？否则怎么会面对洋人质疑而“哑然莫对”呢？

十二、后　　记

这是钱济鄂自述学术经历的一篇长文，小标题有：“幼时求学甘苦谈”、“同乡受教沧桑多”、“溯往事风流云散”（上述两节专门回忆苏州美专）、“桐城派几人知骈”、“国学不振殷寄语”，最后一节是“欲质疑请视条件”，共十九条，要像钱济鄂那样能诗词，擅骈散、书法、音乐，在世界上许多地方开画展，作小说五十六万字，“年未而立，人称江南才子”，得到新加坡、美国华埠及中国台湾、香港许多名人的赞誉。“如有质疑，必条例相当，乃与之相佐证。”换一句直率的话来说：该书不容置疑。

对于《骈文考》这本书，我并不想进行太具体的评论，只是摘录其重要观点，让没有机会看到这本书的大陆学人增广见闻，开拓眼界，知道原来还有如此奇奇怪怪的言论存在。同时，也可以从“反面教材”中吸取一些教训。

（1）我们对待中华传统文化，要采取珍重、爱护的基本态度。不能靠打倒古代名人，“颠覆传统”，以哗众取宠。企图以“狂怪”而扬名，对传统文化只能造成混乱和破坏。

（2）评价中华文化，要坚持实事求是的立场，要有根有据，讲求科学性、逻辑性，避免走极端，犯片面性错误。不应该对自己所喜欢的就捧上天，所不喜欢的就踩入地。

（3）学术研究是高度理性的活动，不应感情用事。不应有谩骂、诋毁、歪曲事实，无限上纲和人身侮辱的语言，不应重复“五四”时期“打倒孔家店”和“文化大革命”“破四旧”的历史错误。

《骈文考》虽然在大陆流传很少，但此类狂悖现象在大陆学界并非绝迹，我们应该引以为戒，提高警惕。

中国古代散文史撰述研究

阮　忠

（海南师范大学文学院）

内容摘要：中国古代散文史的撰述，散文发展演变阶段或时期的划分，应注意从作家创作、散文自身和散文文体三个角度审视，其中从作品自身的状态体认散文发展演变的规律较为适当；对散文内容的安排，应当循序渐进而不是跳跃性的内容缺失；散文史作家选择的不一导致散文史撰述作家层面上的不平衡，影响对散文史流变的体认；散文史引用的作品，谁最具代表性的问题没有解决，客观上形成散文史撰述不同的文本走向，继而有了作品层面的不平衡；散文作品艺术特色的评价见仁见智实属自然，但或东或西及同一文本的不同评价易让读者迷惑，撰述者需寻求评价的客观性；散文流派的论述，分论不见流派中人的创作共性，合论不见流派中人的创作个性，显然需要将分论与合论综合在一起考察彼此之间的联系；辞赋予骈文入散文史素有分歧，这本是不同散文观念的结果，而文体限定性的影响也是深刻的，使撰述者的论说往往有一定的程式，缺乏活力。因此，重写散文史成为新的期待。

关键词：古代　散文史　撰述　篇章内容　作家作品　散文流派　辞赋骈文

中国古代散文史或称中国散文史、中国散文发展史、中国散文源流史、中国散文通史，它的撰述自20世纪以来很受学人关注，撰述者甚多。据不完全统计，真正堪称散文通史且目前能搜集到的有20余部，其中郭预衡、谭家健、刘衍、刘振东等先生都有多部中国散文通史性的著作。然而古代散文史的撰述状态前此没有人做过专门的研究，这样散文史撰述的相关问题就没有得到应有的关注。如这些散文史著作同样冠以“史”，篇幅或长或短，论述或详或略，散文发展的分期、论述对象包括作者与作品的选择没有统一的标准，自然会引起对散文史流变认识、对一个时期甚至一个作家及其作品认识的差异，从而产生不同的研究结论。本来，散文史撰述者个人的视野与学养决定了散文史著作的不同面貌，问题是撰述者划分的散文发展时期，谁的最符合散文史运行的规律；对散文史上作家及其作品的选择，谁的最适合散文史的需要；所作的文学与非文学批评，谁的最接近散文的历史本色。诸如此类的问题，的确应该引起学人的认真思考。

基于此，本文选择16部中国散文通史（一个作者撰有多部，只选择其最具代表性的一部）的撰述状况做了一些比较，力图通过它展现古代散文史撰述的历史与现状，揭示其中存在的林林总总的问题及其对读者的深刻影响，以见其优长利弊，进而使之成为重新撰述散文史的基石，帮助撰述者更好地把握散文史撰述的基本立场和方法，使必然会产生的新的散文史更加完善，亦让读者更加清晰地审视散文史发展的基本脉络和规律，对散文史中的作家作品有更好的认知。本文所选研究对象如下：

十六部中国散文通史一览表

书名	作者	出版社	出版时间	字数（万）
《中国散文史》	陈柱	商务印书馆	1937年	17.5
《中国古代散文发展史》	刘振东等	中州古籍出版社	1991年6月	42.5
《中国散文简史》	谢楚发	长江文艺出版社	1992年10月	20

续表

书名	作者	出版社	出版时间	字数(万)
《中国散文通史》	漆绪邦等	吉林教育出版社	1994年12月	150.6
《中国散文史》	刘一沾等	台北文津出版社	1995年6月	24.2
《中国散文发展史》	张梦新等	杭州大学出版社	1996年12月	45
《中国古代散文史》	陈玉刚	人民日报出版社	1998年8月	20
《中国散文史》	郭预衡	上海古籍出版社	1999年12月	157
《万川一月——中国古代散文史》	杨民	清华大学出版社	2001年5月	25.4
《中国古代散文史》	刘衍	高等教育出版社	2004年6月	46
《中国古代散文简史》	胥洪泉	西南师范大学出版社	2005年8月	20.4
《中国古代散文史稿》	谭家健	重庆出版社	2006年1月	58
《中国散文源流史》	刘墨	辽宁教育出版社	2006年2月	22.5
《中国散文》	李措吉等	同济大学出版社	2007年3月	29.2
《中国古代散文史》	李艳	青岛出版社	2007年6月	38
《中国分体文学史·散文卷》	赵义山等	上海古籍出版社	2007年12月	36.8

上述这些散文史的出版顺序存在特殊的情况，如郭预衡的《中国散文史》为上、中、下三册，均为上海古籍出版社出版，上册1986年版，中册1993年版，下册1999年版，这里以下册出版的时间为准。赵义山、李修生主编的《中国分体文学史·散文卷》初版为2001年，这里用的是2007年的修订版。这些散文通史字数最多者为157万字，最少的不足20万字，但作为古代散文史，无论详略，总是在共同的历史框架之内，不影响研究的客观基础。

一、古代散文史篇章划分的问题

古代散文史的分期往往通过其篇或章的安排来体现，或有篇且篇下分章，或无篇直接以章显示。这些篇章的划分，并不是简单的篇章问题，它在很大程度上意味着古代散文发展阶段或时期的划分。但首先可以看到的是，这里尽管均以历史朝代为基本线索，但划分的情形有所不同。

(1)单纯冠以朝代的，如谢楚发著分为：绪论，我国散文的起源，春秋战国时代散文，两汉散文，魏晋南北朝散文，唐代散文，宋代散文，元明清散文；漆绪邦等著分为：先秦散文，汉代散文，魏晋南北朝散文，隋唐五代散文，宋代散文，辽金元散文，明代散文，清代散文。类似的还有刘一沾、张梦新、陈玉刚、胥洪泉、郭预衡、赵义山等人所著，其中略有差异的是或以唐宋分列，或以唐宋合一，或以宋元分列，或以宋元合一，清代或独立，或与明合一而论。

(2)冠以时代特征的，如杨民所著分为：百家争鸣中的色彩纷呈——先秦散文；大一统天下的鸿篇巨制——两汉散文；战乱频仍中的清峻超脱——魏晋南北朝散文；复古大旗下的明“道”重“散”——唐代散文；复古大旗下的明“道”重“散”——宋代散文；无奈的继承，有为的追求——辽金元散文；八股时代的无个性的个性——明代散文；八股时代的无个性的个性——清代散文。

(3)冠以文体特征的，如陈柱所著分为：骈散未分时代之散文（先秦）；骈文渐成时代之散文（两汉三国）；骈文极盛时代之散文（晋及南北朝）；古文极盛时代之散文（唐宋）；以八股为文化时代之散文（明清）。

(4)冠以散文发展特征的，如刘衍所著分为：古代散文的萌芽与成型（春秋前）；古代散文的发展高潮（战国）；古代散文演变和发展的高峰（两汉）；古代散文的革新与骈化（魏晋南北朝）；古代散文的鼎盛（上·唐）；古代散文的鼎盛（下·宋）；古代散文的因袭与迁变（辽金元）；古代散文的探索与理论建构(明清)。类似的还有李艳所著。

(5)冠以作家追求的,如刘振东等所著分为:为实用求审美时期——先秦两汉散文;自觉追求形式美的时期——魏晋南北朝的散文;实用和审美并重的时期——唐宋散文;总结探寻创作规范时期——明清的散文。类似的还有刘墨、李措吉等所著。

(6)冠以时代特征、文体特征等的,如谭家健所著分为:史官文化与先秦历史散文;百家争鸣与先秦哲理散文;大一统背景下的汉代散文;多元化的六朝文章;唐代骈散之争和中唐古文运动;北宋古文运动和南宋散文;学派纷争的元明散文;清代散文——中国古典散文的终结。从而让人们看到古代散文发展阶段或时期不同的史家选择或标准。

在这里,以历史朝代为序是古代社会发展的基本线索,也符合"一代有一代之文学"的通则。然而,唐、宋应属于古代散文发展的一个时期还是两个时期?宋、元亦然。这隐含了一个问题,即古代散文发展阶段或时期的划分,是否意味着散文风格的演进过程?划分的差异是否意味着演进过程的差异?然而,发展时期或阶段划分的或此或彼,在大体上都是针对的同一对象,这表明人们的认识是不同的,究竟谁是谁非呢?

用历史朝代作标志的古代散文发展阶段或时期的划分,不及从散文风格或文体等角度的划分更能体现其历史与文学相融合的流程,但散文风格或文体划分标准的客观性不及历史朝代的客观性。我们可以认同不同作家的取舍,以见古代散文史的多姿多彩,但在划分标准上如何认同?在这一点上,如果散文史的撰述者均以"实录"为基本态度和方法,自然会客观展现散文史的基本面貌。但在现行的散文史中,无一不有撰述者基于文本的主观判断和论析,而撰述者的学养与识见又存在着差异,那么古代散文发展的流变,在上述散文史中,谁最贴近客观或说历史本色呢?这一点实在难以判断。所谓"一千个读者有一千个哈姆雷特",道出了文学批评的多样性,于是在古代散文史中,依据朝代的更迭看散文的流变,是散文史构成最简便的方法,但文学发展与社会发展的不平衡,决定了最理想的古代散文发展阶段的划分是依照其自身的规律。而从它出发,有三种角度是需要重视的:

(1)从作家创作审视,如刘振东等的《中国古代散文发展史》把散文的发展分为四个时期,即为实用求审美时期(先秦两汉散文),自觉追求形式美的时期(魏晋南北朝的散文),实用和审美并重的时期(唐宋散文),总结探寻创作规范时期(明清散文)。

(2)从散文自身的状态审视,如刘衍的《中国古代散文史》将散文的发展分为七个时期,即古代散文的萌芽与成型(春秋前),古代散文的发展高潮(战国),古代散文演变和发展的高峰(两汉),古代散文的革新与骈化(魏晋南北朝),古代散文的鼎盛(唐、宋),古代散文的因袭与迁变(辽金元),古代散文的探索与理论建构(明清)。

(3)从散文文体审视,如陈柱的《中国散文史》将散文的发展分为五个时期,即上述提到的骈散未分时代之散文(先秦)等,他在这里涉及骈文、散文、古文、八股文,其中散文与古文本各有所指,但在一般的概念上难以区分。

这三种划分方法无不跟时代相系,就散文发展史阶段或时期划分的方法论,不分轩轾,问题是谁最宜于展示散文的流变。很有意思的是,刘振东在《中国古代散文发展史》后记中说:"我们写的是古代'散文'发展史,因而把阐述的重点放在了散文本体的发展演变上,至于历代散文作品中所包含的哲学、政治、道德、伦理观点,一般既不加以介绍,也不加以评论,因为我们认为那是属于相应学科的范围。第二,我们写的是古代'散文'发展史,目的在于勾画出古代散文发展演变的轨迹,因而重点放在了考察、分析、说明每个时代的散文比起前代有哪些进展、突破和变化上,一般地既不对作家的生平、思想做过多的介绍,也尽量避免对作品作面面俱到的罗列。这是我们写作的宗旨。"[①]这表明他在散文史的纲目上标明的作家追求,落实在史中还是归结为散文文本的探究。而陈柱在谈到自己的《中国散

---

① 刘振东等:《中国古代散文发展史》,中州古籍出版社1991年版,第521页。

文史》三种写法时,其二的"文学史最重阐明源流,本书有因源以及流者,亦有因流而溯源者"[①],其三的"所论各家之文,贵有例证",同样是归结为散文文本。既然如此,散文发展演变阶段或时期的划分,最宜从作品自身的状态出发,以便对散文发展演变规律的体认。

二、古代散文史内容安排问题

考察这些散文史中篇或章下的内容安排,更容易明白撰述者对古代散文史的把握。先秦是古代散文的源起与重要发展时期,上述散文史从甲骨卜辞、铜器铭文、卦爻辞探寻散文源头是很自然的,以至有从文字的创造或文字传说谈起的。而作为散文的"源头",或称产生、或称开端、或称萌芽等,语义上虽有差异,但广为人接受。

在先秦散文的撰述上,随后会看到趋同的现象,这就是它们都以历史散文或史传散文、诸子散文或哲理散文为研究对象。二者存在不同的提法,如前者又称叙事文学或史家之文,后者又称学术散文或私家著书和文章。对于后者,或按时序排列,或按学术流派分而有儒、墨、道、法等,或按文体论如语录体、对话体、论说体及语录体、传诵体、寓言体、论辩体等。在这样的分门别类中,历史散文的文本对象主要是《尚书》、《春秋》、《左传》、《国语》、《战国策》,或兼及《公羊传》和《谷梁传》。而诸子散文主流是《论语》、《孟子》、《荀子》、《老子》、《庄子》、《墨子》、《韩非子》。除此之外,广揽者兼及《商君书》、《孙子》、《公孙龙子》、《管子》、《吕氏春秋》、《鶡冠子》、《文子》、《孙子兵法》、《吴子》、《尉缭子》、《六韬》、《鬼谷子》等。

表面上看来,这里有略史与详史之别,即像50万字以内的散文史多只关注诸子散文的主流,而超过50万字的散文史则多有搜罗。但又不能一概而论,像漆绪邦150万字的《中国散文通史》对诸子散文的论述就只在主流上做文章,涉及的是哲理散文《论语》、《老子》、《孙子》、《墨子》、《孟子》、《庄子》、《荀子》、《韩非子》、《吕氏春秋》、《礼记》。而谭家健的《中国古代散文史稿》58万字,却比漆绪邦之作涉及广泛得多,包括儒家著作《论语》、《孟子》、《荀子》、《易传》、《孝经》,道家著作《老子》、《庄子》、《鶡冠子》、《文子》、黄老帛书,法家著作《管子》、《商君书》、《韩非子》、李斯文,墨家、兵家、纵横家著作《墨子》、《孙子兵法》、《吴子》、《尉缭子》、《六韬》、《鬼谷子》,名家和杂家著作《尹文子》、《公孙龙子》、《尸子》、《吕氏春秋》。从而可见论述对象的多寡并不取决于所撰之史的详略,而在于撰述者的立场和取舍。毋庸置疑,撰述者的散文目光起了关键作用,对于不同的作家或文本有不同的态度,如《尚书》,或作为散文的萌芽,或作为散文的成型,"萌芽"意味着的刚兴起与"成型"意味着的成熟是很不一样的;或作为历史散文,或作为经书散文,在古典文献的分类及理论中,史与经历来有别,《尚书》的确是史,又的确为后世儒学尊为经典,但视为散文,究竟应当从史来认识还是从经来认识,认识的路径不一样,结论也是会有区别的。而陈玉刚著"经书散文"的提法,下属只有《尚书》、《春秋》,这其实是很不够的,《左传》、《公羊传》、《谷梁传》、《论语》、《孟子》等亦为经,却分属于历史散文和诸子散文,可见分类标准的紊乱。不过,撰述者在论述中又都很自觉地作散文观,使所谓史与经的界限并不分明。

再则,无论是《左传》、《战国策》,还是《论语》、《孟子》、《庄子》等,大多称为散文,也有人称为文章,如郭预衡称巫卜记事和文章的发展,史家记事和文章的发展,私家著书和文章的发展。而"散文"与"文章"的概念是很不相同的,即使二者表现的形式一样,但散文注重文学性,文章可重文学性也可不重文学性。现在从广义上看,所有非诗歌、非小说、非戏曲之文都被视为散文,其中包含了没有文学性的文章,而广义的文章也包括散文、骈文和辞赋。[②] 作为散文史,理应讲求基本概念的规范,统称为散

---

① 陈柱:《中国散文史》,上海书店出版社1984年版,第3页。

② 周振甫说:"所谓文章,大体上包括古文、骈文、辞赋,不包括诗歌、小说、戏剧。""文章的内容既有散文、骈文、辞赋三类,在不同的时期,又有各种不同的分类;从分类中,又显出文章在发展中适应不同需要的丰富性。"参见周振甫:《中国文章学史》,江苏教育出版社2006年版,第5页。

文。只是人们在散文的认识上，是从狭义而重纯文学之文，还是从广义而重一切文章，至今都没有定论，所以在散文史的撰述中出现概念的含混是不奇怪的。同时，“散文”与“古文”也是有别的，但现在许多时候，人们都没有严加区分，或以散文代指古文，或以古文代指散文。

还有，在同一标题或同一内容下，散文史撰述者的把握也不相同。如郭预衡说《孙子兵法》以《计篇》为例，谭家健说《孙子兵法》以《军争》为例；郭预衡说《公孙龙子》以《白马论》、《坚白论》为例，谭家健以《迹府》里的一则小故事为例。这二者是众史不常论的。皆论者亦然，取证不同而结论不同或取证相同而结论也相同的情况常有，这对于散文史的撰述固然是正常的，但对于产生一部或几部堪称经典的散文史来说是很大的挑战，这一点在下面还会涉及。

同时，在先秦散文内容的安排上，对于散文的文本或直截了当地称呼书名，或冠以散文的风格，如李艳所著即有简约而古奥的《尚书》和《春秋》，文约而事丰的《左传》，文胜而言庞的《国语》，铺张而扬厉的《战国策》。她对诸子散文稍改变了一下提法，即坐而论道之儒雅：《论语》；雄肆论辩之浩气：《孟子》；恢弘缜密之渊博：《荀子》；玄妙精微之睿智：《老子》；汪洋恣肆之超拔：《庄子》，均以风格冠首。或冠以散文的发展过程，如刘衍所著为散文的源头：上古文字传说与龙山陶文，文献传说中的上古散文；散文的萌芽：甲骨文的发现与散文因素，铜器铭文——散文萌芽的新里程，《易经》的文学特色；散文的成型：《尚书》与散文的成型，《春秋》的地位与影响；史传散文发展的高潮：《左传》的体例与特色，《国语》的体例与特色，《战国策》的崭新成就；学术散文的发展及其高潮：《论语》与《老子》、《墨子》、《孟子》、《庄子》、《荀子》、《韩非子》、《吕氏春秋》及其他。或散文的风格与地位相兼，如赵义山等所著为散体文的产生、发展与体式体特征：散体文产生、发展的历史轨迹，散体文的体式特征；先秦史家之文：平实畅达、风格不一的《国语》，典美博奥、委婉含蓄的《左传》，亦史亦文的杰作《战国策》；先秦诸子散文：儒、墨开山之作《论语》、《墨子》，道家经典《老子》、《庄子》，儒家重镇《孟子》、《荀子》，法家、杂家代表作《韩非子》、《吕氏春秋》。这些均无不可，但在一部通史里，体例的统一是有必要的，贯穿散文史的流变也是必要的，它有益于整部散文史的系统与和谐。

再看唐代散文部分的内容安排。唐代历来被认为是散文发展的重要时期，隋与唐相系是通史中习见的现象，与隋祚短浅相关联；唐与宋相系也不少见，陈柱、刘振东、刘一沾、李艳等著皆是，这当然是另外的问题。就唐代散文内容的安排看，有三种角度：

(1)从文体审视，有古文与骈文说。刘振东、谭家健等从古文与骈文立论，刘振东著作先说古文，再及骈文；谭家健著作则古文与骈文并提，尤其见于唐代前期和后期。因文体而兼及唐代重要的文学现象——古文运动。如刘振东等著分列如下：唐代古文运动：古文运动的兴起和发展，韩愈，柳宗元，古文运动的延续和衰落；唐代骈文：唐代骈文的发展，初唐“四杰”的骈文，盛唐张说、苏颋、张九龄的骈文，中唐陆贽的骈体奏议，晚唐李商隐的四六骈文。

(2)从作家审视，在唐代散文中，特别为通史撰述者关注的是韩愈、柳宗元散文和晚唐皮日休、陆龟蒙、罗隐三人的小品文，甚至有主要以韩愈、柳宗元散文构成唐代散文史的现象。不过，也有对唐代散文家作全面审视的，最详尽的是郭预衡的《中国散文史》。他论述的是隋之统一时期：歌颂新朝之文，提倡复古之文；唐初贞观前后：极谏之文，牢骚之文；武周革命前后：媚附权幸之文，指陈时弊之文，不甘御用之文，自为一体之文；开元年间：盛世之文；安史之乱前后：衰世之文，乱世之文；朝政改革时期：韩愈的用世之文，永贞前后的用世之文，柳宗元的用世之文，永贞前后的用世之文，会昌前后的用世之文；黄巢起义前后：愤世之文，刺世之文，避世之文；从唐末到五代：末代之文；余论：制诰之文，谏疏之文，碑志之文，序记之文，赋体之文。

(3)流派审视，如陈柱著中的韩门难易两派之散文，矫枉派之散文，艰涩派之散文。

以上三种角度的提法各异，但可以注意到在一种提法之内，表述也不一样。如说古文运动与韩愈、柳宗元，刘振东等将古文运动置于论述韩愈、柳宗元散文创作之前，刘衍将论述韩愈、柳宗元置于古文运动之前，二者的用心是不一的。在具体的论述中，刘衍所著却也像刘振东等所著等一样，先谈古文运动，然后再及韩愈、柳宗元散文成就。又如，晚唐的散文，或径直提散文，如陈柱所著，或提杂文，如赵义山等，或提小品文，如张梦新等。姑且将“散文”作为一个大的概念，杂文和小品文都在其中，但杂文和小品文并不是相同的概念，固然从“杂”或“小品”的角度看晚唐散文都可以，但哪一个概念最为贴切呢？诸如此类的问题还有，如或说韩愈、柳宗元的散文创作，或说韩愈、柳宗元的散文成就，或说韩愈、柳宗元的散文，三者都归结到韩愈、柳宗元散文创作的内容与风格，但就提法来说，同样是含义有别，那么哪一种最为合适呢？

这还只是与内容安排相关的问题。在内容安排上，怎样以散文的作家作品昭示散文的发展，客观地说，漆绪邦、刘衍、郭预衡、谭家健等著从唐代社会不同的发展时期来看其散文的流变当是散文史撰述的常态。那么，把撰述的重心放在韩愈、柳宗元之文上，如刘墨所论的“文起八代之衰”的韩愈、柳宗元、骈散文之异以及韩愈、柳宗元之异、韩愈之后；李措吉等人所论韩愈、柳宗元古文的历史文化定位，韩愈、柳宗元古文的新观点，韩愈、柳宗元散文文体的变革与创新，是不是意味着韩愈、柳宗元之文足以代表唐代散文史？固然韩愈、柳宗元之文代表了唐代古文的最高成就，但最高成就的代表不能等同于散文史。坊间历来有借一斑而窥全豹的说法，假如以说这种说法来理解韩愈、柳宗元之文在唐代散文史上的代表性可以吗？散文史的发展有不同的阶段性，如果我们忽略它的阶段性，而像刘墨所著以韩愈、柳宗元散文代表唐代散文史的话，那么这一撰述究竟属于史还是属于作家研究？这种状况略去了从初唐到中唐韩愈、柳宗元之间的散文发展，显然是不合适的。同样的，从韩愈、柳宗元散文直接过渡到晚唐散文也是不合适的。这里缺失关乎作家、作品、散文现象、散文观念以及它们之间的联系，其本质是史的缺失。

进而言之，散文史终有详略之别，漆绪邦、郭预衡所著较之于刘衍、谭家健所著，先者详而后者略；刘衍、谭家健所著较之于谢楚了、胥洪泉所著，先者详而后者略。这种情况因读者的需求及撰述者构想的差异，永远都会存在。而略者较之详者，总是因有所缺失方显其略，问题是该略去的或说缺失的是什么？略去一个时期如略去盛唐散文应当是不可以，因为如此就使散文史在发展线索上发生断裂，以至一个朝代的散文史不能称为通史而只是片断史或阶段史。就此而论，散文史的详略构想和安排，对撰述者也是很大的挑战，循序渐进式的撰述与跳跃式的撰述显然是不同的。可以再简单地看一下明代散文部分。

明代散文也是散文史上重要的一部分，上述散文史或明代独立为一阶段或时期，或明清联姻，或元明清一体，单就明代本身的散文史来说，漆绪邦、张梦新、郭预衡、谭家健、李艳等将明代散文分为初期、中期和晚期，从时期的分割来体现明代散文的发展。在这一基础上，也存在特殊的现象。如陈玉刚在“晚明的小品文”之后，又设“明末的几位散文家”一节；郭预衡则设“明清易代之际”的散文一节，无论是从作家切入还是从作品切入，都因为突出了明末社会动乱时期的散文创作而显示出明代散文发展的流变。而谭家健则在“明代后期散文”之后，设“元明骈文和明清八股文”一节，从文体上将骈文和八股文从明代散文的主流中剥离出来，虽然论述甚为简略，但在内容安排上可谓是另一种形式。

明代文坛上流派甚多，意味着作家甚多。诸史或重流派，如谭家健对明代散文的把握，主要是论述开国派、台阁体、茶陵派、前后七子、唐宋派、公安派、竟陵派等。类似的有刘一沾等人所著。而郭预衡所重的是作家，故将宋濂、王祎、刘基、高启、苏伯衡、方孝孺、杨士奇、杨荣等一一道来，直到易代之际的张溥、艾南英、陈子龙、夏完淳、张煌言、张岱、朱之喻等人。类似的有漆绪邦所著。这是两种典型的撰述状态，二者都力图对明代散文史有全面的审视。

不过，这里也同样有论述明代散文而不求其全的现象，胥洪泉所著从明代中期的归有光开始，以归有光的创作代表明代中期的散文创作，尽管他说归有光的文章“曾被誉为明文第一”①。在这种情况下，明代中期的前后七子之文没有入史，与归有光同时的唐宋派中人唐顺之、王慎中、茅坤也没有入史，重现了以少数或个别散文作家研究代替散文史研究的现象，作为散文史撰述是不合适的。同样的，由于散文史的详略不同，在明代散文部分也有所涉及的作家差异很大的，影响到散文史有不同的

① 胥洪泉：《中国古代散文简史》，西南师范大学出版社2005年版，第230页。

表述。由此,下面专门选择了唐、宋两个时期,看各史撰述入选的作家状态,以期对散文史撰述有更深入的认识。

三、古代散文史的主要作家问题

在一个时期的散文史中,撰述者主要涉及哪些作家?这里"主要作家"的界定一是在散文史的章名或节名上标示的作家,二是在散文史中有较长篇幅论述的作家,凡是在行文中偶尔提到、一闪而过的作家不在此列。表中各史作家的排序,则依史中出现的先后而定。有的作家出现在不同的文体之下,如宋代的欧阳修、苏轼,有的散文史既把他们放在古文之下,又放在四六文之下,但在调查中都只出现一次。

各史唐代部分出现的作家排名先后大体以时序为准则,也存在撰述者刻意安排先后的,如李艳所著将韩愈、柳宗元排在最后。显然,各史涉及的主要作家相当的不均衡,论述作家最多的是郭预衡著,78 人;其次是刘衍著,47 人;再次是漆绪邦著,46 人。论述作家最少的是李措吉著,6 人;其次是赵义山等著,7 人(注意,赵义山著将辞赋、骈文单列,构成全书的上编"散体文",中编"辞赋",下编"骈文",如将其唐代辞赋家、骈文家算在内,则远不只 7 人,不过其他各史均以散文为主);再次,胥洪泉著,12 人。入史作家人数的差异无疑导致了散文史面貌的不同,何况入史人数相差最多达 72 人。散文史的详与略固然从这儿体现,但详者和略者,更应该称谁最当是散文史。

在各史涉及的作家中,全都论及的只有 3 人,即中唐的韩愈、柳宗元和晚唐的罗隐,有 15 部散文史论及的有皮日休和陆龟蒙,有 12 部散文史论及元结,有 10 部散文史论及王勃。这些作家都不在盛唐。初唐除王勃外,郭预衡著论及的作家最多,有傅奕、魏征、岑文本、马周、虞世南、褚遂良、王绩、骆宾王、卢照邻、杨炯、李峤、崔融、苏味道、宋之问、阎朝隐、陈子昂、刘知几、员半千、张鷟、富嘉谟、吴少微 21 人,这与只论王勃一人的散文史实在差距太大,相形之下,给人的强烈感觉是,一人之论或扩大为数人之论,都不足以构成散文史。略去盛唐之文,但盛唐毕竟有张说、苏颋、李白、杜甫之文,李白、杜甫向以诗歌创作为世人称道,但李白的《上安州裴长史书》、《与韩荆州书》,杜甫的《进雕赋表》都是不错的散文。而张说和苏颋在当时并称"燕许大手笔",以能文取誉于一时。虽说张说、苏颋多为制诰之文,但其所具的文学风格早有人评说,如《唐语林》说张说之文"逸而学奥",苏颋之文"少简而密",如是的文风评价,散文史的撰述应当如何面对呢?

散文史对作家的选择是撰述者决定的,这一决定可能有被动的因素,即所撰散文史的篇幅,篇幅的长与短会影响到入选作家的多与少。但同为史,诸史的本质是一样的,简史撰述的困难及撰述者构思简史的用心在这里充分地凸显出来。那么,是否诸史都论及的作家是最具代表性的,或者说散文成就最高的?韩愈、柳宗元没有异议,罗隐呢?陈柱论述晚唐散文家只及罗隐,是引用了林传甲之论,以林传甲所说的"罗隐怀才不试,好为寓言,出以过激,每不中理,然亦晚唐之后劲,吴越文人所仰景望也"[①]代表自己的评述。如果这里将陈柱的《中国散文史》置而不论,15 部散文史都论及的皮日休、陆龟蒙、罗隐是不是在唐代散文成就仅次于韩愈、柳宗元?不妨选 3 部重要的散文史,看它们如何评说。

郭预衡著说:"当黄巢起义前后,最有时代特征的杂文作者是皮日休、陆龟蒙和罗隐。……这三个人的作品,确实代表了这个历史时期杂文小品的时代特征。"[②]

漆绪邦著说:"皮日休、陆龟蒙、罗隐的散文,以其高度的现实性、深刻的批判性和犀刻铦利的笔触,在苦难的晚唐时代,讥时讽世,挞暴伐贪,为民请命,确是晚唐社会的一面镜子,也是衰弊的晚唐文坛上焕发出的一道辉光。"[③]

---

① 陈柱:《中国散文史》,上海书店出版社 1984 年版,第 231 页。

② 郭预衡:《中国散文史》(中册),上海古籍出版社 1993 年版,第 325 页。

③ 漆绪邦等主编:《中国散文通史》,吉林教育出版社 1994 年版,第 893 页。

谭家健著说："唐末小品是艺术性政论，有别于山水小品、抒情小品。其作者都有匡时救世之心，他们不再阐发先王圣贤之道，也没有机会直接进献治国平天下之策，只是写些小文章，发泄愤懑，指陈时弊，揭露奸邪，起振聋发聩作用。著名作家有皮日休、陆龟蒙、罗隐以及司空图等。"①

这三部散文史在论述时，都引用了鲁迅在《小品文的危机》里说的皮日休、陆龟蒙、罗隐小品文"正是一塌糊涂的泥塘里的光辉和锋芒"，上面引用郭预衡著作的一段话，中间省略的就是鲁迅所言。尽管 3 部散文史对皮日休、陆龟蒙、罗隐的小品文有艺术风格的评价，但他们所重的是皮日休、陆龟蒙、罗隐小品文的社会批评。皮日休、陆龟蒙、罗隐为各史所重的程度超过了唐代韩愈、柳宗元之外的其他散文家，就在于其社会性或说批判性，它在实际上成为晚唐散文成就高低的标尺。而他们散文的艺术成就并不及初唐王勃和骆宾王等人，却反受到更多的撰史者关注，这是值得思考的。

再看各史在宋代散文史部分涉及的主要作家。这些著作在作家排名的先后上也不一致，大体各史多以作家出生先后为序，但也有在结构安排上，把重要作家置前或置后的，如谭家健《中国古代散文史稿》在宋代部分将欧阳修、苏轼作专节论述而前置，李艳《中国古代散文史》同样将欧阳修、苏轼作为专节作家而后置。

各史均论及的作家有 5 个，即欧阳修、王安石、曾巩、苏轼、苏辙。苏洵的散文创作与这五者齐名，唯杨民著论不及苏洵。而在这几家中，像郭预衡著各设专节是很少的，大多撰述者最重的是欧阳修和苏轼，或设为专节，或设为专章，将王安石等人的散文论述或合为一节，或两人一节，或数人一章。而有胥洪泉、刘墨、李措吉、赵义山所著，只及北宋六大家；只及北宋作家的则有李艳著。

宋代有北宋、南宋之分，论及宋代散文家较多的有四部著作：漆绪邦等著论及作家 35 人，即杨亿、刘筠、钱惟演、王禹偁、穆修、柳开、石介、欧阳修、曾巩、王安石、范仲淹、司马光、苏轼、苏洵、苏辙、黄庭坚、秦观、陈师道、张耒、晁补之、李廌、李格非、宗泽、李纲、岳飞、胡铨、陈东、李清照、陆游、辛弃疾、朱熹、陈亮、文天祥、谢枋得、林景熙，其中北宋 21 人，南宋 14 人；刘衍著论及作家 45 人，即柳开、王禹偁、杨亿、穆修、范仲淹、尹洙、石介、苏舜钦、欧阳修、曾巩、王安石、司马光、周敦颐、张载、沈括、苏洵、苏辙、苏轼、黄庭坚、陈师道、秦观、晁补之、张耒、李廌、宗泽、李纲、岳飞、胡铨、陈东、李清照、陆游、范成大、辛弃疾、陈亮、朱熹、叶适、孟元老、洪迈、徐梦莘、周密、岳珂、罗大经、文天祥、谢枋得、谢翱，其中北宋 24 人，南宋 21 人；郭预衡著论及作家 59 人，即柳开、王禹偁、杨亿、穆修、张景、范仲淹、尹洙、石介、苏舜钦、欧阳修、曾巩、王安石、司马光、苏洵、苏轼、苏辙、周敦颐、张载、程颢、程颐、黄庭坚、晁补之、陈师道、秦观、张耒、李廌、宗泽、李纲、胡铨、陈东、杨时、胡寅、叶梦得、汪藻、岳飞、李清照、孟元老、范成大、杨万里、陆游、辛弃疾、周必大、楼钥、朱熹、吕祖谦、陈傅良、叶适、陈亮、洪迈、陆九渊、真德秀、魏了翁、文天祥、谢枋得、王炎午、林景熙、郑思肖、谢翱、邓牧，其中北宋 26 人，南宋 33 人；谭家健著论及作家 32 人，即欧阳修、苏轼、王安石、曾巩、苏洵、苏辙、王禹偁、范仲淹、苏舜钦、周敦颐、司马光、胡铨、李纲、虞允文、陈亮、邓牧、吕祖谦、岳飞、文天祥、谢翱、李清照、洪迈、徐梦莘、陆游、罗大经、周密、范成大、朱熹、林景熙、杨亿、汪藻、周必大，其中北宋 11 人，南宋 21 人。

上述四者出现两种情况，漆绪邦、刘衍所著北宋散文家多于南宋，郭预衡、谭家健所著南宋散文家多于北宋，为什么会是这样的状态，究竟当是北宋的散文家多还是南宋的散文家多？这里无意做两宋的作家多寡论，首先想借此表明的是，宋代散文史只及北宋散文家而不及南宋散文家显然是严重的缺失，作为散文史，不可以用北宋散文取代或遮蔽南宋散文，以致宋代散文史只有半部。其次，北宋与南宋散文家在这四史中的状态是不平衡的，四史中，对北宋散文家均有所论的是王禹偁、范仲淹和司马光，西昆体的代表作家杨亿、刘筠、钱惟演或论或不论，穆修、石介、柳开等或论或不论，论或不论的取舍标准是什么？对南宋散文家的入选也是如此。这些都还只是表象，但足以让人感受到散文史撰述的复杂性。

这种复杂性当然还表现在具体的作家论中，当漆绪邦等作著说王禹偁之文"大都篇幅不长，结构

① 谭家健：《中国古代散文史稿》，重庆出版社 2006 年版，第 344 页。

严谨，文字亦平易通畅，……其思路不够开阔，文笔欠活泼，文章风格也显得单调逼仄”[①]的时候，刘衍著作说王禹偁之文“以其清峻的情怀，平易的风格，为宋初文坛带来了新的气息”[②]；当郭预衡著作说范仲淹的《岳阳楼记》：“这样的文章，时人或以为俳谐，类似‘传奇’之体。其实，宋人以文为赋，也以赋为文。这篇《岳阳楼记》，就是以赋为文的典型，与‘传奇’之体不同。题名为‘记’，实为赋体。”[③]谭家健著作则说：《岳阳楼记》“文中多用四言，杂以排偶，这并不是优点，而是受北宋初年西昆体崇尚骈俪风气影响的结果。所以古文家尹洙对之颇为不满，说它‘用时语说时景’，乃‘传奇体尔’。唐人传奇小说中确有用骈语写景的现象，明清长篇小说亦然。故尹氏讥其为一种不伦不类的文体”[④]。对同一文本论述的见仁见智下面还会专门讨论，这里却已经看到了同一时期入史的作家不同，同一作家之文评价的不同，散文史的撰述者都面临着共同的问题：读者将怎样去认同已有的散文史呢？

四、古代散文史引用的主要作品问题

在各史涉及的作家中，最为突出的散文作家是唐代的韩愈、柳宗元，宋代的欧阳修、苏轼，不仅各史无一遗漏，而且韩愈、柳宗元、欧阳修、苏轼在各史中，多有专章或专节，不妨以他们为对象，看各散文史引用的韩愈、柳宗元、欧阳修、苏轼的散文篇章是什么，进而探讨关于他们散文风格的评价。这里的引用指大段或全篇引用的，只提到篇名或只有三言两语的引用不算在内；就某一篇没有长段引用，只做直接论述的不算在内；因说明作家生平而不是讨论作家的创作思想或散文艺术风格的引文也不算在内。后者如郭预衡《中国散文史》中引用的《论按察官吏札子》等。

韩愈在中唐倡导古文，自己也努力从事古文的写作。各史均重韩愈，实因他是唐代古文观念与创作的主将。李措吉等的《中国散文》虽没有长段引用韩愈之文，但它对韩愈的杂文、传记文学、碑志文和序文各有专门而简要的论说，自当别论。

上述对韩愈之文有长段引用的通史，却无韩愈的一篇作品是全都引用的，这不意味着不引用也不论及，如赵义山等著，没长段引用而论及的韩愈作品有《师说》、《杂说四》、《柳子厚墓志铭》、《毛颖传》等，这种情况在诸史中普遍存在。这里之所以以长段引用为准则，主要因长段引用一般可以说明撰述者对这些文章的重视或关注程度较高，以见这些被引用的文章在散文史上的地位。鉴于此，可以看到的是，各史引用韩愈之文最多的是《送李愿归盘谷序》，8 次；《祭十二郎文》，7 次；《张中丞传后序》，6 次；《柳子厚墓志铭》，5 次。

上述最早引用《送李愿归盘谷序》的是刘振东，他引用了关于“大丈夫”的一节，即“利泽施于人……争妍而取怜”；漆绪邦引用了“愿之言曰：人称大丈夫者，我知之矣。利泽施于人……其于为人贤不肖何如也”；张梦新所引与漆绪邦相同；杨民引用了归隐者一节：“穷居而野处……大丈夫不遇于时者所为也，我则行之。”刘衍引用了全文；胥洪泉引用与杨民引用相同；刘墨、赵义山引用与刘衍引用相同。这里，刘振东所引揭露“大丈夫”，杨民、胥洪泉所引颂扬“归隐者”，各有不同的取向，漆绪邦与张梦新所引则包括了这两个方面。当然，漆绪邦、张梦新所引又不及刘衍、刘墨、赵义山所引更为完备。

问题是在如是的引用中，引用者得出了怎样的结论。刘振东说：“借李愿之口，揭露了权贵们的骄横跋扈和糜烂生活。”[⑤]漆绪邦说：“文中借李愿之口，对权势显赫的大官僚和奔走形势之途的势利小人进行辛辣的讽刺。……文章以二宾夹一主的对比手法，将得势与不得势的官僚小人丑恶嘴脸同高洁的隐士对比，前者卑污而后者高尚，形象极鲜明生动。其中有委婉的讽刺，有直露的批评，庄谐相济，

---

① 漆绪邦主编：《中国散文通史》，吉林教育出版社 1994 年版，第 893 页。

② 刘衍：《中国古代散文史》，高等教育出版社 2004 年版，第 231 页。

③ 郭预衡：《中国散文史》，上海古籍出版社 1993 年版，第 427—428 页。

④ 谭家健：《中国古代散文史稿》，重庆出版社 2006 年版，第 395 页。

⑤ 刘振新等：《中国古代散文发展史》，中州古籍出版社 1991 年版，第 293 页。

恰到好处。语言上奇偶相生，文采斐然。"[①]杨民说："就李愿当时的实际，把大丈夫遇于时的得意生活放置到了一边，对低眉折腰事权贵的龌龊生活表示不屑一顾，从而就突出了归隐田园的高尚、乐趣。……这里是通过想象而勾画出了一幅理想的田园美景，为李愿所设定。"[②]刘衍说："作者借李愿的话，刻画了三种人：一种是声势显赫的达官贵人；一种是隐居山林的高洁之士；一种是孜孜于功名利禄的无耻之徒。文章揭露了达官贵人的骄奢淫逸、不可一世，勾勒出钻营功名利禄的蝇营狗苟之态，赞颂了隐士自由自在的高洁情怀。"[③]这里根据上述所引的四种形态各选一例，对其评说进行审视，从中可以看出大家所重的都是内容评述，或取其片断，或取其全貌，难免有相当大的趋同成分。艺术风格评述则是少数。当然也有不同的，如赵义山所著同样是引了全文，但他是从文章的结构来评述的，最后归结为"韩愈以咏叹调般的抒情文字，赞颂了朋友的归隐"[④]。这些评述从文本出发，产生大同小异的撰述效果是很自然的。

还可以再看同样引用较多的《祭十二郎文》，关于艺术风格上的评述是怎样的状态。如刘振东说："文章打破祭文用骈文或四言韵文的框框，以散体文的形式、对话的方法，表达对亡侄的哀悼。……结构严谨，而又回环转折，变化多端。……其波澜之纵横变化，反诘、反跌语的灵活运用，虚辞耶、也、乎、矣的反复出没，都曲尽至情。"[⑤]刘一沾说："作者以低回往复的笔墨把内心的悲哀表现得淋漓尽致。"[⑥]张梦新说："此文一反用韵语的常规，化骈为散，不拘一格，创为祭文的变体。"[⑦]郭预衡说："韩愈之写祭文，也是变化不测的。……絮絮而谈，……以散体叙事出之。"[⑧]这些评述较之于文本内容的评述差异大得多，但也有相同的地方，如《祭十二郎文》的笔法变化与散体叙事，不过又有表述上的不一致。

于是，可以看到的是，各史对韩愈作品引用的不一，能够引发的思考远不限于引用本身。其中有：是否引用最多的作品最能代表韩愈散文的风格？像《送李愿归盘谷序》是否就是韩愈最优秀的作品？而这最具代表性及最优秀，应当是就韩愈的总体作品论还是就某一文体的作品论？再看各史引用唐代柳宗元的主要作品。

柳宗元之文与韩愈齐名，各史对他作品的引用也不算少。在各史所引用的柳宗元的作品中，引用最多的是《蝜蝂传》，7 次；其次是《钴鉧潭西小丘记》、《至小丘西小石潭记》，各 6 次；再次是《答韦中立论师道书》、《始得西山宴游记》，各 5 次。从这里可以看到，各史对柳宗元散文的关注，最多的还是山水游记。除了这里的 3 篇之外，还有《游黄溪记》、《小石城山记》、《袁家渴记》等。然后是柳宗元的寓言，《蝜蝂传》即是寓言，而各史所引用的寓言还有《临江之麋》、《黔之驴》、《永某氏之鼠》、《罴说》、《谪龙说》等。

《蝜蝂传》被引用最多，是出自它的思想内容还是艺术特色，显而易见的是它所表现的蝜蝂贪得无厌及不自量力以讽刺当时的贪官污吏。刘振东据此说其艺术特色表现为"刻画很生动，形象很完整"[⑨]。而郭预衡说柳宗元的《蝜蝂传》"以寓言而为传记，是写得别致的"[⑩]。这样的艺术风格论明显过于简单。不过，他们评述柳宗元寓言的所有特色都可能体现在《蝜蝂传》上，评述山水游记如《始得西山宴游记》也是如此。

而在具体的引用上，以《钴鉧潭西小丘记》为例，刘振东、刘一沾引了全文的最后一段："噫！以兹

① 漆绪邦主编：《中国散文通史》，吉林教育出版社 1994 年版，第 810—811 页。
② 杨民：《万川一月——中国古代散文史》，清华大学出版社 2001 年版，第 120 页。
③ 刘衍：《中国古代散文史》，高等教育出版社 2004 年版，第 176 页。
④ 赵义山等：《中国分体文学史·散文卷》，上海古籍出版社 2007 年版，第 122 页。
⑤ 刘振新等：《中国古代散文发展史》，中州古籍出版社 1991 年版，第 307—308 页。
⑥ 刘一沾：《中国散文史》，台北文津出版社 1995 年版，第 222 页。
⑦ 张梦新主编：《中国散文发展史》，杭州大学出版社 1996 年版，第 277 页。
⑧ 郭预衡：《中国散文史》，上海古籍出版社 1993 年版，第 188—189 页。
⑨ 刘振新等：《中国古代散文发展史》，中州古籍出版社 1991 年版，第 322 页。
⑩ 郭预衡：《中国散文史》（中册），上海古籍出版社 1993 年版，第 248 页。

丘之胜……所以贺兹州之遭也。”刘振东说其写得“委婉曲折,感慨良深”①;刘一沾说柳宗元“这样的议论进一步突出了作品的主观性、抒情性”②。漆绪邦、胥洪泉引了全文,漆绪邦以明代茅坤之说“借石之瑰玮,以吐胸中之气”来说明《钴鉧潭西小丘记》的寄寓性。刘衍则引用了其文写景及柳宗元抒发自我感受的几段文字,以见文中的境界及柳宗元的审美情趣;赵义山只引用了“山之高……渊然而静者与心谋”一段,说它借助“艺术抽象……表现了宇宙自然的澄明与韵律、气韵生动与深邃沉静”③。引用的差异性仍然是各取所需,评述的差异性依旧是见仁见智。不同的散文通史对同一作家、同一文本会有种种的不同是可以理解的,但它们对唐代韩愈、柳宗元散文作品引用的风格一致。只是各史的详略不一,撰述者的用心不一,实在难以界定哪一种引用最适合于读者,哪一种引用最符合柳宗元散文的风格。

为深入认识各史对作家作品的引用情况,下面选择了北宋的欧阳修和苏轼再做考察。

欧阳修的作品为各史引用最多的依次是:《醉翁亭记》,10 次;《五代史伶官传序》,8 次;《朋党论》,7 次;《秋声赋》,6 次。《醉翁亭记》为人关注,不仅是被作为游记文的代表作,而且也被视为代表了欧阳修散文艺术成就的名篇。唯一只引用了欧阳修《醉翁亭记》的谭家健说:“欧阳修的记叙文,以游记最出色,语言精练,工于描状,构思巧妙,有许多神来之笔。往往情文并茂,由景物引起反复咏叹,抒发感慨和议论。《醉翁亭记》是最能体现作者艺术成就的名篇。”④如果就欧阳修的记叙文而论,这种评价可以的话,那么以之通观欧阳修的议论文和辞赋的艺术成就是否也可以呢?

在各史所引用的欧阳修文章中,议论文不在少数,《五代史伶官传序》、《朋党论》和《与高司谏书》都是名篇。《五代史伶官传序》又不同于另两篇,因欧阳修撰史而总结历史的教训,说出:“《书》曰:‘满招损,谦受益。’忧劳可以兴国,逸豫可以亡身,自然之理也。……夫祸患常积于忽微,而智勇多困于所溺,岂独伶人也哉?”其中固然有借古说今之意,但毕竟历史已经过往,其中的反思和沉痛,心态趋于平和,不像《朋党论》和《与高司谏书》有论辩的激烈。这些散文和《醉翁亭记》的文体不同,创作时的心态不同,风格也不同,可否用《醉翁亭记》的评价以蔽之。诸史如从不同的文体之文发论,这样自然会更加客观。

同时,从各史所引的欧阳修文章来看,显然注意到从不同的文体寻求具有代表性的作品进行论述,从中审视出欧阳修文章的多种风格。只是各史所引有相当多的趋同,可见《醉翁亭记》等的为人认可,同时也有一些篇目的引用存在差异,或不引,或引全篇,或引片断,由此引发的评述同与不同都是值得关注的。仍以《醉翁亭记》为例,张梦新说:“全文始终围绕一个‘乐’字……非骈非散,骈散结合,以散为主;写景抒情,高度简洁,平易畅达……注意虚词的运用,有 21 个‘也’字,8 个‘者’字,既富有音乐感,又在舒缓语气中渲染酣乐纯净的气韵。”⑤刘衍说:“文章由面到点,层层抒情,层转层深。整篇文章语言精美,流畅自然而又错落有致。全文连用 21 个‘也’字,构成反复咏叹句式,曲折而从容不迫。”⑥胥洪泉说:“全篇以‘乐’字贯穿始终,集写景、抒情、议论、叙事于一体。脉络清晰,结构精巧,语言精当,表现力强。句式骈散相间,整齐而有变化。善用虚字穿插呼应,句中嵌入‘而’字,21 个‘也’字置于句尾,既增加了文章的抒情气氛,也增加了文章的咏叹情调。”⑦这里只是从三部散文史的评述来看,不同的语言表述下有大体相近的思想认识。

再看各史引用苏轼的主要作品。各史对苏轼作品的引用最多的依次是:《记承天寺夜游》,10 次;《前赤壁赋》,7 次;《文与可画筼筜谷偃竹记》、《方山子传》,各 4 次;《石钟山记》、《超然台记》,各 3 次。

---

① 刘振新等:《中国古代散文发展史》,中州古籍出版社 1991 年版,第 320 页。

② 刘一沾:《中国散文史》,台北文津出版社 1995 年版,第 232 页。

③ 赵义山等:《中国分体文学史·散文卷》,上海古籍出版社 2007 年版,第 128 页。

④ 谭家健:《中国古代散文史稿》,重庆出版社 2006 年版,第 370 页。

⑤ 张梦新主编:《中国散文发展史》,杭州大学出版社 1996 年版,第 323 页。

⑥ 刘衍:《中国古代散文史》,高等教育出版社 2004 年版,第 248 页。

⑦ 胥洪泉:《中国古代散文简史》,西南师范大学出版社 2005 年版,第 187 页。

这些文章中虽有《前赤壁赋》称“赋”，实为记游之文，让人感到各史的引用重“记”或说记叙文，包括《方山子传》也是可以归于记叙文的。而被引用到的记叙文还有《喜雨亭记》、《宝绘堂记》、《记游松风亭》、《放鹤亭记》、《记游定惠院》等。苏轼写得同样精彩的议论文，这里只有《留侯论》、《魏武帝论》、《教战守策》、《上皇帝书》等数篇，且引用的频率不高，多少可以看出撰述者的思想倾向。同时，苏轼一生最具影响的贬谪地黄州、惠州、儋州，各史所引用的文章出自黄州的最多，如《记承天寺夜游》、《前赤壁赋》、《后赤壁赋》、《方山子传》、《记游定惠院》等，可见黄州时期的苏轼的散文成就。

苏轼的《记承天寺夜游》被引用得最多。这篇写于黄州的83字小文为什么会受到如此的青睐？撰述者在怎样认知？刘振东说它把苏轼“贬谪中自我排遣的特殊的心境”、“清冷的月光和清冷的心境交融在一起，充满诗情画意”。[①] 漆绪邦说：“此文几笔写出一个澄净空明的境界，如诗如画，‘何夜无月，何处无竹柏，但少闲人如吾两人耳’数语，起着三毛传神的作用。而笔墨之精，也令人叹为观止。苏轼的散文艺术，此时确已到炉火纯青的地步了。”[②]张梦新说它“情语、景语，如乳水交融”[③]。郭预衡说它“写得自由、随便”，“为此月夜之游，等于苦中作乐”。[④] 刘墨说它“简洁优美、清丽空灵之极”[⑤]。这里选择了四部散文史的评述，足见《记承天寺夜游》写情与状景的融合造就的艺术魅力对撰述者的感染，乃至有由衷的赞叹。

《记承天寺夜游》对于苏轼行于所当行、止于不可不止的散文笔法来说，算得上是一个范例。本来文章的优劣不以长短论，然而《记承天寺夜游》过于短小，对苏轼黄州时思想情怀的表现仅仅是一个侧面，不及《前赤壁赋》思想丰富和手法多样。虽然在上述各史中，不引用并非不论述，如李艳著未引用《前赤壁赋》，而在详论《前赤壁赋》之后，引用了人们多不引用的《后赤壁赋》，并将《后赤壁赋》与《前赤壁赋》进行比较，说道：“通观前、后《赤壁赋》，前者由乐写到悲，又由悲转到喜，表现出一种比较达观的精神情绪；后者由乐写到悲，又转到一种怀疑精神上去。因此，后者比前者更带有一种悲怀迷惘色彩。”[⑥]但是撰述者乐于引用《记承天寺夜游》还是值得思考。同时，苏轼一生好辩理，他的历史人物或事件论、策论相当多，偶有散文史引用他的《留侯论》、《魏武帝论》和《教战守策》显得太单薄，与苏轼这方面的散文成就很不相称。而就任何一部散文史来说，完全不大段引用的是一种行文风格，而有所引用的无不有限，引用一篇或几篇者可证。

上述各史关于作品的引用至少可以说明两点：①散文史本身通过引用昭示了作家的撰述风格，而这并不以史的详略论，如引用苏轼作品，漆绪邦著150万字，引用9篇；郭预衡著157万字，引用7篇；杨民著25万字，引用8篇；刘衍著46万字，引用9篇。陈柱曾说他撰述《中国散文史》有四条原则，其三是“所论各家之文，贵有例证，而例证尤忌割截，古之美文一经割截，则其美全失，如割截美人之口鼻以论其美也。故本篇除篇幅太长不得不节录者外，所录皆全篇文字”[⑦]。他这一说法主要用于自我的著述，但从这里可以知道他所说的例证即本文所说的引用，陈柱用全篇文字为例证，而上述的各史或引全篇，或引片断为例证，自然是依据不同的撰述需求。②什么作品最为修史者所重，以见其在散文史上的地位。从韩愈的《送李愿归盘谷序》、柳宗元的《蝜蝂传》，到欧阳修的《醉翁亭记》、苏轼的《记承天寺夜游》，均为记叙文。虽然各史所引的韩愈议论文稍多，但也不及所引记叙文的分量。这意味着记叙文在古代散文史中具有举足轻重的地位，且它们也最能体现古代散文的艺术风貌。

---

① 刘振东等：《中国古代散文发展史》，中州古籍出版社1991年版，第429页。

② 漆绪邦主编：《中国散文通史》，吉林教育出版社1994年版，第1004页。

③ 张梦新主编：《中国散文发展史》，杭州大学出版社1996年版，第337页。

④ 郭预衡：《中国散文史》（中册），上海古籍出版社1993年版，第519页。

⑤ 刘墨：《中国散文源流史》，辽宁教育出版社2006年版，第271页。

⑥ 李艳：《中国古代散文史》，青岛出版社2007年版，第242页。

⑦ 陈柱：《中国散文史》，上海书店出版社1984年版，第3页。

五、古代散文作家作品的艺术特色评价问题

关于古代散文史对于作家作品的评价,这里与上述相应,只选择最具代表性的唐代韩愈、柳宗元及宋代欧阳修、苏轼的作品。从各史所引用的韩愈、柳宗元、欧阳修、苏轼之文,再到撰述者的评价,也许能够让这里的研究显得更系统。对于古代散文家及其作品评价本身,笔者尽可能采用各史中的原话,不做改动。但各史的情况不一,有的评价语言表述过长,限于篇幅,则主要把握各史评价中的关键词,围绕关键词在不影响原意的情况下做适当的简化。

(一)关于韩愈散文艺术特色的评价

各史关于韩愈散文艺术特色的评价,显然存在两种状态:不分文体的笼统评价,如陈柱、刘振东、刘衍、郭预衡、刘墨、李艳、赵义山等著;按文体进行评价,如漆绪邦、刘一沾、张梦新、陈玉刚、杨民、胥洪泉、谭家健、李措吉等著。它们表明各史撰述在作品评价上的两种路数,不仅仅是对韩愈,而且关于柳宗元、欧阳修、苏轼文的艺术评价及没有提到的作家作品评价,也都存在这两种状态。

客观上,不按文体的笼统评价中仍然有文体问题,如刘衍说韩愈散文的成就表现在"创作的个性化和多样化","变幻莫测,风格多样"①,就以《毛颖传》、《进学解》、《祭十二郎文》、《送廖道士序》、《与崔群书》为例,这涉及传、论、祭、序、书五种文体;郭预衡在说到韩愈散文"慷慨激昂,忧愤深广"②时,提到了韩愈的《杂说四》、《送温处士赴河阳军序》、《送董邵南序》、《进学解》、《原毁》等,他把说、序、论置于一种风格之下。这种评价方式把握的是多种文体的艺术共性,显然在每一评价之下,都会涉及不同的文体。而就文体论,不同的文体可能会有类似的风格,因此漆绪邦著在分别评价了韩愈的论说文、应用文、记传文和碑铭墓志祭文之后,会用"综上所述"的方式把韩愈散文的风格归结为:发言真率,无所畏避;尚奇,追求奇辞奥旨的境界,雄奇的气势,新奇的语言,奇妙变幻的艺术构思。这种情况也出现在杨民、胥洪泉、谭家健等所著中。

然而,如果把这些评价按上述的两个类别进行比较,会发现不分文体的评价除了刘振东"大胆揭露时弊,抨击黑暗现实"这样的内容评价及过于类似的评价之外,主要有五个方面:①文体评价,刘振东、刘衍、郭预衡注意到文体的创新;②审美趣味评价,如陈柱的奇怪说,赵义山的新奇说;③气势评价,如谢楚发的豪迈奔放说,刘衍的气势凌厉说;④情感评价,如郭预衡的慷慨激昂、忧愤深广说,赵义山的情深说;⑤语言风格评价,如陈柱的文从字顺说,郭预衡的语言新颖活泼、造语精工、文辞丰富凝练说。这些并没有完整地体现在那一部散文史中,而这些散文史,所论的作家及其作品都有差异,哪一家的说法最贴近韩愈散文的本色呢?

(二)按文体进行评价

可以注意到,涉及文体评价的各史在韩愈之文文体上的分类或提法上不尽一致,议论文或称论说文,记叙文或称记传文,抒情文或称言情文,还有称铭传行状文、祭文、赠序的。在它们中间,最无争议的分类是议论文或说论说文,尽管有的散文史在议论文里又分出政论一类。在这里各史的评价显然不一,如漆绪邦认为韩愈论说文的特色表现为:经世致用,意正气直;语言平易质朴,简练明快;章法变幻莫测,结构起伏跳荡。刘一沾认为韩愈议论文的艺术特色是:气势盛大,气盛言宜。张梦新认为韩愈议论文的特色是:理足词充,沛然莫御,雄壮奔放;逻辑严密,结构紧凑,曲折变化而流畅明快,波澜起伏而气势雄壮。陈玉刚认为韩愈论说文论辩滔滔,才情横溢,因事陈词,有理有据。杨民则说韩愈论说文:严肃、架子大,有盛气凌人之感。胥洪泉说韩愈论说文:雄奇奔放,气势磅礴等等。在这些评价中,漆绪邦著和张梦新著最为全面。不过,一般的韩愈议论文气势评价、才情评价能够充分说明他

① 刘衍:《中国古代散文史》,高等教育出版社2004年版,第174页。

② 郭预衡:《中国散文史》(中册),上海古籍出版社1993年版,第180页。

这一类散文的风格吗？或问：对韩愈的每一种文体都需要作全面的艺术评价吗？这种情况也出现在对韩愈记叙文、抒情文的评价中。

有几部散文史在分体评价之后还有总结性的评价，如漆绪邦说韩愈散文：发言真率，无所畏避；尚奇，追求奇辞奥旨的境界，雄奇的气势，新奇的语言，奇妙变幻的艺术构思。张梦新说韩愈之文有三个特点：内容丰富，题材广泛，体裁完备，形式多样；构思新颖奇特，同类文章极少雷同；化骈为散，善用古语和当代语，独创新的词汇。杨民说韩愈之文写山水人鬼，各得其貌，各绘其神；气势充沛，滔滔不绝；随物赋形，因事设题，没有定格，笔带感情，气贯始终。谭家健说韩愈之文内容丰富，形式多样，基本风格是刚健宏肆，泼辣明快，气势雄壮；善于灵活运用古代有生命力的语言，创造新的语言形式。这些评价说韩愈之文的题材、构思、气势、语言虽有相近的地方，但各为一格，读者当如何去选择呢？

（三）关于柳宗元散文艺术特色的评价

关于柳宗元的散文艺术特色的评价，大多散文史都从不同的文体入手。柳宗元在散文创作中运用的文体较多，其他不论，漆绪邦著就提到骚赋、山水游记、序别文、议论文、传状文、说体杂文、寓言七种文体。而在这些文体中，最为各史认同的是柳宗元的山水游记、人物传记和寓言。

关于山水游记，各史的评价集中在柳宗元善于描写及寄情于景，郭预衡的看法很简洁：模山范水，借物写心，寄寓迁客骚人的不平之气。张梦新说得稍详：柳宗元对山水刻画精细入微，文笔清隽秀美；语言精练，富于变化，运用比喻、拟人等多种表现手法，富有诗情画意；在山水描绘中渗透自我的身世之感，寄托愤懑之情。类似的说法，都是山水游记的常态，各史所把握的其实是这一文体自身的基本特征。从这里出发，方有对柳宗元寄托情感的不同感受，以致杨民说："柳宗元被贬谪于穷乡僻壤，寄情于山水，只是一种寂寞、孤独和无奈，他的内心是忧郁的、痛苦的、悲愤的。当他把笔转向山水，虽说山仍是那道山，水也是那道水，但他笔下展现出来的山山水水，却因为情绪不同而透出一股冷气，阴森、幽邃，寒彻人的肌骨。"①而在这方面有较多的撰述者自我的认识，在寄情于山水的前提下，可谓是各抒己见。于是也有人说柳宗元的山水游记达到了"天人合一的山水意境"②。

再看柳宗元的寓言，陈柱对柳宗元寓言的艺术特色有高度的概括："写意深刻，笔墨削峭。"谭家健和刘衍等有较为复杂的表达。谭家健说："柳宗元的寓言大多篇幅短峭，立论精辟，工于体情察物。通过某些习见的动物或日常生活现象，捉住其本质特征，加以夸张想象，创造生动的形象，编织有趣的情节，显得饶有兴味，而又严峻沉郁。"③刘衍则说："柳宗元的寓言小品式散文小品：通过各种艺术形象寄寓哲理，针砭时弊，表达政见，构思立意和布局谋篇也极有特色。"在这些撰述中，题材不必多言，各史都很在意柳宗元寓言的现实性、哲理性和讽刺性，而这些在相当大的程度上也是文体自身规定的，只看柳宗元对社会的批判到达怎样的境界。

各史对柳宗元山水游记和寓言的评价，彰显出文体对他的散文艺术特色的制约较大，他创作个性的自由游弋主要在文体的规定性之内，他的传记文也是如此。不过，也有人认为柳宗元的寓言自成一体，这主要是思想性的。可以看到，从文体出发，各史的评价意见相对比较靠近，这意味着当柳宗元的散文创作受制于文体的时候，散文史撰述者的评价也受制于文体，好在这些依文体作的评价较之跨越文体的评价清晰多了。这是否影响到对其他一些作家作品的撰述难以猜度，但撰述者显然以此为一种评价定势。

（四）关于欧阳修散文艺术特色的评价

不能不说，关于欧阳修散文艺术特色的评价，后人深受苏洵的影响。苏洵曾在给欧阳修的信中说："执事之文章，天下之人莫不知之。然窃自以为洵之知之特深，愈于天下之人。……执事之文，纡

① 杨民：《万川一月——中国古代散文史》，清华大学出版社2011年版，第125页。
② 赵义山等：《中国分体文学史·散文卷》，上海古籍出版社2007年版，第126页。
③ 谭家健：《中国古代散文史稿》，重庆出版社2006年版，第327页。

余委备，往复百折，而条达疏畅，无所间断，气尽语极，急言竭论，而容与闲易，无艰难劳苦之态。”[①]以此为参照，可知有的撰述者的评价脱胎于此。如五家对欧阳修文章的艺术风格作的总评：刘振东认为欧阳修之文平易自然，委婉曲折；谢楚发认为欧阳修之文委婉曲折，平易自然，从容自如；漆绪邦认为欧阳修之文不讲气势，而重委婉；不求痛快，而尚含蓄；不避平易，而主畅达；胥洪泉认为欧阳修之文平易自然，委婉曲折；李措吉认为欧阳修之文的基本风格是平易简洁，委婉流畅，气势旺盛，长于感叹而又从容闲易。还有直接以苏洵之论作评的，如谢楚发说欧阳修的议论文，刘墨评欧阳修之文即是。

各史对欧阳修散文艺术特色的评价，也有不同的文体分类。分得最复杂的是胥洪泉，将其所论欧阳修之文分为记叙文、论辩文、序跋文、书信文和祭碑文，但不及一般分为议论文、记叙文、抒情文科学。就记叙文来说，刘振东把游记、亭台记、碑志和笔记等归于这一类，然后分别说这些文章：构思新颖，格调各异；善于描绘景物，语言精美而有意境；善于据不同的景物展开议论，抒发感情，富有理趣和情韵。他涉及构思、描写、语言、意境、议论、抒情等。谭家健的评价是四个方面：语言精练，工于描状，构思巧妙，情文并茂。张梦新说，欧阳修的记叙文简洁流畅，平易自然，舒展圆润；记叙为主，兼有描写、抒情、议论。刘衍则说，欧阳修的记叙文以记游记事为线索，重抒情议论，或有理趣，或近时事，以明心志。从这四例就可以看到撰述者的认识同与不同，但给人的感觉还是相似点甚多，总不离结构、手法、语言等方面。

又如抒情文，张梦新说欧阳修之文善于表达曲折的情致，渲染气氛，在从容舒缓的笔调中蕴含着优美的韵律和感情的力量。陈玉刚说欧阳修之文清丽隽永，大义凛然。谭家健说欧阳修之文或自然流走，酣畅淋漓，音节铿锵顿挫；或极力铺陈，着意渲染，词采华美，文笔蹈厉，具有形式美和韵律感。李措吉说欧阳修之文有鲜明的自我形象，抒情色彩浓厚。涉及情感，诸如刚提到的蕴含感情的力量、大义凛然、酣畅淋漓和抒情色彩浓厚，哪一种表述对欧阳修的抒情文最为合适呢？本来就模糊的表述哪一种更利于读者接受呢？同样的对象和文本，给了撰述者不同的选择，张梦新就《秋声赋》说欧阳修的抒情文，陈玉刚就《醉翁亭记》说欧阳修的抒情文，谭家健就《祭石曼卿文》和《秋声赋》说欧阳修的抒情文，李措吉就《秋声赋》和《泷冈阡表》说欧阳修的抒情文，怎么可能有同样的感受和认知呢？这种情况在散文史的撰述中普遍存在。

还有关于苏轼散文艺术特色的评价。苏轼对自己的文章有一番评价：“吾文如万斛泉源，不择地皆可出，在平地滔滔汩汩，虽一日千里无难。及其与山石曲折，随物赋形，而不可知也。所可知者，常行于所当行，常止于不可不止，如是而已矣。”[②]这也可以作为苏轼散文风格评价的参照，从中感受诸史的撰述者怎样受苏轼自评的影响。

各史对苏轼散文的评价，大体因循分类作评的旧例。这里较为复杂的是有的散文史将苏轼的创作分为前期和后期，然后再做文体的划分，如漆绪邦著。大类中又有小类，如苏轼的议论文，或称论说文，或分为政论与史论。还有一些提法较为凌乱，如议论文除了前面的提法之外，还有杂说文、杂说、书信杂论、论事之文、策论文等提法。这也许是把握苏轼议论文的困难，或者说是撰述者因文而论，没追求称谓的规范，从而需要读者自行辨别和界定，也显示了诸史对苏轼议论文认知的摇摆，或者至少可以说散文史在苏轼议论文撰述上的不成熟。

漆绪邦以苏轼被贬黄州团练副使为标志，视此后为苏轼的后期，认为这时苏轼的人生和思想都发生了变化，散文创作也深受影响。“前期那种雄博浩瀚的论文已不多见，抒情寄意的作品则多起来了。”[③]苏轼的人生与散文创作如斯，可以推论许多作家的人生都有不同的发展阶段，尽管有的作家可能一生保持着一种文风，但还是存在人生的变化导致文风变化的自然状态，散文史从不同的阶段来认识作家作品及其风格，应该是合适的撰述方式。但因为一些作家生平资料的匮乏，作品编年的不易，散文史的撰述者多不从作家人生的发展阶段论文是可以理解的，由此引起撰述过程中某一作家的作

---

① 苏洵：《嘉祐集》，上海古籍出版社 1993 年版，第 328 页。

② 苏轼：《苏轼文集·自评文》，中华书局 1986 年版，第 2069 页。

③ 漆绪邦主编：《中国散文通史》，吉林教育出版社 1994 年版，第 1001 页。

品顺序颠倒是完全可能的，自然会影响撰述结论的客观性。

同时，在这些散文史中可以看到，一种看法往往会引起共鸣，却又指称不同的对象。如“翻空出奇”，刘振东用来评价苏轼的议论文，杨民、谭家健用来评价苏轼的史论文，刘墨用来评价苏轼的策论文。毫无疑问，议论文可以涵盖史论文和策论文，但史论文重历史而策论文重当下，二者在论题取向上是不同的，在风格表现上是相同的？二者可以共享此论还是非此即彼？那么，“翻空出奇”的评价究竟适合谁呢？还有“姿态横生”说，刘振东、郭预衡、李措吉说苏轼的杂说文或杂文，漆绪邦说记游文和杂说，赵义山则就苏轼散文的总体论；“挥洒自如”，李措吉说杂文，刘墨说游记、杂文和随笔，胥洪泉、赵义山作总论，一种评价面对不同的文本，孰是孰非呢？

上述关于韩愈、柳宗元、欧阳修、苏轼散文艺术特色的评价，如果单独审视一部散文史，也许读者的思想是清晰的，如果把各史综合起来看，同一对象的不同评价容易让人迷惑，它对散文史的撰述者则可能是一种提示，在诸多评价中探寻最为公允的评价，这当是史家的追求和散文史的理想境界。

六、一部散文著作与两个散文流派的评价问题

上述对各史中关于韩愈、柳宗元、欧阳修、苏轼散文艺术特色的评价做了审视，在任何一部散文通史中，这四个视点还显得较为单薄。为照顾到古代散文史撰述的面，这里再选司马迁的《史记》，明代的公安派、清代的桐城派，做评价研究。

《史记》作为史传散文在古代散文史上具有举足轻重的地位，对于它的评价，在一些散文史中显得较为模糊，陈柱的“文体近散”是一例。不仅如此，诸如《史记》“在文章的结构体制上，它提到了一个全新的高度”；“它显示了在叙事方面形象思维能力的极大提高”①；“司马迁在开创我国纪传体史学的同时，也开创了传记文学这一体式”②都是如此，尽管隶属于评价，实际上的评价意义不大。还有“作者对自己的描写对象有着着尊重历史，尊重事实的实录精神”③，虽被列为“艺术经验”，但实际上主要是司马迁身为太史令的史官精神，与艺术经验有别；而“它开创了以写人物为中心的纪传体文学。在人物形象的塑造上，司马迁运用剪裁、结构的艺术手法，着意刻画人物性格，树立典型形象”④，也没有说明什么问题，因为剪裁、结构的艺术手法是任何一部散文著作或一篇散文都会用的，只看是怎样剪裁，怎样结构。

诸史对《史记》作为散文的艺术评价较为集中地体现在人物表现上，这是《史记》本为传记文学决定的。在司马迁的笔下，虽然有一些王朝史或诸侯国史，但他的本纪、世家和列传主要是以人物为中心。诸史的评价是不平衡的，郭预衡所评相当简单：增加了故事情节，增加了戏剧冲突，写进了生活细节，他称为《史记》人物传记的新特点。而这是《史记》最基本的特点，他这样说是在《中国散文史》上册1986年出版的时候，其后的散文史大多注意到这三点，主要在于怎样表达。刘衍所说的五点较为全面：①写人物在选材和构思上能抓住主要事件，突出人物性格；②刻画人物性格多用“互见法”；③善于把人物放在矛盾冲突中刻画；④常写一些典型细节显示人物性格；⑤语言个性化，通俗形象，采用土语、俗语、民谣、谚语。

可以注意到，刘衍没说“故事情节”，而说“主要事件”，漆绪邦、谭家健则说“典型事件”；刘衍没说“戏剧冲突”，而说“矛盾冲突”，刘振东、张梦新也说“戏剧冲突”；刘衍说的“互见法”源于苏洵论司马迁《史记》之作，“本传晦之，而他传发之”⑤，袭用者甚多，刘振东、胥洪泉、谭家健都用此说。刘衍的“细节说”也是人的共识，刘振东称典型化细节，谢楚发、刘一沾、李艳等说细节描写，还有一些变通的说法，

---

① 刘振东等：《中国古代散文发展史》，中州古籍出版社1991年版，第134页。

② 胥洪泉：《中国古代散文简史》，西南师范大学出版社2005年版，第78页。

③ 谢楚发：《中国散文简史》，长江文艺出版社1992年版，第82页。

④ 陈玉刚：《中国古代散文史》，人民日报出版社1998年版，第79页。

⑤ 苏洵：《嘉祐集·史论中》，上海古籍出版社1993年版，第233页。

如胥洪泉说的“通过琐事显示人物的性格特征”[①]，本来“琐事”不等于细节，但他随后把琐事和细节并提，可见他所说“琐事”的指向。还有李措吉说的“细处着手”，对“细处”也有解说：“他往往通过典型化的细节，个性化的语言，暗示性的闲笔塑造人物形象，透过细微处见出真性情。”[②]

除了这些之外，刘衍提到《史记》语言上的特色也是诸史所在意的，只是差异较大。如刘振东说语言纯熟。谢楚发说语言流畅活泼，接近口语。刘一沾说语言浑厚、雄健而畅达，生动传神而个性鲜明，简洁凝练。张梦新说语言朴实，通俗易懂，辞达；词汇丰富，情感饱满，生动形象，深沉有力。陈玉刚说语汇丰富，用词准确，形象生动，朴素洗练。谭家健说记录人物个性化的动作表情谈吐话语，符合特定人物的身份和处境，使读者如见其形，如闻其声；用夸张的语言描绘人物在特定场合下的突出表现；吸收口语，不避俗语，喜欢采用民间谚语和歌谣。凡此等等，虽说其中有共通的因素，但“接近口语”不等于“吸收口语”，“简洁凝练”不等于“朴素洗练”，“雄健而畅达”不等于“辞达”，在它们中间，哪一种评价最为合适呢？

(一)关于公安派散文的评价

这里笔者侧重在总体评价，可以看到两种状态，即无总体评价和有总体评价。其总体评价关注公安派的创作追求和散文风格，如张梦新认为：“他们的散文抒写性灵，出自胸襟，真情畅达，显露个性，不拘格套，清新自然。特别是小品散文，如传状、书简、小引、序跋、游记等，大都清新俊逸，活泼生动，富有情趣。”[③]这一说法沿用了袁宏道在《叙小修诗》里的名言：“独抒性灵，不拘格套，非从自己胸臆流出不肯下笔。”这首先是说袁小修即袁中郎的创作态度，其次才是人们以之审视三袁的创作立场，影响深远，诸史鲜有不用其说的。涉及三袁的散文风格，或说清新自然，或说清新俊逸，或说清新流利、自然灵巧，或说清新明快，蕴含其中的是真、趣、韵。

张梦新在公安派的总评价之后，只论及袁宏道的散文成就。从而昭示了在公安派散文论中的不平衡。这种现象普遍存在，诸史多重袁宏道，其次是袁宗道，再次是袁中道。虽然袁宏道“独抒性灵，不拘格套”一说是针对袁中道之文，但袁中道之文并不为史家所重，主要是人们通常认为他的散文成就不及袁宏道。当然，在散文史的撰述中追求对作家作品评价的平衡是困难的，而所谓“平衡”的含义不是平均用力，而是依据各自的散文创作状态给予适中的评价。袁宏道在公安派中散文创作的成就固然较高，但只论袁宏道，不论袁宗道和袁中道，或者是只论袁宏道和袁宗道，不论袁中道，是否妥当？对于一个散文流派，它的整体性和相互联系怎样体现？

可以看到的是，郭预衡论及三袁，先说“‘公安派’的作家，自以三袁为宗；但三袁兄弟，为人为文，也不尽同。而且同是三袁，其思想文风，前期后期，亦有所不同”[④]。然后按排行逐一评述袁宗道、袁宏道和袁中道，没有特别关注三人散文创作上的关联。谭家健论公安派，先说公安派的文学见解有二，“一是反对贵古贱今，模拟抄袭”；“二是独抒性灵，不拘格套”[⑤]。然后也是分说袁宗道、袁宏道和袁中道，同样没有特别关注三人散文创作上的关联。不过也有综合论述的，刘衍即是。他先说三袁简略生平，再说三袁的创作理论和实践，引袁宏道的《满井游记》说明三袁的散文风格，最后是三袁散文的缺陷。在这样的论述中，合论而没在意各自的创作个性和彼此之间的创作关联，与郭预衡、谭家健形成两种不同的撰述方法。

这里的问题是，对于散文流派的研究究竟应该采用哪一种撰述方法？分论不见流派中人的创作共性，合论不见流派中人的创作个性，显然需要有第三种即将分论与合论综合在一起的撰述方法。同时，诸史往往会说三袁是公安派的主将或主要人物，那么副将或次要人物呢？几乎没人关注公安派三袁之外的其他作家作品，对于一个散文流派的研究，这显然是不够的。

---

① 胥洪泉：《中国古代散文简史》，西南师范大学出版社2005年版，第80页。

② 李措吉等：《中国散文》，同济大学出版社2007年版，第100页。

③ 张梦新主编：《中国散文发展史》，杭州大学出版社1996年版，第414页。

④ 郭预衡：《中国散文史》(下册)，上海古籍出版社1999年版，第242页。

⑤ 谭家健：《中国古代散文史稿》，重庆出版社2006年版，第465—466页。

（二）关于桐城派散文的评价

诸史关于桐城派的研究，主要集中在"桐城三祖"：方苞、刘大櫆、姚鼐，对于其先的戴名世，其后的梅曾亮、管同、方东树、姚莹以及曾国藩、恽敬等人均不涉及。同时，所谓的"桐城派散文评价"和上述的"公安派散文评价"一样，侧重在总体评价。

漆绪邦主编的《中国散文通史》对桐城派的阐述甚详，其中说道："桐城派从产生到消亡，有一个发展演变的过程。这个过程，大体可以分为三个时期。第一个时期以戴名世、方苞、刘大櫆为代表，是桐城派的创建时期；第二个时期以姚鼐及其弟子为代表，是桐城派的大张时期；第三个时期以曾国藩及桐城派其他传人为代表，是桐城派的衍变和消亡时期。"①这样一个的发展阶段的划分，本来便于做总体的审视，但他随之说："本章及下章，对各个时期的主要作家及其作品分别加以论述"，果然，其论述就是"分别"的实践，从戴名世开始，逐一道来。很有意味的是，诸史和漆绪邦之作一样，均重在对方苞、刘大櫆、姚鼐等人的个体研究，对桐城派没有总体评价。这和上述说到的郭预衡、谭家健对公安派的论述相类似。

桐城派及其散文创作的情况相当复杂，诸史对方苞、刘大櫆、姚鼐之间联系的关注有二：散文创作的基本理念，从方苞的"义法说"到刘大櫆的"神气说"，再到姚鼐的"义理、考据、文章说"；桐城派在姚鼐之后的流衍，包括阳湖派及姚门弟子梅曾亮、管同、方东树、姚莹等人。但诸史对方苞、刘大櫆、姚鼐之文都不作总体评价，而是分而论之。这也许与方苞、刘大櫆、姚鼐的年龄差距较大有关。方苞生于1668年，刘大櫆生于1698年，小方苞三十岁。而姚鼐生于1732年，小刘大櫆三十四岁。但话说回来，年龄不应是三人文风总体评价的障碍，只是总体评价不及单个评价便利。

诸史对桐城派散文不做总体评价，不利于读者对这一散文流派的总体把握。不过，在诸史的方苞、刘大櫆、姚鼐逐一评价中，时或可以看到比较的文字。如漆绪邦说："如果说方苞散文的不足是'能醇不能肆'，那么刘大櫆正好相反，是'能肆不能醇'。"②郭预衡说："从以上几篇文章（《天道》、《答吴殿麟书》等——引者注）看来，大櫆和方苞相比，思路与文风，颇不相似。但大櫆另有一些文章，命意行文，是与方苞比较相似的。"③可以说，比较在散文史的撰述中是一种很好的方法，它有利于审视不同作家作品之间的关联，只是这样的比较文字在诸史中较少，比较也粗略。

诸史对《史记》的撰述，多着眼于《史记》自身，力图从传记文体和人物中心分析出它的散文特色，少有人顾及先秦的《左传》、《国语》、《战国策》在散文风格上对《史记》产生过怎样的影响；从公安派到桐城派的撰述，最凸显的是流派中人的逐个评价，流派中人相互的联系和影响，始终显得比较薄弱。

七、古代散文史中辞赋和骈文撰述的个案问题

除了上述问题，这里再考察各散文史对辞赋和骈文的认识。在这两种文体上，各史的把握是不一样的，尽管或说屈宋赋、汉赋，或说南朝骈文、唐宋四六文，但没有哪一部散文史对这两种文体的评述贯穿了始终。这里只选择汉赋和南朝骈文中庾信的骈文、骈赋作调查对象。需要说明的是，这里说的汉赋作家，是从辞赋的角度来考量的，论及汉赋作家的散文作品而不及其辞赋者不算在内。这些散文史对辞赋的态度显然有别，其中有七部散文史没有把辞赋纳入其中，从而反映出两种不同的散文观，广义的散文观之下认为辞赋是散文，狭义的散文观之下认为辞赋不当归于散文。

就认同辞赋是散文者论，收入史中的辞赋划分的状态不一：或按发展时期划分的，如谢楚发的西汉前期、西汉中后期、东汉前中期、东汉后期；漆绪邦的西汉前期、西汉后期、东汉；陈玉刚的初期赋、中期赋和晚期赋。或以赋的功能划分，有郭预衡分为歌颂之赋和牢骚之赋，张梦新把辞赋分成歌颂之赋

---

① 漆绪邦主编：《中国散文通史》，吉林教育出版社1994年版，第1645页。

② 漆绪邦主编：《中国散文通史》，吉林教育出版社1994年版，第1673页。

③ 郭预衡：《中国散文史》（下册），上海古籍出版社1999年版，第508页。

和抒情之赋两类。或以赋体划分的，如杨民的大赋、小赋；胥洪泉、赵义山的骚体赋、散体赋和抒情小赋；李艳的骚体赋、大赋和小赋。

按发展时期划分的，西汉前期以哪一年为断限？谢楚发的西汉前期赋只有贾谊的《鹏鸟赋》，枚乘的《七发》，而漆绪邦的西汉前期赋则有枚乘的《七发》，司马相如的《子虚赋》、《上林赋》、《长门赋》，贾谊的《吊屈原赋》、《鹏鸟赋》，严忌的《哀时命》，董仲舒的《士不遇赋》，司马迁的《悲士不遇赋》，东方朔的《答客难》。其中司马相如以后的赋，都被谢楚发放在西汉中后期。由于西汉前期的断限不一样，自然引起西汉后期的断限和相关的辞赋。再则，陈玉刚是就两汉划分初、中、晚期，其初期与谢楚发划分的西汉前期相同，但中期划到了东汉班固时代，与谢楚发、漆绪邦划分得都不一样了。汉赋时期的划分关系到它的发展流程，一个时期应该象征着汉赋文体、风格等的一个阶段，下一时期会有所变异或发展。那么这里的划分谁最符合汉赋的发展规律呢？

按辞赋的功能分，歌颂之赋、牢骚之赋，或歌颂之赋、抒情之赋。歌颂之赋不论，牢骚之赋予抒情之赋的提法有别，抒情可能是牢骚之情，也可能是非牢骚之情。但张梦新在抒情之赋下涉及的汉赋篇目与郭预衡牢骚之赋下的汉赋篇目基本相同，不同的是郭预衡著作中有严忌的《哀时命》，董仲舒的《士不遇赋》，张梦新著作中有扬雄的《解嘲》、班固的《答宾戏》，它们都属于牢骚之作。这意味着在特定的语境和文本之下，牢骚之赋予抒情之赋的提法的内涵相同。故张梦新说：抒情之赋“从内容倾向上说又可以称为牢骚之赋”①。不过，赋家固然是借赋发牢骚，但“抒情”的提法适应面更宽也是真的。

按赋体划分，大赋、小赋，骚体赋、散体赋、抒情小赋，骚体赋、大赋和小赋之类，将它们放在一起，很容易发现这些提法多少有点混乱。大、小就篇幅长短称，当然可以。但在它们之外列一“骚体赋”就不合适。骚体是就语言形式而言的，其既有篇幅长的《九叹》、《九怀》、《九思》等，又有篇幅短的《吊屈原赋》、《士不遇赋》、《悲士不遇赋》等；而骚体赋、散体赋、抒情小赋的提法，骚体、散体是语言形式的分类，抒情小赋是功能与篇幅相兼的分类，这些在辞赋的分类标准上就有点问题。

另外，上述各史涉及的汉赋作品也不一致，对汉赋艺术特色的评价多少会产生一点影响。关于汉赋艺术特色的评价，这里涉及汉赋的散文史有两种评价方式：总体评价，分赋体评价。

在这两种评价中，涉及汉赋的各散文史有一些共同的评价元素，如结构上的主客问答，谢楚发、李艳的总体评价和胥洪泉说散体赋时都提到；铺陈，谢楚发说铺张扬厉，虚辞夸饰；漆绪邦说骋辞，即追求对事物的极为铺陈与夸饰的描绘；李艳说铺采摛文，体物写志，赵义山也用此说。还有体制宏大，文辞华美，张梦新说歌颂之赋体制宏大，务求藻饰，润色宏业；杨民说场面廓大，内容丰富，组成了鸿篇巨制；胥洪泉说词藻华美丰富，五彩缤纷，体制宏伟，篇幅庞大；等等。说抒情则有感情真挚，直抒胸臆之说。虽然各史存在不同的表述方法，有些评价稍有差异，但总体上人们对汉赋艺术成就的认同度相当高，这在散文史上是较为特殊的现象。

关于骈文部分撰述的研究，原拟以南朝为对象，后感到南朝从事骈文写作的作家较多，作品也较复杂，不利比较，故取庾信及其骈文、骈赋为研究对象，借此以见一斑。

庾信生于南朝梁武帝天监十二年(513)，梁元帝承圣三年(554)四十二岁时出使西魏，因梁朝灭亡而留在西魏，后又在北周做过骠骑大将军、开府仪同三司。故有人将他置于南朝，有人将他置于北朝。庾信特殊的经历使他的人生自然分成了前后两个时期，创作亦然。在北朝，由于他深怀故国之思，影响到文风的变易，所以后期的文学成就较高，诚如杜甫在《戏为六绝句》其一中所言：“庾信文章老更成，凌云健笔意纵横。”诸史所选的庾信作品，虽有张梦新所选《春赋》、《对烛赋》，漆绪邦所选《荡子赋》出自前期，且漆绪邦说：“前期的赋限于作者的生活阅历，题材比较狭窄，但语言整齐，明快如诗，音韵和谐，婉转如曲，在艺术上是精心结撰之作。”②但大多出自后期。这自然带来一个问题，即对庾信文学成就的认识，应不应该像漆绪邦那样兼顾他的前期创作？在一般情理上，史的撰述宜虑及全面，以庾

① 张梦新主编：《中国散文发展史》，杭州大学出版社1996年版，第95页。

② 漆绪邦主编：《中国散文通史》，吉林教育出版社1994年版，第676页。

信前期或后期的创作来说明他的一生的成就都显得不够完美。也就是说,散文史的撰述是不当弃庾信前期的创作而只论其后期之文的。

而庾信后期的创作又可以分成两类:表现故国之思,怀有亡国之痛的作品,如《哀江南赋序》、《哀江南赋》、《伤心赋》、《小园赋》、《思旧铭并序》;给北周赵王、滕王的答谢辞,如《谢赵王賚雉启》、《谢滕王集序启》、《谢赵王赏白罗袍裤启》。对于后者,引用过《谢赵王赏白罗袍裤启》的谭家健说:"庾信文集中有书启十六篇,皆为骈文精品。其中多数是对北周皇族赵王、滕王赏赐的答谢,内容无非是颂谀赐物之美,陈述感激之忱。而比喻形容曲尽其妙,选词造语委婉多姿。'葩采迸发,情韵欲流',实在令人爱不释手。"[①]但上述提到庾信这类作品的只有三部散文史,各涉及1篇,可见庾信的这些作品并不为撰史者所重。而后者中的《哀江南赋序》与《哀江南赋》各自有一定的独立性,但实为一体。尽管如此,撰述者对这类作品显然重视得多。

对于庾信的骈文、骈赋,将会有怎样的评价呢?对于骈文、骈赋,文体自身的要求褚斌杰在《中国古代文体概论》一书归纳过四点:语言对偶,四六句式,音韵声律,用典与藻饰。这四点宜把"四六句式"并入语言对偶,而把用典和藻饰析为二。据此审视诸史对庾信骈文、骈赋的评价,大体都是从文体自身的特点出发,说语言对偶,就有对仗工整、长于对偶、偶对整齐、语言对偶、属对工巧等说法;说音韵声律,就有音节协调、音韵和谐、讲究声律、讲求音韵声律等说法;说用典,有用典丰富、用典贴切而多、多史事用典、处处用典、几乎通篇用典等说法;说藻饰,则有富艳精工、富赡华丽、富赡精工、语言精丽、辞藻华美等说法。

虽然各史的评价有出入,不像这里说的一一对应评价,但只要涉及上述文体的特征,大体都受制于文体特征本身。所不同的是诸史对庾信骈文、骈赋表现的自我情感的认识,表述各有不同。谢楚发说的是苍凉悲慨,张梦新说的是苍凉沉郁,胥洪泉说的是凄怆、沉郁而悲凉,李艳说的是沉雄悲凉。这些表达在情感上有共通的地方,但悲慨毕竟不等同于沉郁,苍凉也不是悲凉。除此之外的苍劲之气与苍凉,心境之悲与悲慨或悲凉也是不一样的。而大家面对的庾信文本主要是《哀江南赋序》和《哀江南赋》,在庾信表白自我人生苦痛的时候,大家因情感的共鸣也感受了庾信的苦痛,认识上趋同或略有差异是自然的。

上述关于辞赋和骈文的个案调查,很容易看到文体自身的规定性对散文史撰述者的影响,只是撰述者在评价时不求其全,各逞己意而已。不过,有些评价诸如说庾信骈文、骈赋的华实相副、情文并茂,叙事、抒情、议论相兼之类,更像是惯常的套话,对作品艺术特色的把握较为抽象,需要更深入、细致的推敲。

八、结　　论

对古代散文史撰述情况的研究,是希望较为深刻地认识当今古代散文史的状态,以供学史者和撰史者的思考。在上述的研究过程中,本文针对古代散文史中不同的研究对象,已有论述,最后拟作总结。

在古代散文史的撰述中,我们已经有一些关于如何撰述的理念,如郭预衡在《中国散文史》"序言"里开宗明义地说:"写这部散文史,曾有三点奢望:一是不从'文学概论'的定义而从汉语文章的实际出发,写出中国散文的传统。二是不从'作品评论'或'作品赏析'的角度,而从史的发展论述中国散文的特征。三是不要写成'文学史资料长编',但也避免脱离作品实例而发令人不知所云的长篇大论。"[②]这三点"奢望"可以归结为一句话:从作家作品把握史的发展写出散文的传统。这传统当是古代散文发展业已形成的规律,写出传统也就写出了规律,当然是很好的。

---

① 谭家健:《中国古代散文史稿》,重庆出版社2006年版,第279—280页。

② 郭预衡:《中国散文史》(上册),上海古籍出版社1986年版,第1页。

不仅是郭预衡，刘振新在《中国古代散文发展史》的"后记"里说："我们写的是古代'散文'发展史，因而把阐述的重点放在了'散文'本体的发展演变上"；"目的在于勾画出古代散文发展演变的轨迹，因而重点放在了考察、分析、说明每个时代的散文比起前代有哪些进展、突破和变化上"。[①] 他把"古代散文发展演变"作为撰述宗旨，有思想的高度自觉也是值得嘉许的。但散文史的撰述理念与实践是有距离的，一些散文史无法摆脱传统文学史的作家作品论的撰述模式，在史的脉络下写出散文传统，写出散文演变，实在是艰难。

在古代散文发展的分期上，不同的撰述者各行其是。在前面的篇章划分中就可以看到，即使是依从历史的朝代，世唐宋为一、宋元为一、元明清为一，还是唐宋元明清五朝各自独立？而按散文发展的阶段分，初期、中期、晚期或高潮、低谷在时段上怎样把握？撰述散文史，如果关于散文发展的分期认识不清晰，就意味着散文的发展演变的模糊，使我们不知在哪一历史的节点上散文的风格扬弃旧的而有新的开拓。这似乎是弄清散文发展规律的前提，为了这一前提，在散文史发展分期的划分上该何去何从呢？

在作家作品的撰述上，各史的撰述表面上不存在任何问题，因为任何散文史都需要以作家作品为基石。在这一点上，各史的撰述者都表现出高度的自觉。然而，面对一个时期，怎样选择作家？面对一个作家，怎样选择他的作品作专门的论述？从上述可以看到，就一个时期看散文史内容的安排，各史多有不同；就一个作家看，各史引用的作品常有差异。哪一部散文史的选择最为合适呢？还有，作家的作品数量有别，对于有大量散文作品的作家如韩愈、柳宗元、欧阳修、苏轼，撰述者引用作品的数量多则不过十余篇，这十余篇是否都最具代表性？况且有的只引用数篇，这是否会使散文史的撰述有以偏概全的嫌疑？再则各史引为例证的作品不一，我们可以说它们都很适中吗？

还有，在散文史的撰述上，虽然一些散文史偏向少谈时代背景和作家生平，但专意于作品论析可以吗？可以理解文学史撰述的传统模式即时代背景、作家生平、思想内容、艺术特色给后来者的影响，但少谈就表明抛弃了旧的文学史模式吗？问题在于，散文史怎样可以发掘时代、作家、作品之间的内在关联。不仅如此，还需要探寻作家与作家之间、不同作家的作品之间的关联，以期让人们看到的散文史是一部在演变中的流动史，而不是孤立作家作品论的组合史。这一点在研究上有相当大的难度，作家作品的编年、作家与作家之间、作品与作品之间联系的资料匮乏，都有碍于散文史演变的撰述。面临这一现实，散文史的撰述者应该怎么办呢？

问题未完，在上述研究中，笔者有意做了作家散文艺术评价的调查。在这些调查中，汉赋予骈文、骈赋的调查因文体的制约，撰述者趋同的元素较多，这也表现在对柳宗元山水游记、寓言的评价中。但更多地可以看到，撰述者不同的语言表现和思想倾向，但谁的撰述或说谁的表达最贴近所论作家的本色？如果他们选择的研究文本不一样，有不同的评价是自然的。即使有相同或相近的评价，这一评价能够取信于读者吗？散文作家作品的评价从来就受制于撰述者的学养和识见，表现出思想的异样光彩，但诸多的散文史，怎样的评价能够最大限度唤起读者的共鸣呢？

提这些问题，并不是说我们只需要一部思想高度一致的散文史。由于散文史或撰述者有不同的切入角度，这样就会产生多面的散文史。但无论散文史具有怎样的多面性，已成为历史的散文当撰述者再现它历史的时候，总会有一些规律性的东西，或说总有一些较为稳定的传统，不管从哪儿切入都会得到再现。而现在的散文史的撰述都在朝着理想目标努力，窃以为理想的目标尚未实现，散文史的撰述仍有很大的空间。基于此，重写散文史仍然是必要的，读者有理由继续期待。

---

① 刘振新等：《中国古代散文发展史》，中州古籍出版社1991年版，第521页。

仲长统与疏离文人庄园生活方式蓝图的设计及实现

陈咏红
（广州大学人文学院）

内容摘要：在中央集权专制的政治制度发展起来之后，文人主体性的实现途径失落。历代疏离文人一直寻求拥有主体性的生活方式，在汉末专制主义政治制度渐趋成熟、土地兼并严重的情况下，仲长统顺应时代经济条件的变化，设计了疏离文人庄园生活方式的蓝图；东晋时期，这一蓝图得以实现。

关键词：仲长统　疏离文人　庄园生活方式　蓝图

东汉中期，张衡《归田赋》云“与世事乎长辞”，流露出与时不合、归田隐居的念头，但未有寻找疏离生活方式的具体想法；在汉末专制主义政治制度渐趋成熟、土地兼并严重的情况下，仲长统（180—220）顺应时代经济条件的变化，设计、描绘出疏离文人庄园生活方式的蓝图，在疏离文人探索高扬主体性的生活方式的征途上迈出了第一步。本文拟于建构“疏离”理论之后，着重阐述仲长统对疏离文人生活方式建立的独特贡献。

一、“疏离”理论的建构

实际上，社会本身就是一个超级有机体（生命体），即一个具有自我平衡倾向的、整体自足的控制系统。一个主流出现，它的对立面必然伴随着它的出现而基本上同时出现。同理，随着中国中央集权专制主义的发展，其对立面，即对专制皇权的制约现象也在发展。可以说，对专制皇权的制约现象是正统主流文化的否定形态，是维持社会均衡的一种力量。由于“文人”（该概念下文详述）是当时社会的知识阶层，是专制的政治制度中文官队伍的来源，因而制约皇权的主体应是文人。余英时说：“知识分子并不是工业革命以后的新事物，每一个社会都有其知识阶层，因而也各有其特殊的知识分子的问题。”[①]显然，中国古代知识阶层的特殊问题应是如何应对专制皇权的问题。以是否争权为标准来划分，试图制约皇权的文人可分为两类：制衡文人，他们在政治体制内想通过争权来制衡绝对君权（另文详述）；疏离[②]文人，他们抛弃“官本位”意识，不争权，存在于政治制度内或外，希望通过建立彰显文人主体性的疏离生活方式制约绝对皇权，同时实现自己的社会价值。

所谓“文人的主体性”，是文人作为主体所特有的属性，指文人在追求理想、与外界相互作用中所

---

① 余英时：《士与中国文化》，上海人民出版社 1987 年版，第 2 页。

② 疏离，意为疏远、远离。早在元代就有人使用此义。如，“蒙谓人心既流于纵弛，固知有致患之由人情，岂终于踈离？”[引自：解蒙《易精蕴大义》（卷十二），台湾商务印书馆 1986 年影印《文渊阁四库全书》（经部一九第 25 册），第 780 页]此处“踈离”即“疏离”。

表现的自主性、能动性和创造性。春秋战国时期,士阶层分化,士有了一定的主体性。[①] 而前221年秦始皇统一中国至汉武帝时期,中国从封建制向中央集权专制制度的社会转型基本完成,文人主体性的实现途径失落,战国时"士无常君"的相对自由局面变为以文化承传者自为的士阶层向朝廷求仕的格局。他们必须以儒家的道德准则行事,通过察举征辟的途径获取利禄及社会地位。他们有内在的主体性而无外在的经济基础,有理想和自我价值取向而要仰仗君王的心意和强权去实施,这迫使他们寻求应对绝对皇权的出路。于是,文人"疏离"现象便逐渐产生了。

此处的"文人",泛指那些掌握了较高文化知识并对内试图寻求"官本位"意识之外新的人生价值标准、对外代表一定社会道义的人文知识阶层的成员。"文人"不是一个静止的概念,它有两条发展线索:①与做"事"有关。早期的文士是士(职事官)之一种。汉许慎《说文解字》云:"士,事也。"因为"士"是指各类办理公务的人员,其中一定会有担任文职的人;而"文"则泛指文字,[②]所以"文士"自然是"士"的一部分。作为职事官的"士"在商、西周、春秋为贵族阶层,多在王室、诸侯公室和卿大夫的采邑中担任各种职事官。而"文人"的"人"与"文士"的"士"在诗经时代已是相通的。如,《诗经·邶风·凯风》云"有子七人,母氏劳苦",《诗经·卫风·氓》云"于嗟女兮,无与士耽",其中的"人"和"士"皆可解作有做事能力的一般成年男子,故"文士"很容易被称为"文人",指可以做事、有较高文化水平的成年男子。②与"文德"有关。《尚书》和《诗经》都提到"文人",指有文德的人,即"代表社会道义"者。如《尚书·周书·文侯之命》云:"追孝于前文人。"唐代孔颖达疏:"追行孝道于前世文德之人。"

最终,"有较高文化水平"和"代表社会道义"两条线索于春秋末年合而为一。春秋末年以后,"士"渐成统治阶级中知识阶层的统称。在汉代,"文人"同"文士",指擅长文章而有德行的人。[③] 到了汉魏之交,人们已认为自古以来都有文人,与后代"知识分子"概念相近的"文人"概念已渐趋成熟。如《文选》魏文帝(曹丕)《典论·论文》云:"文人相轻,自古而然。"可见,与现代"知识分子"概念的核心意义相近的"文人"概念在汉代基本成立,即"文人"泛指那些有较高文化水平和代表社会道义的知识阶层的成员,本文的"文人"概念也采用这一含义。

而文人"疏离"现象,是指中央集权专制的政治制度出现以后,文人以逍遥的姿态栖居于主流文化边缘的一种现象,主流文化是指由专制集权的政治制度引发的"官本位"意识。"官本位"意识把是否为官、官职大小当成一种核心社会价值尺度去衡量个人的社会地位和价值。

文人疏离现象的基本构成包括三种因素:疏离主体、疏离对象、疏离方式。疏离主体,即疏离文人,具有疏离"官本位"意识的心态的文人都是疏离文人,不论是否正在为官。疏离主体包括疏离行为和疏离精神两个方面。疏离行为指文人主动或被动放弃与"官本位"密切相关的显性功利并试图寻求新的人生价值标准的生存行为;疏离精神指疏离文人的思想意识形态,即疏离文人对"官本位"意识的超越精神。

疏离对象是中央集权专制的政治制度引发的"官本位"意识;是否疏离"官本位"意识,就成为判断是否具有疏离精神的根本标准。秦以后中国社会一直实行中央集权专制的政治制度。所谓"专制",就是权力垄断于一个人,典型地表现为独裁制、终身制和世袭制。[④]

此处所谓"疏离方式",是指疏离文人的生存和发展的模式。例如,在先秦两汉时期,疏离方式主

---

① 商、西周时期,宗法分封制保证了士等级的稳定,但严格的等级制度又使士的知识和技能无法充分施展,缺乏知识主体的自主性。他们不是独立的知识群体,其知识还没有形成理论学说,没有达到以知识为资本与社会进行交换的程度。在春秋战国,士摆脱了宗教等级的束缚,获得了较多的人身自由。参见孙立群:《中国古代的士人生活》,商务印书馆2003年版,第2页。

② 许慎《说文解字》:"文,错画也。象交文。今字作纹。"许慎意为,"文"指独体字;"字"指合体字。"文"可泛指"文字"。

③ 韩婴《韩诗外传》(卷七)云:"君子避三端:避文士之笔端;避武士之锋端;避辩士之舌端。"东汉王充《论衡·超奇》云:"采掇传书以上书奏记者为文人。"从"文士之笔端"、"采掇传书以上书奏记"等文字,可推知文士(人)擅长写文章。而西汉刘安《淮南子·齐俗训》云:"农与农言力,士与士言行(品行),工与工言巧,商与商言数。"从"士与士言行"句,可推知文士要有德行。

④ 赵学聪:《中国中央专制集权制度的演变》,载《重庆大学学报》2004年第4期。

要包括隐逸山林、朝隐（东方朔）、道教养生和两汉经学系统内的疏离方式等。魏晋南北朝时期，则有庄园疏离生活方式；唐宋则有郊隐（隐于都城郊区终南山）、王维的亦官亦禅、白居易的“中隐”（隐于地方官任上）等方式。宋代则有耽于青楼的疏离方式。虽然归隐山水田园等与流连艳情（青楼）两种生活方式差异很大，但两者在价值取向上都具有疏离“官本位”意识的本质特征。宋代以后，以上各种文人疏离生活方式并存。

疏离理论与“大隐隐于朝廷，中隐隐于市井，小隐隐于山林”的说法有重要区别：①隐逸所规避的对象不明确。隐逸目的一般说是远离官场的污浊，并没有上升到疏离专制的政治制度、寻求文人主体性实现途径的理论高度，对隐于青楼现象也没有明确认识，即没有发现几种疏离方式的疏离“官本位”意识的共同本质。②疏离概念内涵、外延均比隐逸概念要大。凡是与“官本位”意识疏离的方式，皆属于疏离方式。

二、仲长统对疏离文人庄园生活方式蓝图的设计

从上述疏离理论的视角观察，仲长统是疏离文人庄园生活方式蓝图的最早设计者。

（一）仲长统所设计的疏离文人庄园生活方式的蓝图

仲长统《乐志论》将庄园经济与老庄思想结合起来，设计出疏离文人生活方式理想的蓝图：“常以为凡游帝王者，欲以立身扬名耳，而名不常存，人生易灭，优游偃仰可以自娱，欲卜居清旷，以乐其志，论之曰：‘使居有良田广宅，背山临流，……蹰躇畦苑，游戏平林，濯清水，追凉风，钓游鲤，弋高鸿。讽于舞雩之下，咏归高堂之上。安神闺房，思老氏之玄虚；呼吸精和，求至人之仿佛。与达者数子，论道讲书，俯仰三仪，错综人物。弹《南风》之雅操，发清商之妙曲。清摇一世之上，睥睨天地之间。不受当时之责，永葆性命之期。如是，则可以陵霄汉，出宇宙之外。岂羡夫入帝王之门哉！’”①代表着士（文）人普遍心态的仲长统的闲适逍遥的庄园生活理想和高雅旷达的性情志趣，源于庄园经济这个社会现实，远接老庄无为、逍遥的人生哲学，成了疏离文人向往的生活目标，“体现了士人与政权的疏离、国家意识的淡薄和个人意识的强化”②。

（二）寻求疏离文人庄园生活方式的历史任务落在仲长统身上的原因

1. 汉代土地兼并、庄园产生是蓝图出现的物质前提；而仲长统恰恰生活在这一物质前提刚刚具备的汉末

汉代庄园经济的特点是庄园主多为大官僚或将领，大型庄园得到发展，庄园作用是物产供给和宗族聚居；疏离文人对生活方式的探索处于多方探索阶段。而仲长统恰恰生活在这一物质前提刚刚具备的汉末。

夏商西周时期土地公有，其主要土地制度井田制是我国奴隶社会实行的一种农业、行政与军事组织形式合一的土地国有制度。③ 在土地私有制度产生之前，人们对社会的疏离方式只能是“个体隐逸山林”。春秋战国时期，政治权力和经济利益重新分配。原来的多层所有制关系向国家所有制和土地的私人所有制转变。随着战国纷争局面的结束，秦始皇三十一年（前 216），政府颁布“令黔首自实田”的法令，土地私有得到法律的承认与保障。西汉时期沿用秦制。自前 140 年汉武帝即位起，土地私有化导致的土地兼并现象日趋严重。庄园经济的强化，使得西汉末年朝廷权力严重削弱，土地兼并之风越演越烈，强宗大族的大型庄园开始出现。自西汉后期开始，士（文）人与家族和大土地所有制密切结合，成了某一家族代表人物。至东汉，庄园实际上发展成一个以士人为族长，以宗族为纽带，包容贫贱

---

① 《后汉书·仲长统》（第 6 册），中华书局 1965 年版，第 1643 页。

② 章培恒、骆玉明：《中国文学史》，复旦大学出版社 1996 年版，第 264 页。

③ 于琨奇：《论春秋战国时期土地所有制关系的变化》，载《北京师范大学学报》（人文社会科学版）2001 年第 5 期。

富贵、士农工商等各个阶层的大型庄园。如东汉后期崔寔《四民月令》就说明东汉后期庄园经济实际上已发展成一个包括士农工商等阶层的小社会。[①]

可以说,历史的机遇决定了疏离文人生活方式的未来走向:既然土地制度、社会经济的发展产生了庄园,那么疏离文人自然会利用庄园作为疏离生活的基地。生活在汉末的仲长统即是首个试图利用庄园作为疏离生活基地的疏离文人。

2.仲长统具有非同寻常的理性精神和强烈的主体性,善于发现新的生活方式

从仲长统的政治制度改革主张最可看出仲长统的非同寻常的理性精神。范晔《后汉书》本传载,仲长统的政治制度主张大致有二:①推许分权制度。在仲长统看来,汉光武皇帝出于防"强臣之窃命"的目的而政不任下;但是专权的皇帝必须才德兼备,否则极有可能让宦官、外戚乘虚而入形成专权局面。②不能让权力与婚姻、血缘联姻。"夫使用政者,不当与之婚姻;婚姻者,不当使之为政也。"而仲长统的两首《述志诗》则透露了他的强烈的主体性。其中一首说:"六合之内,恣心所欲。人事可遗,何为局促?"另一首说:"百虑何为? 至要在我。寄愁天上,埋忧地下。叛散《五经》,灭弃《风》、《雅》。百家杂碎,请用从火。抗志山栖,游心海左。"仲长统意为,只有摒弃外在价值取向,才能"恣心所欲",实现"我"的内在价值取向。仲长统主体性的张扬体现了魏晋个体意识强化的先声,远超同时期的王符、崔寔二人。

因此,钱钟书《管锥编》说:"《全后汉文》卷六七荀爽《贻李膺书》:'知以直道不容于时,悦山乐水,家于阳城';参之仲长欲卜居山崖水畔,颇征山水方滋,当在汉季。"钱钟书意为,从仲长统《乐志论》可见山水意识和山水文学的滋生并不在刘勰《文心雕龙·明诗篇》所说的宋初,而是在汉末。

三、疏离文人庄园生活方式蓝图的实现

但是,在疏离文人庄园生活方式的蓝图被描绘出来之后,疏离文人实现这一蓝图的历程是漫长的。这个蓝图实现的标志有二。

(一)庄园生活环境及周围山水成为"道"的外化,具有本体论性质并成为文人的独立审美对象

魏晋时期,文人的疏离精神及主体性渐趋成熟。文人极力强调自我的主体性,继续为庄园疏离生活寻求理论支持。"隐显在心"由玄学代表人物郭象提出,并在西晋后期风行开来。《晋书·向秀传》说:"秀乃为之(《庄子》)隐解,发明奇趣,振起玄风……惠帝之世,郭象又述而广之,儒墨之迹见鄙,道家之言遂盛焉。"[②]郭象注《庄子·逍遥游》时指出:"夫圣人虽在庙堂之上,然其心无异于山林之中,世岂识之哉!徒见其戴黄屋,佩玉玺,便谓足以缨绂其心矣……岂知至至者之不亏哉!"[③]以这种玄学的观点看来,贤人君子只要能做到"不以王务婴心",即有拒绝"官本位"价值观的主体性,也能达到脱俗的目的。

这种疏离文人的焦虑在庄园生活中则表现为将汉代作为宗族聚居之地的庄园变成文人的人生享乐之所。《太平御览》卷四〇九引《向秀别传》云,向秀"与吕安灌园于山阳,收其余利,以供酒食之费"。而《世说新语·品藻》注引石崇《金谷诗叙》云,石崇金谷别墅"或高或下,有清泉茂林,众果、竹柏、药草之属,莫不毕备。又有水碓、鱼池、土窟,其为娱目欢心之物备矣",直欲聚天下最好物品以供享受。

东晋南北朝时期,庄园经济臻于成熟,成熟的标志是庄园主身份、规模、庄园功能都更为多样。如,《抱朴子·吴失篇》说,江左豪族"田池布千里","僮仆成军",可以"闭门为市"。还有东晋末陶渊明

---

① 崔寔撰:《四民月令辑释》,缪启愉辑释,万国鼎审订,中国农业出版社 1981 年版,第 1、2、94、37 页。

② 《向秀传》,载《晋书》(第五册卷四十九),中华书局 1974 年版,第 1374 页。

③ 郭庆藩:《庄子集释》,中华书局 1961 年版,第 28 页。

(约 365—427)也有自己的田园，并且土地也是其谋生的对象。又如，《宋书》卷七十七《沈庆之传》载，刘宋的吴兴武康(今浙江省德清县武康镇)人沈庆之(386—465)是著名将领，他在建康城南的娄湖"广开园田之业"。《梁书》卷五十一《处士》载，梁代吴郡钱塘名士范云琰家贫，唯以园蔬为业，依靠种植蔬菜来维持生计。

而东晋疏离文人庄园生活则进入日常生活哲学化、审美化时期。偏安江左的东晋王朝，不得不与士族携手共治天下。这种"王与马，共天下"的皇帝与士族联合执政的门阀政治直到东晋终结未有改变。东晋士(文)人暂时消除了与朝廷对抗所造成的焦虑。消除焦虑后，东晋疏离文人在玄言诗创作的启发下，发现山水田园是"道"的外化。老子的道论指出，道是万物存在的普遍根据。魏晋玄学家通过注解《老子》、《庄子》和《周易》来表达自己的玄学思想，即以老庄思想来解释儒家经典，提出有无、本末、动静、体用等哲学范畴，论证在现象世界背后尚存在着真实的、不变的、超言绝象的本体"道"或"无"。东晋中叶，以王羲之和佛教徒支遁为代表的玄言诗人完成了从玄学自然观向山水审美观的转化，发现了"自然美"的独立、自在、审美的体道价值。

而陶渊明的诗较能表现山水田园的本体论色彩。陶渊明荷锄归月、"以酒入诗"，常在俯仰流观中感受"群动"、"群息"的宇宙节奏，能站到"天道"、"大化"的高度来看待人生的化迁，将"大象"运行的规律落实到人事代谢上，在体悟"群动"的宇宙生命时，领悟人生顺应自然的真趣。如《饮酒》(二十首)其五"结庐在人境，而无车马喧"，显示一种把生命落实于俗世，却又超乎俗情的贞定。而"心远地自偏"，则更深刻地指出了文人疏离现象的疏离"官本位"主流文化的本质。[①]

于是，士(文)人便努力将庄园建造成为谢灵运所称的"幽人憩止之乡"[②]，把仲长统《乐志论》设计的疏离文人庄园生活方式蓝图变为现实。在庄园疏离生活中，文人风流自许，谈玄说佛，品评人物，于山水自然中切入一种审美的意境，"游目聘怀"，体悟生命。谢灵运《山居赋》在言及他的庄园构造时说："剪榛开迳，寻石觅崖。四山周回，双流逶迤。面南岭，建经台；倚北阜，筑讲堂。傍危峰，立禅室；临浚流，列僧房。"经台、讲堂、禅室、僧房，这些都是有关东晋之前庄园的记载中没有出现的建筑，颇有哲学味道。即使像王导这样的重臣也有"(庾)元规若来，吾便角巾还第"[③]的打算。像谢安"虽受朝寄，然东山之志始末不渝，每形于色"[④]。不少文人表示，自己的家就在"园"中。如东晋支遁(314—366)《咏怀诗》(四)云："……近非城中客，远非世外臣，澹泊为无德，孤哉自有邻。"支遁表示并不想做"城中客"、"世外臣"，那么"家"就只能在"庄园"中。

可见，东晋以降，庄园生活环境及周围山水成为了文人的独立审美对象。

(二)疏离文人在庄园生活中发现了可行的进取方式

东晋以降，本体论境界的发现则引起了文人审美意识的觉醒，于是，与"道"有关的、能够使人与"道"融为一体的所有文艺形式都具有了本体论意义；艺术得到重大发展，以至很多文艺项目成为独立的审美对象，并被品级定格。①品诗。如钟嵘的《诗品》是在刘勰《文心雕龙》后第一部以"品"评诗的诗学专著，全书共"品"评两汉至梁代的五言诗人 122 人。②品园。私家园林在两汉文献中尚不多见，到魏晋南北朝时代，私家园林的记载丰富起来。北方的洛阳、南方的建康、吴郡，特别是会稽，是私园的集中地带。③品画。魏晋南北朝之前的中国画理论，集中体现在"状物"(如韩非子和张衡说"狗马难画，鬼魅易图")与"教化"。东晋顾恺之提出"传神"论和对"描"的总结。随后，南朝画家谢赫在中国第一篇绘画品评专论《画品》提出的"六法"，标志着中国绘画理论体系的独立形成。④品书。从汉末到南北朝时期，出现了张芝、钟繇、王羲之父子等一批书法大师。晋代二王行草是中国书法史的第一个高峰。而南齐王僧虔《论书》提出了"变古出新"的观点；他的《笔意赞》论述了书法中形体和神彩的

---

① 本文陶渊明诗均引自逯钦立：《陶渊明集》，中华书局 1979 年版。

② 《谢灵运传》，载《宋书》(第六册卷六十七)，中华书局 1973 年版，第 1756 页。

③ 《王导传》，载《晋书》(第六册卷六十五)，中华书局 1974 年版，第 1753 页。

④ 《谢安传》，载《晋书》(第七册卷七十九)，中华书局 1974 年版，第 2076 页。

关系，提出“神彩为上，形质次之，兼之者可绍于古人”的论断。至此，书法作为一种艺术同实用文字之间的本质区别被提出来了。⑤品棋。两晋形成了围棋史上第一个蓬勃发展的高潮。“品棋”就是评定棋艺、确定棋艺水平的高低。南朝先后“品棋”三次。

总之，东晋以降，仲长统所设计的疏离文人庄园生活方式的蓝图终于成为一种现实的，体现了疏离精神和山水田园的宁静生机的、适宜发展各类文化习尚的疏离文人生活方式。这种生活方式体现了这群文人内心激荡着的自己所处阶层的普遍愿望——主体性的高扬。

庄子的生态智慧

李书安
（苏州大学文学院）

内容摘要：庄子尊“道”，尚“自然”。“齐物”、“逍遥”、“自然”等思想中表现出的生态智慧，为面临生态危机和生存困境的人类的自救，为我们建设生态式的和谐社会提供着丰富的思想资源。

关键词：庄子　齐物　逍遥　自然　生态智慧

20世纪以来，生态学者指出：“人只是生物队伍的一员的事实，已由对历史的生态学认识所证实。很多历史事件，至今只从人类活动的角度去认识，而事实上，它们都是人类和土地之间相互作用的结果。土地的特性，有力地决定了生活在它上面的人的特性。”①自喻为万物灵长的人类从远古走来，似乎忘了自己是自然中的一员。随着科学技术的进步、理性的发展，人类却面临着日益严重的生态危机和生存危机。人类不得不从“征服自然”的陶醉中惊醒，开始从自身和自然的联系中寻找解救的方法。“解救地球的生态困境，就必须首先从人类自救开始。于是，修补精神圈的空洞和裂隙，矫正精神圈的偏执和扭曲，进而从根本上改善地球上的自然生态和精神生态，就成了‘人类纪’的人们面临的一项重大的使命。”②于是生态哲学、生态文学、生态艺术、生态批评等学科应运而出。在西方，生态文化越来越受到社会的广泛关注，并取得很多重要的研究成果。我们知道生态文化属于现代文化。中国古代的农牧文化，虽然不是现代意义上的生态文化，但从人与自然和谐相处这一生存方式、人类精神的自我调节和人类的美学理想的角度来看，道家庄子的尊“道”，尚“自然”的生存理想和态度，已蕴含着丰富的生态智慧。

庄子生活的战国时代，礼崩乐坏，物欲横流，诸侯并起，战乱纷纭，“争地以战，杀人盈野；争城以战，杀人盈城”（《孟子·离娄上》），“无耻者富，多信者显”（《庄子·人世间》），“窃钩者诛，窃国者为诸侯”（《庄子·胠箧》），三代儒家礼乐治下的和谐秩序遭到彻底破坏。同时，儒、墨等家面对这样的现实所提出的各种学说却显得苍白无力，仁义成为牟取利益的工具，“圣人不死，大盗不止”（《庄子·胠箧》），人性的善没能战胜人性的恶成为道德规范。面对这样一个无序的现实，庄子提出了具有生态意义的应对方法：“齐物”的自然观，“逍遥”的生命观和“自然”的美学观。

一、“齐物”的自然观

这里“自然观”中的“自然”就是指人类赖以生存的自然界。所谓“自然观”，是指人对自然的态度及与自然的关系。正如马克思指出的那样，人要生存首先必须解决衣、食、住、行等问题。这些物质的获取决定着人类必然与自然界之间发生关系：自然为人类的生存和发展提供物质基础，而人类的活动对自然产生着不可忽视的影响。科技的进步加速人类利用自然能力的发展，自然的慷慨给予刺激着

---

① ［美］E·哈奇：《人与文化的理论》，黄应贵、郑美能编译，黑龙江教育出版社1988年版，第114页。

② 鲁枢元：《生态批评的空间》，华东师范大学出版社2006年版，第45页。

人类的物欲不断膨胀。人类之母的自然在不堪承受人类的无尽索取的痛苦的呻吟中不得不给人类以警告式的报复：自然灾害、物种灭绝、资源枯竭、环境污染、人口剧增、生态失衡……现今人们深知造成这种局面的深层根源在于人的贪欲和人类的自我中心主义导致的人与自然关系的失调，如何克服太盛的物欲，实现人类和自然的和谐统一。远古庄子思想中闪耀着夺目的智慧。

庄子继承老子"道"统而有所发展。老子云："人法地，地法天，天法道，道法自然。"(《老子·第二十五章》)自然之道是最高范畴的"道"，这种"道"眼不能见，却贯注于一切事物之中，并赋予一切事物以生命，"道生一，一生二，二生三，三生万物。"(《老子·第四十二章》)庄子发展了老子的"道"："夫道，有情有信，无为无形，可传而不可受，可得而不可见，自本自根，未有天地，自古以固存。神鬼神帝，生天生地，在太极之先而不为高，在六极之下而不为深。先天地生而不为久，长于上古而不老。"(《庄子·大宗师》)庄子认为"道"不是抽象的观念、精神，而是先于天地万物而普遍的存在，是万物产生的根源。"东郭子问于庄子曰：'所谓道，恶乎在?'庄子曰：'无所不在。'东郭子曰：'期而后可。'庄子曰：'在蝼蚁。'曰：'何其下邪?'曰：'在稊稗。'曰：'何其愈下邪?'曰：'在瓦甓。'曰：'何其愈甚邪?'曰：'在屎溺。'"(《庄子·知北游》)"蝼蚁"、"稊稗"、"屎溺"象征自然界中渺小、卑贱、肮脏的东西。这组形象、生动、风趣的层递比喻说明，道是无所不在，无所不包的。基于此，我们能比较可靠地理解庄子的"齐物"中蕴含的自然观。"天地一指也，万物一马也。"(《庄子·齐物论》)"厉与西施，恢诡谲怪，道通为一。"(《庄子·齐物论》) "万物皆一。"(《庄子·德充符》)"夫天下也者，万物之所一也，得其所一而同焉。"(《庄子·田子方》)庄子认为世上万物本无严格的界限，在本质上是一致的，这是"齐物"的一层含义。"天地与我并生，万物与我为一"。(《庄子·齐物论》)从"道"角度来看，人和万物都是"道"派生出来的，生而同源，衰毁之后，又归于"道"。[①] 人与万物从本质上也是一致的，这可以看成是"齐物"的另一层含义。那么"以道观之，物无贵贱"。人是自然万物中普通的一员，人和万物是平等的，人没有超越自然的力量，更不是万物的主宰。尽管世俗之人(类)，常以自我为中心："落马首，穿牛鼻"，"以人灭天"，"以故灭命"。(《庄子·秋水》)以自己的好恶取舍态度来对待"他物"："民湿寝则腰疾偏死，鳅然乎哉？木处则惴栗恂惧，猿猴然乎哉？三者孰知正处？民食刍豢，麋鹿食荐，蝍蛆甘带，鸱鸦嗜鼠，四者孰知正味？猿狙以为雌，麋与鹿交，鳅与鱼游。毛嫱丽姬，人之所美也；鱼见之深入，鸟见之高飞，麋鹿见之决骤，四者孰知天下之正色哉?"前者在庄子看来这种做法显然是扰乱自然本性，违背"道"的。后者庄子借王倪之疑问意在说明，对自然万物不能以人的主观好恶作为评价标准，人应尊重万物，兼怀万物，人不应该也不是万物的尺度。自然界有其自身的客观规律："天地固有常矣，日月固有明矣，星辰固有列矣，禽兽固有群矣，树木固有立矣。"(《庄子集解·天道》)人若顺应万物生长的规律"因其所有而有之，则万物莫不有；因其所无而无之，则万物莫不无"(《庄子·秋水》)。这样才能使万物竞萌，繁衍昌盛，生生不息，取之不尽。反之则会遭受自然无情的回报："昔予为禾，耕而鲁莽之，则其实亦鲁莽而报予；芸而灭裂之，则其实亦灭裂而报予。予来年变齐，深其耕而熟耨之，其禾繁以滋，予终年厌飧。"(《庄子·则阳》)庄子反对人们以"鲁莽"、"灭裂"式地破坏自然，主张在顺应和保护自然的前提下利用自然条件，做到"与天为徒"《庄子·大宗师》；若无视自然规律，随心所欲，一意孤行，"与人为徒"是注定要惩罚的。"夫明白于天地之德者，此之谓大本大宗，与天和者也；所以均调天下，与人和者也。与人和者，谓之人乐；与天和者，谓之天乐。"(《庄子·天道》"大本大宗"是庄子从"'齐物'自然观"的概括，他要求人类要了解自然规律，掌握自然规律，按自然规律办事达到人与自然和谐统一。

二、"逍遥"的生命观

庄子的生命观多被认为是出世、虚无、感性的。但当理性的进步并没有把人类带向幸福的乐园，

① 孙以楷：《〈逍遥游〉之逍遥》，载《安徽大学学报》1993年第1期，第25—26页。

相反，却使人类逐渐丧失了"在最初错失自身和遮蔽自己的东西"①，而疯狂地追求物质、名利、地位、享乐。"心理性的资源稀缺比自然性的资源稀缺更加致命，它能够使得'明明不错'的日子失去意义"②，人类越来越焦虑、浮躁、抑郁，越来越无归宿感。人类心理失衡，精神失去家园。如何解决这种人生困惑，培养人的"精神生态"，请看庄子"逍遥"式的生命智慧。

何为逍遥？"逍遥"一词最早见于《诗经》中，如《郑风·清人》"二矛重乔，河上乎逍遥"和"于焉逍遥"，又见于屈原《离骚》"聊浮游以逍遥"。"逍遥"本意悠闲自得、无拘无束的样子，这里是指一种不为身外之物所累的一种超凡脱俗、坦然从容的心理状态和精神境界。

如何才能逍遥？庄子主张去名利之"累"。面对名利，住的是"穷闾陋巷"、瘦得"槁项黄馘"的庄子对楚威王使者笑着说："千金，重利；卿相，尊位也。子独不见郊祭之牺牛乎？养食之数岁，衣以文绡，以入大庙。当是之时，虽欲为孤豚，岂可得乎？子亟去，无污我。我宁游戏污渎之中自快，无为有国所羁，终身不仕，以快吾志焉。"(《史记·老子韩非子》)他知道"千金"、"重利"在世俗中的好处和诱惑，但他更知道这些东西所带来的"累"。虽然这里有对儒家入世伦理道德的蔑视和保全生命于乱世之意，但也明白地表现出庄子的人生态度，"物物而不物于物，则胡可得而累邪!"从反面来理解这句话意思更清楚：如果只是为物所累所用，而不是使用物，让物为你所用，那就是被物异化了，人成了物质的奴隶。当然只有超越外物的限制，"且举世誉之而不加劝，举世非之而不加沮，定乎内外之分，辩乎荣辱之境，斯已矣。……夫列子御风而行，泠然善也，旬有五日而后反。彼于致福者，未数数然也。此虽免乎行，犹有所待者也。若夫乘天地之正，而御六气之辩，以游无穷者，彼且恶乎待哉！故曰：至人无己，神人无功，圣人无名"。在庄子看来，宋荣子面对"举世"的"誉"、"非"而不加"劝"、"沮"的，犹有未树；只有彻底摆脱"名"的束缚，才能达到"圣人"之列。列子"御风而行"的确"免乎行"了，但还要待于风，没有完全超越功利；庄子"恶乎待"，体现了他的非功利性取向，是"无功"的，达到了"神人"之境；"乘天地之正，而御六气之辩，以游无穷者"，在无穷之境中自由遨游，达到"无己"状态，这是"至人"之境。庄子以"无功"、"无名"、"无己"来超越名利。当然这种完全脱离自然和社会的绝对逍遥是虚幻，有消极的成分，但为人生指明一条淡泊名利、规避异化之路，无疑是有积极意义的。

人的自然本性是"悦生恶死"的。"好死不如赖活"，"生"从某种程度上是人的最大欲望，"死"是人生最大的恐惧。庄子时代的儒家"重生轻死"，但这种具有浓厚伦理色彩的实用主义生死观并没有能消除人们对死亡的困惑，庄子以其独特的生命观从主观上超越生死的界限，从终极意义上消解了死亡的恐惧，使人能坦然地面对生命——去掉了人生中之大"累"。

"生死如一"是庄子的生命哲学的重要命题。"方生方死，方死方生"(《庄子·齐物论》)，人的生死是气的运动变化的呈现。"察其始而本无生；非徒无生也，而本无形；非徒无形也，而本无气。杂乎芒芴之间，变而有气，气变而有形，形变而有生；今又变而之死，是相与为春秋冬夏四时行也。"生和死只是气的不同变化形态，"人之生，气之聚也，聚则为生，散则为死"(《庄子·齐物论》)。庄子认为人的生命和死亡是气的运动变化的呈现，生死的本质是一致的。"万物一府，死生同状。"(《庄子·知北游》)生，气由形显，气是生命的物质基础，人之生死，万物存亡都是气聚散变化的结果。这样生命就成了一种超时空的永恒存在。生和死只是生命的两种不同表现方式，死是生命的潜伏状态，生则是其显现状态。当他妻子死时，他竟鼓盆而歌；他本人在临死时，拒绝弟子们准备给他厚葬，"吾以天地为棺椁，以日月为连璧，星辰为珠玑，万物为济送，吾葬具且不备邪？何以加此"(《庄子·至乐》)。因为在他看来，人的生死只不过是气的聚散，是回归自然的怀抱，所以他没有伤感和恐惧。他超越了世俗对于死的看法，以独特的视角，博大的胸怀，昭告人们：生死是自然的事，生和死都是生命的不同组成部分，人应当直视生死，泰然处之。

① ［德］海德格尔：《存在与时间》，陈嘉映、王庆节译，生活·读书·新知三联书店2000年版，第15页。

② 赵汀阳：《关于自由的一种存在论观点》，载《世界哲学》2004年第6期，第6—8页。

三、"自然"的美学观

在庄子的生态智慧中最令人欣赏的是其美学理想，其美学观的核心就是"自然无为"。庄子认为：人为者，"伪"也；"无为"者，"自然"也。这里的"自然"不是大自然或自然界，一般认为它有三种基本含义：天然；非人为；自然而然。可见庄子的"自然"和"无为"相通，与"人为"相对立。它强调的是保持事物的天然属性和自然而然的本真状态，反对人为和人工穿凿，这样才能达到至美。

"且夫待钩绳规矩而正者，是削其性者也；待绳约漆而固者，是浸其德者也。屈折礼乐，俞仁义以慰天下之心者，此失其常然也。天下有常然，常然者，曲者不以钩，直者不以绳，圆者不以规，方者不以矩，附离不以漆，约束不以索。故天下诱然皆生，而不知其所以生；同焉皆得，而不知其所以得。"（《庄子·骈拇》）一切方圆曲直都应顺其自然，人为的钩绳规矩就会使事物失去"常然"，就会破坏美。只有自然天成的"常然"，才是真正的天地之美。

"梓庆削木为鐻，鐻成，见者惊犹鬼神。鲁侯见而问焉，曰：'子何术以为焉。'对曰：'臣，工人，何术之有！虽然，有一焉：臣将为鐻，未尝敢以耗气也，必齐以静心。齐三日，而不敢怀庆赏爵禄；齐五日不敢怀非誉巧拙；齐七日，辄然忘吾有四枝形体也。当是时也，无公朝。其巧专而外骨消，然后入山林，观天性形躯，至矣，然后成鐻，然后加手焉，不然则已。则以天合天，器之所以疑神者，其由是与！'"（《庄子·达生》）

梓庆雕刻的鐻之美，被人叹为鬼斧神工，是因为他"以天合天"，以他的自然去合树木、鸟兽之自然，才收到这种效果。

"夫虚静恬淡，寂寞无为者，万物之本也。……朴素而天下莫能与之争。"（《庄子·天道》）"虚静恬淡"、"寂寞无为"是万物之本，当然也是美之本。所谓"朴素"就是一切纯任自然，回到自然的原生状态，这种朴素之美就是天下至美。人的认识是极有限的，往往容易"以天下之美尽在已"，这实为人"有蓬之心"的缘故。只有超越自身的界限，效法自然，像大自然那样"生而弗有，为而不恃，功成而弗居，方能与自然之道合一"，达到"与天和者谓之天乐"的境界。

表面上看，庄子对文学艺术似乎是持否定观点。"五色不乱，孰为文采！五声不乱，孰应六律！夫残朴以为器，工匠之罪也；毁道德以为义，圣人之过也！"（《庄子·马蹄》）"文灭质，博溺心，然后民始惑乱，无以反其性情而复其初。"（《庄子·缮性》）实际上是他的自然美学观在文艺审美理想上的运用。他反对过分的人工雕琢，反对人为的矫揉造作；主张自然无为，朴素天真之美。所以李泽厚说："后世美学对美与艺术特征的认识，大部分渊源于道家，特别是庄子学派。"[①]其实庄子对文艺并不是真正意义上的完全否定。庄子对审美和艺术的否定和批判是针对那些人为的、非自然的美和艺术，这就是说，庄子推崇的是自然美。正如他在《庄子·齐物论》和《庄子·天道》篇中提出的"天籁"、"天乐"的艺术境界。在我们提倡生态文化、生态文学、生态艺术、生态批评的今天，庄子自然无为的美学观对我们的理论和实践仍然大有启迪和教益。

---

① 李泽厚、刘纪刚：《中国美学史》，中国社会科学出版社1984版，第35页。

再论《晏子春秋》的著作性质

刘文斌
（江苏省常州工学院人文社会科学学院）

内容摘要：作者全面考察《晏子春秋》材料，发现其出自于古史、民间传说和编订者注入自己思想理念这三个来源。又经过深入探讨人们记录事件、传播人物轶事的动机，最后论定《晏子春秋》是中国最早的独具特色的历史人物传记。

关键词：古史　传说　编订者理念　人物传记

对于《晏子春秋》的著作性质，前人争议颇大：柳宗元之前，它向来列在儒家著作中；[①]柳宗元提出了墨家说；[②]《四库全书》归其为史部传记类。[③] 新中国成立后，人们普遍视其为"记叙文学类"[④]作品；但对于具体属性仍有不同意见：董治安认为是"一部接近历史小说的散文著作"[⑤]，谭家健认为属于"传记文学或历史故事一类"[⑥]，孙绿怡则认为是"最早的人物传说故事集"[⑦]。笔者认为：全面考察著作材料，努力探寻人们记录事件、传播人物轶事的动机，或许是判定《晏子春秋》著作性质的关键。

《晏子春秋》并非子书，其著作的主要内容和作者的编写动机都并非在阐发系统的思想，而是在记述重要人物的言行轶事，塑造其形象，进而体现其历史作用。全书共8篇215章，其中记述晏婴劝谏景公、与记言体子书相近的内容不超过90章，仅占全部著作的大约40%篇幅；而更大量的内容却是记述晏婴的生活轶事，表现其道德修养、政事和外交中的卓越才干，体现其政治地位和历史作用的"记"的内容。且即使从晏子与景公对话的所谓"论"的内容看，也只是涉及他处理日常政务和规劝引导君王修身的见解，并没有形成系统的一家思想，所以仍可以将它看作是记述晏子言行轶事中的"言"的内容，仍属于"记"的范围。所以，《晏子春秋》是一部记述重要人物言行轶事，体现其历史作用的记叙类著作。[⑧]

笔者进一步对《晏子春秋》全部材料进行了细致分析，结果发现：《晏子春秋》材料并非出自于同一来源，其中有相当一部分应该出自于古史，表现在：记述笔法平实、古朴，无夸张、无虚构，多为晏子回答君王具体政治疑问的记录，内容较可信；文中经常出现古字、古意，内容往往涉及古齐地名，所记多与《左传》等先秦可靠古籍相合者，如：

景公出游，问于晏子曰："吾欲观于转附、朝舞，遵海而南，至于琅琊。寡人何修，则夫先王之游？"

---

① 《史记·管晏列传》注引《正义》："《七略》云：《晏子春秋》七篇，在儒家。"《汉书·艺文志·诸子略》列"《晏子》八篇"为儒书之首。《隋书·经籍志》亦同"汉志"，列《晏子春秋》于儒家。

② 《辩晏子春秋》，载《柳宗元集》（第1册），中华书局1979年版，第113—114页。

③ 《四库全书总目》（上册卷五七）"史部·传记类一"，中华书局1965年版，第514页。

④ 吴则虞：《晏子春秋集释》序言，中华书局1962年版，第30页。

⑤ 刘文斌：《说〈晏子春秋〉》，载《山东大学学报》（语文）1959年第4期；后收入刘文斌《先秦文献与先秦文学》（齐鲁书社1994年版）著作中。

⑥ 《〈晏子春秋〉简论——兼评〈晏子春秋集释·前言〉》，载《北京师范大学学报》1982年第2期。

⑦ 《〈晏子春秋〉的文学价值》，载《东北师范大学学报》1982年第5期。

⑧ 刘文斌：《〈晏子春秋〉在先秦散文中的独特地位》，载《南京师范大学文学院学报》2011年第3期。

晏子再拜曰:“善哉,君之问也!闻天子之诸侯为巡狩,诸侯之天子为述职。故春省耕而补不足者谓之游,秋省实而助不给者谓之豫。夏谚曰:‘吾君不游,我曷以休?吾君不豫,我曷以助?一游一豫,为诸侯度。’今君之游不然,师行而粮食,贫苦不补,劳者不息。夫从南历时而不反谓之流,从下而不反谓之连,从兽而不归谓之荒,从乐而不归谓之亡。古者圣王无流连之游,荒亡之行。”

公曰:“善。”命吏计公掌之粟,藉长幼贫氓之数。吏所委发廪出粟,以予贫民者三千钟。公所身见癃老者七十人,振赡之,然后归也。(《内问下》一)

这段文字在《孟子·梁惠王下》之四中也有大体一致的记载。[①] 且据于省吾先生考证:“焦循谓:之罘即转附,朝舞即成山。于钦《齐乘》谓:召石山在文登之东。朝、召古通,舞、石声近。”[②]可以证明它大体来自于古史。这类记载在《晏子春秋》中大约有102章,约占全部内容的47%。而在记录形式上,记言占90章,记事占12章。从分布来看,“内问”中最多,约占全部60章中的55章;而在“内谏”和“内杂”中,分别占50章中18章和60章中22章,都达到了相关篇内容的33%以上。相比来看,这部分内容在“外篇”中最少:“外七”27章仅占4章;“外八”18章仅占3章。

《晏子春秋》中还有一部分材料,则明显体现出源自于民间传说,经过后人不断加工改造的痕迹,表现在:内容上有明显的虚构特点,其正面人物往往道德高尚,才能超绝;而陪衬人物则举止夸张,形象滑稽。且由于在不同时间、不同地域经过不同人流传的原因,同一故事往往衍生出或情节类似而主人公不同,或主人公相同而情节略异的故事串。这部分记载往往寄托了人们的情感和愿望,而表现手法则简单、夸张,如:

景公置酒于泰山之阳,酒酣,公四望其地,喟然叹,泣数行而下,曰:“寡人将去此堂堂国者而死乎!”左右佐哀而泣者三人,曰:“吾细人也,犹将难死,而况公乎!弃是国也而死,其孰可为乎!”晏子独搏其髀,仰天而大笑曰:“乐哉,今日之饮也!”公怫然怒曰:“寡人有哀,子独大笑,何也?”晏子对曰:“今日见怯君一,谀臣三人,是以大笑。”公曰:“何谓谀怯也?”晏子曰:“夫古之有死也,令后世贤者得之以息,不肖者得之以伏。若使古之王者毋知有死,自昔先君太公至今尚在,而君亦安得此国而哀之?夫盛之有衰,生之有死,天之分也。物有必至,事有常然,古之道也。曷为可悲?至老尚哀死者,怯也;左右助哀者,谀也。怯谀聚居,是故笑之。”

公惭而更辞曰:“我非为去国而死哀也。寡人闻之:彗星出,其所向之国君当之。今彗星出而向吾国,我是以悲也。”晏子曰:“君之行义回邪,无德于国。穿池沼,则欲其深以广也;为台榭,则欲其高且大也;赋敛如撝夺,诛僇如仇雠。自是观之,茀又将出。天之变,彗星之出,庸可悲乎?”

于是公惧,乃归,窴池沼,废台榭,薄赋敛,缓刑罚,三十七日而彗星亡。(《外七》二)

这段文字又见于《谏上》第十七、十八章的相近记载,表现形式同样夸张。景公饮酒悲痛,“左右佐哀而泣者三人”;而晏子却“独搏其髀,仰天而大笑”,斥责“怯君谀臣”。当景公“惭而更辞”谈彗星,晏子又不留一点情面地斥责他“行义回邪,无德于国”,并诅咒“茀又将出”。这哪里是臣对君的表现?简直超过了父亲对顽劣儿子的训斥,它明显地体现出材料来自于民间传说的特点。这类记载在《晏子春秋》中大约有99章,约占全部内容的46%;其中记言60章,记事39章。从分布来看,“外七”和“外八”中最多:“外七”占全部27章中21章;“外八”占全部18章中15章。而在“内杂”和“内谏”中所占比例也很大:“内杂”占60章中36章;“内谏”占50章中25章。“内问”中数量最少,仅有2章。

《晏子春秋》中还有一部分内容,我们明显可以看出故事或人物言谈中被注入一种思想、理念。这部分材料应该是由著作编订者所改写的,是借晏子之口或事迹抒发作者的思想,如:

景公燕赏于国内,万钟者三,千钟者五;令三出而职计莫之从。公怒,令免职计;令三出而士师莫之从。公不说。

---

① 杨伯峻:《孟子译注》(上册),中华书局1960年版,第33页。

② 于省吾:《双剑誃群经新证》,上海书店出版社1999年版,第254—255页。

晏子见,公谓晏子曰:"寡人闻君国者,爱人则能利之,恶人则能疏之。今寡人爱人不能利,恶人不能疏,失君道矣。"

晏子曰:"婴闻之:君正臣从谓之顺,君僻臣从谓之逆。今君赏谗谀之民,而令吏必从,则是使君失其道,臣失其守也。先王之立爱,以劝善也;其立恶,以禁暴也。昔者三代之兴也,利于国者爱之,害于国者恶之。故明所爱而贤良众,明所恶而邪僻灭,是以天下治平,百姓和集。及其衰也,行安简易,身安逸乐,顺于己者爱之,逆于己者恶之。故明所爱而邪僻繁,明所恶而贤良灭,离散百姓,危覆社稷。君上不度圣王之兴,而下不观惰君之衰,臣惧君之逆政之行,有司不敢争,以覆社稷,危宗庙。"

公曰:"寡人不知也,请从士师之策。"

国内之禄,所收者三也。(《内谏上》七)

这段文字内容不可尽信:景公令赏赐,"令三出而职计莫之从。公怒,令免职计;令三出而士师莫之从"。但我们明显能感受到:作者在通过这段故事,表达君王正确的立爱、立恶标准和正常的君臣关系的理念。这类内容在《晏子春秋》中占的比重最小,"外八"中没有;"外七"中 2 章;"内杂"中 2 章;"内问"中 3 章;"内谏"中 7 章。在《晏子春秋》中共 14 章,约占全部内容的 7%。

当然,以上分析、统计只是根据《晏子春秋》材料呈现的具体情况做出的大体相对的判断;但就是通过这大体、相对的判断,我们已经足可以确定其材料来源和记述体例都并不一致。那么,对于这样一部材料来源和记述体例都不一致的著作我们该如何判断它的性质呢?笔者认为:它既不是"历史小说",也不是"传说故事集",而应该是我国最早的独具特色的历史人物传记。

为什么呢?因为既然是"小说",那么它就是作者的一种有意地以虚构为主要手段的文学创作;而董治安先生无法解释,那 47%的出自于古史或者在流传过程中虽略被人们不自觉加工而基本不失史实真实的大量记述怎么就是"创作"?而且,小说是必须要有故事情节的;但《晏子春秋》的记述体例却并不一致。不知董治安先生如何解释那些仅仅记载君臣间一问一答,基本没有情节可言的材料怎么就是"小说"?孙绿怡先生的观点也有类似的问题:"传说故事"既不能涵盖《晏子春秋》的所有材料,其大量的基本记言的材料也毫无"故事"可言。董治安、孙绿怡两位先生曾经对《晏子春秋》研究做出过重要贡献:他们各自根据《晏子春秋》内容的一个方面特点,提出了有代表性的一家观点,对后来的研究产生了重大的影响;但他们同时似乎又都没有对《晏子春秋》全部材料进行细致分析和统计,而只注意到那些来自于传说,有明显夸张、虚构特点的内容,因此便认为《晏子春秋》整部著作都是夸张、虚构或者是在史实基础上夸张、虚构的东西,于是便取"历史小说"或"传说故事"来概括整部著作的性质;但这个定性是不全面的,无法涵盖《晏子春秋》的全部内容。

其次,还有一个重要问题需要讨论:人们最初记录和传播晏子事迹的目的何在?这也是判断《晏子春秋》著作性质的关键所在。

前文所述的出自于古史的材料是不需要做更多讨论的,其材料最初便可能出自于景公身边的史官或者熟悉、了解晏子的人的记述。人们最初记录、传播它,就是作为历史的可信材料来记述的。其在流传过程中,一部分是被记录在齐史上的,《晏子春秋》的作者从史书上抄录下来,因此它完全保持了历史的原貌;另一部分虽然经过了民间的长期流传,但也基本保持了大体的真实而未做大的改变,所以,也可以将其看成是保持了基本真实的可信的史的材料。因此,从史书的角度看,出自于古史的材料无论从记述动机还是从材料所呈现的最终状貌看都是没有问题的。

下面重点来讨论那些出自于民间,有明显夸张、虚构特点的材料。这部分材料是否就是作者在有意创作"小说",或者在进行文学创作呢?我想,答案也是否定的。作为春秋末期长期执政的名相,晏婴在齐国人民心目中具有崇高的威望;人民出于景仰和爱戴,自然要在传播他事迹的时候不自觉地加入自己的理想、愿望,并赋予他众多的美德和才能,因此,便使得关于晏子的流传材料越来越偏离"正史"的本初状貌而呈现出理想和夸张的特点;但我们剔除这些反映人民理想、愿望的成分,其材料的基本部分应该还是可信的,我们又怎么可以因为材料被人们罩上一层理想的薄纱而就将基本的事实也一同否定呢?

我们可以参看一下先秦的其他史书，是否先秦史书就一定排斥虚构和夸张呢？《左传》向来被视为史书，我们看以下这段记载：

晋灵公不君……宣子骤谏，公患之，使鉏麑贼之。晨往，寝门辟矣。盛服将朝；尚早，坐而假寐。麑退，叹而言曰："不忘恭敬，民之主也。贼民之主，不忠；弃君之命，不信。有一于此，不如死也！"触槐而死。（《左传·宣公二年》[①]）

鉏麑是晋灵公派去刺杀赵盾的刺客，他有感于赵盾的尽忠职守、为民心所向，最后背弃君命触槐而死。那么，一个并无旁观者的自杀之人在临死之前的心理活动作者是如何掌握的？这段心理活动的记载便应该由作者的想象和虚构来完成；但人们并没有因为其中存在作者想象和虚构的内容就否定其"史"的著作性质。因为历史是发生过的事件，它具有不可再现性。后人虽掌握了某一事件的结局和基本事实；但个别细节毕竟可能不详细。为了连贯和生动记述历史，史家在保持基本史实准确的基础上，用想象和虚构填补个别细节的缺失是可以被理解的。此事件在《国语》中也有相近的记载。[②]

同样，先秦史书也并非一定固守"真实"的铁律。如《左传·成公十年》：

晋侯梦大厉，被发及地，搏膺而踊……。公觉，召桑田巫。巫言如梦。公曰："何如？"曰："不食新矣。"公疾病，求医于秦，秦伯使医缓为之。未至，公梦疾为二竖子，曰："彼良医也，惧伤我，焉逃之？"其一曰："居肓之上、膏之下，若我何？"医至，曰："疾不可为也。在肓之上、膏之下，攻之不可，达之不及，药不至焉，不可为也。"公曰："良医也！"厚为之礼而归之。六月丙午，晋侯欲麦，使甸人献麦，馈人为之。召桑田巫，示而杀之。将食，张；如厕，陷而卒。小臣有晨梦负公以登天，及日中，负晋侯出诸厕，遂以为殉。[③]

这段有关预言和梦境的记载科学可信吗？但是人们却并没有因为其中有这大量的有关鬼神梦境的内容而否定《左传》是"史"，因为它的基本事件是真实的，只不过其中夹杂着人们对这一事件的传说和解释。《左传》中类似的记载很多。

《左传》、《国语》作为人们公认的史书，在保持基本史实真实的情况下不排斥局部细节的想象、虚构和解释；《战国策》的有些内容更是极度夸张。那么，《晏子春秋》作为中国最早的历史人物传记，为什么我们就不允许它在保持人物基本形象和基本生平材料真实的基础上而做局部的夸张、虚构呢？如《晏子春秋》中记载了大量景公赠晏子宅第，晏子毁新宅而召旧邻；晏子婉拒君王爱女；晏子款待使者吃饭，使者吃不饱，晏子亦不饱；晏子不顾情面犯颜谏君；晏子言辩博古通今；晏子使楚、使吴外交才能超绝等内容，有些情节看似不真实，其实不过是人民因为景仰晏子，而在其基本形象和生平事迹中加入了局部的夸张和虚构，以突出晏子廉洁、生活简朴、品德高尚、重民爱民、知识和才能出众的形象特征，并没有改变晏子的基本形象。试想，晏子的基本形象如果不是如此，人民又怎么会虚构、夸张出这些情节来呢？作为生活在战国时代的编订者，经过广泛搜集而汇集到这些材料，一方面相信这些材料基本内容的真实性；一方面也无法判断这些材料内容的先后。所以，他（或他们）将这些材料汇集起来，以一段记载反映晏子的一件生平经历或者形象的一个方面；将全部材料有机地组合起来，便全面、完整地反映了晏子崇高的形象和光辉的人生。编订者并没有在这里编故事，而是尽量保持原貌地将搜集到的资料编排起来，共同从各个角度反映一个人的生平和形象，体现其历史地位，试问，这样的著作究竟该定性为"文学"还是该定性为史著呢？所以，《晏子春秋》不是"小说"；"传说故事集"的定性也不能涵盖其全部材料。又因为其著作形态毕竟不同于《史记》的由作者系统组织材料写成传记作品，因此，谭家健先生的"传记文学"定性也略显微瑕。

任何文体都有创始、发展、成熟和最后确定规范的过程，历史人物传记也不例外。以今天的标准

① 顾宝田、陈福林：《左氏春秋译注》，吉林文史出版社1995年版，第327页。

② 《国语·晋语五》，载邬国义等：《国语译注》，上海古籍出版社1994年版，第359页。

③ 顾宝田、陈福林：《左氏春秋译注》，吉林文史出版社1995年版，第426页。

来审视《晏子春秋》，其一些材料既存在明显的夸张和虚构，所记事件又无纪年，是不太符合史书传记标准的；但在《晏子春秋》编订的时代，人们却认为可以这样写作传记，史书既不排斥虚构（如《左传》）、记述史料也不一定要求纪年（如《国语》），而后来出现的《战国策》更是极尽夸张渲染之能事。即使是司马迁写作《史记》，由于五帝、夏、商等时代史籍材料缺乏，也不排斥使用传说材料。因此，《晏子春秋》中尽管存在一些不符合今天人物传记标准的内容，但作为中国最早的独具特色的历史人物传记的定性是没有问题的，我们不能拿后世规范的标准来衡量中国早期著作。

《淮南子》散文新论

刘秀慧

（渭南职业技术学院）

内容摘要：汉初刘安及其门客所著《淮南子》，是一部博大精深、气势恢弘的哲学论著，表现了富有汉初时代精神的主旋律。文体方面，在继承先秦散文基础上，形成具有独特意蕴的新的散文范式；同时其乃藩王和藩国所属的游士之作，必然带有其独特的个性，既豪气万丈又悲情无限，激情和淡然相生相融，辞藻繁多华丽，句式灵动，洋溢着藩国文学独有的浪漫主义色彩；也具有游士尚文辞，愉性情，思接千载，气势浩荡的豪壮情怀。因此可以说《淮南子》艺术表现多元化，形神兼备，富有意境，与汉代散文共同铸就"文必秦汉"的辉煌。

关键词：淮南子　浪漫　淡然　悲情　豪气　散文

《淮南子》由汉初淮南王刘安及其门下游士集体编著，是一部经天纬地的旷世之作，从一些篇章上看，使用大量排比句式，形成铺张扬厉的艺术风格，虽具有汉赋因素，但在文体上更多地体现出散文的特征，为后世散文发展提供了范式，铸就了"文必秦汉"的辉煌，笔者就这一点略陈敝见，就教于专家和老师。

一、充满豪气与悲情的鸿烈之文

刘安在淮南国蓄养众多游士参与写作《淮南子》，为的是"纪纲道德，经纬人"，所论及的主题恢弘阔大，《淮南子》行文布局之大气磅礴，将天地万物尽收笔端，总体艺术特点是豪气冲天。《淮南子》虽为诸侯王之作，但其思想内容、精神实质和汉初大一统帝国的时代精神和社会思潮一脉相承，具有旺盛的生命精神和昂扬阔大的入世情怀，体现了汉初士人和藩王的使命感、责任感以及尊崇自我的价值取向，反映汉初群体的过秦呼声和对治国之策的畅想，具有浓厚的理想主义色彩。

此《淮南子》之为鸿烈之文，不仅有主题宏大、结构宏大、视角宏大、选材角度和范围宏阔，而且言辞繁复宏大，想象自由宏大，肆意铺排、夸张，这个宏大美、奇幻美的艺术效果是萌生于胸中荡漾的豪气。行文中"天下"一词有"欲天下"、"轻天下"、"举天下"、"治天下"，其中"治天下"用了 13 次，把对刘氏拥有"天下"的骄矜和自豪，对大一统局面的满足，对自己拥有天下的渴望，全部体现出来。同时这样的例子文中随处可见，如：乃至夏屋宫驾……澹人主之欲也。[①]

《淮南子》中有天地宇宙的神奇意象和虚幻缥缈的神幻意象，体现出奇异美，有汉代的宫殿意象极尽笔力的描摹、铺排，渲染出意象的壮丽美；如云风雨雾相连展现意象的高、幻和所论"道"之大，展现鬼出电入，龙兴鸾集、排阊阖、上通云天的壮丽；如描绘"道"的意象及阐释"道"无所不能、出神入化、施道用德的功效，则神与化游。真可谓情怀豪壮，方能有《淮南子》"天地"、"八极"、"六合"超乎想象之大的意象，故《淮南子》以天上仙界、风雨雷电的各种意象形成意象美，有夸张想象构成的奇异缥缈美。"今夫王乔赤诵子，吹呕呼吸，吐故纳新，遗形去智，抱素反真，以游玄眇，上通云天。"从太清意象到王

① 刘安撰：《淮南子·本经训》，载《诸子集成》，中华书局 1954 年版，第 178 页。

乔赤诵子仙境,直到转入对道的境界的描绘,在上通云天的缥缈中形成一种体道的豪气,形成雄浑、幽远的艺术境界。

同时我们还时时感到潜藏于书中的丝丝哀痛、忧郁和苦闷,那是淮南王刘安心志难以实现而产生的悲情。刘安的《淮南子》表现出无限的伤感和无奈,转而走向无为、淡然,充满悲情,体现了汉初诸侯王散文特点。汉初据诸侯王不同经历和思想有如下三种写作情况和因此形成的不同艺术风格:①不可一世之霸气。吴王濞反叛之文,充满霸气。②阳刚与阴柔美的融合。分作两方面:刘胜《闻乐对》之悲情无限,虽然司马贞评刘胜的《闻乐对》说:其言甚雄,辞切而理文,但其实《闻乐对》也有阴柔之美;《淮南子》呈现的是阳刚与阴柔相融合之美。③刘安作为诸侯王,面对大一统的国家,在时代精神感召下,有着先秦士人的责任感、使命感,积极构建治国之策,实现政治理想,究其实质还是有着积极地为夺取政权后的统治做准备的因素,有着对政权觊觎的心理,但在中央政权与诸侯国的矛盾中,其内心矛盾、彷徨,这种心理自然折射到《淮南子》著作中,体现在《淮南子》中不争之争的黄老道家思想,刘安在强大的中央政权面前,对江山无限觊觎,但又不得不采取恬静、淡然、隐忍的权宜之计,因此说《淮南子》也充满悲情。刘安处在中央政权与诸侯国的矛盾和现实与理想的激烈冲突之中,虽然刘安积极参政,也曾谏伐南越,虽得到武帝形式上的嘉许,后来把呕心沥血所作的《淮南子》进献给武帝,只是得到"爱而秘之"的结局。直到武帝元朔二年(前127)赐淮南王刘安几杖,毋朝。这表明了武帝的鲜明而坚决的态度,也决定了刘安必然的悲剧命运。在理想与现实冲突中,刘安感受到深入骨髓的生命之悲情。把自我融入天地大我中,融入精神追求中,不执着于小我,在悲情之无奈中,内心的压抑、痛苦得以哲理性升华,以铺叙、排比使情感得以宣泄,以"苍龙"、"八极"、"六合"、"日月"、"阊阖"、"赤诵子"……充满浪漫色彩等意象,以开阔辽远,窈渺的意境寄托精神,把绵绵的悲情最终转化为哲理的快乐,精神的快乐,因此说《淮南子》中散发出淡淡的悲情意蕴。

二、激情和淡然相生相融的奇妙美文

《淮南子》情感真挚,多种艺术手法并用,多种美学风格交融,使《淮南子》产生永久的生命力。刘安的思想体系是变革黄老思想中的无为为有为,《淮南子》的艺术特质集中体现为宏大。但其也融多种艺术风格于一身,既有激情洋溢的篇章,又不乏阴柔、淡然之美文。《淮南子》把是非判断和悠然、绵长的情思渗透在充满激情美和淡然美的艺术形式中,展示出深邃的思想内容和玄远的道体境界。激情澎湃固然是一种美,而淡然,也不乏美的风韵,淡而有神,有味,有境界。

刘勰说:"外文绮交,内义脉注。"[①]《淮南子》所凝聚于文章的也是浓浓的情,有火热的,但更主要的是渗透于字里行间淡淡的情感,《淮南子》以淡淡的情于感性经验升华为理性的治国哲理,以散文的实用性、现实针对性表达治国鸿论,来实现经世致用。在《淮南子》的艺术表现形式中,其语句平和,语气和缓,长句与四字句相间,淡然而富有音韵美,同一主题,意象繁复铺排开,不温不火,淡然中意尽其妙。《淮南子》叙述思路开阔,有比类设喻,铺陈叠加,叠字词语、排比句的应用增强了艺术感染力;正如《齐俗训》中说:"人性欲平,嗜欲害之。"以道制欲,返归本性。其表述中的对比判断和逻辑理性,都在心平气和、无欲淡定中娓娓道来,形成逻辑美、平和美、理性美、淡然美。"故道灭而德用,德衰而仁义生。故上世体道而不德,中世守德而弗坏也,末世绳绳乎唯恐失仁义。"[②]两个"故"字,显现了论证严密、思维富于逻辑性,于和平和叙述中,感受到心性之平和、清静、虚空、淡然。

《淮南子》继承老庄之"道",书中的淡然之情充溢于字里行间,表现于精神境界之淡然,淡然则安然,淡然则心治,淡然则无欲,淡然会带动整体趋向有益于人生社会发展的转化,在淡然中人们自然会

① 刘勰:《文心雕龙·附会》,范文澜注,人民文学出版社1958年版,第571页。

② 刘安撰:《淮南子·本经训》,载《诸子集成》,中华书局1954年版,第178页。

具有五帝三王精神境界。“心治则百节皆安，心扰则百节皆乱。”[①]显示出其人生态度将是“致虚极，守静笃”[②]，内心进入空灵状态，人主体淡化、无我，“我”这个个体，融入大我中，与万物为一，形成执一无我、情意清平之淡然。“故唐虞之举错也，非以偕情也，快己而天下治，桀纣非正贼之也，快己而百事废。”[③]淡然中泯灭物欲功利，心胸视野开阔，进入艺术境界，创造和谐，维护大一统。如同《齐俗训》中“齐俗”为“齐一也，四宇之风，世之众理皆混其俗，令为一道也”[④]，淡然中进入虚无，执一中物我同一，仿佛庄生之梦蝶，何者为我？何者为蝶？唯有遗物而反己，以道反己，拥有一份淡然，使心之水不能激起波澜，返归清静平和的天性，体道、悟道，淡然、随顺，有齐俗之兼容并蓄，齐俗、齐道，此乃近“道”保真之淡然。茫茫然却乐天下之乐。无物无我，心与万物齐一，内心淡然，不以世人所重视的权势富贵为贵，心与物游，淡然似水，庖丁解牛进入体道冥冥之眇境界，体悟到不可名状的以翔虚无之轸之超脱豁达之淡然美。

有着忧患意识和真情的刘安，在《齐俗训》和《缪称训》2篇中呈现之情却是淡淡的，不仅于淡然中内涵丰厚，而且淡然中是非判断依旧鲜明。高祖和刘氏贵胄共同心愿是汉有宗庙，凭借泰山、黄河世世无绝，“非刘氏而王者，天下共击之”，刘安自然对汉室天下拥有真情，见此社会现实刘安必定痛心疾首，但刘安所执道家思想和其所处的诸侯王地位，使其内蕴深情于文中，转化为与道相和谐的淡然情怀，以淡定处之：平淡之中含有火热的心肠，胡文英说庄子眼极冷，心肠极热。眼冷，故是非不管；心肠热，故感慨万端；虽知无用，而未能忘情，到底是热肠挂肚；虽不能忘情，而终不下手，到底是冷眼看穿，刘安和庄子内心何其相似。

三、辞藻繁多、句式灵动的华丽美文

《淮南子》和汉初散文的风格是时代赋予的，时代创造着士人和士人精神，创造着生活，赋予生活以新意和生机，士人以激情和才华应和着天翻地覆的社会政治生活。《淮南子》以繁复辞藻描绘自然万物、宇宙人生、社会政治。仅以《原道训》中的事物为例，有关于自然事物的辞藻：地上的、天上的。有生命的辞藻：如山水花鸟虫鱼，飞禽走兽，有大有小，如人、树、根、茎、枝、叶、藻。无生命的辞藻：描写宇宙中，有形无形的辞藻；有描写幽冥玄妙的辞藻，如大块、玄冥、梦、幽冥、灵府。有描写人身体辞藻：如五藏四支、血气、血脉、目、耳、足、手、智心、肝胆、骨肉、肌肤。有表空间的辞藻：穷僻之乡、侧溪谷之间、榛薄之中、无畛之际、环堵之宇。有纤细至微毫的，有至大无垠的，有自然有人为，天地宇宙万物人生的辞藻全都囊括进来。

另一个方面看语句的顶针：

能成霸王者，必得胜者也，能胜敌者，必强者也，能强者，必用人力者也，能用人力者……故能以众不胜成大胜者，唯圣人能之。[⑤]

语句的顶针，句式的变换，疑问、感叹、陈述、并列、递进，层层铺叙、推理，最后得结出论。不仅加强了逻辑力量，同时也在这句式的反复中更有了穿透力。

君子非仁义无以生，失仁义，则失其所以生，小人非嗜欲无以活，失嗜欲则失其所以活。故君子惧失仁义，小人惧失利；观其所惧，知各殊矣。[⑥]

---

① 刘安撰：《淮南子·本经训》，载《诸子集成》，中华书局1954年版，第153页。
② 刘安撰：《淮南子·本经训》，载《诸子集成》，中华书局1954年版，第207页。
③ 刘安撰：《淮南子·本经训》，载《诸子集成》，中华书局1954年版，第159页。
④ 刘安撰：《淮南子·本经训》，载《诸子集成》，中华书局1954年版，第169页。
⑤ 刘安撰：《淮南子·本经训》，载《诸子集成》，中华书局1954年版，第237页。
⑥ 刘安撰：《淮南子·本经训》，载《诸子集成》，中华书局1954年版，第153页。

两两对比长句出之,孰是孰非淡然中已判焉。

故仁义者,治之本也。今不知事修其本,而务治其末,是释其根而灌其枝也。且法之生也……不益其厚而张其广者毁,不广其基而增其高者覆……故亡其国。语曰,不大其栋,不能任重。[①]

"今不知……,而……,是……也。且……","不益……,不广……,故灭;……故亡其国。语曰……"转折、判断、并列、对比、引用,多种手法皆用来阐述观点,读来自然有疾徐舒缓之感,句句都是言治国之道之实质,主题都没有离开仁义,但是给我们的感受是一点点渗透到你的心灵中去,你自己慢慢领悟,自觉主动去接受,绝对没有屈从你的思维和强迫你的思想,既符合道家淡然美的观念,又以赋的手法把治国以仁德和抓住根本治国的主题表达出来,使《淮南子》的逻辑理性和质朴的实用性全部展示出来。辞藻繁多和句式多变的灵动使整部著作充满激情,洋溢着浓郁的文学色彩。

四、带有藩国文学独有的浪漫主义色彩的奇幻美文

《淮南子》论述中呈现出霸气、浪漫、自由、娱情的风格特征,一方面,因诸侯王特殊地位而享有特权,因才气而增添浪漫,因意欲献给爱辞赋的武帝而如赋一般铺排开阖,当然也有对帝国的关怀和赞颂,也要为帝国出力、献计,但这是先秦士人责任感和使命感的延续,是皇族意欲维护家国天下的自觉,但和汉初臣子比,这不是他们生命和生活的全部,他们身上还存在着对中央政府的臣服与僭越之间的心理徘徊,有着高祖曾抚其背曰"慎勿反也"的压力。有着自晁错、贾谊开始的国之重臣削藩和阻止分封淮南王子弟的心理阴影,有着内心的忧虑,愁苦和不畅,如刘胜《闻乐对》所表现的;藩国极其富庶,处于养尊处优的状态,这就给藩王以超然的想象和自由浪漫的基础;同时他们内心是如刘濞一样,对帝王之位,既是要去争夺、占有、僭越,但这行为在当时又是非分的,遭到士人臣子和中央政权的批评、抨击和打击,他们因这自身名不正言不顺的思想和行为而背负很重的心理负担,他们内心苦楚,处于欲反不能,欲罢不忍的矛盾之中,真的是"进亦忧,退亦忧",这一切折磨着刘安一生。藩王和藩国士人的人生和社会理想在《淮南子》的哲学理论构建中得到体现,使自然、人生、社会和谐统一,进入到黄老道家返归自然,与自然为一、天地同流的悠远的情感和理性高度融合的高远的精神境界,宣泄出藩王和藩国士人对人生社会的畅想之乐,以大气的行文布局,天地自然万物尽收笔下,以浪漫的笔触探寻其中所蕴含的"道"和哲理,发展到韩愈为"文以明道",可见《淮南子》对后世散文的影响是巨大而深远的。

《淮南子》洋洋洒洒铺叙开来,事相之多、之大令人惊讶,充满浪漫之思,事相囊括天地、宇宙、仙人、人间、苍龙、八极等,小至纤微、毫毛。读之,音韵节奏自然舒缓下来,恬然无虑,循循善诱告诫天下熙熙攘攘为利而来、为利而往的人们要淡然,总结历史经验和挖掘生活常识的哲理,思路悠远,淡淡道来。《淮南子》在神话寓言形式浪漫轻松和不羁中又蕴含着鲜明的淡然,所有的又是有机和谐地统一在淡然美的艺术形式中。

从文体多种多样看有赋,触物感兴,互相竞赛以比辞采,立意自由随意,主题无拘无束,纯任性情;有政论文,主题实际具体,激情无限,感慨遥深,由衷而来,论证深入,洋洋洒洒,挥洒自如;《淮南子》选材自由,写法自由,欣然而作,率性而写,比喻、想象、夸张、对比、铺排、渲染无所不用其极,神话寓言等多为之所用,并赋予更多现实意义和哲学意义,因此《淮南子》有浓厚浪漫的文学色彩。

五、《淮南子》也是具有游士尚文辞、愉性情、气势浩荡的豪壮浪漫美文

刘安招致游士共著《淮南子》。汉初诸侯国游士文的特色是关注国事,情感充沛,气势浩荡,尚文

---

① 刘安撰:《淮南子·本经训》,载《诸子集成》,中华书局1954年版,第364页。

辞,愉性情,篇中或长喻,或短譬,势若沛江河,联若贯珠璧。游士文中国是主题,被赋予宏大气势和天马行空般的想象。游士们关注国事,也如先秦诸子发挥治国才智,提出创见性的治国策略;游士之文一如战国诸子行文的洋洋洒洒,纵横自由,与天地为一,汪洋恣肆。枚乘、邹阳、司马相如题材不如臣子散文宏大,虽有关国家政治,但不是国家重大决策,司马相如为汉天子与汉帝国的内在意志立言[①]正是这内在的精神使游士之文充满气势,但不同的是,臣子散文是一种感情上的和背倚国家的那种代表正义、代表权势所向披靡的浩荡气势,游士的气势是情感充沛,骨鲠于喉不吐不快的充沛,二者有显著的不同。而《淮南子》等游士之文,辞藻繁多、华丽,艺术上的追求和表现要比臣子散文高远、自觉,语句自由灵活多变,语气根据内容和自身感情需要,或问或感叹或陈述或祈使,行文无拘无束,完全是取自需要,当行则行,当止则止,素材可以远自上古,近取当代,典故、俗语、谚语、比喻、夸张,无所不用,以繁多意象说理,排比铺叙渲染,深刻则力透纸背,生动则栩栩如生,创新则若天外来音。

总之,汉初散文宏大的主题和真挚情感是汉初散文的生命,现实内容是汉初散文的价值,其各异的质朴简洁的表现艺术方法,形成汉初文学特有的美,同时更美在关注现实的内容主题,使得汉初散文有着充实内容,对生活具有促进作用,形成现实主义美学特征,《淮南子》和汉代散文共同构筑了散文的最佳范式,使“文必秦汉”响彻千古。

---

① 程世和:《代天子立言:司马相如文本的精神解读》,载《陕西师范大学学报》2009年2月。

名盛儒林　终老广州

——论范缜特立独行的人品与文品

刘　衍

（广西师范大学文学院）

内容摘要：范缜生活在佛、道盛行的齐、梁之际，他“性质直、好危言高论”，与时之士友不合，故为官清约而仕途多舛。他的不畏权势，不盲从时俗，不怕丢官的不屈人格与品德，超越时辈。他的文章也别具一格，尤其是其哲理散文，如《神灭论》“辩摧众口”，一方面以唯物论对抗佛教，另一方面也摆脱汉以来文章“代圣贤立言”的流俗。该文不仅题旨鲜明，由过去重在对人与社会、人与人之关系的探讨进而深入到对人自身，对人的生命，乃至生命的形与神进行探索，而且在表达上一反“无体不骈”之风气坚持散行单句，并采用赋体的问答形式，创新了论析方式，有具象性的形象说理。在散文发展史上，该文也占有特殊的一席之地。

关键词：范缜　《神灭论》　文品

范缜是南北朝齐、梁时期杰出的学者、思想家、哲学家，同时也是特出的论辩性文章家。他的不媚俗、不附势、坚贞不屈的高尚人格和形神统一论哲学思想，在当时名盛儒林，堪称俊彦；他的“辩摧众口”的睿智之作也是南朝文章之翘楚。

范缜(450？—510?)，字子真，祖籍南乡舞阴(今河南省泌阳县西北)。祖琢之，官至中书郎；父濛，曾为奉朝请，早卒。“缜少孤贫，事母孝谨。年未弱冠，闻沛国刘山献？聚众讲说，始往从之，卓越不群而勤学”，“既长，博通经术，尤精三《礼》”。由于范缜在佛道盛行的齐、梁之际不信神鬼，加之“性质直，好危言高论”，故“不为士友所安，唯与外弟萧琛相善”。后人仕为齐之宁蛮主簿，累迁尚书殿中郎；建武中迁领军长史，出为宜都太守。母忧，去职。梁伐齐，范缜迎高祖萧衍，被封为晋安太守。范缜为官清约，迁尚书左丞时，返家探亲亦对亲戚无所馈赠。唯独对被摒弃在家的朋友、前南齐尚书令王亮例外，给予了资助。也正因此，范缜被贬官，徙迁广州，在广州终老，死后才追认为中书郎、国子博士。①

范缜的人生道路是坎坷的。据《南史》载，范缜二十九岁时头发已白，这与他求学勤奋有关，与少年孤贫、弱冠潦倒，既长而怀才不遇也有关。二十九岁前过的日子之艰难可想而知，不过，他的坎坷人生更重要和更直接的原因在于他的思想、他的人格精神与时辈不合，与权贵相左。例如，南齐竟陵王萧子良，史称是个“礼才好士”者。他爱古信佛，建西邸，而“倾意宾客，天下才学皆游集焉”。可以设想，永明七年(489)，萧子良“招致名僧，讲论佛法”并大宴宾客时，被邀在座的范缜如果能随时俯仰，或能应酬场面，是会得到权贵们赏识的。可范缜不仅不能随俗，反而借机宣讲“无佛”理论。他的“形亡而神灭”的论点一出，“朝野喧哗”，即便“子良集僧难之而不能屈”。②

大概出于对范缜的友情，萧子良还亲自问范缜：“君不信因果，何得富贵贫贱?”范缜答道：“人生于树花同发，随风而堕。自有佛帘幌坠于茵席之上，自有关篱墙落于粪溷之中。坠茵席者，殿下是也；落粪溷者，下官是也。贵贱虽殊途，因果竟在何处?”范缜既不屈从子良，名士王琰继而讥刺道：“呜呼范

① 《南史·范云传》附《从史范缜传》。

② 《南史·范云传》附《从史范缜传》。

子！曾不知先祖神灵所在！”意在攻击范缜忘祖、不尊先人。而范缜以牙还牙：“呜呼王子！知其先祖神灵所在，而不能杀身以从之！”萧子良担心范缜的言论“恐伤名教”，再派王融做思想工作，并云“以卿之大美，何患不至中书郎，而故乖刺为此？可便毁弃之”。意即不要因无佛论而与时辈异道，进而影响名声，丢掉升官机会。但是，范缜岂肯为一己私利而屈从权贵？岂会放弃观点，背叛真理？他大笑道：“使范缜卖论取官，已至令仆矣，何但中书郎邪！”意即：若为做官而放弃观点，我范缜早已是中书令、仆射一类宰辅之官了，岂止做中书郎。① 这就是范缜，一个不为情所诱，不为利所动，敢于坚持真理的范缜！

范缜的高尚品德和不屈的人格，不只表现在不屈从萧子良，不盲从时俗，不怕丢官，而且还表现在不畏权势，不怕威胁，不因私情而违心。例如，范缜与梁武帝萧衍，既有西邸之旧，又在萧梁政权中任职。但当萧衍称帝后将佛教定为国教，并佞佛崇法时，他却针锋相对，宣讲“浮图害政”。梁武帝写《敕答臣下神灭论》斥责范缜“违经背亲”，并在天监六年(507)亲自组织王公贵族 62 人围攻范缜，先后撰写出 75 篇文章与范缜辩难(据《弘明集》)。其中，权倾朝野的尚书令沈约就写了《形神论》、《神不灭论》和《难范缜神灭论》②；东宫舍人曹思文也写了《难神灭论》、《重难神灭论》；有的权贵还用“异端”、“妨政”进行威胁；梁武帝更是用“灭圣”、“乖理”加罪于范缜。但范缜不改初衷，一切责难都“无以折其锋锐”。他不仅继续坚持著作，反而进一步整理并公布了自己的《神灭论》。这就是范缜，一个反潮流的勇者，一个“富贵不能淫，威武不能屈”的学者与作家。

范缜的人品是高尚的，范缜的文章也别具一格。十几年前，我曾指出：“《神灭论》是一篇哲理散文。无论在坚持形存则神存，形谢则神灭这一唯物论思想的鲜明题旨上，还是在设置问答形式上和条分缕析的逻辑思维上，都是光大前人而独呈异彩的。”③其实，范缜《神灭论》的价值还不只这些。下面笔者从思想价值和文章学史上的价值这两个方面做些补述分析。

从思想内容上看，首先是《神灭论》提出了超越时辈的唯物论观点，即：①精神是肉体(形)的作用，肉体是精神的本质，精神和肉体是对应的统一体，肉体死，精神灭；②物体分有知，无知之类，人是有知物质，木是无知物质，人死则变成无知物质；③物质有变化，其变化也有规律。活人要死，死人不能再活，如树木先荣后枯，但枯木不能复活。这些观点，显然光大了汉末王充《订鬼》、《论死》的无神论，也超越了刘宋时范晔的无鬼论，从而系统地发展了唯物论的一元论和认识论，在中国古代哲学发展史上，树立了一个里程碑。

其次，《神灭论》是齐、梁这个特定时代的产物。我们知道，魏晋南北朝是我国第二次思想大解放的时代。这个时代与战国时代百家争鸣、处士横议的情况不同，它不是各家各派为争霸，进而争统一出谋划策，而是继魏晋杀夺之后，以至面对“世积乱离，风衰俗怨”的现实，人们为全身远祸而逃归林泉，并纷纷发出“生命之嗟”的时代，这个时代，儒学的独尊地位早已被打破，本土的玄学和外来的佛理结合，颂经礼佛变成了时代的主潮流。到齐梁之时则尤盛。杜牧的《江南春》说“南朝四百八十寺”，还只是一个概数，梁代郭祖深早就说过建康“都下佛寺五百余所”的话。在佛教盛行、“通人多惑”④的时代，范缜逆潮流而动，针对佛教“惑以茫昧之言，惧以阿鼻之苦，诱以虚诞之辞，欣以兜率之乐”，百姓“家家弃其亲爱，人人绝其嗣续，致使兵挫于行间，吏空于官府，粟罄于堕游，货殚于泥木”的现实，“思拯其溺”，本身就具有进步的、强烈的政治性，而在遭到众人反对时，范缜独能拨开迷雾，“辩摧众口”，这也确实是难能可贵的。

《神灭论》作为一篇驳论性文章，从散文学史上看，也占有特殊的一席之地。

(1)它不仅有鲜明的题旨，而且论题的视角，体现了当时时代的精神。我们知道，南北朝时人们对现实绝望以后，为了摆脱污浊，延续生命，借助山水净化心灵，多向往着彼岸世界，生命意识也大为增

---

① 《南史·范云传》附《从史范缜传》。

② 《汉魏六朝百三名家集·沈隐侯集》。

③ 刘衍主编：《中国散文鉴赏文库·古代卷》，百花文艺出版社 2001 年版，第 508 页。

④ 《后汉书·西域传》。

强，佛教的兴盛就迎合了时代的这种心理。而《神灭论》一方面辩论形神关系，以唯物论对抗佛教；另一方面也摆脱汉以来文章"代圣贤立言"的流俗，由过去重在对人与社会、人与人之关系的探索进而深入到对人自身、人的生命，乃至生命的形与神进行探索。这说明，《神灭论》的题旨虽与时辈相异，而对人生和生命的积极的思索却同样代表了齐、梁的普遍时代精神。

(2)在"天下向风，人自藻饰"的南北朝，特别是齐梁时，在北方文坛"含任吐沈"，而南方则骈文火炽之时，天下文章，可说是无体不骈。而范缜却坚持了散行单句的文体形式，并把前人在赋中采用的问答形式运用于自己的写作之中，既做到了条分缕析，层次分明，又富有逻辑性，且通俗好懂，从而有利于扩大文章的影响。

(3)南北朝，特别是齐梁时代，文学的自觉程度进一步提高，文学的审美意识不断增强。《神灭论》尽管属论辩性文章，但也比较注重形象说理，如"神之于质，犹利之于刃；形之于用，犹刃之于利……舍利无刃，舍刃无利，未闻刃没而利存，岂容形亡而神在"，用以说明形存则神存，形谢则神灭：用"荣木变枯木，枯木之质，宁是荣木之体"论证事物的质变，这种具象性的说理，显然更有文学张力。

笔者在20世纪90年代初还说过：范缜的"驳论水准也前所未有"[①]，当然这也是从文章学史的角度而言。范缜现存之文，除《神灭论》外，还有《拟招隐士》、《让裴子野表》、《与王仆射书》、《答曹思文难神灭论》等篇。[②] 这些现存的文章是范缜留下的可贵的思想文化遗产，值得珍视。但在这里也应当指出：范缜丰富了古代唯物主义哲学，可也存在以儒辟佛的缺陷。他的关于人生富贵贫贱的比喻，也有用偶然论反对因果论之嫌。这种不足，即使在今天看来，只不过是大醇之中的小疵，何况，范缜生活在一千五百年前呢！

---

① 刘衍主编：《中国散文史纲》，湖南教育出版社1994年版，第168页。

② 严可均《全上古三代两汉三国六朝文》云："范缜有文集十一卷"；《南史·列传四十七》则说范缜有集十五卷。今皆不见存。

梅鷟古文《尚书》辨伪驳议[①]

唐旭东

(周口师范学院中文系)

内容摘要:明代梅鷟作《尚书考异》、《读〈书〉谱》等考证古文《尚书》为伪作。但是结合可靠文献认真分析其证据和结论,可以发现其所列证据及其结论都是站不住脚的。其辨伪存在着为了证成己说而曲解文献、淆乱概念胡搅蛮缠、隐匿反面证据等诸多问题,故其结论完全无法成立。

关键词:梅鷟　古文《尚书》　真伪

明代梅鷟作《尚书考异》、《读〈书〉谱》,向被视为古文《尚书》辨伪的力作。他充分肯定今文28篇,认定《尚书》古文篇与孔安国《尚书传》为伪。证据一为汉人从未提到孔安国为《尚书》作传。证据二为东汉以来,古文《尚书》传授历历,皆贾逵、马融、郑玄之本,未尝有孔安国古文《尚书》。证据三为汉古文《尚书》比今文只多16篇,古文25篇与16篇数目不合。证据四为汉人从未引用过古文25篇之内容。证据五为25篇文体及风格与今文不同。据此,他认为晋皇甫谧伪作古文25篇、《尚书序》及孔《传》。并认为,古文25篇为杂采先秦文献中引用《尚书》之语句拼凑而成。[②] 今按:

证据一失实:孔安国为古文《尚书》作传虽史无明言,但据现有史料分析,却确凿无疑。

(1)《史记·儒林列传》:"孔氏有古文尚书,而安国以今文读之,因以起其家。逸书得十余篇,盖尚书滋多于是矣。"孔安国不但开创汉代古文《尚书》之师法,而且具有今文《尚书》博士之身份。[③] 据张岩《审核古文〈尚书〉案》,"起其家",即成就古文《尚书》之师法、家法。汉代立学官必须有两个条件:必须有经书;必须有师说。既然能够"起其家",则必然有其传说体系,即如皮锡瑞说言:"既立学官,必创说解"。[④]

(2)孔安国献上出土之《书》后,因其出于孔壁,为孔府正宗,且其篇数多于伏生今文本,文字质量亦好于伏生今文本,汉武帝曾有意立之于学官。正如张岩据相关史料分析所言:《汉书·艺文志》既载孔安国古文《尚书》"遭巫蛊事,未立于学官"[⑤],则"言外之意,如果没有'遭巫蛊事',将'孔壁本'列于学官本在拟议之中。刘歆《移让太常博士书》讲得更明确:'遭巫蛊仓卒之难,未及施行'。前面有决定'施行',后面才能有'未及施行'。这些都是对孔安国《尚书序》'承诏为五十九篇作传'的史料呼应"。[⑥] 而且,刘歆这样说,现存文献却未见记载有谁驳斥其说不实。

(3)《汉书·艺文志》载古文《尚书》有经有传:

---

① 本文为笔者所承担的上海大学邵炳军教授主持的全国高等院校古籍整理研究工作委员会资助项目"今文《尚书》文系年注析"(教古字〔2009〕052)和上海市学科建设项目"先秦文系年注析与传统文化流变研究"(项目编号:A.13-0102-12-001)的子项目"今文《尚书》文系年注析"的阶段性成果,系尚未出版书稿"导言"的一小部分,有修改补充。

② 郑杰文《〈墨子〉引〈书〉与历代〈尚书〉传本之比较——兼议"伪古文〈尚书〉"不伪》认为并非如此,考论甚详,可参看。

③ 《史记·孔子世家》:"安国为今皇帝博士。"

④ 皮锡瑞:《经学历史》,中华书局1959年版,第88页。

⑤ 《汉书·儒林传》作"遭巫蛊,未列于学官"。

⑥ 张岩:《审核古文〈尚书〉案》,中华书局2006年版,第20页。

尚书古文经四十六卷。为五十七篇。师古曰："孔安国《书序》云：'凡五十九篇，为四十六卷。承诏作传，引序各冠其篇首，定五十八篇。'郑元《叙赞》云：'后又亡其一篇'，故五十七。"

经二十九卷。大、小夏侯二家。《欧阳经》三十二卷。师古曰："此二十九卷，伏生传授者。"

传四十一篇。

欧阳章句三十一卷。

大小夏侯章句各二十九卷。

大小夏侯解故二十九篇。

欧阳说义二篇。

《汉书·艺文志》条理谨严清晰。先经后传，先古文经，后今文经；先古文传，后今文传；今文传中先解释经文之章句，后阐发经义之解故（诂）和说义。其中"传四十一篇"即班固所说的孔安国所献但因"遭巫蛊事，未列于学官"的古文《尚书》传说，其书东汉班固作《汉书·艺文志》的时候尚在。从颜师古注可知他认为《汉书》所列《尚书古文经》（四十六卷）即孔安国本。颜《引》郑玄《叙赞》既云"后又亡其一篇"，说明郑玄有可能见过其本，至少说明郑玄了解该本的情况，但郑玄却未言其为伪书。

证据二失实：(1)贾逵一脉传授孔安国古文《尚书》史有明载。据《汉书·儒林传》："孔氏有《古文尚书》，孔安国以今文字读之，因以起其家。逸《书》得十余篇，盖《尚书》兹多于是矣。遭巫蛊，未立于学官。安国为谏大夫，授都尉朝，而司马迁亦从安国问故。……都尉朝授胶东庸生，庸生授清河胡常少子。……常授虢徐敖。敖……授王璜、平陵涂恽子真。子真授河南桑钦君长。王莽时诸学皆立，刘歆为国师，璜、恽等皆贵显。"可见，古文《尚书》起初有立学官之议，因巫蛊之祸干扰而废，遂由孔安国私相传授。到王莽时取得了官学地位。可见，西汉孔安国古文《尚书》自孔安国至王璜、涂恽传授历历。据《后汉书·贾逵传》，涂恽传孔安国古文《尚书》给贾逵父贾徽，"逵悉传父业"，则贾逵所传当为孔安国古文《尚书》。贾逵所传孔安国古文《尚书》不仅包括他的私下传授，更为重要的是其所传孔安国古文《尚书》取得了官学的地位。《后汉书·肃宗孝章帝纪》："八年……诏曰：'《五经》剖判，去圣弥远，章句遗辞，乖疑难正，恐先师微言将遂废绝，非所以重稽古，求道真也。其令群儒选高才生，受学《左氏》、《穀梁春秋》、《古文尚书》、《毛诗》，以扶微学，广异义焉。'"《后汉书·儒林列传》："建初中……又诏高才生受《古文尚书》、《毛诗》、《穀梁》、《左氏春秋》，虽不立学官，然皆擢高第为讲郎，给事近署，所以网罗遗逸，博存众家。"《后汉书·贾逵传》："八年，乃诏诸儒各选高才生，受《左氏》、《穀梁春秋》、《古文尚书》、《毛诗》，由是四经遂行于世。皆拜逵所选弟子及门生为千乘王国郎，朝夕受业黄门署，学者皆欣欣羡慕焉。"可见，至汉章帝建初八年古文《尚书》得到了官方的大力支持，有了官方的教授和传承。虽不立学官，亦即不立博士，但取得了另一种形式的官学地位。既然贾逵所学为孔安国古文《尚书》，其跟汉章帝所论亦当为孔安国古文《尚书》，汉章帝确定由他传授官学古文《尚书》亦当为孔安国古文《尚书》，亦即东汉官学传授古文《尚书》所用之本，亦当为孔安国古文《尚书》。[①] 据《后汉书·贾逵传》："肃宗立，降意儒术，特好《古文尚书》、《左氏传》。建初元年，诏逵入讲北宫白虎观、南宫云台。帝善逵说，使出《左氏传》大义长于二传者，逵于是具条奏之……书奏，帝嘉之，赐布五百匹，衣一袭，令逵自选《公羊》严、颜诸生高才者二十人，教以《左氏》，与简纸经传各一通。……逵数为帝言《古文尚书》与经传《尔雅》训诂相应，诏令撰《欧阳》、《大小夏侯尚书》、《古文》同异。逵集为三卷，帝善之。复令撰

---

① 东汉官方传授古文《尚书》，虽《后汉书·肃宗孝章帝纪》、《儒林列传》、《贾逵传》记载历历，但以笔者有限之所见，尚未见前代《尚书》学史研究者提及，更未见谈到东汉官方传授古文《尚书》所用之本。此以为当即孔安国传授之古文《尚书》。证据有二：A. 据《汉书·艺文志》，东汉秘府自有"《尚书古文经》四十六卷"（班氏自注："五十七篇"），又有"传四十一篇"，此即孔安国献给朝廷，却因巫蛊之乱未立于学官之经、传，不必旁求他本。B. 据《后汉书·贾逵传》："贾逵，字景伯，扶风平陵人也。……父徽，从刘歆受《左氏春秋》，兼习《国语》、《周官》，又受《古文尚书》于涂恽，学《毛诗》于谢曼卿，作《左氏条例》二十一篇。逵悉传父业，弱冠能诵《左氏传》及'五经'本文，以《大夏侯尚书》教授，虽为古学，兼通五家《谷梁》之说。"可知，贾逵古文《尚书》受自其父贾徽，贾徽受自涂恽。又据《汉书·儒林传》，涂恽受孔安国古文《尚书》，"逵悉传父业"，则贾逵所学、所传古文《尚书》当为孔安国古文《尚书》。

《齐》、《鲁》、《韩》诗与《毛氏》异同,并作《周官解故》。迁逵为卫士令。八年,乃诏诸儒各选高才生,受《左氏》、《谷梁春秋》、《古文尚书》、《毛诗》,由是四经遂行于世。皆拜逵所选弟子及门生为千乘王国郎,朝夕受业黄门署,学者皆欣欣羡慕焉。"按:贾逵曾为杜林古文《尚书》作训,则杜林本至贾逵才有成文之训(到马融时才有《传》),且只有一卷,远不如孔安国古文《尚书》经传详备。则"悉传父业"的贾逵所传与汉章帝所立当为孔安国古文《尚书》。贾逵固然曾为杜林古文《尚书》作训,但其所传授却并非杜林传至马融、郑玄的古文《尚书》,前已有详说。《后汉书·儒林列传》:"扶风杜林传《古文尚书》,林同郡贾逵为之作训,马融作传,郑玄注解,由是《古文尚书》遂显于世。""遂"字表明杜林古文《尚书》"显于世"乃承马融作传、郑玄注解之后,其时已当东汉之末。

(2)孔家世代传授孔安国古文《尚书》。《后汉书·儒林传》:"孔僖字仲和,鲁国鲁人也。自安国以下,世传《古文尚书》、《毛诗》。"不仅山东曲阜有传授,孔长彦、孔季彦甚至把它传到了关中,形成了声势浩大的关中学派,马融教授于关中,郑玄受学于关中皆其证。既有传授,必有经文与传说。

证据三概念混淆,不足成立。"篇"者"编"也,从竹扁声编义,即很多根竹简编连起来所形成之"册";"卷"者束帛也,帛一轴谓之一卷。文有短长,则一编(篇)之册或一卷之帛,或只载成文(结构相对独立完整的文章)一篇,或载成文数篇,今文《尚书》29 篇中《盘庚》3 篇(实际上是 4 篇成文加一些记叙性文字)共载于一编之册,亦计为 1 篇,《九共》实为 9 篇文章共载于一卷之帛。后来"篇"成为成文的计量单位,一篇结构独立而完整的文章即称 1 篇。据《汉书·艺文志》:"《尚书古文经》四十六卷",班氏自注:"为五十七篇",则班固所见《尚书古文经》为帛书抄本,"四十六卷"为所用载体材料亦即帛的数量,"五十七篇"为四十六卷帛所载成文的数量,"篇"数与"卷"数不同,说明有数篇成文共卷者。刘歆《移让太常博士书》与《汉书·儒林传》所云"十六篇"实当指册"十六编",为文 25 篇。

证据四亦失实。《汉书·谷永传》:"《经》曰:'亦惟先正克左右。'"文见古文《君牙》而稍异。谷永明言"《经》"则自是古文经。《后汉书·张衡列传》载张衡《思玄赋》:"咎繇迈而种德兮,德树茂乎英、六。"古文《大禹谟》:"皋陶迈种德",此处因作赋稍有变化。《后汉书·班彪列传》载班固《两都赋》:"抗五声,极六律,歌九功,舞八佾",其中"歌九功"语出《尚书》古文篇《大禹谟》"九功惟叙,九叙惟歌"。《后汉书·肃宗孝章帝纪》:"五年春……三月甲寅,诏曰:'……甚非为人父母之意也。'"此处显然化用古文篇《泰誓上》"元后作民父母"一句。《后汉书·孝和孝章帝纪》:和帝永元八年九月"诏曰:'蝗虫之异,殆不虚生。万方有罪,在予一人,而言事者专咎自下,非助我者也。朕寤寐恫矜,思弥忧衅'"。"万方有罪,在予一人"一句当取自古文篇《汤诰》"其尔万方有罪,在予一人"一句。

证据五不足为据,前已言明。

其结论古文 25 篇为杂采先秦文献中引用《尚书》之语句拼凑补缀而成之说亦失实。①今传古文 25 篇内容见于先秦引用者,文字亦多有不同。[①] 古文 25 篇倘果真系杂采先秦文献引用《尚书》之语句补缀而成,则以作伪者之心态,其在作伪的时候自然是作得越像真的越好,尽可能不留下任何漏洞和口实。那么其在采录先秦典籍引文的时候自当原模照样、一字不易地抄录。即使补缀完成后流传至今有所变化,亦不致如此之大。现在的问题是古文 25 篇见于先秦引用的内容与先秦典籍引文不一致的文字太多,甚至差异很大,完全不像是作伪心态下的产物。②先秦引用古文《尚书》看似挺多,但相比古文 25 篇毕竟数量有限,而且去掉不见于今本 25 篇的和为数不少的重复引用,剩下的就更少。如果 25 篇果为伪造,要根据极其有限的文字伪造这么多精美绝伦的成篇,也真够难为这位作伪者的。③也是最重要的一点,从逻辑上讲,古文 25 篇与先秦典籍引文的相似并不足以证明古文 25 篇杂采剥袭先秦文献,[②]仍包含先秦典籍引用先秦古文《尚书》,而今传古文《尚书》亦自先秦流传而来的可能,而

---

① 郑杰文《〈墨子〉引〈书〉与历代〈尚书〉传本之比较——兼议"伪古文〈尚书〉"不伪》认为:"梅赜古文《尚书》不但与《孟子》之《尚书》引文不同,而且与 16 种先秦文籍中 163 次《尚书》引文也不同。所以'梅赜抄袭前世古籍中《尚书》引文而伪造古文《尚书》'的传统观点应重新研究。"载《孔子研究》2006 年第 1 期。

② 姜广辉:《梅鷟〈尚书考异〉考辨方法的检讨——兼谈考辨〈古文尚书〉的逻辑基点》,载《历史研究》2007 年第 5 期,第 96、97 页。

且先秦引用古文25篇与今传《尚书》古文篇的文本差异恰好可以作为这种可能的证明。至于说皇甫谧伪作古文25篇、孔安国《尚书传》与书序，其一没有决定性的明确证据证明皇甫谧作伪，其二孔颖达引用《晋书》明载皇甫谧之前郑冲已经传授孔安国古文《尚书》，而且皇甫谧的孔安国古文《尚书》得自其姑子梁柳，并非作伪。①

结合可靠文献认真分析梅鷟对古文《尚书》进行辨伪的证据和结论，可以发现其所列证据及其结论都是站不住脚的。认真分析其思路和方法，可知其辨伪存在着为了证成己说而曲解文献、淆乱概念胡搅蛮缠、隐匿反面证据等种种诸多问题，故其结论完全无法成立。

【主要参考文献】

[1] 孔颖达：《尚书正义》，中华书局影印阮校《十三经注疏》本，1980年。
[2] 孔颖达：《礼记正义》，中华书局影印阮校《十三经注疏》本，1980年。
[3] 司马迁：《史记》，顾颉刚点校，中华书局排印三家注本，1959年。
[4] 班固撰：《汉书》，颜师古注，傅东华等点校，中华书局校点颜注本，1962年。
[5] 李学勤：《清华大学藏战国竹简》（一），上海文艺出版集团、中西书局2010年版。
[6] 《竹书纪年》，嘉靖中四明范氏天一阁刊本。
[7] 方诗铭、王修龄：《古本竹书纪年辑证》，上海古籍出版社1981年版。

① 李学勤《〈尚书孔传〉的出现时间》和郑杰文《〈墨子〉引〈书〉与历代〈尚书〉传本之比较——兼议"伪古文〈尚书〉"不伪》皆认为孔颖达《尚书正义》所引《晋书》材料是可信的。李学勤：《〈尚书孔传〉的出现时间》，载《古籍整理学刊》2002年第1期，第1—3页。

“清华简”不足证伪古文《尚书》[①]

唐旭东

（周口师范学院中文系）

内容摘要：“清华简”《尹诰》篇“惟尹既及汤咸有一德”和“尹念天之败西邑夏”两句分别见于今本《尚书》之《太甲上》和《咸有一德》而略有异，“清华简”的整理者据此断定《咸有一德》甚至《尚书》古文25篇为伪作。但《太甲上》和《咸有一德》不是作伪心态下的产物。鉴于今、古文《尚书》同“清华简”都是整理散乱的竹简的产物，多种原因都可能导致这两句话在古文《尚书》中被分置在2篇之中，故《尹诰》中的两句话跟清华简都不足以证伪古文《尚书》。

关键词：清华简　古文《尚书》　真伪

2008年，“清华简”由清华校友赵伟国自海外抢救性购买送回祖国，入藏清华大学。其中有大量《尚书》类文献，很多见于传世《尚书》，为解答许多争论已久的问题提供了契机。据2008年10月24日《京华时报》载李学勤教授对于“清华简”《尚书》的介绍：“先秦时《尚书》有百篇，经过秦始皇焚书，大多佚失，汉朝初年只有29篇流传下来。‘清华简’中已发现有多篇《尚书》，都是焚书坑儒以前的写本。有些篇有传世本，如《金滕》、《康诰》、《顾命》等，但文句多有差异，甚至篇题也不相同，更多的则是前所未见的佚篇。”[②]又2010年1月20日《东方早报》（上海）载《‘清华简’之〈楚居〉：详细记录楚国历史》一文有更详细报道，其中“《尹诰》证伪古文《尚书》”一节载李学勤说：“根据‘清华简’《尹诰》的内容，可判断它就是《礼记》所引用古文尚书《尹诰》的原本，而今本伪古文尚书《咸有一德》可判定为伪作。”结论是否可靠且不说，李学勤教授的态度是比较谨慎的，只是根据清华简《尹诰》判定古文《尚书》之《咸有一德》为伪作。“《尹诰》证伪古文《尚书》”不过是媒体的夸大和炒作之词。而最近的消息如2012年1月6日《北京日报》所载《“清华简”证实：古文〈尚书〉确系伪书》一文中清华大学刘国忠教授说：“从‘清华简’提供的这些证据来看，传世两千多年的古文《尚书》确实是一部伪书，自北宋以来，许多学者对它的怀疑和否定是完全正确的。”更加推而广之，判定全部古文《尚书》为伪作。

对这一结论，此实不敢苟同。关于古文《尚书》不伪，也有好多文献资料和当代学者的研究成果可以证明，这里不做探讨。仅就清华简《尹诰》能否证伪古文《尚书》做一探讨。

（1）同名异文或异名同文皆不足为证伪的铁证。据《史记·殷本纪》，则成汤灭夏还于亳，伊尹作《咸有一德》，内容不详。而今传《咸有一德》则为伊尹复政于太甲，将告老致仕之前，训诫太甲之言。

---

① 本文为笔者所承担的上海大学邵炳军教授主持的全国高等院校古籍整理研究工作委员会资助项目“今文《尚书》文系年注析”（教古字〔2009〕052）和上海市学科建设项目“先秦文系年注析与传统文化流变研究”（项目编号：A.13-0102-12-001）的子项目“今文《尚书》文系年注析”的阶段性成果，系尚未出版书稿“导言”的一小部分，有较大修正补充。

② 同日《中国新闻网》的报道更详细一些：“先秦时《尚书》有百篇之数，经过秦始皇焚书，大多佚失，汉朝初年只有29篇传流下来。‘清华简’中已发现有多篇《尚书》，都是秦火以前的写本。有些篇有传世本，如《金滕》、《康诰》、《顾命》等，在《十三经注疏》的本子中就有，但文句多有差异，甚至篇题也不相同。更多的是前所未见的佚篇，传世本《尚书》里没有，或属于伪古文，例如《傅说之命》，即先秦文献引用的《说命》，和传世伪古文不是一回事。这些佚书是真正的‘古文尚书’，其对古史研究的意义不可估量。”2009年4月30日《南方日报》有文字几乎完全相同的报道。

作时、作地及作训对象皆不同。司马迁显然是熟悉《尚书》的，又曾从古文《尚书》大师孔安国问故，当然知道《尚书》有《咸有一德》篇，跟他写入《史记》的不同。司马迁这样记载说明《史记》所载之《咸有一德》篇确与《尚书》所载之《咸有一德》不同，二者当各自为篇，各有其文。盖早期古籍文献篇名未定，同名异文的情况所在多有。文献尤其《史记》记载多篇与《尚书》篇名相同而文本不同之文。如《史记·殷本纪》所载《汤诰》部分文字，与今传《尚书·汤诰》全然不同。《史记·周本纪》载周康王作《康诰》，与《尚书·康诰》亦显非同篇。这种同名异文的情况，只能说二者各自为篇，但不可能是伪作。如果出于作伪，以作伪者之心态，自是尽可能作得越像真的越好，《尚书·汤诰》的作伪者自然会照抄《史记》这段人所共知的引文，《太甲上》和《咸有一德》的作伪者则会根据《礼记·缁衣》把这两条引文收编在题为《尹诰》的伪篇中，而不是把它们分在篇题不同的两篇中，留下如此明显的漏洞给后人指责。《史记》所载《汤诰》和《尚书·汤诰》，《史记》所载《康诰》与《尚书·康诰》，证明以作诰主体命篇的方式是存在的。按此原则，凡汤所作诰辞皆可称"汤诰"，凡伊尹所作诰辞皆可称"尹诰"，而汤、伊尹所作诰辞不一，必有多篇，故同名多篇、同名异文的情况必定所在多有。而且，《尚书》所载周公旦封卫康叔封于卫并对他进行教导之诰称《康诰》，而《史记》所载周康王即位所作诰辞亦称《康诰》，这说明不同作者所作之文亦可能出现同名情况。可见同名的异文都传下来的事实是存在的。另外，由于早期文献篇名未定，同一篇文章被不同的人以不同的方法和原则命名，其早期篇名很可能不同。如文十八年《左传》载鲁太史克引《誓命》，内容见于《逸周书·大匡解》；定四年《左传》载卫子鱼称引"命蔡之书"，内容见于《尚书·蔡仲之命》；哀十一年《左传》载吴伍子胥引《盘庚之诰》，内容见于《尚书·盘庚》；《国语·周语上》载内史过引《汤誓》，内容见于今《尚书·汤诰》。这些异名同文的情况，不能据此断言鲁太史克所引《誓命》与《逸周书·大匡解》、伍子胥所引《盘庚之诰》与《尚书·盘庚》其中有伪篇，只能认为是同一篇文献的不同名称。所以，同名异文和异名同文皆不足为作伪的铁证。

(2)"清华简"的整理者判定古文《尚书》为伪作的主要依据是"惟尹既及汤咸有一德"和"尹念天之败西邑夏"两句皆出于"清华简"《尹诰》篇，与《礼记·缁衣》篇所引同[①]，而孔安国古文《尚书》中这两句分别见于《咸有一德》与《太甲上》[②]。且不说这种以点带面、以偏概全的方法本身就是不足取的，即使这条证据能证明《咸有一德》是伪作，也不能就此判定《尚书》古文 25 篇全都是伪作。而且，这两句为什么在孔安国古文《尚书》中分别出现在 2 篇之中也还值得深究。众所周知，西汉古文《尚书》出于孔壁，如"清华简"一样，也是出土得来，经过孔安国整理、识读、排序并以汉隶写成今文文本然后流传的。《史记·儒林列传》："孔氏有古文尚书，而安国以今文读之，因以起其家。逸书得十余篇，盖尚书滋多于是矣。"《汉书·儒林传》："孔氏有《古文尚书》，孔安国以今文字读之，因以起其家。逸《书》得十余篇，盖《尚书》兹多于是矣。遭巫蛊，未立于学官。"这些竹简出土时保存状况不佳，《尚书序》明载其"错乱磨灭"；识读条件也不好："科斗书废已久，时人无能知者，以所闻伏生之书考论文义，定其可知者，为隶古定，更以竹简写之。"那些没有伏生本作参考的断简残编，孔安国在整理识读编排之时由于误判造成《尹诰》中"惟尹及汤咸有一德"和"尹念天之败西邑夏"两句被错简误置到《太甲上》和《咸有一德》2 篇之中，亦属情理之常。至今上博简《诗论》的编排顺序大家还争论不休，事虽不一，理却相同。这个事实和道理也可以证明孔安国当初的编排也只是他的一己之见，未必准确。至于个别文字不同，其为

① 二者文字略有差异。《礼记·缁衣》引作："《尹吉》曰：'惟尹躬及汤，咸有壹德。'""《尹吉》曰：'惟尹躬天，见于西邑夏，自周有终，相亦惟终。'"郑玄《尚书注》认为"吉"当作"告"，通"诰"，言其皆为《尹诰》之文。而"天"当为"先"之误。参见孔颖达：《礼记正义》，中华书局影印阮校《十三经注疏》本，1980 年，第 1648—1649 页。

② 其文分别作："惟尹躬暨汤，咸有一德"和"惟尹躬先见于西邑夏，自周有终，相亦惟终"。参见孔颖达：《尚书正义》，中华书局影印阮校《十三经注疏》本，1980 年，第 165、164 页。谨按：《礼记·缁衣》与《太甲上》"自周有终，相亦惟终"两句皆不见于"清华简"《尹诰》。孔安国古文《尚书》"惟尹躬先见于西邑夏，自周有终，相亦惟终"一句与《礼记·缁衣》所引大同小异，且更合于郑玄所见《尹诰》文本，说明孔安国此句比《缁衣》所引更可靠。此句明明《礼记·缁衣》有引，而那个所谓的魏晋间的作伪者(实际子虚乌有)不把它编入《尹吉》，说明其自有依据，自有所本，其不根据郑玄《尚书注》把它编入《尹诰》，也不是作伪者应有的心态。

识读错误、原底本有异或者流传中产生讹误的可能性都不能排除。今传《尚书》中错简的情况的确有多处，且以学者多相信为真的今文篇为多，其中《梓材》、《召诰》尤甚。尤其《梓材》，许多内容根本不属于《梓材》，为不知何篇之文错简窜人。这种情况原因比较复杂，可能先秦就有错乱，也可能自伏生开始出现错乱。《史记·儒林列传》："伏生者，济南人也。故为秦博士……秦时焚书，伏生壁藏之。其后兵大起，流亡。汉定，求其书，亡数十篇，独得二十九篇，即以教于齐鲁之间。"①百篇《尚书》丧失近3/4，足见损失和破坏都很严重，则伏生所收拾其残存的《尚书》竹简当也错乱不堪，错简也有可能由于伏生整理时错乱，不能说伏生作伪或传授伪篇。同理，孔安国整理排列孔壁竹书时出错并无意中将错就错传下去，也不足构成他或后世某人造伪的证据。"清华简"或可证明这两句确同为《尹诰》之文，孔安国对这两句编排错误，而不足以证伪古文《尚书》。

(3)就人之常情和生活中的实际情况而言，一个人对于自己感触比较深的话会经常说起，尤其是像《尹诰》中伊尹这两句带有自我回忆性质的话。以伊尹辅佐商汤和太甲两代帝王的重臣甚至直接摄政者②的身份，他在不同场合经常说起这两句相同或相近的讲话并被史官记录到不同篇章中的可能是很大的，故不同篇名的作品出现相同或基本相同的文字是不值得感到奇怪的，更不足以作为证伪的铁证。就这一点而言，"清华简"甚至可能连证明孔安国对那两句编排有误都做不到，更不用说证伪《咸有一德》甚至整个古文《尚书》。

故此以为现在已经公布的"清华简"仍不足证伪《尚书》古文篇。由于古文《尚书》流传情况非常复杂，支持古文《尚书》不伪的传世文献很多，今人也有许多这方面的研究成果，故仍不能轻易信从上述报道所说的结论。

【主要参考文献】

[1] 孔颖达:《尚书正义》,中华书局影印阮校《十三经注疏》本,1980年。
[2] 孔颖达:《礼记正义》,中华书局影印阮校《十三经注疏》本,1980年。
[3] 司马迁:《史记》,顾颉刚点校,中华书局排印三家注本,1959年。
[4] 班固撰:《汉书》,颜师古注,傅东华等点校,中华书局校点颜注本,1962年。
[5] 李学勤:《清华大学藏战国竹简》(一),上海文艺出版集团、中西书局2010年版。
[6] 《竹书纪年》,嘉靖中四明范氏天一阁刊本。
[7] 方诗铭、王修龄:《古本竹书纪年辑证》,上海古籍出版社1981年版。

① 按:司马迁认为伏生壁藏《尚书》是由于秦焚书的看法是不对的。据《史记·秦始皇本纪》,秦始皇下令焚书时博士所职之书是不禁不烧的,则作为秦博士的伏生是没有担心他的书被烧掉而"壁藏"的必要的。此以为其壁藏《尚书》的原因应该是"兵大起",亦即大战乱。

② 此据《尚书·太甲上》,今本、古本《竹书纪年》的记载则为伊尹篡位、太甲杀伊尹复位。分别参见《竹书纪年》(卷上),嘉靖中四明范氏天一阁刊本,第22页;方诗铭、王修龄:《古本竹书纪年辑证》,上海古籍出版社1981年版,第23页。

文献保存与文学特征生成之关系

——以汉赋为中心的讨论

田瑞文

内容摘要：汉赋讽谏、抒情、体物的三大特征与汉赋在不同时期被不同选本选取的不同标准有着很大的关系。《史记》、《汉书》重视对讽谏性作品的选取，与汉代赋学批评强调赋之政治讽谕功能有关；《文选》在肯定《史记》、《汉书》所选汉赋篇章外，突出了对抒情赋的选取；《艺文类聚》等类书由于其自身"事类"的特征而侧重于对体物赋的选取，这些体物赋的大量选取强调了汉赋的体物特性。不同时期对汉赋选取角度的不同，塑造了汉赋的三大特征，这三大特征只和被保存下来的汉赋文献有关，并非汉赋本原面目的呈现。

关键词：汉赋　特征　讽谏性　抒情性　体物性

1930年，陈寅恪先生在《冯友兰中国哲学史上册审查报告》中说："凡著中国古代哲学史者，其对于古人之学说，应具了解之同情，方可下笔。"[①]刘梦溪先生细谙其昧，申而论之曰："由于年代湮远，已不可能掌握著立之人的全部材料，最理想的情况，也只能掌握其中的一部分或一小部分，这样在认知上势必产生局限，使得了解著立之人所处与所受的时代真相发生困难。"[②]许多年过去了，当再次审视我们的一些研究方法时，发现我们在某些方面仍然没有做到"了解之同情"。兹以汉赋文学品格的生成为例来谈谈我们在汉赋研究中的一些问题。

赋的创作在汉代应当是蔚为大观的，《汉书·艺文志》收录西汉赋70家、894篇，《后汉书》中明确记录某人有赋传世者49家，其他未能进入史传者当不在少数。与此相较，流传下来的汉赋可谓百不及一。今所见两汉赋，不过90余家、316篇，存目41篇。[③] 这些赋主要保存在《史记》、《汉书》、《后汉书》、《西京杂记》、《文心雕龙》、《文选》、《北堂书钞》、《艺文类聚》、《初学记》、《文选注》、《古文苑》、《汉魏六朝百三名家集》等一些重要的选本或文论中，其中一些经典的篇目反复出现在各种选本中，但不同时期的选本或批评对汉赋的选取标准是不尽相同的，通过对这些选本或文论收录汉赋标准的研究，可以看到汉代选本及批评以赋之讽谏特征为重、魏晋南北朝则较重赋的抒情性、唐代以"事类"为特征的类书中保存大量的汉赋，所以它在客观上凸显了汉赋的体物特征。考察不同时期选本及批评对汉赋保存的过程及其角度，有利于我们进一步理性地认识汉赋的讽谏、抒情、体物三大特征与汉代赋学整体格局之间的关系。

---

① 陈寅恪：《冯友兰中国哲学史上册审查报告》，载《金明馆丛稿二编》，生活·读书·新知三联书店2001年版，第279页。

② 刘梦溪：《"了解之同情"——陈寅恪〈冯友兰中国哲学史上册审查报告〉简释》，载《江西社会科学》2004年第4期。

③ 费振刚等《全汉赋校注》（广东教育出版社2005年版）统计汉赋为319篇，存目39篇。本数据合并司马相如《子虚赋》、《上林赋》为《天子游猎赋》；合并班固《两都赋序》、《西都赋》、《东都赋》为《两都赋》；合并张衡《东京赋》、《西京赋》为《二京赋》；补入王符《羽猎赋》（据程章灿《赋学论丛》），调整后全汉赋的总数为316篇，存目41篇。

一、两汉赋文献的保存及其与汉赋讽谏特性的生成

《汉书》和《史记》对汉赋篇章的选取具有高度的一致性,《史记》中选录的 7 篇汉赋都被《汉书》重新选录,并且他们对所选赋作的鉴赏角度也是一致的,班固、司马迁对赋讽谏性功能的认可集中地表现在对司马相如赋作动机的论述上。虽然"班固《汉书》多因《史记》之旧而增损其文"[①],但于其细微之处,仍然可以看到班固作史的用心,《史记》中载"(相如)请为天子游猎赋,赋成奏之,上许令尚书给笔札",班固《汉书》中去其"赋成奏之"四字,从上下文意看,"赋成奏之"不合文意,因此,班固为文意通达而将之删除就充分地说明了,班固并非简单地因袭《史记》的记载。那么班固对司马迁关于司马相如赋作及其历史意义判定的认可当也不是随便之举,因此,班固与司马迁在对司马相如赋作动机的记述中也就鲜明地表现了两人在这一问题上认识的一致性。

司马相如作《难蜀父老》是因其"业亦建之"不敢直谏,只能藉蜀父老为辞,以讽天子。司马迁对这一创作心境的描写和东方朔在《答客难》中对汉代文人侍从身份的描写构成了呼应,文人对"致君尧舜"意义的本能追求和现实生活中位卑言轻的身份制约之间的矛盾,是汉赋讽谏性生成的一个根本因素。所以当扬雄讽刺司马相如赋作"劝百而讽一"的时候,就遭到了班固强烈的不满,班固对司马相如赋的评价和司马迁的认识是一致的,我们可以从他对扬雄不满的批评中看到他在辞赋观念上与司马迁的一致性:

> 司马迁称:"《春秋》推见至隐,《易》本隐以之显,《大雅》言王公大人,而德逮黎庶,《小雅》讥小己之得失,其流及上。所言虽殊,其合德一也。相如虽多虚辞滥说,然要其归引之于节俭,此亦《诗》之风谏何异?"扬雄以为靡丽之赋,劝百而讽一,犹骋郑卫之声,曲终而奏雅,不已戏乎?[②]

针对扬雄对赋"劝百而讽一"的认识,班固引用了司马迁对司马相如赋的评价,从司马迁对赋的评价中,显然,赋和《春秋》、《易经》、《诗经》这些经典在讽谏性这个层面上具有同样的价值,微言大义,以寓讽劝,是司马迁、班固对赋之功能的主要认识。司马迁认为不管《春秋》、《易经》、《大雅》、《小雅》等经典作品其外在形态如何呈现,它们的内在指向都是同符于道德规范的建构的。从这个角度上看,《史记》和《汉书》对汉赋的认识和汉代赋学批评重讽谏的特性是一致的,而非如后来对汉赋体物浏亮的批评指向。也就是说,《史记》、《汉书》二书对汉赋的选录是最靠近汉代赋学批评的本原形态的。这个注重赋之讽谏功能的汉赋选录角度,到了南朝时期受当时社会文艺思潮的影响开始发生了一些新的变化。

二、魏晋南北朝汉赋的保存及其与汉赋抒情特性的生成

从文献的角度看,代表着魏晋南北朝汉赋批评取向的选本可以《后汉书》和《文选》为代表。在现存 316 篇汉赋中,其中《文选》有 27 篇,《后汉书》有 11 篇,如果以《文选》为参照标准来看的话,可以看到《汉书》中的 19 篇文章中,有 12 篇被《文选》所收录,而《后汉书》的 11 篇文章则只有 2 篇被《文选》所收录。

首先来讨论《史记》、《汉书》与《文选》在选赋上的问题。《史记》、《汉书》选赋的一致性已如上所论,是因为班固、司马迁对汉赋政治讽谏功能的共识所致。《文选》所选 27 篇汉赋中有 17 篇是具有强烈政治色彩的,而《史记》、《汉书》所选的赋就占了其中的 12 篇。这样,《文选》就在文献流传的过程中,通过对《史记》、《汉书》赋作的选录,保留了汉代士人对赋讽谏批评指向的代表性篇章,从而传承和

---

① 倪思:《班马异同》,载文渊阁《四库全书》本。

② 《司马相如传》,载《汉书》(卷五十七下),中华书局 1962 年版,第 2609 页。

建构了汉赋批评中重视汉赋政治讽喻功能的批评路向，构成了汉赋批评格局中的一个重要要素。

但是《文选》对汉赋的选录标准显然并不是完全继承了《史记》、《汉书》对赋功能的讽喻认识的，它在肯定汉赋这一功能的同时，也关注到了具有私人抒情化和体物化倾向的赋作，因此，它在选录政治色彩浓郁的汉赋之外也选录10篇具有“文学”色彩的汉赋，这个篇数占它所选汉赋的37%，这个比例相对于《汉书》仅仅选录2篇具有私人抒情化色彩的赋作来说，是有很大的发展的，它在很大程度上改变了以讽谏为主的汉赋批评格局，进而形成了汉赋不仅仅是以讽喻为主的，而且也是抒情的局面。这就在根本上改变了赋在《史记》、《汉书》中构建的汉赋批评格局，也在很大程度上改变了赋作只是用来讽谏的性质。这一改变所带来的问题是，《史记》、《汉书》中赋的批评、选篇与时代环境的统一性被打破，进而出现了汉代赋学批评与汉赋实际的分离，也即赋之功能的讽谏指向与汉赋的抒情、体物性之间的背离。也恰恰是汉赋的抒情化特征成了后来关于汉代文学格局建构的主体因素，而汉赋这个特征的强调就是从《文选》的时代开始的。这是汉赋特征由《史记》、《汉书》单一的政治讽喻功能发展到政治讽喻与抒情、体物共存的一个新阶段，是汉赋性质发展史上第一次明确的质的变化。

显然，对汉赋格局的这种新的认识并不是《文选》一家之创见，它是那个时代文艺批评思想的共识，这种情况同样出现在范晔的《后汉书》中。在《后汉书》选录的11篇汉赋中，其中只有5篇偏向于赋的政治色彩，而却有6篇偏向于抒情化色彩，占整个选赋篇目的54.5%，这个数字和《文选》选录的抒情、体物赋占总赋数的37%虽然有所不同，但是显然无论在《文选》还是《后汉书》中，抒情、体物赋已经足以和政治讽喻赋分庭抗礼，平分秋色了。从这两个具有代表性的选本上，可以看出，赋之抒情、体物的一面在汉魏六朝时期得到了明显的强调，这个强调和汉魏六朝文学风气的整体转向有着密切的关系，陆机在《文赋》中说：“诗缘情而绮靡，赋体物而浏亮”，陆机对“诗、赋两种文体的说明，对南朝文学的发展起到了指导性的作用。诗的写作应该‘缘情’（修饰感情）‘绮靡’（华美），赋的写作应该‘体物’（刻画事物）‘浏亮’（清明），当是总结了五言诗和小赋的艺术特色，而又给这两种文体明确地规定了具体的要求”[①]。从魏晋南北朝的文论来看，他们“都主张或不反对曹丕说的‘诗赋欲丽’”，虽然其中也有一些其他的原因，“然汉魏间抒情文学的兴盛和文人审美理想的变化是尤为重要的原因”。[②] 从这些批评反观文献中汉赋的篇目，则汉赋文献在选本中留存的情况实际上是受到时代文学风气的影响所致，它在一个时期被保留的赋篇，并不是由其原初赋之整体格局来决定的，而是由时代文艺风气所决定，因此，一个时代对此前文学格局的批评并非是按照彼时代文学的整体面貌进行的，而是根据当时文艺发展的需要做出的。从这个意义上说，一切的文艺批评，不论其对象如何，实际上都是时代的文艺批评，历史文献也便在这种当代文艺批评中完成了它的意义生成，从而参与到时代的文艺建设中，并因此构成了文学的传统。

三、唐代汉赋的文献保存及其对汉赋体物特性形成的意义

虽然《文选》收录的汉赋中已经出现了与私人抒情赋对等的体物赋，但是强调汉赋体物性特征的文献选本却是要等到唐代类书的出现。

在现存的316篇汉赋中，其中可以准确判定为残篇的有110篇，这些赋作主要来自于《艺文类聚》、《北堂书钞》、《初学记》、《太平御览》等类书和《文选六臣注》、《古文苑》等，其中残句不成章的有48篇，以独立段落为主，又兼有残句的62篇，这些篇章可以确定是残篇。在这些确定的残篇残句之外，还有一些从以上类书和注书中辑出的独立段落，很难判定它们就一定是完篇，但也没有足够的理由确定它们就一定是残篇，不过从类书中收录的文章与《文选》等书中的篇章对比来看，几乎类书中对所有收录的篇章都做了删削，因此，从这个角度上说，这些主要来自类书中的独立段落，实际上都难逃断章

① 周勋初：《中国文学批评小史》，复旦大学出版社2007年版，第24页。

② 马积高：《历代辞赋研究史料概述》，中华书局2001年版，第64页。

残篇的宿命。

在残句不成章的48篇中，有21篇来自《文选注》，其余的则来自类书、《水经注》、《韵补》等书。从其题目上看，主要是体物赋，这些选篇之所以存在这个特点，和注文“据事以类义，援古以证今”的注释特点有着很大的关系，《新唐书》描述李善注《文选》“释事而忘义”[①]，这类赋作的存在在一定程度上揭示了文化因子对于文学传统建构的意义。但它们体物的特性和类书中赋的事类特点，对汉赋批评讽谕和抒情的二分格局构成了一种新的威胁，从而形成了汉赋体物的又一特征。

下面以《艺文类聚》来讨论类书对汉赋的选取和汉赋批评原有格局之间的关系。在现存316篇汉赋中，其中有185篇被《艺文类聚》所选入，如果除去《史记》、《汉书》、《后汉书》、《文选》已经收录的42篇，还有148篇(有些完篇《艺文类聚》未曾选入)，因此类书对汉赋的保存起到重要的作用，这是类书之于汉赋的积极意义。但是同时类书在对汉赋保存的过程中对汉赋篇章进行了大量的删削，使赋中的一些精彩描写丧失殆尽，比如《七发》中的“观潮”一段，《文选》中原文用了381个字详细地描写了江涛的各种形态和威势，这些描写不仅展示了作者超强的驾驭语言的能力，而且更为主要的是对江涛汹涌气势的描写和整篇文章的气势是统一的，为了劝谏太子，文章的气势是逐渐增加的，到了这里，江涛汹涌澎湃的气势和文章整体的气势已经浑然一体，不可分割，不能分割，否则后面的高潮就会失去让太子警醒的震慑效果，因此，从这个角度看，这段对江涛的描写对整个文章的结构是至关重要不可或缺的，但是，《艺文类聚》中只用了61字就把这段交代了，这61个字在这里的主要作用是文章结构的一个象征性存在，无论从气势还是从语言的精彩上，《艺文类聚》对文章的删削都是出于事类的需要，尽管它标榜“摘其菁华，采其指要”的选文标准，[②]但是事实上在具体的操作中，它并没有执行这个标准。

从具体的数字上来看，《艺文类聚》中收录的185篇汉赋，为了不考虑其对传统经典赋作的继承外，除去42篇完篇不计，对余下的148篇赋进行一个简单的分类后，其中明确可以判断为体物赋的72篇(其中宫殿山川类24篇)，占48.6%；而属于抒情言志的则只有11篇，占7.4%。从这个简单的对比中可以看到《艺文类聚》对体物赋的偏重，问题恰恰就在这里，尽管《史记》、《汉书》、《后汉书》、《文选》中的赋《艺文类聚》基本上都予以收录了，这从一个方面说明了《艺文类聚》对汉赋经典篇目的认可与继承，但同时从它自身的选赋情况来看，它对体物赋的偏重还是改变了汉赋的呈现格局。而且这些赋篇基本上是唐代以降所能见到的绝大部分汉赋了，因此，它选录的几近1/2的体物赋对汉赋呈现给后人的整体面目来说是一个非常大的改变。这个格局的变化直接影响到后来人们对汉赋的认识和直接阅读体验。

至此则我们今天所见到的汉赋讽谏、抒情、体物的品性基本上已经形成，而这个品性与汉代的赋学批评已经相去甚远，但无疑，现在的这个格局构成了后人理解汉赋的一个基本文献源头，就唐后人们所能看到的汉赋在这个地方完成了集结，它成了理解和批评汉赋整体格局的文献依据，显然并没有人特别注意到文献的这个骗局，在所有信誓旦旦依据文献所做出的可靠结论背后，都隐藏着文献筛选对赋体文学特性不断变更的窃笑。因此，能够回到文献的说法其实是有限制的，也许对一个具体的文本解读可以在一定的时代背景资料下完成，但若要对整体的格局做出全局的研究多少有些不切实际，因为文献的流传过程中，原来的整体格局已经被肢解的支离破碎，所谓的整体格局只不过是缝补后的假象。它的绝大部分具体的篇章都可以被肯定地认为是汉代的赋篇，但是整体的局面已经不复当初的原貌。因此，一切试图进行整体研究的想法都只不过是个一厢情愿的愿想而已。

今天所见到的汉赋文学特征是在文献流传的过程中，由于文献的保存不同角度而凸显出来的，因此，在对汉赋进行研究的时候就不能不对汉赋文献本身的保存状况进行重新思考，既然选本也是一种批评，那么选本对文献的保存就不可能不改变文献原初的整体格局，因此留意文献对汉赋文学特性形成的塑造作用，是更好地接近汉赋文学原貌的一条重要的路径。

---

① 欧阳修、宋祁：《新唐书》，中华书局1975年版，第5754页。

② 欧阳询：《艺文类聚》序，上海古籍出版社1965年版。

蔡邕奏议探微

王启才　潘　霖

（阜阳师范学院文学院）

内容摘要：蔡邕奏议现存23篇，较之碑文与辞赋，这些奏议并未引起人们足够的重视。本文从论政、议边患、荐贤才、陈下情等方面探讨蔡邕奏议的思想内容，从借灾异进谏、论理切直，抒忠愤之情、显不平之气，引经据典、辞藻华美，文风典雅、结构严密等方面，论述了其文学特点，并对其贡献与不足做了评述，以期对蔡邕与东汉奏议研究有所助益。

关键词：蔡邕　奏议　探微

蔡邕（132—192）是汉末著名学者，一生著作宏富，其奏议现存23篇。蔡邕曾任议郎，参与朝政、掌顾问应对，撰写奏议是其职责所在，所以在东汉一朝所传奏议篇数最多，但这些奏议被其碑文、辞赋、史学、艺术成就所遮蔽，并未引起人们足够的重视，如《中国政论文学史稿》说："现存蔡邕的奏疏中，大部分是朝廷例行文字，如谢恩表、上寿表、荐表、谥议之类。内容既平庸，文辞亦无特色。"①一般散文通史或断代散文史或一笔带过，或只字不提，如《汉代散文史稿》说：蔡邕"政论散文只有几篇奏疏，受经学教条和神学迷信的影响较深，文学价值不高"②，这种评价有失公允，本文爰就此略陈管见。

一、蔡邕奏议的写作背景与主要内容

蔡邕主要经历东汉顺、桓、灵、献四朝，正是外戚与宦官交替专政、皇帝暗弱，地震、日蚀、洪水、瘟疫、蝗灾、雨雹、大旱、饥荒，鲜卑犯边，叛乱、起义等天灾人祸频发的最黑暗时代。蔡邕一生曾两次入仕：第一次是建宁四年（170）三十八岁的蔡邕"辟司空乔玄府"，至光和元年（178）四十六岁"以灾异频仍"，"被诏至金商门崇德殿上封事"事泄，受诬陷入狱，后"减死罪一等，与家属髡钳徙朔方"为止。第二次是中平六年（189）五十七岁的蔡邕迫于董卓淫威，应辟入府，至初平三年（192）六十岁时"闻董卓受诛惊叹"被王允治罪死于狱中为止。蔡邕奏议几乎都写于以上两个从政时段内，从其内容看，主要有以下几点。

（一）论　　政

蔡邕是一位博学多才的学者，作为议郎，参政、议政是其主要职责。蔡邕奏议论政方面的内容主要包括抨击朝政腐败与相对应的文化制度建设等方面。针对灵帝时自然灾害频发、宫中"妖异数变，人心惶惶"的现状，蔡邕应诏作《上封事陈政要七事》、《对诏问灾异八事》等文。在《上封事陈政要七事》中，他认为灾异频发的根本原因是外戚、宦官专权，骄奢淫逸，残害忠良。在《对诏问灾异八事》中，他指出灾异频出的原因是"妇人干政"、"小人在位"，指名道姓地揭露了灵帝的乳母赵娆、霍玉、程璜等权贵小人的奸邪、贪鄙行径，笔力之雄健，令显要为之侧目。

---

① 张啸虎：《中国政论文学史稿》，武汉出版社1992年版，第287页。

② 韩兆琦、吕伯涛：《汉代散文史稿》，山西人民出版社1986年版，第309—310页。

东汉末年,朝廷根据“州郡相党,人情比周”的现状,为防止官吏互相勾结庇护,制定了“三互法”,蔡邕上《谏用三互法疏》,明确指出其弊端,要求解除禁令,“当越禁取能,以救时敝”,“臣愿陛下上则先帝,蠲除近禁,其诸州刺史器用可换者,无拘日月三互,以差厥中”。

针对光和元年(178)二月汉灵帝设置鸿都门学,“举召能为尺牍辞赋及工书鸟篆者”,蔡邕进行了激烈的批评,认为书画辞赋是小技能,于治国无补。

针对朝政的腐败现状,蔡邕就文化、制度等建设问题提出了一些比较具体的建议:行祭祀礼,宜如故典;广开言路,勇于纳谏;以经术取士,广求贤才;改革吏治,严明赏罚;历数、宗庙迭毁、谥号等具体问题。

(二)议边患

北匈奴亡窜之后,在其故地鲜卑族逐渐兴起。东汉安帝永平初年,鲜卑已成为一方边患。桓帝时,鲜卑极为强盛。灵帝熹平六年(177)四月,天大旱,鲜卑再度进犯幽、并、凉三州边关,杀掠无数。护乌桓将尉夏育上书请求出塞袭击,朝廷不许,后来中常侍王甫受请托又建议遣兵与夏育合力征讨鲜卑,灵帝召集百官朝议,蔡邕遂上《难夏育请伐鲜卑议》。

准确地说,蔡邕之文属于针对夏育《上言讨鲜卑》一文的驳议。夏育曾上书吹嘘说,只需一冬两春,即能将鲜卑消灭。蔡邕则上书阐述反对意见,列出五种不可征讨的理由,从天时、地利、人力、财力等方面,援古证今,把不可征讨的理由说得非常充分,又估计到了征伐可能会带来的严重后果,最后得出“案育一战,所获不如所失”的结论。灵帝时,恰逢鲜卑强盛,天灾人祸不断,财力匮乏,民不堪命,从战略角度说,的确没有打胜的可能性。蔡邕对时事的把握是准确的,识见也远在夏育、王甫辈之上,可惜帝不从,落得兵败主辱、国势江河日下的结局。

(三)举贤才

治国务在访求贤才,蔡邕不但慧眼识才、爱才,而且主动向上级、朝廷荐举贤才。即使在流亡期间亦不忘为国荐贤,边让“少辩博,能属文”,“议郎蔡邕深敬之,以为让宜处高任”①,于是作《与何进书荐边让》,给大将军何进写信推荐。此类奏议主要有《对诏问灾异八事》、《被州辟辞让申屠蟠》、《为陈留太守奏上孝子程末事表》、《荐皇甫规表》、《荐太尉董卓可相国并自乞闲冗章》等。如在《对诏问灾异八事》中,他一方面点出奸佞小人的名字,另一方面向灵帝荐举了郭禧、桥玄、刘宠等忠义正直之才。在《荐皇甫规表》中,他对“少明经术,道为儒宗,修身力行,忠亮阐著,出处抱义,皦然不污……论其武劳,则汉室之干城;课其文德,则皇家之心腹”的皇甫规,要求皇帝“诚宜试用,以广振鹭西雍之美”。皇甫规是东汉名将,平羌功臣。他为官清廉,治民有方,不畏强暴,敢于在对策、上书中揭发专横跋扈的梁冀与奸宦小人的恶行,所以怀才不遇。由此可见,蔡邕不但荐得其人,而且有胆有识。

(四)陈下情

这里的“情”包括两层含义:状况,如情形、实情;心理状态,如感情、怨恨的情绪等。此类奏议主要有《上始加元服与群臣上寿章》、《表贺录换误上章谢罪》、《被收时上书自陈》、《巴郡太守谢表》和《戍边上章》。奏议属于应用文体,是下情上达的工具,有的纯粹是官场的应酬,如“贺表”、“寿章”、“谢表”之类,纯属表达个人私情,虽很有必要,但时过境迁,从内容上看,除史料价值外,意义并不大,蔡邕《上始加元服与群臣上寿章》、《表贺录换误上章谢罪》、《让高阳乡侯章》即属此类。蔡邕还有2篇奏议《被收时上书自陈》、《戍边上章》属于后世的“陈情表”一类,很有价值,其中前一篇对皇帝进行劝谏,表达的是因奏议失密而对皇帝的忠诚怨愤之情;后一篇写于被流放朔方之时,他担心的不是自己的处境与性命,而是不能完成续修汉史的事业,陈述的是强烈的续修汉史愿望与焦灼惶恐之情。

① 《后汉书·文苑列传》(第九册),中华书局1965年版,第2646页。

二、蔡邕奏议的文学特点

蔡邕奏议既有东汉中后期奏议的一般特点，又有明显的个性特点。

（一）借灾异进谏，论理切直

蔡邕内心并不相信谶纬灾异学说，但由于西汉末至东汉以来，天人感应、谶纬迷信盛行，君主每逢较大灾异出现，都下诏求直言极谏，此时借灾异谈政治，以上天惩戒为借口，把平时不能说、不敢言的话说出来，能起到既有效地保护自己，又易打动皇帝的功效，所以蔡邕也有《对诏问灾异八事》、《上封事陈政要七事》、《日蚀上书》等灾异奏议。如《对诏问灾异八事》以八种灾异对应七种政治现象，将灾异频发的原因归为宦官专权、妇人干政等具体的人事问题，把以灾异批判政治的功能做了淋漓尽致的发挥。其批评的对象包括国君、外戚、宦官及一些政治现象，如该奏议不但直言不讳地把批判的矛头直指当朝权贵赵娆、程璜等人，而且还借助灾异对灵帝的贪婪进行了批评，可谓质朴大胆，论理切直，文笔犀利！所以，借言消除灾异之法大胆直白地抨击时政，是蔡邕议政的一大特点。

（二）抒忠愤之情，显不平之气

蔡邕是“旷世逸才”，也是一个性本情真的文人，更是一个悲剧式的人物，他身处动荡黑暗的汉末乱世，忠君爱国、忧国忧民，又仕途坎壈、命运多舛，所以内心极不平静，无论是创作辞赋，或是写作奏议、碑文，往往以情纬文，以气逞辞，将心中那种忠愤之情、不平之气、批评之词、哀怨之语毫无遮掩地喷薄泻出，加之他在奏议中使用了“忧惧”、“怖悸”、“不胜愤懑”等一系列富有感情色彩的词语，因而具有浓厚的情感色彩与很强的感染力，这既是蔡邕奏议的一个明显特点，也是其富有文采和动人力量的原因。

此类奏议主要有《被收时上书自陈》、《巴郡太守谢表》、《表贺录换误上章谢罪》、《上始加元服与群臣上寿章》、《戍边上章》等，其中最著名的当数《被收时上书自陈》与《戍边上章》。如在《被收时上书自陈》一文中，蔡邕动之以情，晓之以理，敢于大胆指责皇帝糊涂，以致不辨忠奸；陈述了自己信而见疑、忠而被谤的悲愤之情、不平之气，直抒胸臆，言辞犀利，语气哀痛，感情色彩浓郁。《戍边上章》一文字里行间洋溢着他对国家社稷负责、对事业执着追求的款款深情，其意切辞哀、沉郁婉转的陈述，堪比司马迁的《报任安书》。但相比之下，蔡邕求宽恕一死续汉史而不得的哀愤不平情感，更加感人肺腑！

（三）引经据典，辞藻华美

两汉是经学的时代，受经学影响，从西汉武帝至东汉桓、灵之前的奏议，引经据典现象普遍。蔡邕是东汉经学家，幼时即“覃思典籍，韫椟六经”，曾校书东观，正定六经文字，刊刻熹平石经，学殖深厚，其奏议一如其碑文、辞赋，引经据典现象较同代人为甚。如《对诏问灾异八事》针对诏问“连年蝗虫至冬踊，其咎安在”，以经立议，征引《易传》、《河图秘征篇》、《易经》的话解释作答，其中“得臣无家”出自《易经·损卦》的上九爻辞。《难夏育请伐鲜卑议》说：“《书》戒猾夏，《易》伐鬼方，周宣王命南仲、吉甫攘猃狁，威蛮荆，汉有卫、霍阗颜、瀚海、窦宪燕然之事，征讨殊类，所由尚矣。”

这段话为了说明对异族入侵进行讨伐由来已久，征引了《尚书》、《周易》经典，连用了周宣王命令南仲、尹吉甫北伐玁狁，南服楚国；汉武帝派大将军卫青击匈奴，至阗颜山，斩首万余级；使霍去病击匈奴，封狼居胥山，登临瀚海；东汉和帝时期外戚窦宪大破北匈奴，在燕然山刻石记功而威震天下等事典。出语简括，运用自如，显示出经学大家的学养与功力。至于蔡邕征引经典的方式，非常灵活，既有明引，也有暗用；既有文典，也有事典，甚至化用经书语句也让人觉得自然、妥帖，难怪刘勰对其推崇备至，《文心雕龙·事类》说：“至于崔班张蔡，遂捃摭经史，华实布濩；因书立功，皆后人之范式也。”

东汉文风整体上有骈化趋势，蔡邕奏议俪词偶句，俪语之工，刻镂之巧，几与齐梁骈文相媲美，显露出作者精雅整饬的创作意识与自觉追求，如《上始加元服与群臣上寿章》多用四字句组成，锤炼精工，整齐匀称，韵律感强，又气势贯通，自然流畅，中间亦有工整的对句，有征引，有用典，显示出作者运用骈偶技巧的娴熟与老道。

蔡邕奏议对偶加密，骈化明显，《荐皇甫规表》多使用工稳华美的四六字句，用典精切，辞藻华美，声韵和谐，已是高度骈化的作品，以至《文心雕龙·俪辞》说："自扬马张蔡，崇尚俪辞，如宋画吴冶，刻形镂法。丽句与深采并流，偶意共逸韵具发。"

有人认为蔡邕是汉末骈文家，如此看来，也是有道理的。

此外，语言的形象华美也是蔡邕奏议的特点，表现在使用了不少修辞手法。比喻句，如《让高阳乡侯章》说："故曰使黄河若带，太山若砺……僵没之日，同寿松乔。"排比句，如《戍边上章》说："非臣无状所敢复望，非臣罪恶所当复蒙，非臣辞笔所能复陈。"反问句，如《被收时上书自陈》说："陛下不念忠言密对，多所指刺，宜加掩蔽，诽谤卒至，便用疑怪，岂不负尽忠之吏哉？……今群臣皆杜口结舌，以臣为戒，谁敢复为陛下尽忠者乎？……臣一人牢槛，当为箠楚所迫，趣以饮章，辞情何缘复达？"

以上事例可以看出蔡邕奏议的辞赋之气与文采。《后汉书·蔡邕列传》说蔡邕"辞绮"，所谓"辞绮"，就是辞藻华美，王勃《与契将军书》说"伯喈雄藻"，意思与此相近。蔡邕是具有贵族意识的作家，其奏议明显带有辞藻华丽的特点。

（四）文风典雅、结构严谨

关于蔡邕奏议的文风，《文心雕龙·奏启》说"蔡邕诠列于朝仪，博雅明焉"，这是从其奏议的博采与用典方面说的。《才略》说："张衡通赡，蔡邕精雅；文史彬彬，隔世相望。"精雅就是精工和谐。换言之，则是和雅或典雅。因为奏议是臣下对皇上进言之文体，臣下对君主行文要奉人臣之礼，用语要委婉，加之奏议引经据典，音调和谐，所以有典雅的台阁文风。刘师培《中国中古文学史讲义》说："凡欲研究蔡文者，应观其奏章若者较常人为细……音节若者较常人为和，则于彦和所称'精雅'当可体味得之"，"蔡中郎之碑铭则有华有质，章奏亦得其中……欲求文质得中，必博观东汉之文，以蔡中郎诸人为法，乃可成家"[①]，张仁青《中国骈文发展史》说："中郎章表文字，雍容典雅，裔皇凝重，遂为千秋效法，台阁文风，从是遂扇矣。"

《后汉书·蔡邕列传》赞曰："邕实慕静，心精辞绮。"所谓"心精"，就是心思、神思。蔡邕奏议一如其碑文、辞赋，有运思细密、结构严谨的特点。蔡邕23篇奏议在运思、结构方面，篇篇不同，确实是大家手笔。如《难夏育请伐鲜卑议》全文共五个自然段，文章先回顾历史，远处起笔，再联系现实，近处落墨，既分析了鲜卑强盛的形势，又研判了东汉财力匮乏现况，通过敌我实力的对比，以"其不可一也"、"其不可二也"、"其不可三也"、"其不可四也"、"其不可五也"结束段落，既增加了文章的气势，又使文章结构清晰紧凑。文章最后峰回路转，以"五不可"来映衬忍让坚守之"可"，显示出作者以万民为重的反战思想。该奏议采缀史事，征引经典，酌古御今，条分缕析，高屋建瓴，深切实际，运思细密，结构谨严，显示了作者的深谋远虑与驾驭文章的高超能力，是蔡邕奏议中的精品。

三、蔡邕奏议的贡献与不足

在刘勰《文心雕龙》之前，蔡邕《独断》对汉代文体学贡献很大，就奏议文体来说，《独断》从理论上对其作了归结。蔡邕奏议不但有章、奏、表、驳议四种类别，而且还有上书、对诏、上封事等形式，可谓种类俱全。蔡邕奏议礼节最周全，尊君卑臣色彩最浓，如"粪土臣"、"糠秕小生"、"顿首死罪"之类词语最多，骈化最突出，格式也最规范。由于完整保存下来的汉代奏议篇数不多，加之后人编纂奏议侧重其内容，对其格式重视不够，所以具有完整格式的奏议保存下来的就更少了，蔡邕《独断》及其奏议对后世奏议的写作起到了规范作用，借鉴价值与意义显著。

蔡邕在汉末至魏晋文风的转变中起了承上启下的过渡作用，其奏议既有继承西汉武帝以来引经据典、渊懿典雅的传统，又具有东汉党锢之祸时期奏议切实婞直的特点，更重要的是，其奏议俪辞偶

---

① 刘师培：《汉魏六朝专家文研究》，商务印书馆2010年版，第130、146页。

句、崇尚华丽的自觉追求，对三国魏晋奏议华靡的文风，起到了示范作用和推波助澜的影响。

当然，蔡邕奏议也有不足之处，主要表现为：因作者天真而率性，有时见解深刻，高瞻远瞩；有时不识时务，囿于感情，一吐为快，不讲策略，不计利害。其次，卑辞、敬辞用得过多。奏议属于实用的公文，经邦济世、下情上达是其主要功能，感情、文采若运用得当，是有助于其功能发挥的，也使文章流传久远；但若运用失当，反有害于公文。蔡邕奏议时有文胜于质之感，然白璧微瑕，其价值与贡献仍是主要的。

【主要参考文献】

[1] 张啸虎：《中国政论文学史稿》，武汉出版社 1992 年版。

[2] 韩兆琦、吕伯涛：《汉代散文史稿》，山西人民出版社 1986 年版。

[3] 《后汉书·文苑列传》（第九册），中华书局 1965 年版。

[4] 刘师培：《汉魏六朝专家文研究》，商务印书馆 2010 年版。

从论辩游戏“五称三穷”看《天问》的成因[①]

俞志慧
（绍兴文理学院）

内容摘要：上古有一种叫作“五称三穷”的游戏，流行于知识阶层，这种游戏用艰深的问题考验游戏参与者的知识面和应变能力，亦借以考察游戏参与者所在国家的状况。于是，知识精英们为了在朝聘盟会、应对周旋中不辱使命，需要广泛积累各方面知识，培养灵活应变的能力。与此同时，在战国后期的学界，有一种知识、学问集大成的趋向。本文通过上古文献中内容与形式都与《天问》相同的材料的比勘，认为《天问》就是在上述背景下，屈原为国士们参与这样的游戏积累材料、储备知识而编成的问题集。

关键词：五称三穷　《天问》成因　问题集

关于《天问》的创作缘由，东汉王逸认为系屈原于楚先王之庙及公卿祠堂呵壁而作，其说虽不乏应和者，但非之者亦络绎于途，清王夫之（1619—1692）《楚辞通释》指“逸谓书壁而问，非其实矣”[②]，清乾隆年间胡文英《屈骚指掌》[③]更针对王逸的推测提出质疑，云：“屈子既已斥远，安得复至先王庙中？且各国之事与无关治乱，于楚不相涉者亦在，不已烦乎？”[④]胡浚源（1748—1824）《楚辞新注求确》也有与胡文英同样的疑问，该书卷三《天问》解题云：“但云见楚先王庙及公卿祠堂壁画，呵而问之，则庙与祠堂当在郢都，何云放逐、彷徨山泽？岂庙、祠尽立于山泽间乎？”[⑤]游国恩（1899—1978）先生云：“注家多默契其说，实则似是而非之论也……盖屈子存君兴国之辞虽多，而《天问》一篇，则不尽关讽悟之义也……《天问》之作，非直为抒愁，亦非专为讽谏。”[⑥]上述诸家说法皆有理有据，唯皆用力于指陈王逸之非，究竟何者为“是”，即关于《天问》的创作成因问题，则语焉不详。今拟通过对上古时期论辩游戏“五称三穷”的考察，并经由上古文献中与《天问》在内容与形式上相同的表述进行比勘，揭示《天问》的成因与功能。

一、一种叫作“五称三穷”的游戏

《韩诗外传》卷六云：“天下之辩，有三至五胜，而辞置下。辩者，别殊类，使不相害；序异端，使不相

---

① 基金项目：全国哲学社会科学规划办项目“《国语》汇校集注及相关问题研究”（11BZW030）；教育部人文社会科学基金项目“《国语》汇校集注”（09YJA751060）；全国高校古籍整理研究工作委员会项目“《国语》汇校集注”（0958）；浙江省社会科学规划项目“《国语》集注”（09CGWX001YB）。

② 王夫之：《楚辞通释》，人民文学出版社 1975 年版，第 46 页。

③ 其自序写于乾隆五十一年（1786）。

④ 胡文英：《屈骚指掌》，《续修四库全书》本（卷二），上海古籍出版社 2002 年版，第 21 页。

⑤ 胡浚源：《楚辞新注求确》（卷三），嘉庆二十五年（1820）务本堂藏版，第 1 页。

⑥ 游国恩主编：《天问纂义》，中华书局 1982 年版，第 8 页。

悖。输公通意，扬其所谓，使人预知焉，不务相迷也。是以辩者不失所守，不胜者得其所求，故辩可观也。”①其中所说的“三至五胜”，是上古的一种论辩游戏，同时也是一种智力游戏，其游戏规则是：如甲方为提问方，乙方为答问方，甲方向乙方提出5个问题，如果乙方答对3个及以上，则视为甲方输，乙方赢；如果乙方只能答对2个及以下，则甲方赢，乙方输。反之亦然。

“三至五胜”，文献中又叫作“五称三穷”，《逸周书·太子晋》晋孔晁注云：“五称，说五事也。”②穷是穷窘、困屈之意。该篇记载了三则“五称三穷”的例子，其中太子晋(约前565—前549)与晋国乐官师旷之间的二则游戏记载得比较完整，罗家湘先生已就此做过分析③，以下结合《逸周书·太子晋》原文，在罗家湘之文的基础上将这种游戏方式作一呈现。

晋平公使叔誉于周，见太子晋而与之言，五称而三穷，逡巡而退，其不遂，归告公曰：“太子晋行年十五，而臣弗能与言，君请归声、就，复与田。若不反，及有天下，将以为诛。”平公将归之，师旷不可，曰：“请使瞑臣往，与之言，若能幪予，反而复之。”师旷见太子，称曰：“吾闻王子之语高于泰山，夜寝不寐，昼居不安，不远长道而求一言。”王子应之曰：“吾闻太师将来，甚喜，而又惧吾年甚少，见子而慑，尽忘吾其④度。”师旷曰：“吾闻王子，古之君子，甚成不骄，自晋始如周，行不知劳。”王子应之曰：“古之君子，其行至慎，委积施关，道路无限，百姓悦之，相将而远，远人来驩，视道如咫。”师旷告善。又称曰：“古之君子，其行可则，由舜而下，其孰有广德？”王子应之曰：“如舜者天，舜居其所，以利天下，奉翼远人，皆得已仁，此之谓天。如禹者圣，劳而不居，以利天下，好取不好与，必度其正，是之谓圣。如文王者，其大道仁，其小道惠，三分天下而有其二，敬人无方，服事于商，既有其众，而返失其身，此之谓仁。如武王者义，杀一人而以利天下，异姓、同姓各得其所，是之谓义。”师旷称善。又称曰：“宣办名命，异姓恶方，王侯君公，何以为尊，何以为上？”王子应之曰：“人生而重丈夫，谓之胄子。胄子成人，能治上官，谓之士。士率众时作，谓之伯。伯能移善于众，与百姓同，谓之公。公能树名生物，与天道俱，谓之侯。侯能成群，谓之君。君有广德，分任诸侯而敦信，曰予一人。善至于四海，曰天子。达于四荒，曰天王。四荒至，莫有怨訾，乃登为帝。”师旷罄然。又称曰：“温恭敦敏，方德不改，闻物□□，下学以起，上登帝臣，乃参天子。自古谁能？”王子应之曰：“穆穆虞舜，明明赫赫，立义治律，万物皆作。分均天财，万物熙熙。非舜而谁？”师旷东躅其足，曰：“善哉，善哉！”王子曰：“太师何举足骤？”师旷曰：“天寒足跔，是以数也。”王子曰：“请入坐。”遂敷席注瑟。师旷歌《无射》，曰：“国诚宁矣，远人来观。修义经矣，好乐无荒。”乃注瑟于王子。王子歌《峤》，曰：“何自南极，至于北极？绝境越国，弗愁道远。”师旷蹶然起曰：“瞑臣请归。”王子赐之乘车四马，曰：“太师亦善御之？”师旷对曰：“御，吾未之学也。”王子曰：“汝不为夫《时诗⑤》云：‘马之刚矣，辔之柔矣。马亦不刚，辔亦不柔。志气麃麃，取予不疑。’以是⑥御之。”师旷对曰：“瞑臣无见，为人辩也，唯耳之恃。而耳又寡闻而易穷，王子汝将为天下宗乎？”王子曰：“太师，何汝戏我乎？自太皞以下，至于尧、舜、禹，未有一姓而再有天下者。夫大当时而不伐，天何可得⑦？且吾闻汝知人年之长短，告吾。”师旷对曰：“汝声清汚，汝色赤白，火色不寿。”王子曰：“吾后三年

① 韩婴撰：《韩诗外传》，《丛书集成初编》本，中华书局1985年版，第76页。孙诒让据《史记·平原君列传》裴骃《史记集解》引刘向《别录》之文校云：“此云‘辞置下’，当作‘辞正为下’(“置”或为“直”之误)，‘输公’，‘公’疑当作‘志’，‘输志通意’即‘抒意通指’，文异义同。‘扬其所谓’，‘扬’疑当作‘揭’，与‘明’义亦略同。‘是以辩者不失其所守’，‘辩’当作‘胜’。”参见许维遹：《韩诗外传集释》，中华书局1980年版，第209页。

② 孔晁注：《汲冢周书》，《四部丛刊初编》本(卷九)，商务印书馆1919年版，第2页。

③ 罗家湘：《太子晋的成年礼》，载《中国社会科学院研究生院学报》2005年第3期。

④ 一本无“其”字。

⑤ “时诗”，原作“诗诗”，据《四部丛刊》本改。

⑥ “以是”，原作“是以”，据《四部丛刊》本改。

⑦ 陈逢衡云：“大约一姓不能再兴之意，末有脱误。”陈逢衡：《逸周书补注》(卷二十)，道光乙酉年(1825)刊修梅山馆藏本，第22页。

将上宾于帝所。汝慎无言,殃将及汝。"师旷归,未及三年,告死者至。[①]（《逸周书·太子晋》）

上文中,晋大夫叔誉与太子晋之间的五称未见其详,只知道叔誉"五称五穷",认输之后,结局很惨,"归声、就,复与田"。孔晁注:"声、就,复与周之二邑,周衰,晋取之也。"[②]面对师旷的五称(其中第二称"古之君子,甚成不骄"未出现"称"字,但仍有"曰"字),太子晋"应"(对应师旷的"五称",是太子晋的"五应")之若响,师旷告善。自"王子曰:'太师何举足骤?'"到"王子……曰:'太师亦善御之?'"为太子晋向师旷提的3个问题(三"曰"),师旷应以三"对",在这个环节上,博学的师旷要不是接不上话头,就是说"未之学",太子晋再无问题,因为接连3个问题答不上来,也就算输了。

类似的例子也见于《史记·田敬仲完世家》:

邹忌子见,三月而受相印。淳于髡见之,曰:"善说哉!髡有愚志,愿陈诸前。"邹忌子曰:"谨受教。"淳于髡曰:"得全全昌,失全全亡。"邹忌子曰:"谨受令,请谨毋离前。"淳于髡曰:"狶膏棘轴,所以为滑也,然而不能运方穿。"邹忌子曰:"谨受令,请谨事左右。"淳于髡曰:"弓胶昔干,所以为合也,然而不能傅合疏罅。"邹忌子曰:"谨受令,请谨自附于万民。"淳于髡曰:"狐裘虽弊,不可补以黄狗之皮。"邹忌子曰:"谨受令,请谨择君子,毋杂小人其间。"淳于髡曰:"大车不较,不能载其常任;琴瑟不较,不能成其五音。"邹忌子曰:"谨受令,请谨修法律,而督奸吏。"淳于髡说毕,趋出,至门,而面其仆曰:"是人者,吾语之微言五,其应我若响之应声,是人必封不久矣。"居朞年,封以下邳,号曰"成侯"。[③]

本段文字又见于《慎子》上篇,五问依次属之淳于髡、田骈、环渊、接予、慎到5人。上文中,从"得全全昌,失全全亡",到"大车不较,不能载其常任;琴瑟不较,不能成其五音",淳于髡(或淳于髡五人)一共提出了五则忠告,而这些忠告,并非明白如话,用淳于髡的话说就是"微言",邹忌(前385—前319)5个"谨受令"之后,逐一给出了若合符节的回答,所谓"响之应声"是也。在这场游戏中,淳于髡等显然是彻底地输了,所以只好"趋出"了之。作为胜者一方,不仅赢得了这场游戏,而且还有不小的连带收入:"居朞年,封以下邳,号曰'成侯'。"结合上引叔誉告负之后晋国的重大损失,可知熟谙这一类游戏对当时的士大夫是何等的重要!

在《国语·晋语五》中,还有如下一段记载:

范文子暮退于朝。武子曰:"何暮也?"对曰:"有秦客廋辞于朝,大夫莫之能对也,吾知三焉。"武子怒曰:"大夫非不能也,让父兄也。尔童子,而三掩人于朝。吾不在晋国,亡无日矣。"击之以杖,折委笄。[④]

秦客出廋辞于晋国之朝堂,其中的廋辞已无可考,总共有几则廋辞也不得而知,但范武子(约前660—前583)之子范文子答出了3个,正好是3个!且从范文子得意之情,可以认为在这场游戏中,他是一个赢家,于是笔者认为,这里也可视为一次"五称三穷"的实例,且发生的时间早于邹忌和太子晋。

现在再回过去看看上述"称说"的内容:或者为考察接受者的临场反应能力,如师旷的前二问、太子晋的首尾两问;或者考察接受者的知识面,特别是对一些艰深冷僻知识的了解程度,如师旷的第三问和第五问、太子晋的第二问;或者考察接受者对名物把握的准确程度,如师旷的第四问、淳于髡等的五则微言,上述《晋语五》秦客的廋辞,笔者猜测大概也属这一类。

二、《荀子·赋篇》、《孔子项托相问书》等所反映出的该论辩游戏的嬗变轨迹

《荀子·赋篇》显然也是在此类五称三穷游戏背景下的产物,梁启雄《荀子简释》援引《文心雕龙·谐隐》"遁词以隐意,谲譬以指事"释其文体,可谓得其肯綮。

---

① 《逸周书补注》(卷二十),孔晁注,陈逢衡补注,道光乙酉年(1825)刊修梅山馆藏本,第10—22页。

② 《汲冢周书》,孔晁注,《四部丛刊初编》本(卷九),商务印书馆1919年版,第2页。

③ 《史记》,中华书局标点本,1959年,第1890页。

④ 《国语》,上海古籍出版社1978年版,第501页。

《荀子·赋篇》的前一部分是五则隐语[①]，先有谜面，后有谜底：礼、知、云、蚕、箴，但在谜面部分的最后，依次分别有以下一小段文字："臣愚不识，敢请之王"；"臣愚不识，愿问其名"；"弟子不敏，此之愿陈，君子设辞，请测意之"；"臣愚而不识，请占之五泰"；"臣愚不识，敢请之王"。

于此可知，第一、二、五凡三则，所要求的答问方为君王；第三则，答问方为师长；第四则，答问方则为君王身边的五泰（五泰，宋本作"五帝"，唐杨倞注云："五帝也"）。因此，笔者认为这里尽管也刚好是五则隐语，但答问方有三位，且其中有不在场的五泰，对比前述《逸周书·太子晋》和《史记·田敬仲完世家》的实例，这里应该不是同一次游戏提出的问题。而且，五则谜面之后，答问方对谜面的文字分析，与提问方的语言一样的雍容典雅，所以这五则隐语当是《荀子·赋篇》作者的搜集整理成果，与"五称三穷"的游戏实战有别。这样费时费力的搜集整理，反过来说明这一类谐隐游戏有它的市场。

类似的游戏在后世络绎不绝，隋唐时期出现的《孔子项托相问书》，根据其中的故事和言说方式，当是吸收了不少与孔子有关的故事（如孔子与子羽对话，见于《唐写本孔子与子羽对语杂抄》；又如《列子·汤问》所载两小儿辩日），经过一千年的丰富、充实、发展而定型的。

其前半篇如下[②]：

昔者夫子东游，行至荆山之下，路逢三个小儿。二小儿作戏，一小儿不作戏。夫子怪而问曰："何不戏乎？"小儿答曰："大戏相煞，小戏相伤，戏而无功，衣破里空。相随掷石，不（如）归舂。上至父母，下及兄弟，只欲不报，恐受无礼。善思此事，是以不戏，何谓（为）怪乎？"

项托有（又）相随拥土作城，在内而坐。夫子语小儿曰："何不避车？"小儿答曰："昔闻圣人有言：上知天文，下知地里（理），中知人情，从昔至今，只闻车避城，岂闻城避车？"夫子当时无言而对，遂乃车避城。下道遣人往问："此是谁家小儿？何姓何名？"小儿答曰："姓项名托。"

夫子曰："汝年虽少，知事甚大。"小儿答曰："吾闻鱼生三日，游于江海；兔生三日，盘地三亩；马生三月，趁及其母；人生三日，知识父母。天生自然，何言大小！"

夫子问小儿曰："汝知何山无石？何水无鱼？何门无关？何车无轮？何牛无犊？何马无驹？何刀无环？何火无烟？何人无妇？何女无夫？何日不足？何日有余？何雄无雌？何树无枝？何城无使？何人无字？"小儿答曰："土山无石，井水无鱼，空门无关，轝车无轮，泥牛无犊，木马无驹，斫刀无环，萤火无烟，仙人无妇，玉女无夫，冬日不足，夏日有余，孤雄无雌，枯树无枝，空城无使，小儿无字。"

夫子曰："善哉！善哉！吾与汝共游天下，可得已否？"小儿答曰："吾不游也。吾有严父，当须侍之；吾有慈母，当须养之；吾有长兄，当须顺之；吾有小弟，当须教之。所以不得随君去也。"

夫子曰："吾车中有双陆局，共汝博戏如何？"小儿答曰："吾不博戏也。天子好博，风雨无期；诸侯好博，国事不治；吏人好博，文案稽迟；农人好博，耕种失时；学生好博，忘读书诗；小儿好博，笞挞及之。此是无益之事，何用学之！"

夫子曰："吾与汝平却天下，可得已否？"小儿答曰："天下不可平也，或有高山，或有江海，或有公卿，或有奴婢，是以不可平也。"

夫子曰："吾与汝平却高山，塞却江海，除却公卿，弃却奴婢，天下荡荡，岂不平乎？"小儿答曰："平却高山，兽无所依，塞却江海，鱼无所归；除却公卿，人作是非；弃却奴婢，君子使谁？"

夫子曰："（善哉！善哉！）汝知屋上生松，户前生苇，床上生蒲，犬吠其主，妇坐使姑，鸡化为雉，狗化为狐，是何也？"小儿答曰："屋上生松者是其椽，户前生苇者是其箔，床上生蒲者是其席。犬吠其主，为傍有客；妇坐使姑，初来花下也。鸡化为雉，在山泽也；狗化为狐，在丘陵也。"

夫子语小儿曰："汝知夫妇是亲，父母是亲？"小儿曰："父母是（亲）。"夫子曰："夫妇是亲。生同床枕，

---

① 后半篇从"天下不治，请陈佹诗"起至结尾，梁启雄《荀子简释》云："《荀子·赋篇》的原文，至此似已结束了；以下的佹诗，好像本来是另外一篇独立的篇章，不是《赋》的卒章，它的标题或是《佹诗》，或是《诗篇》。"（参见梁启雄：《荀子简释》，中华书局1983年版，第355页）其说有理。又，《汉书·艺文志》赋类载"孙卿赋十篇"，疑为同类二组。

② 该篇后半篇是诗，这是这种文体向说唱艺术演变后的产物。

死同棺椁,恩爱极重,岂不亲乎?"小儿答曰:"是何言与!是何言与!人之有母,如树有根;人之有妇,如车有轮。车破更造,必得其新;妇死更娶,必得贤家。一树死,百枝枯;一母死,众子孤。将妇比母,岂不逆乎?"

小儿却问夫子曰:"鹅鸭何以能浮?鸿鹤何以能鸣?松柏何以冬夏常青?"夫子对曰:"鹅鸭能浮者缘脚足方,鸿鹤能鸣者缘咽项长,松柏冬夏常青(者)缘心中强。"小儿答曰:"不然也!虾蟆能鸣,岂犹(由)咽项长?龟鳖能浮,岂犹(由)脚足方?胡竹冬夏常青,岂犹(由)心中强?"

夫子问小儿曰:"汝知天高几许?地厚几丈?天有几梁?地有几柱?风从何来?雨从何起?霜出何边?露出何处?"小儿答曰:"天地相却(去)万万九千九百九十九里,其地厚薄,以(与)天等同。风出苍吾(梧),雨出高处,霜出于天,露出百草。天亦无梁,地亦无柱,与四方云(气),而乃相扶,故以为柱,有何怪乎?"

夫子叹曰:"善哉!善哉!方知后生实可畏也。"[①]

本篇中,孔子最初提出16个问题,接着又是7个,然后是2个,最后是8个,孔子前后共向项托提出了33个问题,项托都对答如流,孔子连用6个"善哉"给予肯定;相反,项托向孔子提出了3个问题,对孔子的回答,项托给予了"不然也"的判断,并提出进一步的质疑,孔子渊博的知识储备在这个聪明的小儿面前显得捉襟见肘。

笔者之所以要大跨度地呈现这种微言隐语的智力游戏,是想由此说明,这种考验人们思维能力、知识水平的游戏,在中国古代长期存在着,《汉书·艺文志》云:"古者诸侯卿大夫交接邻国,以微言相感,当揖让之时,必称诗以谕其志,盖以别贤不肖而观盛衰焉。"[②]班固这里主要说的是诸侯卿大夫赋诗言志的盛况,但也应该包括五称三穷之类的"微言",其共同的作用是于己可以言志,于人可以"别贤不肖而观盛衰"。这种微言隐语的传统虽然不像赋诗言志那样蔚为大观,但从先秦文献中的《国语·晋语五》、《逸周书·太子晋》、《慎子》、《荀子·赋篇》、《战国策》,到《汉书·艺文志》"杂赋家"所载的《隐书》18篇[③],到《世说新语·捷悟》所载蔡邕"绝妙好辞"的题碑,再到隋唐五代时期的《孔子项托相问书》、《晏子赋》,也可谓不绝如缕,从中还隐约可见这一类论辩游戏的发展轨迹:与春秋战国时期的隐语相比,后来者涉及的知识更加生活化。这是由于这种游戏的舞台日渐下移,最初是在外交场合、朝廷堂庑,贵族们比口才、晒腹笥,这个时候,由于对话双方出类拔萃的知识结构,游戏时会有不少只有知识精英们涉及的内容,如《国语·鲁语下》中的防风氏传说、肃慎氏之矢,《庄子·天运》开篇的15个问题,《管子·白心》中提出的天维地载问题,特别是《孟子》一书中多次作为问题讨论的三代历史人物事件(容下文展开),这些知识或问题,因为极其艰深,是很难出现在诸如后世西南少数民族青年男女的对歌当中的,就如上引《孔子项托相问书》中"何山无石"等十六问,所问所对很难说当得上先秦两汉那些游戏参与者的博闻强识,有的只是游戏者的机敏;《晏子赋》中,虽然梁王谓晏子"知天地之纲纪,阴阳之本姓(性)",但接下来所问的"何者为公?何者为母"等十五问及晏子之所答,也分明烙印着明显的民间色彩。

尽管这种游戏在其不同阶段上有着上述内容上的差异,在先秦以降的文献中,也没有看到是否依然遵循着古老的"五称三穷"的游戏规则,但在叙述方式上,却呈现出明显的共性:因为需要考验游戏参与者的知识面和智力水平,于是,不同阶段的叙述者都会找到几个博学者、捷给者的代表性人物,譬如孔子,譬如晏子,《国语·鲁语下》中防风氏传说、肃慎氏之矢等材料中,孔子是一个典型的博雅之士,《列子·汤问》中的"两小儿辩日"和《孔子项托相问书》中,孔子则仅仅是作为博学捷给者的陪衬——连孔子这样博学的人都被难倒了,可见另一方(如辩日的两小儿、项托)是何等的博雅!这些置于孔子名下的故事,未必

---

① 《敦煌变文校注》,黄征、张涌泉校注,中华书局1997年版,第358页。

② 《汉书》,中华书局标点本,1959年,第1755—1756页。

③ 唐颜师古注:"刘向《别录》云:'隐书者,疑其言以相问,对者以虑思之,可以无不谕。'"《汉书》,中华书局标点本,1959年,第1753页。

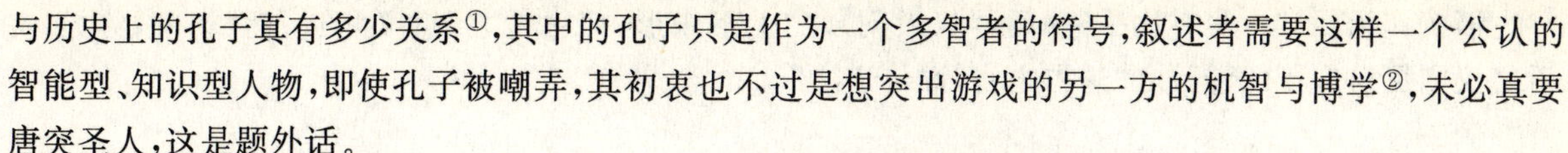

与历史上的孔子真有多少关系[①]，其中的孔子只是作为一个多智者的符号，叙述者需要这样一个公认的智能型、知识型人物，即使孔子被嘲弄，其初衷也不过是想突出游戏的另一方的机智与博学[②]，未必真要唐突圣人，这是题外话。

三、论辩游戏背景下的《天问》成因分析

既然类似“五称三穷”这样的论辩游戏在长时段中广泛地存在着，士大夫们在揖让应对、进退周旋中尤其需要表现得博闻强识，辩才无碍，这必然增强他们对非一般知识了解和掌握的热忱，于是笔者想到了集中呈现这一类非日常知识的文本——《天问》。

关于《天问》的成因，东汉的王逸有以下的论断：“《天问》者，屈原之所作也。何不言问天？天尊不可问，故曰‘天问’也。屈原放逐，忧心愁悴，彷徨山泽，经历陵陆。嗟号昊旻，仰天叹息，见楚有先王之庙，及公卿祠堂，图画天地、山川神灵，琦玮僪佹，及古贤圣怪物行事，周流罢倦，休息其下，仰见图画，因书其壁，何(呵)而问之，以渫愤懑，舒泻愁思。楚人哀惜屈原，因共论述，故其文义不次序云尔。”[③]不知王逸何所据而云然，先王之庙及公卿祠堂中的图画未必有那么丰富，其壁上的空间也未必能容纳得如此鸿篇巨著。更何况从开篇“遂古之初，孰传道之”之后很长一段文字根本就无法形诸画图。再者，既然是书于壁上，那就照录即可，为什么其文其义还会“不次序”？“不次序”或者仅仅是王逸的解读[④]？所以颇疑王逸之论断原不过是悬揣之辞。如果放在“五称三穷”论辩游戏的大背景下，结合屈原三闾大夫的职掌[⑤]，及其“博闻强志，明于治乱，娴于辞令。入则与王图议国事，以出号令；出则接遇宾客，应对诸侯”[⑥]的特长，笔者认为，《天问》是屈原编纂的一部问题集，目的是让贵族子弟们记住这些艰深古怪的问题，让他们在外交舞台、朝堂廊庙揖让应对、进退周旋之时，应付裕如，不辱使命。事实上，《天问》中的问题，在传世文献特别是先秦两汉文献中也每每被作为问题提出来讨论，下文将用文献比对的方法，按《天问》文本的先后，将其他文献中与《天问》相似的提问或讨论呈现出来。[⑦] 从二者的相似性中，读者诸君自能做出判断，因而按语力求从简。考虑到与《天问》形式上力求相似，所举例子，仅限于作为问题讨论者，那些作为现象描述的文字，如上古子史文献中记载的历史故事和《庄子》、《山海经》、《淮南子》、《列子》等文献所涉及的非主流陈述皆不在比勘范围之内。

例一：

曰：遂古之初，谁传道之？上下未形，何由考之？冥昭瞢闇，谁能极之？冯翼惟像，何以识之？(《天问》)

殷汤问于夏革曰：“古实有物乎？”夏革曰：“古初无物，今恶得物？后之人将谓今之无物可乎？”殷汤曰：“然则物无先后乎？”夏革曰：“物之终始，初无极已。始或为终，终或为始，恶知其纪？然自物之外，自中之先，朕所不知也。”(《列子·汤问》)

---

① 以《国语》所记为例：防风氏骨节专车，吴使来好往鲁国请教孔子，时间在吴伐越，堕会稽(前494)，可事实是这一段时间孔子周游列国，偏偏不在鲁国；《国语》记孔子答问肃慎氏之矢的时地在陈惠公时的陈国，可事实是，在陈惠公(前533—前506))时期，孔子没去过陈国。《史记·孔子世家》将陈惠公改作“愍公”，从时间上做了很好的调停。但问题是《国语》未见有作“愍”的异文，而《孔子家语·辨物》引此亦作“惠公”。结论是这二则置于孔子名下的故事，主人公孔子并不在场。

② 伏俊琏：《孔子项托相问书的写作时代与体制特征》(收入伏俊琏：《敦煌文学文献丛稿》，中华书局2004年版，第187—204页)一文专章讨论过该问题，可参阅。

③ 洪兴祖撰：《楚辞补注》，中华书局1983年版，第85页。下文引《楚辞》之文，除特别出注者外，皆引自该书，不再出注。

④ 王夫之曰：“篇内事虽杂举，而自天地山川，次及人事，追述往古，终之以楚先，未尝无次序存焉。”(《天问纂义》，第2页)

⑤ 《史记·屈贾列传》刘宋裴骃《史记集解》引《离骚序》曰：“三闾之职，掌王族三姓，曰昭、屈、景。原序其谱属，率其贤良，以厉国士。”《史记》，中华书局标点本，1959年，第2486页。

⑥ 《史记·屈原贾生列传》。

⑦ 不同文献的排比，以与《天问》之相关度为序，不以文献本身之先后为序。

谨按:《汤问》“古实有物乎”一问,与《天问》之“上下未形,何由考之”意义相近;而《汤问》终始、先后之议则可对应于《天问》之“遂古之初,谁传道之”。

例二:

圜则九重,孰营度之?惟兹何功,孰初作之?(《天问》)

孰主张是?(《庄子·天运》)

谨按:《天运》“孰主张是”与《天问》“孰营度之”,无论设问的内容还是形式都极为相似。《天问》之“孰初作之”,复与上引《列子·汤问》物之先后终始的讨论交集。

例三:

斡维焉系?天极焉加?八柱何当?东南何亏?(《天问》)

康回冯怒,地何故以东南倾?(《天问》)

孰纲维是(《庄子·天运》)

天或维之,地或载之。天莫之维,则天以坠矣;地莫之载,则地以沈矣。夫天不坠,地不沈,夫或维而载之也夫。(《管子·白心》)

汤曰:“然则上下八方有极尽乎?”(《列子·汤问》)

谨按:《天问》、《天运》、《白心》这三种来自不同学派的上古文献同时指向一个问题:天之“维”,尽管或作名词,或作动词,但其核心义素则完全相同。《汤问》的“八方”与《天问》的“八柱”意义有交集,《天问》“天极焉加?八柱何当”二问,在《汤问》中合并为一个问题:“上下八方有极尽乎?”有纲维、极、柱,于是也有坠、沈,有亏、倾。各家都提出了类似的问题,可见此类话题具有广泛的群众基础。

例四:

九天之际,安放安属?隅隈多有,谁知其数?天何所沓?十二焉分?日月安属?列星安陈?(《天问》)

天其运乎?地其处乎?日月其争于所乎?意者其有机缄而不得已邪?意春转运而不能自止邪?……孰居无事推而行是?(《天运》)

谨按:天、地、日月,这是《天问》与《天运》这一部分共同的设问对象,而《天问》的动词“放”、“属”、“沓”(王逸注:“沓,合也”)、“分”、“陈”,与《天运》的动词“运”、“处”、“争”、“已”、“止”有着广泛的交集。

例五:

出自汤谷,次于蒙汜。自明及晦,所行几里?(《天问》)

孔子东游,见两小儿辩斗,问其故,一儿曰:“我以日始出时去人近,而日中时远也。”一儿以日初出远而日中时近也。一儿曰:“日初出大如车盖,及日中则如盘盂,此不为远者小而近者大乎?”一儿曰:“日初出沧沧凉凉,及其日中如探汤,此不为近者热而远者凉乎?”孔子不能决也,两小儿笑曰:“孰为汝多知乎?”(《列子·汤问》)

谨按:《汤问》中两小儿辩日,运思过程中必然会考虑到日月运行及其里程,故此上引二则材料尽管在表达方式上相距较远,但问题的核心指向是相同的。

例六:

夜光何德,死则又育?厥利惟何,而顾菟在腹?(《天问》)

云者为雨乎,雨者为云乎?孰隆施是?孰居无事淫乐而劝是?(《庄子·天运》)

谨按:《天问》讨论的是月球,《天运》讨论的为云为雨,问题的具体指向有别,但都涉及天文气象,包括下面要列举的星象,皆是当时知识精英们需要面对的艰深问题。

例七:

何阖而晦?何开而明?角宿未旦,曜灵安藏?(《天问》)

风起北方,一西一东,有上彷徨,孰嘘吸是?孰居无事而披拂是?敢问何故?(《庄子·天运》)

谨按：本条与上条，《天问》关心的是昼夜时序的轮转，而《天运》讨论的是风云雨露的形成，皆是对于自然现象发问，所问皆甚大，亦甚难。

例八：

九州岛安错？川谷何洿？东流不溢，孰知其故？（《天问》）

天下之水，莫大于海，万川归之，不知何时止而不盈；尾闾泄之，不知何时已而不虚，春秋不变，水旱不知。此其过江河之长，不可为量数。（《庄子·秋水》）

汤又问："物有巨细乎？有修短乎？有同异乎？"革曰："渤海之东不知几亿万里，有大壑焉，实惟无底之谷，其下无底，名曰归墟。八纮九野之水，天汉之流，莫不注之，而无增无减焉。"（《列子·汤问》）

谨按：因为中国大陆地形的特点，类似《天问》"川谷何洿"以下二问在上古文献中被反复地提起，这里仅举《秋水》和《汤问》2篇，比起《天问》前面部分的问题，对于知识精英而言，这里涉及的要算是一般性的地理知识了。

例九：

东西南北，其修孰多？南北顺椭，其衍几何？（《天问》）

王子歌《峤》，曰："何自南极，至于北极？"（《逸周书·太子晋》）

谨按：《天问》此二问问得具体；要回答《太子晋》"自……至于……"一问，必然也要面对类似"其修孰多"、"其衍几何"的问题。

例十：

何所不死？长人何守？（《天问》）

延年不死，寿何所止？（《天问》）

汤又问："物有巨细乎？有修短乎？有同异乎？"革曰："其中有五山焉：一曰岱舆，二曰员峤，三曰方壶，四曰瀛洲，五曰蓬莱。其山高下周旋三万里，其顶平处九千里。山之中间相去七万里，以为邻居焉。其上台观皆金玉，其上禽兽皆纯缟。珠玕之树皆丛生，华实皆有滋味，食之皆不老不死。所居之人皆仙圣之种。"（《列子·汤问》）

吴伐越，堕会稽，获骨焉，节专车。吴子使来好聘，且问之仲尼，曰："无以吾命。"宾发币于大夫，及仲尼，仲尼爵之。既彻俎而宴，客执骨而问曰："敢问骨何为大？"仲尼曰："丘闻之：昔禹致群神于会稽之山，防风氏后至，禹杀而戮之，其骨节专车。此为大矣。"客曰："敢问谁守为神？"仲尼曰："山川之灵，足以纪纲天下者，其守为神；社稷之守者，为公侯。皆属于王者。"客曰："防风何守也？"仲尼曰："汪芒氏之君也，守封、嵎之山者也，为漆姓。在虞、夏、商为汪芒氏，于周为长狄，今为大人。"客曰："人长之极几何？"仲尼曰："僬侥氏长三尺，短之至也。长者不过十之，数之极也。"（《国语·鲁语下》）

谨按：《天问》只有问题，没有答案，故而特别难懂；而上引《汤问》、《鲁语下》等则有问有答，读来生动有味，也易懂，这是由它们各自的文体决定的：《天问》全篇由"曰"领起，这与《逸周书·太子晋》中的提问由"称曰"或"曰"领起同。作为一部问题集，《天问》与《庄子·天运》首段相近，与《太子晋》师旷"称曰"后面有太子晋"应曰"，以及《荀子·赋篇》谜面后面有谜底有别。① 可以相信，士大夫们当时所要准备的肯定不仅仅是一大堆问题，毕竟他们还要面对人家的提问，类似《山海经》、《淮南子》、《竹书纪年》等文献中有"怪力乱神"之嫌的材料，应该就是《天问》这部问题集相应的答案所在。从中不仅可见当时知识精英们的问题意识，也可见他们的知识储备。

① 提出问题之后是否有答案，取决于诗文篇幅的限制和相关文字的功用，放在文体学史上看，甲骨卜辞一般都有"前（叙、述）辞—贞（命）辞—占辞—验辞"四个环节，但并非所有的卜辞都有验辞；同样，据本人的研究，《国语》记言之语一般会有"嘉言善语的缘起—嘉言善语—嘉言善语的结果"三段式的叙述模式，但由于规劝无果，或者有些嘉言善语本身就是评论，未必有什么具体的结果，故而也就没有了第三段。所以，如《鲁语》、《汤问》等有问有答的记载，自然堪称完整，但如《天问》全篇和《天运》首段的模样，也不失为一种体式。

例十一：

启代益作后，卒然离蠥。何启惟忧，而能拘是达？皆归射鞠，而无害厥躬。何后益作革，而禹播降？(《天问》)

万章问曰："人有言'至于禹而德衰，不传于贤而传于子'，有诸？"孟子曰："否然也。天与贤则与贤，天与子则与子。昔者舜荐禹于天，十有七年；舜崩，三年之丧毕，禹避舜之子于阳城；天下之民从之，若尧崩之后不从尧之子而从舜也。禹荐益于天，七年，禹崩，三年之丧毕，益避禹子于箕山之阴；朝觐、讼狱者，不之益而之启，曰：'吾君之子也。'讴歌者不讴歌益而讴歌启，曰：'吾君之子也。'丹朱之不肖，舜之子亦不肖；舜之相尧、禹之相舜也，历年多，施泽于民久。启贤，能敬承继禹之道；益之相禹也，历年少，施泽于民未久。舜、禹、益相去久远，其子之贤不肖皆天也，非人之所能为也。莫之为而为者，天也；莫之致而至者，命也。匹夫而有天下者，德必若舜禹，而又有天子荐之者；故仲尼不有天下。继世而有天下，天之所废，必若桀纣者也；故益、伊尹、周公不有天下。伊尹相汤以王于天下，汤崩，太丁未立，外丙二年，仲壬四年。太甲颠覆汤之典刑，伊尹放之于桐三年；太甲悔过，自怨自艾，于桐处仁迁义，三年以听伊尹之训己也，复归于亳。周公之不有天下，犹益之于夏、伊尹之于殷也。孔子曰：'唐虞禅，夏后、殷、周继，其义一也。'"(《孟子·万章上》)

谨按：《孟子·万章》中，集中记录着孟子对当时思想界热议中的一些历史、伦理、政治问题的响应，如本条世袭还是禅让的选择，下文舜不告而娶与传统孝道的冲突，伊尹以割烹要汤传说与儒者正身以俟原则的矛盾，大舜处理其无良弟弟故事中亲情与正义的纠结，武王伐纣时疾恶已甚之举所引发的舆论质疑。其实无论是制度设计，还是价值观念的重构，都有赖于这些历史和理论问题的解决。作为奔走于知识界和外交舞台的士大夫们，虽未必需要孟子那样的理论深度，但一般的问题意识和对问题的预案还是不能不预为储备的，这也就是类似这些问题在先秦和西汉士人口中历久弥新的原因之一。

例十二：

冯珧利决，封狶是，何献蒸肉之膏，而后帝不若？

南宫适问于孔子曰："羿善射，奡荡舟，俱不得其死然。禹稷躬稼而有天下。"[①](《论语·宪问》)

谨按：南宫适其实没有向孔子提问，因为答案已在问题本身，所谓"天道无亲，常与善人"，所谓"强梁者不得其死"。类似这样指向士人道德修养的话题，告诉我们在先秦士人的知识谱系中，有相当一部分生活智慧、历史经验与个人修养联系在了一起，有时候看起来是一种智力游戏、知识比赛，但尚德的先贤们总是能将这些材料锻炼成为为己之学的营养。

例十三：

舜闵在家，父何以鱞？尧不姚告，二女何亲？(《天问》)

孟子曰："不孝有三，无后为大。舜不告而娶，为无后也，君子以为犹告也。"(《孟子·滕文公下》)

万章问曰："《诗》云：'娶妻如之何？必告父母。'信斯言也，宜莫如舜。舜之不告而娶，何也？"孟子曰："告则不得娶。男女居室，人之大伦也。如告则废人之大伦以怼父母，是以不告也。"万章曰："舜之不告而娶，则吾既得闻命矣。帝之妻舜而不告，何也？"曰："帝亦知告焉则不得妻也。"(《孟子·万章上》)

谨按：《天问》提出的问题，答案居然在之前的《孟子》中。其实这只是那个时代知识精英们所普遍关心的问题，正如《天问》所提出的问题，也能在与之相先后的《山海经》、《淮南子》、《庄子》、《竹书纪年》等中获得解决一样。

---

① 朱亦栋曰："此条与《论语》南宫适所问正同，谓善射如羿而卒不得其死也。"(见《天问纂义》引，第221页)其说有理，敢从之。

例十四：

绿鹄饰玉，后帝是飨。何承谋夏桀，终以灭丧？（《天问》）

万章问曰：“人有言：‘伊尹以割烹要汤’，有诸？”孟子曰：“否然。……吾闻其以尧舜之道要汤，未闻以割烹也。”（《孟子·万章上》）

谨按：兴衰成败，特别是王朝的更替，总是能引发许多思考，是天命所在，还是民视民听，这是上古社会特别是春秋战国迄两汉思想界持续关注的话题，因而《天问》所问者也多见于当时的文献。同时，围绕在王朝更替事件上的若干当事人也每每有正反两张面孔，如本条涉及的伊尹，在《国语·晋语一》①、《竹书纪年》卷上、《韩非子·难一》中，其形象就不像儒家学者笔下、口中那么光鲜，这些互相冲突的传闻异辞，有些可能是基于历史事实，另一些则可能是基于为尊者讳，当历史真实与政治正确发生冲突的时候，也就是人们思考的开始，作为儒家学者的孟子，对伊尹以割烹要汤的解释，令人联想起孔子对“夔一足”和“黄帝四面”的解释②。由此，笔者认为，对《天问》所提的问题，就是当时也未必只有一种答案。

例十五：

舜服厥弟，终然为害。何肆犬豕，而厥身不危败？（《天问》）

万章曰：“象曰：‘谟盖都君咸我绩。牛羊父母，仓廪父母，干戈朕，琴朕，弤朕，二嫂使治朕栖。’象往入舜宫，舜在床琴。象曰：‘郁陶思君尔。’忸怩。舜曰：‘唯兹臣庶，汝其于予治。’不识舜不知象之将杀己与？”曰：“奚而不知也？象忧亦忧，象喜亦喜。”曰：“然则舜伪喜者与？”曰：“否。昔者有馈生鱼于郑子产，子产使校人畜之池。校人烹之，反命曰：‘始舍之圉圉焉，少则洋洋焉，攸然而逝。’子产曰：‘得其所哉！得其所哉！’校人出，曰：‘孰谓子产智？予既烹而食之，曰：得其所哉！得其所哉！’故君子可欺以其方，难罔以非其道。彼以爱兄之道来，故诚信而喜之。奚伪焉？”

万章问曰：“象日以杀舜为事，立为天子，则放之，何也？”孟子曰：“封之也。或曰放焉。”万章曰：“舜流共工于幽州，放驩兜于崇山，杀三苗于三危，殛鲧于羽山，四罪而天下咸服。诛不仁也。象至不仁，封之有庳。有庳之人奚罪焉？仁人固如是乎？在他人则诛之，在弟则封之。”曰：“仁人之于弟也，不藏怒焉，不宿怨焉，亲爱之而已矣。亲之，欲其贵也；爱之，欲其富也。封之有庳，富贵之也。身为天子，弟为匹夫，可谓亲爱之乎？”“敢问‘或曰放’者何谓也？”曰：“象不得有为于其国，天子使吏治其国，而纳其贡税焉，故谓之放。岂得暴彼民哉？虽然，欲常常而见之，故源源而来。‘不及贡，以政接于有庳’，此之谓也。”（《孟子·万章上》）

谨按：舜封弟象于有庳，在孟子看来似乎是一则敦亲睦族的典型事例，有必要曲为之说，不知道万章是否接受了乃师的解释，起码到屈原的时代，这仍然是一个不易对付的问题，大哉问，难哉问！此其所以为《天问》乎？

---

① 《国语·晋语一》载“妹喜有宠，于是乎与伊尹比而亡夏”，韦昭注云：“比，比功也。伊尹欲亡夏，妹喜为之作祸，其功同也。”韦昭将妹喜与伊尹比之“比”释为“比功”，显然是曲为之说。《竹书纪年》卷上：“元年辛巳，王即位，居亳，命卿士伊尹。伊尹放太甲于桐，乃自立。”《韩非子·难一》：“上古有汤，至圣也；伊尹，至智也。夫至智说至圣，然且七十说而不受，身执鼎俎为庖宰，昵近习亲，而汤乃仅知其贤而用之。”

② 《韩非子·外储说左下》：“鲁哀公问于孔子曰：‘吾闻古者有夔，一足，其果信有一足乎？’孔子对曰：‘不也，夔非一足也。夔者忿戾恶心，人多不说喜也。虽然，其所以得免于人害者，以其信也。人皆曰独此一，足矣。夔非一足也，一而足也。’哀公曰：‘审而是，固足矣。’一曰：哀公问于孔子曰：‘吾闻夔一足，信乎？’曰：‘夔，人也，何故一足？彼其无他异，而独通于声。尧曰：夔一而足矣。使为乐正，故君子曰：夔有一足，非一足也。’”《太平御览》卷七十九载：“《尸子》曰：子贡曰：‘古者黄帝四面，信乎？’孔子曰：‘黄帝取合已者四人，使治四方，不计而耦，不约而成，此之谓四面。’”

例十六：

到击纣躬，叔旦不嘉。何亲揆发足[①]，周之命以咨嗟？授殷天下，其位安施？反成乃亡，其罪伊何？争遣伐器，何以行之？并驱击翼，何以将之？(《天问》)

武发杀殷，何所悒？载尸集战，何所急？(《天问》)

子贡曰："纣之不善，不如是之甚也。是以君子恶居下流，天下之恶皆归焉。"(《论语·子张》)

齐宣王问曰："汤放桀，武王伐纣，有诸？"孟子对曰："于传有之。"曰："臣弑其君，可乎？"曰："贼仁者，谓之贼；贼义者，谓之残。残贼之人，谓之一夫。闻诛一夫纣矣，未闻弑君也。"(《孟子·梁惠王下》)

孟子曰："尽信书，则不如无书。吾于《武成》，取二三策而已矣。仁人无敌于天下。以至仁伐至不仁，而何其血之流杵也？"(《孟子·尽心下》)

谨按：汤武革命，顺乎天，应乎民，但对于以暴易暴的具体过程，以及既得利益集团为了证明革命的合法性炮制的许多说辞，就连子贡和孟子都不得不持保留态度，于是给后人留下了不小的讨论空间，《天问》在这方面一口气问了七个问题，反映出当时知识阶层对当朝历史的深刻反省。

上引上古文献中与《天问》有交集者，凡涉及《天问》中 45 个问题，这在全诗 170 个问题中所占比例已经不小，而且，这个数字仅限于本人个人阅读所及，在内容与形式上都基本重合者，如果将类似以下材料列入统计范围：孔子在弟子面前评价尧、舜、禹、泰伯等三代人物(《论语·泰伯》等篇)，孔门弟子与孔子讨论管仲(《论语·颜渊》、《论语·宪问》)，孟子弟子向孟子请教尧传位于舜、孔子于齐卫以何人为东道主、百里奚是否要(要挟)秦穆公(《孟子·万章上》)，那么这个比例还会更高。事实上，这些问题在先秦士人间被广泛地讨论，同时这些话题又特别能够考察士人的知识水平和思维能力，知识精英和士大夫们有必要预为研修，以便参与诸如"五称三穷"这样的论辩游戏，或者出使时沉着应对。

需要特别关注的是，在战国后期，存在着一种知识、学问集大成的趋向，学者们每每将以往的文献与传说以类相聚，以备游说、论辩或写作之用，如《汉书·艺文志》、《春秋》类载有楚大夫铎椒《铎氏微》3 篇、赵相虞卿《虞氏微传》2 篇，《史记·十二诸侯年表》记载："铎椒为楚威王傅，为王不能尽观《春秋》，采取成败，卒四十章，为《铎氏微》。赵孝成王时，其相虞卿上采《春秋》，下观近势，亦着八篇，为《虞氏春秋》。"[②]刘向《别录》云："铎椒作《抄撮》八卷。虞卿作《抄撮》九卷。"[③]此等皆汇聚《左传》相关材料于一书。《韩非子》将许多历史、传说故事分门别类地安排在特定的论点之下，成为 6 篇《储说》，也是一个比较典型的例子。又如《战国策》，杨宽《战国史》一书中曾说："纵横家着重讲究游说。因为讲究游说，就有人按照当时政治斗争的需要，把历史上的权变故事和游说故事，以及说客游说君主的书信和游说词汇编起来，编成各种册子以供学习模仿。"[④]

综上所述，在知识、学问集大成的背景下，出于接受教育的国士们参与类似"五称三穷"这样的论辩游戏的需要，笔者认为，屈原将当时知识界关注的问题，"自天地山川，次及人事，追述往古，终之以楚先"[⑤]，用诗歌的形式整理成篇，使之易诵易记，于是就有了《天问》这首奇诗。

关于《天问》的成因及功能，迄今尚无过硬的直接证据证实或者证伪。本文从上古的一种论辩游戏出发，呈现《天问》与上古知识界所讨论所思考之问题的诸多交集，希望找到一种合乎情理的解决方案，也为太史公关于屈原三闾大夫的职掌及其"博闻强志，明于治乱，娴于辞令"的说法提供一个具体的脚注。不当之处，还望学界同好和师友正之。

---

① 游国恩《天问纂义》谓"'足'当作'定'"，属下，句谓定周家之景命，其说是。见《天问纂义》，中华书局 1982 年版，第 367 页。

② 《史记》，中华书局标点本，1959 年，第 510 页。

③ 朱彝尊：《经义考》(卷一百七十)，中华书局 1998 年版，第 881 页。

④ 杨宽撰：《战国史》，上海人民出版社 1980 年版，第 528—529 页。

⑤ 王夫之：《楚辞通释》，人民文学出版社 1975 年版，第 46 页。

东晋名僧慧远、僧肇佛理论说文探析

赵厚均
（华东师范大学中文系）

内容摘要：佛教传入中国，不仅对思想文化影响甚巨，而且对文学创作也产生较大推动作用。东晋名僧慧远和僧肇以其精湛的佛学修为，涉足论说文创作，对论说文文体及修辞艺术的发展皆有助力。慧远与僧肇对论说文"理致渊玄"和"文旨婉约"的特点的认识，对刘勰讨论论说文文体有显著影响。慧远论说文皆是辩难之作，说理精微朗畅；僧肇精通佛教中观学说，议论详核，逻辑严密。在论述中，喜引用三教典籍为据，说理明晰；综合运用多种修辞手法，文采焕然，是两人论说文的共同特征。

关键词：慧远　僧肇　佛教　论说文　修辞

我国古代论说文的创作十分繁荣。先秦诸子各逞异说，两汉经师辩难蜂起，犹如天花乱坠，异彩纷呈。至魏晋时，因玄学的勃兴和佛教的浸染，论说文更是骎骎乎凌越前代，蔚为大观。本末有无、才性四本、言意之辨、声无哀乐等玄学命题皆为言家口实，得到较多的关注，佛教论说文则罕见论及。兹以东晋名僧慧远和僧肇的论说文为观照，讨论其对论说文文体及艺术的贡献，借以斑而窥全豹。

一

印度佛书原有经、律、论三藏，其中的论藏，可见佛教对理论思维的重视。佛教传入中国后，与魏晋玄学碰撞、交汇，又促使人们的理论思维水平得到了进一步的提高。高僧为弘扬佛法，阐明佛教理论不遗余力，译经讲经之余，往往也著论讨论佛理，慧远便是其中非常突出的一位。慧远"少为诸生，博综六经，尤善《老》、《庄》"，后遇释道安，"一面尽敬，以为真吾师也。遂投簪落发，委质受业。既入乎道，厉然不群，常欲总摄纲维，以大法为己任，精思讽持，以夜续昼。……故能神明英越，机鉴遐深。无生实相之玄，般若中道之妙，即色空慧之秘，缘门寂观之要，无微不析，无幽不畅"。[①] 又《与隐士刘遗民等书》云："每寻畴昔游心世典，以为当年之华苑也。及见老、庄，便悟名教是应变之虚谈耳。以今而观，则知沉冥之趣，岂得不以佛理为先？"也可见其由儒、玄入佛之轨迹。由于精通三教经典，尤其是佛教经论，慧远具备超常的思辨能力。"东晋后期，小乘的主要论藏基本上译介了过来，形成了专门研习论藏的毗昙学派。尤其是鸠摩罗什在长安译出了大乘论藏《大智度论》，更将毗昙之学推向了新的高潮。"[②]《大智度论》译出，姚兴特地将该书赠送慧远，并请其作序。慧远因其"文句繁积，初学难寻，乃删繁剪乱，令其质文有体，撰为二十卷"[③]，并作《大智论钞序》。其中一段文字十分重要：

论之为体，位始无方，而不可诘；触类多变，而不可穷。或开远理以发兴，或导近习以入深，或阖殊

① 释僧祐：《出三藏记集》，中华书局1995年版，第566页。

② 普慧：《佛教对中古议论文的贡献和影响》，载《文学评论》2007年第4期。

③ 释僧祐：《出三藏记集》，中华书局1995年版，第569页。

涂于一法而弗杂，或辟百虑于同相而不分。此以绝夫垒瓦之谈，而无敌于天下者也。尔乃博引众经，以赡其辞，畅发义音，以弘其美。美尽则智无不周，辞博则广大悉备，是故登其涯而无津，挹其流而弗竭，汪汪焉莫测其量，洋洋焉莫比其盛，虽百川灌河，未足语其辨矣；虽涉海求源，未足穷其邃矣。若然者，非夫渊识旷度，孰能与之潜跃？非夫越名反数，孰能与之淡漠？非夫洞幽入冥，孰能与之冲泊哉？

其所说的论体虽然是针对佛教三藏之一的论藏的本质属性而言，但它对中古议论文的影响无疑是非常显著的。论的本质属性是"位始无方"、"触类多变"；论的形式特点是"博引众经"、"畅发义音"；论的基本特征是"辨"和"邃"。无一不切中论之要领和实质，并影响到刘勰对论体的阐释。[①]《大智论钞序》还专门讨论了论体之一种——问论，文云：

故叙夫体统，辨其深致。若意在文外，而理蕴于辞，辄寄之宾主，假自疑以起对，名曰问论。

这种宾主问答的形式，正好又和本土的赋体设问暗合。因此，东晋的佛理论文多是问答体，就毫不奇怪了。

僧肇曾饱览佛教论藏，对论体也有独到的看法。《百论序》云：

论有百偈，故以百为名。理致渊玄，统群籍之要；文旨婉约，穷制作之美。然至趣幽简，鲜得其门。有婆娑开士者，明慧内融，妙思奇拔，远契玄踪，为之训释，使沉隐之义，彰于徽翰；风味宣流，被于来叶，文藻焕然，宗途易晓。其为论也，言而无党，破而无执，傥然靡据，而事不失真；萧焉无寄，而理自玄会。返本之道，著乎兹矣。……陶练覆疏，务存论旨，使质而不野，简而必诣，宗致划尔，无间然矣。

论体文须兼具"理致渊玄"和"文旨婉约"的特性。在论理时做到"言而无党，破而无执，傥然靡据，而事不失真；萧焉无寄，而理自玄会"，行文时则需"陶练覆疏，务存论旨，使质而不野，简而必诣"。又《维摩诘经序》云："每寻玩兹典，以为栖神之宅。而恨支竺所出，理滞于文，常恨玄宗，坠于译人。……罗什法师重译正本……其文约而诣，其旨婉而彰，微远之言，于兹显然。"[②]对他人译经"理滞于文"表示遗憾，而称道鸠摩罗什之译文"其文约而诣，其旨婉而彰"，与《百论序》的主张颇为一致。这种理论上的清楚认识，无疑有助于僧肇的论体文创作。钱钟书即以"清辩滔滔，质文彬彬"称道其文。[③] 又史称僧肇历观经史，备尽文籍，爱好玄微，每以《庄子》、《老子》为心要。兼通三藏，才思幽玄，又善谈说，承机挫锐，曾不流滞。[④] 精深的个人修为也为其论体文创作助力。因此，僧肇的论体文取得了较高的成就，钱钟书云："吾国释子阐明彼法，义理密察而又文辞雅驯，当自肇始。"[⑤]

二

慧远本人的论体文今日流传并不多。《法性论》仅存佚句，《沙门不敬王者论》前 2 篇、《沙门袒服论》及《答何无忌难沙门袒服论》诸文，实际讨论的是僧徒是否要遵守世俗之礼的问题，与佛理并无多大干系。其论佛理的文章，有《三报论》、《明报应论》和《沙门不敬王者论》后 3 篇。《三报论》、《明报应论》皆就佛教因果报应而发。东晋名士戴逵，晚年奉佛，因对佛教报应说产生怀疑，作《释疑论》，在当时掀起一场大辩论，共有 4 篇论说文、6 封书信流传至今，见《弘明集》卷五及《广弘明集》卷二十。《三报论》即是因周续之受命与戴逵就《释疑论》争论处于下风时，慧远亲自披挂上阵所作。《明报应论》全称为《答桓南郡明报应论》，也是一篇回应问难之作。桓南郡，即桓玄，其问难之文已佚。《明报应论》

---

① 普慧：《佛教对中古议论文的贡献和影响》，载《文学评论》2007 年第 4 期。

② 释僧祐：《出三藏记集》，中华书局 1995 年版，第 309—310 页。

③ 钱钟书：《管锥编》(第四册)，中华书局 1986 年版，第 1270 页。

④ 释慧皎撰：《高僧传》，汤用彤校注，中华书局 1992 年版，第 249 页。

⑤ 钱钟书：《管锥编》(第四册)，中华书局 1986 年版，第 1270 页。

主要围绕桓玄的三个问题讨论形神关系和因果报应。《沙门不敬王者论》之《求宗不顺化》、《体极不兼应》和《形尽神不灭》3篇，调和佛教与名教关系，讨论形尽神不灭等，其思想内容前贤多有阐释，此不复赘。仅就其论说文的特点、文风、修辞技巧等略加分析。

慧远的论说文皆是辩难之作，常采取问论设为宾主的方式，如《明报应论》、《沙门不敬王者论》之第三、四、五篇、《沙门袒服论》都用问答体；而《答何无忌难沙门袒服论》、《三报论》因是回应对方，故采用驳难体；《沙门不敬王者论》之一、二则直接立论。正好体现了他所说的"论之为体，位始无方，……触类多变"的特点。在具体论证中，引经据典是常用的方法。引据出入于儒、释、道三家，显示了他多方面的修为。如引佛经：

经云：佛有自然神妙之法，化物以权，广随所入，或为灵仙转轮圣帝，或为卿相国师道士。（《沙门不敬王者》之四）

经说业有三报：一曰见报，二曰生报，三曰后报。（《三报论》）

如引道家典籍：

古之论道者，亦未有所同，请引而明之。庄子发玄音于《大宗》曰："大块劳我以生，息我以死。"又以生为人羁，死为反真，此所谓知生为大患，以无生为反本者也。文子称黄帝之言曰："形有靡而神不经，以不化乘化，其变无穷。"庄子亦云："特犯人之形，而犹喜之。"若人之形万化，而未始有极。此所谓知生不尽于一化，方逐物而不反者也。二子之论，虽未究其实，亦尝傍宗而有闻焉。（《沙门不敬王者》之四）

此外，化用儒道典籍的语句在文中更是随处可见，福永光司曾对化用《老子》、《庄子》的语句详加举证①，此不赘述。慧远谈"论"的特点时曾云："博引众经以赡其辞，……辞博则广大悉备。"看来他是深知博引众经的妙处，并亲自践行的。在具体修辞手法的运用上，慧远也非常娴熟。除常见的反复、反问、排比、感叹、设问等之外，顶针、错综等手法也频频出现。如顶针：

知久习不可顿废，故先示之以罪福。罪福不可都忘，故使权其轻重。轻重权于罪福，则验善恶以宅心。善恶滞于私恋，则推我以通物。（《明报应论》）

受之无主，必由于心，心无定司，感事而应。应有迟速，故报有先后，先后虽异，咸随所遇而为对；对有强弱，故轻重不同，斯乃自然之赏罚，三报之大略也。（《三报论》）

如错综：

无明掩其照，故情想凝滞于外物；贪爱流其性，故四大结而成形。形结则彼我有封，情滞则善恶有主。有封于彼我，则私其身而身不忘；有主于善恶，则恋其生而生不绝。（《明报应论》）

固知发轸归涂者，不以生累其神，超落世务者，不以情累其生。不以情累其生，则生可绝；不以生累其神，则神可冥。（《沙门袒服论》）②

这些修辞手法的运用，对说理无疑具有非常大的帮助。

综观慧远之论，骈散结合，但文风质朴；说理精微，但其文并不枯燥，而是朗畅清晰，披之可诵。孙昌武先生以为其文"已与后来唐宋议论文字的格调相近"③，是颇有见地的。

---

① 曹虹：《慧远评传》，南京大学出版社2002年版，第16—17页。

② 按，业师杨明先生曾撰《"宛转相承"：骈文文句的一种接续方式》（载《文史哲》2007年第1期），根据《文心雕龙》，将此种结构命名为"宛转相承"，并认为其存在与发展，与魏晋时期玄学、佛学的发达颇有关系。所论甚详，可参看。

③ 孙昌武：《佛教与中国文学》，上海人民出版社1988年版，第229页。

三

如果说慧远因其诸多与外教辩难之文,被称为"中国早期佛教史上最杰出的护教者"[①]的话,僧肇则因其系列讨论佛理的文章,可称为早期佛教史上最杰出的理论家。僧肇著有《物不迁论》、《不真空论》、《般若无知论》和《涅槃无名论》。梁陈间人将此四论和与刘遗民的书信往来编为《肇论》,南朝陈慧达为作序。《涅槃无名论》又称"《涅槃无名九折十演论》",其真伪问题历来就有怀疑和争论。[②] 据南齐陆澄《目录》和隋法经等撰《众经目录》,僧肇另有《丈六即真论》,其文已佚。今本《肇论》尚有《宗本义》1 篇,据石峻考证,为后人篡入。[③] 故僧肇可靠的论文就仅有《物不迁论》、《不真空论》、《般若无知论》3 篇。《物不迁论》的宗旨在于为佛教的因果报应宗教信仰寻求理论论证。以万物不迁,"证明三世因果的必然性和修习成佛的可能性"[④]。《不真空论》所论述的是宇宙间的一切事物、一切现象是否真正存在的问题,即"有"、"无"、"真"、"假"的问题。"通过对宇宙万物性空的分析,教人们通过'修智'的宗教实践,即用所谓佛教最高智慧去洞照性空之理。"[⑤]《般若无知论》则是"反复论证人类认识不可能接触到最高真理,力图区别佛教般若(圣智)与通常人的认识(惑智)两者有本质的不同"[⑥],"通过对般若性质的解说,宣扬佛(圣人)的神秘应化的宗教行为,指出人们成佛的道路和方法"[⑦]。3 篇文章极具思辨性,锋颖精密,把般若空宗学说发挥到极致,将佛教理论的发展推向一个新的阶段。汤用彤云:"僧肇悟发天真,早玩《庄》、《老》,晚从罗什。所作《物不迁》、《不真空》、《般若无知》三论,融会中印之义理,于体用问题有深切之证知,而以极优美极有力之文字表达其义,故为中华哲学文字最有价值之著作也。"[⑧]对其给予了充分的肯定。

僧肇之论大体有三个显著的特点:

(1)议论详该,逻辑严密。佛教论藏本就以思维缜密著称,僧肇精通三藏,于"不落两边,有无双遣"的佛教中观学说更是别有会心,常常在论述中予以贯彻。如:

欲言其有,无状无名;欲言其无,圣以之灵。圣以之灵,故虚不失照。无状无名,故照不失虚。照不失虚,故混而不渝。虚不失照,故动以接粗。(《般若无知论》)

求向物于向,于向未尝无;责向物于今,于今未尝有。于今未尝有,以明物不来;于向未尝无,故知物不去。覆而求今,今亦不往,是谓昔物自在昔,不从今以至时;今物自在今,不从昔以至今。(《物不迁论》)

诸段文字在论述时并不拘执于某一方,而是从正反、有无等多方面予以周密的讨论,深湛微妙,辞共心密,使对手不知所乘,真正做到了"言而无党,破而无执"。在论述中,僧肇的思路非常清晰。为满足论证的需要,他往往会引入相互依存的概念,如:

夫圣心虚静,无知可无,可曰无知,非谓知无。惑智有知,故有知可无,可谓知无,非曰无知也。无知即般若之无也,知无即真谛之无也。是以般若之与真谛,言用即同而异,言寂即异而同。同,故无心于彼此;异,

---

① 许理和:《佛教征服中国》,江苏人民出版社 2003 年版,第 254 页。

② 方立天:《魏晋南北朝佛教论丛·僧肇评传》,中华书局 1982 年版,第 113—114 页;僧肇:《肇论校释·绪论》,张春波校释,中华书局 2010 年版,第 4—6 页。

③ 《读慧达〈肇论疏〉述所见》,载北平图书馆编《图书季刊》新第 5 卷第 1 期(1944 年)。

④ 任继愈主编:《中国哲学发展史·魏晋南北朝》,人民出版社 1988 年版,第 512 页。

⑤ 方立天:《魏晋南北朝佛教论丛》,中华书局 1982 年版,第 116 页。

⑥ 任继愈:《中国哲学发展史·魏晋南北朝》,人民出版社 1988 年版,第 517—518 页。

⑦ 方立天:《魏晋南北朝佛教论丛》,中华书局 1982 年版,第 141 页。

⑧ 汤用彤:《汉魏两晋南北朝佛教史》,北京大学出版社 1997 年版,第 234 页。

故不失于照功。是以辨同者同于异，辨异者异于同；斯则不可得而异，不可得而同也。(《般若无知论》)

始终将"真谛"与"般若"联系在一起，真谛无相，则般若无知。论证严密，环环相扣，条理清晰，无懈可击。

(2)博采众经是僧肇在论述常用的方法。僧肇精通三藏，在论文中对诸书的引用也随处可见。3篇文章共引用佛教典籍35次，除12次只用"《经》云"概称外，其余皆予以说明，所引涉及《摩诃衍论》、《中论》、《璎珞》、《放光》、《道行》、《普曜》、《成具》、《宝积》八种佛经。这既可见僧肇深湛的佛学修为，又为论证观点提供帮助，增强文章的说服力。东晋格义之学盛行，慧远即因引庄老释佛，而使惑者释然。僧肇每以庄、老为心要，对其也大量援引。许抗生《僧肇评传》曾详细统计肇论引用老庄思想和文句的例子，共达35处。[①] 以佛经拟配庄老，在玄学盛行的东晋时期，其取得的效果也是非常明显的。汤用彤云："肇公之学，融合《般若》、《维摩》诸经，《中》、《百》诸论，而用中国论学文体扼要写出。……盖用纯粹中国文体，则命意遣词，自然多袭取《老》、《庄》玄学之书。"[②]对其博采众经的特点有精当的认识。

(3)修辞多样，文采焕然。僧肇深谙为文之道，对修辞特别重视，在文中使用了多种修辞手法，比较明显的仍是错综与顶针。错综如：

夫知与所知，相与而有，相与而无。相与而无，故物莫之有；相与而有，故物莫之无。物莫之无，故为缘之所起；物莫之有，故则缘之所不能生。缘所不能生，故照缘而非知为缘之所起，故知缘相因而生，是以知与无知，生于所知矣。《般若无知论》)

夫以名求物，物无当名之实；以物求名，名无得物之功。物无当名之实，非物也；名无得物之功，非名也。是以名之不当实，实不当名，名实无当，万物安在？(《不真空论》)

顶针如：

夫所知非所知，所知生于知。所知既生知，知亦生所知。所知既相生，相生即缘法，缘法故大真，真故非真谛也。(《般若无知论》)

如此，则万象虽殊，而不能自异。不能自异，故知象非真象。象非真象，故则虽象而非象。(《不真空论》)

对修辞的讲究既有助于阐明论点，又使文章"质而不野，简而必诣"，取得较好的表达效果。

僧肇之论在当时即获得盛誉。《高僧传》卷六云："(僧肇)著《波若无知论》，凡二千余言，竟以呈什，什读之称善，乃谓肇曰：'吾解不谢子，辞当相挹。'时庐山隐士刘遗民见肇此论，乃叹曰：'不意方袍，复有平叔。'因以呈远公，远乃抚机叹曰：'未常有也。'因共披寻玩味，更存往复。"[③]又《太平御览》卷六五五引《洛阳伽蓝记》："僧肇法师制四论合为一卷，曾呈庐山远大师。大师叹仰不已，又呈刘遗民，叹曰：'不意方袍，复有平叔。'方袍之语，出遗民也。"[④]方袍代指僧侣，平叔指何晏。何晏为玄学理论的开创者之一，刘遗民乃将僧肇推尊为佛教理论界的何晏，可见其尊崇之甚。刘遗民书信云："去年夏末，始见生上人，示《无知论》。才运清俊，旨中沉允，推涉圣文，婉而有归。披味殷勤，不能释手，真可谓浴心方等之渊，而悟怀绝冥之肆者矣。"[⑤]亦对《般若无知论》给予了高度评价。南朝陈之僧人慧达即为《肇论》作注疏，并评价云："余谓此说周圆，罄佛渊海，浩博无涯，穷法体相，虽复言约而义丰，文华而

① 方立天：《魏晋南北朝佛教论丛·僧肇评传》，中华书局1982年版，第181—189页。诸统计数据皆未包括《涅槃无名论》。

② 汤用彤：《汉魏两晋南北朝佛教史》，北京大学出版社1997年版，第237页。

③ 释慧皎撰：《高僧传》，中华书局1992年版，第249页。

④ 李昉等：《太平御览》，中华书局1960年影印上海涵芬楼影宋本，第2926页。

⑤ 《肇论校释》附《刘君致书覆问》，第116页。《高僧传》引此有删改。

理诣,语势连环,意实孤诞,敢是绝妙好辞,莫不竭兹洪论,所以童寿叹言,解空第一,肇公其人,斯言有由矣。"(《肇论序》)其后唐宋两代疏钞注解即有20余家,可见其影响之大。唐人郑薰《赠巩畴并序》云:"九华处士巩畴擅玄言之要,通易老,其于净名、僧肇尤精达。"[①]《净名经》,又称《维摩诘经》,僧肇撰《维摩诘经注》,其思想也有所反映。又钱谦益云:"余为时文,好剩取内典。名儒邵濂呼为'楞严秀才',必旁及《肇论》、《净名注》。兄击节叹曰:'又是方袍平叔矣。'其欣赏如此。"[②]凡此皆可见僧肇佛学理论在文人中的影响。其最著者,苏轼《赤壁赋》中所云:"客亦知夫水与月乎?逝者如斯,而未尝往也。盈虚者如彼,而卒莫消长也。"乃是受物不迁义之影响。董其昌《画禅室随笔》卷三云:"东坡水月之喻,盖自肇论得之,所谓'不迁'义也。文人冥搜内典,往往如凿空,不知乃沙门辈家常饭耳。大藏教若演之,有许大文字。东坡突过昌黎、欧阳,以其多助,有此一奇也。"[③]僧徒连类外书,文人冥搜内典,互相取资,为中国文学创造出了许多璀璨的作品,《肇论》即是其中之一。

---

① 计有功:《唐诗纪事》(卷五十),上海古籍出版社2008年版,第754页。

② 《牧斋有学集》卷三十一《何君实墓志铭》,上海古籍出版社1996年版,第1146页。

③ 《画禅室随笔》,清宣统元年(1909)上海扫叶山房石印本。

论汉魏六朝铭文功能的继承与新变

钟 涛

（中国传媒大学文学院）

内容摘要：汉魏六朝人们仍强调铭文“褒赞”和“警戒”的作用，商周金文纪功颂德和训命告诫的传统，得到了继承。但这一时期，铭文叙事的主体，已由受赐感恩的下臣，转换为文人，铭文创作涉及的范围有所拓展，铭文的功能也发生了新变。而铭文赋物写景和自我抒发功能的加强，使这一文体，不仅具备褒赞警戒等实用功能，也产生了大量艺术效果鲜明的美文。

关键词：汉魏六朝　铭文　功能

铭是一种古老的文体，其历史可以远溯到商周时代的勒金刻铭。汉魏六朝时期，铭文的勒刻载体、使用范围、文体功能和文章体式，都发生了很大变化。传世文献和出土文献保存了大量这一时期的铭文文本，本论文冀透过对一些经典铭文的考察，窥斑见豹，更全面地认识了铭文在汉魏六朝文体功能上的继承和发展。

一

“铭题于器”[①]，以题器为特点的铭文，不仅出现得很早，而且与同时代的社会政治和文化礼制关系密切，故对铭的论述，在我国重要的文化元典，如《周礼》、《左传》、《荀子》、《礼记》等中，均有所见。

蔡邕《铭论》和《文心雕龙》，都曾论述到铭体的起源：

昔肃慎纳贡，铭之楛矢，所谓天子令德者也。黄帝有巾几之法，孔甲有盘杅之诫，殷汤有甘誓之勒，毚鼎有丕显之铭。武王践阼，咨于太师，而作席机楹杖杂铭十有八章。[②]

昔帝轩刻舆几以弼违，大禹勒笋虡而招谏。成汤盘盂，着日新之规；武王户席，题必戒之训。周公慎言于金人，仲尼革容于欹器，则先圣鉴戒，其来久矣。[③]

蔡邕和刘勰都追溯铭体起源于黄帝时代。铭始于黄帝，在汉代是一个普遍的说法。[④] 商周时期，不仅勒金之风颇盛，也出现了席、几、楹、杖等日常器物之铭。帝轩刻舆，孔甲盘杅等的具体内容，并未见于汉人载籍。商汤《盘铭》和武王杂铭是否也出于商汤、周武之手，固然或有存疑。但以青铜器为勒刻载体的商周铭文却存世丰富，涉及器物，有食器、酒器、水器、乐器、兵器等众多类别，从祭祀之器、礼乐之器，到日常之器，都在勒刻的范围之内。

---

① 《文心雕龙》“铭箴”，载《文心雕龙注》（卷三），刘勰著，范文澜注，人民文学出版社 1958 年版，第 195 页。

② 蔡邕：《铭论》，载严可均：《全上古三代秦汉三国六朝文》（第 2 册），《全后汉文》（卷七十四），河北教育出版社 1997 年版，第 698 页。

③ 《文心雕龙》“铭箴”，载《文心雕龙注》（卷三），刘勰著，范文澜注，人民文学出版社 1958 年版，第 193 页。

④ 王应麟《玉海·辞学指南》卷四“铭始于黄帝”，《汉书·艺文志》“道家有《黄帝铭》6 篇”（应劭曰“盘盂诸书，黄帝史孔甲所作铭也”）。王水照主编：《历代文话》（第一册），复旦大学出版社 2007 年版，第 1001 页。

关于铭的功能,《周礼》中已有“凡有功者,铭书于王之太常”[①]的说法,《左传》中则说:“夫铭,天子令德,诸侯言时计功,大夫称伐。”[②]《礼记·祭统》则云:“铭者,自铭也,自名以称扬其先祖之美,而明著之后世者也。为先祖者,莫不有美焉,莫不有恶焉。铭之义,称美而不称恶。”[③]都强调刻铸铭文,是为了褒赞令德、彰显功业。蔡邕《铭论》和刘勰《文心雕龙》中提到的黄帝、大禹、成汤、武王等人的刻器之铭,虽未必都出于其手,且或无文本传承,或传世文本存疑,但就蔡邕、刘勰二人的论述看,这些文字共同的特点是都具有鉴戒的意思。

现存的西周金文,铸器勒铭事件及铭文功能各有不同,其中,记述周王册命赏赐、训诰,称述先祖及自己的功绩德行的铭文占有很大比例。如《大克鼎》铭文,克颂扬赞美了祖先的德行功业,记述了周王对他的训诰和赏赐:

克曰:穆穆朕文且师华父,悤□乒心,宁静于猷,淑哲乒德。肆克龏保乒辟龏王,谏辥王家,叀于万民。柔远能迩,肆克□于皇天,□项于上下,得屯亡敃,锡釐无疆,永念于乒孙辟天子,天子明哲,显孝于申神,巠念乒圣保且师华父,□克王服,出内王令,多易宝休。不显天子,天子其万年无疆,保辥周邦,畯尹四方。

王才宗周,旦,王各穆庙,即立(位),緟季右善夫克,入门,立中廷,北嚮,王乎尹氏册令善夫克。王若曰:克,昔余既令女出内朕令,今余唯□□乃令,易女叔市、参冋中悤。易女田于野,易女田于渒,易女井家□田于□,以乒臣妾,易女田于□,以厥臣妾,易女田于匽,易女田于溥原,易女田于寒山,易女史小臣,霝籥鼓钟,易女井徵人□□。易女井人奔于□,敬夙夜用事,勿法朕令。克拜稽首,敢对扬天子不显鲁休,用乍文且师华父宝彝,克其万年无疆,子子孙孙永宝用。

鼎文主要内容是记言。“克曰”歌颂祖先师华父谦逊的品格和美好的德行,能够辅弼王室,靖远安内,周王追念其功绩,任命其孙克担任王室的重要职务膳夫,出传王命,入达下情。“王若曰”是周王的册命辞,重申了对克官职的任命,并赏赐礼服、土地、奴隶、僚属和乐队。纪事两个部分都比较简短,一是周王在宗周镐京穆庙中册命克,二是克叩拜谢恩,称颂天子,乃铸造大鼎歌颂天子的美德,祭祀祖父的在天之灵。无论记言还是纪事,都是称扬赞颂。西周金文中的训诰之词,有些有明显的告诫之意。如32行499字的《毛公鼎》,其中一段,就是告诫勉励毛公要以善从政:

王曰:父□,今余唯□先王命,命汝亟一方,弘我邦我家,女□于政,勿雝建庶民口。毋敢龚□,龚□乡敄鳏寡,善效乃友正,毋敢湛于酒,汝毋敢坠乃服,□夙夕,敬念王畏不赐。女毋弗帅用先王乍明井,俗女弗以乃辟于艰。

周王向毛公重申先王的命令,要他做一方的政治楷模,不要荒怠政事,不要壅塞庶民,不要让官吏中饱私囊,不要欺负鳏夫寡妇。好好教导僚属,不能酗酒,时刻勉力,记住守业不易的遗训。以先王所树立的典型为表率,不要让君主陷入困难境地。

概括说来,铭文在其产生的早期,内容十分广泛,包括册命、赏赐、志功、征伐、诉讼及颂扬祖先、训诰臣属等各个方面。纪事述功、颂扬德业是其主要功能,警示鉴戒的作用也在部分铭文中有所体现。

二

处于中国古代散文发展肇端期的商周铭文,为各体散文所祖述。而随着文体的细化和铭文运用范围的扩大,铭体也呈现出分化的趋势。于是后世一些文体学著作论述铭文,大多集中到“警戒”上,

---

① 《周礼注疏》(卷三十),郑玄注,贾公彦疏,阮元校刻,《十三经注疏》(上册),中华书局1980年版,第841页。

② 左丘明传:《春秋左传正义》(卷三十二),杜预注,孔颖达疏,阮元校刻,《十三经注疏》(下册),中华书局1980年版,第1968页。

③ 《礼记正义》(卷四十九),郑玄注,孔颖达疏,阮元校刻,《十三经注疏》(下册),中华书局1980年版,第1606页。

而较少关注褒赞盛德。“铭者，名也，名其器物以自警也。”[①]“这里所说的铭，与古代勒金刻石以纪事纪功的所谓‘铭’不同……是一种警戒性文字。”[②]将以纪事述功颂德为主的铜器铭文，刻石碑铭等排除在铭体之外。但在汉魏六朝时期，铭文铭器述事、颂扬令德的功能，还是被广泛认可。挚虞《文章流别论》：

夫古之铭至约，今之铭至繁，亦有由也。质文时异，则既论之矣。且上古之铭，铭于宗庙之碑。蔡邕为杨公作碑，其文典正，末世之美者也。后世以来之器铭之嘉者，有王莽《鼎铭》、崔瑗《机铭》、朱公叔《鼎铭》、王粲《砚铭》，咸以表显功德。天子铭嘉量，诸侯大夫铭太常，勒钟鼎之义，所言虽殊，而令德一也。李尤为铭，自山、河、都邑，至于刀、笔、平契，无不有铭，而文多秽病，讨论润色，言可采录。[③]

挚虞提到的汉魏铭文，有人物碑铭、鼎彝之铭，也有日常器物之铭，还有立石勒刻于山川、河流、都邑等处的铭文。种类繁多，内容涵盖亦广，但“表显令德”仍是铭文的重要功能。《文心雕龙》虽分别在《颂赞》、《箴铭》、《诔碑》等不同篇中论及铭刻文字，但还是在《铭箴》中总结到：

夫箴诵于官，铭题于器，名目虽异，而警戒实同。箴全御过，故文资确切；铭兼褒赞，故体贵弘润。

在警戒这一点上，铭确同于箴，但“褒赞”也是铭的基本功能，即所谓“观器必也正名，审用贵乎盛德”[④]。

梁昭明太子萧统《文选》“略其芜秽，集其清英”[⑤]，选录先秦至梁中叶各体作品。《文选》由于“凡次文之体，各以汇聚”[⑥]，一体之中“各以时代相次”[⑦]。每一种文体的选文，往往都是该文体在不同时代具有典型性和代表性之作，某种意义上，能反映该文体的历史发展过程。《文选》卷五十六选铭文5篇，包括了从东汉到梁当代的作品。选文始于班固的《封燕然山铭》，班固序云为“昭铭盛德”而作，李善注引《后汉书》亦云：“(窦宪)大破单于，遂登燕然山，刻石勒功，纪汉威德，令班固作铭。”[⑧]第二篇为崔瑗《座右铭》，吕延济注云：“瑗兄璋为人所杀，瑗遂手刃其仇，亡命蒙赦而出，作此铭以自戒，尝置座右，故曰座右铭。”[⑨]第三篇为张载《剑阁铭》，李善注引臧荣绪《晋书》：“(张载)随父入蜀，作《剑阁铭》，益州刺史张敏见而奇之，乃表上其文，世祖遣使镌石记焉。”[⑩]此文受到晋武帝赏识，还专门派人刊刻于石，不仅在于张载的铭文写了剑阁的险要，更因为铭文中“凭阻作昏，险不败绩”等表达了明确的警示告诫之意。第四篇《石阙铭》和第五篇《新刻漏铭》，皆出于陆倕之手。天监六年，梁武帝因计时之器漏壶箭刻乖舛，下令整治。天监七年春正月，梁武帝又敕建神龙、仁虎二石阙。此时正是梁朝开国初年，梁武帝敕工匠整修刻漏和石阙，意在树立皇权威信，完善礼乐制度，故工程完成，均特命陆倕作文以记之。石阙是天子门外高大的建筑，皇权威严的象征，刻漏不同于其他普通的铭器，是关涉到国家历法的器物。这两篇铭文又均是奉诏而作，故两篇铭文都极尽美盛德之能事，盛赞了梁武帝改朝换代，兴礼作乐的功业，全方位颂扬梁武帝的历史功绩。

《文选》铭体5篇选文，3篇侧重于“褒赞”，2篇偏重于“警戒”。选文照顾到“褒赞”和“警戒”两方面的内容。题写日常器物居室等的铭文，两汉已比较多，南朝时期，题写名山大川的山川铭文，出现了

---

① 吴讷：《文章辨体序说》，载王水照主编：《历代文话》(第二册)，复旦大学出版社2007年版，第1612页。

② 褚斌杰：《中国古代文体概论》(增订本)，北京大学出版社1990年版，第408页。

③ 挚虞：《文章流别论》，载严可均：《全上古三代秦汉三国六朝文》(第4册)，《全晋文》(卷七十七)，河北教育出版社1997年版，第802页。

④ 《文心雕龙》“铭箴”，载《文心雕龙注》(卷三)，刘勰著，范文澜注，人民文学出版社1958年版，第195页。

⑤ 《文选序》，载萧统编：《文选》，李善注，中华书局1977年版，第2页。

⑥ 《文选序》，载萧统编：《文选》，李善注，中华书局1977年版，第2页。

⑦ 《文选序》，载萧统编：《文选》，李善注，中华书局1977年版，第2页。

⑧ 萧统编：《文选》，李善注，中华书局1977年版，第679页。

⑨ 萧统编：《六臣注文选》，六臣注，浙江古籍出版社1999年版，第1013页。

⑩ 萧统编：《文选》，李善注，中华书局1977年版，第770页。

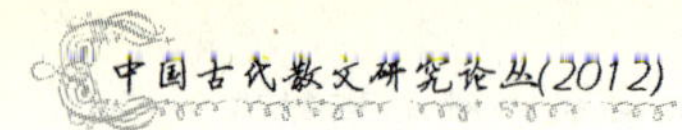

以题咏赞美山川景物、状物写景为主，较少寄托颂赞鉴戒深意的新兴铭文，其中也不乏出现在《文选》之前的文质兼美之作。《文选》5篇选文中，除《座右铭》是崔瑗个人的"自戒"外，其余或是歌颂名将功勋，国家威德；或是警戒地方不要恃险兴兵作乱，维护朝廷天命一统；或是歌颂本朝顺天应命，革旧创新的文治武功，都是具有庙堂性的作品。正如前文所论，商周金文就与庙堂有着不可分割的关系，《文选》铭体5篇选文，《封燕然山铭》、《石阙铭》、《新刻漏铭》可以说都遵循"天子令德，诸侯言时计功，大夫称伐"、"称美而不称恶"的传统铭文观念。《剑阁铭》对地方的警戒，虽出于张载之笔，但天子"遣使镌石"之举，也使其在某种程度上具有了天子训诰的性质。《座右铭》这种个人的"自戒"，虽在商周金文中不多见，但由"成汤盘盂，着日新之规；武王户席，题必戒之训"来看，铭文"自戒"的功能，也是渊源有自。

三

《文选》铭体选文不仅表明汉魏六朝人对铭文功能的基本认识，主要强调的是其"褒赞"和"警戒"作用，也反映出汉魏六朝时期铭文叙事的主体已由受赐感恩的下臣转换为文人，而铭文创作涉及的范围也得到很大拓展。但毕竟《文选》铭体选文虽然经典，却数量太少，还不能全面展现汉魏六朝时期铭文创作的面貌，尤其是不能完全反映铭文功能在这一时期发生的巨大变化。清人李兆洛编选《骈体文钞》，"录自秦始，迄于隋"[①]，在数量上比《文选》更丰富，时间跨度的下限也较《文选》更远，可以看作是在《文选》基础上的一个拓展。而且《骈体文钞》十分重视各种文体的不同功能，不惜折分同类文章的文体归属，以区划同一文体不同文章功能的细微差异。铭文作品在《骈体文钞》中，就分属不同"铭刻"、"杂颂赞箴铭"等不同的类别。上编卷一所选铭文如下：

作者	篇名	事件内容	功能
班固	《高祖泗水亭碑铭》	刘邦灭秦诛项兴汉	颂德勒功
	《十八侯铭》	汉初萧何等十八位侯	
	《封燕然山铭》	窦宪伐匈奴	
蔡邕	《光武济阳宫碑》	汉光武再受命	颂德勒功
曹植	《制命宗圣侯孔羡碑》	孔羡奉祀孔子	纪德颂圣
	《承露盘铭》	铭芳林园承露盘	
陆倕	《新刻漏铭》	新制漏壶箭刻	纪德勒功
	《石阙铭》	建神龙、仁虎二石阙	
温子升	《寒陵山寺碑》	高欢功业	勒功
王褒	《上庸陆公腾勒功碑》	陆腾功业	勒功
薛道衡	《老氏碑》	老子其人其学	纪德颂圣

李兆洛自言《骈体文钞》上编"皆庙堂之制，奏进之篇，质诸典章，播诸金石者也"[②]。卷一的选文，也都是纪功颂德之文。歌颂的对象，有圣人、皇帝及功臣等。这些作品中的碑铭，并不题于器物，而是勒于碑石，只是纪功颂德的功能，与题器的金文相类。曹植《承露盘铭》和陆倕《新刻漏铭》为题器之铭，这两篇铭文均为奉旨而作，带有浓厚的政教色彩。承露盘是奉皇帝之命而铸，显示了皇帝的经营之功，能令殊俗归义，祥瑞并起。坚固的露盘，象征着国家的永世长存。刻漏更不同于其他普通的铭器，是关涉国家历法的器物。旧刻漏年久失修，导致了"六日无辨，五夜不分"，必须更新。国家的律例

① 《骈体文钞》"吴育序"，载李兆洛：《骈体文钞》，岳麓书社1992年版，第3页。

② 李兆洛：《骈体文钞》，岳麓书社1992年版，第12页。

制定十分重要，如果历法有误，将会导致“畴人废业，孟陬殄灭，摄提无纪”。称赞梁武帝取得天下后，在礼俗建设方面取得的巨大成就，“乐迁夏谚，礼变商俗，业类补天，功均柱地”，制作新的刻漏是英明之举。刻漏的作用能够使“考辰正晷，测表候阴，不谬圭撮”，关系到百姓的生活。梁朝初建，为整饰礼制，加强政教，必须革创新器，而新漏也是创制规范，程序精密。铭辞颂扬梁武帝效法古礼，功德超过往昔。新刻漏制造得巧夺天工，雍容华贵，出神入化，运转神奇，用途广泛，功效精确，足为永世垂范。盛赞了梁武帝改朝换代，兴礼作乐的功业，肯定了武帝的历史功绩。

如果说《骈体文钞》卷一所选铭文，与《文选》选文趋同性较强，偏重铭体“褒赞”的功能，那么中编卷二十二所选铭文，则呈现出功能多样新变的特征。

作者	篇名	事件内容	功能
张衡	《绶笥铭》	诏赐绶笥	纪德
崔瑗	《座右铭》	座右	警戒
蔡邕	《黄钺铭》	桥玄为度辽将军安边	纪功
	《东鼎铭》	桥玄为司空	册命纪功
	《中鼎铭》	桥玄为司徒	
	《西鼎铭》	桥玄为太尉	
土孙瑞	《剑铭》	剑	记物
	《汉镜铭》	镜	警戒
卞兰	《座右铭》	座右	警戒
傅休奕	《拟金人铭作口铭》	口	警戒
鲍照	《药奁铭》	药奁	记物
	《石帆铭》	石帆	
萧绎	《梁安寺刹下铭》	寺刹	记物写景
	《漏刻铭》	漏刻	
	《东宫后堂仙室山铭》	山	
庾慎之	《团扇铭》	扇	记物
庾信	《秦州天水郡麦积崖佛龛铭》	佛龛	记物写景
	《东宫行雨山铭》	山	
	《东宫玉帐山铭》	山	
	《至仁山铭》	山	
	《望美人山铭》	山	
	《明月山铭》	山	

《骈体文钞》中编李兆洛自言皆为“指事述意之作”①。中编卷二十二的22篇铭文，除张衡和蔡邕之作，明显纪功颂德外，其余或是铭器物以自警，或是赋物写景，言志抒怀。而如《骈体文钞》卷二十六“诔祭类”所录的庾信《思旧铭》，题名虽为“铭”，“实以情胜”。② 这些作品反映了南朝时期，铭文在“褒赞”、“警戒”之外，记物写景，言情抒情之作愈来愈多的创作现实。铭文在题材内容上的开拓，削弱了铭文的警戒教化褒扬功能，更多抒写一些生活情趣和审美趣味。铭文发展至齐梁时期，已既能适用于

---

① 李兆洛：《骈体文钞》，岳麓书社1992年版，第21页。

② 李兆洛：《骈体文钞》，岳麓书社1992年版，第600页。

公共领域的宏大叙事，也能表达个体的戒慎警醒、生命感受和审美体验。

综上所述，汉魏六朝时期，铭文的勒刻载体和叙事主体都有了很大变化，商周金文纪功颂德和训命告诫的传统功能，虽然得到了继承，但在适用范围和功能上有很大拓展。而铭文赋物写景和自我抒发功能的加强以及体式上的穷力追新，使这一文体，不仅具备褒赞、警戒等实用功能，也产生了大量艺术效果鲜明的美文。

周代贤哲引领“人的觉醒”

——《诗经》思想智慧启示录

邹　然　蔡　欣

（江西师范大学文学院）

内容摘要：关于“人的觉醒”的时间，本文认为，不是魏晋，而是周代；其主体，不是门阀士族，而是先秦诸子。

关键词：人的觉醒　魏晋风度　周代

一

如果说“人的觉醒”在中国历史上有起始阶段和代表人物的话，那么，根据《诗经》思想智慧的率先启示，可以得出新的结论为：时间不是魏晋，而是周代；主体不是门阀士族，而是先秦诸子。

称魏晋为“人的觉醒”时代，如同称魏晋为“文学的自觉时代”一样，今天看来，这并非单纯的美学与文学命题，实际上牵涉到对中国传统文化，对华夏民族文明进程，对中国思想发展史，对中国文化、中国精神在世界范围所处地位与影响如何认识、如何觉解、如何评判、如何定位的重大学术问题，会产生连锁反应和方方面面的影响；甚至，会在潜移默化中，影响年轻一代的民族自信心与自豪感。

如果把视域扩大一些，以早期世界范围的哲学成就，同该命题做个简单比照，或许问题会看得更清楚。譬如，早在前6世纪前后，古希腊哲学家就已经在讨论宇宙本源和灵魂特质的思想尖端问题，如德谟克利特认为“原子和虚空是万物的本原”，“灵魂为光滑精细、运动极快的、圆形的原子结合而成，因而也是一种物体”（《辞海》）。并对什么是人的“幸福”做出哲学解释：“幸福不在于占有兽群，也不在于占有黄金，它的居处是在我们的灵魂之中。”①希罗多德在《历史》中宣称：“人的活动并不是盲目的，而是在理性指导下进行的。”②这就表明，那时的西方，已经出现了高度自觉的“文化人”和“智慧人”，其认识能力与思维能力，已经达到相当高度，非可小觑。而稍后，苏格拉底提出“认识你自己”的光辉口号，看到了智慧不仅仅来自于观察，还来自于内省。约略同时，柏拉图在写《理想国》，运用“洞穴”比喻，阐述“善的理念”和“灵魂上升”③的高深哲学，从而“标志着西方人学的重大突破”④。

而在中国，却被认为，要等到3世纪的魏晋时代，才能够对“文学”产生所谓“自觉”——似乎至此才大梦初醒，才明白原来人类生活中还有诗歌、散文、辞赋这样的表达思想情感的文字创作。而此前似乎不知道，不懂“文学”是什么，人们似乎是蒙昧的、未开化的、落后的、野蛮的。按此逻辑推理，“文学”尚且不能“自觉”，遑论更为抽象、更为深奥的“灵魂”与“人学”！给人感觉，似乎西方人已经登上了山顶，而中国人还在山脚下徘徊。

---

① 北京大学哲学系外国哲学史教研室编译：《古希腊罗马哲学》，商务印书馆1982年版，第113页。

② 赵敦华主编：《西方人学观念史》，北京出版社2005年版，第27页。

③ 包利民编选：《西方哲学基础文献选读》，浙江大学出版社2007年版，第38页。

④ 赵敦华主编：《西方人学观念史》，北京出版社2005年版，第38页。

如此巨大反差，不得不令人怀疑和发问：华夏民族有那么落后吗？中国人有那么愚笨吗？而所谓“文学”，真的有那么高深——魏晋之前的先秦两汉诗人与作家就“自觉”不了？而“自觉不了”，又是什么概念呢？是不是他们不懂自己在干什么？不知道自己在写作？可他们的作品，又是什么呢？抑或，是我们自己、我们自身的认识观念出了问题？我们的智慧还不够？我们的思辨能力太欠缺？假如，拿如此迟缓的所谓“文学自觉”观，同早期的希腊文明、欧洲哲学成就相比较，中国文学，岂不是显得发育不良而步履蹒跚？给人感觉，好像一个既蒙昧又瘦弱的孩子，跛着腿在同成人赛跑似的——叫人憋气！然而事实上，东方文明并非如此！中国文学也不如此！

二

所以，称魏晋为“文学的自觉时代”，实在是个问题多多的“假说”。而为了证明它能“成立”，证明它是“真理”，理论界煞费苦心，想方设法，旁搜牵引，甚至把一些并不成熟、有待讨论的哲学概念或主观命题，也勉强作为论据之一。其结果，给人以移宫换羽、炫玉贾石之嫌。例如，宣称“人的主题”、“人的觉醒”，是魏晋时期“历史前进的音响”，是“中国历史上的一个重大变化”，“‘人的觉醒’同‘文学的自觉’一样，也是到魏晋时才形成为一种时代思潮”。这样的观念与表述，就很值得讨论。魏晋社会，究竟有没有所谓“前进的音响”，是不是形成了“时代思潮”，这的确是“重大”学术问题，需要以科学态度，来反思和论证，展开争鸣，以正视听。

首先，上述观点或观念，必须正视和回答的前提问题是：如果坚持如此表述，则将周秦诸子如孔子、孟子、庄子、荀子等思想精英的相关成就，置何地位——在中国思想史或中国“人学观念史”上的地位？将屈原、司马迁、司马相如等人的文学成就，置何地位——在中国文学史或中国“文学自觉史”上的地位？其次，必须正视和回答的并行问题是：如果坚持如此表述，则魏晋门阀制度下导致的“人的残杀”、“人的玩弄”、“人的生命被蔑视、遭践踏”的历史现象，当如何评论？该如何自圆其说？

不妨举例而言。姑用“以子之矛攻子之盾”法，做一类比论证的反驳。譬如，持上述观念或观点论者，采用简单摘句论证法，从曹操诗歌“对酒当歌，人生几何”，曹丕诗歌“人亦有言，忧令人老”，阮籍诗歌“人生若尘露，天道邈悠悠”，陆机诗歌“天道信崇替，人生安得长”等语句中，轻而易举便得出：“他们唱的都是这同一哀伤，同一感叹，同一种思绪，同一种音调”，“是对人生、生命、命运、生活的欲求和留恋”，“这种意识形态领域内的新思潮即所谓新的世界观人生观，和反映在文艺美学上的同一思潮的基本特征，是什么呢？简单说来，这就是人的觉醒”。“人的觉醒”这一响亮口号，这一重大命题，就这样“简单”得出来了。如此论证，今天看来是不是过于容易了？学人似乎不需要做更多考察，不需要花更多力气去学习和了解更多史实，仅凭几篇诗歌，几句诗句（且不用注明篇名），便可得出一大串非常优美的排比式结论。

既然可以这样，我们也用如此“简单”方法，把目光放在比魏晋早五百至八百年的周代贤哲身上，针对“人的觉醒”，也来“摘句论证”。例如，孔子曾表示“发愤忘食，乐以忘忧，不知老之将至”——此与人的生活态度和精神面貌有关；曾倡导“己所不欲，勿施于人”，“吾日三省吾身”，“过则勿惮改”——与人的自我修养和接人待物有关。孟子曾喊出“生，亦我所欲也，义，亦我所欲也，二者不可得兼，舍生而取义者也”，“富贵不能淫，贫贱不能移，威武不能屈”——与人的高尚道德和人格尊严有关。庄子曾宣称“天地与我并生，而万物与我为一”，“与人和者，谓之人乐，与天和者，谓之天乐”——与人的豪迈气概与社会和谐理念有关。荀子曾告诫：“天行有常，不为尧存，不为桀亡”，“学不可以已”，“生而同声，长而异俗，教使之然也”——与人的思想认识和学习教育有关。郑子产曾提出“天道远，人道迩”，《礼记》作者曾高扬“苟日新，日日新，又日新”——与人的务实作风和事业进步有关。诸如此类的观念与意识，如此积极有为的人生态度和奋发向上的精神风貌，至今令广大学人服膺、钦仰、振奋，令华夏民族、炎黄子孙思想底气十足、精神动力百倍、自我信心昂扬。试问：先秦思想精英的“人的主题”、“人的觉醒”，其与魏晋士族在诗歌中发几句生命短促的慨叹相比，其价值与意义，孰高孰低？如此“人的觉醒”荣誉桂冠，究竟应该戴给谁？

三

其实，从《诗经》作品中，我们可以得知，周代人民早已有了生命觉醒意识，有了人格自主意识，有了孝亲睦友意识，有了保家卫国意识，有了悯乱嫉恶意识，有了乐恋悲弃意识，等等。这些，同论者所说的"人的主题"、"人的觉醒"息息相关，而且要丰富得多，盖亦犹河伯始见海若之叹矣。

让我们以事实说话，先谈"人格自主意识"。譬如周代少女在恋爱过程中遭到对方蒙骗（犹如当下生活，男女交往，其中一方隐瞒"已婚"真相），要中断先前那段错误相识，她能够并敢于大胆表白，果决斩断："谁谓女（汝）无家，何以速我狱？虽速我狱，室家不足！"（《召南·行露》）什么意思呢？请听程俊英先生以其女性的特有敏悟翻译："谁说你家没婆娘，凭啥逼我坐牢房？即使真的坐牢房，逼婚理由太荒唐！"（《诗经译注》）原来，对方是个无赖之徒，已有家小而骗取少女感情，并不允许分手，竟然以牢狱之灾来威逼恫吓。试想，在周代社会，一个弱女子，遇到此情此景，她能够不畏惧，不屈服，而敢于斗争，敢于维护自己的人格与尊严，这是多么难能可贵，需要多大勇气呀！它的价值，要比魏晋士族"何不饮美酒，被服纨与素"的自我颓废，要有意义得多。即使在封建社会，以经学观念来解诗，对它也是给予肯定的。如《毛序》曰："贞信之教兴，强暴之男，不能侵陵贞女也。"《诗三家义集疏》曰："（女子）守节持义，必死不往"，"故举而扬之，传而法之，以绝无礼之求"。这样的作品，所展示的人的精神气概，难道会比魏晋诗歌逊色吗？

又如《鄘风·柏舟》，也是一篇周代少女之作，题材内容与上篇恰好形成对比。大意言：少女已有心仪之人，可做娘的却看上了另外一家的权势财利，要女儿改弦更张，另嫁他人，女儿坚决不干。今天，我们可以如此来看此事：这位了不得的女孩，是一位名不见经传的诗人，她以诗歌这种文学形式，自觉地进行创作，以形象思维的方法，艺术化地表达自己的思想情感。请听：

泛彼柏舟，在彼中河。髧彼两髦，实维我仪。之死矢靡它！母也天只，不谅人只！

这位年轻女诗人采用起兴手法开头，取"河"、"仪"（读"牛何反"）、"它"（读"汤河反"）古韵同属"歌部"，可以相"叶"，以作韵脚；而先言柏木小船在河中随波漂流，暗示目前自己尚无归属；以引起下文逻辑，所以得赶快找个对象呀，于是找了一个外表很帅、发式很时髦（"髧彼两髦"）的男孩作朋友，并明确表白：他可是我的心仪之人啊！后面几句，不妨看看余冠英先生的翻译："我到死不改心肠。我的娘啊！我的天啊！人家的心思你就看不见啊！"（《诗经选》）试问：这是不是人格自主意识呢？是不是"人的主题"在维护或捍卫呢？我们读来，这样的周代女孩，确实很有个性，很值得信任，很能让人喜爱和尊敬呢。

再看"生命觉醒意识"，其内涵是：意识到个体存在是千载难逢的一段过程，因而珍惜眼前，把握现在，体验和感受生命。请听："蟋蟀在堂，岁聿其莫。今我不乐，日月其除。无已大康，职思其居。"（《唐风·蟋蟀》）"子有车马，弗驰弗驱。宛其死矣，他人是愉。"（《唐风·山有枢》）诗歌作者不啻为思想家，他看到了人身短暂，存在有限，也看到一般人缺乏思想，眼光短浅，不知道思考生存意义；于是，诗人告诉对方，也是警醒自己：人要趁"今"而"乐"，多多感受，细细品味，嚼出生命甜头来，不要舍不得和想不开。他引导人们思考：纵使"子有车马"，有万千财富，可一旦生命离你而去，又有什么意义呢？落得个"日月其除"，"他人是愉"，恰如唐诗所云，到头来"苦恨年年压金线，为他人作嫁衣裳"（秦韬玉《贫女》）。显然，这是《诗经》作者也是周代贤哲的生命意识在"觉醒"，是对个体存在意义的主动思考，尽管其想法不一定完全对，但他能够想，而且能够用诗歌形式表达出来，这就要令我们尊敬，令我们刮目相看！况且，其想法也不是没有可取之处，至少，它是对守财奴贪婪蒙昧的人生观念与人生态度的讥讽与反驳；至少，它还考虑了一个"度"的问题，即"无已大康，职思其居"，意谓快乐也得讲个分寸，不能过分或放荡，还得想想自己的本职工作呢。朱熹《诗集传》称赞曰："盖其民俗之厚，而前圣遗风之远如此。"

这样的思想和表述,用当下理论专家李泽厚先生的话说,是"对生死存亡的重视、哀伤,对人生短促的感慨、喟叹",展现了"人的觉醒"。[①] 用杨义先生的话说,"中国人对人有特殊的理解","写诗讲究生命气韵的流贯","中国诗学在很大程度上是一种生命的诗学"。[②] 周代诗人,用他们的创作实践,用中国文学的最早体式即四言诗,彰显了华夏民族的思想智慧,彰显了中国人的"人的觉醒"和"生命气韵"。

再谈谈《诗经》体现的"孝亲睦友意识",它可能比较陌生,但却是我们民族的优良传统,很有现实教育意义。例如《唐风·鸨羽》,虽说是一首征役诗,而抒发的却是孝子的念亲之情:

肃肃鸨羽,集于苞栩。王事靡盬,不能艺稷黍。父母何怙?悠悠苍天,曷其有所!

"诗人"是一位征夫,奔波劳碌于没完没了的"王事",可他不是哀叹自己如何辛苦,却是惦念年迈父母,无所依靠;惦念田里庄稼,无劳力耕作;于是向天呼喊:什么时候,才能够安居乐业?诗歌固然反映了当时统治阶级压迫之酷、徭役之重,但从中也同时表现了征夫历历可见的人子之情、孝亲之心。这种"孝亲"的情感,不仅是周代劳动人民普遍具有的一种可贵意识,而且也可说是我们整个华夏民族的一种美德。《大雅·既醉》云:"君子有孝子,孝子不匮,永锡尔类。"《孝经》曰:"夫孝,德之本也。孝始于事亲,中于事君,终于立身。""夫孝,天之经也,地之义也,民之行也。"如是"觉醒"话语,岂不可思可悟乎?

另一首"孝亲诗"是《小雅·蓼莪》,它叙写父母身亡的悲伤,语句非常沉痛:

父兮生我,母兮鞠我,拊我畜我,长我育我,顾我复我,出入腹我。欲报之德,昊天罔极!

人子想到父母"生我劬劳","长我育我",好不容易把自己拉扯长大,抚养成人,本想好好孝敬,可他们竟中道而殁,撒手长逝,自己不能回报恩德,遂忍不住椎心泣血,呼天长啸,其伤痛悲哀之情不禁由衷而发,此所谓"树欲静而风不止"。这是什么"自觉"、什么"主题"呢?从小处讲,是孝敬父母的亲情意识、感恩意识的自觉;从大处讲,是华夏民族优良传统的体现,是伦理道德的正面教育作品。而且,它的写法也很有特色,用"拊我畜我,长我育我,顾我复我"这样节拍短促的动宾词组,急管繁弦般连续倾吐,从而喷薄出强烈激情,具有很高的艺术感染力。

再看《小雅·伐木》,也很有意思。诗歌主人公宰了一头羊,准备请客,在拟定客人名单时,特别慎重,生怕忘记哪个而得罪于人。诗云:"既有肥牡,以速诸舅;宁适不来,微我有咎。""笾豆有践,兄弟无远。民之失德,干餱以愆。"诗人意识到,客人来不来吃饭,那是他的事,可我若漏掉他的名字而没邀请,则在礼节上存在疏漏,问题就大了。须知,人与人之间失却友谊,搞坏关系,往往就因此类事情。《毛序》曰:"自天子至于庶人,未有不须友以成者。亲亲以睦,友贤不弃,不遗故旧,则民德归厚矣。"《诗三家义集疏》曰:"诗意极言人当谨于细微,随时可以见人情,防失德。"从中不难看出,周代人民是高度重视人际关系的,注意自己的礼节礼貌,其目的在于营造良好和谐的相处环境。这同我们时下倡导构建和谐社会的思想理念,可谓不谋而合,说明其精神文明程度是相当高的。

此外,《诗经》作品还体现了周代人民是非分明、爱憎有别,具有强烈的"悯乱嫉恶意识"。例如《小雅·节南山》云:"赫赫师尹,不平何谓?""琐琐姻亚,则无膴仕?""弗躬弗亲,庶民弗信","不自为政,卒劳百姓!"对于不能尽职、只知搞裙带关系的腐败官僚,周代人民拿起诗歌作武器,口诛笔伐,公开声讨,从而使作品充满嫉恶如仇的批判锋芒,展示出光明磊落的浩然正气,具有强烈的现实主义战斗精神。这是周代人民公正公平意识的"觉醒",是普通民众参与现实政治、监督秉政官员的"自觉"行为,它透露了周代社会曾经存在"以诗谏政"的了不起的政治体制,从中可以感受到我华夏民族早期"民主"精神的脉搏跳动,是令人振奋和自豪的。

综上可见,"魏晋自觉"论者从士族诗歌中找来说明"人的觉醒"的依据,在《诗经》中同样可以找到,而且更为丰富。这在思维逻辑上,用个比喻讲,就好比体育百米竞赛,甲运动员9秒8率先跑到终

---

① 李泽厚:《美学三书·美的历程》,天津社会科学院出版社2003年版,第80—81页。

② 杨义:《重绘中国文学地图——杨义学术讲演集》,中国社会科学出版社2003年版,第33页。

点了，而乙运动员10秒7才到达，可乙反而沾沾自喜，说：“我是第一名！因为我是7，你是8。”其无视先秦两汉思想成就与文学成就，不研究中华元典，忽略《诗经》这部五百年凝聚的“百科全书”的民族文化内涵，不从纵向横向视域科学考察，缺乏全局观念，而以误解与成见先入为主，自谓“踵武前贤”，意气用事，顽固认定魏晋才是“人的觉醒”和“文学的自觉时代”者，其思维逻辑之偏执与无理，有似于此。

最近在网上看到一则新版“自相矛盾”，亦言及该论题，点出时下中国古代文学史研究领域所存在的悖论弊端，富有启发意义。兹引如下，聊供参考：

时人有合编中国文学史者，与事者互有专长，各擅胜场。其中张三誉某卷曰：吾所撰魏晋六朝部分，盖文学自觉时代也，灿灿然此前文学莫能比焉。譬如曹丕论文曰“诗赋欲丽”，乃见文学独到特质也，洵属睿识，何其了得！故鲁迅称“曹丕的一个时代可说是‘文学的自觉时代’”，良有以也，知此前文学未自觉也。

俄而，李四誉另卷曰：吾所撰先秦两汉部分，盖现实主义、浪漫主义文学源头也，巍巍然后世文学莫能及焉。譬如屈原用“香草美人”之喻，纯属艺术手法创新也，堪称开拓，何其得了！故鲁迅称“逸响伟辞，卓绝一世，后人惊其文采，相率仿效”，“其影响于后来之文章，乃甚或在三百篇之上”，良有以也，知此后文学咸仿作也。

人有闻之者，曰：二公所言，皆似有理；然彼此相较，孰胜？——其前未自觉乎？其后咸仿作乎？同引鲁迅话语，孰为正解？抑皆有所不的乎？二人面面相觑，弗能应也。

四

魏晋时期的社会，其实是“上品无寒门，下品无势族”（《晋书·刘毅传》）、等级森严、矛盾尖锐、政治平庸甚或黑暗的社会，统治阶级飞扬跋扈，骄奢淫逸，给广大下层人民和弱势群体，带来了暗无天日的深重灾难。可以稍举相关史实说明。先看魏文帝曹丕、晋武帝司马炎吧，他们是皇帝，自然也是思想行为和社会风气的引领者。试观其引起上行下效的品行表现。

虽说曹丕在古代文论方面有所创获，但其生活作风上的猥劣行为及放纵举止所造成的恶劣影响，却成了魏晋贵族骄奢淫逸风气弥漫的始作俑者。据《世说新语·贤媛》篇载：“魏武帝崩，文帝悉取武帝宫人自侍”，“正伏魄时过”，意谓曹操一死，曹丕便迫不及待将其父宫中妃嫔收为己有，不顾人伦礼数，这边丧事刚刚开办，那边即与之淫乐。久之，直到曹丕自己病重，其母卞太后前往探视，才得知此事，气愤说道：“狗鼠不食汝余，死故应尔！”骂他是禽兽，是猪狗不如的东西，死了活该。客观讲，卞太后这个做娘的当然很难过，那些妃嫔同自己一样，是服侍曹丕他爹的，儿子怎能乱伦呢？自己的脸往哪搁？所以“至山陵，亦竟不临”，意思说她余怒未消，等到曹丕真的死了，也不替他哭吊。

而在用人治国方面，曹丕的心胸性志也显得狭隘短浅，缺乏“旷大之度”与“公平之诚”，不能“迈志存道，克广德心”（《三国志·文帝纪评曰》）。此其胞弟曹植《赠白马王彪》、《野田黄雀行》及《七步诗》等，之所以而为作也。

司马炎以晋代魏之后，变本加厉，生活更加腐化，其宫女人数多至数千。每至晚上，晋武帝不知上何处就宿为好，乃乘羊车，任羊所行所止而夜寝。于是引发宫女争风吃醋，各显身手，插竹叶，撒盐食，想方设法投羊所好。① 上行下效，有了曹丕、司马炎等魏晋皇帝的带头纵淫，其他贵族岂肯落后？各王争相仿效，恣欲恶习蔚然而风。如“后赵石季龙更是出格，一次便发20岁以下13岁以上百姓女子三万多人以充后宫”②。社会发展至此，进步乎？倒退乎？站在数千甚至上万、刚刚甚至尚未成年的宫女立场而言，其生命“自主”乎？人身有保障乎？“人的主题”得到弘扬乎？

---

① 《晋书·胡贵嫔传》：“时帝多内宠。平吴之后，复纳孙晧宫人数千，自此掖庭殆将万人。而并宠者甚众。帝莫知所适，常乘羊车，恣其所之，至便宴寝。宫人乃取竹叶插户，以盐汁洒地而引帝车。”

② 申家仁：《〈世说新语〉与人生》，上海古籍出版社2003年版，第82页。

更为不寒而栗、令人发指的是，当时的豪门势族，竟然杀人劝酒，把买来的贫家女孩当作显富摆阔的牺牲品，任意"挥霍"(残杀)！例如石崇宴客，"常令美人行酒，客饮酒不尽者，使黄门交斩美人"，"每至大将军，固不饮以观其变，已斩三人，颜色如故，尚不肯饮"(《世说新语·汰侈》)。如此以杀人劝酒为"阔"，以冷眼旁观杀人而不动声色为"豪"，简直骇人听闻！这不是什么"风度"，而是穷凶极恶的"罪行"！是对他人生命存活权利的剥夺，暴露出世族阶级的凶残本性与门阀制度的恐怖黑暗。如此蔑视生命，滥杀无辜，比起当年刘邦打进咸阳时与秦民《约法三章》"杀人者死，伤人及盗抵罪"而言，岂非历史之倒退？又，王莽在西汉季世贵极一时，其儿子杀了人，尚能大义灭亲，叫儿子抵罪，"令自杀"(《汉书·王莽传》)。若就事论事，其良心犹然未泯，杀人偿命观念犹然而在。可读者何曾想到，当历史进入晋代，反而出现杀婢劝酒、观雏溅血、倒行逆施、伤天害理之事。如此行径，乃枭心狼性，非人所为也！称如是社会为"人的觉醒"时代，为"人的主题"弘扬之世，其于良心何忍？想想那些惨死在酒席桌下的女孩冤魂，想想那些面对弱女之死而露出狰狞面孔狂笑的丑恶嘴脸，我们的"自觉"论家、"觉醒"美家，还能把它"论"起来、"美"起来吗？

无怪乎从事"实学"(如历史学、文献学、目录学、易学、诗经学，楚辞学、史记学等)研究的学人，做客观切实的考察，看到了历史真相，得出相反结论，明确指出："魏晋时代，是个血腥屠杀的时代"[①]，"是中国政治上、社会上最痛苦的时代"，"八王之乱、五胡乱华……酿成社会秩序的大解体"[②]，"魏晋时期是中国历史上少有的全社会都充满着死亡恐怖的年代"，人民群众"一方面处于自然灾害和战争不断造成的大规模的集体的死亡恐怖之中，同时还处在政治黑暗所造成的个体的死亡恐怖之中，随时准备伸出脖子迎接统治者举起的屠刀"[③]。这就提示我们考虑一个重大思想原则问题：即一个大肆屠杀生灵的黑暗社会，有没有资格称为"人的觉醒"时代？

没有比较，很难说明问题。在此不妨从思想观念上做个简要对比。翻开《论语》，看看孔子对"人"是怎样的态度。"厩焚，子退朝，曰：'伤人乎？'不问马。"(《乡党》)那是马棚意外着火，孔子得知后急切相问：人受伤了没有？至于马是否损失，则不过问。须知，这个"人"，正是普普通通的人，是马夫、劳动者，孔子对他表示关切，就是"重人贱畜"，就是对人的尊重，这才是真正的"人的主题"、"人的觉醒"的体现。而以司马昭、贾后、石崇、王敦等为代表的魏晋上层贵族集团，争权夺势，骄奢淫逸，竟然人为制造惨案，大开杀戒，伤天害理，倒行逆施；盖彼时世道，必有与之相应的不合理体制及氛围，个中危害与黑暗，乃应口诛笔伐，岂可以庄严神圣之语滥称乎？

五

再看看魏晋势族人士的所谓"风度"。《世说新语·汰侈》载："石崇厕常有十余婢侍列，皆丽服藻饰"，"又与新衣著令出，客多羞不能如厕"[④]，而王敦则大大咧咧前往，"脱故衣，著新衣，神色傲然"，厚颜无耻当着众女露丑，还趾高气扬，以表现所谓"风度"，美其名曰"通达"——"脱衣服，露丑恶，同禽兽，甚者名为'通'，次者名为'达'"[⑤]。

无独有偶，如此淫靡颓败风俗，并非个别。如刘伶"纵酒放达，脱衣裸形"，不觉羞耻，反而责人"何为人我裈中"。毕茂世"一手持蟹螯，一手持酒杯"，醉生梦死说"足了此一生"，流露一副酒鬼痴迷之态。王戎卖李，生怕别人得其良种，煞费苦心，竟一颗一颗"恒钻其核"，其鼠肚鸡肠，令人作呕(这是谈不上什么"庄园经济"、"发展生产"的)。王述用筷子夹鸡蛋不起，竟然"大怒"，"瞋甚"，"举以掷地"，

① 木斋：《重建当今学术机制和学术话语的思考——以十九首为例》，载《江西师范大学学报》2009年第5期。

② 宗白华：《论〈世说新语〉和晋人的美》，载《魏晋风度二十讲》，华夏出版社2009年版，第232页。

③ 张三夕：《魏晋风度何为》，载《魏晋风度二十讲》，华夏出版社2009年版，第99—100页。

④ 古代皇帝上厕所婉称"更衣"，有美女侍候，如《史记·外戚世家》："是日，武帝起更衣，子夫侍尚衣轩中，得幸。"《史记笺证》引王骏图曰："古者衣宽大，必更之，而后大解。"此写石崇"僭越"。

⑤ 《世说新语·德行》篇刘孝标注引王隐《晋书》。

"以屐齿蹍之"，[①]其丑态百出，熊相毕现。尽管"魏晋自觉"论者，称这些行为是"现实生活中从人身上展示出来的体貌风神和才性之美"，是"追求现实的'逍遥游'，是魏晋人普遍的心态，也是'人的觉醒'的重要标志"。但是，客观的读者仍然可以看出，魏晋士人的如此"体貌风神"、如此"才性之美"、如此"人的觉醒"，其实不过是低级趣味、无聊举动，不过是一己之狂放、个人之妄念而已，盖缺乏进步意义，失落正常心态，漠视高尚追求。如果把他们的言语行为，同孔子、孟子、庄子、屈原等先秦思想精英，追求社会之平等，倡导人类之正气，高扬生命之尊严，激发个体之心志，做一对照比较，何啻云泥之别乎？岂足挂齿哉！

所以，鲁迅先生对此深有洞察，在《魏晋风度及文章与药及酒之关系》中，用其特有的幽默笔调，不乏揶揄地讥嘲道：

晋朝人多是脾气很坏，高傲，发狂，性暴如火的，大约便是服药的缘故。比方有苍蝇扰他，竟至拔剑追赶；就是说话，也要胡胡涂涂才好，有时简直是近于发疯。

到东晋以后，作假的人就很多，在街旁睡倒，说是"散发"以示阔气。就像清时尊读书，就有人以墨涂唇，表示他是刚才写了许多字的样子。

魏晋时所谓崇奉礼教，是用以自利，那崇奉也不过偶然崇奉，如曹操杀孔融，司马懿杀嵇康，都是因为他们和不孝有关，但实在曹操、司马懿何尝是著名的孝子？不过将这个名义，加罪于反对自己的人罢了。

可见，鲁迅先生关于"魏晋风度"，并非如后世某些论者想象的是单边欣赏或肯定，相反，而是相当反感并加以批判的：要么饮酒，要么服药，要么无所事事作假，要么高傲狂妄、火冒三丈地拔剑砍苍蝇！究其实质，何也？盖失落古代知识分子应有的厚重品德，缺乏古代知识分子自觉的社会担当，忘却古代知识分子"朝闻夕死"、"为民请命"、"达则兼济天下"的人生信念。而至于魏晋政治统治者，更是假借名教，剪除异己，大开杀戒。这样看来，当时社会"人"的生存权利尚且没有保障，"人"的精神面貌尚且萎靡不振，何来后世论者的所谓"人的主题"、"人的觉醒"乎？岂非想当然吗？而鲁迅此文，又岂是彼意乎？

还有伤风败俗、"言之丑也"的是："晋惠帝元康中，贵游子弟相与为散发裸身之饮，对弄婢妾"（《宋书·五行志一》），把买来的贫家女孩当作酒醉之后聚众戏耍、集体发泄兽欲的对象。其无视女性人身权利竟至如此者！而如果有人对他们进行批评，则"逆之者伤好，非之者负讥"，反而遭受讥讽与嘲笑。故沈约修史至此，不禁扼腕，深为慨叹道："盖胡、翟侵中国之萌也！"[②]古人扼腕慨叹，今人高调称颂，嗟乎，"史"之是非，殆无标准矣！"文"之对错，殆无标准矣！须知，"婢妾"也是人，她们也有人格，也要脸面，也需要尊重的，岂容人人"对弄"乎？设身处地，将心比心，若花季女儿遭"散发裸身"的"贵游子弟"发泄兽欲，当做何想？当做何论？

综上所述，若要说中国古代社会"人的觉醒"或"人的主题"，其值得称道、可引为自豪的，绝不是那些被门阀制度扭曲而变态的魏晋士族[③]，而是先秦诸子，是周代贤哲，是孔子、孟子、庄子、荀子、屈原等为代表的思想精英群体！是他们筚路蓝缕之躬行，浩然正气之著述，在开启民智，在引领进步，从而为华夏民族和炎黄子孙赢得荣誉，能够同苏格拉底、柏拉图辈分庭抗礼，同古印度释迦牟尼世尊创立的佛教文化并驾齐驱，于世界文明早期辉煌中，占有当之无愧的一席重要之地——在地球的东方，在黄河长江流域，开显人类生命觉悟之曙光！

---

① 以上关于刘伶、王述等人事迹的引文，见《世说新语》"任诞"、"俭啬"、"忿狷"诸篇。

② 沈约：《宋书·五行志一》，中华书局1974年版，第883页。

③ "士族"指东汉以后在地主阶级内部逐渐形成的世家大族；不属于士族的地主阶级叫"庶族"。《宋书·恩倖传序》："魏晋以来，以贵役贱，士庶之科，较然有辨。"游国恩等主编的《中国文学史》（第一册）说："士族是一个非常腐朽的阶级。他们一味追求享乐，不敢正视充满尖锐矛盾的现实，只是依靠门第，把持高官，却又要'不以物务婴心'。"（人民文学出版社1963年版，第232页）。

欧阳修“情至之作”的修辞艺术及其对古文美学意义的提升

熊礼汇

（武汉大学文学院）

内容摘要：探讨欧阳修古文的风格取向，总结其艺术创作经验，认识其对唐宋古文发展独特的贡献，决不能轻视其“至情之作”的存在。本文即按文体分类论述其“至情之作”的修辞艺术，略道其艺术创新对古文美学意义的提升。

关键词：“至情之作” 修辞艺术 美学意义

欧阳修有一类古文被人称为“情至之作”[①]。本来，欧阳修之文，多是他情感活动的产物，为文情随词涌、言因气生是很平常的现象。从这个角度讲，欧阳修之文多是“情至之作”。不过这里说的“情至”，乃“其情深至”[②]之意，而“情”乃哀痛之情、凄恻之情。此类古文，抒情性强，行文纡徐委备、夷犹顿挫，俯仰唱叹，不掩风神。文境迂回，韵味绵藐，文风偏于柔婉。如此，戟手怒喝之《与高司谏书》，坦然大呼之《朋党论》，俯仰萦回、惋惜感叹之《资政殿学士户部侍郎文正范公神道碑铭》，笔阵酣恣、以雄直之气行文之《徂徕石先生墓志铭》，古今相形、感发深至之《丰乐亭记》，景乐人乐、与民同乐之《醉翁亭记》，反复沉吟、慨叹不已之《菱溪石记》，向往自适之乐之《六一居士传》等，虽下笔情至气行，由于受情感属性、文章风格的制约，并不属于本文所说的“情至之作”。

本文所说的“情至之作”，文体主要有属于古文的诗文集序，墓志铭、墓表（阡表）和祭文。三类古文各因其主而生，作诗文集序以诗文作者为主，作墓志铭、墓表（阡表）以墓主为主，作祭文以祭奠对象为主。就欧阳修而言，属于“至情之作”的三类古文之“主”，都是和他关系特殊的人物。而且他们中的有些人，既是欧阳修所作诗文集序诗文的作者，又是所作墓志铭或墓表的墓主，还是所作祭文的祭奠对象。如欧阳修为苏子美、梅尧臣写有墓志铭、文（诗）集序和祭文，为石曼卿、丁元珍写有墓表和祭文，为尹师鲁、尹子渐、欧阳晔、薛质夫写有墓志铭和祭文，为江邻几写有墓志铭和文集序。合观欧阳修古文中各种文体的“至情之作”，虽然篇数不少，但致使“其情深至”的文中之“主”不是很多，他们大都集中在两种人中，一为朋友故旧中贤而不遇且早夭者，一为至亲之人中的父母、叔父、内弟、女儿等。而此类古文的写作，绝大多数是在这些人去世之后。

探讨欧阳修古文的风格取向，总结其艺术创作经验，认识其对唐宋古文发展独特的贡献，决不能轻视其“至情之作”的存在。本文即按文体分类论述其“至情之作”的修辞艺术，略道其艺术创新对古文美学意义的提升。

一、碑志文抒情的修辞艺术

碑志文包括神道碑铭、墓表（阡表）和墓志铭，欧阳修“其情深至”的碑志文主要是墓表（阡表）和墓

---

① 储欣：《苏氏文集序》评语，载高海夫主编：《唐宋八大家文钞校注集评·庐陵文钞》（卷十七），三秦出版社1998年版。

② 吕留良：《苏氏文集序》评语，载高海夫主编：《唐宋八大家文钞校注集评·庐陵文钞》（卷十七），三秦出版社1998年版。

志铭。欧阳修作碑志文有一明确的修辞策略，就是“止记大节”[①]；有一常用的表现方法，就是“举其要者一两事以取信”[②]。学者们以为“止记大节”主要针对功烈、事业不胜其多之名公巨卿而言，其实，欧阳修“其情深至”的碑志文，虽然墓主生平事迹不是很多，但记述其事仍然执行了这一策略。其《论尹师鲁墓志》就特别说明他有意在墓志铭中突出师鲁的大节，有谓“此三者，皆君子之极美，然在师鲁，犹为末事。其大节，乃笃于仁义”云云。只是所记大节多为墓主生前的专长和最突出的事迹（或经历），如为梅圣俞（梅尧臣）作墓志铭，即以记（论）其为诗为主要内容；为苏舜钦（苏子美）作墓志铭，即以记其“坐监进奏院祠神，奏……为自盗除名”事为主要内容。而更多的是叙写交游聚散之事，或追记至亲往事、琐事，此为碑志文中“情至之作”的第一个特点，即叙事选材的特点，如此选材，目的自然是为了便于抒写交游之情和思念亲人之心。

“情至之作”的第二个特点是叙说交游往事自然带出交游之情，或通过叙说琐事自然流露亲情。归有光说《张子野墓志铭》“工于写情，略于叙事，极淋漓骚郁之致”[③]，其实欧阳修的“工于写情”正是通过“略于叙事”表现出来的，这一特点也可解释为叙事为抒情所用或借叙事以抒情。略记交游之事，尽显交游之情。如此志记昔日洛阳相聚之事即略，而说“初在洛时，已哭尧夫而铭之，其后六年，又哭希深而铭之；今又哭吾子野而铭之”，实是叙其事正言其哀。下因深感“交游难得”、“善人君子”、“久在于世亦不可得”而悲叹“呜呼，可哀也已”，亦从上面的略叙其事引出。以浓重的伤感情绪略道朋友聚散、生死之事以写交游之情，是欧阳修以朋友故旧为墓主的碑志文常用的书写手法。此类碑志文大都写到“平生之旧，朋友之恩与其可哀者”[④]，构思线索、修辞艺术大体相近。像《黄梦升墓志铭》、《河南府司录张君墓表》与《张子野墓志铭》，同为故友作志，皆略记交游事用平生朋友聚散、盛衰提絜纲领，以写“朋友之恩与其可哀者”，修辞艺术及文章风貌就极为相似。抒写亲情“其情深至”者当以《泷冈阡表》为最，其借母言父之德，母亲所言所见所闻，多为日常琐事，而言之真切感人，就母亲而言乃自然流露，就欧阳修言，是借母所言琐事表达他对父亲仁孝之德的景仰之心和缅怀之情。

“情至之作”的第三个特点是往复慨叹，俯仰情深。方苞说：“欧公志诸朋好，悲思激宕，风格最近太史公。”[⑤]其“悲思激宕”，多是通过往复慨叹表达出来的。欧阳修为朋友故旧作碑志文，除略记交游聚散、盛衰之事外，还就其贤而不遇且早夭之际遇，俯仰沉吟，往复慨叹，以抒发不平之感和哀惜之情。《尚书屯田员外郎张君墓表》写张谷事即触及谢绛、尹洙诸人，而顿生感慨，茅坤称其“通篇交情上相累欷”。归有光亦引徐文昭云：“累欷感慨，不知文生情，情生文也。”[⑥]《河南府司录张君墓表》追溯情事，都从虚处想象，而每叙一事呜咽感慨，如泣如诉。吕留良即谓其“以感慨为主，即其叙述交游生平处，亦皆带着感慨之意，此是文章线索”。刘大櫆则云：“历叙交游，而俯仰身世，感叹淋漓，风神遒逸，当与黄梦升、张子野并为志墓之绝唱。”[⑦]《黄梦升墓志铭》“从生平交游感慨为志”[⑧]。《张子野墓志铭》既发“呜呼，可哀也已”，又谓“予固已悲其早衰，而遂止于此，岂其中亦有不自得者邪”，且于铭词重申其慨。《江邻几墓志铭》既于正文抑扬顿挫，作感慨调，谓“凡与其游者，……呜呼，岂非其命哉”，复于铭词哀叹“嗟吾邻几兮，卒以不偶”，叹音不绝，悼亡之意无限。《石曼卿墓表》“其友欧阳修表于其墓曰”一段文字，实将用韵的铭词写成了往复慨叹的抒情散文。用“呜呼曼卿”一声长叹领起，又结以愈言愈悲的慨叹：“其命也夫！其可哀也夫！”中间的议论文字，也是愈说愈悲，全是用的慨叹语调，可谓以悲慨带

---

① 欧阳修：《与杜䜣论祁公墓志书》，载李逸安：《欧阳修全集》（卷七十），中华书局2001年版。

② 欧阳修：《论尹师鲁墓志》，载《欧阳修全集》（卷七十二），中华书局2001年版。

③ 归有光：《张子野墓志铭》评语，载《唐宋八大家文钞校注集评·庐陵文钞》（卷二十九），三秦出版社1998年版。

④ 欧阳修：《张子野墓志铭》，载《欧阳修全集》（卷二十九），中华书局2001年版。

⑤ 方苞：《古文约选·欧阳永叔文约选》评语，载《唐宋八大家文钞校注集评·庐陵文钞》（卷二十八），三秦出版社1998年版。

⑥ 茅坤语、归有光引徐文昭语，均载《唐宋八大家文钞校注集评·庐陵文钞》（卷三十），三秦出版社1998年版。

⑦ 吕留良、刘大櫆：《河南府司录张君墓表》评语，载《唐宋八大家文钞校注集评·庐陵文钞》（卷三十），三秦出版社1998年版。

⑧ 徐文昭：《黄梦升墓志铭》评语，载《唐宋八大家文钞校注集评·庐陵文钞》（卷二十九），三秦出版社1998年版。

议论。读此类碑志文，可知欧阳修之感慨多因朋友聚散、生死而发，因墓主贤而不遇且早夭而发。抒发的交游之情，往往深含痛惜之意，虽有不平，却不作十分愤激语，亦不作十分明白宣示语。而是寓无限哀伤、怨愤、无奈于伤感情绪中，通过往复慨叹形成浓厚的哀伤氛围，既写其真情，又露其用心，更显其风神，故吕留良说："欧公文，凡叙述故旧交游之情，缠绵凄恻，最可玩诵。"[①]

"情至之作"的第四个特点是抚今追昔、相形相陪以兴叹，多用虚词以抒怀。大凡为人作志，都会追记往日之事，欧阳修为亡友作志，尤爱忆念朋友交游之往事，以引发聚散、盛衰、生死之慨叹。有人说欧阳修之长在感叹往事，又说他为文多作吊古叹逝语，其实这话也可反过来说，即欧阳修擅长追忆往事以兴叹，爱借古人古事、逝水流年以寄慨。所谓"相形相陪"：①将作者和墓主交游的数件往事相互衬托对比，不断引发感慨（如《黄梦升墓志铭》）；②用他人之被"召用"和墓主之不遇或以他人"以为在上者知将用之"与"而君亡矣"相形对比，引发作者不平或痛惜之慨（前如《湖州长史苏君墓志铭》、后如《江邻几墓志铭》）；③用他人"蹈忧患以穷死"与墓主"旷然不有累于心"而寿考不长相形对比，以发作者愤懑之慨（如《太常博士尹君墓志铭》）；④记墓主盛衰、生死事引入其他朋友，并将自己纳入其中，用众人陪说墓主，悲慨益发深切动人（如《张子野墓志铭》、《河南府司录张君墓表》）。

为文多用平常、轻、虚字，是欧阳修、韩愈（好用奇、重字）风格不同的一个重要因素。欧阳修往复慨叹以抒情，即多用虚词造句完成。除用"呜呼"、"嗟夫"、"悲夫"、"噫"一类感叹词频作慨叹外，还用虚词组成如上所引"呜呼，可哀也已"，"呜呼，岂非其命哉"，"其命也夫！其可哀也夫"一类短句，往复慨叹以言其哀。如《河南府司录张君墓表》说"盖君之卒，距今二十有五年矣"；《石曼卿墓表》说"天子方思尽其才，而且病矣"；《蔡君山墓志铭》说"方求天下能吏，而君山死矣，此可为痛惜者也"；《江邻几墓志铭》说"而用君者方以为得，而君亡矣"；《张子野墓志铭》说"予固已悲其早衰，而遂止于此，岂其中亦有不自得者邪"；《太常博士尹君墓志铭》说"岂其所谓短长得失者，皆非此之谓欤？其所以然者，不可得而知欤"；《尚书都官员外郎欧阳公墓志铭》说"呜呼！叔父之亡，吾先君之昆弟无复之者矣，其长养教育之恩既不可报，而至于状貌、起居、言笑之可思慕者，皆不得而见焉矣"，此类句子，或慨叹以泄哀愤，或径言胸中悲哀，皆因频繁使用虚词使得语气优柔，音调抑扬顿挫，气韵婉转流畅而俯仰情深、意味绵长。欧阳修多用虚词以抒怀，常用的虚词有"而"、"矣"、"也"等。他用虚词还有一个特点，就是爱在一段文字或连续几句中重复使用同一个虚词。如《湖州长史苏君墓志铭》说"宜其欲求伸于地下也，宜予述其得罪以死之详而使后世知其有以也"，一长一短两句皆用"也"字作结而同用"宜"字领起，便使往复慨叹之声变成了反复泄愤之语。《河南府司录张君墓表》说"今师鲁死且十余年，王顾者死亦六七年矣，其送君而临穴者及与君同府而游者十盖八九死矣，其幸而在者，不老则病且衰，如予是也"，即连用两"矣"字构成两长句，连用四"者"字构成四短句，使叙事、抒慨都有反复强调、不断强化的效果。《张子野墓志铭》说"初在洛时，已哭尧夫而铭之；其后六年，又哭希深而铭之；今又哭吾子野而铭，于是又知非徒相得之难，而善人、君子欲使幸而久在于世亦不可得"，前三句均用"而"字造句，加上依次用"已"、"又"、"又"领起各句，把作者挥之不去的失友之痛表述得淋漓尽致。刘大櫆说"虚字备而神态出"[②]，读欧阳修墓碑文，知其虚字往往因慨叹抒怀而"备"，作者因俯仰慨叹而"其情深至"，又因情韵绵延而"神态出"。

二、诗文集序抒情的修辞艺术

林纾说："王介甫序经义甚精，曾子固为目录之序至有条理，欧阳永叔则长于叙诗文集。"[③]陈衍甚至说："永叔文以序、跋、杂记为最长。"[④]吕祖谦说："凡序文籍，当序作者之意。"[⑤]欧阳修为他人序诗文

---

① 吕留良:《张子野墓志铭》评语，载《唐宋八大家文钞校注集评·庐陵文钞》(卷二十九)，三秦出版社1998年版。

② 刘大櫆:《论文偶记》，人民文学出版社1959年版。

③ 林纾:《序跋类总论》，载《林纾选评古文辞类纂》(卷二)，浙江古籍出版社1986年版。

④ 陈衍:《石遗室论文》(卷五)，载王水照主编:《历代文话》(第七册)，复旦大学出版社2008年版。

⑤ 吴讷:《文章辨体序说》，人民文学出版社1962年版，第42页。

 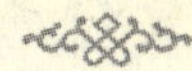

集，则习惯于叙说作者生平往事，评论作者其人，往往慨叹人生多于品诗言文（或是品诗言文不离慨叹人生）。不过像《薛简肃公文集序》慨叹“呜呼，公为有后矣”，《廖氏文集序》于友人之兄“不达而早死”不无感慨，《仲氏文集序》有感于仲讷“不苟屈以合世”，虽然也有抒情成分，毕竟算不上“其情深至”之作。其诗文集序中的“情至之作”，实际上只有5篇，即《释惟俨文集序》、《释秘演诗集序》、《苏氏文集序》、《江邻几文集序》和《梅圣俞诗集序》。前两篇写于诗文集作者在世之时，次两篇写于文集作者去世以后，后一篇大半文字写于诗集作者在世之时，小半文字写于作者去世以后。5篇序都以情胜，而以前四篇最为有名。刘大櫆即谓“欧公诗文集序，当以秘演、江邻几为第一，而惟俨、苏子美次之”[①]。

细读数篇序文，其书写特点大致有三：

（1）变叙作者之意为纪作者其人、论作者其人以言文，或谓紧密结合作者身世、遭遇以论其文。如《苏氏文集序》实即围绕苏舜钦“屈于今世”的遭遇，记述其“作为古歌诗杂文”之事，肯定其文章价值，而言之最多、慨叹最深的莫过于苏轼的“至废为民而流落以死”。《梅圣俞诗集序》论诗，提出诗穷而后工的命题，赞美梅氏诗才之高，实亦在在不离申言梅氏的“穷”而“不得志”。《释惟俨文集序》记惟俨身世，“竟是列传体，其奇伟历落，亦从太史公《游侠传》得来者也”[②]，作者记其人、论其人，都从“大节”着眼，这一点和作碑志文所坚持的书写策略是一致的。另一点是与作序偏于记人、论人有关，序中多记作者和朋友的交游之事。《江邻几文集序》，茅坤即谓其“只道其故旧，凋落之意隐然可见”。陈衍亦谓其“全写友朋交好，零落可悲之情而层累而下”[③]。《释惟俨文集序》，更是“通篇却不说文集，只说交游”[④]。

（2）往复慨叹，徘徊惋惜，不胜唏嘘。前人论《苏氏文集序》，都看到了它行文往复慨叹，徘徊惋惜，不胜唏嘘的特点。吕留良说：“欧公为子美集序，其情深至……悲痛之深，语意反复丛杂。”储欣说：“篇中将能文与不遇夹说，流涕唏嘘，此古人情至之作。”浦起龙说：“公作友人集序，多入感慨情文。此序以废斥之感融入文章。”[⑤]浦起龙“感慨”、“情”，实为表述欧阳修此类序文修辞艺术特点之关键词。如《苏氏文集序》，言其文可贵：“斯文，金玉也……故方其摈斥摧挫、流离穷厄之时，文章已自行于天下，虽其怨家仇人及尝能出力而挤之死者，至其文章则不能少毁而掩蔽之也。凡人之情，忽近而贵远，子美屈于今世犹如此，其申于后世宜如何也！”即语语不离废斥之根。言其人可悲：“幸时治矣，文章或不能纯粹，或迟久而不相及，何其难之若是欤？岂非难得其人欤？苟一有其人，有幸而出于治世，世其可不为之贵重而爱惜之欤？嗟吾子美，以一酒食之过，至废为民而流落以死。此其可以叹息流涕，而为当世仁人君子之职位宜与国家乐育贤材者惜也。”则全用感慨语调叙事作论，纯作呜咽怜惜之语。《江邻几文集序》于邻几“仕宦久而不进，晚而朝廷方将用之，未及而卒”自有感慨，但主要是“于故旧凋落处感慨、悲伤”。而于不幸罹患而死者感慨尤深、悲伤尤多。中谓“二十五年之间”，友朋“相继而殁、为之铭者至二十人”。“呜呼，何其多也！不独善人君子难得易失，而交游零落如此，反顾身世死生、盛衰之际，又可悲夫！而其间又有不幸罹忧患、触网罗，至困厄流离以死，与夫仕宦连蹇、志不获申而殁，独其文章尚见于世者，则又可哀也欤。”孙月峰说该序“只以悼亡意作感慨调”[⑥]，此段文字悲情溢乎言外，即因此而来。继此段文字后，欧阳修还说其为亡友作文集序，“其言尤感切而殷勤者，以此也”，于此可知其为亡友作文集序何以慨叹往复、不胜唏嘘原因之所在。

（3）预设烟波，以宾形主，以写怀念亡友之情。欧阳修论人、说理好预设烟波，通过烟波缓缓过渡到正题上来。所设烟波，往往为叙说正题提供背景，所说事理对论述正题有引导、衬托作用。前言《梅圣俞诗集序》开篇一段诗论、《江邻几文集序》“于故旧凋落处感慨、悲伤”的大段文字，皆可视为二序引入正题之烟波。前者说为诗“穷者而后工”，看似单纯总结诗歌创作经验，实则为下写作者因梅圣俞

---

① 刘大櫆：《唐宋八大家文钞校注集评·庐陵文钞》（卷十八），三秦出版社1998年版。

② 徐文昭：《释惟俨文集序》，载《唐宋八大家文钞校注集评·庐陵文钞》（卷十七），三秦出版社1998年版。

③ 茅坤、陈衍评语均引自《唐宋八大家文钞校注集评·庐陵文钞》（卷十七），三秦出版社1998年版。

④ 孙琮：《释惟俨文集序》，载《唐宋八大家文钞校注集评·庐陵文钞》（卷十七），三秦出版社1998年版。

⑤ 吕留良、储欣、浦起龙：《苏氏文集序》，载《唐宋八大家文钞校注集评·庐陵文钞》（卷十七），三秦出版社1998年版。

⑥ 孙月峰：《江邻几文集序》，载《唐宋八大家文钞校注集评·庐陵文钞》（卷十七），三秦出版社1998年版。

“老不得志而为穷者之诗”而生的无限痛惜、悲愤之感有引导、点示作用;后者更是直接借大片“烟波”尽写众多友朋交游之情、凋零之恨。至于巧用以宾形主以抒怀,可以《释秘演诗集序》、《释惟俨文集序》为例。人们都知道欧阳修为二僧作诗文集序“皆以石曼卿为联络”[①],“而以交情离合缨络其间”[②],故其多慷慨呜咽之旨,却少有人知后者“因惟俨而思曼卿,在在抱定曼卿,见得代二僧作序,均为死友而作”[③]。前者“写秘演,借曼卿作陪,此借宾形主法。写二人插入自己,此又于无情处生情之法也”[④]。曼卿乃二僧故交,欧阳修为曼卿老友。为二僧作序,二僧自为主,曼卿为宾,欧阳修为宾中之宾。而序借曼卿陪衬惟俨,自为作者抒发思念曼卿之情打开方便之门。前者以宾主陪衬夹叙,以盛、衰二字生情,前路虚引衬入,“写秘演夹写曼卿,写二人夹写自己。结处说曼卿死,秘演无所向;秘演行,欧公悲其衰,写出三人真知己”[⑤]。更是借以宾形主的陪衬手法,开拓抒发友情、诉说人生感慨(主要出自友朋聚散、盛衰、生死之事)的广阔空间。

三、祭文抒情的修辞艺术

祭文本是祭奠死者的应用文,也是古文中以抒发哀伤之情见长的文体。韩愈《祭十二郎文》、《祭张员外文》,一祭奠亲属,一祭奠朋友;一为变体,一为正体,均为祭文中抒情名篇,被后世古文家视为楷模。欧阳修写有祭文20多篇,其中祭亲属者7篇,祭友朋故旧者10余篇(明说祭奠“亡友”者6篇),大多数祭奠对象,作者都替他们写有墓碑文。所作祭文,有正体,也有变体。由于祭文属于“告语体(告语对象为死者)”,故话语口吻为第一人称。抽心而言,如与老友晤谈一般。欧阳修作祭文,书写目的十分明确,一是写恨寄哀,悼念死者。所谓“衔辞写恨,有涕涟洏”[⑥]。“写哀一奠,不知涕泪之纵横。”[⑦]一是共话人生,告慰死者。所谓“冀以慰子,闻乎不闻”[⑧]。实则同一祭文,既写恨寄哀,又告慰死者。《祭丁学士文》即谓“何以慰子,聊为此言。寄哀一奠,有涕涟涟”。从引文亦可看出,作者无论写恨寄哀,还是告慰死者,都处于涕泪涟涟、极度悲伤的状态,抒发的感情也是发自肺腑的哀哀之情。而共话人生往往涉及死者的人生际遇和作者的人生观暨人物品评标准,所以要读懂祭文或要领略其美学意蕴,最好读读作者替死者撰写的墓碑文。由于此类祭文以抒情为主,情致缠绵凄恻为其突出特点,故探讨其修辞艺术特色,当从其如何写恨寄哀、告慰死者的角度入手。略事归纳,有四点值得一说。

(1)着眼死者“大节”,直言哀愤。正体祭文如《祭资政范公文》,即“全为罹党论抒愤。言之不足,长言之也”[⑨]。“党论”指庆历新政失败后,吕夷简说范仲淹、余靖、尹洙、欧阳修等为朋党事,此事自为范公生平之“大节”。祭文首段言范公被谗:“公曰彼恶,谓公好讦;公曰彼善,谓公树朋;公所勇为,谓公躁进;公有退让,谓公近名。谗人之言,其何可听!”文中四句排比,皆用“公曰……谓公……”两者语意针锋相对的句式,把谗人对范公遇事必加诋毁的恶行揭露无遗,同时也把作者蕴藏于胸的哀愤情绪倾泻无遗。第三段说谗人为打击范公而对其支持者的迫害:“欲坏其栋,先摧桷榱;倾巢破鷇,披折傍枝。害一损百,人谁不罹?谁为傥论,是不仁哉!”也是哀愤迸发,直言不隐。变体祭文如《祭尹师鲁

① 陈衍:《石遗室论文》(卷五),载王水照主编:《历代文话》(第七册),复旦大学出版社2008年版。

② 方苞:《释秘演诗集序》,载《唐宋八大家文钞校注集评·庐陵文钞》(卷十七),三秦出版社1998年版。

③ 《林纾选评古文辞类纂》(卷二),浙江古籍出版社1986年版。

④ 朱宗洛:《释秘演诗集序》,载《唐宋八大家文钞校注集评·庐陵文钞》(卷十七),三秦出版社1998年版。

⑤ 孙琮:《释秘演诗集序》,载《唐宋八大家文钞校注集评·庐陵文钞》(卷十七),三秦出版社1998年版。

⑥ 欧阳修:《祭杜祁公文》,载《欧阳修全集》(卷五十),中华书局2001年版。“写恨”、“写哀”,即倾诉遗恨(遗憾)、抒发哀伤之情。文中所说“写恨”、“写哀”,当指作祭文而言。《祭尹师鲁文》即言“寓辞千里,侑此一樽”,《祭尹子渐文》亦言“往莫及兮难追,哀以辞而永送”。

⑦ 欧阳修:《祭吴大资文》,载《欧阳修全集》(卷五十),中华书局2001年版。

⑧ 欧阳修:《祭尹师鲁文》,载《欧阳修全集》(卷四十九),中华书局2001年版。

⑨ 浦起龙:《祭资政范公文评语》,载《唐宋八大家文钞校注集评·庐陵文钞》(卷三十一),中华书局2001年版。

文》，开篇即言：“嗟乎师鲁！辩足以穷万物，而不能当一狱吏；志可以狭四海，而无所措其一身。穷山之崖，野水之滨，猿猱之窟，麋鹿之群，犹不容于其间兮，遂即万鬼而为邻。”此亦就师鲁蒙冤摈斥而死之“大节”致哀泄愤。“嗟乎”以后两句均用“而”字转折，说出师鲁志高才大与他连遭贬斥终至于死之间巨大的落差，本身就在抒发悲愤之感。后一长句连用四短句铺陈、排比，强调其生无容身之地、不得不死的遭遇，更是直言其哀，直言其愤，哀愤中带有怨恨和不平。《祭苏子美文》首四句：“哀哀子美，命止斯耶？小人之幸，君子之嗟。”作者言此，分明是将久蓄胸中的大悲大哀、积恨积愤喷吐而出。而《祭谢希深文》说：“始修将行，期公饯我；今其去也，来奠公觞。兹言悲矣，公其闻乎？抑不闻也？徒有泪而浪浪。”《祭蔡端明文》说：“闽负南海，齐临东海，使修不得躬一身之奠，写长恸之哀，此其为恨，又可涯哉？”可谓直言其哀、直言其恨之显例。而如《祭谢希深文》说“况于吾徒，师友之分，情亲义笃，其何可忘”，《祭尹师鲁文》说“惟其师友之益、平生之旧，情之难忘，言不可究”，自是直抒情怀。至于自道悲不自禁、“写恨临风”、涕泪俱下的话就更多。

(2)感念畴昔而生哀、叙说往事以寄恨。欧阳修《祭石曼卿文》曾说：“感念畴昔，悲凉凄怆，不觉临风而陨涕。”其祭文所言哀、恨，多因其“感念畴昔”而生。林纾说：“欧文之多神韵，盖得一追字诀。追者，追怀往事也。……抚今追昔，俯仰沉吟，有令人涵泳不能自已者。”[①]又说：“欧之长在感叹往事，能写其真。”[②]林纾所言，完全适用于欧阳修“其情深至”的祭文。只是祭文中追忆、感叹之往事，多为作者与死者共同经历之往事，所谓叙说往事，亦非原原本本、一五一十地细道其详，而是从有利于诉哀写恨出发，有选择地概言其事，纳其事于抒情之中。《祭谢希深文》“景祐之初”一段，从景祐初年二人书信交往说到谢绛去世，特别说到南阳聚会的愉悦感受，而结以“罢县无归，来客公邦。……不见五日，而入哭其堂”。既是印证“况于吾徒，师友之分，情亲义笃，其何可忘”，也有以乐写悲之意。《祭梅圣俞文》“昔始见子，伊川之上”一段，全用“余”、“子”对比方式概说二人经历，自然引出二人性格、心态、身体状况对比的文字，所谓“谓子仁人，自宜多寿；余譬膏火，煎熬岂久”。一番渲染，再说出“事今反此”(指梅氏先逝)的无情事实，带出大段抒情文字，所谓“念昔河南，同时一辈，零落之余，惟予子在。子又去我，余存兀然”云云。祭文结尾说“惟声与泪，独出余臆”，如果说欧阳修在祭奠死者时把感念畴昔的悲哀变作了哭声和眼泪，那么在作文时则将叙说往事作为引发悲哀、诉说悲哀的重要手段。《祭尹子渐文》首段借对善人寿夭祸福的议论，寄托作者对死者善而夭的悲惜之情。末段痛呼“嗟乎子渐，吾独有恨”，即借叙说往事以寄恨。一说：“我不见子，于今几时？自子得怀，始有见期。子不能来，我欲亟往。子今安归，我往何访？”一说：“昔我在朝，谏官侍从，职当荐贤，知子不贡。朋党谗讽。两相知而以心，谓尺书之不用。遂声音之永隔，哭不闻而徒恸。”都是用悔不当初的语气叙说往事以言恨，以衬写失友之痛。《祭蔡端明文》借慨叹死者盛衰、生死之事而言哀，则在议论中概叙其事以作对比，紧接言“衰”之后极道作者之悲哀。而说作者之悲，又层层递进，以作渲染。所谓“呜呼，又何其不幸也！此行路之人闻之，皆为之流涕，况于亲戚、朋友乎！况如修者，与公之游最久而相知之最深者乎”。从上举数例可以看出，欧阳修感念畴昔以言哀写恨，从来不像曹操作《祀故太尉桥玄文》那样采用死者“临时戏笑之言”，叙说往事也绝不像韩愈作《祭河南张员外文》那样把共同经历写得完整、细致、生动，而是仅取便于寄恨诉哀之事而用之。

(3)用告慰方式抒发哀痛之情。欧阳修祭文，往往言哀言恨，情辞动人，但也常用旷达之语告慰死者，仿佛劝其勿悲勿恨，实则通过这些表达的是作者对死者的透骨相思和不能已矣的悲伤之情。《祭谢希深文》说：“呜呼谢公！年不得中寿，而位止于郎。惟其殁也，哭者为之哀，……嗟夫！为善之效，得此而已，庸何伤！富贵偶也，寿夭数也，奚较其少多而短长！若公之有……既久而愈彰。此吾徒可以无大恨，而君子谓公为不亡。”可见其告慰死者，实即安慰生者(包括作者)，说的是悲痛之极的自慰之语。《祭资政范公文》末云：“自公云亡，谤不待辨。愈久愈明，由今可见。始屈终伸，公其无恨。”劝

① 林纾：《河南府司录张君墓表》，载《林纾选评古文辞类纂》(卷八)，浙江古籍出版社1986年版。

② 林纾：《项脊轩记》，载《林纾选评古文辞类纂》(卷九)，浙江古籍出版社1986年版。

范公"无恨",也是在说自己应当"无恨"。既要"无恨",说明"有恨"甚深、甚久,难以排遣,可见告慰死者仍是在言"恨"。就像《祭尹师鲁文》谓"自子云逝,善人宜哀;子能自达,予又何悲"一样,说"予又何悲",不等于师鲁遭遇并不可悲而作者无悲可诉,而是换了一种方式说自己的悲愤难禁。

欧阳修祭文中借告慰死者以写哀而益增其哀的名篇,是《祭丁学士文》和《祭石曼卿文》。前篇有谓"何以慰子?聊为此言","此言"实为对死者"大节"(因端州失手而带来的不公平待遇)咏叹式的重新评价。意谓生前夺职、遭人毁谤大不必忧,理由有三:①善恶不能相容,凭"子之美才,纯行懿德",称君于朝者自为"当世有识(之士)",恶君毁君者其人如何,可以想见。何必与小人者流计较。②毁善之言,本不足惧。孔子、孟子生前受侮被谤,死后却位尊名显;奸愚之辈,经营一世,却"生则狐鼠,死为狗彘"。生前被毁并不可惜,反而可乐。③屈原生前"遭罹于放斥",死后却"功显而名彰","至今独吊乎沅、湘"。如此看来,"则彼谗人之致力,乃借誉而揄扬"。小人毁君,助君成名,君亦何忧之有?显然,欧阳修是在用旷达之语安慰死者,说的是大道理,讲的是圣贤事,以此开导死者,实乃虚拟其美、强宽其心,终究改变不了死者生前受侮被谤、横遭贬黜的事实,故愈言其"被毁可乐"、"因毁得名"[①],愈显出欧阳修的悲愤和不平。

《祭石曼卿文》作于石延年逝世二十六年之后。祭文三呼曼卿作告慰语:一说人虽与万物一样有生有死,但有名可传不朽,且"自古圣贤莫不皆然"。意谓曼卿死后名传不朽,似不必大悲。二说曼卿生前卓然不凡,死后本应化作金玉之精,或生千尺长松,或长九茎灵芝,如今却墓地荒凉,令人悲怆。想到千万年后景象更为凄凉,愈发悲不胜悲;但思及自古以来圣贤的遭遇都是这样,似又不必生悲。三说自己本来知道盛衰之理就是这样,不应悲伤,但感念畴昔却悲凉凄怆,终不能忘情。作者用死不足悲的道理开导死者、安慰死者,同时也聊以自慰,行文却是语语含悲,句句言哀,而以自己临风陨涕、悲不自禁作结。加上说理抒怀有抑扬跌宕之妙,句式长短随气旋转而成,曼声逸调皆作悲苦之音,一韵到底,情致缠绵凄恻,其文直可视为具有古文神韵的悼亡诗。

(4)采用慨叹味浓的虚词和因应情感哀愤的句式抒发胸臆。欧阳修作祭文,充分把握住了它作为告语体的特点,通篇文章就像他面对死者亲切谈话的记录。祭长辈或位高于己者,自称曰"予",称彼曰"公",以见庄重;祭亡友者,彼此必称"子"、"吾(或'予',或'余')",以显亲近。文中不乏"予、子"连举之语,更多有"吾"动情呼唤对方之辞。如《祭资政范公文》四呼"呜呼公乎",《祭吴尚书文》两呼"呜呼公乎",《祭谢希深文》两呼"呜呼谢公",《祭石曼卿文》四呼"呜呼曼卿",《祭丁学士文》两呼"呜呼元珍",《祭尹师鲁文》三呼"嗟乎师鲁",《祭苏子美文》两呼"哀哀子美",都是选用慨叹(中含哀恨或哀愤)意味极浓的虚词呼唤死者,固然每一呼唤于行文都有领起段落的作用,但更重要的是以此表达作者对亡友的悲悯和透骨相思的感情。祭文以抒情为主,出语当气盛言宜。欧阳修"其情深至"的祭文,大都能做到词因情生、情见乎词,在这方面,选择恰当的句式写哀写恨显得十分突出。

前已言及,祭文有正体、变体之分,正体为四言韵文,变体则句不论长短,也不强求用韵。欧阳修正体祭文有全为四言韵文者(如《祭程相公文》、《祭梅圣俞文》),亦有突破四言句式而偶用少于和多于四言之句,而被称为"韵语中长短错综"[②]者(如《祭谢希深文》、《祭资政范公文》);亦有大部皆为四言韵文而小部为六言、七言韵语者(如《祭丁学士文》),之所以突破,自是出于抒情、达意的需要。需要指出的是,正体祭文虽尽用四言押韵,往往诸多短句语意连贯而下,看似各句独立,实为一长句分解而成。如《祭苏子美文》"子之心胸,蟠屈龙蛇,风云变化,雨雹交加,忽然挥斧,霹雳轰车。……而四顾百里,山川草木,开发萌芽。子于文章,雄豪放肆,有如此者,吁可怪耶"。此为因应情感变化、文气流走而四言为句。作者写时一气呵成,读者读时亦宜因声以求气,连读以领会作者情感的起伏变化。

变体祭文则句之长短、音之高下皆因气而行、循情而生,因为用韵能增强抒情效果,故其篇篇用韵。欧阳修选择句式写哀写恨,有两点很突出:①除选用"夫"、"乎"、"欤"、"哉"、"兮"等强化语气的虚

---

① 孙琮论《祭丁学士文》说:"不说元珍被毁可惜,反说元珍被毁可乐;不说元珍因毁丧名,反说元珍因毁得名。议论雄辩豪放,通篇一意到底。"引自《唐宋八大家文钞校注集评·庐陵文钞》(卷三十一),三秦出版社1998年版。

② 茅坤:《祭谢希深文》,载《唐宋八大家文钞校注集评·庐陵文钞》(卷三十一),三秦出版社1998年版。

词以造句外，还在许多句子中重复使用同一个虚字，以强调作者感受的深切、哀愤的沉重、激烈。如《祭尹师鲁文》6次用“而”造句，《祭石曼卿文》13次用“而”造句，《祭吴尚书文》11次用“而”造句，且“而”字多取其转折意，致使有些句子意思转而又转（如《祭石曼卿文》说“而人之从其游者，皆知曼卿落落可奇，而不知其才之有以用也”）。显然，如此造句是为了恰到好处地表达作者哀愤交集、感慨不已乃至愤然不平的心情。又《祭吴尚书文》不但造句大量重复使用“而”字，并且9次重复使用“也”字作为韵脚。“也”可以表达曼长、低沉、柔弱语气，在祭文中作为韵脚反复出现，自会增强抒情气氛，特别是增强写哀写恨的表现力和感染力。徐文昭即谓“通篇用‘也’字为韵，而感慨世道处更使人不堪多读”①。张伯行亦谓“情见乎词，令人阅之亦怆然有感”②。②写哀写愤除用反诘句、疑问句凸显其强度外，还有意用若干短句组成的容量很大的长句渲染、形容某种景象或述说某些事实，以表现作者感慨之深或赞美死者品格（赞美死者也是在写哀写恨）。前者如《祭石曼卿文》说“奈何荒烟野蔓，荆棘纵横，风凄露下，走燐飞萤，但见牧童樵叟歌吟而上下，与夫惊禽骇兽悲鸣踯躅而咿嘤”，便是用长句铺陈形容以凸显坟地之荒凉，而表现作者的感伤情绪。后者如《祭尹师鲁文》说“方其奔颠斥逐，困厄艰屯，举世皆冤，而语言未尝以自及；以穷至死，而妻子不见其悲忻。……至其握手为诀，隐几待终，颜色不变，笑言从容。死生之间，既已能通于性命；忧患之至，宜其不累于心胸”，便是用诸多短句组成的长句概叙其事，以赞美师鲁深于“学”所达到的人生境界之高，而力赞其高无疑对慨叹其摈斥而死有衬托作用。

四、欧阳修“情至之作”修辞艺术对古文美学意义的提升

从以上论述可以看出，欧阳修三种文体的“情至之作”，在修辞艺术暨书写策略、方法上有一些共同的特点：以写人为主，以写哀写恨为主；写人抒怀以追念往事、感念畴昔为主；追念往事，以作者与死者交游之事为主；感叹死者往事以沉吟“大节”为主；往复慨叹，俯仰今昔，且多作呜咽唏嘘之语；多用虚词尤其喜爱重复使用同一虚词造句以写哀愤；好用感叹句、反诘句、疑问句以致慨；句子长短错综、语词音调抑扬，以求气盛言宜、情见乎词。

其实，欧阳修三种文体“情至之作”的修辞艺术暨书写策略、方法，有些也用在赠序、杂记、书牍等古文文体的写作中。特别是动辄“呜呼”、好作慨叹，还常常被用在史书志论、传论等历史散文的写作中。不过，此类古文或散文虽然含有一些抒情成分，毕竟是以议论或叙事为主，即使抒发感慨、吐露真情，但其慨叹内容、情感性质也与上述“情至之作”的特点大不一样。事实上，正是这个“大不一样”，使得欧阳修对古文美学意义的提升做出了大的贡献。贡献大致表现在四个方面：

（1）在坚持文以明道的同时，赋予古文记人和表现作者人生感受的功能，既扩大了古文的表现范围，也丰富了古文的美学内涵。由于所记之人多为贤而不遇且早夭者，而抒发的感受多表现为出自作者悲悯之心的哀恨、怨愤之情和不平之慨，便使得此类古文具有很强的人文关怀意识。文中记事对死者“大节”的确定及对“要者一两事”的选择，对死者人生遭遇的评价及对其品格、才能、成就的褒扬，无一不涉及本于儒学的人生价值观，体现特有的人文精神。本来，道不远人，就渗透在人们相生相养、生老病死的日常生活中。文以明道离不开对具体人、事的叙说，韩愈、柳宗元的诸多古文就是即具体人、事以明道的。欧阳修用不同文体的古文为贤而不遇且早夭的特殊人群记述大节、写哀写恨以告慰其心，从大处看是在明道，具体说则是在宣扬珍重生命、珍惜人才、珍爱人生的人文精神。可以说，欧阳修“情至之作”的大量出现，是继韩愈、柳宗元之后对古文明道空间的再一次拓展。其文通过对生命和人生的关注，将一种新的人文精神注入古文艺术精神之中，自会带来古文美学意义的提升。

（2）写哀写恨，增强了古文的抒情性和以情动人的魅力。虽然韩愈、柳宗元不乏以情动人的古文，但由于他们在理论上高喊文以明道，且有不少以说理见长的明道名篇，故在一般人眼中，抒情并不是

① 徐文昭：《祭吴尚书文》，载《唐宋八大家文钞校注集评·庐陵我钞》（卷三十一），三秦出版社1998年版。

② 张伯行：《祭吴尚书文》，载《唐宋八大家文钞校注集评·庐陵文钞》（卷三十一），三秦出版社1998年版。

古文的特有功能,至多运气慨叹而已。欧阳修三种文体的"情至之作",或写"平生之旧、朋友之恩与其可哀者",以"伸朋旧之私、永诀之情";或写"余之思"、"吾独有恨"之"恨"、写"恨临风"之"恨"及"寄哀一奠"之"哀";或写死者"公其无恨"之"恨"、"衔恨无穷"之"恨",总之哀、恨满纸,抒情性强。加上作者往复慨叹、俯仰情深,或出语呜咽唏嘘,"无一句一字不自肺腑中流出"[①],甚至"字字泪,随笔堕"[②],致使"文情浓至,音节悲哀,不忍多读"[③],或谓"凄清逸调,读之令人悲酸"[④]。欧阳修"情至之作"动人心魄的魅力,对后世古文家文论观的形成有重大影响,方苞就曾拿欧阳修为武恭王公、杜祁公写的墓碑文和为黄梦升、张子野写的墓志铭作比较,说"在文言文,虽功德之崇,不若情辞之动人心目也"[⑤],公开承认古文中的"情至之作"因为饱含情感要比单纯记述功德(尽管伟大、崇高)动人得多。后来古文家论文,论及构成古文文学性及艺术美的必备要素时,逐渐把"情"视为与"气"同等重要的因素。沈昌植就说:"文之要件,更有四焉,曰理,曰法,曰气,曰情";"故天下无论何人,人人可造之使为文,惟无情者不得与焉"。[⑥]

(3)带来古文新的审美风范和个性特征。大凡古文中以说理为主的明道之作,多以气势胜,雄健奔放,具有阳刚之美;欧阳修"其情深至"的古文,则以情韵胜,由于所记之人多为贤而不遇且早夭者,所写之情多为哀恨怨愤之情,且与其悲声浊泪一样"独出余臆",这样就带来古文审美风范的两个特点:即以悲为美和情感充满个性色彩。以悲为美不但决定其文所写情感唯悲、哀、怨、愤是取,尽显缠绵凄婉之美;而且还要求有相应的书写方式和修辞手段。欧阳修抒发哀恨惯用的手法是往复慨叹、抑扬顿折、低回婉转,多用虚词以写其哀,这样就带来了作者的"神态出",带来了他的"风神无限"[⑦]。从此,古文之美便有了一种新的审美风范——"六一风神"。

古文中的明道之作多半都有个性特征,其个性特征多表现在识见新颖、神气各异、自具法度、风格不一上。欧阳修"其情深至"的古文,其个性特征主要表现在情感的个性化,即这种情感只有他才会有,或只有他才能感受到,真挚、深切,自不用说。由于它是"吾独有恨"之"恨"、"寄哀一奠"之"哀",同属"写怀平生"、"有怀莫究"之"怀",故又有其私密性。简而言之,欧阳修"情至之作",即所谓用个人语调表现其个人内心真实世界的文字。和堂而皇之的明道之作相比,既有主题的更换,也有题材的转移,还有美学意义的嬗变,更有修辞艺术的创新。无疑,此举大大丰富了作为应用文的墓碑文、诗文集序和祭文的文学性,为开创古文艺术美提供了有用的经验。

(4)形成了一种言哀写恨的模式。从欧阳修诸多"情至之作"的书写方式和修辞特点可以看出,他写作此类古文,是有一些习惯性做法的。和《与高司谏书》声色俱厉,直斥其过,乃至戟手怒骂,迥然不同,欧阳修写恨言哀甚至泄愤以鸣不平,亦不作疾呼、激愤之语,也极少使用倾泻无遗的方式,或刻意追求淋漓尽致的抒情效果。而是语气优柔、平和,或感念畴昔,追忆往事,往复慨叹;或预设烟波,抑扬顿折,迂回道来;或强作旷达,以不悲写悲,用告慰语写长恸之哀。此类手法常为后人所用,以至袭为格套,被文论家称为"俗调"。其实,欧阳修致力于应用文的改造,将诗歌必备的情感质素植入古文中,借鉴《史记》表论、传赞慨叹以得风神的表现艺术,以提升古文的美学意义和增强其文学性、艺术美,是受韩愈的启发而有创造性的发展。开拓之功,不可低估。后学之弊,似不应由欧阳修负责。

---

① 王文濡:《祭梅圣俞文评语》,载《唐宋八大家文钞校注集评·庐陵文钞》(卷三十一),三秦出版社1998年版。

② 徐文昭:《祭石曼卿文》,载《唐宋八大家文钞校注集评·庐陵文钞》(卷三十一),三秦出版社1998年版。

③ 林云铭:《祭梅圣俞文》,载《唐宋八大家文钞校注集评·庐陵文钞》(卷三十一),三秦出版社1998年版。

④ 过珙:《祭梅圣俞文》,载《唐宋八大家文钞校注集评·庐陵文钞》(卷三十一),三秦出版社1998年版。

⑤ 方苞:《与程若韩书》,载《方苞集》(卷六),上海古籍出版社1983年版。

⑥ 沈昌植:《报唐湛声书》,载贾文昭:《中国近代文论类编》,黄山书社1991年版,第16页。

⑦ 陈衍早就注意到欧阳修文章风神之美与其抒慨手法的关系,谓"一波三折,将实事于虚空中摩荡盘旋,此欧公平生擅长之技,所谓风神也"(《石遗室论文》卷五)。

熙宁、元丰文化生态与“西汉文风”之流衍

——北宋翰林学士制诰诏令的承变

陈元锋

（山东师范大学）

内容摘要：熙宁、元丰制诏文写作最重要的变化是崇尚“西汉文风”，西汉风格进一步代替了宋初以来所推崇的“燕许轨范”与“元和、长庆风格”。神宗朝上层统治集团对西汉政治、学术与文章高度崇尚与接受；嘉祐以来科举渐重策论，熙宁中以策论与经义取代诗赋，制科考试则专考策论；文学复古精神传承演进。在上述特定的文化生态下，两制词臣也转而从三代两汉之文中进一步开拓资源，西汉贾谊政论、董仲舒对策以及“西汉制诏”由此成为新的文章典范，为宋文风格带来深刻的变化。徽宗大观年间，林虙编成的《西汉诏令》，则是北宋文坛推崇“西汉文风”的重要成果。

关键词：熙宁　元丰　文化生态　西汉文风　制诏

熙宁、元丰时期翰林学士兼直院共35人，除了李定、舒亶外，均为仁宗朝进士或荫补入仕者，多是在欧阳修为文坛领袖的文学复古革新的环境中涌现出来的文学新进，一般来说，都受过良好的教育，颇多诗赋文章都极为出色的写作高手。他们相继进入英宗、神宗以及哲宗朝翰苑任职，自觉延续和发扬了庆历、嘉祐文风。同时值得注意的是，熙宁、元丰之际，在由政治、科举、职官、地域、家族文化所构成的背景下，文坛极力崇尚西汉文风，翰林学士的制诰诏令写作也从西汉文章中获得新资源，以贾谊、董仲舒为代表的政论、策论与西汉诏令被奉为圭臬，西汉风格遂代替了苏颋、张悦、元稹、白居易诸人的唐体。西汉文风在北宋中后期文坛的流衍，改变了宋初以来北方文士（柳开、王禹偁及穆修、尹洙等）所一直坚持的宗法韩愈、柳宗元的复古趋尚。

一

制诏应用文作为“王言之体”的官方文件，在文体范式上，五代宋初以来一直标榜以张说、苏颋为代表的“燕许轨范”以及以元稹、白居易、常衮、杨炎、陆贽为标志的“贞元、元和风格”。太宗朝，王禹偁在词臣中率先倡导“篇章取李杜，讲贯本姬孔。古文阅韩柳，时策闻晁董”[①]的复古主张，但其制诰写作仍以元稹、白居易、陆贽等两制词臣为蓝本，尤喜标榜“元和、长庆风格”[②]。真宗朝，杨亿、刘筠昆体以其典雅博赡的风格和谨守“四字六字律令”的体式成为宋四六之轨范。仁宗朝，欧阳修“以文体为对属”[③]，始变唐体。“本朝杨、刘诸名公犹未变唐体，至欧、苏始以博学富文为大篇长句，叙事达意无艰难牵强之态，而王荆公尤深厚尔雅，俪语之工昔所未有。”[④]这表明，北宋文坛三位成就最高的古文家欧阳

① 王禹偁：《寄题陕府南溪兼简孙何兄弟》，载《全宋诗》（第2册），北京大学出版社1998年版，第656页。

② 陈元锋：《北宋文坛对“元和长庆风格”之接受及其意义》，载《山东师范大学学报》2011年第5期。

③ 陈师道：《后山诗话》，载何文焕辑：《历代诗话》，中华书局1981年版，第310页。

④ 陈振孙：《直斋书录解题》卷一八《浮溪集》，上海古籍出版社1982年版，第526页。

修、苏轼、王安石，同时也是最出色的翰林学士，他们成功地改造了四六制诏文，或者说，后者正是前者(古文)带来的积极成果。

熙宁、元丰之际，制诏文写作发生的最重要的变化是崇尚“西汉文风”，西汉风格进一步代替了苏颋、张悦、元稹、白居易诸人的唐体，此风其实肇端于庆历、嘉祐以来的文章革新运动。欧阳修称赞谢绛说：“三代已来，文章盛者称西汉，公于制诰尤得其体，世所谓常、杨、元、白不足多也。”①其子谢景平也承其家风：“东山子弟家风在，西汉文章笔力豪。”②南宋王十朋在《策问》中评价说：“我国朝四叶文章最盛，议者皆归功于仁祖文德之治，与大宗伯欧阳公救弊之功，沉浸至今，文益粹美，远出于贞元、元和之上，而进乎成周之郁郁矣。”③北宋百年文学复古的历程，滥觞于天圣、庆历，大盛于嘉祐，在这一进程中，欧阳修及其追随者既继承韩愈，又超越贞元、元和而直追西汉，而且，这一追汉越唐的文学进程并没有因熙宁、元丰中政治风波的影响戛然而止，而是余风未已，波澜犹盛，西汉文风在文坛形成新的文学景象。

二

西汉文风在熙宁、元丰文坛进一步确立，首先源自从上层统治集团在文化制度与文章写作等层面对西汉的高度崇尚与接受。

熙宁政坛与文坛领袖王安石以及神宗皇帝即是西汉文风的倡导者。王安石主张取消诗赋取士制度的思想即汲取了汉代的政治文化资源。他曾主张取士之道“宜如汉左雄所议，诸生试家法，文吏课笺奏”。据《后汉书》卷七四《胡广传》载：“左雄议改察举之制，限年四十以上儒者试经学，文吏试章奏。”又云：“尚书令左雄议郡举孝廉皆限年四十以上诸生试章句，文吏试笺奏。”王安石认为以今准古，今之进士即古之文吏，“策进士则但以章句声病，苟尚文辞，类皆小能者为之；策经学者徒以记问为能，不责大义，类皆蒙鄙者能之”④，因此，宜效仿左雄建议，重点测试章表笺奏等实用文体，这体现了他一以贯之的重经术与尚实用的政治学术思想。

神宗亦特别措意于西汉一代政治与文章。词臣制诏文体以西汉、三代为经典而非以唐文为规范，最权威性的话语即来自神宗皇帝。最典型的例子是司马光固辞翰林学士的任命，史载：“上面谕光曰：‘古之君子或学而不文，或文而不学，惟董仲舒、扬雄兼之。卿有文学尚何辞？’光曰：‘臣不能为四六。’上曰：‘如两汉制诏可也。’光曰：‘本朝事不可。’上曰：‘卿能举进士高等，而不能为四六，何也？’”⑤司马光以“不能为四六”辞学士之职，显然是托词。自唐以来，制诰率以四六骈文为之，但神宗却允许变通，不过前提是“两汉制诏”。事实上，司马光文章确实被苏轼称赞为“文辞醇深，有西汉风”⑥；王安石有类似的评价，熙宁四年(1071)，司马光为吕诲作墓志铭，“安石得之，挂壁间，谓其门下士曰：‘君实之文，西汉之文也。’”⑦神宗屡屡与词臣讨论“西汉之文”，比如与张方平询问古今制诰：

> 上好文章，从容问及古今制诰优劣，公曰：“王言以简重为体，西汉制诰典雅深厚，辞约而意尽，故前史以为汉之文章与三代同风，以其与训诰近也。臣才学空疏，愧无以发明圣意，亦庶几取其尔雅而已。”⑧

---

① 欧阳修：《尚书兵部员外郎知制诰谢公墓志铭》，载《欧阳修诗文集校笺》，上海古籍出版社 2009 年版，第 716 页。

② 欧阳修：《谢景平挽词》，载《欧阳修诗文集校笺》，上海古籍出版社 2009 年版，第 468 页。

③ 王十朋：《策问》三，载《全宋文》(第 209 册)，上海辞书出版社 2006 年版，第 45 页。

④ 王安石：《取材》，载《王荆公文集笺注》(卷三二)，巴蜀书社 2005 年版，第 1109 页。

⑤ 《长编》卷二百九“治平四年闰三月甲辰”，上海古籍出版社 2004 年版，第 5088 页。

⑥ 苏轼：《司马温公行状》，载《苏轼文集》(卷一六)，中华书局 1986 年版，第 475 页。

⑦ 苏轼：《司马温公年谱》引《言行录》，载《司马温公集编年笺注》(第六册)，中华书局 1986 年版，第 340 页。

⑧ 王巩：《张方平行状》，载《张方平集》序录，中州古籍出版社 1992 年版，第 804 页。

后来神宗亲赐张方平手札说："卿文章典雅，焕然有三代之风，书之则典诰，无以加焉，西汉所不及也。"所谓"不及"，实是取法的基准与超越的目标。神宗又对李清臣说："前人文章，自汉以来，不复师经。唐一韩愈，名好古，亦不过学汉文章耳。"①可见，神宗与当时宰执、学士取法西汉的文化取向何其一致。

地域与家族文化中的文化取向则显示了西汉文风的影响所达到的广度。苏轼在元丰元年(1078)所作《眉州远景楼记》中记载蜀中学风与文风说："始朝廷以声律取士，而天圣以前学者犹袭五代文弊，独吾州之士通经学古，以西汉文辞为宗师。方是时，四方指以为迂阔，至于郡县胥史皆挟经载笔，应对进退，有足观者。"②只不过至熙宁、元丰之间，蜀中的这一"迂阔"风气已渐成"时风"。又如《宋史》论及江西刘敞、刘攽、刘奉世及曾巩、曾肇之家学说："宋之中叶，文学法理，咸精其能，若刘氏、曾氏之家学，盖有两汉之风焉。"③此数人多与欧阳修、苏轼同道。有意味的是：①上述文化地域与家庭均出于南方，后世所"规定"的北宋六大古文家，蜀中与江西恰恰各占其半；②上述六家除苏洵外，均曾任中书舍人与翰林学士，且均进入治平至熙宁、元丰文坛(苏洵卒于治平三年)。因此，嘉祐、熙宁、元丰以来，从地域家族、职官制度、师友传承等诸多渠道，都极大地扩大了西汉文风的影响。

三

嘉祐以来科举渐重策论，熙宁中进一步以策论与经义取代诗赋，制科亦专考策论，构成熙宁、元丰文坛推崇西汉文风的另一重要文化背景。

与唐人推尊西汉文章不同的是，北宋文坛对西汉文风的典范选择，并非史家巨擘太史公司马迁及辞赋家司马相如、扬雄，④而是政论与策问名家贾谊与董仲舒，这正契合其时文体变革的需要，具体而言，即指科场中的策论文与翰苑中的制诏文；在语言风格上，则泛指与骈体四六相对、自由质朴的散体文。

由于科场应试的需求，贾谊政论、董仲舒对策成为文章典范。晁说之《元符三年应诏封事》指出：

> 国家之初，尚诗赋，而士各精于诗赋，如宋祁、杨真、范镇各擅体制，至于夷狄犹诵之。自嘉祐以来尚论策，而士各力于论策，乃得苏轼、曾巩辈，至今识者各仰之。⑤

对宋代制科与贤良进卷做过系列研究的朱刚指出，策论成为嘉祐以后北宋士大夫文学最核心的文体，甚至可以看作是宋代士大夫文学的典范，参加制科考试者需提交贤良进卷即策论50篇、秘阁六论及御试对策。⑥ 这一做法不仅延续了汉代的贤良对策制度，同时也使西汉文章成为取法的路径，从而为宋文风格带来深刻的变化。

元丰中翰林学士张方平、孙洙、李清臣及元祐翰林学士苏氏昆仲均曾著贤良进卷而应制科试，其与西汉文风都有颇深的渊源。

张方平(1007—1091)三入翰苑，自庆历至熙宁间，"典册告命，多出公手"⑦，得到仁宗、英宗、神宗的高度信任和评价，仁宗曾书"文儒"二字以赐之，英宗早闻其名，曾对执政说："吾在藩邸时，见其《刍荛论》及所对策，近者代言之臣，未尝副吾意，若使居典诰之任，亦国华也。"《刍荛论》50篇是方平景祐中所著策论，并以此中贤良方正科优等。他推崇西汉制诰文章(见上节)，也非常看重自己所撰内外制

---

① 晁补之：《资政殿大学士李公行状》，载《全宋文》(卷2741)，上海辞书出版社2006年版，第64页。

② 苏轼：《眉州远景楼记》，载《苏轼文集》(卷一一)，中华书局1986年版，第352页。

③ 《欧阳修、刘敞、曾巩传论》，载《宋史》(卷三一九)，中华书局1977年版，第10396页。

④ 参阅韩愈《进学解》、柳宗元《柳宗直西汉文类序》及《答韦中立论师道书》等文。

⑤ 晁说之：《全宋文》(第129册)，上海辞书出版社2006年版，第387页。

⑥ 朱刚：《北宋贤良进卷考论》，载《中华文史论丛》2009年第1期。

⑦ 刘挚：《张文定玉堂集序》，载《张方平集》序录，中州古籍出版社1992年版，第779页。

词命，曾请刘挚为其《玉堂集》作序，其《谢刘莘老寄玉堂集序》云："某在仁宗朝庆历初知制诰时，夏戎绎骚，兵难连岁不解，奉使谋帅多出西垣，迁除更践，鲜得安其职者。某白于朝，请得专典词命，执政者亦欲见留，故丝纶之地演润独多，历二年召入翰林充学士……英宗治平中复召充学士承旨，辞不得命，又还内禁，居玉堂东阁。自惟孤陋，三入承明之庐。暇日阅两禁词册，因俾两院史翻录前后所当内外制、告、命、令、书、诏及禁中诸词语类，次为二十卷，虽思致荒淫，不足为文章风体，然国家典册号令，至于史牍所载，亦有以美教化、厚风俗、示劝戒者，非徒为之空文而已也。"①

孙洙(1031—1080)元丰元年(1078)兼直学士院，元丰三年(1080)十一月入为翰林学士，逾月而感疾，次年五月卒。他于治平中因名公推荐而参加制科试，以策论文而获"今之贾谊"之称。李清臣《孙学士洙墓志铭》载："诏以六科举士，包文肃公拯、欧阳文忠公修、吴孝肃公奎皆荐公可备亲策，所奏《论说》五十篇，善言祖宗事，指切治体，推往较今，分辨得失，抑扬条鬯，读之令人感动叹息，一时传写摹印，目曰《经纬集》。韩忠献公曰：'恸哭泣涕论天下事，此今之贾谊也。'"②惜其策论 50 篇今已不存。

李清臣(1032—1102)元丰三年到五年(1080—1082)在翰林苑。据其门人晁补之《资政殿大学士李公行状》载，清臣为晋州和川令时，朝廷方崇制举，转运使何郯读其文稿后，以材识兼茂、明于体用科荐于欧阳修，"欧阳修见其文，大奇之曰：'苏轼之流也。'"治平二年，试秘阁第一，考官韩维赞叹说："李清臣有荀卿氏笔力。"③欧阳修、韩愈所赞皆为其应制举时所作策论文。

李清臣与孙洙二人在熙宁、元丰词臣中最为神宗信任和倚重，眷顾异常。二人同时为当代名公赏识荐举，因参加制举考试而成名，清臣为海州通判时，"直舍人院孙洙出守海州，(清臣)与洙同制科，一时觞咏传淮海，为盛事"④。据考证，孙洙、李清臣二人曾与苏氏昆仲同时参加嘉祐六年(1061)制科试，只因宰相韩琦提醒说："二苏在此，而诸人亦敢与之较试，何也?"⑤从而导致大多数人退出，孙洙、李清臣大概也因避二苏风头而选择了放弃，而后参加了治平二年的制科考试，但二人写作策论应与苏轼同时，三人也因此以文学相知，唱和颇多。苏轼于嘉祐六年应制科试入三等，其《台头寺雨中送李邦直赴史馆分韵得忆字、人字兼寄孙巨源二首》之二云："珥笔西归近紫宸，太平典册不缘麟。付君此事宁论晋，载我当时旧过秦。门外想无千斛米，墓中知有百年人。看君两眼明如镜，休把春秋坐素臣。"⑥此诗作于熙宁十年，时清臣为国史院编修官，诗中"载我当时旧过秦"句，《苕溪渔隐丛话》前集卷三载"乌台诗案"时苏轼供述："某于仁宗朝曾进论二十五首，皆论往古得失。贾谊，汉文帝时人，追论秦之过失作《过秦论》，《史记》载之，某妄以贾谊自比，意欲李清臣于国史中载所进论。"苏轼希望《贾谊论》能被李清臣收入当代史册，非常看重其考论古今得失的价值。其元祐元年、二年两次为学士院馆职召试所拟试题均为策论，内容也均是以汉喻宋。这显示汉代文辞与学术实为苏轼文章的重要渊源。

科举常科与制科进卷重策论对嘉祐、熙宁以来古文的写作方式及文章风格，都有极深的影响。孙洙、李清臣、苏轼都是北宋文坛娴于策论的高手，策论文的写作训练也为他们其他应用文体的写作增加了新的艺术因素。如孙洙入翰林苑，被士大夫誉为"于词臣为第一"⑦。《宋史》评价他："博闻强识，明练典故，道古今事甚有条理，出语皆成章，虽对亲狎者未尝发一鄙语，文辞典丽，有西汉之风。"⑧朱刚析读李清臣的进卷，认为"可以非常直觉地感受到贾谊的气息"，他的铺张宏丽、酣畅饱满等特点，"若究其源流，也不外乎贾谊、韩愈的影响"。⑨ 他为知制诰时奉旨所撰《新建大理寺记》、《重修都城记》都

---

① 张方平：《谢刘莘老寄玉堂集序》，载《乐全集》(卷三四)，《张方平集》，中州古籍出版社 1992 年版，第 564 页。

② 李清臣：《孙学士洙墓志铭》，载《全宋文》(第 78 册)，上海辞书出版社 2006 年版，第 59—60 页。

③ 晁补之：《资政殿大学士李公行状》，载《全宋文》(第 127 册)，上海辞书出版社 2006 年版，第 60—68 页。

④ 晁补之：《资政殿大学士李公行状》，载《全宋文》(第 127 册)，上海辞书出版社 2006 年版，第 62 页。

⑤ 李廌：《师友谈记》，中华书局 2002 年版，第 22 页。

⑥ 苏轼：《台头寺雨中送李邦直赴史馆分韵得忆字、人字兼寄孙巨源二首》之二，载《苏轼诗集合注》(卷一五)，上海古籍出版社 2001 年版，第 737 页。

⑦ 李清臣：《孙学士洙墓志铭》，载《全宋文》(第 78 册)，上海辞书出版社 2006 年版，第 59—60 页。

⑧ 《孙洙传》，载《宋史》(卷三二一)，中华书局 1977 年版，第 10423 页。

⑨ 朱刚：《论李清臣贤良进卷》，载《第二届宋代文学国际学术研讨会论文集》，江苏教育出版社 2003 年版，第 695 页。

得到神宗激赏，前文“词灏噩奇甚”，神宗称其“文章逼近经诰”；后者“又变其体以进，辞尤宏放”，神宗赞其“自成一家”，因而感叹：“词臣难得，孙洙没后止此一人。”[①]李清臣以制举而迁擢，以文章获誉当代，他取法三代两汉，出入经史，著为文章，策论典诰，议论叙事，或古奥，或宏放，典丽宏富，辞非一体，可以说，他是最具三代两汉之风的古文大家，惜其在后代文学史中名位不显。至于苏轼，其早年即曾浸淫于蜀中“通经学古，以西汉文辞为宗师”文化风习中，他好贾谊、陆贽、《庄子》书，以贾谊自诩，并仿贾谊之文而作进论，其为策论，往往纵横雄俊，自出机杼，其制辞与欧阳修并称，“以博学富文为大篇长句，叙事达意无艰难牵强之态”[②]，又以“雄深秀伟”[③]的风格为人称道。宋孝宗更亲自为苏轼文集作序赞扬道：“跨唐越汉，自我师模。贾马豪奇，韩柳雅健。前哲典型，未足多羡。敬想高风，恨不同时。”[④]可谓推崇备至。

四

一种传统观念和习惯性的说法是，西汉之文上承三代，或称为三代之遗，故常以“三代两汉”连称。所谓“三代”之文主要是《尚书》之“诰谟体”，韩愈曾在《进学解》中以“周诰殷盘，诘屈聱牙”概括之。西汉是经史政论的发达和成熟时期，也是诏令奏议文的草创时期。在嘉祐以至熙宁、元丰文坛由于科举觭重策论的制度沿革背景下，西汉贾谊、董仲舒成为西汉文章的代表，苏辙为欧阳修所撰《神道碑》即说：“贾谊、董仲舒相继而起，则西汉之文后世莫能仿佛。”[⑤]他们的政论、对策由此成为北宋举子们心慕手追的对象。当精于策论的作者有机会进入中书舍人院与翰林学士院担任词臣时，策论文文备骈散的体制和以义理、议论见长的笔法，便容易浸染于制诰诏令、奏议表章等应用文的风格。在新古文运动的视域下，两制词臣的兴趣不再只专注于中唐、五代以来流行于学士院的白居易“白朴”[⑥]与《陆宣公奏议》之类范本，转而从三代两汉之文中开拓资源，于是，汉代西汉策论、诏令写作均被奉为圭臬。这一进程从仁宗朝延续到了熙宁、元丰时期，流风波及于徽宗大观年间，林虙编成《西汉诏令》十二卷，程俱、蒋瑎同时皆为作序，盛推西汉诏令之成就。林虙认为：“西汉接三代末流，训词深厚，文章尔雅，犹有浑浑灏灏噩噩之余风，下视晋、魏、周、齐、陈、隋，号令文采，卑陋甚矣。”[⑦]程俱评价说：

> 自五十八篇（按指《尚书》）而后，起衰周至五代之末，又千数百载间，其为诏令温醇简尽，而犹时有三代之遗法者，唯西汉为然。其进退美恶，不以溢言没其实，其申饬训戒皆至诚明白，节缓而思深。至丛脞大坏之余，其施置虽已不合古道、当人心，然犹陈义恳到，雍容而不迫。此其一代之文流风未泯，顾犹不可及，又况文实兼盛哉！[⑧]

直到一个多世纪后的南宋宁宗嘉定年间，楼昉编成《东汉诏令》，与《西汉诏令》并行，续成一代典章。大致与楼昉同时（嘉定十六年），洪咨夔汇编《两汉诏令》，称：“自典谟、训诰、誓命之书不作，两汉之制最为近古。”[⑨]可见西汉文风在南北宋文坛之余响相继，久远深长。

---

① 晁补之：《资政殿大学士李公行状》，载《全宋文》（第127册），上海辞书出版社2006年版，第60—68页。

② 陈振孙：《直斋书录解题》卷一八《浮溪集》，上海古籍出版社1982年版，第526页。

③ 李邴：《王初寮先生文集序》，载《全宋文》（第175册），上海辞书出版社2006年版，第57页。

④ 赵昚：《苏轼文集序》，载《苏轼文集》附录，中华书局1986年版，第2385页。

⑤ 苏辙：《欧阳文忠公神道碑》，载《栾城后集》（卷二三），《苏辙集》，中华书局1990年版，第1136页。

⑥ 参见元稹《酬乐天余思不尽加为六韵之作》诗及自注。

⑦ 林虙：《西汉诏令序》，载《全宋文》（第129册），上海辞书出版社2006年版，第165页。

⑧ 程俱：《西汉诏令序》，载《全宋文》（卷三三三六），上海辞书出版社2006年版，第260页。

⑨ 洪咨夔：《两汉诏令总论》，载《全宋文》（第307册），上海辞书出版社2006年版，第135页。

论苏轼散文中的司马光形象

关四平
（哈尔滨师范大学文学院）

内容摘要：在苏轼散文中，司马光是德才兼备的士人形象典范，司马光身上一系列人格闪光点，就是苏轼心目中仕林理想人格的构成要素。这可归结为三个层面：在为学层面上，是"书无所不通，文辞醇深"；在为人层面上，是"忠信孝友，恭俭正直"；在为官层面上，是"治国莫先于公"。苏轼散文中司马光形象的美质体现出古代仕林人格的审美价值，且对当代仕林人格的提升也有一定的借鉴意义。

关键词：苏轼散文　司马光形象　仕林人格　审美价值

苏轼散文中的司马光形象是其心目中士人形象的典范，司马光身上一系列人格闪光点，充分体现出中国古代仕林理想人格的审美价值。目前学界对此课题的关注似乎还不多，因此，笔者拟全方位观照苏轼散文中的司马光形象，并借此管窥苏轼散文中对仕林理想人格的深邃思考。笔者主要针对学界研究现状中的两种情况，拟管中窥豹说明两个问题：针对古代作家研究中理想人格建构研究不足的现状，拟通过苏轼笔下司马光人格建构的分析，管窥宋代乃至中国古代士人理想人格的真实图景；虽然封建专制体制下的忠君思想对仕林人格有一定的扭曲与损害，但如司马光这样的士人楷模，其人格还是比较完美的，不能不令古今仕林景仰。针对当代仕林理想人格建构中某些令人失望的现状，回首古代仕林精英曾经有过的理想人格的闪光点，学习、继承并发扬之，可以在某种程度上进一步提升、完善当代仕林理想人格的建构。

一、学问深厚，远见卓识

唐代著名史学家刘知幾曾提出："史才须有三长"，"三长：谓才也，学也，识也"。[1] 这也可以视为士人知识结构的三要素，其中的"学"应该是居于核心地位。苏轼笔下的司马光形象即是才、学 识三者兼备的仕林佼佼者，而苏轼落墨的重点则在后二者。具体说是以"学"起笔，以"识"为焦点。

先看司马光"学"的方面：在《司马温公行状》中，苏轼首先强调指出司马光为学方面的过人之处：

> 公自儿童，凛然如成人。七岁闻讲《左氏春秋》，大爱之，退为家人讲，即了其大义。自是手不释书，至不知饥渴寒暑。年十五，书无所不通。文辞醇深，有西汉风。[2]

这里，苏轼赞美了司马光人格的早熟，嗜学的程度，为学的效果。其年十五即"书无所不通"，令人钦佩。"文辞醇深，有西汉风"，是赞美其文章写作的高水准。从中可见同为著名史学家的司马迁对他的深远影响。

---

① 刘昫：《旧唐书》（卷一〇二），中华书局1975年版，第3173页。

② 苏轼：《司马温公行状》，载《苏轼文集》（第二册），孔凡礼点校，中华书局1986年版，第491页。以下文中未注明出处的描写司马光的引文，均出于此，不再一一注明。

其为学与为文兼擅其长，还可以引宋神宗的话为佐证。宋神宗面谕司马光曰："古之君子，或学而不文，或文而不学，惟董仲舒、扬雄兼之，卿有文学，何辞为？"这是宋神宗针对司马光请辞翰林学士职位的擢升而言，说明宋神宗深知司马光是学与文二者兼备的佼佼者，而且以西汉大家董仲舒、扬雄比之，可见对其器重的程度。

苏轼在文末罗列出司马光20余种著作，也是为了突出其为学的过人成就。其中包括文学、史学、经学、文献学、医药学等诸多学科，可见其学问的广博全面，深厚专精，真正是著作等身，当代仕林学子难以望其项背。苏轼在总评中赞之曰："其好学如饥渴之嗜饮食。"好学嗜读的结果是"博学无所不通，音乐、律历、天文、书数，皆极其妙"。由此可见其学问的渊博与精通。

再看司马光"识"的方面：在《司马温公行状》中，苏轼特别强调司马光的远见卓识、先见之明等方面的过人之处。这与其学问的广博精深是相辅相成的，是学养深厚的外在表现之一。培根在《论学问》中就曾特别指出这一点："读书为学底用途是娱乐、装饰和增长才识……在长才上学问底用处是对于事务的判断和处理。"[①]看来这在古今中外的先贤中是有共识的。作为一个"欲以身徇天下"的士人，是否有思想见识这一点非常重要。试举例论之。

例证一：关于王安石推行新法的弊端，司马光洞若观火，预见到后必如此。

公上疏，逆陈其利害，曰："后当如是。"行之十余年，无一不如公言者。天下传诵，以公为真宰相，虽田父野老，皆号公司马相公，而妇人孺子，知其为君实也。

这里将司马光的预言"后当如是"，与事实的效果"行之十余年，无一不如公言者"对比起来观照，以"无一"这样双重否定的句式，加以绝对化的强调，用以突出司马光的先见之明。

例证二：关于识人，司马光也表现出高于王安石的识人眼光。司马光"以书喻安石"时指出：

"巧言令色鲜矣仁。彼忠信之士，于公当路时，虽龃龉可憎，后必徐得其力，谄谀之人，于今诚有顺适之快，一旦失势，必有卖公以自售者。"意谓吕惠卿。对宾客，辄指言之曰："覆王氏者，必惠卿也。小人本以利合，势倾利移，何所不至。"其后六年，而惠卿叛安石，上书告其罪，苟可以覆王氏者，靡不为也。由是天下服公先知。

作者以六年以后的事实来验证司马光的预见，事实胜于雄辩。结尾一句："由是天下服公先知。"又明确指出司马光的先见之明是天下人公认的，而非苏轼的有意褒扬。相比之下，王安石虽然也有见识，但他当局者迷，急功近利，以对变法态度划线用人，这就遮蔽了他的识人眼光。这在与司马光的对比中愈益明显。

例证三：司马光"劝帝不受尊号，遂为万世法"[②]的敢言事例，这得到皇帝由衷的赞誉："上大悦，手诏答公；'非卿朕不闻此言，善为答词，使中外晓然，知朕至诚，非欺众邀名者。'遂终身不复受尊号。"这是在"百官上尊号"的背景下，司马光能够力排众议，且还冒着触犯龙鳞的风险。对比当今仕林的阿谀取容士风与整个社会趋炎附势之世风，不能不赞叹司马光人格之高洁，值得当代仕林群体很好地继承发扬。

综上所述，足见苏轼笔下司马光形象中才、学、识兼而有之、三位一体、相映生辉的美质，借此可管窥苏轼对仕林理想人格建构中为学层面的要求。苏轼自己也是达到了这个标准，他也希冀仕林皆能以司马光为楷模而达于博学有识的高层次。

二、公正直言，重义有情

苏轼散文中司马光形象的为人方面也堪为仕林楷模，其中寄寓着苏轼对仕林理想人格的追求与期许。

---

① 《培根论说文集》，水天同译，商务印书馆1983年版，第179页。

② 苏轼：《司马温公神道碑》，载《苏轼文集》（第二册），孔凡礼点校，中华书局1986年版，第514页。

苏轼在散文中以8个字概括司马光在为人层面的特点，即“忠信孝友，恭俭正直”。这是苏轼精心总结出来的对其为人人格的总评，概括力甚强，涵盖面极广。下面试缕叙之。

(一)从臣对君关系的角度看

从臣对君关系的角度看，司马光敢于坚持真理、犯言直谏的人格精神，是苏轼着力表现的内容。其中所表现出来的司马光的胆识与骨气，既令苏轼由衷钦佩，也不能不让后代仕林高山仰止。

如：关于立皇储事宜的犯言直谏即是如此。因为这是皇帝的家事，虽然有关国家盛衰，但大臣是不能也不敢参与其事的，否则，就有掉脑袋的危险。在这种情况下，苏轼写道：司马光旗帜鲜明地提出自己的观点，直中问题要害，而决不含含糊糊，决不明哲保身。“及公为谏官，复上疏，且面言”，终于使皇帝采纳了他的忠言。这里可见司马光敢于对皇帝“得寸进尺”、敢于对皇帝说“不可”等令人敬佩的人格力量。

宋神宗驾崩，太皇太后遣使问计于司马光，他直言不讳，不计个人得失。

公言：“近岁士大夫以言为讳，闾阎愁苦于下，而上不知，明主忧勤于上，而下无所诉，此罪在群臣，而愚民无知，归怨先帝，宜下诏首开言路。”从之。下诏榜朝堂，而当时有不欲者，于诏语中设六事以禁切言者曰：…… 太皇太后封诏草以问公。公曰：“此非求谏，乃拒谏也。人臣惟不言，言则入六事矣。”……公具论其情，且请改赐诏书，行之天下。从之。于是四方吏民，言新法不便者数千人。

这一段记载回环曲折，曲径通幽，颇耐人寻味。司马光一针见血地指出问题的要害，竟敢让皇帝修改诏书，真是胆大包天。结果是收到了广开言路、四方进言的实效。这个目标的实现，也是得力于太皇太后的密切配合。当然，归根结底，还是司马光在太皇太后那里有威信。

由此可见，在苏轼笔下，司马光进谏的内容与效果是相当重要的。其内容皆是为国为民，其效果皆是经过艰苦努力而取得最佳。可见，原来只是讲直言切谏与君王纳谏是不够的，那还仅是表面文章，关键在于进谏的内容是什么？是为民立言，还是仅仅为了一家一姓，其中仕林人格的差别还是很大的。

(二)从与同僚的关系看

与同僚的关系中，体现了司马光为国为民而据理力争、善善恶恶、泾渭分明等人格精神。就与王安石的关系说，体现的是同僚关系的良性形态。二人这是各抒己见，观点虽然不同，但皆是以理服人，而非意气之争，非感情用事，非相互贬低，非人格否定。这是真正士人人格健全的标志，也是当今仕林不同观点相互辩论应该继续发扬的人格精神。苏轼特别说明了这一点：司马光“则以书喻安石，三往反，开喻苦至，犹幸安石之听而改也”。

司马光与宰相吴充的关系也是如此，皇帝“诏求直言”，司马光“复陈六事”，极言新法乃“尤病民者”，而当时的宰相吴充则以沉默对之，司马光对此很气愤：“又以书责宰相吴充：‘天子仁圣如此，而公不言，何也？’”仗义执言，毫不客气，凛然正气，令人敬服。

与此相反，司马光与吕惠卿的辩论则是怒火中烧，针锋相对，丝毫不让，因为吕惠卿是“巧言令色”、“以利合”的小人，司马光从心底鄙视其卑下人格。苏轼的评论就比较清楚地划清了其人格界限：“宰相王安石用心过当，急于功利，小人得乘间而入，吕惠卿之流以此得志，后者慕之，争先相高，而天下病矣。”可见，王安石是君子过当，吕惠卿是小人投机，性质有别，不可混淆。

(三)从与朋友的关系看

与朋友的关系中，体现了司马光重义有情、为人笃厚的人格精神。如：“故相庞籍名知人，始与天章公游，见公而奇之”，于是推荐司马光，对他有知遇之恩。“公感籍知己，为尽力。”“籍既没，升堂拜其妻如母，抚其子如昆弟，时人两贤之。”

司马光不仅能与朋友同甘，也能与朋友共苦，这更为难能可贵。苏轼写道：“时中外汹汹，御史吕诲、傅尧俞、范纯仁、吕大防、赵鼎、赵瞻等皆争之，相继降黜。公上疏乞留之，不可。则乞与之皆贬。”这愈加见出司马光人格的闪光点，熠熠生辉，光耀史册。

（四）公正直言，鞠躬尽瘁

司马光的直言，关键在于维护公正原则，这是其人格闪光点之一，也是当今仍然具有文化价值的主要方面之一。这正如苏轼所评："自少及老，语未尝妄。"面对病重与死亡时，他首先想到的不是自己，而是"皆朝廷天下事也"。苏轼笔下的司马光形象中这方面的人格精神，有一系列的具体表现，如："元丰五年，公忽得语涩疾，自疑当中风，乃豫作遗表，大略如六事加详尽，感慨亲书，缄封置卧内。且死，当以授所善范纯仁、范祖禹使上之。"

再如："元祐元年正月，公始得疾"，"公疾益甚，叹曰：'四患未除，吾死不瞑目矣。'乃力疾上疏论免役五害，乞直降敕罢之，率用熙宁以前法"。"既没，其家得遗奏八纸，上之，皆手札论当世要务。"

这就是诸葛亮"鞠躬尽瘁，死而后已"人格精神的再现，也是当代仕林应该发扬光大的文化精粹。

三、节俭廉洁，为民谋福

唐宋以后通过科举考试而步入仕途的士人，应该是仕林中的佼佼者，司马光就是"能举进士，取高等"的士人典型。苏轼通过司马光这个为官者形象的塑造，表达了他对入仕士人人格建构的理想化心态。那么这些仕林中的精英一旦掌握了权力成为百姓的父母官，其在人格建构上还应该具备哪些要素呢？苏轼笔下司马光入仕后的为官表现就是很好的说明。

（一）提出其治国的总体思想与核心问题

在宋英宗执政之初，司马光即"上疏言：'治身莫先于孝，治国莫先于公。其言切至，皆母子间人所难言者。'"其中"治国莫先于公"就是司马光为官的首要问题与总体思想，也是历代乃至当今为官者应该且必须遵守的最高原则。

在宋神宗即位之初，司马光"上疏论修心之要三，曰仁、曰明、曰武。治国之要三，曰官人、曰信赏、曰必罚。其说甚备。且曰：'臣昔为谏官，即以此六言献仁宗，其后以献英宗，今以献陛下。平生力学所得，尽在是矣。'"这可视为"治国莫先于公"总原则的具体化与完备化，是其平生力学所得的为官要诀，是他"历事四朝，皆为人主所敬"的根本原因之所在，也是他历事四朝一以贯之、善始善终的为官准则。

在关于是否选用苏辙的争议中，司马光与考官乃至宰相的观点大相径庭："苏辙举直言策，入第四等，而考官以为不当收。""时宰相亦以为当黜"，司马光直陈己见曰："辙于同科四人中，言最切直，有爱君忧国之心，不可不收。"这充分表明了司马光的用人思想：应当选用言切直而有爱君忧国之心者。态度坚决，不容置疑。因此，得到宋仁宗的支持："求直言，以直弃之，天下其谓朕何！"宋仁宗也是重视用人的明君，二人可谓君臣相得。

司马光认为："治乱之机，在于用人，邪正一分，则消长之势自定。每论事，必以人物为先，凡所进退，皆天下所谓当然者，然后朝廷清明，人主始得闻天下利害之实。"这就明确指出用人问题是关乎天下治乱兴亡的首要大计。其中"凡所进退，皆天下所谓当然者"句中包含有丰富的思想。似乎可以说，司马光的这个观点中蕴含有唯民心是瞻的可贵思想，比孟子的"民本"思想又进了一步。

（二）为官者应勇于辞官

在封建专制政体中，君臣关系是不平等的，皇帝是否纳谏，往往受其喜怒哀乐的不同心境所左右，司马光的上疏也是如此。他的难能可贵之处在于，他敢于以辞官的激烈行为表达对皇帝不纳良言的反抗。在苏轼笔下，司马光有一系列的辞官经历，从中可见其人格中的诸多闪光点。"擢修起居注，五辞而后受。""判检院，权判国子监，除知制诰。力辞至八九，改授天章阁待制，兼侍讲。""会拜公枢密副使，公上章力辞，至六七。""诏移知许州，不赴，遂乞判西京留司御史台以归。自是绝口不论事。""诏除公知陈州，且过阙入见，使者劳问，相望于道。至则拜门下侍郎。公力辞，不许。"……若为官者不怕丢官，就可以腰杆硬起来，就能够有说真话的勇气，就能够保持人格的独立。从文化源流层面看，这可追溯至孔子“道不行,乘桴浮于海”[①]的人格精神。

(三)节俭廉洁

为官者对金钱的态度,是其人格高下的判别标准之一。权钱结合是封建专制政体的痼疾之一,一般为官者难以超越。司马光就是能够超越的仕林中之佼佼者,这也是其人格高尚的表现之一。诸如:“公乃以所得珠为谏院公使钱,金以遗其舅氏,义不藏于家。”“不事生产,买第洛中,仅庇风雨。有田三顷,丧其夫人,质田以葬。恶衣菲食,以终其身。”

司马光之所以能够做到这一点,关键在于他的金钱观。苏轼评之曰:“于财利纷华,如恶恶臭,诚心自然,天下信之。”这其中也有儒道的理想人格修养理论的滋养在内。

(四)为民谋福,得民拥戴

苏轼笔下的司马光也是这方面人格追求的千古楷模,值得大书特书。宋英宗时,“时有诏陕西刺民兵号义勇,公上疏极论其害”,其立论的出发点,就是在为百姓的利益着想。其中“民被其毒”,“不能复返南亩,强者为盗,弱者转死,父老至今流涕也”等语句,就充分表现了其爱民之心。为此,他“章六上,不从。乞罢谏官”。从中可以想见司马光一次次奋笔疾书奏章的情景,可以体会其忧国忧民的情怀,可以感知其不达目的决不罢休的执着精神。从他辞职的行为中,更可见其激愤程度与大无畏精神。

宋神宗时,司马光之所以反对王安石变法,其根本原因还是在于为百姓着想。他认为新法会损害百姓的利益:“头会箕敛以尽民财。民穷为盗,非国之福。”“设法阴夺民利,其害甚于加赋。”“此尤病民者,宜先罢。”这就把民与国联系了起来,而且把民的利益置于国之前面。这种思想是相当进步的,具有当代思想价值。

司马光广受民众拥戴的程度,苏轼也浓墨重彩地表现出来。“神宗崩,……民遮道呼曰:‘公无归洛,留相天子,活百姓。’所在数千人聚观之。”这是在说明,百姓已经把司马光作为了救世主,把活命与过好日子的希望寄托在了他的身上。

司马光退休后仍然有崇高的威信,“退居于洛,往来陕郊,陕洛间皆化其德,师其学,法其俭,有不善,曰:‘君实得无知之乎!’”由此可见其受民拥戴的程度。

司马光去世时,百姓的眼泪是其得民心的最后证明,最为难得:“公薨,京师之民罢市而往吊,鬻衣以致奠,巷哭以过车者,盖以千万数。”“民哭公甚哀,如哭其私亲。四方来会葬者,盖数万人。”[②]苏轼通过吊唁人数之多,哭声之哀,感情之深,来突出司马光所受到的拥戴程度。为什么会有这样高的威望,苏轼评价说:“臣论公之德,至于感人心,动天地,巍巍如此,而蔽之以二言,曰诚、曰一。”[③]这个盖棺论定归结到司马光的人格上,应该是说到了点子上。在苏轼看来,“诚”与“一”这二者,也是其仕林理想人格的核心要素。延申视之,当代仕林人格建构亦应如此。

---

① 《论语》,载《十三经注疏》,阮元校刻,中华书局1980年版,第2473页。

② 苏轼:《司马温公神道碑》,载《苏轼文集》(第二册),孔凡礼点校,中华书局1986年版,第512页。

③ 苏轼:《司马温公神道碑》,载《苏轼文集》(第二册),孔凡礼点校,中华书局1986年版,第513页。

依附与背离:宋若昭诗文研究

郭海文

(陕西师范大学历史文化学院)

内容摘要:宋若昭是唐代著名的女学士,有《女论语》、《奉和御制麟德殿宴百官》和《牛应贞传》等作品传世。这些作品既是对男权社会主流文学的依附,也是对男权文化的背离。可视为安史之乱后朝廷恢复儒教的表现,亦可视为初盛唐时期女权张扬的余绪。

关键词:唐代　宋若昭　女性文学

宋若昭是大历时期一名非常有特点的女诗人。但"在唐史领域,因其无关大局,向少人涉及;从女性史角度看,则其人、其作颇值得注意,故拟对其做一初步探讨"①。从性别研究的视角对宋若昭的论著、诗歌、散文进行详细梳理,以期厘清这些文学作品的意义及价值。

宋若昭,"贝州清阳人,世以儒闻。父廷芬,能辞章,生五女,皆警慧,善属文。昭文尤高"②。若昭生活的故乡贝州是"秦汉以降,政理混同,人情厚朴,素有儒学。自宇内平一,又如近古之风焉"③之地。与"宋氏姐妹出生前后的大历年间(766—779)出现的大历十才子中有四人是河北人士"④,可见此地属于衣冠礼乐之地。宋若昭出身于儒士之家,受其父亲影响较深。后"德宗召入禁中,试文章,并问经史大谊,帝咨美,悉留宫中"⑤。"由于跻身上流社会,耳濡目染了男性文化的判断标准和价值形态,加之渴求得到传统文化的认可,她们(宫廷女诗人)大多自觉地以男性的思想感情、审美旨趣和观念意识来写作,将符合正统的男性诗人的作品作为范本,刻意制造出一个类似于男人的世界。"⑥在这种背景下,她的作品应运而生。

一、教化与叛逆的《女论语》

《旧唐书》:"若莘诲诸妹如严师,著《女论语》十篇,大抵准《论语》,以韦宣文君代孔子,曹大家等为颜、冉,推明妇道所宜。若昭又为传申释之。"⑦冠名《女论语》,表明了其对儒家思想体系的尊崇与传承。

《女论语》的内容包括以下两个方面。

---

① 高世瑜:《宋氏姐妹与〈女论语〉论析——兼及古代女教的平民化趋势》,载邓小南:《唐宋女性与社会》,上海辞书出版社2003年版,第127页。

② 欧阳修:《新唐书》(列传第一、后妃下),中华书局1975年版,第3508页。

③ 杜佑撰:《通典》(卷一百八十、州郡十),王文锦注校,中华书局1988年版,第4768页。

④ 高世瑜:《宋氏姐妹与〈女论语〉论析——兼及古代女教的平民化趋势》,载邓小南:《唐宋女性与社会》,上海辞书出版社2003年版,第139页。

⑤ 欧阳修:《新唐书》(列传第一、后妃下),中华书局1975年版,第3508页。

⑥ 余世芬:《唐代女性诗歌研究》,浙江大学2005年博士学位论文。

⑦ 欧阳修:《新唐书》(列传第一、后妃下),中华书局1975年版,第3508页。

(一)教　　化

《女论语》全书共12章，一立身、二学作、三学礼、四早起、五事父母、六事舅姑、七事夫、八训男女、九营家、十待客、十一和柔、十二守节。“其特点即在以浅俚之言把班昭《女诫》的精神化为训诲女子‘举止悉合于当然之则’的条规，且较《内则》更为切进易晓。”[①]冠名《女论语》，表明了其对儒家思想体系的尊崇与传承。有学者认为：“在儒家‘齐治论’的系列中，对女性的要求的价值标准依次是重女孝(孝敬父母)、重妇德(贞专柔顺，三从四德)、重母教(教育子女)。”[②]纵观《女论语》，其实也是围绕着这三部分来写的，是女孩子一生教育的教科书，即如何为人女，如何为人妻，如果为人媳，如何为人母。从中可看出，《女论语》是对儒家文化的依附。

1. 为人女：敬重爹娘

《孝经·开宗明义章第一》记载：子曰：“夫孝，德之本也，教之所由生也。”[③]《女论语》则对经典做了详细说明：“女子在堂，敬重爹娘。每朝早起，先问安康。寒则烘火，热则扇凉。饥则进食，渴则进汤。父母检责，不得慌忙。近前听取，早夜思量。父母有疾，身莫离床。衣不解带，汤药亲尝。祷告神祇，保佑安康，设有不幸，大数身亡，痛入骨髓，哭断肝肠，劬劳罔极，恩德难忘。衣裳装殓，持服居丧。安理设祭，礼拜家堂。逢周遇忌，血泪汪汪。”[④]

2. 为人媳：供承看养，如同父母

《礼记》：“妇事舅姑，如事父母。鸡初鸣，咸盥漱，栉纵，笄总，衣绅。以适父母舅姑之所。及所，下气怡声，问衣燠寒，疾痛苛痒，而敬抑搔之。出入，则或先或后而敬扶持之。进盥，少者奉盘，长者奉水，请沃盥，盥卒授巾，问所欲而敬进之，柔色以温之。父母舅姑必尝之而后退。”[⑤]《女论语》的解说更容易被人理解。为人媳“阿翁阿姑，夫家之主。既入他门，合称新妇。供承看养，如同父母。敬事阿翁，形容不睹。不敢随行，不敢对语。如有使令，听其嘱咐。自古老人，齿牙疏蛀。茶水羹汤，莫教虚度。夜晚更深，将归睡处。安置相辞，方回房户。日日一般，朝朝相似。传教庭帏，人称贤妇”[⑥]。

3. 为人妻：夫妇有义

《周易》彖曰：“家人，女正位乎内，男正位乎外。男女正，天地之大义也。家人有严君焉，父母之谓也。父父，子子，兄兄，弟弟，夫夫，妇妇，而家道正。正家而天下定矣。”[⑦]《女论语》继承了儒家这一观点，认为：“夫有言语，侧耳详听，夫有恶事，劝谏谆谆。夫若外出，须记途程。黄昏未返，瞻望相寻，停灯温饭，等候敲门，夫如有病，终日劳心。多方问药，遍处求神。百般治疗，愿得长生。夫若发怒，不可生嗔。退身相让，忍气低声。莫学泼妇，斗闹频频。粗线细葛，熨贴缝纫。莫教寒冷，冻损夫身。家常茶饭，供待殷勤。莫教饥渴，瘦瘠苦辛，同甘同苦，同富同贫。死同葬穴，生共衣衾。能依此语，和乐琴瑟。如此之女，贤德声闻。”[⑧]

4. 为人母：训诲之权，亦在于母

儒学家们特别重视母教。因为“人子少时，与母最亲。举动善恶，父或不能知，母则无不知，故母教尤切。不可专事慈爱，酿成桀骜，以几于败也”[⑨]。所以，宋若昭训诫母亲的箴言是“大抵人家，皆有男女。年已长成，教之有序。训诲之权，亦在于母”。对男孩和女孩的教养不同，“男入书堂，请延师

---

① 曹大为：《中国古代女子教育》，北京师范大学出版社1996年版，第287页。

② 杜芳琴：《女性观念的衍变》，河南人民出版社1988年版，第39页。

③ 《孝经·开宗明义章第一》，载《孝经地藏经文昌孝经》，中华书局2009年版，第12页。

④ 《女论语》，载李振林、马凯主编：《中国古代女子全书·女儿规》，甘肃文化出版社2003年版，第88页。

⑤ 陈澔：《礼记集说》，中国书店出版社1994年版，第234页。

⑥ 《女论语》，载李振林、马凯主编：《中国古代女子全书·女儿规》，甘肃文化出版社2003年版，第90—91页。

⑦ 张吉良：《周易通读》，齐鲁书社1993年版，第366页。

⑧ 《女论语》，载李振林、马凯主编：《中国古代女子全书·女儿规》，甘肃文化出版社2003年版，第93页。

⑨ 蓝鼎元：《女学·妇德下》，文海出版社1977年，第151页。

傅”。女处闺门，少令出户。朝暮训诲，各勤事务。如果“男不知书”、“女不知礼”，将会“辱及尊亲，有玷父母”，“如此之人，养猪养鼠”。[①]

总之，因为儒学的提倡，使女性向传统角色的复归成为一种社会趋势。

(二)叛　逆

《女论语》教化的痕迹非常明显，虽然宋若昭既无初盛唐时期女诗人的气魄与胆量，也无初盛时期的魅力与媚力。但是，因为作者生于大唐，受过武则天、上官婉儿的影响，“这使她们有可能产生超越平常女性角色，成就男子功业之心”[②]。所以，仔细阅读《女论语》，一部教导女人如何立身处世的训条，却是由拒绝婚姻、厌倦为家庭所束缚的女子所写，历史在这里错乱了性别。从中可以看到作者性别意识的不经意的流露，是那个时代性别意识觉醒的女性的代言。

1. 作者自身形象定位

《旧唐书》中记载：“若昭文尤淡丽，性复贞素闲雅，不尚纷华之饰。尝白父母，誓不从人，愿以艺学扬名显亲。……德宗嘉其节概不群，不疑宫妾遇之，呼为学士先生。”[③]这是一种“拟男”心理和行为，“反映了她们不愿认同女性角色，一贯以男子自居的心理”[④]，也印证了“以妇人身，行丈夫事”[⑤]的可能性。

2. 不同社会角色的定位

也正因为她以女子之身而有男子之志、行男子之事以及唐代的世风，使得她不管是对父母、对公婆、对丈夫，都不像其他女教那样，特别强调无原则的“卑弱”，而是针对不同的社会关系，提出不同的要求，对父母要“孝”，但孝不是一味地接受，而是有自己的话语权，“若有不谙，细问无妨”[⑥]。对公婆要“敬”而“远”之，保持一定的距离，不是一味地奉献。“敬事阿翁，形容不睹，不敢随行，不敢对语。”“万福一声，即时退步。”[⑦]对丈夫要“义”，不是一味地顺从，如：“同甘同苦，同富同贫。死同葬穴，生共衣衾。能依此语，和乐琴瑟。如此之女，贤德声闻。”[⑧]最关键的是整篇并未提及唐代律法“七出”。总之，“其内容不重女教义理阐述，只讲述女性日常生活、言行的具体礼仪规则，即不重为什么，只重怎么做”[⑨]。

3. 在考证方面

有学者认为后2章——和柔章、守节章与前10章设题不类，此二章应非原著，而是后人增补。所增和柔、守节两章，正与礼教强化的趋势一致，反映了对女性柔弱与贞节的特别重视与倡导。[⑩] 从而也可以作为反证，宋若昭对此并不看重。

---

① 《女论语》，载李振林、马凯主编：《中国古代女子全书·女儿规》，甘肃文化出版社2003年版，第95页。

② 高世瑜：《宋氏姐妹与〈女论语〉论析——兼及古代女教的平民化趋势》，载邓小南：《唐宋女性与社会》，上海辞书出版社2003年版，第154页。

③ 刘昫：《旧唐书》(卷五十三、列传第二、后妃下)，中华书局1975年版，第2198页

④ 高世瑜：《宋氏姐妹与〈女论语〉论析——兼及古代女教的平民化趋势》，载邓小南：《唐宋女性与社会》，上海辞书出版社2003年版，第155页。

⑤ 章学诚：《文史通义校注》，叶瑛校注，中华书局1985年版，第533页。

⑥ 《女论语》，载李振林、马凯主编：《中国古代女子全书·女儿规》，甘肃文化出版社2003年版，第88页。

⑦ 《女论语》，载李振林、马凯主编：《中国古代女子全书·女儿规》，甘肃文化出版社2003年版，第91页。

⑧ 《女论语》，载李振林、马凯主编：《中国古代女子全书·女儿规》，甘肃文化出版社2003年版，第93页。

⑨ 高世瑜：《宋氏姐妹与〈女论语〉论析——兼及古代女教的平民化趋势》，载邓小南：《唐宋女性与社会》，上海辞书出版社2003年版，第145页。

⑩ 高世瑜：《宋氏姐妹与〈女论语〉论析——兼及古代女教的平民化趋势》，载邓小南：《唐宋女性与社会》，上海辞书出版社2003年版，第148页。

总之,宋若昭"既是著名的女教传教士,却又是事实上的女教叛逆者"[①]。《女论语》既有教化的功能,也是对女教的反叛。

二、追随与立异的《牛应贞传》

郭预衡先生在《中国散文史》中说:"隋唐五代是文章变化的又一个重要的历史阶段。"[②]"古文运动从酝酿到成熟,风云际会,与事者的文学追求其实颇有差异;但在对抗六朝之文道分离,以及摒斥骈文之浮华靡丽这一点上,各家取得了共识。"[③]宋若昭的《牛应贞传》也是一次追随主流文化将文章从"骈俪变为散体"有益的尝试。全文文风质朴,少华丽辞藻。然而,作者在追随的同时,也在文中显示出与主流文化不尽相同的地方来。

在《二十四史》中,掌握话语权的无一例外全是男性作家。在男性作家树碑立传的人群中,女性的形象也只是出现在《后妃传》、《公主传》、《列女传》里,而且是群体的形象,没有单独立传,篇幅也完全不能和男性相比。在国家正史的写作人群中,女性作家的身影极为罕见。

宋若昭的《牛应贞传》可以说是个特例,从内容上讲,是为女子单独立传的。作者及所撰写的人物全是女性,可以说是一篇才女间的惺惺相惜的文章。这一点也跟传统《后妃传》、《公主传》、《列女传》写法不同,这也许就是宋若昭标新立异之处。

全文写"四异",突出人物才情,对主流文化最为看中的"品德"只字不提。

(一)读书异

当女孩子被教导"朝暮训诲,各勤事务。扫地烧香,纫麻缉苎"[④]时,牛应贞却"少而聪颖,经耳必诵。年十三,凡诵佛经二百余卷,儒书子史又数百余卷","初,应贞未读《左传》,方拟授之,而夜初眠中忽诵《春秋》,凡三十卷,一字无遗,天晓而毕。后遂学穷三教,博涉多能"[⑤]。寥寥数语,一个酷爱读书的奇女子形象跃然纸上,可惜"自恨罗衣掩诗句,举头空羡榜中名"[⑥]。与其说宋若昭是给牛应贞在立传,还不如说在给她自己画自画像。

(二)交往人物异

女孩子被教导"女处闺门,少令出户"[⑦],所以,女孩子生活的空间或者交往的空间异常狭窄,在这种情况下,多才的牛应贞只能"每夜中眠熟,与文人谈论。文人皆古之知名者,往来答难。或称王弼、郑元、王衍、陆机,辩论锋起,或论文章,谈名理,往往数夜不已"[⑧]。其实,梦境都是现实生活的反映。弗洛伊德说:"梦并不是空穴来风,不是毫无意义的,不是荒谬的,也不是一部分意识昏睡,而只有少部分乍睡少醒的产物。它完全是有意义的精神现象。实际上,是一种愿望的达成。它可以算作是一种清醒状态的精神活动的延续。它是由高度错综复杂的智慧活动所产生的。"[⑨]从中可看出,牛应贞在现实生活中属于曲高和寡、"知音少,弦断有谁听"的人物。难怪,二十四岁时就离世。

---

① 高世瑜:《宋氏姐妹与〈女论语〉论析——兼及古代女教的平民化趋势》,载邓小南:《唐宋女性与社会》,上海辞书出版社 2003 年版,第 155 页。

② 郭预衡:《中国散文史》(第四编"隋唐五代"),上海古籍出版社 1993 年版,第 1 页。

③ 陈平原:《中国散文小说史》,北京大学出版社 2010 年版,第 88 页。

④ 《女论语》,载李振林、马凯主编:《中国古代女子全书·女儿规》,甘肃文化出版社 2003 年版,第 93 页。

⑤ 宋尚宫:《牛应贞传》,载董诰:《全唐文》,中华书局 1983 年版,第 1012 页。

⑥ 李冶、薛涛、鱼玄机:《游崇真观南楼睹新及第题名处》,陈文华校注,载《唐女诗人集三种》,上海古籍出版社 1984 年版,第 11 页。

⑦ 《女论语》,载李振林、马凯主编:《中国古代女子全书·女儿规》,甘肃文化出版社 2003 年版,第 93 页。

⑧ 宋尚宫:《牛应贞传》,载董诰:《全唐文》(卷九十八),中华书局 1983 年版,第 1013 页。

⑨ [奥]弗洛伊德:《梦的解析》,丹宁译,国际文化出版公司 1998 年版,第 36 页。

（三）著书立作异

胡适先生在《三百年中的女作家——〈清闺秀艺文略〉序》中认为："这三百年中女作家的人数虽多，但她们的成绩都实在可怜的很。她们的作品绝大多数是毫无价值的。……这近三千种女子作品之中，至少有百分之九十九是诗词，是'绣余''爨余''纺余''黹余'的诗词。这两千多女子所以还能做几句诗，填几首词者，只因为这个畸形社会向来把女子当成玩物，玩物而能作诗填词，岂不更可夸炫于人？岂不更加玩物主人的光宠？所以一般稍通文墨的丈夫都希望有才女做他们的玩物，替他们的老婆刻集子送人，要人知道他们的艳福。好在他们的老婆决不敢说实话，写真实的感情，诉真实的苦痛，大多只是连篇累幅的不痛不痒的诗词而已。即可夸耀于人，又没有出乖露丑的危险，我想一部分闺秀诗词的刻本都是这样来的罢？"[①]而宋若昭笔下的牛应贞在写作时，却是"初，应贞梦制书而食之，每梦食数十卷，则文体一变。如是非一，遂工为赋颂。文名曰遗芳也"。可见牛应贞的作品并不是毫无价值之作，而是经过自己思考，有思想的产物。"都云作者痴，谁解其中味。"真是一篇才女间的惺惺相惜的文章。

（四）插 叙 异

《后妃传》、《公主传》、《列女传》很少见到在传记中大段插入传主作品的例子，在《牛应贞传》中，却用了大量的篇幅完整地插入了牛应贞的遗作《魍魉问影赋》，这也是很奇异的一点。有人说："传中略于事迹，而存其一赋，深得史法也。"[②]

总之，宋若昭的《牛应贞传》既是作者追随时代脚步的产物，也是作者性别意识流露、为女性立言的作品。

三、合唱与独吟的《奉和御制麟德殿宴百官》

大历初至贞元中这二十几年，随着创作中失去了盛唐那种昂扬的精神风貌、那种风骨、那种气概、那种浑然一体的兴象韵味，而转入对于宁静、闲适而又冷落与寂寞的生活情趣的追求，转入对于清丽、纤弱的美的追求，在理论上也相应地主张高情、俪辞、远韵，着眼于艺术形式与艺术技巧的理论探讨。[③]作为宫廷女性诗人代表人物的宋若昭当然也加入到了时代的大合唱中，她的诗歌的数量并不清楚，目前仅存一首，即《奉和御制麟德殿宴百官》。

垂衣临八极，肃穆四门通。自是无为化，非关辅弼功。修文招隐伏，尚武殄妖凶。德炳韶光炽，恩沾雨露浓。衣冠陪御宴，礼乐盛朝宗。万寿称觞举，千年信一同。[④]

麟德殿在长安大明宫，是唐代帝王招待外宾和群臣的地方。这首诗是五言排律，其作法要求比五律更严，它除首联、尾联之外，中间四言要全部对仗，且需工稳、贴切。从这首诗可以看出宋若昭的敏捷之才来。

清人赵翼在《廿二史劄记》中列有"唐德宗好为诗"条，曰："唐诸帝能诗者甚多，如太宗、玄宗、文宗、宣宗，皆有御制流传于后，而尤以德宗为最。"[⑤]唐德宗是一个以文武全才而自命的皇帝，贞元四年（788）三月，唐德宗宴群臣于麟德殿，赋诗，群臣属和；宋若昭、宋若宪、鲍君徽均有和作。[⑥]

有学者认为："入唐以来集中体现于宫廷诗中心时代与都城诗中心时代的应酬性诗歌创作，明显承携着以华美词藻外形、淫靡生活内容为标志的南朝宫廷文学传统。大历诗人在大乱初定的时代条

---

① 欧阳哲生：《胡适文集》，载《胡适文存三集》，北京大学出版社1998年版，第586页。

② 谢无量：《中国妇女文学史》，中州古籍出版社1992年版，第25页。

③ 罗宗强：《隋唐五代文学思想史》，中华书局2003年版，第112页。

④ 《全唐诗》（卷七），中华书局1985年版，第68页。

⑤ 赵翼：《廿二史劄记校正》，王树民校正，中华书局1999年版，第400页。

⑥ 傅璇琮、陶敏、李一飞：《唐五代文学编年史》，辽海出版社1998年版，第439页。

件与乱极思治的心理状态的作用下形成的具有回味往昔升平气象的深层意绪的应酬诗创作潮流，也就在相当程度上造成唐初乃至齐梁文风在大历诗坛复兴、流行的特殊现象。”①“这就使得整个贞元诗坛酬赠交往之作大大增加，在觥筹交错中指点江山、激扬文字也不会形成大格局。大多数诗作用语铺排而重在展现承平气象也是极自然的事情。”②作为大历时期宫廷女学士的宋若昭所创作的宫廷诗与大历时期当时这种应酬应和声诗是一脉相承的。也就是说，大历宫廷女诗人，与大历时期诗人的诗风因受当时大环境的影响，基本上是相同的，她们笔下，看不到“安史之乱”带给人民的灾难与痛苦，也看不到大历时期表面的平静下隐藏的危机。看到的只是歌舞升平，莺歌燕舞。这不能全怪这些宫廷诗人没有社会责任感，环境使然。陈寅恪先生说：“贞元之时，朝廷政治方面，则以藩镇暂能维持均势，德宗方以文治粉饰其苟安之局。民间社会方面，则久经乱离，略得一喘息之会，故亦趋于嬉娱游乐。因此，上下相应，成为一种崇尚文辞，矜诩风流之风气。”③

有学者批评宋若昭诗“诗为应制奉和，诗句虽工而内容乏味，不过歌颂文治武功、祝福祝寿”④。“(这些诗)全用御用文人的职业语言，说些歌功颂德的话，千篇一律，读来生厌。”⑤但也有人从另外角度对其诗赞颂。“凝深静穆，有大臣端立之象，使人诵之，亦如对苍松古柏，钦其古肃之气，不复以烦艳经心也。”⑥“从其诗看，确如所言，诗风肃穆大气，有朝廷男性大臣之风，全无女子伤春悲秋、怜月惜花类纤弱与香艳气。与前朝宫廷才女上官昭容的带有女性特点的应制诗迥然不同。这正与宋氏姐妹为人的一贯风格相符。”⑦“观此诗，即知宋若昭之胸襟与才情，品味高逸，固非一般泛泛之应制诗人所可比拟。”⑧胡震亨《唐音癸签》卷二九《谈丛》五又称：“女子能诗者有矣，惟宋尚宫姊妹五人为异。”⑨我想，胡震亨说的“异”，一定是指宋若昭的诗没有太多的脂粉味吧。

这首诗是当时大合唱中一个组成部分，把它放进那个时代宫廷男诗人的作品中应该不分伯仲。但是，如果你仔细阅读，你还是能捕捉到宋若昭诗的不同于大合唱的声部来。笔者曾经通过研读明人施端教的《唐诗韵汇》，发现支、真、微、东是唐代女诗人最喜欢用的上平的韵，是那种不是多么明快、喜乐的诗风。⑩ 宋若昭这首诗就是五排上平东韵，仍然在不经意间流露出她的性别特征。阅读唐代女性诗歌，常常被其间或隐或显、或浓或淡的悲感意蕴所震撼。悲感成为唐代女性诗歌的另一主旋律，这是历史赋予一代诗人的情感色彩。前期在社会政治、经济与文化发展的综合作用下，妇女地位处于明显的上升趋势，而在经历了“安史之乱”的空前浩劫之后，随着社会经济的日益衰退，国家基本上处于“内忧外患”的处境之下，于是朝廷大倡儒学，企图恢复儒学的正统地位，以维护尊卑森严的封建等级制度。唐代女性的地位开始由前期的上升状态呈现出下降趋势。现实的失望使诗人们在悲伤与寂寞中咀嚼个人感情的悲欢，苦闷、迷惘、彷徨成为普遍传递的心音。⑪

总之，宋若昭是大历时期非常有才华的宫廷女诗人，其作品既是对男权社会主流文学的模仿，但同时也是性别意识觉醒的自然流露；这些作品既是“安史之乱”后，朝廷恢复儒教的表现，又可视为初盛唐时期女权张扬的余绪。

---

① 许总：《唐诗史》，江苏教育出版社1994年版，第110页。

② 田恩铭：《唐德宗与贞元诗风》，载《哈尔滨师范大学社会科学学报》2011年第5期。

③ 陈寅恪：《元白诗笺证稿》，上海古籍出版社1982年版，第87页。

④ 高世瑜：《宋氏姐妹与〈女论语〉论析——兼及古代女教的平民化趋势》，载邓小南：《唐宋女性与社会》，上海辞书出版社2003年版，第153页。

⑤ 苏者聪：《闺帏的探视——唐代女诗人》，湖南文艺出版社1991年版，第98页。

⑥ 钟惺：《名媛诗归》，载《四库全书·集部》，第339—1108页。

⑦ 高世瑜：《宋氏姐妹与〈女论语〉论析——兼及古代女教的平民化趋势》，载邓小南：《唐宋女性与社会》，上海辞书出版社2003年版，第153页。

⑧ 张修蓉：《汉唐贵族与才女诗歌研究》，文史哲出版社1985年版，第105页。

⑨ 胡震亨：《唐音癸签》(卷二九)，载《谈丛》(五)，上海古籍出版社1981年版，第303页。

⑩ 郭海文：《唐五代女性诗歌研究》，陕西师范大学2004年博士学位论文。

⑪ 佘世芬：《唐代女性诗歌研究》，浙江大学2005年博士学位论文。

初盛唐序文的嬗变

——游宴序的繁荣与赠别序的生成[①]

胡　燕

（西华师范大学文学院）

内容摘要：序文是古代散文重要文体之一。序文可分为三类：书序、游宴序、赠序。初盛唐书序文体创新不足，因多革少。游宴序重在描写游宴场面和表现宴集之乐、游赏之兴，包括宴集序与游赏序、官宴序与私宴序，具有集体性、功利性的特点。赠别序以陈子昂《别中岳二三真人序》为代表由最初的赠别诗的附属品发展到开始脱离赠别诗而独立成文，从最初的偏重交际性、抒发类型化的离情别绪，转而偏重表达个性化的不平之气、不遇之感，对中唐韩愈、柳宗元赠序文有重要影响。

关键词：初盛唐序文　游宴序　赠别序

序文是古代散文重要文体之一，"概论诗文当先文而后诗。专以文论，又当先序而后及他文。……自古迄今，文章用世，惟序为大，更无先于此者"[②]。序文至初盛唐时期有了长足发展，具体表现为书序继续发展，游宴序完全成熟且极度繁荣，赠别序已完全生成，开始脱离赠别诗而独立成文。书序尤以总集序和诗集序为多，仍以阐明文集旨意、体例及叙述作家生平为主，文体创新不足，因多革少，且多被纳入文学理论研究，故本文不做讨论。

一、游宴序

初盛唐时期，游宴序创作完全成熟且进入极度繁荣时期。所谓"游宴序"以反映游宴生活为主，重在游宴场面的描写与情感的抒发，末尾大都模式化地申说作文缘由，具有集体性、功利性的显著特点。从叙述的侧重点来看，可分为宴集序与游赏序；从举办游宴的组织者来看，宴集序可分为官宴序与私宴序。

魏晋是游宴序创作的发轫期，严可均《全上古三代秦汉三国六朝文》收录游宴序12篇，但是大部分都只是三言两语，还不能称作完整的散文，如潘尼的《七月七日玄圃园诗序》："七月七日，皇太子会于玄圃园，人令赋诗。"直至王羲之《三月三日兰亭诗序》才以其独特的魅力开启了游宴序之创作风气，其融叙事、抒情及议论为一体的创作手法对后世游宴序影响深远。

从叙述的侧重点来看，游宴序又可分为宴集序与游赏序。所谓"宴集序"是指为设宴聚饮所作之序，以描绘宴会场面为主，重在烘托宴集时的欢乐气氛和抒发或爽朗欢快或抑郁不遇之情。宴集序创作数量甚多，是游宴序的主体部分，最能代表游宴序的本质特征。在唐代有79篇之多，从时间分布来看，多集中于初盛唐时期。游宴序在初盛唐繁盛的原因在于当时承平日久，天下无事，皇帝常赐宴群

①　本文为西华师范大学科研启动基金项目（07B055）；西部区域文化中心重点项目（XBYJB201007）。

②　王之绩：《铁立文起》（卷一），载《四库全书存目丛书・集部》（第421册），齐鲁书社1997年版，第700页。

臣,上行下效,整个社会宴集之风极盛。加之初盛唐时政治清明,国家富强,百姓富庶,上至君主,下至百姓,既有追求声色犬马、歌舞宴游之"雅兴",又有承办宴集所需的充沛丰富的物质财富,游宴之风遂风靡大唐,其副产品就是宴集序大量产生。胡震亨曾云:"有唐吟业之盛,导源有自。文皇英姿间出,表丽缛于先程;玄宗材艺兼该,通风婉于时格……上好下甚,风偃化移……游燕以兴其篇,奖赏以激其价。"[①]胡氏曾对唐各帝王宴请游玩赋诗的情况做过统计:"高祖:2次;太宗:12次;高宗:5次;中宗:37次;玄宗:20次;肃宗:1次;德宗:8次;文宗:3次;宣宗:2次。"中宗宴集次数最多,玄宗次之,可见初盛唐宴集之盛。

宴集序以李白的《春夜宴从弟桃花园序》最为著名。该序为宴集而作,叙人生苦短、及时行乐之意,但李白却从天地万物切入,发论极其高旷。虽有"浮生若梦"的感慨,但没有引发低沉颓废的情绪,反而激起李白对生命的深深依恋和执着追求。后写饮酒长歌,抚琴咏诗,坐花醉月,幽赏雅怀,无不潇洒风尘之外,无不归结逸情幽趣之中,豪气殆高千百丈。末尾一反大多序文的模式化叙述,从反面落笔,如诗不成,"罚依金谷酒数",自然亲切,妙趣横生。全文不足120字,化议论为形象化抒情,即事抒怀,兴发感动,纷至沓来,让情绪自由自在地徜徉于天地人生、良辰亲情之间,抒发了对春天、大自然和天伦之乐的热爱与叹赏,宣泄了人生苦短、时不我待的感慨,展现出潇洒放旷、超然物外的情怀。该序结构颇为精巧紧凑,一句一转,一转一意,"转落层次,语无泛设"[②],文气流走,有排山倒海之势。格调轻快爽朗、飘逸潇洒,语言天然去雕饰,如出水芙蓉,都是时人无可比拟的,有着独具的面貌和独到的艺术成就,不愧乎"短文之妙,无逾此篇"[③]之极誉。

游赏序是指因游览、观赏所作之序,虽也描述文人宴集的场面,但侧重写游玩之乐、观赏之趣、怡然之情、自然之美。游赏序创作数量并不多,在唐代仅见22篇,也主要集中在初盛唐时期。如张九龄《岁除陪王司马登薛公逍遥台序》引人入胜,雅趣十足,使人有身临其境之感。开篇破题,先言逍遥台之地理位置及大致轮廓。再由逍遥台论及修建此台的薛道衡,薛氏才高招忌,被贬于海隅,不得已作台以登高视远,借啸傲以表风流,寄文翰以泄孤愤,暗有为王司马及自己鸣不平之意。然后论及王司马,王氏颇有贤德、才学,清誉满天下,却因得罪权贵而被贬。即便如此,仍尽心尽责,仁爱百姓,穷且益坚,坦怀乐地。因恰逢闲暇,又属风和日丽,遂于公事之余,邀朋请友,乘轻舟,登高台,越荒堞,行古道,跻隐嶙,览四极。眺望远处,则炊烟阵阵,墟井处处,欧貊点点,云彩朵朵;俯看近处,则游鱼于清溪中怡然自乐,鸥鸟于天空自由翱翔。末以"岘山故事"、"湘水遗风"为比,申说作文缘由。该序语言典雅,语气舒缓,娓娓道来,从容不迫,风格含蓄蕴藉、和易柔婉。

从举办游宴的组织者来看,宴集序可分为官宴序与私宴序。所谓"官宴序",即为朝廷举办的宴集而作,其序文语言典丽精工,风格雍容雅致,多以描写宴集时的豪华场面、奢侈陈设、歌舞音乐为主,目的在于宣扬皇帝之圣德,夸耀大唐之声威,以当朝权贵为核心,具有明显的政治性。如张说《南省就窦尚书山亭寻花柳宴序》,开篇即明言此次宴集是皇帝所赐,在于称颂玄宗体恤臣下之德。接着颂扬大唐帝国国泰民安、四夷臣服、百姓淳朴的大好形势,暗赞玄宗励精图治、治国有术,方能开创开元盛世。然后,从与宴者着眼,先论述群臣的优渥生活,隐隐透露出以张说为首的群臣志得意满之意;再转入对宴集场面的刻画,有丝竹之美、池亭之赏、雕俎之胜、仪仗之盛、风物之助兴、繁莺之共乐,描写细腻、铺陈之极;最后邀请与宴者陈诗以咏太平。语言富丽得体,雅有典则,骈散兼行,以骈为主,呈现出典雅平正之美。

所谓"私宴序",即为私人举办的宴集所作,与会者多为志趣相投的亲朋、故旧,由于少了官方宴会的种种拘忌,作者可以畅所欲言、无所顾忌,更能见其性情、雅趣,如独孤及《仲春裴胄先宅宴集联句赋诗序》。此序实际上叙述了两次私人宴集。先是清明前一日,薛华置酒邀请三四友朋赏花赋诗,纵情欢乐,乐极而醉,极欢而散;接着清明后三日,再次相聚于裴冀之家,中和子放荡不羁,醉而赋诗,歌罢,

---

① 胡震亨:《唐音癸签》(卷二十七),上海古籍出版社1981年版,第281页。

② 吴楚材等:《古文观止》(卷七),浙江古籍出版社1998年版,第235页。

③ 李扶九:《古文笔法百篇》(卷十四),三秦出版社2005年版,第231页。

裴冀笑骂其煞风景;最后独孤及言明为此序之目的在于“志此会”。该序文风清峻通脱,嬉笑哀乐皆成文章。通过细节诸如“傲睨相视”、“侧弁慢骂”、“开口大笑”等刻画人物性格,声口毕肖,如在眼前,中和子的张狂恣肆,裴冀的朴拙幽默,跃然纸上。此序跳出宴集序程序化的叙述,力图写出每位与宴者的独特个性,以及朋友之间的深情厚谊,骈散兼行,以散为主,文气跌宕起伏,摇曳生姿。

二、赠别序

所谓“赠别序”是指离别之际赠送给亲朋师友的序文,是赠序的一种,从诗序演变而来。赠序包括赠送序、名字序、寿序等,赠别序是其中最重要的一类。“赠序类者,老子曰:‘君子赠人以言。’颜渊、子路之相违,则以言相赠处。梁王觞诸侯于范台,鲁君择言而进,所以致敬爱、陈忠告之谊也。唐初赠人,始以序名,作者亦众。至于昌黎,乃得古人之意,其文冠绝前后作者。”[①]姚鼐认为赠别序是古代“君子赠人以言”的遗风,确有其道理,但赠别序并非始于唐,远在西晋傅玄就创作了《赠扶风马钧诗序》,潘尼有《赠二李郎诗序》,但尚属偶然为之,形制也短小。此时还没有形成明确的“赠序”意识,也还未形成相应的文体规范,可看作是赠别序的滥觞时期。

降及唐初,赠别序的体制正式形成,在序文中处于极为重要的地位,多以叙友谊、述亲情、慰离情、抒别绪、表送别为主。据薛峰先生统计[②],唐代有赠别序传世的文人共有 49 人,其中遗存赠序最多的前十位(以作者出生时间先后为序)是王勃:16 篇;李白:16 篇;任华:17 篇;独孤及:44 篇;于邵:51 篇;梁肃:18 篇;欧阳詹:18 篇;权德舆:64 篇;韩愈:34 篇;柳宗元:46 篇。由以上数据可知,赠别序诞生于初唐[③],勃兴于盛唐,极盛于中唐,衰落于晚唐。

赠别序源自为饯别诗所作的诗序,从其创作本意来看,似乎也与一般诗文集的序言一样,也有助于人们对饯别诗的理解。最初序与诗的关系极为密切,序多是阐明饯别诗的主旨以及创作背景等,把语境、情景、场景叙述于前,就是从体制上把文体产生时的伴随物确定为文体的一部分,表现了人们对伴随物进入文体的愿望。从创作顺序来看,多为先作诗后有序,可称为“赠别诗附序”,序处于可有可无的附属地位。六朝赠别序多属此类,如陶渊明《赠长沙公族祖诗序》:“长沙公于余为族祖,同出大司马。昭穆既远,以为路人。经过浔阳,临别赠此”[④],三言两语,重在叙事,叙述离别诗的创作背景。

初盛唐时,随着漫游的风行与宦游的普遍,祖饯以送别的现象渐多,文人日益重视赠别序的创作,开始注意到其与一般诗序不同的个体特征,如通常诗文集的“序”多一般性地介绍诗文的作者或评价作品,而赠别序则须从特定的描写对象出发,即介绍远行人的为人品质、生平遭际以及畅叙友情、亲情,抒发离情别绪等。王勃的《秋日登洪府滕王阁饯别序》是现存最早的唐人赠别序,其结尾云:“一言均赋,四韵俱成。请洒潘江,各倾陆海云尔。”[⑤]王勃所作序并非针对某一首饯别诗,而是当时众人所作的饯别诗,也就是说众人给同一个人写赠别诗,由一人执笔写序以道其原委,这个总序不依附于任何一首诗,单独成文,因而直以“序”命名,而无“诗”字,其他如张九龄《别韦侍御使蜀序》,李白《暮春于江夏送张承祖之东都序》、《送烟子元演隐仙城山序》,等等。这种为众诗作总序的方式是赠别序创作的基本形式。

从赠别序与饯别诗创作的先后次序来看,共有两种情况:①先有序,后有诗,序为引言,以引发、激起众人诗兴,如孙逖《送康若虚赴任金乡序》:“请各赋诗,以无忘平生之好”;或者限定诗的韵脚、句数等,如

---

① 姚鼐:《古文辞类纂·序目》,中国书店出版社 1986 年版,第 10 页。

② 薛峰:《赠序之诞生及文体实践》,载《南阳师范学院学报》(社会科学版)2005 年第 11 期。

③ 褚斌杰认为:“宋、明以后,赠序才逐渐成为单纯赠别之作了。”(褚斌杰:《中国古代文体概论》(增订本),北京大学出版社 1990 年版,第 383 页)但褚先生并没有阐述理由。如果说,与赠别诗完全断绝关系的序被称为“单纯赠别之作”的话,那么至迟至初唐就已经出现了,其代表作就是陈子昂的《别中岳二三真人序》,具体讨论详见下文。

④ 陶渊明:《陶渊明集》,辽宁教育出版社 1997 年版,第 2 页。

⑤ 王勃:《重订新校王子安集》,何林天校,山西人民出版社 1990 年版,第 87 页。该书序文题目为《滕王阁诗序》,但《文苑英华》、《王勃集残卷》均作《秋日登洪府滕王阁饯别序》,且考之序文内容,多有饯别之意,故以《饯别序》为题更为恰当。

前引《滕王阁序》:"一言均赋,四韵俱成",要求众人所作诗所押之韵相同,且为四韵八句。②先有诗,后有序,序主要总结、概述众人作诗的情况,如陈子昂《送吉州杜司户审言序》:"群公嘉之,赋诗以赠。凡四十五人,具题爵里"①,概括总结当日送别时的情境以及众人赋诗的情况。两者相较,前者运用的场合多些。虽然"众诗一序"式赠别序仍未与赠别诗完全割断联系,但相对于唐以前完全附属于饯别诗的简短序文来说,能单独成篇已代表着赠别序的独立性加强了,与饯别诗分离的趋势日趋明显。

由于一些特殊情况的出现,比如因种种原因无法当面辞别,无祖饯之事自亦无饯别之诗,在这种特殊情境下,又需表述离情别绪,只得单独为序,赠别序在这种情况下与饯别诗完全割断了联系,诗、序完全分离,序成为完全独立的文。据笔者所见,最早的独立赠别序是陈子昂《别中岳二三真人序》。该序有两个突出的特点:①一般都是未远行的人作序以赠别旅人,但该序一反主客双方的固定模式,远行之人作序赠给未远行之人。陈子昂性爱名山,从杨仙翁、贾上士游中岳,但世俗功名之心未泯,"尘萦俗累,复汨吾和,仙人真侣,永幽灵契",因而留序以别真人。②仔细品味该序的内容,丝毫没有为饯别诗作序之意,可见该序已经完全独立,成为自由表情达意的独立文章,一定程度上反映着序文创作意识的转型。在内容上也部分地摆脱了叙友谊、述别情的套路,转向表达自己的情志。类似这样的独立赠序在陈子昂以及他所处的初唐时期,仅为个案,属偶然为之。到盛唐时期,这样的独立赠序就比较多了,如李华的《送十三舅适越序》、《送薛九远游序》、《送张十五往吴中序》、《送何苌序》等,它们在形式上的共同特征就是已经看不到"众诗一序"式赠序惯有的"引发语"或"总结语",在内容上虽也有推重、赞许或勉励等应酬之词,然已开始借送别而抒发自己的内心情感,发表对社会、人生的见解,开始注意叙事、议论、抒情、说理的统一,文采斐然,和谐优美。如李华《江州卧疾送李侍御诗序》,李侍御总管三州之赋税征收,不但朝廷之收入不乏,而且百姓亦无怨愤之情,上下俱安,誉满朝野,因此而升迁;而自己(李华)却沉沦渔钓,困顿山林,日益枯槁,两相对比,真有天壤之别。该序名为送别,实则借题发挥,意在抒发郁郁不平之气,完全摆脱了赠别序的惯常模式。

不仅李华在其独立赠序中鲜明地表达见解,"借他人之酒杯浇心中之块垒",而且李白的赠别序主体意识日益凸现,突破了赠别序叙送别、慰离情的类型化内容,转而抒发主体独特的真情实感、志向兴趣。如其《暮春江夏送张祖监丞之东都序》,开端突兀,先声夺人,营造出雄放突兀,不可羁勒的气势。接着直抒胸臆,表明自己本欲笑傲江海、挥斥幽愤,因"欲去不忍",心恋丹阙、欲济世安民而不可得。怀才不遇,壮志难酬,时光易逝,困顿至此,抑郁之情喷薄而出,如长江大河,一泻千里。语言波澜纵横,气韵生动。语意伤感,颇有"泽畔行吟"之慨。枯坐静室,愁怨满腹,本欲于盛世发挥才干,创业立功。尽管心志专一,意念忠贞,最终却只能眼睁睁目送时光滔滔逝去,"不可得也"。曾经丰润光洁的"玉颜"也随着岁月的无情淘洗而变得黑瘦枯槁,这是对于命运不济、才能无视的怨责和无奈。最后只能在"伤心"、"叹息"的等待彷徨中将生命一点点地消耗尽。序文前半段都是在感叹、宣泄。后才笔锋一转,由悲壮激越转入飘逸潇洒,以酣畅之笔叙述自己(李白)与张祖监的深情厚谊、诗酒风流。虽为事而作,也意在自抒怀抱,以清新之语写旷达之心,意气之盛,不逊于干谒之文。

由此可见,在初盛唐时期,赠别序由最初的赠别诗的附属品而开始脱离赠别诗单独成文,由注重交际性抒发类型化的离愁别绪,转而偏重独特性在赠别序文中表达主体感情、张扬主体意志,正是这样的转变给中唐韩愈、柳宗元赠序文彻底脱离饯别诗而表达主体情志的真正独立的赠别序提供了努力的方向,从这个意义上说,盛唐赠别序功不可没。需要说明的是,唐王朝为封建时代的盛世,唐人征戍使边、行旅漫游、求仕迁谪,多见诸别离序。别离乃千古难事,正如江淹《别赋》"黯然销魂者,惟别而已",在车马旅途不便的古代,一别之后更是前途生死未卜。无论唐人如何超迈旷达,送别之作,终以凄苦语为多。游子之意,故人之情,往往令人断肠。但初盛唐人却能以旷达释愁怨,以激昂代凄婉,别开生面,具有情深义重、深沉婉转、明达隽永、清新明朗的特点,更沾染着时代的昂扬欢愉气息,富于质爽而清新的情调,呈现出明朗乐观、健康积极的审美境界,颇具好男儿志在四方的英雄气。

---

① 陈子昂:《陈子昂集》(卷七),中华书局1960年版,第159页。

论柳开[①]

李　强

（上海商学院）

内容摘要：柳开是北宋著名古文家，其性格不同于宋代文人的主流性格，而体现出大唐文人的豪侠之气。作为宋初文人，柳开有一种重建思想世界秩序的紧迫感与责任感，为了实现自己的理想，他急于入世，通过向当权者干谒的方式宣传自己的文学主张。这些干谒书信都是用古文写成，与韩愈文风非常相似。柳开的文章透露着一股倔强与豪迈，反映出重建士人精神世界的担当勇气，这对宋初士风重建意义深远。

关键词：柳开　宋初　士风

柳开（947—1000），北宋著名古文家。作为北宋前期文人的代表人物，柳开是一个非常另类的人，他的人生价值取向、文学创作喜好，甚至他那过分张扬的性格，都与我们通常所认同的宋型文化不相符合。各种版本文学史对柳开的评论大同小异，大都认为他虽然开启了北宋诗文革新之门，但其作用仅限于对复古主义的鼓吹，他的价值只有放在欧阳修、苏轼领导的诗文革新流程中才具有意义。如果从所谓"古文运动"的视角去看，这样的评价或许不无道理，但它却会遮蔽许多历史细节，而这些细节对北宋文人精神世界的重构，起着非常重要的作用。

一

柳开不同于一般北宋文人，他身上激荡着大唐帝国文人的豪迈之气。如果从唐宋士风的发展结果来说，这一点或许没有什么更值得称道之处，但是考虑到唐末五代百余年的士风孱弱、斯文不竞，我们会发现宋初出现的这种大唐文人气概，不仅仅是一种古典文人风格的追忆与承继，更多的是文人精神的重新崛起。在柳开之前的那批由五代入宋的文人，至多带一些中晚唐的文人习性，诗歌创作上也是以闲适的白体诗歌为主流。但作为成长于大宋的新时代文人，柳开的人生价值观和文学审美取向，明显不同于当时的文坛耆老们，这也是我们认识柳开的一个最佳视角。

柳开在宋代就已经是颇受争议的人物。在阅读相关史料时，笔者发现后人虽然对柳开的性格议论纷纭，但有一点却是共同的，那就是柳开是个充满豪气的人，似乎更适合做一个仗剑行走江湖的侠士。儒与侠是支撑柳开心灵的两极，也使他的人生映射出别样的光彩。据《宋史》本传，柳开从小就表现出与众不同的果敢与英勇，十三岁时就曾仗剑击退入室抢劫的强盗。柳开成年后依然豪气满怀、剑不离身，这里还有一段精彩的文字再次提到他的"剑"，柳开做润州知州时，太平兴国三年（978）榜的状元胡旦为漕运使，此二人均为对大宋文化建设有着担当感的文人。某日，胡旦模仿孔子编《春秋》的体例，新编成一部《汉春秋编年》，感觉是自己最满意的天才之作，于是邀请柳开前来欣赏，柳开也欣然应约。接下来发生的事情则有些出人意料：

---

① 本文为国家社会科学基金项目"北宋士风、文人集团与文学演变研究"（09CZW031）。

(柳)开从其招而赴焉，方拂案开编，未暇展阅，开拔剑叱之曰："小子乱常，名教之罪人也！生民以来，未有如夫子者，至若丘明而下，公、穀、邹、郏数子，止取传述而已，汝何辈，辄敢窃圣经之名冠于编首！今日聊赠一剑，以为后世狂斐之戒！"语讫，勇逐之。旦阔步摄衣，急投旧舰，锋几及身，赖舟人拥入，参差才免，犹斫数剑于舷，聊以快愤。[①]

这段文字非常生动传神，把一个身兼儒侠二气的宋初文人表现得举手可触。如果仅仅是精于一人之敌的剑术，或偶尔发发匹夫之怒，柳开还担不起一个"侠"字，难能可贵的是，他对社会有一种担当之勇。宋代文人普遍有一种社会责任意识，这也是他们与高蹈于魏晋之世文人，或埋头于乾嘉之时的学者之间最大的不同。这种对社会的担当，是在扫尽五代颓靡之士风、建立与大宋王朝文治之世相符合的宋型士风后，才进一步确立的。

宋初的国内国际形势不容乐观，赵匡胤、赵光义虽然一直考虑着怎样削减武人的势力，但他们一时还找不到合适的人选来取代那些立下过赫赫战功同时又让他们寝食难安的宿将。柳开却适逢其会，成为一名入伍文职官员。据笔者的初步考察，这是目前所见宋史上较早的文人从军记录。如果确是如此的话，此事发生在文人地位逐步高涨、武人地位逐渐下降的时代，是一个意味深长的政治文化事件，体现了北宋文人对军政大权的逐步渗入，文人政治取代武人政治之势不可挡，而柳开或可谓道夫先路者。就在柳开去世的前一年，他还上书宋真宗，希望真宗御驾亲征、荡平北方的契丹势力。而且他不顾自己年老体衰，再次要求率领三五千人马做大军的先头部队，去为朝廷征战沙场。柳开从唐人手中接过并发展的豪侠之气，的确并没有成为宋代文人主流性格，但也确实成为构建宋代文人精神世界的重要一维，特别是习惯上被称为"爱国诗人"的宋代文人，如辛弃疾、陆游、文天祥等，他们在国家危难之际的挺身而出，不能不说是对这种文人侠气的回应。

二

柳开这种上接大唐的文人风格，更多的是接续文人人性发展之绝统，为文人独立人格之再次崛起奠定基础。他骨子里有一种重建思想世界秩序的紧迫感与责任感，这样一份感觉不会出现在由五代入宋的文人当中，因为他们虽然也见证了宋初南征北战的武功，但是看惯了五代军人跋扈统治，看惯了"城头变幻大王旗"，一旦社会相对平定，他们更关心的是如何使人民休养生息，或者去抓紧时间领取这来之不易的和平时光的恩赐，至于思想界秩序的重新建构，还远在他们的能力和关注视野之外。翻读柳开的文章，我们会发现此公有很强的文化传承意识。古代文人大都喜欢攀一门声名显赫的老亲戚，实际上柳开虽然以柳宗元后人自居，但他与唐代柳宗元在血统上的关系却实在是一笔糊涂账。据四川大学祝尚书先生考订，柳开曾祖父以上世系，到柳开时就已经搞不清楚了，柳开在为其堂兄柳闵写的墓志铭中设计了这样一段对话：

或问某曰："子家唐时为昌宗，志诸父兄墓不录其世系，何也？"某对曰："唐季盗覆两京，衣冠谱牒烬灭，迄今不复旧物。以姓冒古名家已称后者，淆混无别，吾宁效乎？苟其材，负贩厮役，得时用为王公卿士，是须古名家子也？其不材，纵名家子，今何谓？"[②]

虽然在唐朝柳氏多有名人巨公，但柳家的家谱自唐末以来就已经"烬灭"了，柳开声称不愿意像俗人那样乱攀亲戚。但是比较有意思的是，柳开有时候也不能免俗，总是信誓旦旦地表明自己是柳宗元的后代。他曾给自己取名"肩愈"，取字"绍先"，表明自己继承韩愈、柳宗元事业的决心。不仅从名字上体现自己与柳宗元的关系，他还在不同的场合强调自己的这份"高贵"出身。如《再与韩洎书》里他写道："唐有天下三百年间，称能文者，惟足下与我两家"，"其所喜者闻足下好为古文。及近得足下序

---

① 文莹撰：《玉壶清话》(卷三)，中华书局1984年版。

② 《柳君墓志铭》，载曾枣庄、刘琳主编：《全宋文》(卷一二八)，上海辞书出版社2006年版。

书，读之颇有吏部之梗概。所以自念韩柳氏子孙，与足下幸同出于今世矣。足下其勤而行之，无忘乃祖，勿使不逮于彼之徒也”。[①] 韩洎当时只不过是个普通的举子，因为也喜欢古文，柳开即给以大力推扬，甚至以韩愈期许对方，把自己和韩洎看成柳宗元和韩愈事业的薪火传继者。

实际上柳开通过取名字表达自己对先贤的尊敬，并非有意标榜自己的身价，而主要是为了表明自己恢复古道的决心。[②] 在自己力振古道的路上，柳宗元与韩愈也只不过是个小小的驿站，柳开最终要做的是“开古圣贤之道于时也，将开今人之耳目使聪且明也”。大概在开宝三年(970)，柳开决定改名“开”，表明自己“将开古圣贤之道于时”的心志。但他正式使用这个新名字还在开宝五年四月之后，因为这之前他写给梁周翰的干谒信上，使用的还是“肩愈”的名字。梁周翰对这个名字表示了异议，认为韩愈不应该成为柳开的人生目标，并对韩愈进行了一些批评。柳开在《答梁拾遗改名书》中，首先替韩愈做了辩驳，捍卫自己曾经的偶像；然后又指出自己确实超越了学韩愈为文这一阶段，学习韩愈和柳宗元的最终目的还是复兴儒道。也就是在这篇文章中，柳开正式向人们公布了自己的新名字。

柳开大力倡导复古，文学写作只是一个表现的途径。在“文”与“道”的问题上，柳开明显地倾向于“道”。虽然柳开之后的北宋文人也都时时把“道”当作一个标签，贴在自己的作品上，但像柳开这样全身心地投入到复古事业中的人，确实比较少见了。

三

柳开是北宋前期文人中的佼佼者，他不仅唤醒当代文人对士人风节的记忆，而且也像大唐文人那样，充满用世的激情，他不断地通过干谒的方式宣传自己的文学主张，向当权者推销自己，希望能够得到一展胸襟的机会。

唐朝的大部分时间，特别是在牛李党争发生之前，文人的用世意识是十分强烈的。这种用世精神不是建立在所谓“朝为田舍郎，暮等天子堂”的暴发心理之上，而更多是对社会、民生的深切关怀，对社会角色期待的一种担当。如李白也有着“直挂云帆济沧海”的用世意愿，为了能实现自己的理想，他可以放下文人高傲的架子，去干谒拜访实权人物，写一些吹捧对方、希望对方提拔自己的干谒书信；甚至在乱兵四起的情况下，敢冒天下之大不韪，去追随永王李璘的军事集团，希望借此建立一份旷世奇功。只有在自己用世的愿望得不到满足时，他才会悠游于林泉之中。柳开所尊敬的韩愈也是如此，在没有获得一个能施展抱负的平台前，韩愈也不断地干谒公门，推销自己；而一旦获得相应的位置，则完全按照自己理想与原则行事，甚至得罪自己的荐举者也在所不惜。柳开身上就是激荡着这一脉大唐文人之魂，并且深深影响了宋代文人。对于柳开文集中的干谒文，我们抱有这样一份了解之同情去阅读，或许会更好地把握他的心态和他所处的时代。为了直接获得参加礼部考试的资格，柳开二十四岁时给时知大名府的王祐“三投刺而四奉书”，文章写得挥挥洒洒，虽是干谒之文，但也为自己留有不少余地。这些书信没有用当时社交场合上流行的骈文，而是用奇句单行的古文写成，与韩愈文风非常相似，称得上是唐宋干谒文的精品。我们读读他给王祐第一书的开头部分：

人之生，有幸与不幸也。幸者自知，而不幸者谓人莫之知也。蠢然徒若类而已矣：或出夷狄之中，生不识其礼义，死不知其丧祭，不幸也欤！或在中国，生不成人而夭，或聋，或瞽，或瘖，或痼，或狂，或愚，皆疾之废也，不幸也欤！或生当乱世，战伐交兴，相之以贼杀，拘之以俘虏，旦不安其游，夜不宁其居，不幸也欤！或生困于贫饿，隶人之驱役，受人之制限，贱若于犬马，苟乎衣食者，不幸也欤！或生为兵，习于弓矢之劳；生为农，勤于耒耜之业；生为工，力于刀斤之用；生为贾，务于衡斛之任：难乎自足者，不幸也欤！或生溺为老、佛之徒，淫于诞妄之说；生处乎典吏之职，掌于赏罚之繁者，不幸也欤！是

① 《再与韩洎书》，载曾枣庄、刘琳主编：《全宋文》(卷一二八)，上海辞书出版社2006年版。

② 有一点大概常为人们所忽视，即柳宗元在晚唐五代的地位并不高，其文史价值在宋代被逐渐认可，柳开亦有其功。

故君子笃道而育德，怀仁而合义，恶夫不幸者也？自古圣人贤士，无不惜乎此矣。生而幸者，少其人哉！①

文章虽然是一封干谒书信，但却不落公关文字之俗套，凭空起笔，以“人之生，有幸与不幸也”引起话题，然后一气贯下，如长江大河、汪洋恣肆、气盛而言宜。通过一系列类比，为下面自己与王祜的见面造势。文章接着写到自己能有机会在和平环境读圣贤之书，拜于同好古道的王祜之门，也是时代赐予的幸运，把一次干谒行为上升到时代的高度，可谓善于立意。文章以“自知其幸也，敢请见焉”结尾，转入自己的请求，给人以水到渠成之感，虽然是求对方接见自己，但把自己和对方都放到“有幸”这一点上，希望进行面对面的平等交流。干谒书信的目的是向达官贵人自我推荐，但柳开并没有因此降低自己的人格，反而将之提高到一个新的历史高度。他通过自己的诠释，使这样一次本来很普通的地方长官接见士子的活动，有了很深刻的历史厚重和现实内涵。

柳开还有不少类似的干谒书信，一仍古文创作精神，重在阐明自己的人生或文学主张，有的也颇具文学色彩。如他给窦偁写的一封干谒信，别出心裁，用一个小故事作开头，借以说明自己的观点，其文风似庄子、孟子，这即使在唐宋干谒书信里，也是比较少见的，我们可以看出在他身上，文风的复古与创新，实际上是合而为一的。他开宝六年(973)给当时的“知贡举”李昉写《上主司李学士书》，更见其激切的性格。在信中他大谈君子小人之道，认为“夫世有君子小人，则有毁誉。毁誉苟不以其道，则君子小人是非不为当矣”，按照柳开的说法，称誉自己的人都是君子，说自己坏话的那些人就一定是小人。信中的逻辑天真而霸道，但的确反映出其急于入世、有所担当的心态。

四

柳开擅长射箭、精于棋道，他的这些爱好也与大唐文人相似。和宋初以后的大部分文人明显不同的是，柳开似乎并不太懂音乐，而北宋中期已降，宋代文人不少都是颇有造诣的音乐家。但柳开有时候也听听琴，并且能从别人的琴声中听出独特的感悟，当然这样的感悟并非建立在音乐欣赏的层面上，而是与自己坚持的复古事业有很大关系。

有一次柳开听一个叫鞠植的朋友弹琴，竟然在欣赏过程中潸然泪下。鞠植很感动，称赞柳开是懂音乐的知音，能够听得出自己在琴声中表达的悲伤情感。柳开并不隐瞒自己是个音乐盲，他承认不过是“因子琴之悲而切，自感而自悲也”，他所痛心的在道不在琴：

我听子之琴，尚不能识其音而辨其功矣，人岂反能观我之文也，而能为我行其言而尽其道乎？故知人不我知者，亦无尤也。与子务于古者也，知之者不足取于外也，诚乎己而已。子闻此之言，固亦信我之感而悲，不为妄也。子试为我而思之，将见子亦呜呜而不禁矣。②

柳开空有复古之心，但是大部分时间得不到周围人的认同，这恰好说明柳开事业在当时的创新性。他立志恢复古道，并因此感觉受到世俗的冷落，但他并没有从此甘心自放于一个欣欣向荣的时代。即使在大名东郊短暂的隐居期间，柳开也并没有真的遗世高蹈，而是潜心完成了几部重要著作，一旦感觉自己的实力和出山的时机都成熟了，他还是满腔热情地投入到现实政治中。虽然不被人同情，他的文章却依然透露着一股倔强与豪迈，反映出重建士人精神世界的担当勇气。

柳开在给当时的广南西路采访司谏刘昌言的求荐信中，描写了一番当时社会相对稳定、人才各尽其能的景况：

唐灭到今一百年，始见太平。天子考工较艺，求海内多士。尤绝者尽在朝廷，骈骈出头角，群莫能上，开常自叹所不及者。以今言之，王著善书，得笔札点画之妙，召置为侍书，日在上左右，出入禁闱；

① 《上大名府王祜学士书》，载曾枣庄、刘琳主编：《全宋文》(卷一二〇)，上海辞书出版社2006年版。

② 《赠鞠植弹琴序》，载曾枣庄、刘琳主编：《全宋文》(卷一二四)，上海辞书出版社2006年版。

贯玄善奕，专黑白胜负之能，召置为待诏，数数对上争博，坐或穷昼；楚兰善占，得为日者之长；刘翰善药，得为太医之令。越有梓匠，得尽能于佛塔；蜀多方士，得逞伎于道术。至于击球擅场，木射中物，有小奇于类者，皆大显于时。盖取其所能，而各尽其所妙也。苟不遇上之广求于人，不遗于物，则此数子果能自异于今乎？上所能知其此数子者，必有力言于上，而上始取而择其能，以为用也。①

这么多身怀一技的人都能得到任用，他认为自己"于其儒为文者，庶乎近于古人矣，比之书奕占药梓匠方士翘然出众者，开亦不媿于前数子"，言语之间，一股按捺不住跃跃欲试的心态。笔者不同意柳开借所举例子发牢骚的看法，虽然文人经常这样做。了解文章是不是采取反讽的手法，我们还是要把文章放入创作的具体历史语境中。柳开此文是为了说服别人推荐自己，其情感底色是积极向上的，而不是批判性的。此文善于设喻，颇得论说之妙，与欧阳修、苏轼时代的文人作品相比，也毫不逊色。

柳开一生中虽然也饱经宦海风波，数度起起落落，但他的几次贬斥都与其刚烈的性格有关，并非是一般意义上的政治错误，这与同时的王禹偁有所区别，也与宋初以后大多数行走在贬谪之途上的文人不同。柳开在文章中多次谈到"君子"、"小人"的问题，他的"君子小人论"主要基于他是非分明的性格，对士人品格所作的理想化要求，这与北宋仁宗庆历之后所兴起的"君子小人"之争虽有一定的联系，但本质并不相同。对北宋文人社会而言，柳开从盛唐文人那里继承的一脉豪气，倡导一种不同于晚唐五代的新士风，其对文人社会的价值重在其建设性，而宋中期之后诸公的"君子小人"之防却大多是文人社会的破坏因子。柳开通过自己的言行与文章，告诉宋代文人应该怎样才能免于五代那样的堕落。他对士人道德修养的强调，使得宋初士风涵养在其内在发展理路之外，也平添了一些社会舆论力量的守护。

【主要参考文献】

[1] 文莹撰：《玉壶清话》，中华书局1984年版。

[2] 李焘撰：《续资治通鉴长编》，中华书局1985年版。

[3] 脱脱等撰：《宋史》，中华书局1977年版。

[4] 曾枣庄、刘琳主编：《全宋文》，上海辞书出版社2006年版。

① 《与广南西路采访司谏刘昌言书》，载曾枣庄、刘琳主编：《全宋文》（卷一二三），上海辞书出版社2006年版。

论北宋隐逸文化的特质[①]

林晓娜

（汕头大学文学院）

内容摘要：北宋的隐逸文化独具特色，是隐逸文化的集大成时代，也是隐逸文化的转折时代。本文从隐士人数的剧增、隐士对社会风气的影响、隐逸之风对士大夫日常生活的影响、隐逸之风对品评人物的影响四方面，探讨北宋隐逸之风的兴盛，认为北宋隐逸之风兴盛的原因有：士阶层的空前壮大增加了入仕的难度；社会分工细化，经济、文化的发达为退隐提供良好的生活土壤；庞冗的政治机构、名目众多的闲官制度催生隐逸闲情；频仍的党争和三教合一是隐逸兴盛的政治土壤和思想土壤。

关键词：隐逸文化　隐士　心隐

宋代整个社会，上至皇帝宰辅，下到黎民百姓，皆十分尊重隐士，崇尚隐逸，隐逸之风在两宋盛炽不衰，唐及以前形成的隐逸方式得到进一步发展，新的隐逸方式又在不断形成，并逐渐改变着隐逸的精神内涵，形成独具面目的宋型隐逸文化。我们可以说，北宋是隐逸文化集大成的时代，也是隐逸文化的转折时代。本文将探讨北宋隐逸之风盛行的表现，并分析隐逸之风兴盛形成的原因，从而揭示北宋隐逸文化的独特性。

一、北宋隐逸之风盛行的表现

隐逸不仅是一种文化现象，更是一种社会现象，隐逸思潮的盛行影响到时代、社会的方方面面，与一个时代的政治、社会、经济紧密相关。北宋的隐逸思潮盛行，使隐士的社会地位空前提高，文人士大夫也崇尚隐逸思想，与隐士过往甚密，并把隐逸文化渗透到日常生活中，隐逸的人格精神也成为品评人物的标准之一。下面主要从四个方面谈谈北宋隐逸思潮兴盛的表现。

（一）作为隐逸的主体——隐士的人数之多是空前绝后的

晚唐五代"置君犹易吏，变国若传舍"（陈师锡《五代史记序》），政治局面动荡黑暗，身处乱世的文人大多选择归隐避祸，退出江湖从事经义之学和文章辞藻，从而兴起一场隐逸高潮。北宋政权的建立，结束了五代分裂动乱的局面，但一大批隐士入宋之后依旧隐而不仕，五代的隐士戚同文、扬悫、陈抟等还成为宋初名噪天下的高隐。北宋延续了五代以来的隐逸之风，掀起又一场隐逸高潮，李瑞玲《论宋代隐士》根据私史、笔记小说进行不完全统计，宋代有名有姓的隐士达300余人，[②]张海鸥先生从多种方志中检索得379人。[③] 出现在宋人诗文集中，有嘉言懿行但姓名、行迹不能详考的隐士更是不

① 本文为2011年汕头大学文科基金项目、汕头大学科研启动经费项目"北宋隐逸诗与隐逸文化研究"的阶段性成果。

② 李瑞玲、毛安福：《论宋代隐士》，载《郑州大学学报》1996年第5期，第111页。

③ 张海鸥：《宋代隐士隐居原因初探》，载《求索》1999年第4期。

胜枚举。以上统计数字是两宋的总体概况，以《宋史·隐逸传》统计，宋代隐士 57 人，[①]其中北宋时已有隐逸行为的 43 人，占 75%，可见北宋隐逸之风比南宋更为昌盛，笔记、方志中的两宋隐士，北宋也应该占大多数。

(二)隐士对文人士大夫及社会风气的影响之大也是前所未有的

中国古代历史上素有尊隐的传统，孔子曾说“兴灭国，继绝世，举逸民，天下之民归心焉”(《论语·尧曰》)。宋朝继承历史上的尊隐传统，十分重视访举隐逸，皇帝经常下诏召见隐士，或者遣使就山抚问，或诏本州长吏岁时存问，赏赐丰厚，对隐士待遇相当优渥。尤其在北宋初期，朝廷急需通过旌表隐士、树立道德典范来巩固士大夫和民众的意识形态。宋真宗封泰山祠汾阴的时候，也多次下诏，“举旌赏之命，以辉丘园；申恤赠之恩，用慰泉壤，所以褒逸民而厚风俗也”[②]。朝廷对隐士的优渥待遇，说明隐士有极高的社会地位和声名威望。

宋代的士大夫及平民百姓，也都对隐士心存钦敬。宋代许多文人士大夫，都有与方外之士、隐遁之士交游的经历，比如寇准与魏野、潘阆、林逋；范仲淹与林逋；王安石与孙侔、俞秀老，等等。他们以与高风亮节的隐士结交为荣，每到一处当官，都慕名前去寻访当地的处士、高人。如《墨客挥犀》载：“李侍郎及，性清介简重，知杭州，恶俗轻靡，不事游燕。一日微雪，遽命出郊。众意当召宾朋为高会，乃独访林逋处士，清谈至暮而归。”[③]苏轼也以延请得来佯狂隐士而沾沾自喜，“先生不知其名，黄州故县人，本姓卢，为张氏所养。阳狂垢污，寒暑不能侵，常独行市中，夜或不知其所止。往来者欲见之，多不能致，余试使人召之，欣然而来。既至，立而不言，与之言不应，使之坐不可，但俯仰熟视传舍堂中，久之而去。夫孰非传舍者，是中竟何有乎？然余以有思惟心追蹑其意，盖未得也”。其诗说“肯来传舍人皆说，能致先生子亦贤”[④]，张先生大驾光临，即使立而不言不语，外人也认为十分不得了，招徕高隐之人是苏轼贤良的有力证明。邵雍隐居洛阳，不仅士大夫争相迎候，连闾巷童孺、厮役也与他亲密无间，“春秋时出游城中，风雨常不出，出则乘小车，一人挽之，惟意所适。士大夫家识其车音，争相迎候，童孺厮隶皆欢，相谓曰：‘吾家先生至也。’不复称其姓字。或留信宿乃去。好事者别作屋如雍所居，以候其至，名曰‘行窝’”[⑤]。孔旼“环所居百余里，人皆爱慕之，见旼于路，辄敛衽以避”[⑥]。魏野常骑白驴出游，遇之者无不致以万分的敬意，“前后郡守，虽武臣旧相，皆所礼遇，或亲造谒。赵昌言性尤倨傲，特署宾次，戒阍吏野至即报”[⑦]。

隐士的社会地位和声望来源于他们崇高的人格修养和道德境界，戚同文“深为乡里推服，有不循孝悌者，同文必谕以善道”。宗翼“隐而不仕，家无斗粟，怡怡如也，未尝以贫窭干人。市物不评价，市人知而不欺”。林逋隐居孤山二十年不入城市，以道德文章闻名于世，得到寇准、范仲淹、欧阳修、梅尧臣、苏轼、黄庭坚的高度称赞，南宋诗人更是对林逋的人品与诗歌赞不绝口。如此一来，隐士的高风亮节赢得士人的推崇、民众的拥戴，时代与社会给予隐士应有的认可与尊重，又反过来促进隐士队伍的壮大，对隐士的操守气节的期许，也提高并丰富了隐士的隐逸精神境界。

(三)隐逸之风的兴盛也体现在士大夫的日常生活中

北宋士大夫普遍崇尚隐逸，推崇恬淡虚静、洒脱豁达的人格精神，不管富贵穷达、贤愚清浊，都爱在日常生活、衣食住行中附庸隐逸之风雅。例如衣着方面，宋人视穿着道服为超尘脱俗之举，邵雍、王禹偁、苏轼是最喜欢身着道衣的，“紫李黄瓜村路香，乌纱白葛道衣凉”(苏轼《病中游祖院塔》)；“蒜山渡口挽归艎，

---

① 松江渔翁、杜生、顺昌山人、南安翁、治篾箍桶、卖酱翁等无具体姓名者亦算在内。如潘阆、邵雍等著名隐士不见著于《宋史·隐逸传》。

② 脱脱：《宋史》(卷四百五十七)，中华书局 1977 年版，第 13431 页。

③ 《墨客挥犀》(卷七)，彭□辑佚，孔凡礼点校，中华书局 2002 年版，第 361 页。

④ 苏轼：《张先生并叙》，载《苏轼诗集》(卷二十)，王文诰辑注，孔凡礼点校，中华书局 2007 年版，第 1029 页。

⑤ 脱脱：《宋史》(卷四百二十七)，中华书局 1977 年版，第 12727 页。

⑥ 脱脱：《宋史》(卷四百五十七)，中华书局 1977 年版，第 13435 页。

⑦ 脱脱：《宋史》(卷四百五十七)，中华书局 1977 年版，第 13430 页。

朱雀桥边看道装”(苏轼《次韵许遵》);“年年赁宅住闲坊,也作幽斋着道装”(王禹偁《书斋》);“笋蕨供家馔,园林着道装”(王禹偁《投迤殿院》);文人吏散公退时穿着道袍,可体会“无官一身轻”,也可获得心灵的澄净清澈。朋友之间互赠道服是清雅的行为,诗人经常为此赋诗唱和,邵雍有《道服吟》四首,王禹偁有《谢同年黄法曹送道服》、《道服》两首,范仲淹作《道服赞》,苏轼、刘子翚、姜特立等也有相关题材的诗歌。饮食题材在宋诗中蔚为大观,“茶”和“酒”是最能体现出隐逸之风对饮食领域渗透影响的。“酒隐”一词由来已久,宋代对酒文化的贡献不及对茶文化的贡献大。在宋代,茶才大受欢迎,并成为文人日常生活中的必需品,经过文人与僧道的品饮、参悟,最终形成“茶禅一味”的“茶隐”。宋人还喜欢以带有隐逸色彩的词语来命名自己的庄园书斋、殿堂楼阁,比如有以吏隐、大隐、中隐、酒隐、天隐、避世、高遁等为名的,也有以清虚、超然、佚老、致虚等形容隐逸精神的词语为匾额的,这充分显示出宋人对隐逸情调与恬退情怀的重视。总之,文人在衣食住行的日常生活中,常以清心寡欲、修身养性为旨归,以洒脱超然的隐逸精神为追求,显示出隐逸之风对社会审美风尚和习俗的影响、渗透。

(四)宋代隐逸之风的兴盛,体现在对人物的品评上

宋代士人内敛、自省的性格,使他们在人格取向上以淡泊恬退、清虚自守、淳朴清和、翛然物外为高,极其鄙视奔竞钻营、机巧伪诈之徒。立朝而有恬退之风,是评判宋代官员的一个重要标准。王安石未出仕前,便以恬淡虚退名闻天下,“文彦博为相,荐安石恬退,乞不次进用,以激奔竞之风”①。周敦颐仕宦三十年,治绩卓著,当分宁主簿时便已断狱如神,邑人惊叹为“老吏不如也”,但宋人评价其功德,并不着重于他的吏政才能,而是着意于他雅意林泉,“平生之志,终在丘壑”的一面,黄庭坚歌颂周敦颐之诗通篇“不及世故,犹仿佛其音尘”,“人品甚高,胸中洒落,如光风霁月”②遂成为周敦颐的定评,也成为后代士人为人处世的道德模范。宋代的墓志铭、行状、挽诗等等,也都重视突出缅怀对象冲和淡泊的一面,送人之官或致仕归乡的诗句,如“耄期吏隐倦,归去上恩荣”③;“吏隐不求贵,亲老不择禄”④;“满目湖山真吏隐,半空楼阁信仙居”⑤,也可以看出宋人对隐逸人格推崇备至。

二、宋代隐逸之风兴盛的原因

关于宋代隐逸之风兴盛形成的原因,已有一些学者进行探讨,⑥隐逸是社会的产物,直接或间接地受到政治、经济、文化的影响,下面结合已有的研究成果略为补充几点。

(一)宋朝十分重视教育

宋朝兴建了大量的官私教育机构,为更多人提供了就学机会,又随着造纸术、印刷术的发展,书籍大量刊行印发,知识得到广泛、迅速的传播,一些穷苦人家的子弟也获得学习的权利和条件。由此,社会上的士阶层空前壮大。读书人唯一的出路是科举仕宦,而读书人剧增的结果,便是更多的文人名落

---

① 脱脱:《宋史》(卷三百二十七),中华书局1977年版,第10541页。

② 黄庭坚:《濂溪诗》序言,载黄庭坚撰,任渊、史容、史季温注,刘尚荣校点《黄庭坚诗集注》(别集卷上),中华书局2003年版,第1411页。

③ 刘敞:《送李监丞致仕还乡》,载《全宋诗》(第9册),北京大学出版社1995年版,第5791页。

④ 王禹偁:《送朱九龄》,载王禹偁:《王黄州小畜集》(卷四),中华再造善本,北京图书馆出版社2004年版,第9页。

⑤ 谢景温:《送程给事知越州》,载《全宋诗》(第10册),北京大学出版社1995年版,第6798页。

⑥ 喻学忠《晚宋士大夫隐逸之风述论——晚宋士风研究之二》(载《重庆师范大学学报》2005年第2期)认为隐逸之风形成的原因是皇帝昏庸、权相专政、小人得志、正直之士受到压抑。刘学刚《宋代隐士与文学》(四川大学出版社1992年版)认为宋代隐士队伍壮大的原因,主要有士阶层的壮大、五代隐风的影响、党派斗争、僧道隐居等。郭学信《宋代士大夫隐逸思潮探析》(载《山东师范大学学报》2009年第6期)则从冗官、闲官的政治制度,宋代政权对文人士大夫的牵制以及朋党之争,意识领域中的儒道释三教融合的社会思潮,文人士大夫自省、内敛的心态和审美趣味四个方面来分析士大夫隐逸思潮的形成原因。

孙山,更多的文人与官场无缘。虽然宋代科举取士的人数在历史上是空前绝后的,[①]但相对于读书人的人数来说,仍是相当微小的比例,科举竞争的激烈程度丝毫不亚于其他朝代。翻检《全宋诗》,送人下第之诗屡见不鲜,屡考不中又年迈无成的举子也多不胜数,朝廷每年都要赐一小部分终身老于场屋者以出身,平均每年有157人,这也是史无前例的多,正好证明"白首老场屋"的人之多。

历尽千辛万苦仍无法跻身官场的人,自然会生发隐逸之思,以隐逸精神自我调解。"白日升天易,明时登第难"[②],潘阆登第落空,干谒游宦于王城,尝尽世态艰辛,寄诗与陈抟说:"不信先生语,刚来帝里游。清宵无好梦,白日有闲愁。世态既如此,壮心应已休。求归归未得,吟上水边楼。"[③]"闻君俱下第,使我转思山。"[④]魏野听闻别人落第尚且如此,遑论他人亲历之时。魏野另有"失意人方羡野人,因酬嘉句谢知闻。都缘月桂终难舍,岂是烟萝不肯分"[⑤]的诗句,道尽千古士子求取功名的个中艰辛,揭示仕隐进退之身不由己、无奈徘徊。元祐三年,苏轼知贡举,错认他人文章为门生李廌之文而置于首选,结果李廌下第,苏轼感叹"平时谩说古战场,过眼终迷日五色"。李廌再举失利后便绝意仕进,归耕颍川。张耒听闻友人下第归乡,赋诗曰:"淡墨高张动禁城,风驰电落走寰瀛。从来万卷贮便腹,可得千人无一名。且向江边伴逐客,会须天上冠群英。遥思匹马千山里,孤店村深听晚莺。"[⑥]千里挑一的人才,竟然也挤不上科场的独木桥,张耒期待友人归来和他一起恣情山水。可见,读书人的剧增、士阶层的壮大以及由此带来科举的激烈竞争,使许多文人被迫成为隐而不现、居而不仕的隐士。

(二)无论是自愿隐逸还是被迫归隐,隐士都面临着"稻粱谋"这一最根本的生存问题

让手无缚鸡之力的书生去躬耕田园或捕鱼樵牧,是十分勉为其难的。俞汝尚力辞王安石御史之聘,但"还家苦贫,未能忘禄养。又从赵抃于青州,遂以屯田郎中致仕"[⑦]。宋代生产力大大提高,社会分工细化,经济、文化的发达,为隐士的隐居提供了良好的生活土壤。宋代的隐士普遍具有安贫乐道的高尚品质,但他们的生活并不贫穷,有的还常能周济乡亲邻里。四皓商山采芝、邵平种瓜东门、严光渔钓富春、陶渊明躬耕田园这些靠体力劳动为生的隐居,在唐代已逐渐减少,至赵宋更是少之又少,《宋史·隐逸传》中的隐士力耕自给的,仅有杜生、苏云卿、刘勉之等,文士所言之归耕,其实仅仅管理从祖上传下来或者官私赙赠的田产,租佣耕种,最主要的生活内容仍是舞文弄墨、读书讲经。宋代隐士完全可以依靠脑力劳动自力更生,比如行医卖药、占卜择日、养花艺圃、卖字卖画、讲学授业等。苏轼《种德亭》序言记叙了处士王复行医救人的事迹,"为人多技能而医尤精,期于活人而已,不志于利。筑室候潮门外,治园圃,作亭榭,以与贤士大夫游,惟恐不及,然终无所求。人徒知其接花艺果之勤,而不知其所种者德也,乃以名其亭"[⑧]。经学、文章、辞藻、道德出众者,往往有生徒从之问学。戚同文乡望甚高,又得到将军赵直的器重,赵直为他"筑室聚徒,请益之人不远千里而至,登第者五十六人"。大中祥符二年,有府民曹城到戚同文讲学之处进一步造室聚书,规模甚大,朝廷诏赐额为"本府书院"。[⑨] 安素处士高怿是种放的学生,于京兆府学"讲授诸生,席间常数十百人"[⑩]。周启明四举进士皆第一,景德中归,"教弟子百余人,不复有仕进意"[⑪]。代渊弃清水主簿,"还家教授,坐席常满"[⑫]。宋代继承了源远流长的尊隐传统,朝廷给予隐士极高的地位和优渥的待遇,士大夫和人民群众也给予隐士极

---

① 根据张希清《论宋代科举取士之多与冗官问题》(载《北京大学学报》1987年第5期)统计,宋代平均每年取士361人,约为唐代的5倍,元代的30倍,明代的4倍,清代的3.4倍。

② 潘阆:《上李学士》,载《全宋诗》(第1册),北京大学出版社1995年版,第623页。

③ 潘阆:《寄陈希夷》,载《全宋诗》(第1册),北京大学出版社1995年版,第624页。

④ 魏野:《闻王衢王专下第因有所感》,载《钜鹿东观集》(卷二),《宋集珍本丛刊》,第7页。

⑤ 魏野:《和进士田亚夫见赠》,载《钜鹿东观集》(卷三),《宋集珍本丛刊》,第3页。

⑥ 张耒:《闻郊老下第作诗迎之》,载张耒撰:《张耒集》,李逸安、孙通海、傅信点校,中华书局1990年版,第452页。

⑦ 脱脱:《宋史》(卷四百五十八),中华书局1977年版,第13447页。

⑧ 苏轼:《种德亭并叙》,载《苏轼诗集》(卷十六),王文诰辑注,孔凡礼点校,中华书局2007年版,第823页。

⑨ 脱脱:《宋史》(卷四百五十七),中华书局1977年版,第13418页。

⑩ 脱脱:《宋史》(卷四百五十七),中华书局1977年版,第13433页。

⑪ 脱脱:《宋史》(卷四百五十八),中华书局1977年版,第13441页。

⑫ 脱脱:《宋史》(卷四百五十八),中华书局1977年版,第13442页。

高的尊重,这固然是宋代隐士队伍在稳定太平之后仍然日益壮大的重要原因之一,[①]但更为重要的,还在于宋代文人归隐之后,物质层面的自力更生不成问题,又可担负起一定的社会责任,实现个人的生命价值,获得了"学而优则仕"之外的另一种安身立命的事业,因此一些文人在挂冠归去或绝意仕途时才能那么毅然、决然。

(三)宋代日益加剧的冗官闲官政治,增加了文人士大夫候补待职的困难

郭学倍《宋代士大夫隐逸思潮探析》一文,认为宋代日益加剧的冗官闲官政治,增加了文人士大夫候补待职的困难,所以文人淡化用世情结,以归田、退隐的心态和形式为自己营造一个超然独立、闲适宁静的世界。笔者认为,宋代庞冗的政治机构、名目众多的闲官制度,对尚未获得仕宦入场券的士子隐逸心态的影响是间接的。闲官冗官最为直接的影响,首先应该是使许多奋厉有当世志、以直躬行道为己任之士,有了尸位素餐、与世不偶之感,从而徘徊在去禄归田与安禄待时之间;其次是使大多数文人从吏劳俗累中解脱出来,获得更多的"痴儿了却公家事"的时光,以供他们培养闲情逸致,更多地思考穷达荣辱的际遇与行藏出处之道。

北宋官吏清闲休暇的时间多得出奇,除非胸无大志的苟禄之人,不然怎能安于闲置冗余的官职?再者,有的闲官完全等同于废黜,比如奉祠官,在熙宁至靖康年间,是安置降黜和求退官吏的专门闲职。[②]文人便只有在接受闲官继续仕宦,还是勇决归去之间犹豫不决,"归田未果决,怀禄尚盘桓"[③];"归耕何时决,田舍我已卜"[④];"归耕未有计,且复调闲官"[⑤]。大概正如苏轼所说:"归田不待老,勇决凡几个?"[⑥]闲官冷官对于文人来说如同鸡肋。闲官冗官的官僚体制,从王禹偁、范仲淹开始,有远见、有抱负的文人都不以个人的得失为怀,锐意革新,但在朋党成风、变动不居的政治环境里,许多文人往往是"进之退之,席不暇暖,而复摇荡其且前且却之心,志未申,行未果,谋未定,而位已离矣"[⑦],处之不安,改之不果,弃之不决,文人只能以"吏隐"来调和妥协与抗争两股情绪,以"吏隐"来消解苦闷,寻找人生的意义。

(四)频仍的党争和三教合一的思想背景,成为北宋隐逸思潮兴盛的政治土壤和思想土壤

中国历史上每一个朝代的统治阶级内部,都有不同的利益集团在相互制衡、不同的政治主张在相互碰撞,或大或小的政治斗争从未间断过。明争暗斗、尔虞我诈的官场,与独善其身、自由和谐的隐逸,是两个截然不同的世界,最终弃官归隐或兴起归隐之思的官吏,大多是因为厌倦了宦海的虚伪逢迎、钩心斗角。所以,隐逸思潮是随着此起彼伏的党争日益盛炽的。北宋文人党争贯穿始终,庆历党争、新旧党争具有长时间性、反复性、颠覆性的特点,在那样朋党成风、变动不居的政治环境里,有一些文人更不愿跻身官场,无意仕进,考察《宋史隐逸传》,熙宁至元符年间,因为不满新法或看不惯章惇、蔡京之流窃国害贤而归隐的,就有孙侔、姜潜、连庶、俞汝尚、邓考甫、宇文之邵、徐中行等人。仕宦之路激流暗涌,险象环生,文人被卷入宦海风波里,饱尝闲置、贬谪、流放之苦,观宋代文人,极少有不经贬谪、闲置的。仕进艰难,文人便需要一个制衡点,需要一个退守的阵地来平衡精神上的矛盾,而这个制衡点,便是"隐"。儒家的待时之隐、道家的适性之隐、佛释的超脱红尘之隐,三者合一,成为最佳的平衡机制。三教融合背景下的隐逸,在一定意义上是形成仕隐观的能动机制,协调着出世与入世的矛盾,让士人从政治、社会、人生中超越出来,成为安顿士人灵魂的栖息地。

---

① 张海鸥:《宋代隐士隐居的原因初探》(载《求索》1999年第4期)分析中国源远流长的尊隐传统对宋代隐士隐居的影响,还简略地列举隐者的自由意志,天下无道则隐、穷则独善其身,朱子之学、地缘文化传统及亲缘关系对隐士隐居的形成影响。

② 刘文刚:《论宋代的宫观官制》,载《宋代文化研究》(第七辑),巴蜀书社1998年版,第79页。

③ 王禹偁:《扬州池亭即事》,载《王黄州小畜集》(卷六),中华再造善本,北京图书馆出版社2004年版,第2页。

④ 苏轼:《罢徐州往南京马上走笔寄子由五首》(其四),载《苏轼诗集》(卷十八),王文诰辑注,孔凡礼点校,中华书局2007年版,第938页。

⑤ 苏辙:《送李宪司理还新喻》,载苏辙撰:《苏辙集》(卷十二),陈宏天、高秀芳点校,中华书局1990年版,第232页。

⑥ 苏轼:《迁居临皋亭》,载《苏轼诗集》(卷二十),王文诰辑注,孔凡礼点校,中华书局2007年版,第1054页。

⑦ 王夫之撰:《宋论》(卷二),舒士彦点校,中华书局1964年版,第46页。

李公麟佚文辑存

凌郁之
（苏州科技大学人文学院）

内容摘要：李公麟以丹青妙绝一世，亦长于文学。惜其文学为书画所掩。《全宋文》录其文《璇玑图叙》、《璇玑图再叙》、《题奉节图》、《题孝经图》、《题韩干马》、《褚临兰亭跋》、《铜壶漏箭制度序》、《乾龙节道场疏》凡8首，今补辑15首。

关键词：李公麟　轶文　补辑

李公麟(1049—1106)，字伯时，号龙眠居士，庐州舒城（今安徽省舒城县）人。熙宁三年，登进士第，累官南康长垣尉、泗川录事参军、中书门下后省删定官、御史检法。元符中，归老于家乡龙眠山，肆意泉石间，作《龙眠山庄图》，二苏兄弟皆有题咏。“从仕三十年，未尝一日忘山林。故所画，皆其胸中所蕴”[①]，崇宁五年卒。李公麟以丹青妙绝一世，尤善画马及释道人物，“集顾、陆、张、吴诸家之长，为宋画第一”[②]。其丹青绘素每与诗意文心相会通。自云：“吾为画，如骚人赋诗，吟咏性情而已。”[③]李公麟亦长于文学。《宣和画谱》卷七云：“其文章则有建安风格。”[④]《东都事略》卷一一六云：“其为文清婉，工于诗，而一时多所称誉焉。”惜其文学为书画所掩。《全宋文》录其文《璇玑图叙》、《璇玑图再叙》、《题奉节图》、《题孝经图》、《题韩干马》、《褚临兰亭跋》、《铜壶漏箭制度序》、《乾龙节道场疏》凡8首，今补辑15首。

阎立本《西域图》跋

博陵阎公总章于丞相，终于中书令，艺兼后素，时谓丹青神化。此其迹也。唐人张彦远出鸣珂三相家，风流博雅，著书记历代画，第阎上品，而《西域图》在所录。又言王知慎亦搨之，则传世者非一本。此弊□诸马多阙，而剪发二人全失之。比见摹本，自高丽来，采笔殊恶，而马之沥乳者与人之剪发者皆全，信外国自有唐摹时完本。今取其全者备见之。且以浚都世臣大家，秘藏图史，以奇胜相高者极众，至于阎迹，乃少遇真。惟吕申公家有《唐太宗步辇图》，引禄东赞对请公主事，皆传写一时容貌。赞皇李卫公小篆，其语采色神韵，与此同出一手。而张记亦曰：“时天下初定，外国入贡，诏立本写外国图。”而注指“西域”，则奉诏所为者即谓是耶？信真迹果不足疑。旧传其书系狄梁公之迹，观其端重和劲，稍不类褚、薛，亦或当然。窃尝爱彦远多识，著论得雅驯，引谢安言韦诞书凌云阁，已钉榜蓝悬，去地二十五丈，及下，须眉尽白，因戒子孙绝楷法，而王子敬正色诋之曰：“仲将魏大臣，岂有如此？”信如所说，[阙]魏德之不兴，乃以子敬为知言。因论阎令既为星郎，不当有临池之辱，况太宗治近侍有拔诏之恩，接下臣无撞郎之急，岂得不通官籍，直呼画师以至丹青之誉。非辅相之才，丹青固不足以辅相，而所以为辅相，乃不在丹青。浅薄之俗，举一废百，而轻艺嫉能，一至于此！良可于邑。由是言之，穷神之艺，自不妨阎令之贤；斯人果贤，适增画重。愚因取其说而并书之。元祐六年辛未九月，龙眠山人李公麟

① 《宣和画谱》(卷七)，《丛书集成初编》本，中华书局1985年版，第201页。

② 宋濂：《文宪集》卷一三《题李伯时画孝经图后》，影印《文渊阁四库全书》本，台湾商务印书馆1986年版。

③ 《宣和画谱》(卷七)，《丛书集成初编》本，中华书局1985年版，第202页。

④ 《宣和画谱》(卷七)，《丛书集成初编》本，中华书局1985年版，第203页。

伯时题。

按，见吴曾《能改斋漫录》卷一二《阎立本画》。《漫录》云："右伯时跋阎立本《西域图》，庐陵王方贽侍郎家有之，其孙瓌夔玉宝藏之。大观间，开封尹宋乔年言之省中，诏取以上。进时庐陵令张达淳、郡法掾吴祖源被檄委焉，因窃摹之，于是始有摹本。"

《贡职图》跋

梁元帝时，萧绎镇荆时作《贡职图》，状其形而识其土俗，首虏而后蛮，凡三十余国。唐阎令作《西域图》，兼彼土山川而绝色伽梨，凡九国，中有狗头大耳鬼国为可骇。皆所以盛会同而奢远览，亦贡职之流也。元祐元年六月望日，李公麟书于奏邸竹轩。

按，见史绳祖《学斋占毕》卷二《王会贡职两图之异》。"贡职图"，或作"职贡图"。《宣和画谱》卷七载御府所藏李公麟《写职贡图》二本，系临阎立本之《职贡图》。王世贞《弇州四部稿》卷一五五云："阎令又有《西域图》，兼彼土山川而绝色伽梨凡九国，中有狗头大耳鬼国。用修(杨慎)谓梁元有《职贡》而阎令无之，则非也。宣和内府有立本《职贡图》二，又《异国斗宝》一，即所谓狗头大耳也。"

《三清图》跋

玉清天者，天宝君之所治也。何以言之？《神□内经》曰："太虚精妙，六合相更，变化之道，一生一成。"《大洞经》曰："分形散影，位为上真。"上清天者，灵宝君之所治也。东华、南极、北真、西灵、莲花池。太清天者，神宝君之所治也。天人身有光明。《大洞经》曰："身生水火，放光万□。项负圆耀，浮游□晨。"此天以莲花开合为昼夜，日月□明，上照不及。是□人等身有光明。诸君丈人、玉辅、保傅、莲花池。玉京山，四方三十二天三十二帝，与中央之天凡三十三天。太史公曰："昆仑山者，日月隐蔽，以为昼夜。"《大洞经》曰："金翅为之落飞。"《翊圣真君传》以玉皇殿为通明殿，谓帝身光明，与殿光明相照，仰视惟见大光明中上帝俨然。玉京天，天真九皇、虚皇元尊、虚皇元老、虚皇元君、虚皇元帝、东方七宿、罗睺星君、南方七宿、金星真君、水星真君、北斗七星、太阳帝君、木星真君。艮象、震象、巽象，高上玉皇，紫微帝君。正一真人张天师，道家谓之引进真人。茅山刘混康伏章屡至天门，能道其详，精爽不二，歘然上达。东方天王、金翅鸟、真武真君、唐将军、葛将军、天蓬大元帅，引进张真人。坎象：三天门下、通真使者、奏书、南方天王、七金山、七大海。离象：周将军、天猷副元帅、黑杀真君、西方天王、北方天王。四天王居须弥山四埵，又有二十八大将军，盖每方一天王、七大将军也。今道家有真武、天蓬、天猷、黑杀四圣，皆天之将军也；太阴帝君、紫炁星君、月孛星君。乾象、兑象、坤象、土德星君、火德星君、西方七宿、北方七宿。艮象、震象、巽象、坎象、离象、乾象、兑象、坤象。共十五幅。臣李公麟制。

按，见张丑《清河书画舫》卷八上。云："右李伯时《三清图》，纸本，白描，极精。凡为人物三百四十，宫殿四十余，尤是圆光。下段几于神化。"

《天马图》跋

右一匹，元祐元年十二月十六日，右骐骥院故于阗国进到凤头骢，八岁，五尺四寸。右一匹，元祐元年四月初四日，左骐骥院收董毡进到锦膊骢，八岁，四尺六寸。右一匹，元祐二年十二月廿三日于左天驷监拣中秦马好头赤，九岁，四尺五寸。[右]一匹，元祐三年闰月上元日洹溪进照夜白。

按，见周密《云烟过眼录》卷一。又云："伯时《天马图》生意飞动，有王晋卿、苏子瞻和诗在后。"此《天马图》即《五马图》，而阙第五匹。王士禛《香祖笔记》卷六："李龙眠《五马图》一卷。"注云："右止有四马，阙一。"吴升《大观录》卷一二《李伯时五马图卷》于第五匹则云："右一匹青花骢。(原无笺，恐即是满川花也)。"

《摘瓜图》跋

昔李将军思训画明皇拥嫔，御数十骑。

按，见王恽《玉堂嘉话》卷三。《宣和画谱》卷七，御府所藏李公麟《摹唐李昭道摘瓜图》。《摘瓜图》即《明皇幸蜀图》，宋人以“幸蜀”不祥，故改称之（叶梦得《避暑录话》卷下）。

《东坡笠屐图》跋

东坡谒黎子云，途中值雨，乃于农家假箬笠木屐，戴履而归，妇人小儿相随争笑，邑犬争吠，东坡谓曰：“笑所怪也，吠所怪也。”

按，见宋荦《西陂类稿》卷二八《题东坡笠屐图》。长尾甲《丁巳寿苏录》卷二《罗雪堂君藏明朱兰嵎之蕃临李伯时画〈东坡笠屐像〉》：“纸本，立幅”，“右李伯时写像，上有此数语题识”。

《奚人习马图》跋

右《奚人习马》，见李王煜《阁中集》。《尔雅》：“两目白为鱼。”杜子《赞》备道之。顷杨直讲家藏千马样十八匹，此第二，名“师子骢”。公麟传宝，自先子于皇祐间，得之乡人马忠肃亮家。在江南时，已无四足，今缪补之。虽亏电雹之资，而一日天地亦不害于胸臆，凝神之赏当能之。元祐五年，北岸鱼乐轩题。

按：见张丑《清河书画舫》卷八下。胡敬《西清札记》卷四录此图，题为“临韩干《师子骢图》卷”，跋语亦少异，末云：“虽亏电雹之资，而一日天[损一字]固不害于胸臆，凝神之赏，当能知之。元祐五年五月，北岸鱼乐轩题君[损一字]李公麟[损一字]时。”

《君臣故实图》记[题拟]

沛公西过高阳，郦食其为里监门曰：“诸将过此者多，吾视沛公大度，乃求见沛公。”沛公方踞床，使两女子洗。郦生不拜，长揖曰：“足下必欲诛无道秦，不宜踞见长者。”于是沛公起摄衣谢之，延上坐。

张释之从文帝行至霸陵，上居外临厕，时慎夫人从，上指示慎夫人新丰道曰：“此走邯郸道也。”使慎夫人鼓瑟，上自倚瑟而歌，意凄怆悲怀，顾谓群臣曰：“嗟乎！以北山石为椁，用纻絮斮陈漆其间，岂可动哉？”左右皆曰：“善。”释之前曰：“使其中有可欲，虽锢南山，犹有隙；使其中无可欲，虽亡石椁，又何戚戚焉！”文帝称善。

建昭中，元帝幸虎圈斗兽，后宫皆坐，熊佚出圈，攀槛欲上殿，左右贵人傅昭仪等皆惊走，冯婕妤直身当熊而立，左右格杀熊。上问：“人情咸惧，何故当前？”婕妤对曰：“猛兽得人而止，妾恐熊至御座，故以身当之。”帝嗟叹，以此倍加敬重焉。傅昭仪等皆惭。

唐明皇尝引鉴，默然不乐。左右曰：“自韩休入朝，陛下无一日欢，何自戚戚不逐去之？”帝曰：“吾虽瘠，天下肥矣。”

霍光初辅昭帝，政自己出，天下想闻其风采。殿中尝有怪，一夜群臣相惊，光召尚符玺郎，郎不肯授光，光欲夺之，郎按剑曰：“臣头可得，玺不可得也。”光甚异之。明日，诏增郎秩二等，众庶莫不多光。

晋永嘉三年，山简镇襄阳，于时四方寇乱，简优游卒岁，惟酒是耽。诸习氏豪族，荆土有佳园池，简每出嬉游，多之池上，置酒辄醉，名之曰高阳池。时有童儿歌曰：“山公出何许，往至高阳池。日夕倒载归，酩酊无所知。时时能骑马，倒著白接？。举鞭问葛强，何如并州儿。”

晋王猛，字景略，丰姿隽伟，博学好兵书，气度宏远，是以浮华之士咸轻而笑之。猛悠然自得，不以屑怀，遂隐于华阴山，怀佐世之志，敛翼待时，候风云而动。桓温入关，猛被褐而诣之，一面谈当世之事，扪虱而言，旁如无人。温察而异之，赐猛车马，拜高官督护，请与俱南，猛还山。

唐明皇宠杨贵妃，天宝九年忤旨，送归外第。温吉与中贵人善，温入奏曰：“妇人智识不远，有忤圣情，然贵妃久承赐顾，何惜宫中一席之地。”上即令中使张韬光赐御馔，妃附韬光泣奏曰：“妾忤圣颜，罪当万死，衣服之外，皆圣恩所赐，惟发肤父母所有。”乃引刀剪发一缭附献，明皇见之惊惋，即使力士召还。龙眠李伯时画。

按:见张丑《清河书画舫》卷八上,姑拟今题。孔广陶《岳雪楼书画录》卷三《元赵文敏三朝君臣故实书画册》亦录之,云:"龙眠居士以澄心堂纸白描,图汉、晋、唐君臣故实八段,复自疏节史文,手录每册之后,览者了然。"

《飞骑习射图》手帖

公麟元丰初,点检南宫试卷毕,陪预集英殿门应奉廷试,因得至卫士班,见飞骑习射挖球杨枝戏,人伟马骏,妙天下选。时乘舆幸宝津,有日督课—胜负,穷景不休,故颇遂纵观。今追图大概,以奉雌堂清玩。若气势不至差俗,则丹青可屏,当蒙照恕也。元祐丁卯腊日谨题。

第一斫鬃射,最难引弓,然多中,中者自帛而下平截断之。射球鲜中,以飞□,故十发三四中为精矣。

按,见吴师道《吴礼部诗话》。《清河书画舫》卷一上所录周密《云烟过眼录》云"兰坡赵都承与懃所藏书画"有《飞骑习射》。杨万里《诚斋集》卷三〇《题汪季路所藏李伯时飞骑斫鬃射杨枝及绣球图》、楼钥《攻媿集》卷一《题李龙眠画骑射抱球戏》,所题即此图。

《东林莲社十八贤传》跋

十八贤传,始不著作者名,疑自昔出于庐山耳。熙宁间,嘉禾贤良陈令举舜俞粗加刊正。大观初,沙门怀悟以事迹疏略,复为详补。今历考《庐山集》、《高僧传》及晋、宋史,依悟本再为补治,一字不遗,自此可谓定本矣。

按,见《江西通志》卷一〇五。又见陶宗仪《说郛》卷五十七下录亡名氏撰《东林莲社十八高贤传》末段。

《阁中集》跋

江南《阁中集》一卷,得于邵安简家,其中名品多流散士大夫家,公麟尚见之,有朱印曰"建业文房之印"、曰"内合同印";有墨印曰"集贤院御书记"。表以回鸾墨锦,签以潢经纸。

按,见邵博《邵氏闻见后录》卷二七。黄伯思《东观余论》卷下《跋韦鶠十马图后》则注云:"李伯时曾写《合[阁]中集名画记》。"

《拱宝琥瑞铭》[题拟]

元祐惟五年庚午,正月初吉,舒李伯时公麟父曰:友善陈散侯惠我泗滨乐石沼,敬怀义德,不敢辞,乃用琱古宝十有六,玉环四周,受泉其中,命曰洗玉池。永嘉明德,恭祈寿康。子子孙孙,无疆惟休,其宝用之无已。自号龙眠居士云。

按,见翟耆年《籀史・李伯时考古图五卷》:"晚作洗玉池,东坡居士铭之。又刻所得拱宝琥瑞等,自作钟鼎篆窾于池云。"姑拟今题。

《洗玉池》序

元祐八年,伯时仕京师,居红桥,子弟得陈峡州马台石,爱而致之斋中。一日,东坡过而谓曰:"斵石为沼,当以所藏玉时出而浴之,且刻其形于四旁。予为子铭其唇而号曰洗玉池。"而所谓玉者凡一十六:双琥璩、三鹿卢、带钩、琫、珌、瑞、瑑、杯水、苍佩、螳螂钩、佩柄、珈瑱、拱璧是也。

按,见高似孙《纬略》卷一《洗玉池铭》。吴曾《能改斋漫录》卷一四《东坡铭李伯时洗玉池》:"东坡有《李伯时洗玉池铭》,始予读之,皆不得其说,其后得伯时石刻序跋,乃能明其意。……东坡铭刻与伯时序跋,昔有而今亡,而池亦归天上。惜其本末不著,后世将有读坡铭而不能晓者,因具于此。"

《周鉴图》跋

余昔窥古,不至石鼓。兹因彝器,颇迹夏商。幸见学者,当复博见远流,故刻之秦邸,若置尊中衢,宜酌取也。

按，见翟耆年《籀史·李伯时周鉴图一卷》。

《秦玺议》[题拟]

秦玺用蓝田玉，今玉色正青，以龙蚓鸟鱼为文者，帝王受命之符。玉质坚甚，非昆吾刀蟾肪不可治。琱法中绝，真秦李斯所为不疑。

按，见《宋史》卷四四四本传。《玉海》卷八四《元符玉玺、治平玉检》引《书目》：李公麟“图绍圣四年咸阳得玉玺，并所进辩议文于后”，此盖即所附之辩议也。《宋史》本传云：“绍圣末，朝廷得玉玺，下礼官诸儒议，言人人殊，公麟曰（略）。议由是定。”《宋史》卷一五四《舆服志》：“绍圣三年，咸阳县民段义得古玉印，自言于河南乡刘银村修舍掘地得之，有光照室。四年上之，诏礼部御史台以下参验。元符元年三月，翰林学士承旨蔡京及讲议官十三员奏：按所献玉玺，色绿如蓝，温润而泽，其文曰：‘受命于天，既寿永昌。’其背螭钮五，盘钮间有小窍，用以贯组。又得玉螭首一，白如膏，亦温润，其背亦螭钮五，盘钮间亦有贯组小窍，其面无文，与玺大小相合。篆文工作皆非近世所为。臣等以历代正史考之，玺之文曰‘皇帝寿昌’者，晋玺也；曰‘受命于天’者，后魏玺也；‘有德者昌’，唐玺也；‘惟德永昌’，石晋玺也，则‘既寿永昌’者，秦玺可知。今得玺于咸阳，其玉乃蓝田之色，其篆与李斯小篆体合，饰以龙凤鸟鱼，乃虫书鸟迹之法，于今所传古书莫可比拟，非汉以后所作明矣。今陛下嗣守祖宗大宝，而神玺自出，其文曰‘受命于天，既寿永昌’，则天之所畀，乌可忽哉！汉晋以来，得宝鼎瑞物犹告庙改元肆眚上寿，况传国之器乎？其缘宝法物礼仪，乞下所属施行。”按蔡京等之定议盖据龙眠之辩议也。

从“诗味”到“文味”

——宋代文章学之“味”范畴论析

刘春霞

（广东广播电视大学）

内容摘要：“味”是中国古代文论中的重要范畴，首先被运用于诗学批评领域，后来又被运用于词学批评领域。宋代文章学正式成立，文章家将“味”范畴移植到文章学领域中：他们以“味”作为品评文章的审美标准，从理论上探讨文“味”之创造与生成，提出了“玩味”的接受方法。宋代文人将诗学“味”论移植到文章学，包含了对文章审美特质的肯定，同时又认识到“文味”与“诗味”有本质区别。

关键词：诗味　文味　宋代　文章学　范畴

“味”是中国古代文论中的重要范畴，首先被运用于诗学批评领域，后来又被运用于词学批评领域。宋代文章学正式成立[①]，文章家将“味”范畴移植到文章学领域中：他们以“味”作为品评文章的审美标准，从理论上探讨文“味”之创造与生成，提出了“玩味”的接受方法。宋代文人将诗学“味”论移植到文章学，包含了对文章审美特质的肯定，同时又认识到“文味”与“诗味”有本质区别。

一、以“味”作为品评文章的审美标准

以“味”品藻衡量文章，在宋代已经大量出现，其表述形式有“味”、“风味”、“意味”、“滋味”、“余味”等多种情况。现就几种典型表述做一简要例举与分析，借以一窥宋代文人以“味”论文之大概。

（一）以“味”品评文章

如苏洵《上欧公书》：“执事之文，纡余委备，往复百折，而条达疏畅，无所间断；气尽语极，急言竭论，而容与闲易，无艰难劳苦之态。……惟李翱之文，其味黯然而长，其光油然而幽，俯仰揖逊，有执事之态。”[②]认为李翱文章因有“味”而达到了较高的成就，且其“味”似于欧阳修。苏轼赞赏鲜于俊的诗文“皆萧然有远古风味”[③]。南宋后期著名文论家楼昉将“味”作为一个重要标准评论古今文章，评韩愈《殿中少监马君墓铭》：“叙事有法，辞极简严，而意味深长，结尾绝佳，感慨伤悼之情见于言外。”[④]评欧阳修《祭元珍文》：“讥贬虽近乎太过，然一时之毁誉，决不能掩千古之是非。观此文，然后知枉之语为有味也。”[⑤]

---

① 文章学正式成立于宋代。参见王水照、慈波：《宋代：中国文章学的成立》，载《复旦学报》2009 年第 2 期；祝尚书：《论中国文章学正式成立的时限：南宋孝宗朝》，载《文学遗产》2012 年第 1 期。

② 王正德《余师录》引，载王水照主编：《历代文话》（第一册），复旦大学出版社 2007 年版，第 341 页。

③ 苏轼：《与鲜于子骏三首》其二，载苏轼：《东坡全集》（卷七十九），影印文渊阁《四库全书》本，上海古籍出版社 1987 年版。

④ 楼昉：《崇古文诀评文》，载王水照主编：《历代文话》（第一册），复旦大学出版社 2007 年版，第 470 页。

⑤ 楼昉：《崇古文诀评文》，载王水照主编：《历代文话》（第一册），复旦大学出版社 2007 年版，第 484 页。

(二)以“滋味”品藻文章

吕祖谦推崇文章之有“滋味”者，将有“滋味”的文章视为最高等，并认为文章之“滋味”由含蓄不露的技巧表现出来，与平直铺写、一览无余相对。他在《丽泽文说》中称：“文字有三等：上焉藏锋不露，读之自有滋味，中焉步骤驰骋，飞沙走石；下焉用意庸庸，专事造语。”[①]

“滋味”说最早出现于刘勰《文心雕龙·声律》中：“声画妍蚩，寄在吟咏，滋味流于字句，风力穷于和韵。”认为文章之“滋味”是由文辞声律的抑扬顿挫和音韵节奏的和谐铿锵表现出来的。后来钟嵘《诗品》提出“五言居文辞之要，是众作之有滋味者也”，将“滋味”说与五言诗结合起来。钟嵘《诗品》是一部重要的诗学理论专著，对后世诗歌批评影响甚大，“滋味”说亦因之成为后世诗学领域中的一个重要内容。值得注意的是，随着诗学理论的逐步成熟与影响扩大，“滋味”说几乎成了诗歌的专有审美属性，却忽视了刘勰在《文心雕龙》中提出的“滋味”说其实涵盖了一切文章的原初观念。

颜之推提出了文章“滋味”说：“夫文章者，原出于五经：……至于陶冶性灵，从容讽谏，入其滋味，亦乐事也。”[②]但由于其时诗文不分，他所谓的“文章”是包含诗、赋、文各类文体在内的“文翰”。唐代张说首次以“滋味”品藻文章，他在《与徐坚论近世文章说》云：“韩休之文，如太羹、玄酒，有典则而薄滋味。”[③]但还仅就觉上予以述，未说明“滋味”的具体表现。吕祖谦之后，谢枋得也提出了文章“滋味”说，他在韩愈《答李秀才书》：“今者辱惠书及文章，观其姓名，元宾之声容，恍若相接；读其文辞，见元宾之知人，交道之不汙。甚矣，子之心有似于吾元宾也。”句下批道：“文有情思，有滋味。”[④]指出优秀的散文像好诗一样，往往评不尽、谈不完，充满情思，耐人咀嚼，这是对散文艺术感染力的强调，体现了宋末文论家普遍开始认识到文章沉重的道德功能之外的审美特性。

(三)以“余味”评价文章高下

楼昉评王震《〈南丰集〉序》：“自少至壮，自壮至老，凡三节，曲尽南丰平生涉历，既可以见朝廷之用不用，又可以见文之老壮，学之进退。结尾一节，叹息其用之不尽，尤有余味。”[⑤]永嘉文派陈傅良称：“结尾正论关锁之地，尤要造语精密，遣文顺快。盖精密，则有文外之意，使人读之而愈穷；顺快，则见才力不乏，使人读之而有余味。……首尾贯穿，无间断处，文有余而意不尽。”[⑥]“余味”指文章“言有尽而意无穷”的境界，尤其是文章结尾处表现出来的余音缭绕、一唱三叹的韵味。

二、对文章之“味”的创造与生成的探讨

诗学、词学批评领域的“味”主要指作品言不尽意的悠远韵味及虚空灵动、不可凑泊的优美意境，作者空灵悠远之情思与诗词委曲深婉之结构、平淡天成之语辞等，都是“味”形成的重要技巧手段。文章学移植了诗词批评领域之“味”说，其内涵与诗词之“味”有本质区别，包含了一定的儒家义趣、道理属性。宋代文人对文章之“味”的创成予以探讨，认为：文章之“味”常由作品所表达的敦厚情感、深刻义理表现出来；文章之“味”由抑扬起伏的结构与变化多端的表现形式体现出来，取法《史记》叙事简而有法、人物刻画生动毕肖等技巧与形成文章之“味”之间有密切关系。“文味”不同于“诗味”的创成方式，正是“文味”区别于“诗味”之内涵的根本原因。

---

① 张镃：《仕学规范·作文》引，载王水照主编：《历代文话》(第一册)，复旦大学出版社2007年版，第329页。

② 王正德：《余师录》引，载王水照主编：《历代文话》(第一册)，复旦大学出版社2007年版，第373页。

③ 王正德：《余师录》引，载王水照主编：《历代文话》(第一册)，复旦大学出版社2007年版，第406页。

④ 谢枋得：《文章轨范》(卷五)，影印文渊阁《四库全书》本，上海古籍出版社1987年版。

⑤ 楼昉：《崇古文诀评文》，载王水照主编：《历代文话》(第一册)，复旦大学出版社2007年版，第506页。

⑥ 魏天应：《论学绳尺·行文要法》引，载王水照主编：《历代文话》(第一册)，复旦大学出版社2007年版，第1084页。

(一)有"味"的文章必须具有敦厚深沉的情感与深刻独到的义理

1. 文章之"味"与作品包含的感人至深的情感有关,但这一情感具有鲜明的儒学色彩

如黄震评价韩愈《送孟东野序》称:"自'物不得其平则鸣'一语,……终之曰:'不知天将和其声,以鸣国家之盛耶？抑将穷饿其身,思愁其心肠,而使自鸣其不幸也？'归宿有味,而所以劝止东野之不平者有道矣。"[①]认为韩愈由物及人、由古及今、由远及近,层层递进议论,最终以设问作结,表达对东野不平遭遇的深切同情,情深感人;所谓"归宿有味",即语末含情、情意悠远,劝诫之意符合长者儒者中庸之道,意味悠长。

这一点与诗歌之"味"有相通之处。诗歌是有"味"的文学,其"味"主要由作者之情志表现出来。但形成诗歌之"味"的"情"、"志"内涵具有较大的包容性,除了指符合儒家中庸之道的情志外,还可以指纯粹个人化的人生理想、喜怒哀乐,甚至不排除郑卫之声、绮靡艳情,是严羽所说的非关"理"与"识"的纯粹情感(《沧浪诗话·诗评》)。较之诗歌之情志,黄震所评韩愈文章之情志,无疑具有更鲜明的儒学色彩。早在梁代萧统就在《金娄子·立言》中说道:"至如文章,惟须……情灵摇荡。"已经模糊认识到了文章因"情"而有"滋味"。宋代文人从文章包含的"情"去体会文章之"味",体现了对文章审美情感特征的认识,但在儒学一尊的时代里,"情"也无疑也带上了与六朝不同的儒学色彩。

2. 文章之"味"与作品包含的深刻"义理"、"道理"有关

如黄庭坚《答王周彦书》:"如足下之作,深之以经术之义味,宏之以史氏之品藻,舍之以作者之规模,不但使两川之豪士拱手也。"[②]"味"是经义所包含的深广的"义趣"。谢枋得评柳宗元《送薛存义序》:"章法、句法、字法皆发,转换关锁紧,谨严优柔,理长而味永。"[③]"理长"则有"味","理"指儒家义理、道理。张耒称:"作文以理为主……故学文之道,急于明理……若未明理,而欲以言语句读为奇,反复咀嚼,卒亦无有,此最文之陋也。"[④]"味"与"理趣"有关;"味"是咀嚼"理"时获得的审美感受。谢枋得评苏轼文章有"味":"东坡作史评,必有一段万世不磨灭之理……文势亦圆活,义理亦精微,意味亦悠长。"[⑤]认为文章结构、义理与意味密切相关。

3. 宋末文人周密还认为文章因禅意而有"味"

他称:"蒋重珍伯父能禅,其亡也,重珍祭之以文云:'不必轻生前以为空,不必重死后以为实。'此语极有味。"[⑥]周密认为重珍祭文包含了对生死认识的某种禅悟境界,故有"味"。南宋后期,以禅喻诗的现象十分普遍,江西诗派黄庭坚、陈师道、洪驹父都有以禅喻诗的论说;严羽作《沧浪诗话》,提出了诗歌"别趣"论,主张通过"妙悟"的方法去欣赏诗歌,是禅学思想观照下的典型论调。联系周密之论文"味"与江西诗派、严羽等人论诗"味"可知:同是以禅为喻,诗歌之"味"偏向空灵悠远、不可凑泊、不可言说的境界;文章之"味"则具有更深厚的哲理思辨性。不过,周密以禅意喻文境之"味",与宋代江西诗派将禅语、禅意引入诗学批评及严羽《沧浪诗话》以禅喻诗具有思维的一致性,可见一种新的批评思维本身具有文体的包容性,并不限定于某一体式,这也是宋代文章学借鉴诗学理论的深层原因所在。

(二)文章之"味"通过变化多端的艺术技巧表现出来

有"味"的文章是作者精心构思、运用丰富高妙的艺术手段与表现技艺形成的。这包含两方面内容。

1. 文章之"味"的形成与篇法、句法、字法等技巧有关

有"味"的文章由起伏委曲的篇章结构表现出来。如宋元间人李淦《文章精义》中道:"文字有反类尊题者,子瞻《秋阳赋》,先说夏潦之可忧,却说秋阳之可喜,绝妙。若出《文选》诸人手,则通篇说秋阳,

---

① 黄震:《黄氏日抄·读文集》(卷一),载王水照主编:《历代文话》(第一册),复旦大学出版社 2007 年版,第 613 页。

② 王正德:《余师录》引,载王水照主编:《历代文话》(第一册),复旦大学出版社 2007 年版,第 358 页。

③ 谢枋得:《文章轨范·评文》,载王水照主编:《历代文话》(第一册),复旦大学出版社 2007 年版,第 1054 页。

④ 吴讷:《文章辨体序说》引,载王水照主编:《历代文话》(第二册),复旦大学出版社 2007 年版,第 1592 页。

⑤ 吴讷:《文章辨体序说》引,载王水照主编:《历代文话》(第二册),复旦大学出版社 2007 年版,第 1595 页。

⑥ 周密:《浩然斋雅谈评文》,载王水照主编:《历代文话》(第一册),复旦大学出版社 2007 年版,第 1122 页。

斩无余味矣。”①认为文章应该在结构上抑扬曲折、起伏变化，才不至于通篇平铺直叙而无“余味”。欧阳起鸣论时文写作中的“腰”时道：“变态极多，大凡转一转，发尽本题余意，或譬喻，或经句，或借反意相形，或立说断题，如平洋寸草中，突出一小峰，则耸人耳目。到此处文字，要得苍而健，耸而新。若有腹无腰，竟转尾，则文字直了，殊觉意味浅促。”②文章结构思理委婉曲折、开阖变化，则具有一唱三叹、余音绕梁般的意蕴，故有“味”；如果文章平直，一露无余，则无“味”。

有“味”的文章由灵活丰富的句式表现出来。如陈模批评时人学作古文以“减字”为妙着，未能真正理解古人为文之法；指出古人作文“有多而少之者，有少而多之者”，文章高下并不取决于文字多寡，而运用恰当的表达方式蕴含丰厚意旨，使文章具有无穷“意味”。他举《孟子》道：“‘良人者所仰望而终身也，今若此！’一段，许多事只将‘若此’两字括之，若更重叙过，则不胜费辞，且无意味。”用“若此”两字避免了很多重复内容，使文章有意味。又举韩愈《麟解》道：“‘有圣人者出，必知麟，麟之出果不为不祥也。’若以减字减之，当云：‘有圣人者出，必能知麟之非不祥也。’然此须重出麟字，而衍作一句，则冷语婉娈，且饱满充壮而有余味。”③此处又必须不惮重复，将圣人识祥瑞以知天下的修性很好地表现出来，文章重复一“麟”字，却使结构思理反复曲折、发人深思。

有“味”的文章由畅达自然、新颖拙朴的文字表现出来。陈模称：“谓以艰深之辞，文浅陋之说，一读能钩棘人喉舌，仔细玩嚼，则枯槁全无意味。”④陈模称文章善用“冷语”则“有味”：“欧文好处多在于冷语。如《春秋论》云：‘甚高之节，难明之善，亦何望于《春秋》欤！’……但欧文平淡中下冷语，人都不觉。人不晓者，则以为此等语似冗长，可以去之，却不知极有味。……欧文中间拙处，他却不是不会作好语，但他不做，故意下此等拙语。”⑤“冷语”与“拙语”相提并论，“冷语”应指冗长生疏之语，让人有咀嚼味，犹如橄榄，愈嚼愈有味。这一点又与文章学中崇尚“拙朴”的美学追求一致。正如陈师道《后山诗话》所言：“宁拙毋巧，宁朴毋华，宁粗毋弱，宁僻毋俗，诗文皆然。”⑥

2.取法《史记》之艺术技巧对形成文章之“味”有重要作用

宋代文人在接受《史记》时，认识到了《史记》因高妙的表现技巧而有“味”，并对其“味”予以理论总结。如陈模称：“班固《赞》引《过秦论》，马迁亦引。但是班固中略改了数字，皆不及马迁者。优劣只此亦可见。前辈言，马迁载孝文时，‘廪廪改正服封禅矣，谦谦未成于今。呜呼，岂不仁哉！’此无限意味，而班固乃言：‘断狱数百，几致刑措，呜呼仁哉。’便都尽了。”高度赞赏《史记》之“味”，认为不用绝对的判断、议论之语，而是点到即止、引起人们的思考的语言表述才有“无限意味”，否则只是“都尽了”，意蕴发露，没有“意味”。⑦ 吴子良评《史记·贾谊传赞》云：“曩见曹器远侍郎称止斋最爱《史记》诸传赞，如《贾谊传赞》，尤喜为人诵之。盖语简而意含蓄，咀嚼尽有味也。”⑧准确地指出了《史记》简而有法、言简意丰的特征，并将《史记》的这种艺术表现与其“有味”的审美特征结合起来，从理论上对《史记》之“味”的生成予以总结。这正是宋代文章学“味”论与《史记》之关系论的理论基础。

宋代文人还认识到后世文章因取法《史记》叙事简而有法、纪人形态毕现等技巧而有“味”。楼昉评韩愈《殿中少监马君墓铭》：“叙事有法，辞极简严，而意味深长，结尾绝佳，感慨伤悼之情见于言外。”⑨评张耒《书五代郭崇韬卷后》：“说尽古今固位吝权者之情状，思深计工，反成浅拙。此论极有理，意味深长，尽可索玩。”⑩“简而有法”、人物毕肖是《史记》最富成就的表现手法，楼昉评韩愈、张耒文章

① 李淦：《文章精义》，载王水照主编：《历代文话》（第二册），复旦大学出版社2007年版，第1168页。
② 魏天应：《论学绳尺·行文要法》引，载王水照主编：《历代文话》（第一册），复旦大学出版社2007年版，第1088页。
③ 陈模：《怀古录》，载王水照主编：《历代文话》（第一册），复旦大学出版社2007年版，第521—522页。
④ 陈模：《怀古录》，载王水照主编：《历代文话》（第一册），复旦大学出版社2007年版，第523页。
⑤ 陈模：《怀古录》，载王水照主编：《历代文话》（第一册），复旦大学出版社2007年版，第527页。
⑥ 张镃：《仕学规范·作文》引，载王水照主编：《历代文话》（第一册），复旦大学出版社2007年版，第313页。
⑦ 陈模：《怀古录》，载王水照主编：《历代文话》（第一册），复旦大学出版社2007年版，第520页。
⑧ 吴子良：《荆溪林下偶谈》（卷四），载王水照主编：《历代文话》（第一册），复旦大学出版社2007年版，第577页。
⑨ 楼昉：《崇古文诀评文》，载王水照主编：《历代文话》（第一册），复旦大学出版社2007年版，第470页。
⑩ 楼昉：《崇古文诀评文》，载王水照主编：《历代文话》（第一册），复旦大学出版社2007年版，第500页。

之"味"与叙事方法、纪人技巧有关,显然已经认识到文"味"与作者受《史记》的影响分不开。楼评曾巩《〈战国策〉目录序》:"议论正,关键密,质而不俚,太史公之流亚也。咀嚼愈有味。"[①]则明确指出曾巩文章有"味",具有与《史记》一样醇正的思想内容与深刻的义理趣味,是受《史记》影响的产物。

宋代文人认识到文章之"味"与继承《史记》简而有法、言简意丰及由此表现出来的深厚情感力量与独特美学风貌有关。这种从"味"范畴角度对《史记》艺术技巧的探讨,从"味"范畴角度确定《史记》典范意义的思维向度,为后代文章学视阈中的《史记》、《左传》接受打开了一个新的视角。明代唐宋派取法唐宋文章,从理论上总结唐宋八大家与秦汉史传文学的关系,认为唐宋古文家在取法秦汉文章时,继承了《史记》"风神",形成了澹宕多奇的艺术风格,从而使文章具有无穷意味。他们从理论上论述文章之"味"、"风神"与《史记》等史传文学的关系,即是对宋代文章学理论的直接继承与发展。

三、"玩味":文章之"味"的接受方法

从接受学角度来看,"味"是文章包含的含蓄不尽的美学意味,具有多义性、动态性、丰富性。对于如何去认识文章之"味",宋代诸多论文者都提出了"玩味"的接受方法,主张通过"玩味"、"熟味"、"详味",充分理解作品所包含的深刻思理意旨和蕴含于字句之外的无穷韵趣,获得思想境界的陶冶与审美艺术的享受。宋代文章学中"玩味"的批评方法,与诗学中的"涵泳"说有相似之处,但又有区别。从诗学"涵泳"说来观照文章学"玩味"说,可见其理论意义。

(一)"玩味"文章获得思想的提升与审美的享受

1.通过"玩味"体会领悟文章包含的丰富的意理,提高识见与修性,获得思想境界的陶冶

如朱熹《朱子语类·论文》:"圣人之言坦易明白,因言以明道,正欲使天下后世由此求之。使圣人立言要教人难晓,圣人之经定不作矣。若其义理精奥处,人所未晓,自是其所见未到耳。学者须玩味深思,久之自可见。"[②]朱熹强调学者应该对文章仔细"玩味",体悟领会圣人文章言辞后面的"义理精奥处"。宋代文人强调于"玩味"中领悟文章所包含的"议论","议论"亦指作品包含的思想观念、道德义理。如楼昉评张耒《送秦少章叙》:"此皆老于世故之后方有此等议论,凡学文当知此理,深味然后有进益。"[③]评唐庚《议赏论》:"议论精确,文辞雅健,意有含蓄,能发明他人所不能到。不可以浅近求,宜深味之。"[④]习文者"味""议论"方有进步;读者不应只停留在文章表面形式,而应仔细体会作品所包含的深刻道理意旨。

2.通过"玩味"体会文章技巧、字句之外所蕴含的无穷言外之意,获得审美享受

如楼昉评司马迁《自序》:"家世源流,论著本末,备见于此。篇终自叙处文字,反复曲折,有开阖变化之妙,尤宜玩味。"[⑤]要求人们于结尾处看其结构起伏开阖之妙,体会作者作文之高妙境界。评孔稚圭《北山移文》:"此篇当看节奏纡徐,虚字转折处。然造语骈俪,下字新奇,所当详味。"[⑥]要求人们品赏孔稚圭文章遣词用字处体现出来的"味"。评江淹《诣建平王上书》:"自始至末,似无不平处,须是仔细详味,方见得文通托此自雪。"读者只有通过"详味"作者起伏纵敛的意脉结构,才能明白江淹作文时"心曲间事"[⑦],获得情感的愉悦与满足。

(二)从诗学之"涵泳"观照文章学之"玩味"

宋代诗学接受中有"涵泳"的鉴赏方法。"涵泳"即深入诗歌意境之中,仔细体会,反复吟咏,在诗

---

① 楼昉:《崇古文诀评文》,载王水照主编:《历代文话》(第一册),复旦大学出版社2007年版,第498页。

② 朱熹:《朱子语类·论文》,载王水照主编:《历代文话》(第一册),复旦大学出版社2007年版,第224页。

③ 楼昉:《崇古文诀评文》,载王水照主编:《历代文话》(第一册),复旦大学出版社2007年版,第500页。

④ 楼昉:《崇古文诀评文》,载王水照主编:《历代文话》(第一册),复旦大学出版社2007年版,第507页。

⑤ 楼昉:《崇古文诀评文》,载王水照主编:《历代文话》(第一册),复旦大学出版社2007年版,第466页。

⑥ 楼昉:《崇古文诀评文》,载王水照主编:《历代文话》(第一册),复旦大学出版社2007年版,第469页。

⑦ 楼昉:《崇古文诀评文》,载王水照主编:《历代文话》(第一册),复旦大学出版社2007年版,第469页。

歌有尽的字句与有穷的形式中，体会到悠远无穷的优美意蕴与空灵蕴藉的言外意趣，并从其高妙的艺术表现中获得审美感受。诗歌鉴赏中有“涵泳”的接受方法，文章品藻中则有“玩味”的接受方法。元代苏伯衡在指导后学作文法时，就是将“讽咏”与“玩味”相提并论的，他在《述文法》中称：“欲作文字，且未可下笔，先取古人文章，熟读详味，再三讽咏，使心有所感触，思有所发动，方可运意。”[①]王顺娣《宋代评学平淡美的基本特征》一文中称，“诗学意义上的‘涵泳’，首先是体会与玩味”[②]。“涵泳”与“玩味”实有相通之处。

李春青《宋学与宋代文学观念》一书称：“从接受角度看，‘涵泳’与宋代追求‘平淡’、‘自然’、‘外枯中膏’的诗歌风格有直接关系”，“在宋代诗学中是个相当重要的范畴，其之所以重要是因为它既是学诗和品诗的主要方式与心理过程，又与宋代诗学价值取向有着紧密联系，同时它还标志着道学向宋代诗学的观念渗透与话语转换”。[③] 从李春青关于诗学“涵泳”理论观照宋代文章学中的“玩味”说，可一窥“玩味”说的理论意义：是文章品赏的心理过程，与宋代文章学的价值取向相关，体现了宋代文章学对文章之“味”这一审美特征的重视；从“玩味”的具体内容可见，宋代文章学依然摆脱不了儒学思想的影响。

宋代诗学之“涵泳”与文章学之“玩味”，都是通过一定的鉴赏方法体会作品之“味”，两者虽在思维、学理上有相通之处，但所品赏的诗、文之“味”的内涵还是有本质区别：宋代诗学之“味”将“淡”作为审美理想广泛推崇，读者“涵泳”的主要是诗歌空灵凑泊、兴象朦胧、意旨悠远的情趣韵味；文章学之“味”的内核精神侧重指深刻的思理、意旨，读者“玩味”的是文章曲包余韵、含蓄不尽、发人深思的“意味”、“义味”。[④] 就品赏的方法理路来看，“涵泳”诗歌，强调深入其中去体会，在反复吟咏中“披文入情”，读者需要通过“妙悟”、“顿悟”获得“不落言筌”、“不睹文字”般的意趣韵味；“玩味”文章，强调深入思考体验作品所包含的思辨性义理与高妙的文境之美，读者可以通过寻绎文章思想内涵、表现技巧去探讨文“味”，文“味”的获得较之诗“味”具有明显的形而下特征，因之也更具有可操作性。

另外，与“涵泳”诗歌之味不同，宋代文章学中“玩味”说还包含了一层“揣摩”的含义，强调对文章写作技巧、前人作文法度的反复学习、精心模仿。这与宋代文章学用于指导科举时文的实用目的分不开，习文者“玩味”文章正是出于科举的功利驱动。王水照先生在《宋代：中国文章学的成立》一文中指出，“文章学成立于宋代，其中的文化动因是非常复杂的……而时文讲习作为推动士人讲求文章法度的重要契机，其作用尤其不应忽视”[⑤]。这也就不难理解，为什么宋以后明清时期八股文兴盛的时代，对文章之“味”的探讨，通过“玩味”学习古代文章成为文章学理论的重要内容了。

四、小　　结

“味”范畴是一个具有突出美学特征的理论范畴。宋代文人普遍以“味”品藻衡量文章，探讨文“味”之创造与生成的原因，并对接受者提出了“玩味”的鉴赏批评方法，这三方面内容一起构成了宋代文章学中完整的“味”范畴论。宋代文章学之“味”论，由诗学之“味”论发展而来，但“文味”与“诗味”之内涵及创成都有本质区别。“味”范畴进入文章学，一直影响到明清复古理论和八股理论，具有较重要的文章学史意义。

---

① 曾鼎：《文式》卷下引，载王水照主编：《历代文话》（第二册），复旦大学出版社 2007 年版，第 1578 页。

② 王顺娣：《宋代评学平淡美的基本特征》，载《浙江师范大学学报》2008 年第 2 期。

③ 李春青：《宋学与宋代文学观念》，北京师范大学出版社 2001 版，第 120—129 页。

④ 马茂军认为，中国古代的义理散文，“往往代表了一个民族理性精神的最高水平与深邃境界”，“义味”说“是对义理的审美，且与佛教渊源深厚”。“义味”说的提出，即可见古典散文因“义理”而具有“味”的特征。参见马茂军：《中国古典散文义味说》，载《文学评论》2012 年第 4 期。

⑤ 王水照、慈波：《宋代：中国文章学的成立》，载《复旦学报》（社会科学版）2009 年第 2 期。

论茅坤对柳宗元文章接受及对其文章地位确定的意义

莫山洪

（柳州师范高等专科学校中文系）

内容摘要：茅坤在柳宗元文章接受史上地位特殊，是柳宗元文章地位奠定的关键人物。茅坤与柳宗元有相似的经历，对柳宗元能做出较客观评价。茅坤在韩愈、柳宗元问题上，能客观地评价柳宗元文章的地位，韩愈、柳宗元并称，柳宗元在古文运动中虽是协作者，但其成就与韩愈一样，在山水游记上则有过之而无不及。茅坤认为，柳宗元是自古以来山水游记文章做得最好的文人，永州和柳州的山水与柳宗元的遭遇相结合，形成了柳宗元的游记文章，"公与山川两相遭"。茅坤还指出，柳宗元的文章是"谷风凄雨四至"，有风骚之旨。茅坤真正发现了柳宗元文章的价值，真正认识到了柳宗元山水游记文章的地位，这在柳宗元文章接受史上有着特殊的意义。

关键词：文章接受史　柳宗元　茅坤

一

茅坤是明代唐宋派的代表人物，在文章创作上，他继承了唐顺之等人以来的文学传统，寻求与时文不同的创作风格。为与当时的前后七子复古文风抗衡，他们提出了向唐宋文章大家学习的主张。茅坤更因此而编辑了《唐宋八大家文钞》，全面介绍了唐宋八大家的文章，并使八大家之名从此确定。

在八大家中，韩愈的地位自然是稳固的，其文章的成就及影响在后世自然更受推崇。对于宋代以来颇多争议的柳宗元，茅坤则从文章的角度给予了肯定。

茅坤对柳宗元的认可，很重要的原因是茅坤与柳宗元有着一些相似的地方——两人都曾经因事被贬，到过广西，《明史·茅坤传》称："茅坤，字顺甫，归安人。嘉靖十七年进士，历知青阳、丹徒二县。母忧，服阕，迁礼部主事，移吏部稽勋司，坐累，谪广平通判。屡迁广西兵备佥事，辖府江道。坤雅好谈兵。瑶贼据鬼子诸砦，杀阳朔令。朝议大征，总督应槚以问坤。坤曰：'大征非兵十万不可，饷称之，今猝不能集，而贼已据险为备。计莫若雕剿。倏入歼其魁，他部必讋，谋自全，此便计也。'槚善之，悉以兵事委坤。连破十七砦，晋秩二等。民立祠祀之。迁大名兵备副使，总督杨博叹为奇才，特荐于朝。为忌者所中，追论其先任贪污状，落职归。时倭事方急，胡宗宪延之幕中，与筹兵事，奏请为福建副使。吏部持之，乃已。家人横于里，为巡按庞尚鹏所劾，遂褫冠带。坤既废，用心计治生，家大起。年九十，卒于万历二十九年。"[①]一生三起三落，且多为人所累，所以对于同样是被牵累而遭贬官的柳宗元深表同情。这种同情之情尤其体现在对柳宗元无人帮助而不愿屈膝求人的品质的认可上。茅坤《与查近川太常书》称：

仆尝读韩退之所志柳子厚墓铭，痛子厚一斥不复，以其中朝之士无援之者。今之人或以是罪子厚气岸过峻，故人不为援。以予思之，他钜人名卿，以子厚不能为脂韦滑泽，遂疏而置之，理固然耳。独

① 《文苑三》，载《明史》（卷二百八十七），中华书局1974年4月第1版，第7374—7375页。

怪退之于子厚以文章相颉颃于时，其相知之谊不为不深。观其所叙子厚以柳易播，其于友朋间，若欲为欷歔而流涕者。退之由考功晋列卿，抑尝光显于朝矣，当是时，退之稍肯出气力，谒公卿间，如《三上宰相书》十之一二焉，子厚未必穷且死于粤也。退之不能援之于绾带而交之时，而顾吊之于墓草且宿之后，抑过矣。然而子厚以彼之材且美，使如今之市人撄十金之利者，鬼喽蒲伏以自媚于当世，虽无深交如退之，文章之知如退之，当亦未必终摈，且零落以至于此。而今卒若尔者，寸有所独长，尺有所独短。子厚宁饮瘴于钴鉧之潭，而不能遣一使于执政者之侧。宁以文章与椎髻卉服之夷相牛马，而不能奴请于二三故知如退之辈者，彼亦中有所自将故也，后之人宁能尽笑而非之耶！吾故于退之所志子厚墓，未尝不欲移其所以吊子厚者，而啥且诘乎退之也。然子厚在当时，其所同刘梦得附王叔文辈，盖已陷于世之公议然耳。后世有士，其文章之盛，虽或不逮，而平生所从吏州郡，及佩印千里之间，文武将吏未尝不怜其能，而悲其罢官之无从者。假令有当世之交如退之，官不特考功，显不特列卿，其所他引擢天下之士踵相接也。其特嗔子厚所不能而为之，耳无闻，目无见乎？抑亦怜其文章不遽在子厚下，故所并声而驰者，其宦业所奋，犹炯然在世之耳目，或不当终摈而萎蘼之也。将矜其愚，引其不能而移其所引擢他者，而为之力乎？噫，仆至此亦可以投笔而自嘲矣！又何必人之嘲我为也。适遣使护少弟某谒选京邑，当过兄所，问起居，且思有以复兄之口谕云云也，不觉呕吐至此。幸兄共一二知己，度仆生平之交，其文章之深，气力之厚，有如子厚之于退之者乎？脱或过焉，幸以其勿独嗔子厚者，而少为之巽言而请也。退之苟有知，未必不自悔恨于九原也已！（《茅鹿门先生文集》卷三①）

此信其实是茅坤希望得到援助的一封信，但是全文却借韩愈、柳宗元之间的故事展开。他从读韩愈的《柳子厚墓志铭》谈起，对柳宗元在艰难时刻得不到朋友的帮助和不愿向人求情表示出非常的关心。茅坤认为，作为柳宗元的朋友，韩愈在柳宗元最需要帮助的时候没有出手帮助，是韩愈之“过”。对于“今之人”认为柳宗元“气岸过峻”也表示了不同的意见，即表现出对柳宗元气节的崇敬。茅坤对于韩愈为柳宗元所作碑铭，一直耿耿于心，在《赠刘戴庵令琼山序》中，茅坤也表达了同样的观点。

对于茅坤来说，当他被贬谪，处在需要帮助的时候，他把自己和柳宗元对应起来，自己就是柳宗元，自己需要得到朋友的帮助，就像柳宗元需要得到韩愈的帮助一样。相似的经历，促使茅坤在柳宗元身上寻找自己的定位，他称柳宗元文章与韩愈文章互有特色，在一定程度上肯定了柳宗元文章的地位，其实也是在一定程度上对自我的肯定。

二

在唐代古文的兴起中，韩愈与柳宗元发挥着重要的作用，两人都是这次文章改革的重要人物。对此，茅坤有着比较清醒的认识，他在《柳州文钞引》中称：“昌黎韩退之崛起八代之衰，又得柳柳州相为羽翼故，此唱彼和，譬之喷啸山谷，一呼一应，可谓盛已。”②所谓韩愈“文起八代之衰”，其实得柳宗元相应和，两人共同为文章发展的演变做出突出贡献。

历代对于韩愈、柳宗元古文的成就，基本有一个共识，即韩愈优于柳宗元。茅坤并不否认这点，“唐世文章称韩、柳，柳非韩匹也”（《唐宋八大家文钞》卷首《柳文引》），对于韩愈、柳宗元高下的问题，茅坤强调，柳宗元不如韩愈。在谈论柳宗元的“碑”类文章时，茅坤又称：“予览子厚之文，其议论处多镵画，其记山水处多幽邃夷旷，至于墓志碑碣，其为御史及礼部员外时所作多□六朝之遗，予不录，録其贬永州司马以后稍属隽永者凡若干首以见其风概云，然不如昌黎多矣。”（《唐宋八大家文钞》之《柳州文钞》十一《碑》）在评价《杨评事文集后序》时，茅坤说：“予尝谓子厚诗过昌黎，而文特让一格矣，大略千钧之弩难以再发也。”在评价柳宗元的《与韩愈论史官书》时，茅坤又称：“子厚之文多雄辨，而此篇尤其卓峭直处，但太露气岸，不如昌黎浑涵，文如贯珠。”评柳宗元《送琛上人南游序》说：“不如昌黎所

① 本文所选茅坤书信文章，均出自《茅鹿门先生文集》（明万历刻本），不另出注。

② 本文所引《唐宋八大家文钞》文字，均出自台湾 1986 年影印《文渊阁四库全书》本《唐宋八大家文钞》，不另出注。

赠师畅者之旨,而见亦解。”不难看出,一方面,茅坤对于韩愈文章还是非常推崇的,认为柳宗元文章多有不如韩愈的地方;另一方面,由于茅坤所谈论的并不是后世所推崇的柳宗元的山水游记,因此,可以肯定,茅坤对于柳宗元的文章并非一味贬低,至少在山水游记上,茅坤并未提出柳不如韩的观点。

茅坤对韩愈、柳宗元文章的评价,曾经有过这样一段描述:“柳醕正不如韩,而气格雄绝,亦韩所不及。”如果仅仅是从文章情况看,韩愈和柳宗元也是各有千秋,“吾尝论韩文如大将指挥,堂堂正正,而分合变化,不可端倪;柳则偏裨锐师,骁勇突击,囊沙背水,出奇制胜,而刁斗仍自森严”(《柳文引》),一为“大将”,一为“偏裨锐师”,风格不一。大将通过“堂堂正正”的渠道获得胜利,不影响大局,偏师则“出奇制胜”,也取得胜利,同样不影响大局,二者都是优秀的。茅坤在《与蔡白石太守论文书》中又称:“故李杜诗圣,而韩欧文匠,其间不自量力扬蹵蹀躞而进者,独魏晋曹刘、二陆及唐元白、柳宗元之徒,稍稍侈心焉,然亦疲矣,使宗元独以其文与韩昌黎争雄,当未辩孰刘孰项。……故曰,人各有能有不能。”(《茅鹿门先生文集》卷一)他把韩愈、柳宗元提到了相同的高度,认为韩愈、柳宗元两人的文章是“未辩孰刘孰项”。这与之前扬韩愈抑柳宗元的传统不同。

茅坤认为,柳宗元与韩愈的文章各有所长,对于其中的原因,茅坤分析说:

> 昌黎之文,得诸古六艺及孟轲扬雄者为多,而柳州则间出乎国语及左氏春秋诸家矣,其深醇浑雄,或不如昌黎,而其劲悍泬寥,抑亦千年以来旷音也。予故读许京兆萧翰林诸书,似与司马子长答任少卿书相上下,欲为掩卷累欷者久之。再览钴鉧潭诸记,杳然神游沅湘之上,若将凌虚御风也已,奇矣哉!(《柳州文钞引》)

韩愈文章,源自孟轲、扬雄,柳宗元文章则出于史家,《国语》、《左传》是其源头。柳宗元与韩愈文章的一大不同,是两人对于传统文章吸收借鉴的差异,表现在文章中,就是“韩文无一字陈言,而柳文多有模拟之迹”(《唐宋八大家文钞》卷首)。造成这样的结果,茅坤认为原因在于(柳宗元)“其见道不如故也”,在认识上不及韩愈,所以表现在文章上,也就不能如韩愈一般将前人的陈言化而为自己的东西。

无论如何,茅坤毕竟在一定程度上肯定了柳宗元的成就,这也就为他正确认识柳宗元的文章奠定了基础。

三

茅坤对柳宗元文章十分钦佩,尤其是其山水游记。他充分肯定了柳宗元在山水游记文章上的成就,对于柳宗元文章能取得如此成就,也有着比较独特的认识。

柳宗元山水游记作品,多创作于其被贬永州、柳州期间,尤其是在永州期间,柳宗元创作了大量优秀的游记文章。对于柳宗元之所以能取得如此成绩,茅坤认为:“子厚所谪永州、柳州大较,五岭以南多名山,削壁清泉怪石,而子厚适以文章之隽杰客兹土者久之,愚窃谓公与山川两相遭,非子厚之困且久不能以搜岩穴之奇,非岩穴之怪且幽,亦无以发子厚之文。”(《柳州文钞》七记)一方面,五岭风光奇异,为柳宗元的创作提供充分素材,另一方面,柳宗元亦是文章大家,所以才有“公与山川两相遭”,特定的环境与特定的人物,成就了柳宗元的山水文章。柳宗元被贬谪边远地区,从一叱咤风云人物到远州司马,其内心苦闷可想而知。在永州,柳宗元把自己的苦闷心情与永州山水相结合,写下著名的《永州八记》,其中的《钴鉧潭西小丘记》一文,显然是以“弃地”心理来看待永州山水,永州山水披上了作者“恒惴栗”的心情,表现出作者渴望再次回到朝廷的愿望。柳宗元记永州山水,使永州山水为人所知,这是山水之幸。

茅坤评价柳宗元的文章,曾有“谷风凄雨四至”(《唐宋八大家文钞》论例)之语;又称“予览子厚所托物赋文甚多,大较由迁谪僻徼日月且久,簿书之暇,情思所向,辄铸文以自娱云。其旨虽不远,而其调亦近于风骚矣”,直指柳宗元的文章与风骚有相近之处。柳宗元遭遇与屈原颇有相似之处,柳宗元亦以屈原为榜样，贬谪途中曾作《吊屈原文》，表达自己的忠贞思想。当然，柳宗元众多文章内容各异，但其总体风格则是基本一致的，茅坤在谈论到具体的作品时也有所关注，如在谈论到柳宗元的"书"体文章时，茅坤称："予览子厚书，由贬谪永州柳州以后大较，并从司马迁答任少卿及杨恽报孙会宗书中来，故其为书，多悲怆呜咽之旨，而其辞气环诡跌宕，譬之听胡笳，闻塞曲，令人断肠者也。"（《柳州文钞》一书）在谈论到柳宗元的《寄许京兆孟容书》时，茅坤更是给予充分肯定，称这篇文章是"子厚最失意时最得意书，可与太史公与任安书相参，而气似呜咽萧飒矣。予览苏子瞻安置海外时诗文及复故人书，殊自旷达，盖由子瞻晚年深悟禅宗故，独超脱，较子厚相隔数倍"，评价可谓极高，而且在评价中始终没有忘记柳宗元曾经遭遇到的挫折，可谓"知人论世"。

对于柳宗元之所以取得这样的成就，茅坤也进行了探讨。在《复王暘谷乞文书》中，茅坤称："子厚材固隽，然亦以朝夕钴鉧愚溪间，故得以恣其盘溪邃谷飞泉峭壁之好，而肆焉以为文。"（《茅鹿门先生文集》卷五）柳宗元自身具有极高的天赋，有着高超的写作才能，加上他有机会到这些地方——虽然是被贬谪去的——山水与人才结合，促成了柳宗元优秀山水文章的产生。除了这一原因外，茅坤也谈到柳宗元成功的一些原因，只是茅坤把这些当作是柳宗元的不足："柳自言其为文，以为本之《易》、《诗》、《书》、《礼》、《春秋》，参之《谷梁》、《国语》、《孟子》、《荀》、《庄》、《老》、《离骚》、《太史》，其平生所读书，止为作文用耳。故韩文无一字陈言，而柳文多有模拟之迹。"认为柳宗元把读书与作文结合起来，且读书只是为了作文，因而其文章"模拟之迹"多，认为这是柳宗元之文与韩愈之文的一个区别。从表达语气看，茅坤对柳宗元的这一特点颇有不满。

四

作为确定唐宋八大家传统的重要人物，作为明代唐宋派的代表，茅坤对柳宗元文章地位的确定有着特殊的意义。

由于永贞革新的原因，柳宗元在历代的接受中往往处于不太有利的位置。前人在谈到柳宗元时，总是将之与韩愈相提并论，自宋代以来，人们对于韩愈、柳宗元的基本态度都是扬韩抑柳。如同为八大家之一的欧阳修在《唐南岳弥陁和尚碑》中称："自唐以来，言文章者惟韩柳，柳岂韩之徒哉？真韩门之罪人也。盖世俗不知其所学之非，第以当时辈流言之尔。"①作为北宋诗文革新的文坛领袖，欧阳修论断的影响力可想而知。理学大师朱熹对韩愈、柳宗元也多有论述，其基本观点也是扬韩抑柳，如其称"柳文亦自高古，但不甚醇正"，就是与韩愈文相比较而言的。茅坤确立八大家传统，认为韩愈、柳宗元文章各有千秋，肯定了柳宗元文章的地位，从文学的角度对柳宗元给予了全新的定位。当然，茅坤对韩愈、柳宗元文的评价，也还是借鉴了前人的观点，尤其是朱熹的观点，如说柳宗元文章"多有模拟之迹"，就是从朱熹来的，"如退之则全无要学古人底意思。柳子厚虽无状，却又占便宜，如致君泽民事，也说要做"②。"文之最难晓者，无如柳子厚。然细观之，亦莫不自有指意可见，何尝如此不说破。其所以不说破者，只是吝惜，欲我独会而他人不能，其病在此。大概是不肯蹈袭前人议论，而务新奇。"③文学家批评柳宗元的"道"，理学家批评柳宗元的"文"，其见解虽有合理之处，却也未必完全正确。茅坤作为唐宋派的作家，延续前人观点而又有所创新，一方面对柳宗元的"道"有所批评，另一方面又高度肯定了柳宗元的"文"。

柳宗元文章的特点，历来也有很多评价，也都能从其山水游记之中体会到其雄深雅健的文章风格。茅坤从亲身的经历中，对柳宗元山水游记文章的历史意义做出了充分肯定，把山水的宣传与个人的功绩结合起来，肯定了柳宗元在这一方面做出的突出贡献。这种评价方式，南宋汪藻亦曾有云："零

---

① 欧阳修：《唐南岳弥陁和尚碑》，载《欧阳文忠公文集·集古录跋尾》（卷第八），《四部丛刊初编》本。

② 黎靖德编：《朱子语类》（卷第一百三十七），王星贤点校，中华书局1986年第1版，第3270页。

③ 黎靖德编：《朱子语类》（卷第一百三十九），王星贤点校，中华书局1986年第1版，第3314页。

陵一泉石,一草木,经先生品题者,莫不为后世所慕,想见其风流。而先生之文载集中,凡瑰奇绝特者,皆居零陵时所作。”[1]这种评价与茅坤的颇为相似。值得关注的一个问题是:自唐以来很多人都对柳宗元的文章提出过各种批评,但是大家关注的或者是柳宗元的政论类文章,或者干脆就只关注他的诗歌。真正将柳宗元视为文章大家,并将其列为山水游记大家的,还是茅坤。从这个意义上说,茅坤发现了柳宗元山水游记文章的真正价值,确立了柳宗元山水游记文章的地位,确定了柳宗元在文章发展中的地位。

可以说,在柳宗元文章接受的历史进程中,茅坤的作用非常巨大,他是真正发现柳宗元文章价值的人物,是真正将柳宗元推向文章大家的重要人物——知其然并知其所以然,茅坤是柳宗元文章接受史上的一个重要里程碑。

① 汪藻:《永州柳先生祠堂记》,载《浮溪集》(卷十九),《四部丛刊初编》本。

王禹偁的文化人格

潘守皎
（荷泽学院中文系）

内容摘要：王禹偁是北宋初年改革思想的发起者和重要的古文家，他虽未最终高居庙堂成为执政，但一生大胆直言，意在改革。在宋初诗风和文风不振的情况下，他强调恢复风雅传统，主张写作“传道”、“明心”的古文，对宋初的诗文革新有重大的贡献。王禹偁是一个具有多重文化人格的封建文人，这种复杂的文化人格便体现为：尊儒、排佛、亲道。

关键词：王禹偁　尊儒　排佛　亲道

王禹偁是北宋初年一位重要的改革思想家家和古文家，他虽未最终高居庙堂成为执政，但其一生为宦的经历中，大部分时间都在禁林。尤其是曾三任制诰、一入翰林并长时间担任谏官。这种特殊的身份使他对宋初的社会政治多所议论和褒贬，对诗坛和文苑的风气亦多所浸披和左右。从政治方面而言，他的参政议政的热情使他不尸居其位。端拱元年，他刚任谏官不久，即上《端拱箴》，后又进《御戎十策》，真宗朝知扬州时又呈《应诏言事疏》。在这几篇著名的政论中，王禹偁都大胆直言，意在改革，其中很多主张都成为此后范仲淹、欧阳修等改革家的先声。此外，王禹偁还在宋初的诗文革新中发挥巨大的作用。在唱和风气日炽的宋初诗坛，他最先将笔触伸向社会的苦难，在“因仍历五代，秉笔多艳冶”（《五哀诗》）的宋初文坛上，他强调恢复古道，提倡文风的古雅简淡。王禹偁的这种所作所为，受到后世古文家们的高度肯定。

石介在《与裴员外书》中说：“文之弊已久，自柳河东、王黄洲、孙汉公辈相随而亡，世无文章儒师，天下不知所准的。”[①]对于王禹偁等人在古文运动中的作用，给予很高的评价。他还在自己写给友人的诗中极力推崇王禹偁：“吾宋八十年，贤杰近相望。黄州号辞伯，两朝专文章。”[②]欧阳修也拜服于王禹偁这位先辈之下，他在《书王元之画像侧》中写道：“想公风采常依旧，顾我文章不足论。”这是他步武王禹偁来知滁州时在王禹偁画像之前的感慨。王禹偁是宋初文坛圣手，他于文风颓敝之时擎起“革弊复古”的旗帜，对晚唐五代浮艳的文风进行了挞伐。他几乎和柳开、石介、穆修和姚铉等同时学习韩愈、柳宗元，为扭转宋初以偶俪为工、声律为美的形式主义文风做出了积极的贡献。在柳开等人因文学主张片面以及文学实践缺乏典范性而在当时未形成深远影响之际，王禹偁的文道观是较为全面和完善的、理性和温和的，甚至可以说，他才真正是宋初文坛独开新风的第一人。

这些在政治和文学层面的突出表现，似乎都表明王禹偁是一个纯正的儒家知识分子，一个尽责守道、杂尘不染的封建士大夫。事实上，王禹偁是一个具有多重文化人格的封建文人：他虽忧国忧民志在兼济，还曾辟佛排佛大放厥论，但也曾读《庄子》、《离骚》，披鹤氅欲心斋忘世。他是一个在三教文化相互激荡下励己奋进但又时时折羽的一只受伤的鹏鸟，有时又不得不用道遥忘我来舔舐自己的人生创痛。因此，王禹偁是在宋初特殊的文化背景下的复杂文人，具有特别的文化人格。

---

① 《石徂徕集》（上），正谊堂本。

② 《石徂徕集》（上），正谊堂本。

一、王禹偁文化人格的底色

儒家文化是王禹偁人格的底色。王禹偁虽为“磨家儿”，但自幼便习儒术。淳化二年，他在担任知制诰兼判大理寺任时，曾撰《用刑论》(卷十五)，其中有云：“予自幼服儒教，味经术，尝不喜法家者流，少恩而深刻。”[①]淳化三年春，又撰《吾志》诗：“吾生非不辰，吾志复不卑，致君望尧舜，学业根孔姬。”足见其受儒家学说影响之深。据徐规先生《王禹偁著作事迹编年》考记，王禹偁十三岁时即读元稹、白居易《长庆集》，十八岁时，从济州团练推官毕士安游，大约在二十四岁和二十六岁时两次谒见当时的著名文士宋白，希图以功名进身。二十七岁时第一次参加科举考试，虽省试中甲第，但殿试时落选，三年后方中进士，开始步入仕途。三十四岁时，被诏赴阙，擢任清职，这对于以“兼济”为素志的王禹偁来讲，无疑是一个难得的施展自己抱负的机会。因此，他尽规谏言，要求皇帝“无奢乘舆，无奢宫宇，当念贫民，室无环堵……勿谓末财，经费不节，须知府库，聚民膏血。勿谓强兵，征伐不息，须知干戈，害民稼穑”[②]。第二年，他复上《御戎十策》，提出“外任其人”的五条主张，又提出“内修其德”的五条改革措施：即：“并省官吏，惜经费也”；“艰难选举，抑儒臣而激武臣也”；“信用大臣，参决机务”；“不贵虚名，戒无益也”；“禁止游惰，厚民力也”。[③] 这些措施对范仲淹庆历年间所主张的新政显然具有启发意义。

在积极向君上建言的同时，王禹偁还运用一个正统儒士传统的方式来表达自己对朝政民瘼的关心，即以诗讽谏。端拱元年冬，刚赴阙担任右正言、直史馆不久的王禹偁便撰《对雪》诗，深为自己史馆当值、忝任谏官却“多惭富人术，且乏安边议”而不安。淳化四年又作《对雪示嘉祐》及《感流亡》等都贯彻了悯边怜农、责己劝人的可贵精神，这些诗和他的书奏一样寄托着作者希望希望统治者能够“仁政爱民”的理想，表达了作者宽民体物的情怀。淳化五年，王禹偁在《送毋殿丞赴任齐州》诗曰：“三齐号难治，民瘼待良医。勿谓人多诈，须教吏不欺。”可见，王禹偁对官吏和人民相互关系的认识不同于一般的封建士大夫，儒者“仁爱”情怀在他身上有更多的体现。咸平四年，王禹偁贬知黄州，作为谪官，他所关心的仍然是下层百姓的痛苦。甚至于把他的这种仁爱之心广施于狱中的犯人他请令诸路置病囚院，以便使“持杖劫贼，徒、流以上有疾苦，即于病牢将治。其斗讼、户婚，杖以下得情款者，许在外责保看医，俟痊日区分”[④]朝廷从其请。这种人道主义的建议，非王禹偁这样具有仁爱之心的封建官吏是不可能提出的。

由上述可见，儒家思想作用于王禹偁文化人格的影响是深刻的，儒家思想和品格是王禹偁文化人格的底色，它决定了王禹偁文化人格的基本取向。

二、王禹偁文化人格中的诋佛意识

对佛的排斥和诋毁是中唐以来要求重建儒学的众多士大夫的统一特点。以复兴儒学自命的韩愈尤为代表。自后周世宗整肃佛教以来，宋初立国的最初几年中，佛教仍未得到振兴。太祖乾德五年以前，像后周世宗时期一样，诸道铜铸佛像悉辇赴京毁之。乾德五年七月，太祖方下诏，令勿复毁，仍令所在供养，但毋更铸。此后的几年中，释教的地位方有所恢复。《宋史・太宗本纪》记载，开宝四年四月，新科进士李蔼因诋毁释氏，言辞不逊，被“黥杖，配沙门岛”。可见，此时佛教开始受到一定程度的保护。王禹偁非佛的言论较早见于他的《酬处才上人》：“我闻三代淳且质，华人熙熙谁信佛。茹蔬剃发在西戎，胡法不敢干华风。周家子孙何不肖，奢淫惛乱隳王道。秦皇汉帝又杂霸，只以威刑取天下。

① 《王黄州小畜集》(卷十五)，载《四部丛刊》本。

② 《王黄州小畜集》(卷二十一)，载《四部丛刊》本。

③ 《国朝诸臣奏议》(卷一二九)，宋淳祐刻本。

④ 李焘撰：《续资治通鉴长编》(卷八)，中华书局 1995 年版。

苍生哀苦不自知，从此中国思蛮夷。无端更作金人梦，万里迎来万民重。为君为相犹归依，嗤嗤聋俗谁敢非。若教却似周公时，生民岂肯须披缁。可怜嗷嗷避征役，半入金田不耕织。君子之道动即穷，亦有贤达藏其中。上人来自九华山，叩门遗我琼瑶编。铮铮五轴余百篇，定交仍以书为先。书中不说经，文中不言佛，有心直欲兴文物。感师自远来相亲，为师画卦成同人。出门无咎非三和奥群分，袈裟墨绶何足云？”

端拱元年，王禹偁上《三谏书序》，将韩愈的《谏佛骨表》再次推荐给皇帝御览，目的是担心“兰若过多，缁徒孔炽，蠹人害政，莫甚于斯”。端拱二年，他又上《御戎十策》，劝诫太宗：“望陛下少度僧尼，少崇寺观，劝风俗，多务农，则人力强而边用实也。”由于王禹偁的排佛立场一以贯之，竟然给那些业荒行悖、未得其奖掖的举子以攻击的软肋。淳化二年，这些人伪为王禹偁作《沙汰释氏疏》播布于市，引来京城诸僧为之侧目，再加上这一年王禹偁利用其兼判大理寺的机会执法为受庐州尼安道陷害的徐铉雪诬，终于抗疏得罪，贬商州团练副使，这其实是王禹偁因毁佛诋佛而受到的一次打击。至道三年，被贬外任扬州知州的王禹偁应真宗诏上书言事，在给真宗所提的五项建议中，又一次列出排佛条款。其第四条主张是“沙汰僧尼，使疲民无耗”。他说，古代有“四民”，即士农工商，后来以强兵定天下，故又多一“民”，汉明帝之后，“佛法流入中国，度人修寺，历代增加，不蚕而衣，不耕而食，是五民之外，又益一民而为六也”。王禹偁在文中还称：“是知古圣人不事佛以求福，古圣人必排佛以救民”，因为“富僧巨髡穷极口腹，一斋之食，一袭之衣，贫民百家未能供给。此辈既不能治民，又不能力战，不造器用，不通财货，而高堂邃宇丰衣饱食而已，不曰民蠹，岂可得乎。”他希望真宗皇帝能够“深鉴前王，精求理本，亟宜沙汰，以厚生民。若以嗣位之初，未欲惊骇此辈，可一二十载不令度人，不许修寺，使自销铄，渐而去之，亦救弊之一端也”。在王禹偁排佛诋佛的疏奏中，还不曾看到似《应诏言事疏》这样对佛教的危害如此措辞激烈的分析，也不曾见他向皇帝提出如此断然的措施来限制佛教的发展。初登皇位的真宗皇帝本来对佛教采取的是既有所扶持又有所限制的措施，至少不像太宗皇帝较为尊崇（太宗曾遣使取杭州释迦舍利塔置阙下，并造佛图十一级以藏之，据《通鉴长编》所记，此塔巨丽工巧，近代所无），因此王禹偁的这次疏奏深得真宗嘉许，由此他被重新招至阙下，得以复任知制诰的官职。

通观王禹偁的排佛诋佛言行，便可看出这是他一直对民瘼关注的必然选择，是从现实出发对上层文化政策的一种审视。诚然，作为一个偶尔留恋光景的文人，王禹偁路遇古寺，夜宿名刹，也免不了题诗记胜，甚至吟出“莫怪相看总无语，坐禅为政一般心”（《赠草庵禅师》）这样的诗句。并也曾为一些古寺的兴替作过记文，但这并不能改变其文化人格中一贯排佛的事实。王禹偁文化人格中的排佛诋佛意识，既有感性的因素，也有理性的因素，但更多的是感性成分。一方面它感受到了尊崇佛教给人们带来的沉重负担，并认为这种负担完全应该避免，因为作为“六民”的僧尼“不能治民”、“不能耕战”、“不造器用”、“不通财货，且专食民力”，这是出身寒微、颇知稼穑艰难的王禹偁所不能容忍的。另一方面，他从现实中也感到了佛教因果报应诸说的虚妄。一些人如左千牛上将军曹翰做尽了坏事，却能够“晚年得执金，富贵居朝阁。娱乐有清商，康强无白发。享年六十九，固不为夭折。……子孙十数人，解佩就衰绖。赠典颇优崇，视朝为之辍”。因此他觉得“衰荣既如是，报应何足说。……福善与祸淫斯言仅虚设”（《金吾》）。所以说，王禹偁文化人格中对于佛教的诋毁和否定却又不是更多地通过对佛教义理的否定来实现的，他对佛教的否定过程中感性成分多于理性成分。

三、王禹偁文化人格中的亲道意识

宋代是一个尊崇儒学的时代，但现实文化政策中，道教却也有崇高的地位。宋初，太祖、太宗亦祀老子和建观设醮，对道教著名人物陈抟、种放、丁少微、苏澄隐、马志通、张守真等赐“先生”、“大师”称号，基本上实行的是佛、道同等对待的政策，笼络宗教著名人物，以稳定其初建的政局。为了说明自已取得政权的合法性，宋初的几位皇帝编造了很多与道教神仙相关的故事，并曾自编自演了几出闹剧。特别是宋真宗与辽（契丹）订立澶渊盟约之后对道教的尊崇更是日盛。《宋史·本真宗纪》“赞”曰：“真宗英晤之主。其初践位，相臣李沆虑其聪明必多作为，数奏灾异以杜其侈心，盖有所见也，及澶渊既盟，封禅事作，祥瑞沓臻，天书屡降，导迎奠安，一国君臣如病狂然，吁，可怪也。”这些行为对民俗士风不会不产生影响，加之，中国古代的文人虽尊崇儒学，但骨子里和道家思想却有着难以割舍的渊源。所以，文人亲近道家道教也是一种传统。但不是在任何时候，他们都表现出这种亲近。王禹偁对道家道教的亲近，在贬官商洛之前并没有充分的表现。淳化二年秋天，王禹偁被贬官商洛，职任团练副使，此时王禹偁方表露出对《庄子》的由衷的喜爱。淳化三年的上元节，王禹偁夜不能寐，读《庄子·逍遥游》，并赋诗：“去年正月十五夜，乾元门上奉乘舆。今年正月十五夜，商洛郡中为贰车。谪宦门栏偏冷落，山城灯火苦萧疏。炉灰画尽不成寐，赖有逍遥一帙书。”（《上元夜作》）清明之后王禹偁便开始披羽衣道服，并长着不离了。此时的王禹偁不只读《庄子》，连老子的《道德经》也是案上必备了。“日长何计到黄昏，郡僻官闲昼掩门。子美集开诗世界，伯阳书见道根源。”（《日长简仲咸》）真宗咸平元年，复归京担任知制诰的王禹偁，因体弱多病，依然常常是身着道袍，其《病中书事上集贤钱侍郎（之一）》诗云：“力疾奉期谒，归来倦送迎。老为儒术误，瘦爱道装轻。”

王禹偁晚年虽读《庄子》，衣道袍，但未得庄子的达道超然，尤其是对至道元年贬谪滁州时黜官制词中的“操履无取，行实有违，颇彰轻肆之名，殊异甄升之意”之类的话尤难顺听，在《阙下言怀上执政》诗中颇多牢骚，“诰词黜责子孙羞，欲雪前冤事已休。浴殿失恩成一梦，鼎湖攀驾即千秋。道边任死心终直，泽畔长吟泪暗流。虞舜五臣知此事，戏儒应免更监州”。对于制词中对自己操行的无端指责，他不但在《黄州谢表》中予以反驳，更曾直接写诗寄给当时的宰相李沆：“出入西垣与内廷，十年四度直承明。又为太守黄州去，依旧郎官白发生。贫有妻贤须薄禄，老无田宅可归耕。未甘便葬江鱼腹，敢向台阶请罪名。”其耿直性格，凛然正气，跃然字里行间。由此可见，亲道经、着道袍只是王禹偁修身养性的一种手段，并没有改变王禹偁所秉持的耿直性情。

综上所述，王禹偁崇儒、亲道、斥佛的文化人格，有着中国传统文人外儒内道的一贯特点，也表现出唐宋以来在儒学重建的过程中知识分子常常具有的排佛倾向。王禹偁的这种文化人格，其实也和宋朝统治者的一贯政策相契合。适应宋王朝中央集权制度和文化专制的需要，唐代形成的儒释道并重的多元文化格局正被以儒学为根本的，以释道为两翼的新的文化政策所代替。这种文化政策的结果，是儒学仍被定为一尊，释道只是其文化统治的补充而不可替代儒学的根本地位。就文人士大夫个体而言，齐家治国平天下，依然是其庄重严肃的社会责任，就修身养性的方面而言，酌参佛道那就是各有所爱了。这种文化政策的最终结果就是三教鼎立局面的结束和三教合一局面的形成。儒学的地位被进一步突出，从而形成集三教之大成的理学。王禹偁的这种文化人格对宋代很多文人都产生了不小影响，如宗儒排佛的欧阳修和亲道自适的苏轼。

苏轼居惠期间的文研究

陶原珂
（广东省社会科学界联合会）

内容摘要：苏轼居惠州期间所作的文涉及16个文体称类。从文体作为行为生成的行文方式视角来考察，我们分为表疏奏章、题跋书某（引）、颂赞铭记（名）、法论赋文（说）以及某书启状五类逐一探析，可以看到苏轼此期所作的文与其人格心态及文事情怀相关的表现，人生际遇改变着他的行文态度和文体风格，其为文立足于生存与生活之需，文事交往秉持较为谨慎而积极的态度，文思与悟道常相伴相生，文思透出理性，但是亦不时流露出文豪的无奈。

关键词：苏轼　文体　境遇　文豪

根据苏太和《苏东坡寓惠著作年表》[①]收集的苏轼居惠期间所作诗文来统计，苏轼这个阶段作有240篇文（该年表记录为339篇）。笔者将240篇文按类编次，制成本文附表1。从附表1看来，苏轼此期所作文的名目包括：表、疏、题、跋、记、铭、书某、某书、赞、颂、文、论、启、赋、状、说16类。

郭英德关于中国古代文体的发生类型论认为："中国古代文体的分类有三种生成方式，即作为行为方式的文体分类、作为文本方式的文体分类和文章体系内的文体分类。"[②]我们把苏轼此期所作的文与其文事属性的行为关系关联起来分类探讨，可以隐约看到苏轼此期的人格心态和文事情怀，其中反映出文类与其文人际遇之间存在着某种相关联系。

一、表疏奏章

表和疏，是古代士人向朝廷报告（重大）事情的奏章，体现着士人与朝廷之间的臣属关系。苏轼因与改革派意见不同，在绍圣元年（1094）五十九岁时被再次贬官为宁远军节度副使惠州安置[③]，这是他第二次遭受到重大人生挫折。作为被贬官员，苏轼九月到惠州，次月即写下《到惠州谢表》[④]，以谢朝廷将其发落惠州的"恩典"。虽然这是贬官上任后的例行汇报，但是他在称述皇上"宏德"的字里行间，不免流露出借机鸣怨、心有不服之意，委婉地透露出其耿直的文人骨气。

苏轼居惠期间作有2篇疏《惠州荐朝云疏》和《葬枯骨疏》。按现时的解释，疏是"封建时代臣下向君主分条陈述事情的文字"[⑤]。然而，从"是知佛慈之广大，不择众生之细微。敢荐丹诚，躬修法会"（《惠州荐朝云疏》）和"以佛慈悲誓愿力，以我广大平等心，尊释迦之遗文，修地藏之本愿……伏乞三宝，俯赐证明"（《葬枯骨疏》）等行文看来，这两篇疏并非向君主陈述的文字，而是用作庙堂法事之陈词，是向佛陈述事情的奏章。之所以称为疏，只是表达陈述事情之义。苏轼对这种文体的理解和称

---

① 梁太和：《苏东坡寓惠著作年表》，载袁光：《苏东坡与惠州》，惠州日报印务公司2004年版。

② 郭英德：《论中国古代文体分类的生成方式》，载《学术研究》2005年第1期，第122页。

③ 《东坡全集·东坡先生年谱》，文渊阁《四库全书》本。

④ 苏轼：《到惠州谢表》，载《苏轼全集》，中国文史出版社1999年版，第747页。

⑤ 中国社会科学院语言研究所词典编辑室：《现代汉语词典》（第5版），商务印书馆2005年版，第1264页。

谓,从人世最高统治者转向万事万物最高统治者佛,反映了他仕途失意时一心向佛的思想、心境转变。

二、题跋书某(引)

题、跋、书某及引,都是围绕具体文化事项而作的文学情怀的简短表达形式。

其中,"题"是题词,所题写的文化事项范围较广,但是苏轼居惠期间只有11首,大多题写具体物象,如《题白水山》、《题合江楼》、《题嘉祐寺壁》和《题栖禅院》等;还有个别是题写诗歌的,如《题秧马歌后》和《题次韵惠循二守相会诗》。其中,所题嘉祐寺是他到惠州后最初的寄居所,其《题嘉祐寺壁》写道:"绍圣元年十月二日,轼始至惠州,寓居嘉祐寺、松风亭。杖履所及,鸡犬皆相识。明年三月,迁于合江之行馆。得江楼廓彻之观,而失幽深窈窕之趣,未见所欣戚也。峤南岭北,亦何以异此。虔州鹤田处士王原子直,不远千里访予于此,留七十日而去。"所写为记事,记述了苏轼初到惠州有朋友相伴、随遇而安的平淡心境,只不过其承托的物质形式是寺壁,而不是纸。而题诗文字多题于诗后,其中《题次韵惠循二守相会诗》,不见于《苏轼全集》或《苏轼文集》,据《施注苏诗》卷三十七的注文载其题云:"因见二公唱和之盛,忽破戒作此诗与文,之一阅讫即焚之,慎勿传也。"[①]可见其时他对官场酬唱文事是有意要持谨慎态度的。

跋则是写在书籍、文章、金石拓片等后面的短文,内容多属于评介、鉴定、考释之类。[②] 与跋相对的文体是叙(今多作"序"),写于书籍前。然而,苏轼全集收27篇序(叙),他居惠期间却有跋而无叙,只有1篇"引"(《思子台赋引》)是写于其季子苏过《思子台赋》之前的介绍性文字,不知这是否也与其贬臣"戒"心有关,还是偶合呢?所跋作品,别人作的诗、传、论跋各一首,跋所赠己作3首。这些跋的写作与书写作品赠予友人的行为目的关系密切,而且跋为写于作品后的短文,其表达的含义相当于"书……后",所以《跋所书东皋子传》在《东坡全集》(文渊阁《四库全书》版也写作《书东皋子传后》)。

本节所涉及的"书某"正是包含了"书……后"与不标"后"的"书某"两种类型。前者占9/41;后者也往往与书写作品以赠文友或保存作品的行为有关(如《书日月食诗》、《书桂酒颂》),只是不标"后"而已。

三、颂赞铭记

关于"颂"、"赞",《文选序》曰:"颂者,所以游扬德业,褒赞成功。"[③]而当代《辞海·文学分册》则将"颂"、"赞"合为一个词目"颂赞",谓"'赞'原本用于赞美,后来也用于评述;古人写作文史,多有附赞语以总结全篇者,如刘勰《文心雕龙》每篇后均有'赞'。二者多篇幅简短,一般有韵。史赞则有韵文、散文两体"[④]。就苏轼居惠期间所作颂赞而论,颂与赞的区别似乎在于俗雅之间。据《苏轼全集》看来,苏轼共作颂20篇,除了《仁宗皇帝御书颂》和《英宗皇帝御书颂》2篇较为典重之外,后来的颂日渐平易,有不少话题较近于日常生活情趣,如《食豆粥颂》、《东坡羹颂》、《油水颂》、《猪肉颂》等。苏轼虽然有佛缘,但是与佛寺相关的话题也不乏嬉戏趣味(如《醉僧图颂》、《禅戏颂》),并多以口语化的"我"称来行文。而居惠期间所作《桂酒颂》,是对中国酒文化的颂扬,端庄郑重,绝无嬉戏意味。唯一以"诵"称名的《药诵》,也是对自己老病之身幸遇好药的称颂。

与"颂"相比较,苏轼此期所作"赞"则较为端庄典雅。五首赞都是对某个具体文化事项的赞美,其中,《思无邪丹赞》作于到惠首月,反映了他开始信服丹药的心态;《僧伽赞》和《海月辩公直赞》表达他

---

① 《施注苏诗》(卷二十七),文渊阁《四库全书》本。

② 中国社会科学院语言研究所词典编辑室:《现代汉语词典》(第5版),商务印书馆2005年版,第19页。

③ 萧统:《文选序》,载《昭明文选》(全一册),中州古籍出版社1990年版,第1页。

④ 《辞海·文学分册》,上海辞书出版社1981年版,第251页。

与僧佛的交往关系及其对僧佛品格的赞美，反映了他此时的崇佛心态；《偃松屏赞并引》和《三马图赞并引》则是对艺术品的赞美，表达了文人艺术雅兴。

“古代常刻铭于碑板、器物，或以称功德，或以申明鉴戒，后成为一种文体。”[①]所以“铭”的文体功用通常也有赞颂之意，并有记载之意。苏轼居惠期间所作铭文八首，除《石鼎铭》为器物之咏而《朝云墓志铭》为人物墓志外，其他几篇都以某建筑实体为依托。[②]《苏轼全集》所收录的4篇铭文(或引)，都表达了就某个人生佛理问题的参道之思，表现出他此时所达至的对佛缘随物反复考量的精神境界。

苏轼居惠期间写的记，从标题形式看，16篇只有2篇标为“某记”，被《苏轼全集》列入“记”类文中，其他均为“记某”，被列入“题跋”类文中。笔者按其内容分为三类：①记实物，如《记岭南竹》、《记竹雌雄》和《记惠州土芋》，反映了苏轼对地方风物的关注。②记游兴，如《记罗浮异境》、《记游白水岩》、《记游松风亭》和《记欲游半径未果》，其中，后篇未见《苏轼全集》，其他几篇“记某”标题的记，都是较典型的游记，人物、游址、寄兴等要素齐全。③记文杂事，如《记授真一酒法》、《记朝斗》、《记卓契顺答问》、《记黄道人语》、《记道人养生语》、《记与舟师夜坐》、《野史亭记》、《虔州崇庆禅院新经藏记》和《记刘景文诗》等，前2篇分别记酒法授事和酒成奠事；次4篇记与高人语，话有玄机；复次2篇分别记亭与藏室筹筑完成之事，前者简记事，后者记事之外，思辨得与无得、法与无法、思与无思之理；末篇则记文友刘景文其人，当题于其诗前，因苏轼另有《书刘景文诗后》数言。可见，后一类记人事为主，而佛道参悟之意多有发挥，或说以佛道参悟人事。

四、法论赋文(说)

法、论、赋、文，都是具有较完整思想的阐述，但是内容和形式各有不同。“某法”，是较为系统地阐释某种技术、方法，如《真一酒法》、《藏丹砂法》和《服黄莲法》，与现代“说明”文体相类，只是不如现代知识那样具有科学性。《寄子由三法》亦包含有“藏丹砂法”，还有“食芡法”和“胎息法”。此类说明文体所涉及的内容，反映出苏轼居惠期间因年老体弱，比以往更注重养生之道。

“论”则是较为正式的政论文体。苏轼此期写“论”较少，只有《事不两立》和《天书蓬咒》，都不以“论”标题。表中所列《董秦论》，按《文渊阁四库全书·类说》目录，该文列入仇池的“笔记”下。“论”之阐述成文，多按社会用事理据立论。而“说”与“论”相类，却多阐释自然事物理据，如《龙虎铅汞说》论述道家养生假说：“龙者，汞也，精也，血也。出于贤，而肝藏之，坎之物也。虎者，铅也，气也，力也。出于心，而肺生之，离之物也。”用八卦理念与五行理念合解人之生死门径。

“赋”是更具文学形式特征要求的文体，但苏轼此期只作了一首《浊醪有妙理赋》，歌颂酒的制作和功用，与其《桂酒颂》、《书桂酒颂》及《真一酒法》等篇结合起来看，可见出苏轼对酒的制作、性能、功用有深刻的钻研，尽管他自知自己的身体只能喝“五合”，却从身心到精神都有所仰赖。

标示“某文”，在苏轼此期作品中，只有祭文与“上樑文”这两类功用特征明显而讲究韵律美的短文4篇。前者有《祭亡妹德化县君文》和《惠州祭枯骨文》，一为私祭，表达兄妹亲情之切痛；一为公祭，表达民吏恤情之恸，与上文所述《葬枯骨疏》结合起来看，可见苏轼作为贬臣尽职尽责的民吏意识。后者有《海会殿上梁文》和《白鹤新居上梁文》，一为佛门做事，表达与主持的缘分情谊和宏佛憧憬；一为自居乐业，表达长为岭南人的心愿和睦邻有好的情谊。

---

① 《汉语大字典》(缩印本)，四川辞书出版社1993年版，第1748页。

② 但《铁桥铭》不见于《苏轼全集》，《桂酒颂》引文结尾却有“刻石置之罗浮铁桥之下，非为世求道者莫至焉”。其词曰：等文字，疑此即为《铁桥铭》。《宝月大师塔铭》亦不见于《苏轼全集》，《咸淳临安志》卷七十载：“修广，钱塘人，本姓王，字叔微……自九岁出家居明庆院。景佑二年赐衣，五年赐号‘宝月大师’，熙宁元年十月率其日会门人与往来学佛之人告以将终，沐浴易衣，正坐而逝，年六十一。明年，门人为塔南丰，曾巩为之铭。”未提及苏轼之铭。《续文章正宗》卷十五有苏轼《中和胜相院记》，却说：“今宝月大师惟简，乃以其所居院之本末求吾文为记。”

五、某书启状

“某书”的表达格式主要表现为“与某书”，包括个别的“付某书”和“答某书”，这是给某人致函的标题格式，其行文为书信。这是苏轼居惠期间写得最多的文，有 127 函，将近每周 1 函。此前还有“上某书”之作，是写给上级官僚的信(如《上曾丞相书》)或呈皇帝的函(如《上神宗皇帝书》)，相当于下臣议事的奏议，但是，苏轼此期对上已没有这种较轻松奏事议政的信函，只有上文所述较为正式的公文“表”。

苏轼居惠期间写的“某书”，是亲友文人之间或同级官吏之间平等相待与交流的信函。从书信的频密程度看，前半期与程正辅书信最多(20 函)；后半期与王敏仲书最多(8 函)，其次是方南圭(5 函)；前后去函较多、较均衡的有华南辩老(6 函)、林天和(6 函)及曹子方(6 函)；其余去函在二通以上者有毛泽民(2 函)、参寥子(2 函)等。这些“与某书”当为去函，反映出他与友人较主动广泛交往的姿态，但是交往者前后略有变化。

“答某书”则为应答之函，只有写给张文潜(3 函)和黄鲁直(2 函)用“答某书”的题头。后者此时也是贬臣，交往不便，却是较密切的文友，苏轼另有《书黄鲁直画跋后》三首，可以为证。张文潜则是掌有通讯兵的官员好友，派兵“不惮万里再来”送信，故苏轼的答书显露出不敢主动与在位官僚通信，又真心感激好友关怀的人微自重心态。

“启”亦为“旧时文体之一，较简短的书信”①，苏轼居惠期间只有一首《求婚启》，为“天质下中”②之孙(长子之第二子符)求婚，语气卑屈而恳切，然而语词典雅而尊恭，语间透露出大文豪“垂白南荒”求生存的无奈。

“状”则为“陈述事件或记载事迹的文字”③。据梁太和《苏东坡寓惠著作年表》，苏轼居惠期间只写过一首状(《判倅酒状》)，但该状不见于《苏轼全集》，故此处不论。

总上所析，苏轼居惠期间的文，立足于生存与生活实际之需，体类广泛，文体风格因遭遇心境而变化；文事交往秉持较谨慎而积极的态度，对上不屈，对民不欺，对文人平易不傲，对僧人放达谐趣；文思与悟道常相伴相生，文思透出理性，亦不时流露出文豪的无奈。

附表 1

文类	元年九至十二月	二年一至十二月	三年一至十二月	四年一至四月
表疏	《到惠州谢表》	《葬枯骨疏》	《惠州荐朝云疏》	
题	《题罗浮》、《题秧马歌后》(不分年月:《题真一酒诗后》、《题次韵惠循二守相会诗》)	《题白水山》、《题嘉祐寺壁》、《题秧马歌后》、《题合江楼》	《题所书宝月塔铭》、《题秧马歌后》、《题栖禅院》	(疑存:《题广州清远峡山寺》)
跋	(不分年月:《录所作赠卓契顺并跋》、《奉和程正辅表兄一字韵诗跋》)	《跋所书东皋子传》、《跋嵇叔夜养生论后》		《海上道人传诀诗跋》、《跋所赠昙秀书》
记	《记罗浮异境》、《记游白水岩》、《记游松风亭》(不分年月:《记岭南竹》、《记竹雌雄》)	《记卓契顺答问》、《记朝斗》、《虔州崇庆禅院新经藏记》、《记欲游半径未果》	《记与舟师夜坐》、《记黄道人语》、《野吏亭记》、《记惠州土芋》	《记刘景文诗》、《记授真一酒法》、《记道人养生语》

① 中国社会科学院语言研究所词典编辑室:《现代汉语词典》，商务印书馆 2005 年版，第 1074 页。

② 苏轼:《求婚启》，载《苏轼全集》(下)，中国文史出版社 1999 年版，第 1066 页。

③ 中国社会科学院语言研究所词典编辑室:《现代汉语词典》，商务印书馆 2005 年版，第 1794 页。

续附表 1

文类	元年九至十二月	二年一至十二月	三年一至十二月	四年一至四月
赞、颂(诵)	《思无邪丹赞》、《桂酒颂》(不分年月:《僧伽赞》)	《药诵》、《海月辩公直赞》、《偃松屏赞并引》		《三马图赞并引》
铭	《铁桥铭》	《石鼎铭》、《宝月大师塔铭》	《朝云墓志铭》、《远游庵铭》、《梦斋铭》(子由为之)、《惠州李氏潜珍阁铭》	《思无邪斋铭》
书某	《书卓锡泉》、《书刘梦得诗记罗浮》、《书禅道开传后》、《书日月蚀诗》、《书润州道士》(不分年月:《书诸药法》、《书卢仝诗》)	《书黄鲁直画跋后三首》、《书东皋子传后》、《书渊明东方有一士诗后》、《书外曾祖程公逸事》、《书桂酒颂》、《书归去来词赠契顺》、《书金光明经后》、《妙总——以下书赠惠诚十二首》、《书绿筠亭诗》、《书柳子厚大大鉴禅师碑后》、《书天庆观壁》	《书柳子厚南涧诗》、《书岭南笔》、《书陆道士诗》、《书昙秀诗》、《书陆道士镜砚》、《书陆道士诗》、《书李承晏墨》、《书昙秀龙尾砚》	《书刘景文诗后》、《书过送昙秀诗后》
某书	《与侯晋叔书》、《与钱济明书》、《与曹子方书》、《与吴秀才书》、《与子由书》(不分年月:《与欧阳知晦书四首》、《与游嗣立书二首》、《与惠州都监书》、《与史氏太君嫂书》、《付迈书》、《与邓安道书》、《与参寥子书》、《与萧世京书》、《答张文潜书》、《与程正辅书》、《与毛泽民书》、《与南华辩老书》、《与林天和书》、《与王敏仲书》、《与友人书二首》)	《与程正辅书》、《与华南辩老书》、《与程正辅书》、《与曹子方书》、《与陆子厚书》、《与陈秀常书》、《与参寥子书》、《与程正辅书》、《与钱济明书》、《与华南辩老书》、《与徐得之书》、《答张文潜书》、《与萧世京书》、《与程正辅书》、《与华南辩老书》、《与程正辅书》、《与王定国书》、《与林天和书》、《付龚行信书十三篇》、《与程正辅书七篇》、《与程德儒书》、《与程正辅书》、《与程正辅书》、《与曹子方书》、《与程正辅书》、《与程正辅书》、《与曹子方书》、《与王定国书》、《答张文潜书》、《与程正辅书》、《答黄鲁直书》、《与张嘉父书》、《与华南辩老书》、《与吴秀才书》、《与杜子师书》、《与纱志康书》	《与程正辅书》、《与僧贤隆书》、《与方南圭书》、《与程正辅书》、《与徐得之书》、《与华南辩老书》、《与毛泽民书》、《与林天和书》、《与程全父书》、《与罗秘校书》、《与某友人书》、《与程全父书》、《与周文之书》、《与曹子方书》、《与华南辩老书》、《与陈修伯书》、《与王庠书》、《与王序书》、《答王鲁直书》、《与方南圭书》、《与王庠书》、《与翟东玉书》、《与章质夫书》、《与章质夫书》、《与章质夫书》、《与周文夫书》、《与王敏仲书》、《与林天和书》、《与程全文书》、《与王敏仲书》、《与南华辩老书》、《与黄师是书》	《与王敏仲书》、《与萧朝奉书》、《与方南圭书》、《与王敏仲书》、《与陈伯修书》、《与曹子方书》、《与林天和书》、《与方南圭书》、《与林天和书》、《与范纯夫书》、《与王仲敏书》、《与陈伯修书》、《与范纯夫书》、《与王敏仲书》、《与方南圭书》、《与王敏仲书》

续附表 1

文类	元年九至十二月	二年一至十二月	三年一至十二月	四年一至四月
某文		《祭亡妹德化县君文》、《惠州祭枯骨文》、《海会殿上梁文》、《白鹤新居上梁文》		
法	《真一酒法》(东坡酒经)	《藏丹砂法》、《寄子由三法》	《服黄连法》	
论	《事不能两立》、《论董秦》		《天书蓬咒》	
其他	不分年月:《浊醪有妙理赋》、《答求亲启》、《龙虎铅汞说》	《思子台赋(季子过所作)引》	《对韩柳诗》、《判倅酒状》、《名容安亭》	《霞山谷草书》、《求婚启》

柳冕及其文论考述

王秀云

（台湾世新大学）

内容摘要：柳冕(734？—805)，字敬叔，河东人，世为史官。贞元(785—804)初为太常博士，后出为婺州刺史。贞元十三年(797)，以吏部侍郎兼御史中丞、福州刺史、福建观察使。自言有"笔语二卷"、"为文成卷"，惜均不传。《全唐文新编》收文15篇。历来论中唐时期古文运动者，皆谓柳冕为萧颖士、李华之后另一重要人物，于古文运动发展有承继之功。今据其传世文章15篇及《新唐书》、《旧唐书》本传，考述其家世、行迹，据此以见柳冕文论所受萧、李影响者，实因其父柳芳故也。再就所考得诸篇之系年，探讨柳冕文论形成之文化背景，以见其欲重建儒家礼法之用心。最后其使用书信体载以论文之主题，以证柳冕在书信体发展上重要之地位。

关键词：柳冕　文论　书信体

一、柳冕家世及行谊考

柳冕(734？—805)，字敬叔，河东人；事迹附见于《旧唐书·柳登传》、《新唐书·柳芳传》，唯所述有限，今据《两唐书》所载，并参检相关文献，考述生平如次。

(一)家　世

柳冕，系属河东柳氏西眷支，与柳宗元同族。[①] 祖彦昭，神龙三年(707)曾以太子文学衔为张仁愿(?—714)管记。[②] 父芳，字仲敷；开元二十九年(741)进士及第。[③] 天宝九载(750)以工部侍郎韦述(?—757)荐，恩敕除太常博士。[④] 与韦述同受诏添修吴兢《唐史》，书未成而述亡，芳绪述凡例，勒成《唐史》一百三十卷。上元(760—761)中，坐事流徙黔中，[⑤]遇内官高力士(？—762)亦贬巫州，遇诸途，[⑥]乃据力士所言禁中事，别撰《唐历》四十卷。[⑦] 永泰二年(766)撰成《永泰新谱》二十卷。位终右司

---

① 《先君石表阴先友记》，载《柳宗元集》(卷十二)，中华书局2000年版，第306页。

② 《旧唐书·张仁愿传》(卷九三)，中华书局1975年版，第2982页。

③ 徐松撰：《登科记考补正》(上册卷八)，孟二冬补正，北京燕山出版社2003年版，第341页。

④ 《太平广记》卷二二二引《定命录》。

⑤ 据《资治通鉴》卷二二〇《唐纪》："至德二载，上从李岘议，以六等定罪：重者刑之于市，次赐自尽，次重杖一百，次三等流、贬。"据此，胡可先《唐代重大历史事件与文学研究》中将陷贼官员及处罚方式分为三种：主动投降安禄山者，大多弃市或赐死，如陈希烈等；被胁迫任伪职者，以贬官为多，如王维等；以曾在叛军中设法逃离或策反或暗中与中央联络者，以流、放处之。查《两唐书》中对于柳芳是否曾任伪职事并无记载，然依"流徙黔中"四字推断，或属于胡可先分类第三种。参见胡可先：《唐代重大历史事件与文学研究》，浙江大学出版社2007年版，第209页。

⑥ 《旧唐书·肃宗本纪》，高力士流配黔中，在上元元年七月；柳宗元、高力士二人遇诸途，当在七月后。

⑦ 钱易：《南部新书·辛》(三)，中华书局2002年版，第608页。亦见李德裕：《〈次柳氏旧闻〉序》，载《全唐文新编》(卷七〇七)，吉林文史出版社2000年版，第8034页。

郎中集贤殿学士。

考柳芳之交游，除韦述外，尚有殷寅（直卿）、颜真卿（709—785）、陆据（德邻）（？—754）、李华（717—774?）、萧颖士（707—759）、邵轸（纬卿）、赵骅（云卿）（？—783）、王端（？—759）、源衍（季融）（707—740）、杨极（698？—755?）、郄纯（一作郄昂）、柳镇（739—793）等一时名士；时人语曰“殷颜柳陆李萧邵赵”①，以能全其交也。娶妻殷氏（嘉绍女）；有子二：登、冕。②

兄登（732—821），③字成伯，少嗜学，以该博称。年六十余始仕宦，累迁至膳部郎中。元和二年（807）为大理少卿，与许孟容（743—818）等撰《开元格后敕》。后以右散骑常侍致仕，长庆元年（821）卒，时九十余。传见《旧唐书》卷一四九，《新唐书·柳芳传附》。

（二）生平行谊

柳冕约生于玄宗开元二十二年（734），四十七岁以前，因史料所阙，行迹难以考查。德宗建中元年（780），坐善刘晏（717—780），贬为巴州（治今四川清化）司户参军。贞元元年（785）大赦天下，召还，以吏部员外郎摄太常博士。次年十一月丁酉（十一日），昭德王皇后崩，冕作《皇太子服纪议》。④ 六年（790），以吏部郎中摄太常博士，作《请定公主母称号状》。⑤ 七年（791），作《答徐州张尚书论文武书》⑥；考张尚书为张建封（735—800），以书云“辱君子之游、同君子之道、见君子之荣，三十年矣”，推断二人结识约在宝应元年（762）左右。

贞元八年（792），冕有《请筑别庙居献懿二祖议》；⑦四月后，出为婺州刺史（治今浙江东阳）。十二年（796），作《再答张仆射书》、《答荆南裴尚书论文书》。⑧ 考裴尚书为裴胄（720—803），其任荆南节度观察使在贞元十二年；⑨以书云：“相顾老大，重以离别，……一日不见，如三秋兮，况十年乎？”知二人为旧交，结识应在贞元三年左右。贞元十三年（797），以婺州刺史改福建观察使，⑩有《与徐给事论文书》⑪；考徐给事为徐岱（749—798），以其卒于贞元十四年八月，⑫柳冕该书应作于贞元十三年三月至十四年八月间。贞元十五年（799），冕以石造塔为石塔寺贺德宗诞节，曾命推官庾承宣（？—835）作《无垢净光塔铭并序》以记事，⑬本年有作《答衢州郑使君论文书》。考郑使君为郑式瞻（？—801?），其任衢州刺史在贞元十五年至贞元十七年。⑭

---

① 语出《新唐书·文艺中·萧颖士》（卷二〇二），中华书局1975年版，第5770页。

② 颜真卿：《杭州钱塘县丞殷府君（履直）夫人颜君（真定）神道碣铭》；载《全唐文新编》（卷三四四），吉林文史出版社2000年版，第3941页。

③ 据《酉阳杂俎·前集七·医》：“柳芳为郎中，子登疾重，时名医张方福……登后为庶子，年九十而卒。”以长庆元年上溯九十，生年当在开元二十年（732）。见《唐五代笔记小说大观》、《酉阳杂俎》，上海古籍出版社2000年版，第612页。

④ 《全唐文新编》（卷五二七），吉林文史出版社2000年版，第6134页。

⑤ 董诰：《全唐文》（卷五二七），中华书局1983年版，第6135页。

⑥ 《全唐文新编》（卷五二七），吉林文史出版社2000年版，第6142页。

⑦ 《全唐文》（卷五二七），中华书局1983年版，第5352页。事见《旧唐书·礼仪志六》（卷二六），中华书局1975年版，第1008页。关于这个议题，主要在讨论献祖（李熙）、懿祖（李天锡）是否当祀于太庙，以及立于太庙之后谁居于被祭者首位的问题。这个论争起于德宗建中二年（781），由太常博士陈京首先发难，一直延续到贞元十九年（803）才得到解决。其争执的焦点一方面是血统论与实际战绩论的对象不同，另一方面也牵涉到德宗即位的正统性问题，因此引发了不同的主张。详参[日]户崎哲彦：《唐代的禘祫论争及其意义》，载《日本学者中国诗学论集》，蒋寅编译，凤凰出版社2008年版，第113—129页。

⑧ 《全唐文新编》（卷五二七），吉林文史出版社2000年版，第6142、6139页。

⑨ 《册府元龟》（卷一七六），台北中华书局1988年版，第2122页。

⑩ 《旧唐书·德宗本纪下》（卷一三），中华书局1975年版，第385页。

⑪ 《全唐文新编》（卷五二七），吉林文史出版社2000年版，第6139页。

⑫ 权德舆：《祭徐给事文》；载《全唐文新编》（卷五〇九），吉林文史出版社2000年版，第5962页。

⑬ 《淳熙三山志·寺观一》，《文渊阁四库全书·史部·地理类》（第四八四册卷三三），第485页。庾承宣文之见《全唐文新编》（卷六一五），第6957页。

⑭ 郁贤皓：《唐刺史考全编》（卷一四六），安徽大学出版社2000年版，第2082页。

贞元十六年,柳冕年六十七 ,作《与滑州卢大夫论文书》①;考卢大夫为卢群(742—800),据《旧唐书》本传,卢于贞元十六年四月拜义成军节度、郑滑观察使,寻遇疾,其年十月卒,②柳书当作于本年四至九月间。贞元十八年,作《与权侍郎书》;③考权德舆(759—818)于贞元十八年十月真拜侍郎,故书应作于本年冬之后;复查权德舆有《复柳福州书》系在次年,④亦可为证。贞元十九年(803),作《答杨中丞论文书》⑤;考杨中丞为杨凭,据符载《长沙东池记》:"壬午岁(贞元十八年),皇帝命御史中丞杨公领湖南七郡之地。"⑥又《旧唐书·德宗本纪下》:"贞元十八年九月乙卯朔,以太常少卿杨凭为潭州刺史、湖南观察使。"⑦本年或作《青帅乞朝觐表》,亟欲重返朝堂之心情表露无遗。

贞元二十一年(顺宗永贞元年,805)罢万安监牧,作《举杭州刺史韩皋自代状》,⑧旋以为政无状召还。贞元二十一年七月左右,作《谢杜相公论房杜二相书》;⑨查杜相公为杜黄裳(738—808);⑩又书中提及蒋乂(747—821),⑪知柳冕、蒋乂亦有交谊。或卒于本年。自言有"笔语二卷"、"为文成卷",今佚。子理,著《家学要录》一卷。⑫

二、柳冕之文论

以柳冕传世的15篇文章而言,其中除《皇太子服纪议》、《请筑别庙居献懿二祖议》、《请定公主母称号状》、《青帅乞朝觐表》、《与权侍郎书》5篇,为讨论礼制、科举之作;其余10篇中有6篇明言"论文",显示其亟欲建立文章正统的用心。就创作时间而言,除《答孟判官论宇文生评史官书》无法系年外,余作皆集中在贞元七年后。至其去世为止,近十五年的时间,不论在朝为太常博士,或出为刺史,柳冕均持续宣扬其文学核心理念。其文论的提出与贞元时期文化背景的关系,颇值得探讨。再者,就致书对象而论,大抵皆具有史官的背景,如权德舆、徐岱、杨凭、裴胄等,亦有张建封、卢群"少颇属文"者,其致书动机,亦值得一并观察。同时,以书信体制载以严肃的文论议题,其中是否有"破文体"的意识,亦将依序论述之。

(一)文论要旨

1.文以教化为先

柳冕文学观,聚焦于"文章"、"教化"、"儒家经典"三者的关系上;其以为文章之作,本于治乱"夫文生于情,情生于哀乐,哀乐生于治乱,故君子感哀乐而为文章,以知治乱之本"⑬。以反映治乱为基础,柳冕续而主张以教化为功能"夫文章者,本于教化,发于情性。本于教化,尧舜之道也;发于情性,圣人之言也"⑭,至此,文学本身与文学功能的主从关系因此而确立。

---

① 《全唐文新编》(卷五二七),吉林文史出版社2000年版,第6139页。

② 《旧唐书》(卷一四〇),中华书局1975年版,第3833页。

③ 《全唐文新编》(卷五二七),吉林文史出版社2000年版,第6136页。

④ 《权德舆诗文集》(附录四权德舆简谱),郭广伟校点,上海古籍出版社2008年版,第918页。

⑤ 《全唐文新编》(卷五二七),吉林文史出版社2000年版,第6141页。

⑥ 《全唐文新编》(卷六八九),吉林文史出版社2000年版,第7801页。

⑦ 《旧唐书·德宗本纪下》(卷一三),中华书局1975年版,第397页。

⑧ 《旧唐书·顺宗本纪》(卷一四),中华书局1975年版,第407页。

⑨ 《全唐文新编》(卷五二七),吉林文史出版社2000年版,第6137页。

⑩ 《旧唐书·顺宗本纪》(卷一四),吉林文史出版社2000年版,第407页。

⑪ 据《旧唐书·蒋乂传》:"(贞元)十八年,迁起居舍人,转司勋员外郎,皆兼史职。……与柳氏父子,沈氏父子(既济、传师)相继修国史实录,时推良史。"

⑫ 晁公武:《郡斋读书志·子部·小说类》,载《文渊阁四库全书·史部·目录类》(第674册),第229页。

⑬ 《与滑州卢大夫论文书》。

⑭ 《答徐州张尚书论文武书》。

在文章典范中，他推崇三代之文；屈原、宋玉等辞赋乃至于六朝“形似”、“淫丽”作品，以其无关教化，故不为所取“屈宋以降，则感哀乐而亡雅正；淫丽形似之文，皆亡国哀思之音也”[①]，否定了文学抒写情性的功能与屈原、宋玉失意文学的价值，也忽视文学大开声色的形式美，表现了他文学观中较狭隘的一面。

2. 以“道”为本

柳冕反复申述文章与教化之间的关系，并且进一步以“道”统摄其意“系乎国风者，谓之道”[②]；其重“道”的思想本源，乃是源于儒家礼乐道德人文化成的文艺观，重在由上而下的思想灌输，至于从下而上的讽谕刺时的社会功能，则忽视不提，此为屈原、宋玉等不被认可的另一原因。相反，荀子、孟子等人以其文能知“道”、“明教化”，故为体现圣人之道的最佳典范。柳冕强调文章要能“裨于世”，从他所提出可资为典范的代表，如“游、夏、荀、孟，下至贾生、董仲舒”[③]等，可以见出传统“卫道”的色彩。

3. 风俗好尚，系在帝王

(1)尊经术。柳冕体认化民成俗，并非少数人之责，帝王的好尚实为重要的关键；两汉辞赋丽以淫的原因即在于汉武帝好辞赋，故文臣多奉制，遂助长了俪辞的开拓；虽有有识之士，但形势上却难挽狂澜。解决之道，首在宗经，必得先尊经，方能论王道之兴，“经术尊则教化美，教化美则文章盛，文章盛则王道兴。此二者，在圣君行之而已”[④]。将宗经、教化、文章，王道四者紧密结合，并提出儒家经典才是根本解决之方，这个观点与萧颖士、李华等古文运动的前驱者相同。

(2)变科举。除了建立宗经的观念，柳冕亦企图通过科举，达到移风易俗的目的。贞元十八年(802)柳冕致书权德舆(时知贡举)，提出先明经(即清识之士)，后章句(即腐儒)的建议，期能改善社会风气。从权德舆《复柳福州书》中，可以看出权德舆亦有着相同的忧虑。[⑤] 贞元十九年，权德舆二掌贡举，除增加经义的比重，各科策问亦都以通达经义为主，突破了注、疏、传、笺的局限。这些举措应多少受到柳冕的启发。[⑥]

柳冕等人对科举改革的行动，显示了中唐士人以更务实的态度来看待经典，脱离注、疏的约束，而赋予其正本清源的功能；就实践的层面而言，使得“复古”更具有具体的意义。

(二)文论形成的背景

柳冕所作书信，大抵集中于贞元七年至二十一年，据此或可推知其文学观至少在贞元初期即已形成。以贞元时期的文化背景而论，自“安史之乱”后，唐王朝不论在内政、外交上都陷于极为紊乱的局面；朝堂之上，政出多门，纷争时起；地方藩镇则拥兵自大，权倾一方；礼坏法崩，纲纪不存。“宗经”的提出，就现实而言，有着重建政统权威性的意义。再者，柳冕论文重“道”，即“圣人之道”，故不言佛老。考当时士子大多与佛教有涉，如李华曾言“五帝三王之道，皆如来六度之余”[⑦]，将佛学地位抬高于儒学之上；萧颖士则是以“评古贤，论释典”[⑧]以遣其愤懑；权德舆十六岁即入不空弟子(惠)应公之藩；[⑨]徐

---

① 《与滑州卢大夫论文书》。

② 《答衢州郑使君论文书》。

③ 《答徐州张尚书论文武书》。

④ 《谢杜相公论房杜二相书》。

⑤ 权德舆:《复柳福州书》，载《权德舆诗文集》(下册卷四一)，郭广伟校点，上海古籍出版社2008年版，第625页。

⑥ 权德舆对科举的革新，可以贞元十九、二十一年的策问为例，如《贞元十九年礼部策问进士五道》、《贞元二十一年礼部策问五道》、《明经策问七道》、《明经策问八道》等；以上俱见《权德舆诗文集》(下册卷四〇)，郭广伟校点，上海古籍出版社2008年版，第605、614、617、608页。

⑦ 《台州干元国清寺碑》，载《全唐文新编》(卷三一八)，吉林文史出版社2000年版，第3614页。

⑧ 《赠韦司业(述)书》，载《全唐文新编》(卷三二三)，吉林文史出版社2000年版，第3658页。

⑨ 《权德舆诗文集》(附录四“权德舆简谱”)，郭广伟校点，上海古籍出版社2008年版，第894页。又权德舆与佛教之渊源，可参严国荣:《权德舆研究》，第90—107页。

岱则曾与韦渠牟、许孟容等于德宗前论讲三教(儒、释、道)教义。[①] 萧颖士、李华等人儒、佛皆沾,所尊之"儒道"何纯正可言。柳冕以纯粹不驳杂的立场,申述"儒道"的重要性,意图以思想重建再造儒学定于一尊的高峰;所言"风俗好尚,系在帝王"的关键性,虽未直指德宗崇佛,但其文论的核心实为当时宗教氛围而发。

(三)与古文运动先行者之关系与比较——以萧颖士、李华、贾至为主

柳冕复古的思想,应非其个人所独创,独孤及(725—777)《检校尚书吏部员外郎赵郡李公中集序》云:"天宝中,公(李华)与兰陵萧茂挺(颖士)、长乐贾幼几(至),勃焉复起,振中古之风,以宏文德。"[②]知萧颖士等早于天宝(742—755)年间,即已开始对文学复古做出努力。

萧颖士(707—759),字茂挺,兰陵人。曾任秘书省正字、扬州功曹参军等职。自言"平生属文,格不近俗,凡所拟议,必希古人,魏晋以来,未尝留意"[③],故其给予正面评价如贾谊、扬雄、班彪者,皆由于彼等所思合于"理"、所论近于"风雅"。至于文与道的关系,则未多着墨。其历举各期作家为文风格,各有特色,亦不否定"金相"——丽采的价值,可知萧氏所重在"文"。相较之下,柳冕对于屈原、宋玉以后的辞赋家及六朝美文一概否定,其立场则较为严谨。至于萧颖士数称班彪、皇甫谧、张华、刘琨、潘尼能尚古,又言裴子野善著书(《宋略》),可见萧颖士论文亦带有史学家的色彩,此萧颖士、柳冕二人立场近似之处。

李华(717—774?),字遐叔,赵郡赞皇人。曾任监察御史、检校吏部员外郎等职。独孤及誉为"文章中兴,公实启之"[④]。其以为为文之志应合乎儒教,系乎治乱;徒求文辞之工,实不足取。故对于屈原、宋玉之后的文学发展一律否定,较之萧颖士、李华的观点显得保守许多。

以"致理"为前提,在经、史典籍中,李华择取了《左传》、《国语》、荀子、孟子为典范。而柳冕则是在荀子、孟子之外,另增贾谊、董仲舒二人;柳冕有承袭前人处,亦有个人的观点。

贾至(718—772),字幼邻,河南洛阳人。独孤及论其"誓将以儒,训齐斯民"[⑤],可见其以教化天下为己任的使命感;贾至于永泰元年(765)、二年(766)曾两度知贡举,故对科举制度的弊病,有深刻的观察。他指出帖经与试诗赋的弊病,都在于不能通达经旨,因此主张"广学校,增国子博士员"[⑥]。相较之下,柳冕则更具体而细密。惜柳冕一生未曾知贡举,没有职掌的支撑,建议仅是理论而已。

从萧颖士以降,可以看出柳冕承袭前辈的基础——宗经,同时严守着"教化"的藩篱;以"世史官"的立场,批评屈原、宋玉以下"不根教化"的形似之文。考萧颖士、李华二人均为柳芳好友,于冕为父执辈,其所受二人影响者,或亦可见。至于柳冕与贾至之间,虽无直接数据可证二人交谊,但重教化的立场和对科举的具体建议,应亦有得于前辈之启发。

(四)"书信"体制的突破

柳冕以大量书信体制表述其文学观念,显示创作者视书信为其阐述理论的最佳载体,就文体的性质言,也意味着书信的功能有扩大的趋势。

书信本在"尽言""以散郁陶"[⑦],故自书怀抱、抒发情感,有着"私领域"的色彩。以书信为载体,讨论诗文,约始于建安(196—219)时期,如曹丕(187—226)《与吴质书》、曹植(192—232)《与杨德祖书》、陈琳(?—217)《答东阿王笺》等。细检《全唐文》,在柳冕之前,有陈子昂《与东方左史虬〈修竹篇〉序》、萧颖士《赠韦司业书》等。与柳冕同时之作家,作者对于文学观的阐述,大都表现于诗文集序中,如卢

---

① 《旧唐书·韦渠牟传》(卷一三五):"贞元十二年四月德宗诞日,御麟德殿,召给事中徐岱、兵部侍郎赵需、礼部侍郎许孟容与渠牟及道士万参成、沙门谭延等十二人,讲论儒、释、道三教。"中华书局1975年版,第3728页。

② 刘鹏、李桃校注:《毘陵集校注》(卷十三),辽海出版社2006年版,第285页。

③ 萧颖士:《赠韦司业(述)书》,载《全唐文新编》(卷三二三),吉林文史出版社2000年版,第3658页。

④ 独孤及:《检校尚书吏部员外郎赵郡李公中集序》,载《毘陵集校注》(卷十三),辽海出版社2006年版,第285页。

⑤ 独孤及:《祭贾尚书文》,载《全唐文新编》(卷三九三),吉林文史出版社2000年版,第4506页。

⑥ 《新唐书·贾曾传附》(卷一一九),中华书局1975年版,第4298页。

⑦ 《文心雕龙义证》(中册书记第二十五),刘勰著,詹锳义证,上海古籍出版社2008年版,第933页。

藏用(661? —713)《右拾遗〈陈子昂文集〉序》、元结(719—772)《〈箧中集〉序》、李华《扬州功曹〈萧颖士文集〉序》、《赠礼部尚书清河孝公〈崔沔集〉序》、《独孤及吏部员外郎〈赵郡李公中集〉序》、梁肃(753—793)《常州刺史〈独孤及集〉后序》、《〈补阙李君前集〉序》等。明确以书信"论文"者,柳冕为第一人,亦是比例最高者。

就文体功能而言,书信可作为谈学论道之用,实已与"论"、"序"无异;易言之,一如赠序(赠人以言、诗文集序),复发展出"论人"的另一个主题一样。诸文体互涉的现象显示古文运动的提倡者所努力的不仅是"文"、"道"关系的厘清,体制的合流亦是努力的另一个目标。就书写者而言,柳冕在使用"书信"体时,或已不囿于其传统单一的功能,而将其性质由"私领域"带入"公领域"的范畴,可载以固定之主题,而不仅止于"露布腹心"而已。

复就其致书对象而论,其中有名相、重臣,并不乏曾有史官背景者。柳冕试图以自己为中心,以书信的方式,辐辏出友谊的网络,扩大其文论可影响的范围;而曾任史官的经历(彼我双方),恰足以为复古论做强而有力的背书。柳冕在承袭前贤之余,欲以集团力量再起"崇儒"之风的动机,隐然可见。

三、结　　语

本文旨在考索柳冕行迹,并述其文论,及与古文运动前行者之关系。同时探讨其以书信体裁以文论之动机,及其对书信功能扩大的贡献。如前所述,柳冕虽反复申论,但对于如何改革文体或怎样的文体才能符合要求,并无任何说明;其作品中亦存在着大量骈俪的句式,如"三代尚德,尊其教化,故其人贤;西汉尚儒,明其理乱,故其人智"[①]、"魏晋已还,则感声色而亡风教;宋齐以下,则感物色而亡兴致"[②]等,这显示创作主体在"知"与"行"的统合上存在着缺陷;知、行不能合一,影响毕竟有限,如此也注定了柳冕在复古的浪潮中,不能成为宗主的缺憾。必有理论与创作相互发明,则有待韩愈、柳宗元二人继起。此或可解释其地位远不如韩愈、柳宗元之因。

---

① 《与权侍郎书》。

② 《与滑州卢大夫论文书》。

江湖文派的小品文及其散文史价值

吴肖丹

内容摘要：江湖文派是南宋末年文坛的一个非主流文章流派，其成员主要是江湖文人，因生活方式相近而文风相近，并非有宗派组织。就文章的功用而分，江湖文派与事功文派、道学文派并列而专注创作无关经世致道的小文小言，向来不为主流所重视，但因其身历宋末社会及文人角色的深刻变化，其小品文是唐宋小品嬗变乃至明代小品大放异彩不可或缺的一环，在散文史上有重要的地位。

关键词：江湖文派　小品文　散文史

一、江湖文派及其散文创作体裁

文学史上，作为南宋中后期的一个具有新型文人身份的创作群体，江湖派的诗词作品得到了充分的研究，实际上其散文创作较诗不无可观处，称为"江湖文派"也成立。《四库全书总目》就认为江湖派的领袖刘克庄："文体雅洁，较胜其诗。题跋诸篇，尤为独擅。盖南宋末年，江湖一派盛行，诗则汩于时趋，文则未失旧格。"袁行霈主编《中国文学史》称张端义《贵耳集》为南宋文学性较强的笔记。以"江湖文派"名之，紧接宋季的元人也早有记载，像元任仕林《松乡文集》："南宋季年文章凋敝，道学一派以冗沓为详明，江湖一派以纤佻为雅隽，先民旧法几于荡析无遗。"（《四库全书总目》卷一百六十六）元虞集《道园学古录》："文章至南宋之末，道学一派侈谈心性，江湖一派矫语山林，庸沓猥琐，古法荡然，理极数穷，无往不复。"（《四库全书总目》卷一百六十七）皆以江湖文派与道学文派对举，目之为宋末重要的一派。今有学者指出"江湖派"非"派"①，认为其说仅来自四库馆臣的立论，但从事实看，且不论其用以干谒谋生的诗歌，江湖派的文章也得以非主流的面目与事功文派、道学文派的文章并列，这一文人群体所选择的生活方式乃至文体、文章美学风范本身就具有特殊的群体面貌。

江湖派队伍庞大，水平不一，创作的散文体裁包罗广阔，但是他们绝大部分的散文创作是无关经世致道的小文小言，他们所擅长的也是这类品题抒怀的题跋、笔记、书论、抒情小赋、词序……他们的文章之所以被前人目为"雅洁"或是"纤佻"，就在于对小品文的选择。"小品"一词出现始于晋代，指佛经译本中的简本，后演为题材不限、形式自由的小文统称，至明代蔚为主流，吴讷《文章辩体序说·杂著》"随所著立名，而无一定之体"做了精辟概括，小品文的文学性和体裁特征到现代随着西方文学观念的输入才又被充分发掘，鲁迅："讲些小道理，或没道理，而又不是长篇的，才可谓之小品。"（《小品文的危机》）钱钟书："小品文也有载道说理之作，可见小品与极品的分疆，不在题材或内容而在格调或形式……"（《写在人生边上》）在宋代抛开主流的道学、事功主题，也远离了科举应试的策论、史论的江湖文派小品，其生存的土壤、呈现的风格值得放到小品文的发展脉络中去探讨。本文讨论"江湖文派"小品，将探讨江湖文派缘何选择小品这一载体，江湖派小品有何格调，江湖小品在小品文的发展、在散文

① 史伟、宋文涛：《"江湖"非"诗派"说》，载《社会科学家》2008年第8期。

史上有何地位。

二、江湖文人生活方式到小品文创作的动因分析

“雅玩”的生活内容,对江湖派选择与之相对应的小文小言的影响是显而易见的。江湖派虽因陈起刊刻的《江湖集》得祸而闻名,其成员本身也带有浓郁的江湖习气,他们或如姜夔、戴复古、刘过等布衣乡绅功名不遂而浪迹江湖,或如刘克庄、张端义等下层官吏经历仕途风波而游戏诗文,多欣羡隐逸、鄙弃仕途,避谈国事,崇尚文艺,风尚所趋决定了他们文章的基调。丹纳说:“要了解一件艺术品,一个艺术家,一群艺术家,必须正确设想他们所属时代的精神和风尚情况。”[①]南宋中后期,政治昏弱,文化生活却格外的繁富,由上而下一派“雅玩”、“兴味”之风,许多江湖文人的生活方式正如宋代吴自牧的《梦粱录·闲人》中所形容:“闲人本食客人,平日里讲古论今、吟诗和曲、围棋抚琴、投壶骑马、撇竹写兰,名曰‘食客’,此之谓闲人也。”像陈郁《藏一诗话》形容姜夔:“气貌若不胜衣,家无立锥,而一饭未尝无食客,图书翰墨之藏,汗牛充栋。”江湖文人大多只关注自己身处的风雅生活,所谈不离诗、茶、禅、梅等物事,像张端义:“诗句中有‘梅花’二字便觉有清意。”姜夔感叹沉醉于“湘云低昂,湘波容与,兴尽悲来,醉吟成调”的风雅(《一萼红》序),刘克庄推赏:“处士攒眉凝思若觅句然,虽妻子、奴婢、生生服用之具,极天下之寒酸褴褛,然尤蓄工琴,手不释卷,其迂阔野逸之态,每一展玩,使人意消。”(《跋杨通老移居图》)其推崇的高雅绝尘正与姜夔的做派相同。

选择小品文,也是“事功”热情消褪后文人群体软弱心态、比江湖派稍早的永嘉派继承了北宋的“事功”精神,道学派则走向“内圣”,心源都足够强大,敢于反驳现实,作“笔势浩荡,智略辐辏”的文字(刘克庄《辛稼轩集序》),江湖派则代表在物质上、精神上都失去支撑的宋季大部分文人。他们生活风雅的过度发展不过是是孱弱心态的掩饰,如无根之飘萍,游于江湖无天地开阔之感,仅觉“漫赢得,天涯羁旅”(姜夔《玲珑四犯》),他们只能迎合时代而无力挑战时代,崇尚晚唐风格,向往晋宋风度,以情趣虚饰忧生、忧世,作“纤佻”的小文小言。缺乏打通气魄,寻绎幽微精造,江湖文人沉湎于艺术,挖掘审美的深度,得文化之精细也限于其格局微小,在“向外发现了自然,向内发现了自己的深情”的空间里,偏好唯美的旨趣、玲珑的境界。如方岳《吴元鼎友梅堂记》:“寒江苍苍,山月荒荒,侧倚崩崖,幽然自芳”,“彼万仞立壁,烟昏雨寒,老色如铁,凛不可干……此颓榍败瓦,野意萧竦,有美一人,雅澹冲虚”,无一字点到梅,而以孤高、幽洁的梅花品格折射出遗立世外的心境。

小品这种小文小言切合了江湖文人的表达的需求,相对于传统的文人群体,江湖文人身份到心态上的变化在小品文中得到了最直接的表现。

(一)不问世事,关注自我

构成南宋后期文坛的主体的江湖文人,身处社会中下层,不同于宋代前期身兼政治家、艺术家的士大夫,有言政论事的身份甚至见识、胸襟、热情,傅璇琮《江湖诗派研究》序言:“江湖派诗人并非天生不关心政治……但政治迫害(如江湖诗祸)和社会黑暗使他们对现状起一种冷漠感。”在江湖文人的散文中,“身在江湖,心存魏阙”不再是主题,他们的创作是从传统古文观看来品格卑弱的小品。他们虽亲与民疾,但长期的奔走干谒令他们身心疲敝,索性不问世事,将视点投注到内心的体验、感悟甚至创设的心象,在个人圈立的小境界里获得慰藉,像张端义《贵耳集》卷中开头道明:“志非抑郁而怨于书也,又非臧否而讽于书也,又非谲怪而诞于书也,随所闻而笔焉,微有以寓感慨之意。”区别于传统著书意图,随兴所著、传达私意。而姜夔《诗集自叙一》指出:“余之诗,余之诗耳,穷巨而野处,用诗陶写寂寞”,私人色彩浓郁,其《续书谱》全录孙过庭“情性”一节,发掘书法的个性美。像《齐天乐》序里的“顿起幽思”是其时常沉湎的情怀。

---

① 丹纳:《艺术哲学》,天津社会科学出版社2004年版,第28页。

（二）尴尬生存，崇尚隐逸

江湖文人往往自命清高，但或为生计所迫，或留恋都市，多不能超然物外，“非仕非隐”的文化身份不可避免给他们带来内在矛盾，接受士大夫思想，实际则流于谒客，其价值观与社会地位存在落差；擅长的高雅艺术，却类似商品作为谋生的手段，包含着背反。他们无法彻底隐逸，尴尬生存，却吟唱清高，既迎合了市场需求，也隐含着被世俗淹没的恐惧，隐逸的高调里正是他们对自我的提醒，像方岳声称“绝口不谈当世事，掉头宁作太平民”（《归来馆记》），将宜于山家、师家、贫家的“晚色新霁，群山苍苍，碧亩寥泬，月明如霜”（《月庄记》）的理想画面与世俗之景作比较，流露出说服自己的矛盾心理。

（三）追慕风流，审美品评

相对于传统食客，江湖文人不以谋略谋生，而以诗文干求物质，权贵也以与他们交往沽名钓誉、附庸风雅；江湖文人的日常生活，出于南宋文化生活对他们的需求，大多过着为艺术的人生，像姜夔集音乐家、文学家、理论家、书法家于一身，刘克庄也是诗歌理论、书画鉴赏、文学创作上的通才，《四库全书总目》称《后村诗话》：“大旨则精核者多，固迥在南宋诸家诗话上也。”而他们的鉴赏品评备受文化圈关注，而最重要的载体莫过于记、书、序、行状、跋等短小篇章，像刘克庄《后村先生大全集》一三九卷中简短艺术品评最为出彩。实际上，艺术才是他们安身立命之所，而在简短的语言中道出意味深长的艺术意味，正是世人甚至江湖文人本身最为看重的。

从文学史上的定论的成就看，《后村诗话》堪称刘克庄代表作，姜夔突出成就则在填词方面，方岳以骈文著称，但是江湖文人的小品，向我们展示了最真实的自己，使我们得以抛开固有的士大夫印象，设想他们的真实生活，这些不成体系、没有精心结构的江湖小品也具有了与江湖文人生活血肉相连的深刻意义。

三、江湖文派小品的江湖特质与对小品文体裁的拓展

相对于其他文体，小品因其体式的特点易于贴近生活，而江湖文人疏离政治，放浪江湖，沉醉艺术审美，擅长挖掘内心情趣，他们的创作也具有与晚唐小品、晚明小品不同的风格。

（一）显著的江湖思想

江湖文人身处社会中下层，本被视为三教九流中人物，说书打卦、吟曲作画，处在驳杂的文化氛围中，他们的思想倾向无所宗主。如果遵从儒家传统思想，江湖文人的生活需求和精神世界必然存在矛盾，而杂家思想更能给他们生存提供精神支持。晚唐的小品文犀利刺世讽时，价值取向明确，晚明小品袒露真实心声，毫不掩饰对“俗”的追求，江湖文人的小品则对兼取包并，将江湖杂谈渐与庙堂高论并提，但又没有明确宗主，反映了文人身份处于转变时期的复杂性和他们思想的模糊性。像刘克庄、张端义皆以文字获罪，刘克庄为形形色色的下层社会人士作文，其流传甚远的《跋通首座书二经》写释家刺血写经，《跋术者施元龙行卷》为卜士作跋等问，主旨并不十分明确，而张端义获释后不改评论记录世事轶闻的旧习，以《贵耳集》展示了江湖文人丰富的阅历和多元的视角。又像方岳仕途屡屡受挫，触史弥远，忤贾似道、丁大全，被劾罢官，在隐居时既持隐逸之论，又论上古淳风（《耕舍记》），在文字游戏中安顿日常，给寓所命名茧窝、耕舍、归来馆、月庄，易村名为荷嘉坞，以小品载之，内心常常交织着几种思想的争论。

（二）浓郁的个体色彩

个性化是小品文重要的特征，江湖文人群体上走着与传统士大夫不同的道路，个体彼此间思想、生活方式差异较大，而且在具体的干谒、酬唱生活中充分展现个性的风流、文艺的特色，是他们生存的基础，有个别文人甚至故意放浪形骸增加传奇色彩以自高身价，这种珍视自身特色使他们的小品具有浓郁的个体色彩，保留个人之见、细味个人体验，那种不为分享，不为影响世道人心、文坛风尚的倾向

愈加明显。像姜夔将情感作为审美的对象,他的词序"可以视为记述抒情瞬间的精巧散文"①。像《浣溪沙》的词序"予女须家沔之山阳,左白湖,右云梦;春水方生,浸数千里,冬寒沙露,衰草入云。丙午之秋,予与安甥或荡舟采菱,或举火罝兔,或观鱼簺下;山行野吟,自适其适;凭虚怅望,因赋是阕",在交代背景时,也审视着自己。姜夔花的笔力最多的词序,往往是在野游、漫步等避开世俗的时候,这也与他清高脱俗的作派呼应。而这种个性的呈现往往带有理想中的投射、现实的感喟,较为含蓄,向往晋宋风度又不若其高扬理想,并入世俗之感还不到晚明小品率真直露。

由于江湖文人生活的特殊性,他们的生活环境、活动内容、创作偏好也客观上促成了小品文体裁的发展,而且对某些江湖名家而言,这些小品文在其现实生活中也占有一定位置。像刘克庄交游广阔,为他人做评论是其江湖生活的重要内容,成千上万书籍、画卷的鉴赏历练,成就了他的指导地位,而他许多灼见都是通过赠序、题跋传达。又如姜夔精心填词,对词序也慎重对待,在这些短小的话语中直接流露内心的寂寞、矛盾,吸引了许多人的注意力,像周济就感叹人们"独津津于白石词序"②。

欧阳修、苏轼的小品实现了"行于所当行,止于所当止"的样式转化,王纳谏:"文至东坡真是不须作文,只是随意记事便是文。"(《〈书天庆观壁〉眉批》)江湖小品则是在具体的体裁方面有所发展。下面择四家为例。

1. 刘克庄对题跋的发展

题跋至苏黄方演为小品,吴讷《文章辩体》:"汉晋诸集,题跋不载……迨宋欧曾而后,始有跋语,然其辞意亦无大相远也……"钟惺《摘黄山谷题跋语记》:"知题跋非文章家小道也。其胸中全副本领、全副精神,借一人一事一物发之。"刘后村继承苏黄对"跋尾"、"书后"的发挥,随物赋形,见学养情趣,其《江贯道山水》、《韩干三马》、《王摩诘渡水罗汉》等,融描绘、考订、鉴赏、抒情于短篇,表述精彩凝练。

2. 姜夔对词序的发展

继苏轼自觉作词序,姜夔进一步将词序发展为与词在结构上相互辉映、各自独立的小品,胡适说《扬州慢》的序:"那首词本身远不如这几句小序能使我们想象扬州的荒凉景象。"③没有词明确的创作意图、严密的格式,词序的意象随意散落,带给读者无干预的审美体验,也包含丰富的瞬间情感。

3. 张端义的笔记创作

江湖小品得南宋笔记于随意间融知识趣味哲理于一体之长,笔简语澹,留下许多生动的学术资料。张端义的笔记得自游历江湖的阅历,也来自世事洞明的眼光,他的《贵耳集》写来有识、有趣、有情,呈现了认知的真实状态,也展现了张端义对生活的热爱。像卷中"钱自汉以五铢行"一则,从历史治乱中看到币制与经济的重要联系,而卷下则考虑"不知朝廷一如二广,只使见钱,不知会子,未知可行否",对当时新型货币的产生和流通是很关注,并对纸币出现后的市场问题一直保持探讨兴趣。

4. 方岳骈散兼用的小品

宋代之文,辨体清晰、破体自由,江湖小品更无语体约束,随兴致才情允庄允谐,允骈允散。方岳的小品常运于骈散、诗文之间,"而湖之千幛所环,岚暝喷薄,迩青远碧,萦幽逗深……"(《在庵记》),收发自如而优美自然。江湖小品随意抒写而主旨不如晚唐、晚明小品明确,但因其生活影响于题跋、词序、笔记等体裁上的开拓,是小品文形式多样化进程中不可或缺的一环。

四、江湖文派小品在散文史上的重要地位及其审美风尚

江湖文派小品在散文史上有重要的作用,除了上文论及的对小品体裁的拓展外,它还是晚唐小品

---

① 林顺夫:《中国抒情传统的转变——姜夔与南宋词》,上海古籍出版社2005年版,第44页。

② 周济:《且存斋论词杂著》,人民文学出版社1998年版。

③ 林顺夫:《中国抒情传统的转变——姜夔与南宋词》,上海古籍出版社2005年版,第42页。

到晚明小品两个高峰之间不可或缺的一环,从注重文章经世致道的功能到抒写世俗的心灵生活,江湖文人游走于高雅艺术和世俗生活之间为小品文的转型创造了可能。

从曹丕的"文章经国之大业,不朽之盛事"到韩愈、柳宗元的"文以载道",至江湖的文章成为谋生手段,文章地位不断下降,与传统载道经世的功能脱离,日常化、普通化,集体话语向个人话语的转化,从关注政教道德到注重艺术趣味。相对于"并没有忘记天下,正是一塌糊涂的泥塘里的光彩和锋芒"的晚唐小品(鲁迅《杂谈小品文》),江湖小品淡化共性关注,侧重个性私情,身处末世。江湖文人与晚唐文人一样崇尚隐逸,但晚唐隐士浪迹山林,不能忘怀国事,重拾怨刺传统,江湖谒客隐而不能,尴尬生存,索性淡漠处之。如果说晚唐小品批判世道如"匕首"冰冷,那么江湖小品"目送归鸿,手挥五弦"式的疏离更是彻底的冷漠,这是江湖小品转向个人话语的心理契机。相对而言,古文家韩愈、柳宗元的小文杂文跟江湖小品趣旨相近,如韩愈之叙亲情,柳宗元之"小石潭"系列的人生悲剧与审美情趣,为宋代小品提供了借鉴,只是江湖小品要更平易浅俗,它一方面折射了斯文没落,文人无力承担社会责任的走向,而另一方面走向世俗引领了向明小品的转型。

与晚明小品相比,江湖小品格调较为高雅、含蓄,虽重生命意识而非理道,但晚明小品的性灵趣味又不像其率真直露,江湖文人创作小品态度随意,不像晚明已将小品标举出来,也避免了流于圆滑、庸俗之倾向。如刘克庄的小品的文化情趣,近于五四学者小品韵味,像占了江湖小品很大比例的诗文字画品评亦并入"身世之感",带《世说新语》情感审美之风又不若其高简隽永,这与宋末的写意的绘画审美风尚是相呼应的,有独特的美学价值。

江湖小品的风格,如宋元写意山水,疏朗、恬淡、写意,与前代那些浓烈、硬朗、粗糙的风格形成鲜明的对比,像米芾《画史》:"平淡天真多,唐无此品",以平见奇、以约见丰,重在写出精神。南宋的水墨山水画自"马一角"画风的创立,亦出现小品,它将事物置于画面一角,其余大部分空间留白,是写意的典型,特点在于:画的尺寸缩小,构图简单,留白产生无穷意蕴,笔意自然写出精神。

小品至苏轼、欧阳修已平易自然,至江湖小品,更进一步走向写意,恰与画风变化同步,也正是南宋审美风尚的体现。江湖小品以平淡见长,像残山剩水,宁静淡泊,见不到唐代那种热烈飞扬、雄伟浓丽的场面,却要从萧散淡泊中咀嚼出味道来,它代表着宋代更深层的审美境界,笔下不再有韩愈、柳宗元的奇险或深幽,也不再有皮日休、陆龟蒙的嬉笑怒骂,甚至连欧阳修、曾巩的曲折俯仰也不复多见,简约小巧却含蓄悠长。

(一)江湖小品取材简单,体制短小,不求完整性而重在"小"与"简"中见真趣

如张端义记司马光家奴"性愚而鲠,公以直名之,夏月游人入园,微有所得,持十千白公,公麾之使去,后几日,自建一井亭,公问之,直以十千为对,复曰:端明要作好人,在直如何不作好人"。较之袁宏道的《拙效状》,截取片断,笔墨俭省,不曲尽情态,但简而有味。

(二)写意技巧高妙之处就在于留白,江湖小品多点到即止的笔墨

如刘克庄《江西诗派总序》数语间将北宋诗歌流变各家的风貌传神点来,不拖泥带水。姜夔的"清刚"表现在小品上就是疏朗之致,见出深厚的艺术功底。其《绛帖平》传达书法精神有不尽之意,论真书"点者,字之眉目,全藉顾盼精神"、"丿(音瞥)、乀(音拂)者,字之手足伸缩异度,变化多端,要如鱼翼鸟翅,有翩翩自得之状",一点比喻而境界全出。

(三)写意就是笔法洗练

写意看似简单平易,其实是以意取胜,对作者的才力学识提出了更高要求,才气不足则流为芜杂困窘,学养不够则文意贫病乏味。江湖小品得写意之精神,不以道理而以情趣取胜,不以锤炼而以随意为美,践行平淡美学,不求浓墨重彩,不求纤毫毕现,却更见出精神。如林希逸的《介石语录序》:"介石向在南山,余尝一见之。道貌粹然,出语有味,为其乡人也爱之,为其名辈也敬之……余曰:'有句无句,如藤倚树,横说竖说,如水漉月,师既如此供通,如此漏逗,我又如何分雪……'"谐而不谑,古淡天然中见趣味。

(四)江湖小品的艺术精神重在发掘寓于平淡的审美

像刘克庄的《马之和觅句图》"夜阑漏尽,冻鹤先睡,苍头奴屈两骭煨残火。此翁方假寐冥搜,窗前有缺唇瓦瓶贮梅花一枝。岂非极天下若硬之人,然后能道极天下秀杰之句耶",清贫甚至寒酸之景,以审美之眼观来,有"缺唇瓦瓶贮梅花一枝"之情趣,顿时妙不可言,又如《跋李伯时罗汉》:"至龙眠始扫去粉黛,淡毫轻墨。高雅超谐,譬如幽人雅士,褐衣草屦,居然简远,固不假衮绣蝉冕为重也。"深解得平淡意味。江湖小品以平淡蕴含深长意味这副笔墨,又为明代小品的平俗所不及。

综上所言,作为南宋末年文坛的一个非主流文章流派,江湖文派专注创作无关经世致道的小文小言,尊崇魏晋风雅、以晚唐小品形式、宋代文化品格,随意抒写、风格写意,丰富了小品文的内涵与体裁,为明代小品的大放异彩做了准备,在散文史上有重要的地位,值得从江湖文人生活方式和文化特质中去发掘它的新变和价值。

山神·先贤·谪仙

——李白文的寿山、东山隐喻及其自我写真

许东海

（台湾政治大学中国文学系）

内容摘要：山水文学的发展流变及其书写程序，随着两汉以下辞赋传统的重大影响，整个魏晋南北朝的文坛，普遍呈现“辞赋化”的现象，因此辞赋对于山水文学的书写，显然举足轻重，不宜忽略。至于辞赋牵动山水文学的另一重要脉络，则在藉由赋体化之主客设问与对答的书写架构，让山水世界以拟人化的变创姿态现身说法，从而为文本中的作者代言情志，或以相互论辩之型态进行对话，此固为辞赋予山水文学交涉关系中值得留意的一个侧面。因此本文主要针对寿山与东山这两座深植于诗仙李白心灵深处的文化坐标，探索其中作者藉由山岳论述，并以安陆寿山为建构人生梦幻蓝图与流露谪仙意识的初始隐喻；其次诗仙又如何在六朝东山召唤与先贤谢安追忆的历史凝视里，展开其世变与人生的相关对话，从而映现的谪仙身影及其心灵图景，其中既得以略窥诗仙李白发轫寿山、归旨东山的人生蓝图，另一方面亦可进一步审视李白藉由这些山岳书写中，由山神代言臻至先贤再现之山岳隐喻中，所深刻映现的谪仙身影及其自我写真。

关键词：李白　谪仙　山岳　谢安　安陆　东山

山水文学的发展流变及其书写程序，随着两汉以下辞赋传统的重大影响，整个魏晋南北朝的文坛，普遍呈现“辞赋化”的现象[①]，因此辞赋对于山水文学的书写，显然举足轻重，不宜忽略。至于辞赋牵动山水文学的另一重要脉络，则在藉由赋体化之主客设问与对答的书写架构，让山水世界以拟人化的变创姿态现身说法，从而为文本中的作者代言情志，或以相互论辩之型态进行对话，并且在形式或笔法上往往借鉴辞赋之书写取向，例如南朝孔稚珪的《北山移文》，迄至唐代李白《代寿山答孟少府移文书》皆为其例。这些作品主要藉由山岳神祇的示现与发声，并与文本作者或相关人物进行论难对话，从而在正本清源的论述中，湔雪屈枉，昭揭情志，其中饶富兴味者，尤深刻映现在山神的论述与告白，主要针对世俗的辱视与污名化提出辩驳，反复铺陈，归旨于廓清误会，以正视听，从而展现其以山水正名进行仕隐文化论述的重要旨趣，此固为辞赋予山水文学交涉关系中值得留意的一个侧面。

另一方面，藉由历史上山岳典故之追忆，及其相关人物风范的再现与铺陈，尤其是攸关传统士人志业的仕隐隐喻，作为士人自我认同的文化典范与人生楷模，从而映现作者心灵世界的重要精神图腾与英雄象征，往往也成为古典文学中另一种重要的书写程序，例如先秦两汉涉及仕隐论述之首阳山之伯夷、叔齐，颍水之滨的许由，汉代商山四皓等俱为常见之例，例如上述南朝孔稚珪的《北山移文》，以及汉魏六朝史籍丰富的隐逸传记系列，其中往往结合山岳叙写，作为历代高士隐者的文化空间隐喻[②]。因此唐代以前的山岳书写其实主要即以仕隐文化为其重要论述主题，李白诗文中的寿山与东山书写，自其书写系谱而言，正是前有所承，却又出以变创，展现诗仙李白的书写特色，其中的关键则在藉由仕

① 王梦鸥：《贵游文学与六朝文体的演变》，载《传统文学论衡》，时报文化公司 1987 年版，第 76—82 页。

② 许东海：《山岳·文体·隐逸——〈游天台山赋〉与〈北山移文〉山岳书写及其文化意蕴之对读》，载《励耘学刊》2011 年第 12 期。

隐文化隐喻的传统基础，进一步转化而为其人生蓝图与谪仙身影。其中早期之作《代寿山答孟少府移文书》，与其诗文中丰富的东山书写，正是其中的重要例证。

在诗仙李白的文学世界中，山水诗歌，不论是运用乐府、歌行，或律诗、绝句等各种诗体创作，并展现诗仙豪放飘逸、想落天外的独特风格，固然佳作不胜枚举，故以李白山水诗歌为对象的相关学术论述亦随之层出不穷，成果丰硕。唯专门针对李白诗歌中的山岳书写主题进行探索者，则并不多见。然而，其中较早受到学界注意者，大多集中在李白诗歌中的经典名篇，例如《望江西庐山瀑布》、《望天门山》、《梦游天姥吟留别》、《庐山谣寄卢侍御虚舟》等个别诗篇之探讨与分析，罕见将其山岳书写视为创作现象或主题加以论述，然而从李白"五岳寻仙不辞远，一生好入名山游"的情志告白中，可知这些以登览山岳为主要创作题材的诗歌，应该有其进一步探讨的价值。故拙作曾就李白诗中这些涉及的山岳创作，除尝试考察其中诗歌与辞赋融合的创作特色外，又另撰写一篇《登高与追梦》，主要藉由前述李白诗赋融合的创作基础，进而探讨其《梦游天姥吟留别》的文体融合特征及其抒情底蕴；[①]此外，近年台湾学界如萧丽华教授《游仙与登龙——李白名山远游的内在世界》、《出山与入山：李白庐山诗的精神底蕴》等论文，亦是专门针对李白诗歌中山岳书写的力作。[②] 由此观之，李白诗歌中的山岳书写已寖渐受到李白学界的关注与重视。故本篇论文，即基于上述思考与观照之下，进一步锁定李白诗歌之外的其他文类创作中，尝试藉由李白诗、赋予古文的文体跨界视域，并针对其中攸关其人生理想的重要山岳书写对象，即早年挥别故乡巴蜀峨眉山月后，曾寓居十年的湖北安陆寿山，以及李白终其一生奉为典范，同时又深具以历史先贤谢安作为英雄崇拜隐喻的六朝名山——东山，从而实践漫游天下、追逐梦想的精神象征。因此本文主要针对寿山与东山这两座深植于诗仙李白心灵深处的文化坐标，探索其中作者藉由山岳论述，并以安陆寿山为建构人生梦幻蓝图与流露谪仙意识的初始隐喻；其次诗仙又如何在六朝东山召唤与先贤谢安追忆的历史凝视里，展开其世变与人生的相关对话，从而映现的谪仙身影及其心灵图景，其中既得以略窥诗仙李白发轫寿山、归旨东山的人生蓝图，另一方面亦可进一步审视李白藉由这些山岳书写中，由山神代言臻至先贤再现之山岳隐喻中，所深刻映现的谪仙身影及其自我写真。

由于诗歌、辞赋予散文之文体性质本自殊异，因此不仅可以更多元展现李白的文学风采，尤其对于探讨诗仙李白的生平活动及其诗人身影，从而藉由这些文本所提供的酬酢与应用书写特性，所进行与展现的诗人情志论述与自我图像，亦将有助于李白诗歌之深层阅读与多面观照；基于以上观照，因此本文主要藉由李白之山岳叙写，结合李白诗歌、辞赋等不同文类作品，并聚焦于寿山与东山等相关书写，探索在文类交互竞合书写中，李白所映现的自我画像及其谪仙身影，从而揭示其中由地理性延展为历史性、文化性的多元深层意蕴。

一、山神代言与谪仙隐喻：李白《代寿山答孟少府移文书》之赋化书写与梦幻蓝图

《代寿山答孟少府移文书》为李白开元年间始隐于湖北安陆时的撰述，[③]为代言体的戏作，却出之以严肃的应用文书型态，并以山岳充分拟人化的虚构与铺陈，加上答书的对话型态，其中充分展现李白深厚的赋学素养，也因此才能明显展现此文别具的赋化书写特色。[④] 其中主要途径即以山岳之虚拟、设问、铺陈等三大具体手法，建构此一寿山论述，并在"铺采摛文，体物写志"的赋化书写下，[⑤]巧妙

---

① 许东海：《诗情赋笔化谪仙：李白诗赋交融的多面向考察》，台北文津出版社 2000 年版，第 15—29 页。许东海：《另一种乡愁：山水田园诗赋予士人心灵图景》，里仁书局 2004 年版。

② 萧丽华：《出山与入山：李白庐山诗的精神底蕴》，载《台大中文学报》2010 年 12 月第 33 期，第 185—223 页。

③ 安旗主编：《李白全集编年注释》，巴蜀书社 1992 年版，第 1851 页。

④ 朱金城：《李白的价值重估》，文史哲出版社 1995 年版，第 101 页。文谓："(李白)许多书序几乎都用赋的方法写成，如《代寿山答孟少府移文书》……文中既有大赋的铺张起伏，又不拘泥于辞赋的声律典故，写得酣畅淋漓，声情并茂。"

⑤ 刘勰：《文心雕龙·诠赋》，金枫出版社 1981 年版，第 91 页。

彩绘出李白的士人身影及其自我画像。

李白《代寿山答孟少府移文》的奇特，在于出之以山岳神的宣示型态及其代言策略。就文章之表层而言，此文之撰乃源自先前“孟少府移文”内容的辩驳：

昨于山人李白处，见吾子移文，责仆以多奇，叱仆以特秀，而盛谈三山五岳之美，谓仆小山无名无德而称焉，观乎斯言，何太谬之甚也。①

其中主要指陈孟少府先前移文中的山岳论述，及其鄙责寿山无名无德观点的谬误，并巧妙地引出“山人李白”作为全文书写旨趣的必要铺垫。从全文结构而言，前面篇幅明显过半，乃聚焦于寿山的铺陈叙写，对照后文不及一半的“逸人李白”书写篇幅，初步营造出“寿山”与“逸人”搭配演绎的“地理—人物”主客图式。其中寿山以山神主观的自我论述型态，完全具现所谓“铺采摛文，体物写志”的赋化风华。因此李白此文除了并未协韵外，几近可视为一篇《寿山赋》的虚拟书写，但李白于此固然展现赋学身影外，诚亦不乏变创之姿：其一在篇题名为《代寿山答孟少府移文书》，李白此文固应受到六朝孔稚珪《北山移文》的启示与牵动，然此文中由山神主动示现转化为被动响应。两者既有书写交集，亦复互见异趋；其二在以“淮南小寿山谨使东峰金衣双鹤，衔飞云锦书于维扬孟公足下”的山神特使型态转化，从而既符合其响应官府文书的正式格式，又得以兼启其逞耀才学的书写策略。

文中藉由寿山之自叙书写，首先以赋家“体物”妙笔铺陈此山“多奇”、“特秀”之美，一派神山圣岳风范，自非人间诸座名山可与媲美：

仆包大块之气，生洪荒之间，连翼轸之分野，控荆衡之远势，盘薄万古，邈然星河，凭天霓以结峰，倚斗极而横嶂，颇能攒吸霞雨，隐居灵仙，产隋侯之明珠，蓄卞氏之光宝，罄宇宙之美，殚造化之奇，方与昆仑抗行，阆风接境，何人间巫、庐、台、霍之足陈耶？②

此文曲尽表里，穷形入神地赞颂寿山之“罄宇宙之美，殚造化之奇”，直与“昆仑抗行，阆风接境”，俨然营塑此山“似不从人间来”的神圣意象及其作者身影，从而映现汉赋铺陈奇丽的书写特色。③ 于是淮南道安陆之寿山，经由李白的赋化点染，俨然化身为一座傲视人寰的神山圣岳。李白笔下的神圣寿山，既以“方与昆仑抗行，阆风接境，何人间巫、庐、台、霍之足陈耶”，展现风标，然则此山已映现为“谪仙”的特质。

其次，寿山既具现为“谪仙”之人格特质，李白更进一步以寿山之“无名”与“养贤”二端，结合老、庄名德，小大之旨，论述寿山之无名而大德，可与大道：

而盛谈三山五岳之美，谓仆小山无名无德而称焉，观乎斯言，何太谬之甚也，吾子岂不闻乎，无名为天地之始，有名为万物之母，假令登封禋祀，曷足以大道讥耶。④

所谓“假令登封禋祀，曷足以大道讥耶”，乃藉由古来帝王封禅五岳的圣功昊德，指涉寿山之一朝遇合，其功德足以媲美五岳。至此李白的寿山书写，昭然若揭地映现“谪仙”身影，及其待圣主而功赞天地，彪炳人寰的精神风范。然则此一情志风范，复与此文稍后所叙写的李白画像形神相契，如出一辙：

近者逸人李白，自峨嵋而来，尔其天为容，道为貌，不屈已，不干人，巢由以来，一人而已，乃虬蟠龟息，遁乎此山，仆尝弄之以绿绮，卧之以碧云，漱之以琼液，饵之以金砂，既而童颜益春，真气愈茂，将欲倚剑天外，挂弓扶桑，浮四海，横八荒，出宇宙之辽阔，登云天之渺茫。⑤

安能餐君紫霞，荫君青松，乘君鸾鹤，驾君虬龙，一朝飞腾，为方丈蓬莱之人耳，此则未可也，乃相

① 李白：《代寿山答孟少府移文书》，载安旗主编：《李白全集编年注释》，文史哲出版社1995年版，第1853页。

② 李白：《代寿山答孟少府移文书》，载安旗主编：《李白全集编年注释》，文史哲出版社1995年版，第1853页。

③ 许东海：《诗情赋笔化谪仙：李白诗赋交融的多面向考察》，台北文津出版社2000年版，第184页。

④ 安旗主编：《李白全集编年注释》，文史哲出版社1992年版，第1853页。

⑤ 安旗主编：《李白全集编年注释》，文史哲出版社1992年版，第1855页。

与卷其丹书，匣其瑶琴，申管晏之谈，谋帝王之术，奋其智能，愿为辅弼，使寰区大定，海县清一。[①]

若将李白上引之寿山论述与逸人叙写彼此对照，则其中寿山与李白实为一体两面，其中一虚一实、一明一隐、一奇一正、一山一人、一离一即的不同变创手法，却具体生动地刻画出以“谪仙”逸姿，追图“辅弼”绮梦的二十七岁青年李白之自我画像。由此亦可见李白的“谪仙”称号，固然每每见于诗中自序：

太子宾客贺公于长安紫极宫一见余，呼余为谪仙人，因解金龟换酒为乐。[②]

然则藉由上述《代寿山答孟少府移文书》中寿山铺陈与李白叙写之相互定义，诚已浮现以谪仙之姿结合山岳论述，所经纬勾勒的作者自我画像。虽然李白此一早期自我画像仍为隐而不彰、明而未融的朦胧身影，然则至少可以提示后世读者，有关李白谪仙人之名号，固然断自前贤贺知章的赏赐，然则对照李白于此颇沾沾矜喜的语气与意态，实亦缘自李白心中深将贺知章引为知音同调之乐情，此由李白诗中之追忆贺老之叙写，亦可略亏其豹。换言之，李白早年既以“谪仙”之姿自视，一俟长安遇贺知章，自有相见恨晚之感，然则贺知章推誉之以“谪仙人”，本质上实不妨视为对逸人李白谪仙气质一场迟来的正名仪典。

《代寿山答孟少府移文书》寿山与李白叙写的另一交集，还在“山岳”与“人物”共同经纬的仕隐进退命题。其中寿山叙写分别由罪愆与功绩的正反面向，驳斥孟少府移文所写“诸山藏国宝、隐国贤，使吾君牓道烧山，披访不获”之“非适谈也”。并巧妙联系山岳与王道二者互涉之家国意涵，例如“王道无外，何英贤珍玉而能伏匿于岩穴耶，所谓牓道烧山，此则王者之德未广矣”。反之，藉由“昔太公大贤，傅说明德，栖渭川之水，藏虞虢之岩，卒能形诸兆瞬，感乎梦想，此则天道闇合，岂劳乎搜访哉？果投竿诣麾，舍筑作相，佐周文，赞武丁”，阐述历史上贤相辅佐名主的典故铺陈，并归旨于“总而论之，山亦何罪”的正面论述，从而水到渠成地指陈“乃知岩穴为养贤之域，林泉非秘宝之区，则仆之诸山，亦何负于国家矣”的终极旨趣。据此，山岳之文化意涵不仅跳脱历史系谱的封禅告天职能，又进一步化身为社稷养贤、明主求才的养成场域及其人才智库，从而深具另一层家国意涵，并于另一侧面具体映现唐代士文化以隐入仕的盛世场景与当代脉动，寿山俨然成为李白仕隐进退之道的地理隐喻与情志代言，于是“安能餐君紫霞，荫君青松，乘君鸾鹤，驾君虬龙，一朝飞腾，为方丈蓬莱之人耳”[③]。固然就李白而言乃“此则未可也”之事，然则选择“乃虬蟠龟息，遁乎此山”的仙道逸人李白而言，宿志所趋乃图“申管晏之谈，谋帝王之术，奋其智能，愿为辅弼，使寰区大定，海县清一”。“然后与陶朱留侯，浮五湖，戏沧洲。”其中山岳所蕴含仕隐进退之道，诚然“岂不大哉”。

李白《代寿山孟少府移文书》于寿山与李白二者之间，既以互涉隐喻进行形神相契的自我谪仙画像，又复以养贤的地理论述，在寿山与李白之间，映现若即若离的多层书写及其变创特色。然则李白此文的重要书写意义，又在山岳之摆脱传统由帝王封禅告天书写，转化为世人养贤仕隐的当代意涵，变创亦在其中固不乏《楚辞・招隐》之思，却以山岳题材宏观论述“与尔同销万古愁”的士文化观照。并且文中寿山恍如李白自我揽照的一面明镜，曲折深刻地映射出李白最初的谪仙身影及其生命画像，并成为日后贺知章赠号“谪仙人”的原始文本。

二、东山召唤与世变对话：李白之谢安追忆及其先贤典范

李白对于六朝历史及其人文风情的缅怀，除了相关人物的称引与叙写外，经常是以地理语汇如山岳、都邑等名称作为其情志的具体隐喻。其中最值得注意者，则为“东山”一词，而且这一特殊书写取

---

① 安旗主编：《李白全集编年注释》，文史哲出版社 1992 年版，第 1856 页。

② 李白：《对酒忆贺监二首并序》，文史哲出版社 1992 年版，第 826 页。

③ 安旗主编：《李白全集编年注释》，文史哲出版社 1992 年版，第 1856 页。

向，当时李白亲友之间，已然印象深刻，如族叔李阳冰为他编纂的《草堂集序》即指出李白“歌咏之际，屡称东山”，而魏颢《李翰林集序》更具体明述李白当时除有“谪仙子”名号外，更有“李东山”之称：

置于金峦殿，出入翰林中。问以国政，潜草诏诰，人无知者。丑正同列，害能成谤，格言不入，帝用疏之。公乃浪迹纵酒，以自昏秽。咏歌之际，屡称东山。又与贺知章，崔宗之等自为八仙之游，谓公谪仙人。朝列赋谪仙之歌，凡数百首，多言公之不得意。①

白久居峨嵋，与丹丘因持盈法师达。白亦因之入翰林，名动京师。《大鹏赋》时家藏一本，故宾客贺公奇白风骨，呼为谪仙子。由是朝廷作歌数百篇……以张垍谗逐，由海、岱间，年五十余尚无禄位。禄位拘常人，横海鲲、负天鹏，岂池笼荣之……间携昭阳、金陵之妓迹类谢康乐，世号为李东山。②

魏颢所谓“世号李东山”，亦可见谢安高卧东山的人文风情，曾与李白平生情志深度交集。

李白与谢安之间，藉由诗歌书写所映现的“同调”与“悲调”互涉情志取向，其实适亦凸显出李白理想人生图景，在谢安追忆书写上的变调投影，因此谢安书写俨然成为李白平生情志，由“同调”、“变调”到“悲调”的三部曲，从而成为一面李白生命写照及其对照的历史镜像。李白诗中所映现的谢安书写意涵，若征诸于李白文中撰于开元十八年初次入京前的《代寿山答孟少府移文书》，虽为李白第一篇以大量篇幅的书信文体书写自我，从而深具自传性质，并且又巧妙化身为“淮南小寿山”与“山人李白”的灵活书写变创，以大肆铺陈其“山岳、家国、人生”论述的文章，竟始终无一言一语叙及谢安及其东山事典，这一书写现象，魏颢所称“世号为李东山”而言，显见落差。然则其中关键缘由之一，应是此时李白尚未入仕长安，故尚未兴发“东山高卧时起来，欲济苍生未应晚”的自慰自励情思。因此，长安情结应为李白诗文中谢安东山书写的重要内在意涵。

作为李白一生重要的精神典范与历史风标的谢安东山图景，固然大体呈现上述的发展态势，从而成为映现李白生命悲调的重要面向。然则李白的谢安相关书写，并非全然见诸它的 20 余篇诗歌中，现存 70 篇左右之李白文，至少明显分别见诸 3 篇李白文里，即《为赵宣城与杨右相书》、《与贾少公书》、《江夏送倩公归东汉序》等。从文类比例上来看，李白文中出现谢安相关书写的频率约占 1/23；在李白诗中则约占 1/50；换言之，以李白作品中出现的比例而言，李白文约为李白诗的两倍，这一统计结果应值得参酌。

从上述谢安相关书写的创作面向而言，李白文与李白诗仍分属不同的文体类别，亦从而巧妙呈现两者间的竞合态势。从其间文类的分野而言：①除了李白文的出现比例倍出李白诗。②其中 3 篇李白文的撰写时间，最早者出现在天宝十四年的《为赵宣城与杨右相书》，另外 2 篇则为撰于至德二年的《与贾少公书》与乾元二年的《江夏送倩公归汉东序》。分别为李白五十五岁、五十七岁、五十九岁前后的文章③。整体而言，即李白文中述及谢安事典者，全部集中在李白平生的最后十年，前于此的李白文则未见明显叙写谢安情事者，更无论如天宝二年的李白诗《东山吟二首》，还高揭谢安东山旧典作为命题旨趣。此为李白文与李白诗于谢安叙写之创作时间上，呈现出前者集中于晚年，后者分散于不同时期的迥异取向。③李白诗的谢安书写，主要作为自我画像及其情志图景的文学隐喻，其间偶而间及于亲友指涉或彼此共体的精神风范。

李白文中藉由谢安书写指涉自我情志者，主要集中在至德二年到乾元二年的《与贾少公书》、《江夏送倩公归汉东序》二文，撰写时间则为李白一生的最后八年，此前的谢安东山书写，则全部见诸李白诗歌作品里。然则诗歌之吟咏情性，重在曲折蕴藉之妙，相对而言李白文则更偏重开门见山之势，侃侃畅谈。故指事述怀之间，常现昭然若揭之妙。可见李白诗文之不同体类、创作，虽不乏共同出现谢安故事之书写交集，然则它在李白文中之首次出现时间迟至李白一生最后十年内，其文类书写意涵，

① 李阳冰：《草堂集序》，文史哲出版社 1992 年版，第 2113 页。

② 魏影：《李翰林集序》，文史哲出版社 1992 年版，第 2114—2115 页。

③ 即前后三文分别为 755、757、759 年所撰。参见安旗主编：《李白全集编年注释》，文史哲出版社 1992 年版，第 1980、1999、2020 页。

诚然值得探索。至于就李白诗涉及谢安书写的前述20余篇作品而言,虽不乏少数赠答之用,如《书情赠蔡舍人雄》、《赠常侍御》。然则《与贾少公书》、《江夏送倩公归汉东序》则皆一一出自社交性的酬酢赠达,或严肃性的文书往来,诉求对象具体,显然非复诗歌之偏重自我对话,而深具公开性与社交性,此又谢安书写在李白诗与李白文不同文类间赋予的客观歧异及其独特意涵。

诗与文在李白的书写天地中,诚然经常呈现不同的创作动机与功能取向,由此观照李白文之谢安书写,所以集中并仅见诸诗仙一生之最后十年。诚然映现李白由自我对话与私情告白,转化为开诚布公与正式宣告,其中稍早于天宝十四年撰写之《为赵宣城与杨右相书》虽出自代言性质,但以谢安指涉当时右相杨国忠,然则亦可由此略窥此时的李白,对于谢安风范之服膺勿失与永誓弗谖,以至于虽属提刀之作,亦不禁流露对谢安瞻仰之思笃情挚。至于至德二年与乾元二年前后撰成之《与贾少公书》与《江夏送倩公归汉东序》,则已在文章中不假雕饰地直接以谢安自喻:

宿昔为清胜,白绵疾疲尔,去期恬退,才微视浅,无足济时,虽中原横溃,将何以救之,主命崇重,大总元戎,辟书三至,人轻礼重,严期迫切,难以固辞,扶力一行,前观进退,且殷源卢岳十载,时人观其起与不起,以卜江左兴亡,谢安高卧东山,苍生属望,白不树矫抗之迹,耻振元邈之风,混游渔商,隐不绝俗,岂徒贩卖云壑,要射虚名,方之二子,实有惭德,徒尘忝幕府,终无能为,惟当报国荐贤,特以自免。①

昔谢安四十年卧白云于东山,桓公累征,为苍生而一起,常与支公游赏,贵而不移,大人君子,神冥契合,正可乃尔,仆与倩公一面,不忝古人,言归汉东,使我心悔。②

李白在《与贾少公书》虽先自称"方之二子,实有惭德"。但接着却高揭"徒尘忝幕府,终无能为"。应非意在谦退,反之,前后之文适足映现李白本以谢安自许,却终告怅然失意的怨望之情,此事对照其同年正月稍早之《永王东巡歌》其二以"但用东山谢安石,为君谈笑静胡沙"。其间自我指涉的希冀情思判然殊异,亦预见其日后较趋怅然怨望之意。然则李白平生谢安图景之深刻与恒常,亦得由此印证。据此观照其二年后《江夏送倩公归汉东序》之谢安想象及其家国召唤尤其鲜明。首先是李白此文开宗明义地以谢安叙写破题;其次,李白文中明白以谢安与支道林之"大人君子,神冥契合"譬喻自己与倩公之情"不忝古人",显然李白不无以当代谢安自居之意,且已尽褪前此《与贾少公书》"方之二子,实有惭德"的神情姿态。此文撰于李白五十九岁之年,即其生前最后第五年,据此亦可略窥李白晚年文中,谢安想象固然已成强弩之末,力有未济,且适成其终生遗憾的生命挽歌,然则李白于乾元二年左右,仍然以谢安再起自明其志,并心系家国的诗仙自我图像,毕竟轮廓鲜明,并未因迟暮斜晖而光影模糊。可见藉由李白文之谢安书写及其集中于晚年的书写特色,不仅较诸李白诗呈现出正式而公开的情志宣告,且亦同时厘清了李白晚年诗作中谢安想望日趋朦胧的误会或疑惑;其次,李白晚年时期,乃唯一诗、文两种体类同时出现谢安事典的书写特色,诚然映现李白晚年,既不免心生怅然归卧东山之情,亦复难以掩饰其谢安东山再起的情志召唤,及其晚暮追忆东山谢安的复杂心灵面向,因此就当代已号称"李东山"的诗仙李白而言,他撰于晚年的诗与文两种体类,其实相辅相成地映现其心灵图景中的谢安身影及其自我画像,进而成为文学生命里,丰富且幽微的情志示现,此外,藉由李白晚年谢安书写的文类竞合,亦复曲折深刻地映现李白终老不渝的家国关怀及其士人身影。

三、结论:山神·先贤·谪仙:以寿山与东山经纬交织的谪仙身影

就李白诗歌中的山岳书写而言,主要作为隐逸或神仙指涉的隐喻意象,偶见特例,如天宝年间《梦游天姥吟留别》则涉及长安朝廷隐喻。③ 此外李白诗歌中盖未出现明显以山岳自喻,并张扬铺厉地以赋化之笔,形塑其谪仙之姿于长安一遇贺知章之前。然则李白此文在基本构思上,固然不乏南齐孔稚

① 李白:《与贾少公书》,文史哲出版社1992年版,第1999页。

② 李白:《江夏送倩公归汉东序》,文史哲出版社1992年版,第2020页。

③ 安旗主编:《李白全集编年注释》,文史哲出版社1992年版,第769页。

圭《北山移文》的书写影迹,然则一变诙谐嘲弄为家国讽谕,从而在山岳铺陈中巧妙彩绘出青年李白的自我画像及其谪仙雏形。除了运用前代山岳隐喻基调,进而变创为自我画像的山岳书写外,李白文中的地理叙写,有时亦化身为别具浓厚历史意识的文化地理变创,其中尤为特色者,如后辈魏颢指陈李白当时曾出现"世号李东山"之事实,具体而为映现其以谢东山—谢安为先贤典范的文化想象,从而在深厚的历史长河中,不仅浮现李白心灵世界的东山召唤与典范缅怀,更曲折深刻地形塑出李白自我画像的另一独特侧影。

李白文中的3篇相关书写,皆集中于李白一生最后十载的晚年时期,加上李白文较诸李白诗在书写动机与文体功能上,毕竟取向有别,据此,大体可以理解为李白晚年的谢安情结及其书写,已然由自我内在私情对话转化而为公诸于世的情志告白,并在文类书写意涵上别具意义;再者,藉由李白文历历如绘的谢安叙写及其自我揭示,对照于李白诗歌中之东山书写往往走向归卧山林、笑傲白云的心灵取向,可见李白文中的谢安书写,作者显然并未扬弃东山高卧以待时而起的平生夙愿。因此从诗、文不同文类书写中的异趋面向来看,或应重新理解为:李白晚年既怅然有悲,亦复希冀最后一搏的错综复杂情怀,从而映现为李白晚年文学中的谢安情结及其自我焦虑;另一方面更深刻流露出此一六朝人物追忆及叙写的特殊抒情意涵,而其中具体书写关键则在李白诗与李白文之文类竞合。同时反映出李白晚年,对于谢安风范依旧服膺勿失,甚至情不自禁,此一独特的东山意涵,在李白近千首诗歌中诚为未见的另类书写特色。

由上观之,李白藉由寿山与东山的山岳论述,不仅为其辞别巴蜀故乡与峨眉山月后的平生志业,渐次铺陈出重要的人生蓝图与历史典范,同时其中也在寿山、东山之山神虚拟及其先贤追忆中,经纬交织出李白自命不凡又勇于追梦的谪仙身影。

论唐代的宴集诗序

张明华
（阜阳师范学院文学院）

内容摘要：宴集诗序是唐代发展起来的诗序类别，不仅从其写作的即时性、内容的独特性和以欢乐为主的感情等几个方面，显示出其鲜明的个性，而且具有很高的审美价值，推动了唐代诗序的发展和新型类别序言的变化。

关键词：宴集诗序　即时性　独特性　以乐为主　赠序

古代的诗序可以分为诗集之序、组诗之序和诗题之序，然而从西晋开始，随着群体性诗歌创作方式的出现，一种新型的诗序产生了。跟一般意义上的诗集之序、组诗之序和诗题之序不同，这种诗序乃是文人宴会时诸人即席所赋全部诗作的序言。石崇《金谷诗序》、王羲之《兰亭集序》、颜延之《三月三日曲水诗序》、王融《三月三日曲水诗序》都是这样的作品。这种序言，笔者称为“宴集诗序”。进入唐代，文人宴集赋诗越来越多，宴集诗序得到迅速的发展。《文苑英华·序》中有《游宴》四卷，共收唐人所作“游宴”类诗序74篇，全都属于宴集诗序。它如“诗序”、“饯送”、“赠别”几类中，也有不少作品属于宴集诗序。可以说，到了唐代，宴集诗序才真正发展为一种真正的诗序类别，而且形成了自己的一些特点。

一、写作的即时性

宴集诗序虽然在唐前就已经出现，但非常罕见，而且没有证据证明这些诗序是在什么情况下写成的。据上面所列的几篇宴集诗序推测，它们应该并非当场所作，而是后来所补。跟它们相比，唐代宴集诗序最突出的特点就是在宴集时当场完成的。

唐代文人宴集赋诗有更多的方式，主要有同题、同韵、分题、分韵等几种。与此相联系，也就有了不同的诗歌类别以及相应的不同诗序。这几种群体创作方式虽然不同，但其诗序都是即席完成的。这里先简单介绍一下这些诗歌类别。

（一）同　题

所谓“同题”，就是指参与宴集的作者共同采用某个题目分别完成诗歌创作。胡应麟《诗薮·外编》卷四载：

> 唐人每同赋一题，必推擅场。如钱起《送刘相公》、李端《与郭都尉》之类。今同赋多不传，即擅场者未必佳也。若高适、岑参、杜甫同赋《慈恩寺》三古诗，贾至、王维、杜甫、岑参同赋《早朝》四七言律，宋之问、沈佺期、苏颋同赋《昆明池》三排律，沈佺期、皇甫冉、李端、王无竞题《巫山高》四五言律，皆才格相当，足可凌跨百代。就中更杰出者，则《慈恩》，当推杜作；《早朝》，必首王维；《昆明》，之问为最；《巫山》，皇甫尤工。①

① 胡应麟：《诗薮》，上海古籍出版社1979年版，第188页。

如《文苑英华》卷一百七十六收录《侍宴安乐公主山庄应制》律诗一组,由李峤、赵彦昭、宗楚客等15人诗,就是一组同题诗。

(二)同　韵

所谓"同韵",就是指参与宴集的作者共同采用某个韵字及其所在韵部中其他韵字分别完成诗歌创作。如《古今岁时杂咏》卷九收录《晦日高文学置酒林亭(并序)》一组就是同韵诗,序为陈子昂所作。这次宴集赋诗,众人共同使用"华"字作为韵字,同时再从其所在韵部自由选择其余韵字,各自完成一首诗,序后依次收录高正臣、崔知贤、陈子昂等21人诗。

(三)分　题

所谓"分题",是指参与赋诗的作者分别采用某个题目共同完成一次诗歌创作。唐代分题赋诗的情况虽多,但作品保存得都不完整。如《旧唐书·魏征传》载:

> 后太宗在洛阳宫,幸积翠池,宴群臣,酒酣各赋一事。太宗赋《尚书》曰:"日昃玩百篇,临灯披五典。夏康既逸豫,商辛亦流湎。恣情昏主多,克己明君鲜。灭身资累恶,成名由积善。"征赋《西汉》曰:"受降临轵道,争长趣鸿门。驱传渭桥上,观兵细柳屯。夜宴经柏谷,朝游出杜原。终藉叔孙礼,方知皇帝尊。"①

可是,太宗既然"宴群臣,酒酣各赋一事",则分题写诗之臣当不只魏征一人,可惜他人的作品皆无所稽考了。考察《全唐诗》,其中不乏分题之作,但难以发现完整的组诗。

(四)分　韵

所谓"分韵",则是指参与宴集的作者分别分得一个韵字,然后将其连同其所在的韵部中任选的其他几个字用作韵脚而完成诗歌创作。唐代规模最大的一次分韵诗创作发生在景龙三年(709)九月初九,中宗游临渭亭,与众臣分韵赋诗,今存25人诗。《全唐文》卷一七录中宗《九日登高诗序》云:

> 粤以景龙三年宾鸿九月,乘紫机之余暇,历翠籞以寅游。尔乃气肃商郊,风惊兑野。波收玄灞,澄霁色于林塘;云敛黄山,蔼晴晖于原隰。衔芦送响,疑传苏武之书;化草翻光,似临车胤之帙。于时诏懿戚,命朝贤,属重阳之吉辰,呈九皋之嘉瑞。萸房荐馥,辟邪之术爰彰;菊蕊含芬,延年之欢攸着。人以酒属,喜见覆于金杯;文在兹乎,盍各飞于玉藻?渊明抱菊,且浮九酝之观;毕卓持螯,须尽一生之兴。人题五韵,同赋五言。其最后成,罚之饮满。②

此外,还有少量限韵之作,即规定所有的韵脚用字,有时甚至具体到这些韵字的使用顺序。

相对于一般的诗序,游宴诗序在写作上最大的特点是即时性,即要当场完成。这对作者的才力提出了严峻的挑战。关于王勃写作《滕王阁序》,《唐摭言》卷五有一段有趣的记载:

> 王勃著《滕王阁序》,时年十四,都督阎公不之信。勃虽在座,而阎公意属子婿孟学士者为之,已宿构矣。及以纸笔巡让宾客,勃不辞让。公大怒,拂衣而起,专令人伺其下笔。第一报云:"南昌故郡,洪都新府。"公曰:"亦是老生常谈!"又报云:"星分翼轸,地接衡庐。"公闻之,沈吟不言。又云:"落霞与孤鹜齐飞,秋水共长天一色。"公矍然而起曰:"此真天才,当垂不朽矣!"遂亟请宴所,极欢而罢。③

今人虽不信从文中王勃"时年十四"的说法,然而在这样的一次盛会中,年少名微的他敢于写序,本身就是对当时习俗的一种挑战,难怪主人都督阎伯屿会"大怒,拂衣而起"。当然,这位都督大人是有私心的,他已经让女婿孟学士预先写好,一旦众人都谦辞不写,其人就可以装作当场写就的样子,从而换取一时的名声。不过,当他看到王勃的确写得非常出色时,也就转怒为喜。《秋日登洪府滕王阁饯别序》乃是王勃为一次分韵赋诗活动所写的诗序,今诗歌已全部失传,这篇序却完好地流传下来了。

---

① 刘昫:《旧唐书》(第8册),中华书局1975年版,第2558页。

② 《全唐文》(第1册),山西教育出版社2002年版,第124页。

③ 王定保:《唐摭言》,载《唐五代笔记小说大观》,上海古籍出版社2000年版,第1624页。

不论是同题、同韵,还是分题、分韵,只要其作品需要写序,则其序都是当场完成。这种特殊的要求,不仅使得诗序一般都比较短小,在内容和形式上也都形成了自己的特色。

二、内容的独特性

跟其他类别的诗序相比,唐代的宴集诗序在内容上也表现出自己的独特性。唐代文人宴集的原因虽然不尽相同,或为欢宴,或为游赏,或为送别;赋诗的方式亦各不相同,或为同题,或为同韵,或为分题,或为分韵;但宴集诗序的结构是大致相同的。就多数篇章而言,宴集诗序一般由以下三方面内容组成。

(一)介绍宴集的时间、地点、环境、天气以及宴集的原因

文人宴集赋诗,往往对地点和时间精心加以挑选,而这方面的内容在宴集诗序中通常也会得到反映。如杨炯《宴族人杨八宅序》云:"尔其年光六合,草色三春。膏雨零于山原,和风满于城阙。遥遥别馆,花开玉树之宫;望望八川,苔发璜溪之水。"[①]这段话中,既写出了具体的时间("三春")、地点("别馆"),而且写出其周围的环境,宅中花木繁茂,远处溪水流淌;写出了当时的天气特征,细雨迷离,和风溥畅。至于宴集的原因,该集中也有说明:"(杨八)暂同流俗,薄游朝市。人伦赏鉴,同推郭泰之名;好事相趋,毕诣扬雄之宅。"这段话的意思是说:因为杨八的侠名远播,引来外地朋友相访,于是设宴招待。又如孙逖《宰相及百官定昆明池旬宴序》中亦有"越三月己巳,会于定昆明池"两句,把宴集的时间、地点交代得非常清楚。其余的作品写法虽不相同,但一般都会介绍这些内容。

(二)介绍宴集的原因

既然是宴集,总会有主有客,因此对他们进行介绍或称赞也是诗序的重要内容。杨炯《宴族人杨八宅序》重点介绍主人,不但赞美其家世,并且赞美其学问、习尚、人品。孙逖《宰相及百官定昆明池旬宴序》重点介绍的是宾客。所谓"秉钧宗公"当指宰相,"执事庶尹"则是各个部门的长官。这次宴集是皇帝所赐,规格很高,以至于京兆尹负责提供食物,而御史直接成了宴席上的酒司令了。有的宴集诗序则对两方面都加以介绍。如王勃在《秋日登洪府滕王阁饯别序》里,除了赞美南昌的地理位置和人杰地灵外,这段话的主要内容是表现参加宴集的"宾主尽东南之美":都督阎公与宇文新州是当地的地方长官,孟学士(阎公之女婿)、王将军是客。

总之,或者赞美主人,或者介绍客人,或者同时介绍两者,这几种情况在宴集诗序都很常见。

(三)交代赋诗的具体方式

在宴集诗序里,作者一般会记下赋诗的具体方式。有些作品是分韵诗序,如王勃《越州秋日宴山亭序》云:"既而星回汉转,露下风高,银烛掩花,瑶觞抒兴。一时仙驭,方深摈俗之怀;五际飞文,时动缘情之作。人分一字,四韵成篇。"[②]这段话不仅鼓励众人写出精美的诗篇,而且明确说明本次宴集采用分韵赋诗的方式,而且是四韵律诗。这样的诗序以初唐为最多,它如有些作品中"各赋一言"(王勃《越州永兴李明府宅送萧三还齐州序》)、"诗赋一言"(骆宾王《初秋于窦六郎宅宴得风字并序》)、"仍探一字"(孙慎行《三月三日宴王明府山亭序》)等词语,都表明这些作品是分韵诗序。有的诗序则是同韵诗序。如陈子昂《冬夜宴临邛李录事宅序》云:"同赋一言,俱为四韵。"[③]"同赋一言"是说大家采用同一个韵字,"俱为四韵"则是说这次赋诗也是限定为律诗的形式。除了交代赋诗方式,诗序最后还往往伴随着鼓励的语言,希望诸位参加者写出最美丽的华章。

以上三个方面的内容,在不同宴集诗序里的分布是不同的。有的诗序同时具有这三个方面,有的

---

① 李昉:《文苑英华》(第5册),中华书局1966年版,第3655页。

② 李昉:《文苑英华》(第5册),中华书局1966年版,第3650页。

③ 李昉:《文苑英华》(第5册),中华书局1966年版,第3657页。

诗序则仅有两个方面。唐代宴集诗序具有这样的内容特点,既受到石崇、王羲之之作的影响,也是他们自己开拓创新的结果。

三、欢乐为主的感情色彩

文人宴集原因虽然各有不同,主要不外乎宴饮、游览、送别等几个方面。宴集诗序皆即席创作,所以最能及时反映当时的场景,并通过这样的场景抒发出强烈的感情色彩。一般来说,宴集的气氛总是欢乐的,因此造成了宴集诗序里以欢乐为主的感情色彩。现根据宴集本身的不同分三种类型来介绍。

(一)有些宴集是比较单纯的宴会

如王勃《秋日宴季处士宅序》用“依稀旧识,欢吴郑之班荆”写老朋友相见之乐,用“乐莫新交,申孔程之倾盖”写新朋友相识之乐。新老朋友聚集一堂,是多么欢乐的场景啊!之后作者又通过与兰亭雅集、竹林之会比较,突出了今日宴集的欢乐气氛。这样的作品很多,它如张九龄《韦司马别业集序》写作者与“起居舍人蔡公、万年主簿韩公”一起拜访韦司马,韦司马设宴招待,宾主一起赋诗,其中洋溢着欢乐的感情,“欣然命驾”、“倚琴相欢”、“斯亦吾侪之乐事”等句反复渲染,把这样的感情抒发得非常强烈。这样的诗序,在宴集诗序中极为常见,尤其是专门的宴集活动里,显得尤为突出。

(二)有些宴集则伴随着游赏活动,则这些活动也成了诗序的重要内容

如孙逖《湖中宴王使君序》记载了一次多人参与的游湖赋诗过程。宴席设在湖中,本来就有游玩之 意,所以孙逖此文的重点不仅在于表现宴饮的欢乐气氛,而且突出了景色的美丽。又如于邵的《晚秋陪卢侍(郎)游石桥序》的主要内容是表现游赏之乐。于邵贬谪此地,心情不畅,可是石桥之奇异却令其有“愿言卒获”之感。当卢侍郎来游时,宾从如林,大家面对如此胜赏,决定赋诗“以纪一时之事”。这个证据表明,即便心绪不佳之人,参与到欢乐的游赏之中,也会为其所感染,转悲为喜。

不论是与宴席连在一起的游赏,还是单纯的游赏,都能令人乐在其中,情绪激昂。此时写诗,自然抒发喜悦之情。同样,这样情境写成的诗序,也是以欢乐为主。

(三)有些宴集是专门为送别而设,哀而不伤

相对来说,这样的宴集往往会带有一些悲凉的意味。如宋之问《送怀州皇甫使君序》虽然提到“离心”和“别恨”,但悲伤的气息不重,倒是希望“居人”即包括作者在内的送行者和“去者”即皇甫使君写出精美的佳作。又如在《送皇甫七赴广州序》里,梁肃对皇甫七的怀才不遇寄寓了深切的同情,但作者认为饯别之时,赋诗赠行、不醉不休才是最重要的,这反而遮盖了作者“以远道为戒”的想法和“别愁”。当然,也有例外,如王勃《秋日登洪府滕王阁饯别序》在最后虽然以“见机”、“知命”自解,并且感激主人的知遇之恩,但其中流落他乡、怀才不遇的感伤非常浓重,则是显而易见的。不过,即使在送别的宴集诗序中,王勃这样的感情也不多见,大多数文章以劝勉和鼓励为主,体现出哀而不伤的基本情调。

总之,无论是叙述宴会生活,还是描写游赏活动,自然主要体现欢快的感情;即使那些以送别为主题的宴集,一般也是哀而不伤。宴集诗序就是这些内容的体现,总体体现出以欢乐为主的思想感情。

四、唐代宴集诗序的价值和影响

宴集诗序不但具有很高的审美价值,而且对诗序和赠序的发展产生了非常显着的影响。现从三个方面来分析。

(一)宴集诗序具有很高的审美价值

宴集诗序本是文人宴集赋诗的副产品,其地位没有诗歌重要,但是这些诗序往往写得非常精美,具有很高的艺术价值。

唐代宴集诗序，一般采用骈文的形式，且体式短小。从《文苑英华》里的宴集诗序来看，基本都是骈文。如李白《春夜宴诸从弟桃园序》大量使用对句，是非常华美的文章。唐代宴集诗序，大都属于骈文，使用散文的情况比较少，如韩愈《上巳日燕太学听弹琴诗序》、柳宗元《法华寺西亭夜饮赋诗序》、白居易《游大林寺序》等，但是数量较少，不足以改变唐代宴集诗序以骈文为主的基本特色。

由于使用骈文，所以唐代宴集诗序非常重视典故的使用，而且工于对仗，语言精美。众所周知，陈子昂是初唐著名的复古派文人，在《修竹篇序》里对魏晋以后的文学成就全面加以否定。可是，出于宴集赋诗的需要，他不但自己写作一些近体律诗，而且还有十几篇宴集诗序保存到今天。如这篇诗序，不但通篇使用四六句式，而且几乎全部由对句组成，并且大量使用典故，显示出了很高的艺术成就。陈子昂的例子表明，即便是对诗文形式美持否定态度的人，一旦写作宴集诗序，也不得不遵从当时的流行做法，写出了技巧高明的优美骈文。

(二)宴集诗序推动了唐代诗序的大发展

诗序的出现，虽然可以追溯到《诗经》的《大序》和《小序》，但在唐代以前，诗序的数量很少。根据昝风华《六朝"诗序"管窥》一文统计，唐前"共有诗序约120篇，包括单篇诗序、组诗序和诗集总序"[①]。可是这样的数量，如果跟唐代相比，就显得微不足道了。以《文苑英华》所录作品统计，"游宴"类4卷，序言74篇；"诗集"类3卷，序言26篇(未包括徐陵《玉台新咏集序》)；"诗序"类3卷，序言55篇；"饯送"类16卷，序言391篇；"赠别"类1卷，序言18篇。各种数据加起来，共有27卷391篇。虽然《文苑英华》选录的数量跟现存作品相比有很大的差距，但仅这个数量已经是唐前数量的3倍多了。这些类别都是按照题材和内容划分的，如果从创作方式的角度考察，则其中大多数都属于宴集诗序。

(三)宴集诗序推动了新型序言的变化，赠序就是最突出的例子

《文苑英华》"赠别"类所载18篇序言中，有些作品已经与宴集赋诗没有什么关系了。如韩愈《赠复州崔使君序》是一篇比较典型的赠序，既不是诗歌的序言，也不是在宴席上写成的。可是这样的文体怎么会在唐代突然出现呢？其实是由宴集诗序发展而来。在同一卷中，更多的作品仍然属于宴集诗序。如元结《别王佐卿序》虽然主要写与王佐卿的感情，但仍然是在宴席上完成的，仍然是宴集诗序。其实在更早时期创作的宴集诗序，如王勃的《送白七序》，就已经具有这样的意味了。王勃此序，也是宴集诗序，但作者并没有关注集会本身，而是主要借周围的景色抒发自己的离情别绪，可以说已经为后来赠序的出现奠定了基础。

宴集诗序是唐代发展起来的诗序类别，不仅从其写作的即时性、内容的独特性和以欢乐为主的感情等几个方面，显示出其鲜明的个性，而且具有很高的审美价值，推动了唐代诗序的发展和新型类别序言的变化。

---

① 昝风华:《六朝"诗序"管窥》，载《济南大学学报》2003年第5期，51页。

宋元文章评点形态探析[①]

张秋娥

（安阳师范学院文学院）

内容摘要：宋元文章评点是指宋元人用“评”和“点”对文章进行的随文批评方式。“评”即评语或批语，“点”即点线圈等符号，二者构成了宋元文章评点形态。“点”为宋元文章评点中的不评之“评”，可谓“画龙点睛”，直观、形象地体现评点思想，是评点思想体系的有机组成部分。宋元文章评点中主要有点（、）、小圈（o）、长抹（|）、短抹（|）、围圈（○）、界划（∟或乛）、截（一）、括弧（()）、框（□）、空心点（◌）10种符号。“评”是宋元文章评点中的语言评说，可谓“拨云见日”，明确、显明地表达评点思想，是评点者思想的直接体现。宋元文章评点中“评”之形式有总评、首评、夹批、旁批、尾批、眉批。其术语众多，蕴含着丰富的内容。宋元文章评点形态代表了宋元评点形态，是中国评点史研究中的重要内容。

关键词：宋元　文章　评点

宋元文章评点是指宋元人用“评（评语或批语）”和“点（点线等符号）”对文章进行的随文评议。“评”即评语或批语，“点”即点线圈等符号，二者构成了宋元文章评点形态。“点”为宋元文章评点中的不评之“评”，可谓“画龙点睛”，直观、形象地体现评点思想，是评点思想体系的有机组成部分；“评”是宋元文章评点中的语言评说，可谓“拨云见日”，明确、显明地表达评点思想，是评点者思想的直接体现。迄今为止，学界对宋元文章评点文献的研究已取得了一定数量的相关成果，但对宋元文章评点形态进行专门研究的成果则到目前为止还未出现。有鉴于此，本文尝试对宋元文章评点文献中的评点形态进行力求全面的梳理，力图呈现宋元文章评点形态全貌。

我们依序整理出流传至今的宋元文章评点本主要有：南宋吕祖谦《古文关键》、《东莱标注三苏文集》，楼昉《迂斋先生标注崇古文诀》，真德秀《文章正宗》、《续文章正宗》，王霆震《新刊诸儒批点古文集成前集》，饶辉《圈点龙川水心二先生文粹》，马括《类编标注文公先生经济文衡》，汤汉《妙绝今古文选》，周应龙《文髓》，方逢辰《蛟峰批点〈止斋论祖〉》，李诚父《批点分类诚斋先生文脍》，刘震孙《新编诸儒批点古今文章正印》，魏天应编、林子长注《批点分格类意句解论学绳尺》，谢枋得《文章规范》、《批点檀弓》、《批点陆宣公奏议》，刘辰翁《大戴礼记》、《越绝书》、《班马异同评》、《老子道德经》、《列子冲虚真经》、《南华经》、《庄子南华经》、《庄子南华真经》、《虞斋三子口义》、《荀子》、《阴符经》、《广成子》、《古三坟》、《合刻宋刘须溪点校书九种》，元代祝尧《古赋辨体》等。虽然因为年代久远等诸多因素，我们已无法见到宋元文章评点文献的手迹原貌，但通过比较、考证不同的版本中的评点，尤其是中华再造善本中的宋元珍本，我们基本上可以知晓宋元文章评点的形态。

从“评”与“点”结合状态观察，宋元文章评点形态主要有三种情况：既评又点；只点不评；只评不点。笔者在对宋元文章评点个案分析的基础上，以12家评点为样本，分析、总结出“宋元文章评点形态表”（见下表），本文即以此表为基础对宋元文章评点的形态进行分析。

① 本文系国家社会科学基金项目（12BZW067）、教育部人文社会科学规划基金项目（12YJA751081）、河南省哲学社会科学规划项目（2011FWX012）阶段性成果。

宋元文章评点形态表

评点本 \ 形态元素	点	长抹	短抹	小圈	围圈	界划	截	括弧	框	空心点	总评	首评	夹批	旁批	尾评	眉批
《古文关键》	○	○	○		○	○					○	○		○	○	
《东莱标注三苏文集》	○	○	○		○	○						○				○
《崇古文诀》	○	○	○	○	○	○	○	○	○			○		○		
《文章正宗》	○	○	○	○			○				○	○	○		○	
《古文集成》	○	○		○	○	○		○				○	○			
《妙绝今古文选》	○	○	○	○								○	○	○	○	
《经济文衡》	○	○	○	○								○	○	○		○
《批点诚斋先生文脍》	○	○	○	○	○			○					○		○	
《蛟峰批点〈止斋论祖〉》	○	○		○								○	○			
《批点分格类意句解论学绳尺》											○	○	○		○	
《文章轨范》	○	○	○	○	○	○	○				○	○	○		○	
《刘辰翁评点》	○	○	○	○						○			○		○	○
总计(人)	11	11	8	9	6	5	3	3	1	1	4	10	9	4	7	3

需要说明的是,因笔者暂时未见到《圈点龙川水心二先生文粹》、《新编诸儒批点古今文章正印》全书,只见到少量书影,因此暂不列入考察对象。《批点分格类意句解论学绳尺》虽无评点符号,但其“评”的形式保存完整,因此列入此表。

一、宋元文章评点之“点”

宋元文章评点家所用的圈点符号并不完全一致,但异中有同。归纳起来看,宋元文章评点中共出现了十种评点符号:点(、)、长抹(┃)、短抹(┃)、小圈(o)、围圈(○)、界划(∟或¬)、截(—)、括弧(())、框(□)、空心点(◌)。

(一)点(、)

点号是宋元文章评点者普遍使用的符号,其使用频率最高。在12家评点中有11家使用点号。其主要作用是标示表意有力、精妙有法的字。正如俞樾所评吕祖谦《古文关键》使用该符号的作用:“其用字得力处,则或以点识之。”[①]如韩愈《获麟解》中“知”、“祥”二字,是贯穿全文始末的关键字,虽在文中反复出现,但不让人有重复啰唆之感,吕祖谦用点号标记之。又如真德秀《文章正宗》元刊本书首所记“用丹铅法”所云,用此符号标示“言之藻丽者,字之新奇者”。

文章中多个结构相同的排比句中反复使用一个字或词,既凝聚表达的语义,又增强表达的气势。自刘勰《文心雕龙》开始,人们对此种表达方法都很注意,而到南宋之时学者们尤其重视。与吕祖谦同时的陈骙,在1170年刊刻的《文则》中就指出:“文有数句用一类字,所以壮气势广文义也。”他归纳出“者字句”、“也字句”等多个以反复出现的字命名的句式。宋元文章评点者大多也标举此种为文之法,常常用点号施于句中反复出现的字词旁。如苏轼《潮州韩文公庙碑》中:

---

① 俞樾:《古文关键·跋》,光绪江苏书局重刻本。

孟子曰："我善养吾浩然之气。"是气也，寓于寻常之中，而塞乎天地之间。卒然遇之，则王公失其贵，晋、楚失其富，良、平失其智，贲、育失其勇，仪、秦失其辩。是孰使之然哉？其必有不依形而立，不恃力而行，不待生而存，不随死而亡者矣。

文中两处使用排比格，"王公失其贵，晋、楚失其富，良、平失其智，贲、育失其勇，仪、秦失其辩"中反复5次使用"失"字作提示语，吕祖谦于"失"字旁标示小斜点；"不依形而立，不恃力而行，不待生而存，不随死而亡者矣"亦用排比格，其中4次用"不"作提示语，吕祖谦于"不"字旁标示小斜点。

（二）长抹（丨）

长抹亦是宋元文章评点中使用最多的符号，在12家评点中亦有11家使用长抹，主要标示主意、要语或文章的照应、转换、抑扬等行文方法。正如俞樾所评吕祖谦的评点是"精神、命脉，悉用笔抹出"[①]，真德秀用抹"标示文章的主意、要语"。如《师说》："是故无贵无贱、无长无少，道之所存，师之所存也"，真德秀在卷一二中于句中"道之所存，师之所存也"旁抹，即是标示全文之要语。如杨万里《近习当防之于微》原文云：

李辅国起初一家奴，而其晚号尚父，贯盈罪大，而代宗不敢显戮之，至遣盗以窃其首焉。然阴窃杀之而不明正典刑，亦可羞矣。（前集卷五）

杨万里文中"亦可羞矣"为关键句，李诚父于旁皆标示长抹。在张耒《答李推官书》中，楼昉《崇古文诀》用直线和批语明确指出转换、抑扬等修辞，像此类评点在《崇古文诀》还有很多。

（三）小圈（o）

小圈也是宋元文章评点中使用较为频繁的评点符号，在12家评点中有9家使用小圈。主要作用是标示关键字或精彩句，并往往和点、短抹配合使用，标记更为精华之语、反复使用之字词。如楼昉于孔稚珪《北山移文》中有转折作用的虚字旁、用得新奇的字旁皆标示小圈号（《崇古文诀》卷七）。《崇古文诀》卷二十九中张耒《书韩退之传后》："劝沮于其赏罚，取舍于其荣辱，而其势常有所不行，盖有益劝而人益羞，愈沮而人愈慕。若韩退 之之于唐，殆若此矣。"文中"劝沮于其赏罚，取舍于其荣辱"字数相等，结构相同，形式整齐，是一组整句。所以，楼昉不仅于于"劝沮于其赏罚，取舍于其荣辱"皆施小圈，并批语"善下语"，而且亦于文中"益劝"、"益羞"、"愈沮"、"愈慕"等用词佳处施小圈，诸如此类的批点在其他评点中还有多处。

另外，宋元文章评点者也常常用小圈号标示排比句中反复出现的字词。如柳宗元《答韦中立书》中：

故吾每为文章，未尝敢以轻心掉之，惧其剽而不留也；未尝敢以怠心易之，惧其驰而不严也；未尝敢以昏气出之，惧其昧没而杂也；未尝敢以矜气作之，惧其偃蹇而骄也。（卷十四）

此段排比中提示语"未尝"四次重复出现，既凝聚了语义，又增强了排比的气势，楼昉《崇古文诀》于"未尝"各字旁划小圈号，而于其他各字旁标月牙形点。

（四）短抹（丨）

短抹是一字一抹的现象，短抹使用情况仅次于小圈，也是宋元文章评点中使用较多的评点符号。往往标示文中转换、表意得体、委婉、议论精妙之处。如《原毁》中："古之君子，其责己也重以周，其待人也轻以约。……今之君子则不然。其责人也详，其待己也廉。"真德秀《文章正宗》卷一二于"今"字旁短抹，显然是标示文章于此转折。楼昉对汉文帝《赐南粤王佗书》评点中：在"朕以王侯吏不释之故，不得不立"，楼昉于每字旁施短抹旁，并批曰："说得有体。"又于"虽王之国庸独利乎"旁标示短抹并批曰："词婉意深。"从批语中可见他用短抹的作用指向。李诚父《批点分类诚斋先生文脍》对文中种种妙处一般皆用短抹符号标记。

① 俞樾：《古文关键·跋》，光绪江苏书局重刻本。

(五)围圈(○)

在人们印象中,宋代评点几乎不用围圈,但我们研究宋元文章评点本发现,实际情况并非如此。宋元文章评点形态统计表中显示,12 家中有 6 家使用,使用围圈者在宋元文章评点家中居半数。其主要作用是标示字眼或重要字、词。如楼昉于韩愈《原毁》中的批点:“古之君子,其责己也重以周,其待人也轻以约。”分别于“己”、“重”、“周”、“人”、“轻”、“约”施圈,于“事修而谤兴,德高而毁来”中“修”、“谤”、“高”、“毁”等字上施圈。又如《原道》中:“尧以是传之舜,舜以是传之禹,禹以是传之汤,汤以是传之文武周公,文武周公传之孔子,孔子传之孟轲;轲之死,不得其传焉”,楼昉于“孔子”、“孟轲”上施圈。杨万里《苟同之失》中“同”字是关键字,是文眼,李诚父《批点分类诚斋先生文脍》于文中“同”字上施圈。

(六)界划(∟或¬)

界划在宋元文章评点中使用较少。尽管宋元文章评点者所用界划符号不同,但其作用大多是标示段落、层次。正如俞樾所言《古文关键》的批点:“段落所在,则勾乙其旁,以醒读者之目。”①

(七)括弧(())

括弧是宋元文章评点中较少使用的符号,12 家中仅有 3 家。其主要作用是在文中的关键词前后使用,标示关键字词,其中多为重要人名。李诚父《批点分类诚斋先生文脍》批点杨万里《不可苟同》,于文中重要人名“晏公”、“范公”、“杜公”、“韩公”、“富公”等词上施括弧,在《唐之祸实源于太宗》(前集卷五)中,于“李林甫、高力士、杨复光、肃宗、僖宗”等人名上标记括弧。

(八)截(一)

截的使用情况和界划一样,属于较少的符号。宋元文章评点中使用截主要划分段落层次,吕祖谦、楼昉、真德秀皆采用过此种符号。如贾谊《政事书》中,楼昉于“医能治之,而上不使,可为流涕者此也”与“陛下何忍以帝皇之号为戎人诸侯”之间用截分开。

(九)框(□)

宋元文章评点中只有楼昉《崇古文诀》使用框,主要表示尊讳。如曾巩《移沧州过阙上殿奏疏》(卷二十七)中,凡涉及本朝前代君主如“太祖皇帝”、“太宗皇帝”、“真宗皇帝”、“仁宗皇帝”,楼昉中皆施方框。

(十)空心点(◌)

宋元文章评点中只有宋元之际的刘辰翁偶尔使用空心点号,仅出现在明刊本《荀子》和明朱养纯花斋刊本《大戴礼记》中。如《大戴礼记》卷二《礼察第四十六》中:

孔子曰:“君子之道,譬犹防与?”夫礼之塞,乱之所从生也,犹防之塞,水之所从来也。

刘辰翁于“夫礼之塞,乱之所从生也,犹防之塞,水之所从来也”旁逐字施空心顿点号,并旁批:“二语千古至论。”于此可见,刘辰翁用空心顿点号主要是标示文章警语。

评点中的符号具有直观、醒目的效果,用符号标示文章中意义和做法的精妙之处,可谓是画龙点睛,但也存在着表意不明的问题,因此,评点者在使用符号之时大多又用评语或批语进行较为明确的解说。

二、宋元文章评点之“评”

“评”就是评语,宋元文章评点已出现多种“评”的形式。从“评”在书中的位置看,有总评、首评、旁批、尾批、眉批、夹批等多种形式。从“评”所使用的语言看,宋元文章评点中使用了大量的文章术语、

① 俞樾:《古文关键·跋》,光绪江苏书局重刻本。

文学批评术语，如“起”、“结”、“喻”、“用事”、“字法”、“句法”、“章法”、“警策”等。

（一）“评”之形式

宋元文章评点中“评”之形式，从其在书中的位置而言，有以下六种。

1. 总　　评

总评出现在书首、卷首，是对全书内容或编选目的、理论主张等进行评价、说明的语言。就整个南宋评点情况看，总评较少，12 家中仅有 4 家。如吕祖谦《古文关键》书首“总论”对“看文字法”、“作文法”、“作文病”等进行论述。真德秀《文章正宗》书首“纲目对编选目的”、“辞命”、“议论”、“叙事”、“诗赋”等类的源流、分类进行论说，谢枋得《文章轨范》在七卷各置卷首总论对自己的学文主张、卷中所选之文章特点、作用等进行说明。

2. 首　　评

首评是出现在文章题目之下对全篇内容进行说明、评价的语言。这是南宋评点中使用最多的形式，12 家中有 10 家。它是对全文的评价。如吕祖谦《古文关键》在柳宗元《桐叶封弟辨》的篇首总评说：“此篇文字，一段好如一段。大抵作文字，需留好意思在后，令人读一段好一段。”又如楼昉在孔稚珪《北山移文》的篇首总评：“此篇当看节奏纡徐、虚字转折处。然造语骈俪、下字新奇，所当详味。”这些评点皆指出了文本的行文特点，表现出了评点者的文章思想。

3. 夹　　批

夹批是夹在正文字句之间的批评语言。此亦是宋元文章评点中运用较多的形式，12 家中有 9 家。其主要作用标示文章的意义，有的也标示纲目、标示巧字、妙句、佳段或行文中转折、照应、警策、铺叙、回斡、抑扬等种种文章元素。谢枋得《文章轨范》多采用此种形式评点，如谢枋得在韩愈《后二十九日复上宰相书》中的批点：

> 然所以重于自进者，以其于周不可，则去之鲁；（此八字句）①于鲁不可，则去之齐；（二句八字）与齐不可，则去之宋，之郑，之秦，之楚也。（此句工 15 字，章法。第三句变，文得法）

谢枋得在这里分析每句字数，以见其句子的长短变化，并批“章法”，明示文章行文方面的特点。

4. 旁　　批

旁批是出现在正文的文字旁边的批评语言，宋元文章评点中较少使用此种形式，12 家中有 4 家。其作用和夹批相近，主要是标示巧字、妙句、佳段或文章的主意、纲目、行文中转折、照应、警策、铺叙、回斡、抑扬等种种文章元素。如吕祖谦在曾巩《唐论》中的批点：

> 太宗之为君也，诎己从谏，仁心爱人，可谓有天下之志。以租庸任民，以府卫任兵，以职事任官，以材能任职，以兴义任俗，以尊本任众，赋役有定制，兵农有定业，官无虚名，职无费事。

曾巩文中“以租庸任民，以府卫任兵，以职事任官，以材能任职，以兴义任俗，以尊本任众”是以“以”字构成排比句，在“赋役有定制，兵农有定业”中用“有”字构成排比句，又在“官无虚名，职无费事”中换“无”构成排比句，曾巩非常注意句子形式的变换修辞，故而，吕祖谦旁批：“‘以’字变作‘有’字，‘有’字变作‘无’字，是句法。”

5. 尾　　批

尾批是在文章结尾出现的批评语言。宋元文章评点中较多使用尾批形式，12 家中 7 家，占半数以上。它或是对好的结尾评说，或是对全文佳妙之处总结评价，或是二者皆有。如欧阳修《朋党论》结尾：“治乱兴亡之迹，为人君者可以鉴矣！”谢枋得《文章轨范》中对此批点道：“只二句结，绝妙。”再如谢枋得《文章轨范》在柳宗元《送薛存义序》的尾批：“章法、句法、字法、皆好。转换多，关锁紧。紧严优

---

① 括号中文字为批语，下文皆同。

柔，理长而味永。”又如韩愈《原道》中结尾：“然则如之何而可也？曰：不塞不流，不止不行，人其人，火其书，庐其居，明先王之道以道之，鳏寡孤独废疾者存养也。其亦庶乎其可也。”《文章轨范》批为：“一篇皆大议论，结得尤有力。结得似软而实健，言有尽而意无穷。”

6. 眉　　批

眉批是指在书眉空白处所写的批语。此种形式在宋元文章评点中出现最少，12 家有 3 家。既有意义的解说，亦有表达特点的解说。《标注三苏文集》、《类编标注文公先生经济文衡》、刘辰翁《班马异同》等多采用眉批形式。如《班马异同》卷三十五《日者列传第六十七》中：“自古受命而王，王者之兴，何尝不以卜筮决于天命哉！其于周尤甚，及秦可见。代王之入，任於卜者。太卜之起，由汉兴而有。”刘辰翁眉批：“只三语亦自奇。”

(二)“评”之内容

“评”之内容是指评点所用评语，即评点者在评点中所用的词语，亦即评点术语。宋元各评点家在评点中所用批语众多，既有一些相同的术语，如“起”、“承”、“转”、“喻”、“字法”、“章法”等，亦有各自所用的不同用语。这些术语中透露出宋元文章评点者的文章思想。

因古人大多并未对其术语的含义进行明确界说，加上时代的不同、语言的变化，宋元文章评点中有些术语意义明确，如“起”、“承”、“转”、“喻”等，但也有许多术语的所指很难把握，需要从文内语境和文外语境等方面全方位的考察才能明晓其真正所指。已有学者对宋代文章的术语进行探讨，如吴承学对《古文集成》、《批点分格类意句解论学绳尺》中“脚”的分析[①]，吴建辉对《批点分格类意句解论学绳尺》中“老”的含义的分析，[②]皆根据丰富的语料进行了严谨、细密的分析，为今人对这些术语的正确理解提供了极大帮助。笔者曾尝试对谢枋得评点中的“章法”[③]、“句法”[④]进行分析，但因为种种原因，很多难解术语还待深入分析。

---

① 吴承学：《“八脚词”与宋代文章学》，载《中山大学学报》(社会科学版)2005 年第 4 期，第 28—31 页。

② 吴建辉：《从〈论学绳尺〉看南宋文论范畴——“老”》，载《湖南科技大学学报》(社会科学版)2007 年第 3 期，第 106—111 页。

③ 张秋娥：《谢枋得评点中的“章法”观》，载《国文天地》(台湾)2003 年第 6 期，第 80—84 页。

④ 张秋娥：《南宋谢枋得评点中的“句法”》，载《湖北师范学院学报》(哲学社会科学版)2006 年第 1 期，第 62—65 页。

礼乐繁盛、文物彬彬：初盛唐颂文发展论

赵小华

（《华南师范大学学报》编辑部）

内容摘要：长久以来，颂文因被认定为御用文学而为研究者所忽视，其文体、文学和文化价值都处于被遮蔽的状态。在初盛唐时期的社会文化思潮尤其是礼乐文化背景下，初盛唐颂文在题材、内容、艺术形式和礼乐精神等方面皆有不同于以往的明显特征，显示出颂文的新发展。

关键词：初盛唐　礼乐文化　颂文

"颂"为《诗经》之一体。后世论颂说诗者，以《毛诗序》"颂者，美盛德之形容，以其成功告于神明者也"的说法影响最为深远，并由此多方发挥颂的含义，有歌颂赞美祖先说①、宗庙祭祀之歌②、舞容说③、声调说④、持瓮之舞说⑤、威仪及仪式表演说⑥、乐器与声调之名⑦、宗教诵辞说⑧、乐舞说⑨、仪式叙述说⑩以及诗乐结合说⑪等多重说法。以上说法各有侧重，但对于颂起源于祭祀等祝祷活动、最初用于"告神"等祭祀仪式、与音乐舞蹈共生共存则比较统一，都涉及"颂"之与礼、乐同用共存、三者其实为一的关系。结合中国早期诗歌依附于巫术、祭祀等神圣仪式的发生来看，颂之产生于礼乐、与礼乐关系密不可分，则已成为学界共识。

唐代是中国封建社会的鼎盛时期。尤其是在初盛唐时期，社会风貌蓬勃向上，时代精神积极进取，文艺思想兼容并包，儒释道三教合流，社会文化思想繁荣兴盛，促进了文学的高度发展，呈现出特

---

① 王充《论衡·须颂篇》云："古之帝王建鸿德者，须鸿笔之臣，褒颂纪载，鸿德乃彰，万世乃闻。……然则孔子鸿笔之人也；自卫返鲁，然后乐正，《雅》、《颂》各得其所。鸿笔之奋盖其时也。"

② 朱熹《诗集传》卷十九"颂者，宗庙之乐歌"首言，后人多从之。

③ 《诗序》以容释颂，为此说之源起。清阮元《释颂》发挥甚详，载阮元：《研经室一集》（卷一），《四部丛刊》本。

④ 王国维：《说周颂》，载《观堂集林》，中华书局 1959 年版，第 111 页。

⑤ 周策纵：《古巫医与六诗考》，台北联经出版公司 1986 年版，第 265—268 页。

⑥ 陈世辉：《墙盘铭文解说》，载《考古》1980 年第 5 期。

⑦ 顾颉刚：《风雅颂之别》，载《史林杂识初编》，中华书局 1963 年版，第 247—253 页。

⑧ 刘毓庆：《颂诗新说》，载《晋阳学刊》1987 年第 6 期；又见刘毓庆：《雅颂新考》，山西高校联合出版社 1996 年版。

⑨ 刘师培对颂体的一些特征、流变作了较为概括的总结，着重分析了"颂"的三个特点：从功能看，颂体"重美"，纯为赞颂，有美无刺；从具体形式看，是"颂列乐舞""舞与声相应"，有一套仪式与之相配；从使用合看，"非祭祀天神地祇，即为祭宗庙之文"，所以"告于神明乃颂之正宗也"。参见刘师培：《刘师培中古史学论集》，中国社会科学出版社 1997 年版，第 149—150 页。

⑩ 韩高年认为：颂是用于祭祀及其他礼俗仪式，以言语唱诵侑神颂神、祈福求佑的歌舞活动。因为歌辞主要依附于仪式，又以唱诵的方式叙昭穆、述功德，并陈述其他神圣的内容，故称其为"仪式叙述"。参见《颂为"仪式叙述"说》，载《甘肃社会科学》2002 年第 5 期；《颂诗的起源与流变——三代诗歌主流的逻辑推演与实证研究》，西北师范大学 2001 年博士学位论文。

⑪ 颂是加入乐的形式表达诗的一种方式，参见王小盾：《诗六义原始》，载《扬州大学中国文化研究所集刊》第 1 辑，第 1—56 页。

有的精神风貌与文学气质。初盛唐各期在唐代鼎盛风貌的冲击下，颂文创作在秉承先秦颂的传统因素的同时，又经历了时代的变迁，并濡染时代风气，具备了很多新的特点。

一、题材范围的扩大

颂发展至唐代，其题材范围较之前朝历代都有所扩大。

对祖先和当世君王功绩进行赞美是颂的古老传统。唐代人物颂秉承这一传统，上至皇帝下至中下层文人都对这一主题有所涉猎。太宗皇帝《皇德颂》、高宗李治《大唐纪功颂(并序)》称颂高祖平定干戈、统一国家、既富而教、讼息刑清的历史功绩，李百药《皇德颂》、颜师古《圣德颂》、陈子昂《大周受命颂》、张文琮《太宗文皇帝颂》、张说《圣德颂》、张九龄《龙池圣德颂(并序)》和《开元纪功德颂(并序)》或追述前代，或颂美当世，旨在弘耀先祖和当世君王的各种美德、唐朝获得的天命垂青和祖宗的功德福荫，同时也婉转地提醒后人要珍惜、继承祖宗的功业，谨慎治国、恭惜修德、维系天命。其关注的内容和视角以及体现情感的角度都是宏观的，在对祖先的再三颂美和对国家运道的反复关心中，不涉及任何个人的遭际和体验。

唐代人物颂并将写作的关注点转向贤臣、地方官吏、宗教人士、平民等人群。太宗《赐真人孙思邈颂》云："凿开径路，名魁大医。羽翼三圣，调和四时。降龙伏虎，拯衰救危。巍巍堂堂，百代之师。"对孙思邈高超的医术进行赞美。张九龄《唐故襄州刺史靳公遗爱颂》、孙逖《唐济州刺史裴公德政颂》等咏颂有政绩之贤臣官吏。陈子昂《续唐故中岳体元先生潘尊师碑颂》则突破了地位官阶的限制，将笔触延伸至平民百姓的领域，颂扬有德有节、有才有识之士。这种扩展到中唐以后更为明显，体现出颂文自身发展变化的特色。

咏物颂继承了托物言志的手法，在表现方式上更加灵活熟练。玄宗《鹡鸰颂(并序)》咏叹兄弟和睦，骆宾王《灵泉颂》称美孝亲，王勃《乾元殿颂(并序)》和《九成宫颂(并序)》借皇室建筑之辉煌颂美国力富强，并突出身逢盛世的自豪感。

而与此前颂文不同，初盛唐礼乐祭祀颂中，出现了大量壮观的祭祀场面和礼乐仪式的描写，以此多方渲染礼乐大典雅和中正文化的精神。王勃《拜南郊颂(并序)》、张说《大唐封禅坛颂》、苏颋《封东岳朝觐颂(并序)》是这方面的典型代表。

二、艺术形式的多样

颂文文前加序是汉代首创。颂发展至唐，文前的序文篇幅愈发阔大，语言愈发妍华，大有喧宾夺主之势。如王勃《乾元殿颂(并序)》、《九成宫颂(并序)》、苏颋《封东岳朝觐颂(并序)》等，序文皆为鸿篇巨制。句式或骈、或散、或骚、或三者杂糅融合，叙事则流畅明白，抒情则细腻婉曲，状物则工巧生动，为唐颂作者提供了展示功力、任意驰骋的空间，对于唐颂的华美的语言表达、高妙的艺术手法和深广的思想内容的形成起到了一定的促进作用。

部分无序的颂文，直接以四言体的韵语颂文开篇，也在语言形式上极尽变化。如太宗《皇德颂》没有序文，以古雅典丽的四言体为主，七言、三言、骚体的变化突破了通篇四言的板滞，展现出作者驾驭语言的能力。

在修饰手法上，唐颂综合运用了多种修饰手法，增强了作品的感染力。以事增其实、辞溢其真的夸张铺饰达到耸动人心的效果；句式劲健奔腾、极富声韵之美的排比使阐释严密透彻；以抑此扬彼、两两相对的对比来突出功绩。这些手法的综合运用，不仅增强了行文的气势，提高了情绪的感染力，也使状物更生动，表意更鲜明。通过一系列酣畅淋漓的渲染，唐代之颂，遂呈现出一派繁华热闹的景象。

三、仪式叙述的增强

颂之产生于礼乐、使用于礼乐并本身就是礼乐之一部分的事实证明了其与礼乐的不解之缘。借用"仪式叙述"的表述,及至唐代,颂之仪式叙述的特征则越益明显。

以初唐而论,岑文本《三元颂》、《藉田颂》可谓代表。《三元颂》铺排上元日朝会盛况:"虞宾光于列位,呼韩厕于班行,百寮济济,万国皇皇。腰金鸣玉,执贽奉璋,内自畿甸,外被要荒,输赆王会,纳贡职方。司仪之职无替,胪人之列有章,既伸睠于宸极,亦矫首于岩廊。犹川流之归海,若湛露之晞阳。张崇牙,设柷敔。陈鼎实,列樽俎。秕梐肃而为卫,戈铤森以齐举。五辂接轸,九旗扬旆。羽盖葳蕤,云车晻蔼。发声名于文物,备威仪于冠带。"对朝会礼仪的描述比较宏观。《旧唐书·礼乐志》称:"太宗贞观三年正月,亲祭先农,躬御耒耜,藉于千亩之甸。于是秘书郎岑文本献《藉田颂》以美之。"颂云:"回舆南亩,驻跸东廛。亲耕帝藉,躬稼大田。方期多稼,介此丰年。富实教资,农惟政本。上敦播植,下勤薦蓑。荣辱既著,淳朴可反。礼节既兴,登封何远?式敷帝典,载穆王度。元良育德,维城作固。股肱周召,爪牙信布。比汉之兆,方周之祚。"由于《藉田颂》重在阐发帝王藉田的示范意义,对藉田礼的描述就显得既概括又简略。

随着王朝国力的强盛,朝廷礼乐活动日益增多,颂作中对礼乐盛况也开始出现大段的描写和明显的夸张,从中可以一窥文人对于礼乐活动的兴趣日浓。同时,由于大多数礼乐活动属于国家礼典,其举行自有庞大的规模、繁复的要求和宏大的气势,反映在文学作品中则带来了文学意象的恢弘和气势的宏伟,在增添大国威望之余也在一定程度上使初唐文学向着物象饱满、气势庞大的方向发展。如王勃《拜南郊颂(并序)》:

> 爰考吉日,遂净行宫,有司具典,乘舆乃出。抚元虬,戴翠凤,鼍鼓按节,鲸钟疏响,千乘岳动,万骑林回,星陈而天行,雷震而雾合。是时未登夫泰坛也,乃斋帷宫,宿帐殿。华盖移影,钩陈从跸。千营夕布,亘苍野而烟凝;万幕宵悬,背黄阛而雾列。既而屏翳清晓,飞廉警旦,孙叔奉辔,王良纵策,云藏星谧,宇旷山明,旌轩具照,箫笳互凝。陟名岳以告成,历神邱而展事。国容象物而动,朝章视令而肃。宸仪有睟,虚徐大帝之庭;列侍无哗,仿佛华胥之国。于是袭衮服,戒俎豆,端瑞班,俨华旒,乐悬六代,礼备三古,奠惟苍璧,藉用白茅。鸣孤竹之箫管,奏空桑之琴瑟。感格以诚不以事,动植咸驩;敬神以道不以华,天人合应。然后驻声名于上邑,反文物于仙宫。因雷雨而作施,法云天而用渙。风行电举,未寸景而浃九埏;野抃途歌,不崇朝而晏六合。

从选取吉日、有司具典落笔,叙述皇帝出行中的繁荣装饰和盛大气势、登坛前的诚意斋戒,对于正式郊天大礼中的仪仗安排、祭品多少、用乐规则、仪注规范等方面更是一一叙写、面面俱到,把整个仪式的择日、出行、驻地、行礼、礼毕过程交代得清清楚楚,在详备周全的礼乐活动描摹中自可感受到盛世的繁华和强健的时代精神。

这一特点,延至盛唐,则愈发明晰可见。由于开元时期"承平日久"、国力强盛,以"燕许大手笔"张说和苏颋为代表所创作的颂美之文虽不免有虚美之嫌,但在某种程度上也属名实相符,真实地表达出了盛唐士人自豪昂扬的盛世心态。

张说认为文学应该"吟咏性情,纪述事业,润色王道,发挥圣门"①,其多数文章在内容和风格上就体现出鼓吹盛明的特点。这在其颂文中尤为突出。《大唐封祀坛颂》是他作于开元十三年玄宗封禅泰山时的润色鸿业之作,笔力雄健、气势雄浑。开篇从"封禅之义有三,帝王之略有七"说起,议论封禅,为全文奠定昂扬的感情基调;进而记叙群臣力求封禅而玄宗不许,思虑再三方才应允。一议论一记叙,旨在称颂大唐的声威与玄宗的圣德。然后浓墨重彩地描写侍从之众多、场面之盛大、仪式之庄重

① 张说:《齐黄门侍郎卢思道碑》,载《全唐文新编》(卷二二七),吉林文史出版社 2000 年版,第 2568 页。

和威势之雄壮，以时间的推移和礼仪的进程为序，把皇帝出天门、临日观、祀高祖、登坛、奠献、礼乐勃发、黄钟大吕齐鸣、捡玉牒、礼毕扬柴燎、第二日礼社首等活动娓娓道来。状典礼之壮美、摹气势之雄壮，皆在细腻描写中着力于宏大场面的铺陈和浓重气氛的渲染。如写皇帝出行，“孟冬仲旬，乘舆乃出，千旗云引，万戟林行，霍蒦燐烂，飞焰扬精，原野为之震动，草木为之风生。历郡县，省谣俗，问百年，举百祀，兴坠典，葺阙政，攸徂之人，室家相庆，万方纵观，千里如堵，城邑连欢，邱陵聚舞。其中垂白之老，乐过以泣，不图蒿里之魂，复见乾封之事。尧云往，舜日还，神华灵郁，烂漫乎穹壤之间”。行文流畅、洋洋洒洒，洋溢着蓬勃昂扬的气势。相较而言，苏颋同一题材的《封东岳朝觐颂(并序)》则雍容雅正，颇能体现朝廷的庄重威严气象。“十月辛酉，步自有洛。十一月戊戌，帐殿斋于岳趾，渊默以清，绎思而照，将纪功布度顺斗承天精享也。己丑，宏观轶区宇，盛仪振开辟：高临建凤，万队张皇以烛山；上御飞龙，百神翕习以扶道。国台二，藩后四，髦士密侍，信臣高位，扈封台，列升陛，不下五十……庚寅，天官次箓，王制协时，严高祖以配之，嗣高宗以陟之。冕裘立，珪璧序，洁罍俎，调钟吕，倨勾于簨簴，戛击乎柷敔，宝骈瑞兮物焜煌，空薄霄兮音容与。则纤尘不动，和气充塞，日在于观，天为之门。扬日大光，谓小天下，昭以抱戴，见之卿霭，郁郁纷纷，喜气絪缊。当芝检，引紫薰，大紫洞而三辰接，郁苍摇而万岁闻，自下达上徯吾君，君之来兮望如云。端兮睟，圣之门，至尊辛卯有事于社首，以泰折如泰坛，于穆我睿宗，侑而作主，奠献呜咽，天子之孝也。佥以金匮归勋于祖祢，石感藏美于乾坤，戒咸秩则司存。癸巳，载大旂，合大乐，三陔岷以帷抗，四亚锵而辂止。朝群牧，揆千官，底邦赋，数庭实，华虫辨等，车马来觐。周人随人，二王之宾，戎狄蛮貊，万里重译。必拱于著，执贽奉璋，雍雍昂昂，靡敢怠遑。”颂文先客观记叙封禅于何地出发、行经何处、何日登山、何时祭祀，时间、地点具体详细，行礼经过一目了然。后文才倒叙群臣如何劝玄宗行封禅之礼、玄宗如何谦恭等事，最后又详细描写封禅恢弘场面以及百姓之踊跃支持，要言不烦，一气贯注，仪态雍容、典雅宏丽，真可谓“雍容文雅多”①。

四、礼乐精神的高涨

唐代是封建社会的鼎盛时期，尤其是初盛唐国力处于上升阶段的时期，政治清明、经济繁荣、国力强盛、民众富庶、文化发达，中外交流频繁。生活在这样的社会文化背景下的知识分子具有儒家入世、民本、仁政的强烈情怀，对于符合儒家规范的行为道德、德治思想、孝道精神、典章制度等方方面面都密切关注，并发而为文，以表心声。其对政治教化的积极参与、对行施仁政的深切呼唤、对礼乐中正和谐的勉力追思，都在颂文作品中表露无遗。所以，初盛唐颂文虽不免溢美之嫌，但也洋溢着豪迈昂扬、奋发进取的时代精神，充满了恢弘的气势。

唐代咏物颂数目不多，多集中在初盛唐至中唐时候，由于社会思潮和时代风貌的影响，咏物颂往往内蕴教化目的，多为“明道”而作。如骆宾王《灵泉颂》曰：

有广平宋思礼，字过庭，皇朝永州刺史昉之适孙，户部员外顺之长子。伶丁偏露，早丧慈亲。永怀鞠养之恩，长增思慕之痛。弱不好弄，长而能贤，趋庭闻诗礼之风，亢宗勖曾闵之行。事后母徐，以至孝闻。北面兴悲，泣高堂而咎已；东游下位，欢微禄以逮亲。调露二年，来佐百里，俯就微班之列，将申返哺之情。苟立身其若斯，于从政乎何远？时岁亢旱，金石行销，远近川原，殆将堙绝。睿井皆为汤谷，通波尽化污池。太夫人在迟暮之年，有温劳之疾，非滥浆不可以适口，非源泉不可以蠲疴。色养既亏，忧惶靡诉。俄而厅阶之下，忽有清泉自生，因疏导其源，遂流注不竭，味甘若醴，气冷如冰。此邑城控剡山，地连禹穴，基址多石，冈阜无津。爰自兴建以来，久微穿汲之利，非精诚贯于有道，纯志浃于无私，孰能洽冥贶以通幽，导灵泉而致养者也？

此文用骈体写成，赞美宋思礼侍母至孝的品德，并将个人道德修养与从政必备品德结合起来，“苟

① 张说《送苏合宫颋》：“畴昔硅璋友，雍容文雅多。”载《全唐诗》(卷八十八)。

立身其若斯，于从政乎何远”，教化目的蕴含其中。罗宗强先生对于散文文学性和功利性的关系有一定判断：“随着文学自觉时代的到来，在散文发展中，追求文学自身的艺术特征、表现技巧的文学思想，取代了重功利的文学思想；而后，重功利的文学思想又取代了追求文学自身特征、追求文学表现技巧的文学思想。它自身有其发展的规律。”①

初盛唐文人有高度的社会责任感和渴望建功立业的愿望，即便是在本为歌功颂德、奉诏之作的颂文中，也有不少抒发政见、指陈时弊之作。如张说《开元正历握乾符颂》通过主客问答的形式，在对先王高祖、太宗、高宗逐一颂扬、铺叙古代贤君政绩的基础上，道出作者政见：“故曰：王者执天命在于俟天符，致天符在于顺天德，布天德在于保天位。四者备矣，然后陈其盛德，告于神明。舍此道也，胡可语正天历、握乾符哉？”叙事详尽，议论切题，用语较为锋利，明确地表达出作者的政见。封禅为国家大典，有盖世功业的君主才能举行，所以历代封禅文大多竭力歌功颂德、曲意奉承。张说的《大唐封祀坛颂》作于玄宗皇帝封禅之时。文章开宗明义，以《礼记》为标，发为议论，直陈“封禅之义有三，帝王之略有七”，指出七者为：“道德仁义礼智信，顺之称圣哲，逆之号狂悖；三者何？一，位当五行图箓之序；二，时会四海升平之运；三，德具钦明文思之美，是谓与天符，名不死矣。有一不足，而云封禅，人且未许，其如天何？”后文陈述历代明君贤臣之事，以此明确地表达出作者的政见：帝王封禅，应当恪守“封禅之义”、“帝王之略”，否则民不许、天不佑。文章叙事条理清晰，议论切中肯綮，表达政见用语激切，一改曲意为颂的文风，在一定程度上提升了颂文的功用。

至于数量众多的歌君主之盛德、摹宫殿之富丽、壮典礼之宏伟的其他颂文，相当多可以视为祖先颂的余韵。郑玄《毛诗笺》曰：“《清庙》者，祭有清明之德者之宫也，谓祭文王也，天德清明，文王象焉，故祭之而歌此诗也。庙之言貌也，死者精神不可得而见，但以生时之居，之宫室像貌为之耳。”②程俊英《诗经注析》认为：“新王即政必以朝享之礼祭于祖宗，告嗣位也。”③可见宗庙祭祀意在追祀祖先。这些作品和祖先颂一起，歌颂王权的正统、君主的英明和社会的繁荣，体制宏伟，踵事增华，在对盛德大业的多方描述中展现唐王朝礼乐繁盛、民生富庶、朝野和睦、文物彬彬之盛的局面，形成了与统一泱泱大国相适应的整体性的壮美和奔腾的气势。

颂文尽管多有虚美谀颂之嫌，尽管多被定位为御用文学，但它仍然具有一定的文体、文学和文化价值。从文体研究而言，颂文这一文体的产生与诗、楚辞、诸子、史家乃至神话都有着密切的继承关系，而其发展变化又与特定时代的社会风貌、政治经济、主流文化文学思潮等文化生态环境有着不可分割的联系。唐颂的研究，为我们更好地了解唐人的审美追求、生活方式、生存心态提供了参考。从文学研究而言，大多数颂文与国家意识形态关联甚密，是国家权利话语的组成部分；传统文人多走文学仕进的道路，因而，不管文人是应诏作颂、自主创作还是受人请托，都反映出一代文人仕进与隐逸的双重心态、关怀民生与献颂邀宠的双重人格，为我们更好地了解士人的创作心态，理解其他文学作品提供了帮助。④ 从文化方面而言，颂文保存了各个朝代兴衰时期的阶级状况、政治史实、经济发展、典章制度、社会意识形态的部分确凿史料，具有重要的历史学、文化学、风俗学价值。颂文涉及的某些题材，能够反映古代文化活动的状貌，这一点在以国家大典为主要内容的礼乐类颂文中表现得尤为突出。

---

① 罗宗强：《隋唐五代文学思想史》，中华书局1999年版，第197页。

② 毛亨传：《毛诗注疏》，郑玄笺，孔颖达疏，影印《文渊阁四库全书》(第69册)，台湾商务印书馆1983年版，第881页。

③ 程俊英、蒋见元：《诗经注析》(下)，中华书局1991年版，第938页。

④ 此点关涉甚大，似有进一步阐释之必要。

“曾国藩文论抄录吴铤《文翼》”说考辨[①]

蔡德龙

（广西师范大学文学院）

内容摘要：曾国藩为清代古文理论名家，曾国藩弟子薛福成所编的《论文集要》中系统收录了曾国藩论文之语，但刘声木发现，其中相当多条目系抄自清代吴铤《文翼》。经过考辨，笔者发现薛福成《论文集要》所据底本为张裕钊手抄本，而今存《张廉卿论文语》与手抄本类似，均是抄录吴德旋、吴铤、曾国藩等人言论而成，薛福成未加甄别即全部当作曾国藩语而收入《论文集要》之中，才使得刘声木误认为是曾国藩抄录了吴铤《文翼》。

关键词：曾国藩　《论文集要》《文翼》《张廉卿论文语》

在清代古文发展史上，曾国藩地位显赫，被视为“桐城派中兴的明主”和“湘乡派”开山的祖师。[②]他的古文理论源于桐城，又不拘于桐城，对晚清古文创作和文章学的发展产生了重大影响。曾国藩的古文理论散见于日记、书信、评点、读书笔记、文章选本等批评形式之中，未有对自身文论做系统总结的文话著作。[③] 曾国藩门下弟子薛福成编有文话《论文集要》四卷，收录自韩愈、柳宗元至方苞、姚鼐、曾国藩论文之语，其中曾国藩文论所占篇幅尤重，为全书四分之一强，故而此书实可视为曾国藩文论小结，向来受人重视。书中有些论断甚为精辟新颖，如“退之以杨子云化《史记》，子厚以老、庄、《国语》化六朝”一段，“望溪规模极大而未能妙远不测，风韵绝少，然文体自正”[④]一段，等等，长久以来，这些论文之语被视为曾国藩的独创，成为其清代文论名家身份的添锦之花。然事又有大谬不然者，据晚清刘声木考察，曾国藩所论亦多有所本，原非自创。刘声木《苌楚斋四笔》称：“《论文集要》四卷，石印写字袖珍本，其卷三一卷共廿二页，即为文正论文之语。……惟其中颇多抄录阳湖吴耶溪茂才铤《文翼》三卷中语。”[⑤]此论揭橥曾国藩文论与吴铤《文翼》之承袭关系，可谓振聋发聩，惜未引起后人注意。今据上海图书馆所藏清刻本《文翼》，对此公案，试做考辨如下。

吴铤（1800—1833），字耶溪，江苏阳湖人，从吴德旋受古文法，著有《绍韩书屋文抄》、《诗钞》、《文翼》。“道光某年至京师应乡试，不获第，愤郁成疾，卒于旅社，年甫三十有三耳。”[⑥]刘声木盛推其才学，

---

① 基金项目：国家社会科学基金西部项目（12XZW014）；教育部人文社会科学研究青年基金项目（11YJC751005）；广西教育厅科研项目立项项目（201106LX039）；广西人文社会科学发展研究中心项目（YB2011025）；广西师范大学校级科研基金重点项目（2010ZD001）。

② 周作人《中国新文学的源流》称：“假如说姚鼐是桐城派定鼎的皇帝，那么曾国藩可说是桐城派中兴的明主。”（华东师范大学出版社1995年版，第48页）李详《论桐城派》云：“文正之文，虽从姬传入手，后益探源扬、马，专宗退之。奇偶错综，而偶多于奇。复字单义，杂厕相间。厚集其气，使声采炳焕，而戛焉有声。此又文正自为一派，可名为湘乡派，而桐城久在祧列。”（载《国粹学报》第49期，广陵书社2006年版，第5146页）

③ 曾国藩《致刘蓉（咸丰八年正月初三日）》云：“《论文臆说》当录出以污尊册，然决无百叶之多，得四十叶为幸耳。”（《曾国藩全集·书信一》，岳麓书社1990年版，第612页）《论文臆说》当是曾国藩所作之文话，惜未见传世。《历代文话》所收曾国藩《鸣原堂论文》实为评点著作。

④ 薛福成：《论文集要》卷三《曾文正公论文上》，光绪二十八年（1902）石印本，南京大学图书馆藏。以下所用版本同。

⑤ 刘声木：《苌楚斋四笔》（卷六），载《苌楚斋随笔续笔三笔四笔五笔》，中华书局1998年版，第791页。

⑥ 王国栋：《〈文翼〉跋》，道光十六年（1836）刻本，上海图书馆藏。以下所用版本同。

称:"其文淡泊淳闷,堪与其师争烈,或且过之。以铤之才与其学,必能远追汉、唐作者于数千载之上,以成一家之言,惜年仅三十有三而卒。"[①]吴铤殁后,《文翼》遗稿为同里刘莲舫、歙人王守静所得,传写至吴德旋手中,后得吴德旋友人之助于道光十六年刊刻行世。刘声木所见三卷本《文翼》与上海图书馆藏本均为此版。此外,《文翼》的手稿本亦曾行世。民国间,罗继祖为《续修四库全书总目提要》集部诗文评类撰稿时,即列有"《文翼》四卷,手稿本"一目,其云:"清吴铤撰,铤字耶溪,自署闾里为阳湖人。书四卷,皆以小行楷写之。无序无跋,亦无凡例、题识。……第四卷纯为论诗之语。"[②]道光刻本删去稿本第四卷的诗论,只保留了前三卷文论。而薛福成《论文集要》所收曾国藩文论,主要集中于卷三《曾文正公论文(上、下)》之中,将其与《文翼》比照之后,可知刘声木所言不虚,略举数例即可见一斑:

1. 韩退之以杨子云化《史记》,柳子厚以庄周、屈左徒、《史记》、《国语》化六朝,欧阳永叔以《史记》化退之,王介甫以周秦诸子化退之,曾子固以三礼化西汉,苏明允以贾长沙、晁家令化《孟子》、《战国策》,苏子瞻以《庄子》化《战国纵横家言》,于此可以求脱胎之法,于此即可以求变化之法。若拘于一家之文,而步趋绳尺,纵能与之并,不能自成一家言也。南宋朱子文虽杰出,尚不免为曾子固所掩,况其他乎?(吴铤《文翼》卷一)

退之以杨子云化《史记》,子厚以老、庄、《国语》化六朝,介甫以周秦诸子化退之,子固以三礼化西汉,老苏以贾长沙、晁家令化《孟子》、《国策》,东坡以《庄子》、《孟子》化《国策》,于此可求脱胎之法,即可求变化之法。若拘步一家之文,即能与之并,不能成一家言。朱子之文杰出,尚不免为子固所掩,况其他乎?(薛福成《论文集要》卷三《曾文正公论文上》)

2. 八家中惟退之、永叔、子瞻门径最大,故变化处多。明允惟《权书》能化,介甫惟《三经义序》能化,子固惟目录序能化,子厚惟辨诸子、记山水能化,以其与生平所为文格不相似,而实能深入古人妙处也。(吴铤《文翼》卷一)

八家惟韩、欧、东坡门径最大,故变化处多。老苏惟《权书》能化,子厚惟辨诸子、记山水能化,子固惟目录序能化,以其与生平文格不相似而实能深入古人妙处。(薛福成《论文集要》卷三《曾文正公论文上》)

3. 方望溪堂庑甚大而于妙远不测处,概乎其未有闻,故风韵绝少,然文体极正。自望溪前皆不能识得"质而不俚"四字,自不得不推为开山巨手。震川文妙远不测,然转有质而近俚,与夫略拈花朵而反入于哼俗者,此种最难识。望溪修词最雅洁,无一俚语俚字,然其行文不敢用一华丽非常字,此其文体之正而才亦不及古人也。北宋惟王介甫、曾子固质而不入于俚,永叔、子瞻便时不免,然所得于古者既多,便小小出入正是不妨。柳州文以庄周、屈左徒化六朝,然浓丽处间或近于俚,此当于神气意趣间辨之。(吴铤《文翼》卷一)

望溪规模极大而未能妙远不测,风韵绝少,然文体自正。望溪以前皆不失"质而不俚"四字,自不能不推为巨手。归文妙远不测,然转有质而近俚者。望溪修辞极雅洁,无一俚语俚字,然其行文不敢用一华丽非常字,此其文体之正,而才不及古人也。北宋惟曾、王不入于俚,永叔、东坡便时不免,然所得于古者既多,即小有出入,正是不妨。柳文秾恶处间或近俚,此当于神气意趣间辨之。(薛福成《论文集要》卷三《曾文正公论文上》)

4. "太史公之洁,全在捭落千端万绪,至字句则不无可议者。海峰字句都洁而意不免芜近,非真洁也。"恽子居之言云尔。予谓子居字句极洁而气不免矜躁,非真洁也。子居以海峰笔锐于望溪而疏朴不及,自是知言;而以为才则有余于惜抱,则非也。惜抱之雅洁古藻远逾于海峰,而文章之妙,洵有如所谓木鸡者,此境正难到。惜抱非才不足也,正以力避矜气,固而存之,不欲自骋其才,而其才之包蕴正可于言外见之。子居论文能见有形,不能见无形,故于惜抱多微词,而不知惜抱之遒劖雄骏,正不为

① 刘声木:《桐城文学渊源考补遗》,王水照《历代文话》将其与《桐城文学渊源考》合刊,载王水照主编:《历代文话》(第十册),复旦大学出版社 2007 年版,第 9320 页。

② 中国科学院图书馆整理:《续修四库全书总目提要(稿本)》(第 36 册),齐鲁书社 1996 年版,第 574 页。

古人所掩也。子居以海峰论理未得其正,论事论人未得其平,此言最确。而子居之文强词夺理,病正坐此,要其文之坚峻峭实,绝似晁家令、赵营平,固胜于海峰也。(《文翼》卷二)

史公之洁在捭落千端,才甫字句都洁而意不免芜近,非真洁也。(薛福成《论文集要》卷三《曾文正公论文上》)

毋庸多举,已可见出二书关系实非一般。上述八则文论,除最后一则外,内容基本两两一致,只有个别字句略有出入。[①] 刘声木也据此判定,曾国藩文论多有袭自《文翼》而未注明者。但是否存有另一种可能,即吴铤的《文翼》抄录了曾国藩的言论呢?从时间上看,吴铤卒于道光十三年(1833),此年曾国藩二十二岁,业已成年,尚难以排除这种可能。但以著述体例而言,《文翼》不会摘录曾国藩言论而不言明。《文翼》虽广泛征引诸家言论,但皆一一标明出处,并不掠美,且常在前人立论基础之上加以申说,而非简单的过录,正如王国栋为《文翼》所作跋语云:"虽系纂述前人语言,然颇附己见。且有折中。"如上引"太史公之洁,全在捭落千端万绪"一段,原本出自恽敬《大云山房文稿》言事卷一《与章澧南》,吴铤不但指出是"恽子居之言云尔",且接过恽敬话端,进而对方苞、刘大櫆、姚鼐、恽敬之文皆有评议。反观《曾文正公论文》则是径直引用,并未注明出处,易使人误以为是曾国藩原创。

吴铤文论思想深受其师吴德旋(仲伦)影响,二人平日常常"往复论辨"[②],而吴德旋曾请益于姚鼐,论文亦以其为依归,因此,吴铤《文翼》常以姚鼐、吴德旋文论为基础而进一步申说。上引"韩退之以杨子云化《史记》"一段,论述古文创造中"因"与"变"之关系,即脱胎于姚鼐、吴德旋文论,对此吴铤并不讳言,《文翼》卷一云:"惜抱云:'韩退之不可到也,能寻求退之未竟之长引而伸之,以益吾短,则可矣。'夫雄奇固退之已竟之长也,孰能当之哉?永叔则以妙远化退之之面貌而尽易之,介甫则以瘦劲化退之之面貌而尽易之,此皆从退之门径入而能脱化者也。子固学西汉变而为渊雅,明允学《战国策》、周秦诸子变而为坚峻,子瞻学纵横家言变而为逍遥震动。此则不从退之门径入而自能脱化者也。"卷二曰:"仲伦先生云:'退之叙事以子云熔铸《史记》,惜抱以归熙甫熔铸韩、欧,故无模仿之迹,是所谓辟新境也,故其境不穷而佳处不为古人所掩。'"古文创作既需要师法古人,更需要开辟"新境",入乎其内而出乎其外,方可摆脱古人模样,拥有自家面貌。吴铤以姚鼐、吴德旋论文之语为基础而加以深化,渊源有自来,自然不可能是袭自曾国藩文论。

综上,可以确定是《曾文正公论文》抄录了《文翼》而未注明,但若据此便认定曾国藩为文抄公,亦属仓促。薛福成《论文集要》卷三《曾文正公论文》专录曾国藩文论,部分条目标明出处[③],有些条目则未言出处,抄录《文翼》的条目即全部未注出处,通过查考,发现这些条目的内容亦不见于曾国藩传世著作之中。可以推想,这些抄录《文翼》的条目本与曾国藩无关,应是薛福成编辑《曾文正公论文》时,有误收情况。《论文集要》卷三《曾文正公论文上》标题下有小字云:"据张廉卿手抄本摘录。"则《曾文正公论文》问世之前,已有张裕钊(廉卿)辑抄的雏形本,薛福成据之摘录而成。张裕钊手抄本之存亡,今已不复可知,难晓其原貌如何。今传吴汝纶《古文辞类纂评点》后附有《张廉卿论文语》[④],其内容基本不是张裕钊本人的自创,多有所本,类似辑录式著作,其中见于吴德旋《初月楼古文绪论》的就有五则,分别是:

---

① 如第六则"望溪以前皆不失'质而不俚'四字"一句,对照《文翼》相关文字可知,《曾文正公论文》中的"失"字显系"识"字之误。

② 吴德旋《文翼序》云:"耶溪从予学为文,其于文也。所见极深,与予往复论辨,每能匡予之不逮。"

③ 如前三则分别注明出自曾国藩《复邓孝廉寅阶书》、《复易芝生书》、《复吴子序书》。

④ 吴汝纶:《古文辞类纂评点》附录《张廉卿论文语》,1914年京师国群铸一社铅印本,南京图书馆藏。以下所用版本同。

前人谓古人不可有古文气，其说非也。前明多误于此言，故自震川而外，罕有成者。[①]

不受八家牢笼，安有此才分？但如八家范围中有所表异之处，如惜抱所云"寻求昌黎未竟之绪而引申之"，则途辙自正，各就其才，可几于成。

唐人以五律为四十贤人，不可有一字带屠沽气，古文亦然。然而知此者鲜矣，能辨其是否屠沽亦不易。所以少作家也。

文章不可不放胆做。

昔人谓文忌爽，非也。《孟子》乃文之至爽者，《史记》、《国策》亦然。西汉之初，文章之高犹有周秦气，亦正以其爽耳。武帝以后，则文太做作矣。（此则在《初月楼古文绪论》和《张廉卿论文语》中皆为独立条目，《论文集要》卷三《曾文正公论文上》将其与上则"文章不可不放胆做"误合为一条。）

以上五则内容亦见于《曾文正公论文上》。将《张廉卿论文语》与《曾文正公论文上》相校，发现后者自第七则"退之以杨子云化《史记》"至最后一则"退之学《孟子》"，皆见于《张廉卿论文语》，连条目排列次序也大致相同。而《张廉卿论文语》中有些本为一则的条目，被《曾文正公论文上》误分为两则甚至多则，有些独立的两则内容，又被误合为一则。误合之例如上文所举"文章不可不放胆做"两段。误分之例如：

谋篇层见叠出，不使人一览而尽，而自首至尾义绪一线。造言雕琢复朴。陈言务去。命意言人所未尝言。运笔、接笔、转笔，最要须令人不测，须转换变化不穷，须出入生杀，老健简明。精悍如纯钩百炼，宝光湛然，出入剸截，当者立碎。[②]

《曾文正公论文上》中这段文论分为六层，内容颇为凌乱，而《张廉卿论文语》中本为一则内容，且《曾文正公论文上》将双行小注与正文相混，《张廉卿论文语》原文为："精悍如纯钩百炼，宝光湛然。出入剸截，当者立碎。创意言人所未尝言。造言琢雕复璞，陈言务去。谋篇层见叠出，不使一览而尽，而自首至尾，义绪一线。运笔接笔、转笔最要，令人不测。须转换，变化不穷；须劲折，出入生杀，老健简明。"可以推测，今本《张廉卿论文语》与薛福成编辑《曾文正公论文》时所见张裕钊手抄本的内容有相当程度的重合。当日张裕钊或将吴德旋、吴铤、曾国藩等人论文之语抄于一册，薛福成未加甄别便全部作为曾国藩之语而收入《曾文正公论文》之中，《曾文正公论文》中同于《文翼》的内容皆是转抄于此，以致曾国藩逝后多年还被蒙上抄袭的嫌疑。[③] 其实，除了《曾文正公论文》所转抄的《文翼》内容外，《张廉卿论文语》中还有一些抄自《文翼》的条目，如《文翼》卷一云："震川之疏在虚处，以妙远出之。望溪之疏在实处，以朴质见之。疏字之妙有此二种。"此条亦见于《张廉卿论文语》，一字不差。吴铤病故之时，张裕钊尚为十岁幼童，自是张裕钊抄录吴铤《文翼》无疑。

刘声木在认定曾国藩抄录吴铤《文翼》之后，深有感慨："然文正亦非盗取他人书者，当是文正当时实见《文翼》刊本，爱其论文之语，录于《论文臆说》[④]中，然未尝书明名氏及书名于卷中，仍未脱明季山人撰述不注出典之恶习，亦不必曲为之讳。"[⑤]颇具了解之同情。此论若变换主语似更为恰当，应是张

① 按，"前人谓古人不可有古文气"一句，《张廉卿论文语》后所附《正误表》云："此句可疑，检元稿即如此。"南京图书馆藏有佚名批本《古文辞类纂·张廉卿论文语》，批注者径用朱笔将"古人"与"古文"互易。吴德旋《初月楼古文绪论》作："戚鹤泉谓古文不可有古文气。"《曾文正公论文》作："前人谓古文不可有古人气。"李光地《榕村语录》也有相关论述："记得某人说学古文须从朱子起，此言却好。看朱子后来文字，不似其少作有古文气调，朱子正不欲其似古文也。只是一句有一句事理，即叠下数语皆有叠下数语着落，一字不肯落空。入手作文须得如此。"（《榕村语录》卷二十九，文渊阁《四库全书》本）

② 此处标点依《历代文话》本《论文集要》，载王水照主编：《历代文话》（第六册），第 5811 页。

③ 薛福成《论文集要》于光绪二十八年（1902）出版时，曾国藩已去世三十年。

④ 曾国藩所作《论文臆说》并未传世，刘声木认为薛福成《论文集要》卷三《曾文正公论文》内容应与失传的《论文臆说》大同小异，故有时以《论文臆说》代指《曾文正公论文》，此处即是如此。

⑤ 刘声木：《苌楚斋四笔》（卷六），中华书局 1998 年版，第 791 页。

裕钊雅好《文翼》，故于手抄本中多所摘录而未注明出处，后被薛福成误认作曾国藩语而收入《曾文正公论文》。《文翼》中诸多精彩论断，因被收入《论文集要·曾文正公论文》和《张廉卿论文语》，而被后人当作曾国藩、张裕钊之文章学创见予以褒奖①，二人实受吴铤之恩惠不少。吴铤本人则享年不永，其名不扬，《文翼》亦流传不广，其人其书皆渐至湮没不闻，未免不公。《文翼》一书识见甚高、立论亦精，对历代文章家尤其是本朝方苞、姚鼐、吴德旋、恽敬等人作品，皆有精到评骘，作为文话著述，其理论价值应得到今人重视。

① 如黄霖先生《近代文学批评史》(上海古籍出版社 1993 年版，第 178 页)、叶易先生《中国近代文艺思潮》(高等教育出版社 1990 年版，第 131 页)即将《文翼》中语作为曾国藩语而赞赏。周启庚先生《桐城派文论》(收入陈国球编《香港地区中国文学批评研究》，台湾学生书局 1991 年版，第 657—658 页)则把《文翼》中语作为张裕钊文章学思想进行评价。

七子派秦汉宗法进入时文写作风尚

冯小禄
（云南师范大学文学院）

内容摘要：从属于官方文献的“会试录序”、礼官请正秦汉文体和七子派成员的科考策语记录，从七子派成员的秦汉文教学措施、教学效果和秦汉文选本，从七子派成员的秦汉时文作风和对包含秦汉文时尚的时文风气反映，可以明确看出，七子派的秦汉文宗尚已进入到时文的风尚写作之中，成为与唐宋文宗尚一直相对峙的时文写作路线。七子派和唐宋派的对立，不只在古文层面，还在与明代文人命运休戚相关的科举时文层面。

关键词：秦汉派　时文　古文　时尚　唐宋派

弘治、正德间前七子派从郎署的集体崛起，将本来由台阁、翰林院等上层主创人员积累推扩的台阁政治活动、翰苑史事活动和日常游宴集会活动的诗意化倾向，又再一次推向了高潮，并把它和抗击宦官专权的政治斗争，古典诗文范式的高调提倡，个体、群体的情志压抑相结合，获得了更为广阔的文学发展空间，迅速波及全国，成为影响深远的文学复古运动，而这又必然会影响到易受时代文学风气和思想风气影响的科举时文创作上来。时文者，逐时尚而起者也。一个影响广大的文学流派凭借其信奉者的传播和实质性的占领各级教学选拔岗位，很快就可以反映到时文创作和选拔上来。前七子派李梦阳、何景明、王廷相、边贡、朱应登、顾璘、刘麟都或做过提学官员，或主管过学校事务，写过不少有关科举时文的送人之学官序、登科录序、乡试录序、古时文选本序、学校记、学约等文章，可以反映出他们丰富多层的科举时文意见，其中即包含以秦汉派文风来指导士子们的时文学习对象和方式。古文辞习染积累到弘正之际，已成为一个有坚实人力和精神基础的时尚运动，人们乐于表彰这种在科举时文之外的古文辞写作追求。既然执教和选拔时文的各级人员都对古文辞表现出较大的好感，则一些本来就不喜时文“题目”“主意”拘束的人们，就更会重视向文坛上已经树立起来的先秦两汉文章及其模范《左传》、《国语》和《史记》、《汉书》学习，而一些习惯于揣摩圣贤语气、只读呈文墨卷的人们，至此也不得不赶快张开逐新的目光和手段，向秦汉文风的“套子”学习，由此也为前七子派所发起的秦汉古文运动埋下了被新的唐宋派时尚（包括时文）抛弃批判的伏笔。当后七子派再度扬起秦汉古文的风帆，又将秦汉派的重文辞理念灌入到屡出屡变的时文风尚中，酿就了“上之所以待下者愈变，而其辞益工，盖至于嘉、隆之际，灿如矣”[①]的古文流派宗尚与时文写作深度交融的局面。

一、官方记录的反映

弘治十二年（1499），李东阳再次出任校阅天下时文的会试考试官，结果感慨丛生，发现仅仅六年，时文所表现出的文采之盛就已到了执政者为之欣喜又不得不加以警惕预防的地步。他以一个帝国内阁大臣的文质相济眼光，发现随文采飚发而来的人心开放与激越，对文体、文法、文辞的极力揣摩和研讨追逐，必将对专守的经典、平正的义理造成潜在的破坏作用，如不适时加以人为的思想控制和措施

① 王世贞：《四书文选序》，载《弇州山人四部稿》（卷七十），文渊阁《四库全书》本。

控制，要求各级主管教育和科举的官员对此加以调试纠正，则其所激荡的世道人心风俗后果将甚为严重。[①] 这是一种典型的政治本位和理学本位主导下的科举/文学社会化思维。而唤起李东阳喜悦而继以忧虑的这个事实，恰是前七子派领袖和中坚成员在进士科场的纷纷崛起。与李东阳的官方观察一致，弘治三年(1490)进士莆田方良永也在本年作文，攻击此时已经盛行的奇崛险奥之风，希望各级学官力挽狂澜："今天下之文弊也极矣，高者锻炼雕琢，恣其诡险，必聱牙诘屈不可句读然后已，下者剿窃掇拾，务必辨博，至蔓延草积，使读者厌倦思睡犹不自觉。"[②]

嘉靖十一年(1532)，礼部左侍郎夏言上疏皇帝，褒奖成化、弘治的科举文风典雅醇正，而批评正德末年所表现出的导源于前七子派而剽窃割裂《左传》、《国语》、《战国策》词句的怪诞浅薄以及嘉靖十余年来新的不良表现，要求"变文体以正士习"[③]。

事实并不只于此，前七子派中坚王廷相在嘉靖十五年前所作的35首策问中，其第八策即涉及时文修习中秦汉文、唐宋文和六经、宋儒之文的争持："何今之士欲以文自见者，不曰唐、虞、三代而曰先秦，不曰《六经》而曰《左氏》、《国语》……近世若周、程、张、朱之言论，可谓体道之文矣，而后世之论者，必曰韩、柳、欧、苏，而于四子无称焉。"[④]前七子派所导扬的秦汉文风和唐宋派所导扬的唐宋文风都已进入到时文写作的风尚之中，并与六经至文、宋儒体道之文形成两大对峙的力量。

顾璘嘉靖十六年、十七年任湖广按察使期间所作的《文端序》，还提到楚地学生"为文率务奇奥"，而思以《六经》、西汉和程朱等理学家之文正之，[⑤]说明其时的地方郡学，都还有秦汉派文风的强悍活动。王世贞在万历二年九月到三年为副都御史抚治郧阳期间，曾作策问考查湖广生员，其第四问，即明白无误地将前七子派的古文辞运动和前后七子派的节义、文学精神纳入其中。其中有言："国家履恒泰之运，治平久，而弘、正间有倡古文辞者，其侪颇推扬之，大概少伸而多抑。其卓然欲以节明志者，往往抗谏诤而殉封疆，君子称之。"[⑥]

由上可见，前后七子派的古文复秦汉运动确实对当时的时文创作产生了深刻切实的影响，而反映到官方文献的记录中，成为时文发展秦汉派影响的历史见证。后来有人即将唐宋派的归有光、唐顺之和后七子派中的李维桢相提并论："归、唐、李大泌诸君子，以功令文之法为古文，故其古文最不古。"[⑦]认为他们都是以"功令文"之法也即时文之法为古文，影响了古文的高贵纯洁品格。

二、七子派的教学措施、效果和秦汉文选本反映

在一个"以教化为守令首务"[⑧]的时代，文学流派人员无论是做提学官员还是中央、地方官员，都有很多机会将其习得的文学流派思想结合灌入到帝国选拔人才和教正风俗的诸生教学中去，从而让某些地方的时文风气受到文学流派古文作风的影响。对文学流派色彩十分浓厚的七子派来说，更其如此。在这之中，顾璘、王廷相尤其是何景明在为陕西提学副使、李梦阳在为江西提学副使、田汝耔为江西提学佥事、江以达为福建提学佥事、吴嘉祥任陕西华州学正期间，所施行的教学措施和所取得的效果最为显著，而被各种历史文献记录下来，成为秦汉派文风有力影响时文写作的坚实证据。

何景明作有《师问》，猛烈抨击当时的举业师，因为举业师只会传授八股套子和利欲目标。[⑨] 而他

---

① 李东阳：《会试录序》，载《李东阳集第三卷·文后稿》(卷二)，岳麓书社1984年版，第18—19页。

② 方良永：《送林宗盛分教宿松序》，载《方简肃文集》(卷二)，文渊阁《四库全书》本。

③ 夏言：《正文体、重程序、坚考官以收真才疏》，载《南宫奏稿》卷一，文渊阁《四库全书》本。

④ 王廷相：《王廷相集·王氏家藏集》卷三十《策问·八》，中华书局1989年版，第540—541页。

⑤ 顾璘：《文端序》，载《顾华玉集·凭几集续编》(卷二)，文渊阁《四库全书》本。

⑥ 王世贞：《策·湖广第四问》，载《弇州山人四部稿》(卷一百十六)。

⑦ 转引自黄强：《明清"以时文为古文"的理论导向》，载《晋阳学刊》2005年第4期，第94—98页。

⑧ 刘于义等：《陕西通志》，载何景明：《大复集》附录，文渊阁《四库全书》本。

⑨ 何景明：《师问》，载何景明：《大复集》(卷三十三)。

要做的是融汇了前七子派古文典范和性理、经史修养的"学约古文"[①]。本处虽未明确提及秦汉文经典，但可肯定在其中。对此，《陕西通志》说他："教人以德行道谊为先，以秦汉文为法，条约精密，以教化为守令首务。"[②]在诸生的时文培养中取得了比较明显的秦汉文效果。

李梦阳的科举时文思想本身虽不见有多激进出彩的地方，但他以复古派领袖的身份在嘉靖二年对于《战国策》的议论和在《论学》中对于《檀弓》的议论，却对前七子派余脉的作风有很大影响，而他在正德六年到九年江西提学副使任上的造士成绩，在与唐宋派关系十分密切的罗洪先眼里，是一位实实在在地向时文写作灌输了秦汉派文风烙印的重要人物。

李梦阳《刻战国策序》以问答的方式巧妙地为理学家所抨击为离经叛道的《战国策》做了辩护，指出它有"录往者迹其事，考世者证其变，攻文者模其辞，好谋者袭其智"等"四尚"，并以"反古之道者，忠焉质焉，或可矣"的大道理为河南省刻行《战国策》以有助于时文写作开绿灯。[③] 在《论学》中，李梦阳又对时人竞相模拟《檀弓》的字句简省以至诘屈聱牙的情况进行了批评。[④] 由此可见当时在古文和时文写作领域里，确实存在生吞活剥所模拟典范的词句而故意艰深奥涩的现象。这之中不仅前七子派余脉张含、江以达、王廷陈等人的古文作风近于此，后七子派刘凤也是，而且李梦阳、何景明、崔铣、吕柟等前七子派领起者也多半如此。何景明在弘治十二年会试中落榜，其原因之一据说就是因为"文多奇字"[⑤]。

更能证明李梦阳的秦汉派古文作风对于时文写作产生了实质性影响的证据，是罗洪先所述来自李梦阳提学江西时的切实材料。在周仕墓志铭中，罗洪先说："正德间，空同李先生督学江右，尚气节，精鉴裁，诸生人品题者，才能无毫发爽失，然其最高等类以举业擅长。先生既博学好古，时时向诸生诵说之，鲜有应者。独庐陵草冈周公，为古文诗歌，不屑举业，与先生意合，试而奇之，遇以加等。未几，举江西癸酉乡试。乡试故以举业，而公之取，独以古文诗歌。于是，江右莫不闻公，而先生亦得公自庆，遇所知则延誉之。先生所知多四海名士，于是公之名骎骎远矣。"[⑥]李梦阳将他对于《左传》的酷好和"不道唐宋以下语"的秦汉派作风带进了周仕等人的诸生时文生涯。

前七子派成员田汝耔（字勤父），据其同年举人、进士的崔铣记载，在正德八年到正德十二年(1517)任江西提学佥事期间，曾以自己的秦汉古文爱好为校阅诸生的标准："勤父雅好秦汉诸家书，刻行《史记》。往以举业誉者，勤父病其腐，置下列。"[⑦]另外，正德举人、眉州吴嘉祥在任陕西华州学正时，也向当地生员传授秦汉派文法。《华州志》载其："负廉节，好督率诸弟子员诵读秦汉古文辞。治一经者，俾博及他经，而尤加意修行之士。官至太仆寺卿。"[⑧]还有嘉靖五年进士江以达，作文喜欢"险语"，在为福建提学佥事主持福建乡试时，考生刘汝楠即"以险语迎合得置首解"[⑨]。

此外，七子派在推行自己的古文宗尚进入时文和古文的写作轨道时，也会借助宋代以来选编古文范本以资时文写作的方式，选编数量相当不菲的秦汉派古文选本以为时文之用，在结合教化和性理要求时，标扬蕴含本派古文理念的以古文为时文的做法。经过多方收集，七子派的时文选本和序言至少有：何景明《学约古文》；田汝耔刻行秦汉派的标志性宗法读物《史记》；嘉靖二年李梦阳为河南监察御史王某所编《战国策》作序；顾璘命杨奇逢编古文选本《文端》以为湖广诸生之用，中有西汉文，并为作

---

① 何景明：《学约古文序》，载何景明：《大复集》（卷三十四）。

② 刘于义等：《陕西通志》，载何景明：《大复集》附录。

③ 李梦阳：《刻战国策序》，载《空同集》（卷五十），文渊阁《四库全书》本。

④ 李梦阳：《论学上篇第五》，载《空同集》（卷六十六）。

⑤ 《皇明名臣言行录》，载何景明：《大复集》附录。

⑥ 罗洪先：《明故承直郎南京工部虞衡清吏司主事草冈周公墓志铭》，载《罗洪先集》（卷二十一），徐儒宗编校整理，凤凰出版社2007年版，第845—846页。另参同卷《明故野塘张公墓志铭》、《明故奉政大夫河南等处提刑按察司佥事梧冈王公墓志铭》关于李梦阳与张凤仪、王昂的时文、文学关系记录。

⑦ 崔铣：《按察副使水南田君墓志铭》，载《洹词》（卷十）。

⑧ 刘于义等：《陕西通志》卷五十四《名宦》，文渊阁《四库全书》本。

⑨ 雷礼：《皇明大政记》（卷二十三），明万历刻本。

序，又为涂相的唐宋文选本题为《会心编》作序；潼关王某将先秦两汉唐宋文选录类编为《古文类选》于嘉靖二十四年刊行，“以便举子业之习，振时文之陋”，崔铣为作序[①]；王世贞万历二年、三年抚治勋阳时为诸生科试编《四书文选》，序称“吾故择其(四书)者以梓而示诸书生，夫非欲诸书生剽其语也，将欲因法而悟其指之所在也”，万历十三年又为傅逊所著可资场屋之用、“可当科目之选”的《春秋左传属事》作序，又为抑损唐宋派宗法而张扬七子派古文宗法的《古四大家摘言》作序，宣称“习宋者”要以此为桥梁“而求之古”[②]；徐中行为“代狩东莱赵公”所编“自《左》、《国》而迄曾、苏”以“思迪髦士”的兼容秦汉文和唐宋文家法的古文选本作跋[③]，又有《史记百家评林序》。这些秦汉古文之为时文用的选本和序言连同他们所做的各种诗话、七子派的诗文集序言，必将深刻地影响到其间的各地士子们，让他们对此心生羡慕而心摹手追，从而出现后期顾璘所不喜欢的秦汉古文风格进入到时文写作轨道，还往往能高科取第之较为普遍的社会现象。

三、七子秦汉派的时文作风和对时文风尚的反映

在前后七子派人员所写的试录序和策问中，以笔者狭窄视野所及，能在这种最讲究光明正大、“博厚典正”的台阁文体里[④]，也或多或少贯注七子派的秦汉古文风格，大概只有李攀龙为陕西提学副使时的策问。另外，还未转向唐宋派的王慎中和陈束的乡试录文也有秦汉派的思想和文学风格特征。注意，这也是时文，还是要非常重要的时文，要交给官方审查和备案，又是士子们学习时文写作的范本。

李攀龙文集中有 2 篇策问，一问西安三学诸生，二问华清诸生，[⑤]前文简直就是一篇天问式的策问，内容广博，涉及天文、地理、历史和政治等诸多方面，表现了后七子派领袖李攀龙对于屈原骚赋的重视，视为诸生必须涉猎的东西，所以问多而暗含的答案少。而后文，则显然受到了汉文的影响，拟题中除取材本地风光，以华清和陕西所在地理形势位置发问外，还有西汉贾谊等人《过秦论》在其心目中的在在难忘。

值得一提的是，王慎中嘉靖十年以礼部主事的身份主持广东乡试，作《广东乡试录序》，其文风“峭厉雄奇有可喜”，即是跟随前七子派秦汉文风而模拟仿效的产物。这份乡试录序在当时产生了较大的影响，引起了他后来在山东任提学佥事的士子们的仿效，并让前七子派中坚顾璘注意到他。只是他在嘉靖十二、十三年间文学思想开始转向，他自己和家人才对这一段“辉煌”的经历有所反思和遮盖。[⑥]嘉靖八才子之一的陈束，在为湖广佥事期间，曾作《湖广乡试录》，所录试文中，有几篇具有较强的七子秦汉派奇奥色彩，“词致瑰奇，文彩伟丽”，“是使秦汉之士复生，授之以简，使为之，亦若是而已”。而陈束自己所作的第二策问中，又有“指斥宋儒，殊失其真，且诬其书，以为读之令人眩瞀而不可信”的文字，让王慎中觉得陈束应该潜心去读读这些宋人的文字，“尽心于宋人之学”[⑦]。

而后七子派成员中又有多人反映到了其间时文与古文流派风尚的纠缠和时文风尚的变迁情形，其中又都包含有七子派的奇奥生涩作风。

李维桢曾为汪道昆主持的时文社团颍上社的时文作跋，称赞其成员能以古文为时文，故取材广

---

① 崔铣:《古文类选序》，载《洹词》(卷十一)，文渊阁《四库全书》本。

② 分见王世贞:《四书文选序》，载《弇州山人四部稿》(卷七十)；朱彝尊《经义考》卷二百三《春秋左传属事》所录王世贞前序，潘志伊万历乙酉秋九月后序，文渊阁《四库全书》本；王世贞:《古四大家摘言序》，载《弇州山人四部稿》(卷六十八)。

③ 徐中行:《古文隽跋》，载《天目先生集》(卷十九)。

④ 王惟中:《河南布政司参政王先生慎中行状》，载焦竑:《国朝献征录》(卷九十三)，《四库全书存目丛书》本。

⑤ 李攀龙:《问西安三学诸生策》、《问华清诸生策》，载《沧溟先生集》(卷二十五)，上海古籍出版社 1992 年版。

⑥ 王惟中:《河南布政司参政王先生慎中行状》，载焦竑:《国朝献征录》(卷九十三)，《四库全书存目丛书》本。

⑦ 王慎中:《与陈约之》，载《遵岩集》(卷二十一)，文渊阁《四库全书》本。

博，旁及《老子》、《庄子》、《左传》和《史记》等子史著作，虽是举子业，但不为举子业所限。[①] 这可说明两点：①随着七子派占据主流文坛，其秦汉文风确实已深入到了时文写作领域；②老庄哲学成了时文写作的思想和文法资源，表明隆庆、万历之际理学纲维作用的逐渐减弱和儒生思想的日益恣肆，体现出鲜明的晚明放纵特色。

终身只是举人的胡应麟，在一篇为主管浙江山阴科举教育的官员的代言文章中，站在政府的立场对当前时文的运行转况进行了较为深刻的反思、批判和希望。文中提到了从成化、弘治到嘉靖、隆庆的时文内容发生了三次值得重视的大变化：突破程朱理学的樊篱，转而宗尚秦汉《左传》、《史记》文风，这是前七子派文风影响时文的又一后发证据。之后时文又转而宗尚道家的《庄子》、《列子》，传抄佛家语录，完全突破了儒家经典限制，则又是王阳明心学和左派王学思想流行后的产物，它也反映到了时文的创作中。[②]

屠隆则肯定了时文之为时文（他称为"制艺"）的趋时性，强调即使是豪杰之士也不能"降而与时偃仰"，并描述了他所见到的时文风尚变迁。征逐文学发展事实，其结发时所见的"软熟"文风，当指茶陵派文风之影响于当时的时文创作者，所谓"海内四三曹偶"，则指李梦阳、何景明、康海等人所倡导的《左传》、《史记》秦汉文风，至于之后的时文风尚变迁中，则既有唐宋派、心学的学老溺释末流，也有七子派的《左传》、《史记》末流，当然最多的还是师心纵横、随意乱道的无法无纪之徒，以至引起了最高统治者的注意，三令五申，要求时文回到典正尔雅、不险怪的道路上来。[③] 此说法与胡应麟的上引看法一致，并可与公安派的时文意见参证。

由上可见，胡应麟和屠隆等后七子派一系所描述的时文风尚变迁，确实是与古文风尚的发展相表里。在其潜在运行过程中，茶陵派的台阁古文统系（其核心是学韩愈、欧阳修、苏轼，尤其还是学欧阳修）导致了七子派眼目中"软熟"、"靡弱"的时文文风流行（当然，从朝廷和正统的文学眼光看，这又是典雅醇正的时文文风建立期，吴宽、王鏊等吴中文人是其代表），而前七子派的秦汉古文宗法又导致了时文和古文中模拟剽窃末流的产生，唐宋派则从时文领域的崛起引向了古文领域唐宋系统的建立，之后又与前七子派一起产生了思想末流，流于庄禅佛老，成为后七子派在古文、时文领域崛起的条件。

---

① 李维桢：《颍上社草跋》，载《大泌山房集》（卷一三三），《四库全书存目丛书》本。

② 胡应麟：《观风录序》，载《少室山房类稿》（卷八十六），文渊阁《四库全书》本。

③ 屠隆：《梅粒馆七生社草叙》，载《栖真馆集》（卷十一），《续修四库全书》本。

论明代桂林石刻文章

何婵娟

（广西教育学院中文系）

内容摘要：明代桂林石刻文章是桂林石刻的有机组成部分，数量虽不多，却别有特点。这些石刻内容方面记述了明代广西社会诸多重大事件：叛乱、靖江王屏藩等，既展现了石刻原有的纪事功能，又呈现出一定的地域特性。风格方面则体现了明代散文的部分特色，表现出时代性特征。

关键词：石刻　纪事　文学　地域

《中国西南地区历代石刻汇编》和《桂林石刻》两丛书是目前收录桂林石刻作品最齐全的书籍，两丛书除去收录的相同篇章，共辑录了明代桂林石刻文章118篇。其中题名、题字共12篇，造像记13篇、圹志3篇、墓志盖13篇，这些石刻作品文章意义较弱，这样统计下来具备文学形态可作为文章研究的作品近80篇，但这数字不代表历史真实数量。如《桂林石刻》一书是号称“广西石刻活字典”的林半觉先生自1940年始耗费数十年，在崖谷榛莽之间拓印几千余纸，20世纪70年代以桂林市文物管理委员会的名义而编辑印刷的。林先生称：“中经丧乱，保存护持，煞费周章。”①林先生整理于动乱之际，且这些石刻历经千百年风雨摧残部分早已严重损毁，部分当时未搜集完全，这是可以理解的。天津古籍出版社1998年出版的《中国西南地区历代石刻汇编》收录明代石刻作品共170件，数量比《桂林石刻》少，但是多收了桂林尧山出土的一系列靖江王族成员的墓志铭，可能随着今后桂林考古的进一步深入，或许会有更多石刻作品出土。因此从这些情况来看，桂林石刻作品的统计很难做到精确，但从两部丛书所辑录明代石刻文章来看，我们仍可以从中解读明代广西社会及文学的某些特点。

这些石刻文章承载了石刻传统的纪事功能，记载了明代广西众多重大事件。

一、纪事性

（一）平定叛乱

明代桂林石刻文章真实记载了明代广西发生的大事。明代广西地区极不安宁，各族农民起义前仆后继持续了近两百年之久，且形成了五个起义中心：大藤峡起义、府江起义、古田起义、八寨起义、马平起义。这些起义活动范围广，甚至一度波及江西、湖南、广东等地，影响比较大。明政府为了镇压广西各族农民起义，多次派遣大军征剿。张廷玉《明史》记载了明政府的历次镇压行动，如《明史·孝宗纪》言：“六年六月壬申，都御史闵珪击破古田叛僮。”②又如谢启昆《广西通志·前事略》中言：“五月丁亥，前南京兵部尚书王守仁兼左都御史总制两广、江西、湖广军务，讨田州叛蛮。”③根据当时官员的评

① 林半觉：《南宋爱国词人张孝祥桂游石刻研校》，载《广西师范大学学报》1982年第2期。

② 谢启昆修，胡虔纂：《广西通志·前事略》，广西人民出版社1988年版，第5134页。

③ 谢启昆修，胡虔纂：《广西通志·前事略》，广西人民出版社1988年版，第5167页。

述来看，广西是明政府感觉相当棘手的地方。如嘉靖时官至礼部尚书的霍韬在《地方疏》一文中论述广西形势："天下十二省俱多平壤，惟广西在万山之丛，其土险，其水迅，其山之高，有猿猴不度，飞鸟不越者，故谚语曰：'广西民三，而贼七。'"霍韬此言虽评价过分，却反映了明代广西不好治理的真实情况。针对广西农民起义，明政府进行了多次坚决镇压，这些战事在明代桂林的一系列平蛮碑中均有记载。

勒石于万历二年（1574）七月的殷正茂《怀远纪事碑》记载了万历元年（1573）提督两广军门右都御史殷正茂镇压怀远瑶民起义之事。文中言："调集左右两江及湖浙官兵十万员名……擒斩渠恶荣才富、杨洪仓、王伯牛、龙扶羊、荣田师、蒙向付等三十五名，首功四千有奇，俘获数万，余党抚定。"万历二年二月又"擒斩渠恶韦狼要、陶狼汉、黄金党、覃狼印、廖金滥、廖金盏、王朝解、莫鉴从等七十三名，首功五千有奇，俘获亦以万计"。殷正茂是万历新政的积极支持者，万历元年、二年的这两次军事行动战果丰硕，共擒获叛乱首领近百名，首功近万，俘获数以万计，怀远瑶民叛乱得以平定。此次起义的导火索是怀远知县马希武欲征役当地瑶民，"怀远为柳州属邑，在右江上游，旁近靖绥、黎平，诸瑶窃据久。隆庆时，大征古田，怀远知县马希武欲乘间筑城，召诸瑶役之，许犒不与。诸瑶遂合绳坡头、板江诸峒，杀官吏反"①。

庄国桢《右江北三平寇记》记载了万历六年（1578）右副都御史、广西巡抚吴文华平定北山叛乱之事，"共擒斩首四千八百有奇，俘获贼属三千四百有奇，牛马器械以数万计。复民屯田粮以万计"。明代著名戏曲家、抗倭名将汪道昆万历八年（1580）撰写的《平蛮碑》记载了万历年间八寨地区的平叛之事，"北五诸聚落悉平，壹如成算，以俘首计盖万四千五百八十有奇，其余焚巢堕堑，殪于不毛殊三千众尽矣"。

这三块平蛮碑讲述的都是万历前期的平叛之事，时间间隔极其短暂，可见万历年间广西动乱频繁。明代广西社会矛盾尖锐，高言弘《明代广西各族农民起义的社会背景概述》一文中分析了其中的原因："当时广西社会矛盾可以归纳为五个方面：一是广西各族人民与明朝统治阶级的矛盾；二是土官与流官的矛盾；三是土官之间的矛盾；四是土民与土官的矛盾；五是明朝统治阶级内部的矛盾。"正是这五类矛盾导致了明代广西地区农民起义接连不断。桂林的明代平蛮碑则是这些重大历史事件的真实载体。

（二）靖江王族

从洪武九年（1376）十一月第一代靖江王朱守谦就藩桂林始到顺治七年（1650）第十四位靖江王朱亨歅止，整个明代共有十四位靖江王居住在桂林。明朝推行分封制，皇子多分藩各地。第一代靖江王朱守谦为朱元璋侄孙，其父朱文正跟从朱元璋征战多年，攻打江西陈有谅时战功显赫而不满朱元璋的封赏，因而任其部下私掠，遭到弹劾，被免官安置桐城最终抑郁而终。朱元璋因未封赏朱文正而遗爱其子，封朱守谦为靖江王。靖江王虽是次于亲王的郡王，但在历次封赏之中，得到的赏赐都比较丰厚。秦慰俭《在广西衣食租税近三百年的明代靖江王家族》一文中提到："洪武五年六月，他和吴王（朱元璋长子朱标的第三个儿子）一道，受赐苏州府吴江县田100顷，每年得米各7 800石。次月，即七月，他又和吴王、楚王（朱祯，朱元璋第六个儿子），各受赐安庆、武昌二府湖地鱼课岁米3 800石。洪武九年二月，在定诸王公主岁供之数时，亲王岁支米50 000石，钞25 000贯，锦40匹，纱罗各100尺，绢500匹，冬夏布各1 000匹，帛2 000两，盐200引，茶1 000斤，马匹草料月支出50匹……他被赐米20 000石，钞10 000贯，其余赐物比亲王减半，马匹草料月支20匹。"明朝官至太子太傅、户部尚书、谨身殿大学士、知制诰、知经筵事、国史总裁的蒋冕在其《靖江安肃王神道碑》一文中道出了靖江王待遇丰厚的原因："高皇帝大封同姓之初，以皇兄南昌王之子前大都督讳文正未封而没也，特封其子为靖江王，赐名守谦，一切恩数与夫官属规制概与秦晋楚蜀诸藩等，盖都督少孤，母王守节，依帝居止，帝事之甚谨，抚都督爱逾己子，故虽身后恩礼有加焉。"

① 《广西土司传一》，载张廷玉等纂：《明史》（第27册卷317），中华书局1974年版，第8206页。

朱元璋在分封藩王的时候规定他们"不得与有司之事,不得为四民之业"[1],这样在广西的靖江王族不能出仕,也多不能干预地方政务。如尧山出土的《靖江辅国将军朱筠庵墓志铭》中提到:"至事有涉诸政务者,则绝口不之及。"靖江王族成员只能悠游诗书,闲散度日,无他功业可言。

靖江王俸禄丰厚,生活无忧,明代桂林部分石刻文章反映了他们的一些生活情况。第三代(五世)靖江王朱佐敬文学修养较高,他登独秀峰有感为文。文章中他感恩先祖功德,"吾与尔等幸际太平之盛,可无一语传诸永,永以昭今日之胜览乎"(《靖江王游独秀岩记》)。七代(九世)靖江王朱经扶喜欢吟诗,至今独秀峰仍刻有他的几首诗歌。嘉靖年间他还特意撰写了论尧舜之道的文章以劝谕他人,所谓:"用字于石,以警人心云。"(九代靖江王《论尧舜之道》)八代(十世)靖江王朱邦苧次韵其祖庄简王与师澄的诗歌,引起了二十三人追和酬唱。朱邦苧还撰写了《十代靖江王供奉玄帝记》一文,其署名为"皇明靖江十代王澹仙道人书",于此可见,朱邦苧是道教信徒。靖江王族宗室成员中有不少人爱好诗文,如宗室朱筠庵"凡经籍子史,靡不披阅,下及医卜星历诸书,亦尝穷览。日坐一室,亲笔砚,寒暑匪倦……惟乐与士大夫游。先后镇巡藩臬诸缙绅与往来之词人墨客恒与觞咏,岁无少间"(《靖江辅国将军朱筠庵墓志铭》)。独秀峰为靖江王府后花园,历代靖江王多登览,他们在山上刻石留下的诗文,反映了他们生活闲适的一面。

明代靖江王族在广西近三百年间衣食租税于斯,宗族繁衍兴盛,虽有学者论及靖江王族成员不法之徒不少,所为不法之事亦不少,但桂林石刻却为我们展现了靖江王族悠游诗文、生活闲适的一面。

(三)思想统治

研读明代桂林石刻文章,可以清晰地看出明代广西官员试图融合儒、释、道三教,以从思想上加强对当地的统治。这表现在佛教造像、道教宫观的修建以及历任官员好登览虞山以谒舜帝庙等方面。

明代广西官员们积极参与宗教事务,如洪武十八年(1385)宁寿禅寺重建舍利塔完工,寺庙方邀请了广西都指挥使司官、承宣布政使司官参与其典礼。官员们自己也信佛,如洪熙元年(1425)钦差内官祝福原在伏波山造"南无释迦摩尼文佛宝像一尊、阿难、迦叶两尊"并供养。五代靖江王朱规裕全家信佛,听常澍和尚讲道之后,大有所悟。"我昔法名福钦,徹别号。澍进号曰:宝峰。妃法名慧澄,号曰碧天。为世子法名觉渊,号曰无尽。郡女法名觉明,号为智月。"(《五代靖江王独秀岩记》)

明代不少皇帝崇信道教,明成祖朱棣花了十九年时间,在武当山营建皇帝家庙。明世宗嘉靖皇帝极度崇信道教,靖江王族中亦有不少人信奉道教。十代靖江王朱邦苧自称为"澹仙道人",宗室朱邦芦自称为"爱云道人"。仕宦广西的官员同样热衷道教,永乐二十一年(1423)总兵官征蛮将军镇远侯命工修葺了七星岩的真武庙。正德八年(1513)经靖江王批准之后,在伏波山重修了玉皇阁,"斯阁告成焉,游者、观者皆啧啧称羡,斯可谓之盛矣"(徐淮《增建玉皇阁记》)。

在靖江王与众多官员的影响之下,桂林百姓宗教信仰非常虔诚,如邓稳庆、叶赞、刘前定等人在泗州岩修建佛像,塑有南无大慈悲观世音菩萨一尊、护法韦驮二尊、大圣泗州明觉巨济国师菩萨一尊。(参见《重修泗州岩佛像记》)

舜帝是儒家道统中的明君代表,桂林虞山自唐以来就建有舜帝祠,有明一代理学思想极度强化,明代士人好游览虞山以追崇舜帝。这类石刻文章从各方面展现了对舜帝道德功业的称誉,表达了后人对他的景仰之情。陈辉《重华大德庙记》记载了虞山上舜帝庙的古今之变,正统三年(1438)在姚善等人的主持之下,舜庙得以重新修建,于是作者评论道:"况祀典尊崇,广右之人首蒙其福,奚可隘视一方而谓神弗之寓哉。"姚世儒《重修虞山庙记》记载了嘉靖年间虞山庙的重修过程,作者评价舜帝之功:"古圣人立君臣、父子、夫妇、兄弟之极为法于天下,可传于后世,斯民不沦于夷狄禽兽之归焉,系圣人垂教之功也。矧是桂林南徼万里,瑶壮之与居,魑魅之与处,然而彝伦修明,人文贲殖,彬彬乎、沨沨乎、得与中州焉者,谓非圣人垂教之功可乎哉。"从这些话可以看出广西官员一再重修舜帝庙,对舜帝表示无比崇敬之情,主要是推崇舜帝的教化之功,这样有利于加强思想统治。明代士人同样追捧宋代

---

[1] 谢肇淛:《五杂组·事部三》,载《明代笔记小说大观》,上海古籍出版社2005年版,第1812页。

理学家,柳溥、揭稽等人游虞山时看到宋代张栻、朱熹等人的刻石,于是评论道:"志在六经以任道,立言为事,观其曰:岁月有限,义理无穷。"①这样的感叹,可谓别有意味。

明代桂林石刻文章内容上记录了明代广西地区众多社会大事,艺术风貌上则体现了其时一定的文学特性。

二、文 学 性

明代文学流派纷呈,诗歌在复古与性灵之争中绵延发展,散文的师法对象不同时期则明显不一样。明初散文大家以六经为源头,继承传统的道统与文统观念,提倡文道合一。宋濂为文议论必本诸经而翼以濂洛关闽之说,其《华川书舍记》中言:"自是以来,若之贾谊、董仲舒、司马迁、扬雄、刘向、班固,隋之王通,唐之韩愈、柳宗元,宋之欧阳修、曾巩、苏轼之流,虽以不世出之才,善驰骋于诸子之间,然亦恨其不能皆纯揆之圣人之文,不无所愧也。上下一千余年,惟孟子能辟邪说,正人心,而文始明。孟子之后,又惟舂陵之周子,河南之程子,新安之朱子,完经翼传,而文益明尔。"他虽然称赞历代文学大家,但认为朱熹等哲学家成就更大,可见他更重视道统。方孝孺也重视道,他在《与舒君书》中言:"盖文与道相表里,不可勉而为。道者,气之君,气者,文之帅也。道明则气昌,气昌则辞达。文者辞达而已矣。"②他们的文章理论主张内理上与韩愈、欧阳修等古文大家相近。创作方法上,明代不少人学习前朝。熊礼汇先生言及:"明代散文流派众多,若论古代散文对明代散文发展的影响,自以唐宋散文为最。"③明人乔世宁《何景明传》中称:"国初尚袭元习,宣、正以来,骎骎如宋矣。"明朝中叶出现了唐宋派,他们文章创作方法上学习宋代散文,《明史·文苑传》言:"迨嘉靖时,王慎中、唐顺之等,文宗欧曾,诗效盛唐。"明代散文的这种崇宋的创作风气亦体现在其时的桂林石刻文章之中。

刻于正德六年(1511)的周垚《会仙岩记》整体风格类似宋代散文,模拟宋文痕迹明显。如开头曰:"桂岭之山川奇秀,岩谷幽深,可爱者甚繁。"类似于周敦颐《爱莲说》:"水陆草木之花,可爱者甚繁。"文中言:"仰睇苍峰,俯瞰幽谷,顿觉心旷神怡。于是命仆张具,洗盏更酌,盘桓留恋,有弗能舍文,起举杯酌客而言曰:'身际盛世,辅弼贤王,藩屏清穆,时和岁丰,故得以放浪于林泉之间,所谓后天下之乐而乐者。仰不愧而俯不怍,止无柅而行无牵,真地行之神仙也。'"中间这段议论感慨,效仿了苏轼《前赤壁赋》的写法,所发感叹"后天下之乐而乐者"则是受到范仲淹之影响,可见周垚深读宋人文集,在篇章之中多处学习,随意发挥,而使得此文具有宋文之风。

傅伦《游风洞山记》刻于正德十三年(1518),文章虽简短,但学习了宋文好议论的特点,以议论终篇。开头言:"余尝谓天下山川形胜雄伟壮丽者无如国都,地势宽厚,关塞险固其他处固不同。由乎贤人君子之得名,历过经目者则咏之以诗,著之以文,因地灵人杰在在有之。"文章进而赞美风洞山,表明自己创作之由。

"晚明以来,苏轼作为新的文学范式出现并得到广泛认同,李贽起了关键作用。晚明文坛出现了争以苏轼为榜样,以学苏文为风尚。"④晚明出现了张岱等小品文大家,此期文章灵动自由,这种文风亦影响了其时的桂林石刻文章。章世纯《论吴峦雉》一文刻于弘光元年(1645),其时明王朝已经灭亡,这篇文章显现了明显的晚明气息。此篇文章在明代桂林石刻文章中属于变体,终篇写吴峦雉,注重刻画其人物形象,写出了吴峦雉在国势风雨飘摇之际,只身入桂,尽守臣之职。"度大庾岭,传寇至,全阳先生毅然谢遣妻孥,独身来桂,曰:'此朝命也。'"文章因而大发议论:"富贵以不淫为奇,贫贱以不移为奇,临财以不苟得为奇,临难以不苟免为奇,宠辱以不惊为奇,士不奇则奚以别于平流也。"此文为文自

---

① 桂林市文物管理委员会:《桂林石刻·柳溥揭稽等游虞山题记》(中册),内部资料,1977年,第12页。

② 郭预衡:《中国古代散文史长编》,山西出版集团2007年版,第148页。

③ 熊礼汇:《明清散文流派论》,武汉大学出版社2004年版,第292页。

④ 张德建:《论明代散文的范式转换》,载《社会科学辑刊》2007年第6期。

在灵活,叙议结合,摆脱了明文复古之窠臼,既学习了苏轼自由的行文之风,也体现了晚明尚“奇”的风尚。晚明时期文学艺术领域崇尚“奇”,著名戏剧家汤显祖言:“天下文章所有有生气者,全在奇士,士奇则心灵,心灵则能飞动,能飞动则上天下地,来去古今可以屈长短生灭如意,如意则可以无所不知。”(《合奇序》)章世纯《论吴峦雉》正是这种风气的体现。

明代桂林石刻文章内容方面描写了美丽的桂林山水,表现了靖江王闲适的生活以及严肃的平蛮事件。艺术风格方面则受到了其时明文的影响,体现了一定的时代特色。这些石刻文章承载了石刻传统的纪事功能,记载了明代广西诸多重大的历史事件,颇具史料价值。

沈德潜文章事业叙论

贺　严

（中国劳动关系学院）

内容摘要：沈德潜是清代格调诗派的领袖，也是清代中期文坛令无数后学望风影从的坛坫泰斗。但文学史、文学评论多重视其选本及诗论，而轻其创作。尤其是其文章事业，除了沈德潜编选的《唐宋八大家古文读本》还有人关注外，对其散文创作、其文章观对当时文坛乃至乾嘉学风的影响，都鲜有人论及。这与沈德潜个人的文学实绩及其在清代文坛的实际地位是极为不相称的。沈德潜的文章事业表现在三个方面：沈德潜本人丰富的文章创作实绩；其古文编纂和文章中所体现的成熟的文章学思想；对后学弟子的培养。这三方面的表现实际上已完全可以说是沈德潜精心致力的文章事业，而其文章事业在当时乃至后世，对文章创作、对学术风气都是产生了极大的影响的。

关键词：沈德潜　文章事业　古文编纂　文论　乾嘉学风

清代格调派领袖沈德潜在文学史上成为重要作家，不是以其创作，而是以其诗学主张。其诗歌创作往往被简单地评价为平庸，而其散文创作更是几乎无人提及，这与沈德潜在清代文坛的地位及其创作实际是极为不相称的。笔者从2007年至今，一直在整理沈德潜的诗文集、诗话、选本等各种著述，从其现存诗文集中，可以看出，沈德潜除了在诗学方面颇有建树以外，其文章事业也不应该被如此忽视。沈德潜的文章事业可以概括为三个方面：各体散文创作；古文编纂及其文章学思想；对后学弟子的培养。

一、沈德潜的散文创作实绩

沈德潜创作的诗文作品生前即已结集刻版，并请乾隆为之作序。乾隆年间教忠堂本的《沈归愚诗文全集》就包括《归愚文钞》二十卷、《归愚文钞馀集》七卷，其中《归愚文钞》收录作品304篇，《归愚文钞馀集》收录作品163篇，二集共辑沈德潜散文作品470篇，就其数量而言不可谓不丰。

这些作品的体裁极为丰富，有赋、诏、考、辨、说、议、或问、论、记、序、跋、书、传、铭、哀辞等近20种文体。清代桐城大家姚鼐《古文辞类纂》选录战国至清代的古文，依文体分为论辩、序跋、奏议、书说、赠序、诏令、传状、碑志、杂记、箴铭、颂赞、辞赋、哀祭13类，而沈德潜的散文创作远远涵盖了这些体类。

沈德潜散文的题材内容非常广泛，其中大量的序跋是有关文学问题的论说。在《沈归愚诗文全集》中收录了序作70多篇，这些序从各个角度对各种文体阐述了自己的看法。

《古诗源》序中开篇立论："诗至有唐为极盛，然诗之盛，非诗之源也。"[①]然后溯流而上，指出古诗乃唐诗之祖，一篇短短的序文对古诗源流做出了清晰的回溯。《唐诗别裁集》指出明代以来选家选唐诗的偏颇，表明自己选篇的宗旨是："既审其宗旨，复观其体裁，徐讽其音节，未尝立异，不求苟同，大约去

---

① 沈德潜：《古诗源》，中华书局2006年版。

淫滥以归雅正，于古人所云‘微而婉’、‘和而庄’者，庶几一合焉”[①]，成为他诗学思想的重要表达。《明诗别裁集》序、《国朝诗别裁集》序等，也莫不如此。沈德潜通过选本张扬其诗学思想，这些选本的序言就是他的诗论之作。

在为其他人诗文集所作的序中，更是有大量的诗文评论。在《顾湘南时文遗稿》序中，沈德潜抨击时文之弊，认为“世之业科举文者，纷纭揉杂。有土偶冠佩者矣，有谐谑不根者矣；有枯若断梗，棼若乱丝，荒幻若土伯，昏昧若幽独君者矣”，而肯定顾湘南所做时文酝酿根柢之深。[②] 在为《李客山文稿》所作的序中，沈德潜又纵论古文源流，在对李客山古文的评价中详细地说明了自己的古文主张。

沈德潜文章还有一个非常突出的内容，就是对经学、史学、礼制、地理等诸多学术问题的探讨。

(一)对经学问题的讨论

《古文〈易〉考》、《〈尚书〉古文今文考》、《〈周礼〉缺〈冬官〉考》等对《易经》、《尚书》、《周礼》等诸经疑案进行考辨。对《诗经》，沈德潜有 5 篇专论：《笙诗辨》对笙诗性质、是否有辞进行考辨；《〈周南〉〈召南〉说》、《〈邶〉〈鄘〉〈卫〉说》则对十五国风的命名及创作地域进行论说；《〈豳风〉〈豳雅〉〈豳颂〉说》论证豳诗有风、雅、颂，不同于十五国风之属诸国，而所以尊周公之意；《〈诗〉大小序或问》对《诗经》大小序的重要意义以问答的形式进行解说。

(二)对史学问题的考辨

沈德潜对史学有相当高的造诣，中华书局 1975 年出版的《新唐书》、《旧唐书》标点本，就是以沈德潜校勘的武英殿本为底本进行标点的。在对《新唐书》、《旧唐书》进行校勘时，沈德潜作了《新旧〈唐书〉考》及跋。在《新旧〈唐书〉考》中，沈德潜对《新唐书》、《旧唐书》之优劣、其各自史料来源的可靠性、编排体例的合理性等做出评说，指出二者各有得失，不可偏废，评价得甚为公允。

《资治通鉴纲目》是朱熹生前未能完稿的史学著作，他只完成了纲的部分，目的部分后由其门人赵师渊续编完成。全书以“纲目”为体，纲仿《春秋》，目仿《左传》，因其书严分正闰、明辨纲常，受到明清朝廷的高度推崇。康熙亲笔御批，乾隆又修成《御撰资治通鉴纲目三编》。对这部在清廷备受重视的史书，沈德潜自然也会潜心研读。《归愚文钞》卷五中连续有 4 篇文章是对《资治通鉴纲目》所涉及史事、制度、宗旨问题的论说。

《归愚文钞》、《归愚文钞馀集》中还有大量古今人物传记，以传命名的篇目就有近 40 篇，其中不乏有意识的史传之作。这些作品继承了《史记》、《汉书》以来优良的史传文学传统，特别是一些布衣文士穷而弥坚的志节，在沈德潜为他们所作的传记中给人留下了深刻的印象。如《施先生传》以朴素的文笔叙事间以议论，对他的受业之师施灿的纯孝之情、简淡之志娓娓道来，朴实真诚。

(三)地理学方面

沈德潜在地理学方面，也有精心编纂之作。他曾参与大学士梁诗正主持的《西湖志纂》的分修事宜，后又与王露重加辑录，将四十八卷的巨帙删繁就简，撰为十卷。《四库全书总目提要》中对十二卷内府藏本《西湖志纂》的成书过程做了如下的内容摘要：

> 国朝大学士梁诗正、礼部尚书衔沈德潜等同撰。初，雍正中，浙江总督李卫修《西湖志》，延原任编修傅王露总其事，而德潜以诸生为分修。凡成书四十八卷。虽叙次详明，而徵引浩繁，颇嫌冗蔓。至乾隆十六年，恭逢圣驾南巡，清跸所临，湖山生色。德潜因取旧志，复与王露重加纂录，芟繁就简，别为十卷。而梁诗正亦奏请重辑《西湖志》。会德潜书稿先成，缮录进御。蒙皇上优加锡赉，特制诗篇，以弁其首。并敕诗正，即以德潜此稿合成之。诗正复偕王露参考厘订为十二卷，于乾隆十八年十二月奏进。首名胜各图，次西湖水利，次孤山、南山、北山、吴山、西溪诸胜迹，而终以艺文。虽门目减于旧志，而大纲已包括无余。且仰荷宸翰亲题，荣光下烛，尤从来舆记所未有。固非田汝成辈区区记载所得并

---

① 沈德潜：《唐诗别裁集》序，载《唐诗别裁集》，中华书局 1975 年据乾隆间重订教忠堂本印影。

② 沈德潜：《顾湘南时文遗稿序》，载《归愚文钞》(卷十四)，《沈归愚诗文全集》，清乾隆教忠堂本。

称矣。[①]

沈德潜在纂修《西湖志纂》时做了大量的工作，还著有《浙江省通志图说》。《沈归愚诗文全集》中所收的《浙江省通志图说》对浙江省各州、府、城市、山川等详细进行绘图陈说，殊见学术功力。而《归愚文钞》中更有大量游记散文，写景、抒情、议论，既见性情，复现学力。

(四)学术类文章

沈德潜的学术类文章中还有一类是对古今治政的议论及对诸子文章的评骘。前一类文章如《六国论》、《秦始皇论》、《陈平论》、《晁错论》、《王安石论》，后一类文章如《读〈庄子〉》、《读〈荀子〉》等。

上述学术考证、辨析性文章在《沈归愚诗文全集》中占有很大的比重，如果再加上文学评论的序跋之作、《说诗晬语》这样的诗话著作，集中单行的《浙江省通志图说》等地理类文章，这样的作品就占了沈德潜文章三分之一强的数量。

从沈德潜的具体作品情况来看，沈德潜是一个学者型的文人。集中很少见到专门描写社会民生的文章，这样一些内容只是散见于各类文章中。作为一个学者型文人，而不是一个政治家，沈德潜关注的主要内容不是社会民生，而是经、史、子、集的学术思辨。

(五)其　他

还有一些描写个人生活、抒写个人生活情趣的文章，如《南郭燕集记》记南郭薛氏园友朋宴别盛事，语言工丽而自然，气氛欢洽而优容。《雨中游虞山记》对雨中游虞山的奇境描写工细，而游历的感受也写得真切有味。《归愚斋记》引经据典，对自己“归愚”之号的解释一反其憨实儒生的面貌，充满老庄意味。这样一些作品如万绿丛中一点红，点缀在众多沉厚的学术考证、学理思辨性文章中，使沈德潜的文集呈现出栩栩生气。

沈德潜的文章创作是得到后人极高的赞誉的。沈德潜的同时代人储大文说：“长洲有沈德潜，博学为诸生冠。”[②]《沈归愚自订年谱》中记载：尹继善对乾隆说：沈德潜为“江南老名士，极长于诗”，“大学士张文和公云‘文亦好’”。[③] 可见，沈德潜当时就已文名显著。直到清末沈德潜的文章也仍然受到很高的称扬，如杨子毕评价说：“沈文悫诗赋文章蔚为一代泰斗。”[④]到清末文坛人们仍尊其诗赋文章为一代泰斗，则在清代文人的心目中，沈德潜文章创作成就是非常卓著的。

二、沈德潜的古文纂辑及其文章观

沈德潜称名于后世，主要是因其编选了几部充分体现其诗学主张的诗歌选本：《唐诗别裁集》、《古诗源》、《明诗别裁集》、《国朝诗别裁集》和晚年编选的《宋金三家诗选》。在沈德潜研究中，学界对这些选本倾注了最大的关注。

擅长以选本来树立文学创作范式的沈德潜，并没有忽视散文作品的编选和评点，其著名选本就是《唐宋八大家古文读本》。唐宋八大家即唐代的韩愈、柳宗元及宋代的欧阳修、苏洵、苏轼、苏辙、曾巩、王安石。明初，朱右曾经编选唐代韩愈、柳宗元及宋代欧阳修和曾巩、王安石、苏洵、苏轼、苏辙的文章，辑为《八先生文集》，但影响不大。明代中叶，古文家茅坤编纂《唐宋八大家文钞》，最早提出“唐宋八大家”的称号，“唐宋八大家”之称也就从此确定下来，至今人已成常识。八家代表唐宋古文的最高成就，也已成定论。茅坤的选本在当时就产生了很大的影响，《四库全书总目提要》称其“家弦户诵”。但是茅坤的选本一百四十四卷，卷帙浩大，不便于一般人阅读。

---

① 纪昀等：《四库全书总目提要》(“地理类”山川之属七部一百十三卷)，文渊阁著录。

② 《复邓粤学书》，载储大文：《存研楼集》(卷一六)，清刻本。

③ 沈德潜：《沈归愚自订年谱》，载《北京图书馆珍藏本年谱丛刊》(第91册)，北京图书馆出版社1999年版，第143页。

④ 杨子毕：《芳菲菲堂诗话》，海上嫏嬛社，清宣统元年(1909)。

沈德潜编选的《唐宋八大家读本》只有三十卷，篇幅适中，方便初学者阅读和揣摩。沈德潜在序中表明此选的目的就是“俾学者视为入门轨途，志发轫也”[①]。

《唐宋八大家读本》三十卷，共选八大家文 378 篇。卷一至卷六为韩愈文，卷七至卷九为柳宗元文，卷十至卷十四为欧阳修文，卷十五至卷十七为苏洵文，卷十八至二十四为苏轼文，卷二十五至二十六为苏辙文，卷二十七至二十八为曾巩文，卷二十九至三十为王安石文。其中，苏轼入选的文章最多，共七卷；韩愈次之，共六卷；以下依次为欧阳修，五卷；柳宗元、苏洵，各三卷；苏辙、曾巩、王安石，各两卷。这样的选篇分量显然是比较恰当地反映了八大家在文学史上的成就和历史地位的，由此也可看出沈德潜深具特识的文学史眼光。

这部古文选本的编选初衷是教习子弟之用，因此，选本中有眉批、旁批和总评，或者考辨史事，或论结构章法，或者评点文气，或者赏鉴笔致……或出己见，或引前人评语，评骘赏析，多切中肯綮。

沈德潜诗论非常丰富，有诗话著作《说诗晬语》，大量的诗集序跋、书信、选本中也时见其诗学观的表述。相对诗学而言，沈德潜文章观的表述材料相对匮乏一些。但总观其文及其文章选本，我们不难看出沈德潜的文章观。最突出的有两点：高度的历史意识；根深蒂固的道统观念。

沈德潜论诗非常注重史的源流升降，特别注重在诗歌史的发展坐标中评价诗歌、诗人的成就和地位。如《说诗晬语》这部诗话著作就是应小白阳山寺僧“疏源流升降”之乞请，有触即书，日积月累而成。在文章评点中亦复如是，沈德潜特别强调学习古文写作要探源溯流。在为《李客山文稿》所作的序中，他说：“六经马班诸史之类，文之源也；唐宋以下诸家，文之流也。”[②]《唐宋八大家古文读本》虽然是辑选唐宋八大家文为读本，以增益初学，但在序和凡例中并谆谆告诫学子，八家文只是入门轨途，习文不能止于八家文，而应上窥汉京诸作：“惟从事于韩柳以下之文而熟复焉，而深造焉，将怪怪奇奇、浑涵变化与夫纡馀深厚、清峭遒折悉融会于一心一手之间，以是上窥贾董匡刘马班，几可纵横贯穿，而摩其垒者夫。”[③]其作品中碑志之撰、书表之作都醇厚谨实，这与他浓厚的史家意识也有密切的关系。在《唐宋八大家古文读本》的凡例中，沈德潜说：“第上书表奏劄子，学者他日拜献之具，而碑版墓表墓志，特备作史家搜讨采择者，不可不讲求于平日，故韩欧王苏诸大篇选择增入，志古者宜究心焉。”[④]

不仅是如此谆谆告诫学子，沈德潜自己也是以备史家采择的高度责任感和严谨态度来撰书表劄子、碑版墓表等文。因此，早岁稍涉谀辞的为张廷璐所作的《咏花轩诗集》序等文就没有收录到他自己整理的文钞中。[⑤]

沈德潜论诗主张温柔敦厚的“诗教”[⑥]，论文也时时处处注意张显道在文中的基础、核心位置。在《唐宋八大家古文读本》的序言中，沈德潜以文以载道、文道合一的标准来衡量，对八大家文也有批驳，他说：

> 昌黎上书时相，不无口急；柳州论封建，挟私意窥测圣人；庐陵弹狄青，以过激没其忠爱；老泉杂于霸术，东坡论用兵，颍滨论理财，前后发议，自相违背；而南丰、半山于扬雄之仕莽，一以为合于箕子之明夷，一以为得乎圣人无可无不可之至意：此尤缪戾之显然者。[⑦]

以这种标准衡量，文学家之文都难免会受到诟病的，甚至向所崇尚的贾董匡刘马班等汉京大家“犹且醇驳相参”，唯六经四子无可指摘。

在具体的衡文论人中，沈德潜也是首标道德。在《重刻司马文正公文集序》中沈德潜评议史载人

---

① 沈德潜：《唐宋八大家古文读本》，中国书店出版社 1987 年据世界书局 1937 年版影印。

② 沈德潜：《李客山文稿序》，载《归愚文钞》(卷十三)，《沈归愚诗文全集》，乾隆教忠堂本。

③ 沈德潜：《唐宋八大家古文读本》，中国书店出版社 1987 年据世界书局 1937 年版影印。

④ 沈德潜：《唐宋八大家古文读本》，中国书店出版社 1987 年据世界书局 1937 年版影印。

⑤ 陈文新、王炜：《细节背后的文学史观——沈德潜三篇佚文的前后因缘之考察》，载《文艺研究》2009 年第 3 期，第 59—67 页。

⑥ 贺严：《沈德潜在“诗教”原则下对唐诗的历史定位》，载《文史哲》2007 年第 4 期。

⑦ 沈德潜：《唐宋八大家古文读本》，中国书店出版社 1987 年据世界书局 1937 年版影印。

物说：

潜谓史书所载，理学与名臣，若相为对待者然。然讲求理学，而所措施者不能实建诸功业，则有体无用，而不得目之为理学；侪列名臣，而所从来者未尝充裕乎道德，则徒用无体，而不得目之为名臣。惟元本道德，发为功业，真足以旋乾转坤矣。即初未欲以文辞自见，而文足以辉光日月，照耀古今者，则惟司马文正公一人。①

首立道德，次显功用，方是有体有用的完美人格，如此立身，虽不欲以文显，但发乎文，自然可辉光日月。司马光之道德文章得到沈德潜的高度评价，即因其道德功业兼具。他又引苏轼之评以重其说：

昔苏子瞻称公之文，如金玉谷帛药石，谓其必有适于用。故自奏对劄疏以及辞赋记赞，其微者根乎天人性命，显者关乎宗社生灵，皆发乎道德功业之余，非有意于文，而不能不文者也。②

这种观点显然是深受理学家朱熹的影响的。朱熹在《王梅溪文集序》中就曾说道：

君子小人之极既定于内，则其形于外者虽言谈举止之微无不发见，而况于事业、文章之际，尤所谓粲然者。③

司马光为一代名臣，评价其立身处世、人品道德，宜有此气象。作为普通文人，沈德潜重视的是否也是道德文章呢？

遍览沈德潜的诸体文章，如人物传、墓表碑志等，无一不是极力张显可为标的的人品道德。《宋侍御传》只写了明臣宋用晦以死守城，抵御清兵的壮烈之举；《蒋都督传》大力表章蒋若来誓死与李自成、张献忠起义军作战的义行。其他如孝子、烈妇之传，文集中累累可观。这些作品有的写守土卫国的壮士，气壮山河。但也有大量忠孝节烈的迂腐宣教，让人难以卒读。沈德潜重视宣扬此种品节的根源就是他认为“夫文章之根本，在弗畔乎道”④。

这种文以载道的观念是上承唐宋古文家、宋代理学家的理论而来的。唐代古文家韩愈、柳宗元主张“文以明道”，宋代朱熹认为“文从道出”，他们都以“道”为文章的根本。沈德潜作为儒家文学观的身体力行者和理论上的总结者，也视“道”为文章的根本。

以上是作为一个服膺儒术的传统文人在文学观念上所表现出的尤为突出的两个方面。但作为一代文坛盟主，沈德潜的文学观也有融通的一面，有对“文”的本质的深刻理解，也有对文章技法的高度重视。

在《答滑苑祥书》一文中，沈德潜详细阐说了自己的文学观点。在分析了文章家之流弊，阐明“文章之根本在弗畔乎道”这一总的原则的基础上，沈德潜更细致地论述了为“文”之开阖变化之道：

六经四子，吾之宗旨也。六经四子外，吾之问途于其中，而分别去取焉者也。其间合者，究其所由合；离者，究其所由离。吾折中乎六经四子之旨，将合与离俱为吾用。而背乎道者，亦可引而正之，以归于道，则文章之根本立矣。

根本既立，次言体法。体与法有不变者，有至变者。言理者宗经，言治者宗史，词命贵典要，叙事贵详晰，议论贵条畅，此体之不变者也；有开有阖，有呼有应，有操有纵，有顿有挫，如刑官用三尺，大将将数十万兵，而纪律不乱，此法之不变者也；引经断史，援史证经，词命中有叙事，叙事中兼议论，此体之至变者也；泯阖开、呼应、操纵、顿挫之迹，而意动神随，纵横百出，即在作者，亦不知其然而然，此法之至变者也。吾得其不变者，而至变者存焉。既观乎道，以探文之源；复准乎体与法，以究文之流。而且运之以才，辅之以情，深之以养，达之以气，夫然后发而为文，若吾未尝标新矜异于古人，而古人自不

① 沈德潜：《归愚文钞》（卷十），《沈归愚诗文全集》，乾隆教忠堂本。

② 沈德潜：《归愚文钞》（卷十），《沈归愚诗文全集》，乾隆教忠堂本。

③ 朱熹：《晦庵集》，台湾商务印书馆1986年影印《文渊阁四库全书》本。

④ 沈德潜：《归愚文钞》卷十五《答滑苑祥书》，《沈归愚诗文全集》，乾隆教忠堂本。

足拘挛绳缚乎吾，则其言自吾而立，而秦汉八家之见，俱可不存，又何至沾沾焉逐人后尘，以日汩没于澜倒波颓之中耶？①

这一大段文论显现出沈德潜文学家的本色，其论体法，论体之变与不变，纵横捭阖，左右逢源，自家语言，切身体会，非常清晰地指出了各体写作的要领。其"运之以才，辅之以情，深之以养，达之以气，夫然后发而为文"一语中的，指出文章写作中才、情、学养、气不可或缺的关键作用。沈德潜诗从学于叶燮，叶燮论诗重"才、胆、识、力"，沈德潜论文提出"才、情、养、气"，师弟子在文学主张上既一脉相承，显然又因中有革。沈德潜明确提出"辅之以情"，认识到情在文学中的感染力，同时又强调学养之重要性，这些都是对叶燮文学观的修正和深化，更切近到文学的本质问题。

三、沈德潜对后学弟子文章事业的培养

沈德潜的影响力不仅表现在诗歌方面，其文章事业也培养了一大批后人，其中不乏卓有成就者。

沈德潜从二十几岁起就参加省试，不中，之后，边教馆为生，边作文、作诗、习时艺、读书，继续准备科考。他每年都参加岁科试，三年一次省试。期间，许多门生都纷纷及第，而沈德潜却屡试不中。就这样生活了近半个世纪，在经历了 30 多次岁科试，17 次乡试以后，终于在六十六岁高龄科试及第。第二年六十七岁殿试成进士。在成进士之前数十年间的坐馆生涯中，沈德潜培养弟子无数，同为"江南老名士"的钱陈群就说他："弟子经讲画者，多成名以去。公顾益刻苦自励，形于诗歌，无几微怨尤语。"②入仕后，沈德潜还做过省试正中考，而七十七岁告老还乡后又掌教紫阳书院，继续课徒。彭启丰在为沈德潜作的墓铭中说道："公晚岁主紫阳书院，以诗文道后进，有一艺者必奖慫之。"③因此，沈德潜一生培养的门人可谓不计其数。正如清末学者郭麐所言："归愚尚书归老山林，主盟风雅十余年间，四方人士望走其门，天下以为巨人长德，景星庆云相传。"④

沈德潜从坐馆授徒到主持省试，到掌教紫阳书院，培养、荐拔，及门或私塾的弟子究竟有多少，现在已难以一一厘清，但沈德潜门下文章学术蔚成大家者就已不少。

沈德潜的门人王昶曾在《湖海诗传中》历数沈德潜门下士之优异者：

沈文悫门下，承其指授者，以盛青嵝(盛锦)、周迁村(周准)、顾禄百(顾诒禄)、陈经邦(陈樾)为最。其后则王凤喈(王鸣盛)、钱晓徵(钱大昕)、曹来殷(曹仁虎)、褚左峨(褚廷璋)、赵损之(赵文哲)、张策时(张熙纯)及予。后有考诗学源流，为接武羽翼之说者，不可不知。若企晋(吴泰来)虽曾亲风旨要，未尝有瓣香之奉也。⑤

徐珂在《清稗类钞·文学类》中也说到从沈德潜受业者，"其初以盛锦、周准、陈樾、顾诒禄为最著。其后则有王鸣盛、王昶、钱大昕、曹仁虎、黄文莲、赵文哲、吴泰来之吴中七子……又有褚廷璋、张熙纯、毕沅等之继起。再传弟子则有武进黄景仁，私淑弟子则有仁和朱彭"。并评价说："乾嘉以来之诗家，师传之广，未有如德潜者。"⑥

盛锦、周准、陈樾、顾诒禄等皆以诗名，文名不著。钱大昕、曹仁虎、王昶、赵文哲、王鸣盛、吴泰来、黄文莲都是江苏嘉定(今上海嘉定)、青浦(今上海)一带人，都以文学词章齐名。沈德潜对这七位弟子的诗歌给予了高度赞赏和极力推扬，编选他们的诗集《七子诗选》，七人因此被推为"吴中七子"。

钱大昕在《七子诗选》中名列首位，但他更是一位文章大家和专精的学术大师。钱大昕是乾嘉学

---

① 沈德潜:《归愚文钞》卷十五《答滑苑祥书》,《沈归愚诗文全集》,乾隆教忠堂本。

② 钱陈群:《香树斋文集续钞》卷三《赠太子太师大宗伯沈文悫公神道碑》,载《四库未收书辑刊》(第九辑一九册)。

③ 彭启丰:《芝庭先生集》卷一三《光禄大夫太子太师礼部尚书沈文悫公墓铭》,同治十年刻本。

④ 郭麐:《灵芬馆诗话·归愚尚书》,清嘉庆二十一年(1816)刻本。

⑤ 王昶:《湖海诗传》,商务印书馆 1958 年版。

⑥ 徐珂:《清稗类钞·文学类》,中华书局 1984 年版。

派的大师，生前就已经以渊博的学识享誉海内外，段玉裁、王引之、阮元、江藩等许多著名的学术大家都曾给予钱大昕以高度评价，被公认为一代儒宗。钱大昕大力倡导治史，主张史学与经学并重，提倡以治经的方法治史。其《二十二史考异》对《史记》、《汉书》一直到《元史》等22部史学著作，一一细细校勘，详加考证，成为史学史上的名著。钱大昕的治学领域相当广，其学术札记著作《十驾斋养新录》涉及经学、小学、史学、官制、地理、姓氏、典籍、词章、术数、儒术等各个领域的问题。其考鉴源流，辨伪正讹，发论中正，被学者视为典范。

王鸣盛也是清代著名的史学家、经学家和考据学家。他一生著述宏富，《十七史商榷》一百卷，将上自《史记》，下迄五代，各史中的纪、志、表、传相互考证，又参阅其他历史名著进行勘正。对其中的地理、职官、典章制度阐述也极详备，是一部影响深远的清代史学名著。《尚书后案》三十卷及《后辨》一卷，是继承汉代经学传统的重要著作。晚年仿顾炎武《日知录》所著的《蛾术篇》一百卷，对我国古代制度，器物、文字、人物、地理、碑刻等均有考证，具有很高的学术价值。另有《续宋文鉴》八十卷，《周礼军赋说》六卷等。

王昶善属文，尤善金石之学，著《金石萃编》一百六十卷，甄录三代至辽金1 500通金石文，为金石学集大成之著。除《金石萃编》外，刊行于世者，又有《春融堂诗文集》六十八卷，《明词综》十二卷，《国朝词综》四十八卷，《湖海诗传》四十六卷，《续修西湖志》、《青浦志》、《太仓志》、《陕西旧案成编》、《云南铜政全书》。未刊行者，有《滇行目录》三卷，《征缅纪闻》三卷，《蜀徼纪闻》四卷，《属车杂志》二卷，《豫章行程记》一卷，《商雒行程记》一卷，《重游滇诏纪程》一卷，《雪鸿再录》二卷，《使楚丛谈》一卷，《台怀随笔》一卷，《青浦诗传》三十六卷，《天下书院志》十卷，等等，著述非常丰富。

七子中其他四人也都敦品力学、能诗善文，深于经史之学。如曹仁虎有《蓉镜堂文稿》、《转注古音考》、《二十四气七十二候考》及《宛委山房》、《瑶华唱和》、《春盘》、《秦中杂稿》、《鸣春》、《辕韶》等集。

其他师从于沈德潜的年轻才俊，在其指授之下，颇有建树者也不乏其人。如于灵岩山从学于沈德潜的毕沅，于经史、小学、金石、地理之学，无所不通，他续司马光书，成《续资治通鉴》，又有《传经表》、《经典辨正》、《灵岩山人诗文集》等，亦为一代学术大师。

沈德潜的弟子多于经史之学有很大的造诣，其对乾嘉时期文人的影响是毋庸置疑的。沈德潜所具有的这种影响力，一方面是由于他在文坛的崇高地位，而更要的还是由于沈德潜自身治学的广博及其文章思想的成熟。

不仅如此，沈德潜编纂的文章选本在海外也有着很大的影响，如日本德川时代宽政年间(1789—1800)，沈德潜编选的《唐宋八大家读本》传入日本，日本官私学校都把它作为教科书，约有20种版本。

虽然为一代诗宗，但沈德潜的文学事业绝不仅限于诗歌创作，其价值也绝不是仅仅体现在其诗学思想方面。此文仅是因有感于学界对沈德潜文章事业的极度忽视而对沈德潜文章事业所作的泛泛的叙论，而沈德潜的文章、文选事业、培育弟子的业绩，以及由此为清代文学和清代学术带来的影响，还有待更全面的发覆和更深入的探讨。

论清代文坛对欧阳修的接受

洪本健
（华东师范大学中文系）

内容摘要：清代前期，众多学者文士，对欧阳修的人格、学术，特别是文的成就，多所称扬。个别的如冯班，在文学、史学、经学方面对欧阳修批评甚多，有合理的部分，但不少失之偏激。中期，桐城派对唐宋文十分重视，欧阳修自然深受尊崇。方苞、刘大櫆、姚鼐通过古文选本的编纂，扩大唐宋文的影响。他们欣赏欧阳修之文的情韵深美，遴选欧阳修之文以富于情韵的序、记、志铭为主。后期，欧阳修研究呈现沿袭与变化并存的局面。刘开以为不仅要学韩愈、欧阳修，更要学《史记》、《汉书》，并进而学六经及诸子百家。曾国藩编《经史百家杂钞》，强调宗经。理学家方宗诚则谓欧阳修为"道之浅焉末焉者"。

关键词：清代　文坛　欧阳修　接受

清代文坛对欧阳修的接受，随着整个社会，特别是文学及学术的发展，大致可分为前、中、后三期。由明清易代至康雍之世，约为前期；乾嘉年间，为中期；道光以后，为后期。

一、前期：著名学者文士对欧阳修的称扬

明清易代之际，学术思想活跃，有思想、有才气的学者、文人，对欧阳修的人格、文学与学术成就颇有称说，一般言之，较公允而精当。如侯方域云："昔韩、欧、苏之三公者，皆能守道而不随于时……而当世见其片言之字，皆爱而重之不衰。"①顾炎武《日知录》卷十三《宋世风俗》言及宋"真、仁之世"曰："田锡、王禹偁、范仲淹、欧阳修、唐介诸贤，以直言谠论倡于朝，于是中外荐绅知以名节为高，廉耻相尚，尽去五季之陋。"孙琮称赞欧阳修曰："遭时贤主，周旋于杜、富、韩、范之列，尽忠匡弼，设施经济，为有宋名臣。"②钱谦益高度评价欧阳修的文史成就："欧阳子，有宋之韩愈也。其文章崛起五代之后，表章韩子，为斯文之耳目，其功不下于韩。《五代史记》之文，直欲祧班而祢马。《唐六臣》、《伶人》、《宦者》诸传，淋漓感叹，绰有太史公之风。"③顾炎武又谓："及读欧阳公《集古录》，乃知其事多与史书相证明，可以补阙正讹，殆不但词翰之工而已。"④

就欧学的主体，即欧阳修文的成就而言，综合前期各家之说，集中在如下几点。

（一）肯定欧阳修文的历史地位

吴伟业在提及贾谊、董仲舒、司马迁、刘向、韩愈、柳宗元之后称："有宋庆历、嘉祐之间，欧、曾并起。此数君子，各成一代之文，声施后祀。"⑤又曰："夫诗之尊李、杜，文之尚韩、欧，此犹山之有泰、华，

---

① 侯方域：《壮悔堂集·壮悔堂文集》（卷二），《四部备要》本。
② 孙琮：《山晓阁选宋大家欧阳庐陵全集》卷首序，清康熙刊本。
③ 钱谦益：《牧斋有学集》卷三十八《再答苍略书》，《四部丛刊》本。
④ 顾炎武：《求古录》卷首《原序》，文渊阁《四库全书》本。
⑤ 吴伟业：《梅村家藏稿》卷二十七《陈百史文集序》，《四部丛刊》本。

水之有江、河，无不仰止而取益焉。”[①]王夫之《薑斋诗话》论文，谓老苏“猖狂谲躁”，曾巩“扳今掉古，牵曳不休”，安石“转折烦难”之后，曰：“八家中，唯欧阳永叔无此三病，而无能学之者。要之，更有向上一路在。”汪琬亦云：“欧阳永叔、苏子瞻，数百年以来所推文章大家也。”[②]魏裔介赞欧阳修曰：“窃以为古文之废久矣。三代而后，自当以马、班为宗，韩、欧为嗣。”[③]又云：“浏览宋文，终当以欧、苏为操觚之标准耳。”[④]有的学者，还从极力推尊韩愈之文上，赞誉欧阳修的业绩。如王士祯曰：“韩吏部文章至宋始大显……若天不生欧公，则公之文几湮没而不彰矣。”[⑤]

（二）指出欧阳修重于经术，故其文能横绝一世

黄宗羲谓“文必本之六经，始有根本”，称“惟刘向、曾巩多引经语”，后以极敬佩的口吻曰：“至于韩、欧，融圣人之意而出之，不必用经，自然经术之文也。近见巨子动将经文填塞，以希经术，去之远矣。”[⑥]“融圣人之意而出之”，足见欧阳修对六经的深入理解与融会贯通。徐作肃《壮悔堂文集序》云：“欧阳修曰：‘读《易》者如无《春秋》，读《诗》者如无《书》，圣人之文不可及也。’至矣哉！修之研见至隐也哉！”欧阳修之语见《答吴充秀才书》，语本李翱《答朱载言书》，翱谓当学六经“创意造言，皆不相师”。徐作肃对欧阳修研经之见至为钦佩，认为正因为有如此研见，其文才能取六经之精、洁，既有起伏变化，又合乎规矩。魏裔介指出：“六朝绮靡日甚，唐、宋之间，有韩、欧诸君子起衰振弊，盖必得经之意以为文，而后其文足以传。此文之所以与立德、立功而并垂不朽也。”[⑦]朱彝尊也认为韩愈、欧阳修等“莫不原本经术，故能横绝一世”[⑧]。《清史稿·儒林传》本传载黄宗羲语曰：“尝谓明人讲学，袭语录之糟粕，不以六经为根柢，束书而从事于游谈，故问学者必先穷经，经术所以经世。”清初学者之重视经学，视为安身立命与做学问之根柢，于此可见一斑。

（三）强调欧学韩而不似韩，能自具面目

吴乔曰：“永叔学昌黎而不似昌黎，以其虽取法乎古人，而自有见识学问也。”[⑨]杜濬作《百尺梧桐阁文集序》云：“韩固不易学也。欧学韩而卒自为欧，遂为宋文之矩。”储欣《唐宋十大家全集录凡例》云：“庐陵之师昌黎也，尽变其奇奇怪怪之词，而不失其浑灏流转之气。”《六一居士全集录序》云：“庐陵之文自昌黎出。……而千百世下读欧之文者如无韩。嗟乎！惟其如无韩也，乃所谓必至于是而后已也。”储欣《六一居士全集录》卷五评《梅圣俞诗集序》曰：“韩子云‘愁苦之音易好’，文不出此语，衍成一篇绝世文字。”《唐宋八大家类选》卷十一又评该篇曰：“只‘穷’‘工’二字往复议论悲慨，古今绝调。”两评均不长，可视为储欣对欧学韩而独具面目的极好诠释。

（四）赞赏欧阳修之文富于情感性，能以情动人

归庄《书欧阳公泷冈阡表后》谓欧阳修之文情感动人：“余读欧阳子《泷冈阡表》，未终篇，废卷而泣。余素刚忍少泪，家人相视惊怪，不知其所以然。呜呼，文字之感人深矣。”金圣叹评《五代史一行传论》，以为史迁“《伯夷传》低昂屈曲，妙于孤愤，此又妙于悲凉”[⑩]。黄宗羲谓“庐陵之志交友，无不呜咽”[⑪]。孙琮云：“欧公作《子美文集序》，纯是十分痛惜；今作《邻几文集序》，又纯是十分感慨。……文

---

① 吴伟业：《梅村家藏稿》卷五十四《与宋尚木论诗书》。

② 汪琬：《尧峰文钞》卷三十《姚氏长短句序》，《四部丛刊》本。

③ 魏裔介：《兼济堂集》卷四《宋文欣赏集序》，《畿辅丛书》本。

④ 魏裔介：《兼济堂集》卷七《复安庆郡丞程崑崙书》。

⑤ 王士祯：《池北偶谈》卷十五《皇甫湜评韩文》，文渊阁《四库全书》本。

⑥ 黄宗羲：《金石要例》附《论文管见》，《丛书集成》本。

⑦ 魏裔介：《兼济堂集》卷四《古文欣赏集序》。

⑧ 朱彝尊：《曝书亭集》卷三十一《与李武曾论文书》，《四部备要》本。

⑨ 吴乔：《围炉诗话》卷六《清诗话续编》本。

⑩ 金圣叹：《评注才子古文》卷十二“大家欧阳修之文评语”，江左书林1914年石印本。

⑪ 黄宗羲：《金石要例》附《论文管见》，《丛书集成》本。

字从性情中流出，何曾假饰得一笔!”①欧阳修之文之感慨不尽，已见宋人李淦《文章精义》关于“此老文字，遇感慨处便精神”之评说。明人如归有光、茅坤等，亦屡屡言及。清代评家层出不穷，于此感受特深，相关论析亦精彩不绝。

(五)阐说欧阳修之文独特的艺术风貌

昔人多以纡徐婉转或曲折尽致等形容欧阳修之文，孙琮有类似的表述：“欧公之文，大抵婉转委折，低昂尽致。”②邵长蘅亦云：“欧阳文，世之好者尤多。盖其行文，即之如浅，复而弥深，而纡徐俯仰之态，往往百折而愈舒，宜好之者众矣。”③魏禧则说得更加形象，更加具体，其《日录》卷二《杂说》云：“欧文之妙，只是说而不说，说而又说，是以极吞吐往复、参差离合之致。”又云：“韩文入手多特起，故雄奇有力；欧文入手多配说，故逶迤不穷。相配之妙，至于旁正错出，几不可分，非寻常宾主之法可言矣。”又云：“唐宋八大家文，退之如崇山大海，孕育灵怪；子厚如幽岩怪壑，鸟叫猿啼；永叔如秋山平远，春谷倩丽，园亭林沼，悉可图画。”

与多数文人、学者给予欧欧阳修之学术较多正面评价不同，冯班颇看轻欧阳修之学术。欧阳修之文之成就与影响及欧阳修之人品，冯班并未否定，称：“欧阳公之文，创革杨、刘之浮华，首变唐人之艰涩。至于人品之高，见于史册，此泰山北斗，岂可议乎?”④但他对欧阳修的文学、史学、经学都有所批评，有合理的部分，但总的看，多失之偏激，持论颇为极端，令人难以苟同。如以欧阳修《上范司谏书》之责备仲淹、《读李翱文》之称韩愈“得一饱而足”，为“非君子之言”，曰：“欧公性不好善，要求古人过失，说话带口病，此是大过。其去谗人佞夫，不能以寸，诬善游词，君子勿为也。”⑤二文均为欧阳修早年所作，时年轻气盛，英气勃发，慷慨激昂，或给予素所景仰的范仲淹以严厉的鞭策，或对韩愈入仕前所作的《感二鸟赋》深表不满，均体现欧阳修责贤者备的精神。后文如唐介轩《古文翼》卷七评语所言，其主意“非佐韩而右李，但借‘叹老嗟卑’数语，发出胸中不可一世之意”。且韩愈赋虽不平而鸣，但格调确实不高。谓欧阳修语为“诬善游词”,“去谗人佞夫，不能以寸”，未免失当。可能是不满于“今之自附于欧、苏者，浅薄通率，号为古文”⑥，冯班在“韩吏部变今文为古文后”，紧接着指责“欧阳公变古文为今文”⑦。此激起李慈铭之不平，在《越缦堂读书记》之八，专列“钝吟杂录”条，谓冯班此言“未免过当，欧文何可易言”。关于史学，冯班云：“欧阳永叔文太略，所以不及《史记》”⑧，就《新五代史》而言，欧阳修确有“文太略”而事不详之弊，难与《史记》比肩。冯班又云：“欧阳公文甚高，然用心不平，作史论则不便”⑨,“用心不平”，当指欧阳修多感慨，频频于《新五代史》之论中发出，某些史论纯因亲身所涉时事而发，确有牵强欠妥之处。但“作史论则不便”之断语，未免以偏概全。若连《五代史伶官传序》等都全盘否定，似有失公允。关于经学，清人与欧阳修观点不尽相同者，不乏其人。但一般平和说理，各抒己见。冯班不满于欧阳修的疑古，批评“宋人纷纷之论，多有不信六经处”，曰：“欧公不信《系辞》，朱子深辩其谬。以愚论之，更不必多言，只问欧公能作《系辞》否。不信《系辞》，又何功于天下万世?欧公只是不曾细读。”⑩此语真是打棍子，以不赞成欧阳修之独立思考与科学的疑古精神，而欲剥夺欧阳修之发言权。

---

① 孙琮:《山晓阁选宋大家欧阳庐陵全集》卷三《江邻几文集序》评语。

② 孙琮:《山晓阁选宋大家欧阳庐陵全集》卷一《与高司谏书》评语。

③ 邵长蘅:《邵子湘全集·青门簏稿》(卷七)，青门草堂刊本。

④ 冯班:《钝吟杂录》(卷八)，《丛书集成》本。

⑤ 冯班:《钝吟杂录》(卷二)，《丛书集成》本。

⑥ 冯班:《钝吟杂录》(卷四)，《丛书集成》本。

⑦ 冯班:《钝吟杂录》(卷五)，《丛书集成》本。

⑧ 冯班:《钝吟杂录》(卷四)，《丛书集成》本。

⑨ 冯班:《钝吟杂录》(卷四)，《丛书集成》本。

⑩ 冯班:《钝吟杂录》(卷二)，《丛书集成》本。

二、中期:桐城派人士对欧阳修的评说

兴起于清代中期的桐城派承继明代的唐宋派,对唐宋文十分重视。在唐宋八大家中,欧阳修位居宋六家之首,在桐城派人士或彼时其他学者中都深受尊崇。

李绂称:"欧、曾皆粹然儒者。"[①]又激赞云:"学文者于韩、欧,犹学道者之于孔、孟,当尊敬之,不可横加訾议。"[②]袁枚称:"枚读书六十年,知人论世,尝谓韩、柳、欧、苏,其初心俱非托空文以自见者,惟其有所余于文之外,故能有所立于文之中。"[③]张惠言称"古之以文传者",于唐宋首列"韩、李、欧、曾"[④]。管同赞曰:"文坏八禩,笃生韩公,继汉以唐,轹迁凌雄。韩去欧起,化奇而易,如彼菽帛,终古莫弃。"[⑤]梅曾亮谓:"士之生于世者,不可苟然而生。上之,则佐天子宰制万物,役使群动;次之,则如汉董仲舒、唐之昌黎、宋之欧阳,以昌明道术,辨析是非治乱为己任。"[⑥]也是置欧阳修于极高的位置之上。当然,也有在肯定欧阳修成就的同时,指出其不足者。如钱大昕《十驾斋养新录》卷六"宋景文识见胜于欧阳公"条,谓《唐书·儒学传·啖助论》见解不凡,以为"此等议论,欧阳所不能道"。

其时学者多将唐宋两代文宗并论。如沈德潜云:"庐陵得力昌黎,上窥孟子。"[⑦]李调元云:"文忠得《韩集》于废簏,读而好之,遂造古文之极致。"[⑧]彭绍升云:"韩、欧之文,元气所流,变化自在,故不可句仿而字为。"[⑨]钱兆鹏云:"古文之至者,前有马、班,后有韩、欧。"[⑩]黄绥诰云:"吾乡人文之盛,自宋以来,以庐陵欧阳氏为称首,而其为文则皆原于昌黎韩氏,变卓荦为纡徐,自成为欧阳氏之文。"[⑪]毫无疑义,众多文人学者之所以将韩愈、欧阳修并论,是因为他们重视唐宋古文及其代表人物,肯定唐宋古文的历史地位,认同唐宋古文一体,有前后传承的密切关系。

这里,必须提及姚鼐的伯父兼为其经学、文章学导师的姚范,他对唐宋古文与韩愈、欧阳修二公有不少比较分析,更多论及唐与宋、韩愈与欧阳修的差异。姚范《援鹑堂笔记·文史》先有一则云:"汉体自是高似唐体,唐体自是高似宋体。昌黎无论,即如柳州永、柳诸记,削壁悬崖,文境似觉逼侧,欧公情韵或过之,而文体高古莫及。"后一则云:"昌黎于作序原由每能简洁,而文法硬札高古。欧、曾以下无之。"又一则云:"昌黎雄处,每于一起、一结、一落,忽来忽止,不可端倪。宋六家及震川俱犯駮蹇之病。"另有一则云:"欧文《黄梦升》、《张子野》墓志最工,而《黄志》尤风神发越,兴会淋漓,然皆从昌黎《马少监》出,而瑰奇绮丽,欧未之及也。"以上均为相当精辟的见解,论及韩愈之奇崛与欧阳修之平易;韩愈之硬直与欧阳修之柔婉,韩愈之气势逼人与欧阳修之情韵动人。当然,差异之产生,固然与二者禀性不同有关,主要还是时势使然。就文章的发展而言,自然要历经汉体、唐体、宋体各个阶段,各代自具特色,各有长短。然而,姚范比较唐宋文的不同特色,推崇奇崛高古、气势雄健的韩愈之文,谓为宋六家与归有光所不及,当对姚鼐后来创阳刚阴柔之说,且倡以阳济阴之不足,带来有益的启示。

方苞、刘大櫆、姚鼐作为桐城派的代表人物,在清代文坛有着巨大的影响,那么他们是怎么看欧阳修的呢?方苞的学生王兆符作《望溪文集序》,称方苞"论行身祈向"为"学行继程、朱之后,文章在韩、

---

① 李绂:《穆堂初稿》卷四十六《书赝作昌黎与大颠书后》,清乾隆庚申刊本。

② 李绂:《书茅顺甫与查近川书后》,清乾隆庚申刊本。

③ 袁枚:《小仓山房续文集》卷三十《答平瑶海书》,《四部备要》本。

④ 张惠言:《茗柯文三编·文稿自序》,《四部丛刊》本。

⑤ 管同:《因寄轩文集》二集补遗《欧阳文忠公画像赞》,清光绪己卯重刊本。

⑥ 梅曾亮:《柏枧山房集》文集卷二《上汪尚书书》,清咸丰六年刊本。

⑦ 沈德潜:《唐宋八大家文读本·凡例》,清光绪壬寅宁波汲绠斋石印本。

⑧ 李调元:《童山文集》(卷二),《丛书集成》本。

⑨ 彭绍升:《二林居集》(卷四),清光绪辛巳刊本。

⑩ 钱兆鹏:《述古堂集》(卷九),1912年鄂官书处重刊本。

⑪ 鲁九皋:《山木居士文集》卷首《山木先生文集叙》,清道光十四年桐华书屋重刊本。

欧之间”。可见其以程朱理学与唐宋古文的继承者自命，欲于道与文两方面发扬光大之。他在学行方面景仰程颐、朱熹，但在作文方面并不苟同程、朱的合道与文为一和作文害道说，而对韩愈、欧阳修之文有甚多之赞美。他编有《古文约选》，选文讲义法，求雅洁，《左传》、《史记》之外，对韩愈、欧阳修作品尤为重视。《欧阳永叔文约选》所收欧阳修之文含有评语的13篇，序、记、墓志皆有。方苞充分肯定欧阳修学古而能创新的精神，但也直言欧阳修的不足，评《五代史职方考序》云：“其机轴明学《史记·汉兴以来诸侯年表序》，特气韵古厚不及耳。鹿门乃谓太史公所欲为而不能，谬矣。”

方苞对欧阳修之文的以情动人深有体会，《与程若韩书》云：“足下喜诵欧公文，试思所熟者，《王武公》、《杜祁公》诸志乎？抑《黄梦升》、《张子野》诸志乎？然则在文言文，虽功德之崇，不若情辞之动人心目也。”而情思之荡漾、情韵之幽长正是欧阳修之文的一大特色，这自然与欧欧阳修学史迁不无关系，故方苞指出：“欧公叙事仿《史记》。”[①]“欧公志诸朋好，悲思激荡，风格最近太史公。”[②]关于欧阳修学韩愈，方苞强调欧阳修之独具特色：“欧公苦心韩文，得其意趣，而门径则异。韩雄直，欧变而纡馀；韩古朴，欧变而美秀。”[③]关于记体文，方苞云：“惟记无质干，徒具工筑与作之程期，殿观楼台之位置，雷同铺叙，使览者厌倦，甚无谓也。故昌黎作记，多缘情事为波澜。永叔、介甫则别求义理以寓襟抱。柳子厚惟记山水，刻雕众形，能移人之情。”[④]这里，对八大家中四家记体文做了颇具个性的分析，“别求义理以寓襟抱”确实道出了欧阳修之文的特点，如《丰乐亭记》发治不忘乱之慨，《岘山亭记》寓淡薄功名之意等皆是。

刘大櫆在《论文偶记》中对欧阳修有很高的评价：“昔人谓意尽而言止者，天下之至言也，然言止而意不尽者尤佳。意到处言不到，言尽处意不尽，自太史公后，惟韩、欧得其一二。”当然，他也明确指出，由于时代的不同，以韩愈、欧阳修为代表的唐文与宋文存在明显的差异：“唐人之体，校之汉人，微露圭角，少浑噩之象，然陆离璀璨，犹似夏、商鼎彝。宋人文虽佳，而万怪惶惑处少矣。荆川云：‘唐之韩，犹汉之班、马；宋之欧、曾、二苏，犹唐之韩。’此自其同者言之耳。然气味有厚薄，力量有大小，时代使然，不可强也。”他认为：“欧阳子逸而未雄；昌黎雄处多，逸处少；太史公雄过昌黎，而逸处更多于雄处，所以为至。”此乃上承茅坤《评司马子长诸家文》对史迁、韩愈、欧阳修文风格的形象叙述与《唐宋八大家文钞》中关于韩愈、欧阳修以气昌情深各擅胜场的分析，下开刘熙载《艺概·文概》关于“太史公之文，韩得其雄，欧得其逸”等论断。无疑，刘大櫆比方苞更着重于散文艺术性的探讨，如方宗诚《桐城文录序》所云，刘大櫆“义理不如望溪之深厚，而藻采过之”。

在《精选八家文钞序》中，刘大櫆揭示了各家在文体方面的擅长，指出：“欧之所长者三：曰序，曰记，曰志铭。”这是相当准确的判断。欧阳修情感深厚，又极善抒情，在序、记、志铭三体中，抒情尤其淋漓尽致。因此刘大櫆在选文时，录此三体最多。评《五代史一行传叙》云：“慨叹淋漓，风神萧飒。”评《五代史伶官传叙》云：“跌宕遒逸，风神绝似史迁。”评《苏氏文集序》云：“沉著痛快，足为子美舒其愤懑。”评《江邻几文集序》云：“情韵之美，欧公独擅千古，而此篇尤胜。”评《河南府司录张君墓表》云：“历叙交游，而俯仰身世，感叹淋漓，风神遒逸。”评《张子野墓志铭》云：“以交游之聚散生死，感叹成文，淋漓郁勃。”评《黄梦升墓志铭》云：“欧公叙事之文，独得史迁风神。”评《岘山亭记》云：“欧公长于感叹，况在古之名贤，兴遥集之思，宜其文之风流绝世也。”评《真州东园记》云：“欧公记园亭，从虚处生情……此篇铺叙今日为园之美，一一倒追未有之荒芜，更有情韵意态。”这显然继承了明代茅坤、归有光关于欧阳修之文富于情感、情韵幽长、得史迁之风神等论说，而通过对范文的精选，论述更为集中，并开启后人关于六一风神的探讨，表现出他对欧阳修之文艺术魅力的高度关注。

姚鼐在桐城三宗中虽居其末，却是构筑桐城文统的重要人物。他推尊方苞、刘大櫆，形成方苞、刘大櫆和他自己所代表的桐城文系。又通过编纂《古文辞类纂》，以唐宋八大家为主干，上溯先秦、两汉，

---

① 《春秋论下》评语，载《古文约选·欧阳永叔约选》，清同治乙巳望三益斋丛刊本。

② 《太常博士尹君墓志铭》评语，载《古文约选·欧阳永叔约选》。

③ 《与高司谏书》评语，载《古文约选·欧阳永叔约选》。

④ 方苞：《望溪集》卷五《答程夔州书》，文渊阁《四库全书》本。

下连明代归有光，并延伸至方苞、刘大櫆，从而将桐城文系融入由先秦至有清的漫长的古文发展的统系之中。① 虽然在桐城派影响隆盛的清朝中叶，学术已从宋学转入汉学，唐宋八大家仍受到有力的推重，欧阳修亦仍为众多文士视为高山仰止的对象，其脍炙人口的古文亦成为大家心摹手追的范本。《古文辞类纂》以唐宋八大家文为主干，八家文占全书很大的比重。其中，韩愈、欧阳修之文收得最多，分列第一、二位，在宣传、推广唐宋文，扩大唐宋文尤其是韩愈、欧阳修之文的影响上，起了很大的推动作用，其影响远远超过此前的许多古文选本。

姚鼐虽然极为推崇韩愈阳刚的作品，但并未忽视阴柔为另一典型风格。《复鲁絜非书》曰："宋朝欧阳、曾公之文，其才皆偏于柔之美者也。欧阳修能取异己者之长而时济之，曾公能避所短而不犯。"对欧阳修一往情深、抑扬吞吐的阴柔之作，姚鼐也十分欣赏，《古文辞类纂》卷五十四评欧《岘山亭记》云："欧公此文神韵缥缈，如所谓吸风饮露、蝉蜕尘壒者，绝世之文也。"在《类纂》所选的 65 篇欧阳修之文中，序跋 10 篇，杂记 12 篇，碑志 28 篇，此三体凡 50 篇，占总数的七八成，秉承了刘大櫆重视欧阳修序、记、志铭的见解。此三体最便于欧阳修抒情，亦最生动鲜明地体现欧阳修之文的阴柔之美，其独特的六一风神往往跃然纸面。可见，方苞、刘大櫆二者的艺术眼光颇为锐利，也颇为一致。

三、后期：沿袭与变化并存的欧阳修研究

清代后期，仍不乏对欧阳修其人其学其文的颂声。方履篯云："庐陵先生契圣于既往，肩道于将坠。粹学入孔、颜之室，名世应伊、周之期，雄文择荀、扬之精，论史轶迁、固之躅，实峻极所特钟、人伦之水镜也。"②吴敏树《柈湖文集》卷七《与朱伯韩书》亦云："自唐韩子文章复古，始号称古文。至宋欧阳修，复修其业。言古文者必以韩、欧阳为归。"曾国藩不同意朱熹关于欧阳修"裂道与文以为两物"的批评，《复刘孟蓉书》曰："欧阳公《送徐无党序》亦以修之于身，施之于事，见之于言分为三途。夫其云修之身者，即叔孙豹所谓立德也；施之事、见之言者，即豹所谓立功、立言也。欧公之言，盖深慕立德之徒，而鄙功与言为不足贵。且谓勤一世以尽心于文字者，皆为可悲，与朱子讥韩公先文后道，讥永嘉之学偏重事功，盖未尝不先后同符。朱子作《读唐志》时，岂忘欧公送徐无党之说？奚病之若是哉！"刘熙载《艺概·文概》则对以逸见长、情见乎辞的欧阳修之文赞不绝口："太史公文，韩得其雄，欧得其逸。雄者善用直捷，故发端便见出奇；逸者善用纡徐，故引绪乃觇入妙。""欧阳公文几于史公之洁，而幽情雅韵，得骚人之指趣味多。""昌黎文意思来得硬直，欧、曾来得柔婉。硬直见本领，柔婉正复见涵养也。"这些精辟的论断都展现出刘氏对欧阳修之文艺术精粹的深刻洞察力。林纾《答徐敏书》指出："欧之学韩，无一似韩，即会其神而离其迹。"他还撰有《春觉斋论文》和《古文辞类纂选本》，对欧阳修之文之精妙，从写作背景到文章主题，从篇章结构到遣词用语，从表现手法到神采气韵，都做出极为细致的分析。

与清代前、中期主于沿袭前人之说不同，到了后期，关于欧阳修的研究，已呈现出沿袭与变化兼有的局面。姚鼐的弟子刘开，对欧阳修作为北宋文坛盟主的业绩是充分肯定的，但他以自己异于前辈的新见，在桐城派传统理论的底色中抹上变化的色彩。在《与阮芸台宫保论文书》中，刘开承继了桐城派关于文统的表述："文之义法至《史》、《汉》而已备；文之体制，至八家而乃全。"又称："学《史》、《汉》者由八家而入，学八家者由震川、望溪而入，则不误于所向。"但他紧接着说："然不可以律非常绝特之才也。夫非常绝特之才，必尽百家之美以成一人之奇，取法至高之境以开独造之域。"他以"百家之美"突破了桐城派由八家上溯至《史记》、《汉书》而止的畛域，此"百家"包括六经、《国语》、《春秋》三传、《大戴记》、《考工记》、荀子、扬子、老子、庄子、列子、韩子、孙武，等等。如果说，明代唐宋派以韩愈、欧阳修上接《史记》、《汉书》，表明自有根柢，但着重仍在学韩愈、欧阳修的话，那么，刘开则强调，不仅要学韩愈、欧

---

① 王达敏《姚鼐与乾嘉学派》第五章"桐城文统"（学苑出版社 2007 年版），对此有详尽的论述。

② 方履篯：《万善花室文稿》卷四《欧阳文忠公画像赞》，《丛书集成》本。

阳修，更要学《史记》、《汉书》，并进而要学六经及诸子百家，其视野之宽、取径之广，此前桐城派学人中无出其右。

《与阮芸台宫保论文书》还敏锐地指出归有光与方苞所共有的“囿于八家”之病，认为学八家“不求其用力之所自，而但规仿其辞”及“效之过甚，拘于绳尺，而不得其天然”，乃重大之失误，这无疑是对清代文坛弊端的有力针砭。关于韩愈“非尽扫八代而去之”，乃“取其精而汰其粗，化其腐而出其奇”，为宋诸家所不及的论说，也颇有见地。刘熙载《艺概·文概》有“韩文起八代之衰，实集八代之成”的论断，刘开实已发其先声。

桐城派的理论从方苞到姚鼐，随着时代的发展，已经发生了明显的变化。方苞生活在宋学未衰的康雍两朝及乾隆前期，信奉程朱理学与韩愈、欧阳修之文章。姚鼐所处的乾嘉时期，汉学已凌驾宋学之上，成为学术的主流，考据学盛行。姚鼐主张义理、考据、辞章三者不可缺一，已与方苞仅有义理、辞章不同，增添了富于时代特色的“考据”要素，足见汉学的影响。生活在道光、咸丰与同治朝的曾国藩，被称为中兴桐城派的代表人物，学术上主张兼采汉宋，提出义理、词章、经济、考据四者缺一不可。受姚鼐《古文辞类纂》的影响，曾国藩编有《经史百家杂钞》，以尊经标示其溯古之真诚，将史传阑入《杂钞》中，实现文史的融合，让富于文学性的史传名正言顺地归于文学百家的园地，显现其闳通的眼光。当然，也正由于收入经史百家，《经史百家杂钞》展现了不纯然沿袭姚鼐《类纂》而有所变化发展的一面。《经史百家杂钞》收唐宋八家作品数量可观，韩愈、欧阳修两家尤多。欧阳修《朋党论》、《秋声赋》、《五代史伶官传序》、《丰乐亭记》等诸多名篇尽在其中，曾国藩对作品文学性的重视于此可见一斑。唯不选《醉翁亭记》，见其仍严守姚鼐不收带有六朝赋体色彩古文的藩篱。

姚鼐《复鲁絜非书》以阳刚阴柔论文，谓“欧阳、曾国藩之文，其才皆偏于柔之美者也。欧公能取异己者之长而时济之，曾公能避所短而不犯”。曾国藩认同姚鼐阳刚阴柔之说，其《圣哲画像记》以唐宋之韩愈、欧阳修分别为得阳刚与阴柔之美者，确认他们的代表性，并将二美之源追溯至西汉文章大家。姚鼐欣赏阳刚之美，但自身气质偏于阴柔，曾国藩则对阳刚之美十分重视：以为阳刚可弥补阴柔所固有之缺失。姚鼐的阳刚阴柔说及曾国藩对此说的继承与发展，是二者于清代中后期对古文美学探究的重大贡献。

谢章铤亦力挺韩愈、柳宗元之阳刚，对欧阳修、曾巩之柔弱不无微词：“唐文予最服膺韩、柳，窃谓二公文皆有峰，韩大柳小，然惟柳足以抗韩，故曰力与之角而不敢暇。自李文公以下，未尝不见峰，然土山也，盘郁渐高，非壁地拔起也。至欧、曾诸公，则水体耳，皆在濴洄冲澹之间，而荡胸生云，决眥归鸟，无是也。”[①]此与曾国藩关于阴柔有其不足的论述具异曲同工之妙。

桐城人方宗诚做过曾国藩的幕僚，是晚清的理学家，尊奉程朱理学，自称“生平好读义理及经济书，文章殊非所尚”[②]。方宗诚曰：

> 秦、汉以后，文章之士兴，于是有专以文字为文者矣。专以文字为文，故文日浮而道日晦，文日多而道日裂。于是老、庄、佛之徒出，反得以其所谓杳冥昏默、虚无寂灭者为道，扫除文字，虽三代圣人载道之文，亦皆视为土苴、糟粕、尘垢而秕糠之。……韩、欧崛起，超然有见于是，著文而非之，诚可谓振古之豪杰也。虽然，彼所谓文，究犹不过周末诸子立言之意；其所谓道已成，究犹是道之浅焉末焉者耳，而非孔子所谓“斯文在兹”者也。[③]

清代包括桐城派在内的众多文人学士，奉韩愈、欧阳修为“粹然儒者”、“古文正宗”，然而方宗诚虽然承认韩愈、欧阳修为“振古之豪杰”，却一改前辈对唐宋文章宗师的无比尊崇，称其道尚是“浅焉末焉者”。这自然与他笃信程朱理学、极端重道轻文密切相关。他认为“义理所以立本”，文章“仅可以发挥

---

① 谢章铤：《赌棋山庄馀集》文一《跋昌黎所书鹦鹉赋后》，1918年刊本。

② 方宗诚：《柏堂集》外编卷九《答奭秋》，《柏堂遗书》光绪刻本。

③ 方宗诚：《柏堂集》次编卷一《斯文正脉叙》，《柏堂遗书》光绪刻本。

道蕴而已”[1]。

在西学东渐的晚清,吴汝纶这位来自桐城的古文名家,在珍视与维护古典文学遗产的同时,于西学持开放的态度,在《答严几道书》中声称:“新旧二学当并存具列。”他对严复译书极表赞成,并为《天演论》作序。他又为欧阳修《丰乐亭记》、《黄梦升墓志铭》、《集贤校理丁君墓表》等文作评语,颇有见地,为徐树铮编《诸家评点古文辞类纂》所收录。

基于晚清统治的腐朽和社会的动荡,梁启超著《王安石评传》,对力主变法的王安石推崇备至,且高度评价其文学成就,谓安石“论事说理之文,其刻入峭厉似韩非子,其强聒肫挚似墨子。就此点论之,虽韩、欧不如也”。又称宋初西昆体盛行,“欧、梅以冲夷淡远之致,一洗浓纤绮冶之旧,至荆公更加以一种瘦硬雄直之气,为欧、梅所未有。故欧、梅仅能破坏,荆公则破坏复能建设者也”。应该说,王安石的文学成就是有目共睹的,其议论、碑志、哀祭等体及晚年诗歌的创作,成绩非凡,梁启超的评价还是较公允的。当然,他说诗歌方面“欧、梅仅能破坏”,未免偏激。至于王安石之文,他限定于议论文,并强调仅“就此点论之”。如就全面的文学贡献而论,王安石是不可能超过韩愈、欧阳修两位宗师的。

---

① 方宗诚:《柏堂集》外编卷三《与王子怀侍郎》,《柏堂遗书》光绪刻本。

全祖望"见道之文"的理论建构

雷斌慧
（湖南文理学院）

内容摘要："见道之文"为全祖望文学思想中树立的文学典范。全祖望"见道之文"的建构有三个层次：在文学本体论上，"文章虽小道，元气所节宣"；在文学创作论上，融醇古之味与风人之遗于一体；在文学功能论上，全祖望有着"卫道"、"翼经"、"经世"的三重追求。全祖望"见道之文"的理论建构，既有清代浙东学派文学渊源的影响，又可见其对清代浙东学派后学的启示。

关键词：全祖望　元气　见道之文　浙东学派

全祖望(1705—1755)，字绍衣，号谢山，浙江鄞县人，清代浙东学派之史学大柱，上承黄宗羲、万斯同，下启邵晋涵、章学诚。全祖望著作丰厚，主要有《鲒埼亭集》内编三十八卷、外编五十卷，《鲒埼亭诗集》十卷，《宋元学案》一百卷等。学者对全祖望的研究主要集中在其史学成就上，然考察《全祖望集汇校集注》，全祖望文学成就亦不俗，并有成熟的文学理念。

乾隆十七年，四十八岁的全祖望入粤讲学，作《帖经小课题词》。在此文中，全祖望深沉表达了自己的为文理想："文亦大有差等矣，有见道之文，有经世之文，降而为词章之文。"[①]又如《庐陵学案》中"祖望谨案"云："夫见道之文，非圣人之徒亦不能也。"[②]"见道之文"为全祖望心中的文学典范。在题词中，"见道之文"被全祖望认定为超出经世之文、词章之文，在于"见道之文"强调"文本六经"，为元气所凝，融醇古之味与风人之遗，展示了全祖望"卫道"、"翼经"、"经世"的三重追求。"经世之文"侧重于从古经中探索当时社会之经济、政治，继古显，启后学。"词章之文"则主要侧重于词章之美，无寄托之深意。

全祖望"见道之文"的理论建构有三个层次。在文学本体论上，"文章虽小道，元气所节宣"[③]；在文学创作论上，融醇古之味与风人之遗于一体；在文学功能论上，全祖望有着"卫道"、"翼经"、"经世"的三重追求。

一、"文章虽小道，元气所节宣"—— 文学本体论

全祖望《感怀》云："文章虽小道，元气所节宣。"表面看来，全祖望对文章颇为轻视，但实际上考察全祖望的文学思想，"元气"是个非常重要的概念。将全祖望的"元气说"与黄宗羲的"元气说"对比，可加深对全祖望"元气"的理解。全祖望的"元气"与心学血脉相连，在王阳明、刘蕺山、黄宗羲的心学一脉中，在坚持"一元论"的背景话语中，"心"与"气"在本体论上统一。黄宗羲《明儒学案》云："盈天地间

① 全祖望撰：《全祖望集汇校集注》(中)，朱铸禹汇校集注，上海古籍出版社2000年版，第1232页。
② 沈善洪主编：《黄宗羲全集》(第3册)，浙江古籍出版社2005年版，第235页。
③ 全祖望撰：《全祖望集汇校集注》(下)，朱铸禹汇校集注，上海古籍出版社2000年版，第2156页。

皆心也”[①],同时认为“通天地,亘古今,无非一气而已”[②]。心、气皆为本体,气为心之流动状态。全祖望《淳熙四先生祠堂碑文》亦云:“夫读书穷理,必其中有主宰而后不惑,固非可徒以泛滥为事。故陆子教人以明其本心,在经则本于孟子扩充四端之教,同时则正与南轩察端倪之说相合。心明则本立,而涵养省察之功于是有施行之地。”[③]此段带有明显调和朱熹、陆九渊的痕迹,然全祖望始终坚持心学的主体地位。全祖望认为“词章虽君子之余事,然而心气由之以传”[④]。宇宙、人、文皆为一体,心的流动为气,化而为文,亦传心气。因此,在本体层次上,文章为元气之节宣。

在全祖望的“元气”论中,元气具有“忠孝”的属性。如《明娄秀才窆石志》云:“忠孝者,天地之元气,旁魄而不朽者也。”[⑤]娄秀才因国亡而赴海而死,尸身随潮荡漾而回,全祖望认为忠孝为天地之元气,因而娄秀才的遗体才能得天呵护。又如《张尚书集序》云:“尚书之集,日星河岳所钟,三百年元气所萃也。”[⑥]指出张煌言的著述为元气所萃。从上可见,全祖望与黄宗羲的“元气”说有极大相似处,黄宗羲的“元气”说亦认为文学应表彰忠义,风格或铿锵镗鞳,或凄然岑寂,皆为遗民之心的自然流露。

全祖望、黄宗羲的“元气”说虽极相似,但仍有细微不同,主要体现为两方面:

(1)黄宗羲的“元气说”主要为宋、明遗民量身打造,打上鲜明的时代烙印。然在全祖望的“元气”说中,遗民的指向泛化,元遗民亦取得与宋、明遗民同等的地位,如《九灵先生山房记》云:“元之立国甚浅,崇儒之政无闻,而其亡也,一行传中人物累累相望,是岂元之有以致之,抑亦宋人之流风善俗,历五世而未斩,于以为天地扶元气欤?”[⑦]戴良为元之遗民,明太祖欲召之京师,戴良固辞。全祖望认为戴良身为元遗民而不仕明,亦是“元气”的流露。全祖望的“元气”说比黄宗羲“元气”说向前迈了一步,原因在于时移势迁,明亡的伤痛在新一代清代士人身上已慢慢淡化。另外,作为史家的责任感,使全祖望跳出“忠明”的圈子,用宏阔的眼光打量历史,推崇“元气”。

(2)全祖望对于黄宗羲“元气”分阴阳有异议。如《海巢记》云:“晞发、白石之吟,阳气也,强压于元,愤盈而无以自洩,未百年而高皇帝发其迅雷。丁、戴诸公之吟,阴气也,临以明之重阳,故不能为雷,而如蛊之风,不久而散。此亦梨洲就其身世而立言耳,君臣之义何所逃于天地之间,此耿耿不散者,孰为阳,孰为阴,其激怒旁魄,俱足为雷;其哀唳凄怆,俱足为风;不可以歧而视之。”[⑧]此段全祖望详细阐明了自己的“元气”说与黄宗羲“元气”说的差别。黄宗羲认为宋遗民如谢翱、姜夔等为阳气,元遗民如“丁、戴诸公”则为阴气。阳尊阴卑,可见黄宗羲明显的“右宋”色彩,全祖望亦敏锐指出:“此亦梨洲就其身世而立言耳。”元气分阴阳之论由来已久,《淮南子·天文训》即云:“元气有涯根,清阳者薄靡而为天,重浊者凝滞而为地。”[⑨]可见宇宙生元气,元气分阴阳。朱熹认为太极为理,阴阳为气,太极在阴阳之中,贯彻着朱熹“理生气”的思路。黄宗羲则反对朱熹将太极、阴阳相分。然此处黄宗羲将元气分为阴阳,确实有私心在内。全祖望则认为元气不分阴阳,元气实为君臣之义充塞天地之间。不仅对遗民的态度更加平允,而且使得文学中的元气说与心学思想中的元气论浑融一体。

全祖望的“元气说”与“风调”有一定的对立。如《唐陈拾遗画像记》云:“予谓东汉以后无文章,诸葛公《出师表》足以当之;六朝无文章,渊明《止酒》诸诗及韩显宗《答刘裕书》足以当之,而《归去来辞》尚非其最;唐初无文章,义乌之檄足以当之:皆天地之元气,而不以其文之风调论也。”[⑩]全祖望对东汉至唐代的文章进行回顾,然入其青眼者仅诸葛亮《出师表》、陶渊明《止酒》诸诗、韩显宗《答刘裕书》、骆

① 沈善洪主编:《黄宗羲全集》(第10册),浙江古籍出版社2005年版,第77页。

② 黄宗羲:《宋元学案》(第1册),全祖望补修,陈金生、梁运华点校,中华书局1986年版,第499页。

③ 全祖望撰:《全祖望集汇校集注》(中),朱铸禹汇校集注,上海古籍出版社2000年版,第1003页。

④ 全祖望撰:《全祖望集汇校集注》(中),朱铸禹汇校集注,上海古籍出版社2000年版,第1099页。

⑤ 全祖望撰:《全祖望集汇校集注》(上),朱铸禹汇校集注,上海古籍出版社2000年版,第847页。

⑥ 全祖望撰:《全祖望集汇校集注》(中),朱铸禹汇校集注,上海古籍出版社2000年版,第1210页。

⑦ 全祖望撰:《全祖望集汇校集注》(中),朱铸禹汇校集注,上海古籍出版社2000年版,第1094页。

⑧ 全祖望撰:《全祖望集汇校集注》(中),朱铸禹汇校集注,上海古籍出版社2000年版,第1095—1096页。

⑨ 李昉撰:《太平御览》(卷一天部一),《四部丛刊》三编景宋本。

⑩ 全祖望撰:《全祖望集汇校集注》(中),朱铸禹汇校集注,上海古籍出版社2000年版,第1104页。

宾王《为徐敬业讨武曌檄》。诸葛亮的《出师表》以质朴的语言将自己对蜀汉的一片丹心托出，忠义之气流转文中。韩显宗的答书为拒绝刘裕拉拢而作，任气而行，言辞激烈。骆宾王《代徐敬业讨武氏檄》为讨伐武则天而作，气势充沛，立论严正。温汝能《陶诗汇评》评《止酒》认为陶渊明能饮能止，实为知道者。可见，全祖望的"元气"之文在内容上体认天道，表现对国家民瘼的关注。在艺术形式上，"元气"之文情感真挚，气势充沛，立论严正，带有不求工而自工的色彩，与"风调"形成一定的对立。

二、融醇古之味与风人之遗于一体——文学创作论

全祖望《公是先生文钞序》云："予尝谓文章不本于《六经》，虽其人才力足以凌厉一时，而总无醇古之味，其言亦必杂于机变、权术，至其虚矫恫喝之气，末流或一折而入于时文。"[①]指出文本六经，并大力推崇"醇古"之味。全祖望的"醇古"在内容上本源于六经。在形式上，"醇"具有纯净、温厚之意，在才力灌注的同时，淘汰机变、权术之杂言，呈现出温柔敦厚的风貌；"古"具有雅正、深厚之意，在学本六经的同时，展现雄深雅健的一面。

全祖望《春凫集序》云："予言诗自盛唐而后推三家：柳子厚不可尚矣，次之则宛陵，次之则南渡姜白石，皆以其源深孤诣，拔出于风尘之表，而不失魏、晋以来神韵，淡而弥永，清而能腴，真风人之遗也。"[②]全祖望对盛唐以来的诗歌推三家：柳宗元、梅尧臣、姜夔，称此三家得"风人之遗"。全祖望"风人之遗"有两大元素，即深情孤诣与魏晋神韵。全祖望对诗歌中"风人之遗"的推举亦辐射到散文创作中，强调情感的抒发与韵味的流露。如《梨洲先生思旧录序》云："肠断于甘陵之部，神伤于漳水之湄，缠绵恻怆，托之卮言小品以传者也。"[③]《思旧录》为黄宗羲追怀亲朋故友而作，凄怆缠绵，味在言外。表面看来，"醇古之味"与"风人之遗"颇有差距，深情孤诣、魏晋神韵与儒家中和之美似有冲突。然要注意的是，在全祖望的文学思想中，文学为心之抒发，情之流露。如《沈果堂墓版文》云："读书以穷经为事，贯穿古人之异同而，求其至是；其为文章，不务辞华，独抒心得。"[④]全祖望赞扬沈彤文章"不务辞华，独抒心得"，可见必要时辞华可为心得让步，值得注意的是，此处全祖望对沈彤独抒心得的赞美与沈彤的穷经并未冲突，可见"见道之文"并不呆板，展现出活泼的性灵、悠远的韵味。"风人之遗"在创作论中的启示则是鼓励学者抒发性灵，展现本色，探索韵味之美。全祖望心中"风人之调"的典型为施闰章。施闰章出生于"一门邹鲁"的理学世家，为文意朴气静，继承梅尧臣开启的宣城风雅，醇厚清正。杭世骏评价他："愚山先生其学非一世之学，关、闽、濂、洛之学也，其文非一世之文，陶、杜、韩、柳之文也。"[⑤]可见施闰章达到理学与文学的融合，是融醇古之味与风人之遗于一体的典范。

如何建构"见道之文"？如何实现文学创作中醇古之味与风人之遗的融合？全祖望的文学创作论主要分四步走：经史文合一；"养气"；对"情"的关注；对章法顿挫与文笔雅洁的强调。

(一)经史文合一

全祖望《端溪讲堂条约》之《习词章》云："诸生倘能如掌教之言，通明经史、性理，其于表、论、判、策已非所难，然而行文之礼，或尚未娴，仍不出帖括家数已应之，亦非矣。则八家文集及朱子文集，不可不读也，亦须时时习之。"[⑥]全祖望在广东任教时对诸生学业进行指点，认为学生应通明经史，在以经史为根底的基础上，认真阅读八家文集及朱子文集，发之为文则能醇雅古正。经史文的融合是建构"见道之文"的坚实基础。

---

① 沈善洪主编：《黄宗羲全集》(第3册)，浙江古籍出版社2005年版，第267页。
② 全祖望撰：《全祖望集汇校集注》(中)，朱铸禹汇校集注，上海古籍出版社2000年版，第1253页。
③ 全祖望撰：《全祖望集汇校集注》(上)，朱铸禹汇校集注，上海古籍出版社2000年版，第601页。
④ 全祖望撰：《全祖望集汇校集注》(上)，朱铸禹汇校集注，上海古籍出版社2000年版，第361页。
⑤ 杭世骏：《道古堂全集文集》(卷五)，清乾隆四十一年刻光绪十四年汪曾唯修本。
⑥ 全祖望撰：《全祖望集汇校集注》(中)，朱铸禹汇校集注，上海古籍出版社2000年版，第1857页。

（二）“养气”

在心学体系中，心与气的关系一直引人注目。全祖望亦将对“气”的探讨引入文学创作中。如《蕺山诸生来讯》云：“多师未必真求益，不若归求自有余。试到十年养气后，更参斯语定何如。”①全祖望指出学问之道不在转益多师，最重要的在于“养气”。全祖望秉承心学，心与气皆居于本体地位，具有“至善”的本质，那如何涵心养气？《二老阁藏书记》云：“自先生合理义象数名物而一之，又合理学气节文章而一之，使学者晓然于九流百家之可以返于一贯。……而先生之语学者，谓当以书明心，不可玩物丧志，是则藏书之至教也。”②此处全祖望借黄宗羲之藏书阐述学问之道，他认为学者应如黄宗羲合理义象数名物而一之，文章则应是合理学气节而一之，那如何使为学为文达到如此境界？全祖望认为应“以书明心”。全祖望多次强调心学为“践履之学”，践履的重要途径之一即是读书。心明气纯，发之于文，合于天理。全祖望亦喜以气论人论文，尤其推重刚毅正气。如《杨文公论》云：“东坡谓人之所恃者气，正气所恃，非威武所能屈，故因太白之不礼高力士，而知其必不见胁于永王，且信其为王佐之才，可谓善论人者。吾于文公亦云。”③以气论人，赞美杨文公的浩然正气。又如《陈裕斋先生墓版文》评价陈裕斋之作“至随意为古文时文，落笔踔厉风发，皆有至理精气行乎其间，其于近世作者，视之蔑如也”④，赞赏陈裕斋之文“至理精气行乎其间”，可见养气之效。

（三）对“情”的关注

气为心之流动，情为喜怒哀乐等道德情感。气积则文昌，情深则文挚。气昌兼情挚，天下之至文。在全祖望的文学思想中，“情”占据重要位置。如《郑侍读筼谷先生墓碑铭》评价郑江之作：“其所作诗古文辞，称情而出，一任时风众势之上下，确然莫能溷其本色。”⑤全祖望称赞郑江之作“称情而出”，尽显本色。又如《答胡复翁都宪论义山漫成五章帖子》云：“然其依归，不徒在李、杜之文章，而推本于其操持，则有慕于太白之忤中官，少陵之每饭不忘君父，而感叹于‘苍蝇’之惑，以致伤于异代之同遇者，情见乎词，是非徒以文章言之也。”⑥文学即人学，为人个性情感的折射，至善之气流于诗文使诗文能明理，情感的抒发则能使诗文真挚动人。全祖望在品评李商隐《漫成》之时，重点凸显李商隐对李白、杜甫操持的欣赏，自叹身世，情见乎词。

（四）对章法顿挫与文笔雅洁的强调

风人之遗与醇古之味的融合亦有艺术手法的要求，全祖望对章法顿挫、文笔雅洁极为重视。如严元照评价全祖望《史雪汀墓版文》：“有起落，有顿跌，集中之佳者。”⑦全文表面在顿跌起伏中生动描摹一落魄颓唐之史雪汀，实则借史雪汀之遭遇抒畸士之悲愤，意在言外，情韵悠远。如《送沈征士彤南归引》评价沈彤“叩其所学，则实能贯穿古今经术而折衷之，文笔亦雅洁，不类吴下词章之士”⑧。全祖望素不喜“江南之文”，沈彤之文以经术为本，呈雅洁之貌，传醇古之味，得到全祖望的欣赏。

三、“卫道”、“翼经”、“经世”的三重追求——文学功能论

全祖望的弟子董秉纯在《录谢山先生时文稿题词》中评论：“若先生之作，卫道之文也，翼经之文

---

① 全祖望撰：《全祖望集汇校集注》（下），朱铸禹汇校集注，上海古籍出版社 2000 年版，第 2272 页。
② 全祖望撰：《全祖望集汇校集注》（中），朱铸禹汇校集注，上海古籍出版社 2000 年版，第 1064 页。
③ 全祖望撰：《全祖望集汇校集注》（上），朱铸禹汇校集注，上海古籍出版社 2000 年版，第 561 页。
④ 全祖望撰：《全祖望集汇校集注》（上），朱铸禹汇校集注，上海古籍出版社 2000 年版，第 388 页。
⑤ 全祖望撰：《全祖望集汇校集注》（上），朱铸禹汇校集注，上海古籍出版社 2000 年版，第 332—333 页。
⑥ 全祖望撰：《全祖望集汇校集注》（中），朱铸禹汇校集注，上海古籍出版社 2000 年版，第 1736 页。
⑦ 全祖望撰：《全祖望集汇校集注》（上），朱铸禹汇校集注，上海古籍出版社 2000 年版，第 406 页。
⑧ 全祖望撰：《全祖望集汇校集注》（中），朱铸禹汇校集注，上海古籍出版社 2000 年版，第 1258 页。

也，经世之文也。”[①]董秉纯对全祖望的作品进行归纳，认为皆为可作之文，无应酬之作。

全祖望曾慎重表示文章不苟作。文以卫道、文以翼经、文以经世可谓是其一生文学创作的追求。在文以卫道方面，《受宜堂集序》云：“在昔欧阳兖公之文章，足以嗣孟、荀，侔迁、固，拟韩、李矣。”[②]全祖望认为欧阳修之文章，继孟子、荀子之道统，文以卫道。在文以翼经方面，《文说》云：“作文当以经术为根底，然其成也，有大家，有作家。”[③]全祖望指出经与文密不可分，作文应以经术为根底，翼经之文方能传承儒学之“道”，有益于世。在文以经世方面，《前侍郎桐城方公神道碑铭》云：“唯是经术文章之兼固难，而其用之足为斯世斯民之重，则难之尤难者。”[④]全祖望折中朱熹、陆九渊，重视“践履”，此处评价方苞之文，感慨文章经世之难，足见对文以经世的高度重视。全祖望对文学的“卫道”、“翼经”、“经世”的三重追求并非截然分开，而是浑然一体，圣人之道存于经典之中，而卫道、翼经的目的在于经世。

全祖望对“见道之文”的理论建构，既有清代浙东学派文学渊源的影响，又可见其对清代浙东学派后学的启示。在文学本源上，清代浙东学派普遍表现出对文道关系的关注。如在“元气”的性质上，黄宗羲、全祖望尽管存在分歧，但他们都将“元气”引入文学，搭起文学与哲学的桥梁。在文学创作中，清代浙东学人经史学素养深厚，发之于文，经史文三位一体，深厚博雅，汪洋恣肆，为学者之文与文人之文结合的典范。全祖望在继承“文本六经”的同时，经史文三位一体，注重“养气”之效，关注“情”的抒发，强调章法顿挫与文笔雅洁。相对于邵晋涵、章学诚文集中对考据的热爱，全祖望“见道之文”的理论建构为醇古之味注入风人之遗，使清代浙东学派的文学创作在博雅中注入一丝空灵，清正中逸出一缕灵韵，在某种程度上启示了章学诚《辨似》中对学术文章“神妙之境”的追求。在文学功能上，清代浙东学派继承南宋浙东学派，普遍展现出经世致用的追求，表现出文人的良心和骨气。要之，对全祖望“见道之文”的建构的探讨，不仅丰富了全祖望研究，而且对清代浙东学派文学研究大有裨益。

---

① 全祖望撰：《全祖望集汇校集注》(下)，朱铸禹汇校集注，上海古籍出版社2000年版，第2739页。

② 全祖望撰：《全祖望集汇校集注》(中)，朱铸禹汇校集注，上海古籍出版社2000年版，第1251页。

③ 全祖望撰：《全祖望集汇校集注》(中)，朱铸禹汇校集注，上海古籍出版社2000年版，第1807页。

④ 全祖望撰：《全祖望集汇校集注》(上)，朱铸禹汇校集注，上海古籍出版社2000年版，第305页。

《陶庵梦忆》中的江南城市生活

李　丹

（江门职业技术学院）

内容摘要：《陶庵梦忆》是明末散文家张岱在明亡之后以追忆的方式记叙早年生活写成的笔记小品，书中内容皆为作者对年轻时繁华生活的追忆，涉及山川风物、园林胜景、民间娱乐、文人清娱、市井奇人等多方面的内容，描绘了一幅明代江南城市生活的市井风俗画卷，为我们了解晚明江南的城市生活图景，特别是士人阶层的生活情况和心理状态提供了丰富而生动的资料。

关键词：张岱　陶庵梦忆　江南　城市文学

《陶庵梦忆》是明末散文家张岱的一部笔记小品，凡八卷，收文123篇。该书成于明亡之后，"披发入山"的陶庵抚今追昔，以追忆的方式记叙早年在江南的城市生活。书中内容涉及山川风物、园林胜景、民间娱乐、文人清娱、市井奇人等多方面的内容，描绘了一幅明代尤其是江南城市生活的市井风俗画卷。"全书字里行间洋溢着一种鲜活的人文气息，闪耀着新兴市民文化色彩，表现了作者对这种新文化新世相的欢迎赏悦和深深追怀，而不仅仅在于寄托故国之思易代之悲。"①

一、城市风物景观

城市风物景观包括城市的山川风物和建筑景观。"大地上的景观是人类为了生存和生活而对自然的适应、改造和创造的结果。同时栖居的过程也是建立人与人和谐相处的过程。因此，作为栖居地的景观，是人与人、人与自然关系在大地上的烙印。"②

张岱好游历，足迹遍及江南各地，包括南京、杭州、苏州、宁波、镇江、无锡、嘉兴等名城。他笔下的山川风物，有南京的燕子矶、栖霞山，镇江的金山、焦山，杭州的西湖、湘湖，等等，这些景观由于是在城市里，已经不完全是寂静的自然景观了，而是染上了喧闹的人的色彩，甚至成为城市居民活动的场所和背景。正如周作人所说："张宗子是个都会诗人，他所注意的是人事而非天然，山水不过是他所写的生活的背景。"(《陶庵梦忆》序)《金山夜戏》只用寥寥几笔勾勒了长江夜景："月光倒囊入水，江涛吞吐，露气吸之，噀天为白。"然后转而记载张岱一行人在龙王堂大殿张灯唱戏、寺僧观剧的情景。《栖霞》也简笔描绘了南京栖霞山的山势之险和长江之阔，但中间穿插了一僧一客，金山和栖霞山已经成了人物活动的背景和清雅言谈、娱乐的陪衬。

《陶庵梦忆》里写得更多的是建筑景观。张岱的家在山阴，他对山阴的亭台楼阁非常熟悉，并用热情的笔调一一描述出来。张家宅邸背靠龙山，右岭下有高祖张天复建的"浑朴一亭"筠芝亭，亭下有"不槛不牖，不楼不台"的巘花阁；西边城隍庙前绝壁下有庞公池，山上有蓬莱阁，阁西下有书屋"山艇子"；祖父张汝霖晚年在山旁筑室、修建华缛有如"蓬莱阆苑"的砎园，山下有龙喷池，龙山磨盘冈下有

---

① 夏咸淳：《论张岱及其〈陶庵梦忆〉〈西湖梦寻〉》，载《天府新论》2000年第2期。

② 俞孔坚：《景观的含义》，载《时代建筑》2002年第1期。

雷殿，龙山支麓有堂弟燕客花费巨万而建的瑞草溪亭，还有被仲叔张联芳毁掉的“不藉尺土，飞阁虚堂”的悬杪亭……除了卧龙山周围的景观之外，绍兴还有张岱自家种满了牡丹、西溪梅、西番莲、宝襄、秋海棠的梅花书屋，四时有不谢之花的不二斋，“读书其中，扑面临头，受用一绿，幽窗开卷，字俱碧鲜”的天镜园，朱文懿家的逍遥楼；另有表胜庵、杨神庙、品山堂鱼宕，等等。这些建筑景观的描绘，同样涂上了浓厚的人文色彩，写出了绍兴的风景之美，表现了作者及其家族人物高雅脱俗的欣赏趣味、悠闲自得的生活品位以及人与自然和谐相处的怡然之乐。

山阴之外，建筑景观还有南京的钟山、报恩塔，嘉兴的烟雨楼，镇江的于园，杭州的不系园、岣嵝山房，无锡的愚公谷，苏州的范长白园，在张岱诗意的笔下，私家园林布置讲究，常常体现出主人不俗的趣味；公共楼台风光秀丽，市民在此玩耍游乐悠然自得，自然之美总是和城市里人的活动联系起来，具有动态的人文之美。

二、文人士大夫清娱

张岱的生活周旋于读书与享乐之间。张家藏书甚富，“余家三世积书三万余卷”，又“余自垂髫聚书四十年，不下三万卷”(《三世藏书》)，书房都有好几个，筠芝亭、梅花书屋、不二斋、天镜园、山艇子、悬杪亭，这些书房环境优美，布置讲究，“图书四壁，充栋连床”，读书其中本身就是一种绝美的享受。张岱五十岁之前过着悠闲诗意的生活，享受了人间的种种快乐，他曾经在《自为墓志铭》中这样总结：“少为纨绔子弟，极爱繁华，好精舍，好美婢，好娈童，好鲜衣，好美食，好骏马，好华灯，好烟火，好梨园，好鼓吹，好古董，好花鸟，兼以茶淫橘肆，书蠹诗魔。”品茶、结社、收藏、游赏构成了他悠闲清雅生活的主要内容。

明清之际的文人，富有才学与清雅修养的一个表现即是品茶，以茶会友。张岱即精于茶道，他不仅熟悉制茶的各道工序，善于辨别茶的品种、产地、高下，而且对于什么泉水泡什么茶，怎么泡，用什么茶具，都深有讲究。《陶庵梦忆》中有相当数量关于茶的小品文，从中可见张岱于此道的修养。《闵老子茶》是其中最有特色的一篇。闵老子，即安徽休宁茶艺专家闵汶水，俞樾在《茶香室丛钞》中记载：闵茶有二，其一就是“万历末闵老子所制”[①]。“茶淫橘肆”的张岱慕名拜访闵老子，能精确地判断出茶的产地、制法、季节，并对泉水的质地表示怀疑，引起闵老子大为感慨：“予年七十，精赏鉴者，无客比。”张岱精通制茶工艺，他把家乡山阴传统的日铸茶改良成新品种“兰雪茶”，其善辩泉水，在《闵老子茶》、《禊泉》、《阳和泉》等篇中均有精彩表现。张岱对茶具也颇有研究(《砂罐锡注》)，《乳酪》、《蟹会》、《鹿苑寺方柿》等篇也涉及茶事，这些小品本身就像一壶清茶，表现出文人张岱的闲情逸致和过人学识，给人以美的享受。

张岱曾学琴于王侣鹅(《绍兴琴派》)，组织五六琴客结成丝社。他与亲友有许多结社集会，诸如丁丑诗社、读史社、噱社、斗鸡社等。

收藏是城市中文人士大夫的风雅韵事，于收藏可见主人的见识、学问、襟度。其父张耀芳有重达千斤的“木犹龙”化石(《木犹龙》)，堂弟燕客有“五星拱月”天砚(《天砚》)，祖舅朱石门是江南著名的收藏家，他的收藏非常丰富。(《朱氏收藏》)朱石门的癖好对张家子弟影响很大，[②]仲叔张联芳就是其一。张联芳坐拥异宝，“赢资巨万，收藏日富”，成为江南收藏名家之一。(《仲叔古董》)张岱后来追忆说：“我张氏自文恭以俭朴世其家，而后来宫室器具之美，实开自舅祖朱石门先生，吾父叔辈效而尤之，遂不可底止。”[③]

游赏也是打发时间的好方法。春天可去天台山看枝叶离披、大如小斗的牡丹(《天台牡丹》)；夏天

---

① 俞樾：《茶香室丛钞》，中华书局2006年版，第444页。

② [美]史景迁：《前朝梦忆》，温洽溢译，广西师范大学出版社2010年版，第67页。

③ 夏咸淳：《张岱诗文集》，上海古籍出版社1991年版，第255页。

就拉着秦一生、张平子等人爬龙山雷殿前的高台(《雷殿》);秋日是游湖的好时节(《西湖七月半》);冬天约朋友、携名妓打猎,"极驰骤纵送之乐"(《牛首山打猎》),或赏雪景(《龙山雪》、《湖心亭看雪》)。张岱悠闲自得、清淡高雅的游赏生活,大约是江南一带文人雅士的代表。经济的富庶、山水的温软、格调的高雅,使得他们能用各种方式打发闲散时光,展现自己的志趣,也展现了江南主要城市的风情俗韵。

三、民间文化娱乐

江南人好游乐,大凡节日,总会倾城出游,无论男女老幼、贫富雅俗,都参与到庙会、烟火、灯彩、蹴鞠、演剧等活动中,乘兴而往,兴尽而归,张岱就以热情灵动的笔墨追忆了江南各地丰富多彩、如火如荼的节日娱乐活动。吴承学说:"《陶庵梦忆》是一个艺术家眼中的江南一代晚明的文化风俗史。"[①]主要指的就是这类作品。

元宵节有绍兴灯景,家家户户都挂灯,"大街以百计,小巷以十计。从巷口回视巷内,复叠堆垛,鲜妍飘洒,亦足动人"。不仅灯的数量多,挂灯的时间也长,看灯的人摩肩接踵,尤其妇女,精心打扮,兴致盎然,且"天晴无日无之"(《绍兴灯景》)。张岱家曾于万历辛丑年(1601)于龙山放灯(《龙山放灯》),会稽朱家又分别放灯塔山和蕺山,盛况大约不亚于龙山灯景。《闰元宵》、《严助庙》2篇也写到与越中父老放五夜灯,和会稽严助庙元宵设供、演剧、蹴鞠种种活动的盛况。花朝节有西湖香市,昭庆寺两廊,无日不市,"有屋则摊,无屋则厂,厂外又棚,棚外又摊,节节寸寸"。逛庙会的人,"如逃如逐,如奔如追,撩扑不开,牵挽不住,数百十万男男女女老老少少,日簇拥于寺之前后左右者,凡四阅月方罢"。清明节扬州城中男女毕出,以展墓为名,踏青游乐,"自钞关、南门、古渡桥、天宁寺、平山堂一代,靓妆藻野,袨服缛川"。《越俗扫墓》、《日月湖》2篇反映了越中清明游湖的情景。江南水乡有端午竞渡的习俗,西湖、秦淮河、无锡、瓜州、金山均有竞渡,张岱认为金山竞渡最胜。(《金山竞渡》)《秦淮河房》写端午节南京士女竞看灯船的胜景。中元节有《西湖七月半》,中秋节有《虎丘中秋夜》。

另有《葑门荷宕》、《白洋潮》、《杨神庙台阁》、《世美堂灯》、《目莲戏》、《冰山记》、《烟雨楼》、《定海水操》等篇章都从方方面面反映了晚明江南一带的民情风致、习俗好尚。"城市生活浓厚的政治色彩,商业色彩以及世俗化色彩,经由创作主体心灵的感受与投射,赋予城市文学文本相应的文化风貌、功利性(包括政治功利和物质功利)、世俗性、娱乐性构成了古代城市文学最核心的意义要素,以富为美、以俗为美,成为城市文学审美取向最突出的特征。"[②]张岱虽然在个人生活方面非常高雅脱俗,但写到民间游乐时,对这些世俗、功利、商业化色彩浓厚的活动也往往报以欣赏的态度,体现出城市文学的本质与特色。

四、市民食色之欲

张岱的家族很讲究饮食,他曾说自己家里在父叔一辈"家常宴会,但留心烹饪,庖厨之精,遂甲江左"(《张东谷好酒》),他本人也是个美食家。他坦言自己年轻时极是嘴馋,想方设法搜罗全国各地的特产来解馋,"远则岁致之,近则月致之、日致之。耽耽逐逐,日为口腹谋"(《方物》)。在《陶庵梦忆》中,作者总是洒脱地展现自己的口腹之欲。《鹿苑寺方柿》、《品山堂鱼宕》,虽是写口腹之欲,却真实而不俗,反而处处透出洒脱高雅,见出主人家善于生活的品位。《蟹会》、《乳酪》更写出作者饮食上的讲究和善于创新。

张岱不仅肯定口腹之欲,也大胆记叙声色之欲。他坦言自己"好美婢,好娈童","好梨园,好鼓吹"。张家自万历年间祖父张汝霖开始,就蓄养声伎,有"可餐班"、"武陵班"、"梯仙班"、"吴郡班"、"苏

① 吴承学:《遗音与前奏——论晚明小品文的历史地位》,载《江海学刊》1995年第3期。

② 周晓彬:《中国古代城市文学研究的文学史意义》,载《北京化工大学学报》2008年第4期。

小小班"、"茂苑班",这些人的技艺"愈出愈奇",技艺精湛的就有近20人。(《张氏声伎》)张岱出游时常常带着家中声妓。(《龙山雪》、《金山夜戏》)当时富豪之家蓄养声伎是一种风气,范长白、邹愚公、黄贞父、包涵所、朱云崃和张岱的几个叔父表亲都有自己的戏班。张岱家的戏班在五十年之中传承了五轮,这是他颇为得意之事。张岱最欣赏的戏曲演员是彭天锡和刘晖吉,前者串戏之功妙绝天下,直令人徒呼奈何;后者是张岱自家声伎,她唱功奇绝,善于创新,"奇情幻想,欲补从来梨园之缺陷",连彭天锡都赞赏有加,为之心折。

张岱最钟情的两个女戏子是朱楚生和王月生。朱楚生擅长调腔戏,"其科白之妙,有本腔不能得十分之一者",此人虽不甚美,却有绝世风韵,"楚楚谡谡,其孤意在眉,其深情在睫,其解意在烟视媚行"。其可爱可敬之处还在于以戏为命,绝不含糊,一往情深,终为情而死。王月生虽出身于秦淮河边低档妓院,然"曲中上下三十年,绝无其比"。她"面色如建兰初开,楚楚文弱,纤趾一牙,如出水红菱",不仅艳冠群芳,且"矜贵寡言笑",擅长书法绘画歌唱,好茶,好静,其气质"寒淡如孤梅冷月"。王月生曾伴张岱出南京城游燕子矶,张岱还为她写了一首《曲中妓王月生》,以茶来比拟其脱俗之美。

张岱既欣赏妓女的才艺风致,又同情她们的悲惨命运,从她们追欢买笑的生涯中窥见她们肉体上和精神上的痛苦。《扬州瘦马》反映的是扬州土豪地痞以贱价买得贫家童女,教以琴棋书画歌舞等技艺,又以高价转卖给四方官绅、商贾作小妾的恶俗,绘声绘色地刻画了牙婆驵侩养瘦马为肥而得善价的丑恶嘴脸。《二十四桥风月》写扬州歪妓有五六百人,每至夜分即到茶馆酒肆前"站关",被客人挑中者即随客去,余下二三十人困坐茶馆,寂寥无依,"笑言哑哑声中,渐带凄楚。夜分不得不去,悄然暗摸如鬼。见老鸨,受饿、受笞,俱不可知矣"。"今时娼妓布满天下,其大都会之地动以千百计,其他穷州僻邑,在在有之,终日倚门献笑,卖淫为活,生计至此,亦可怜矣。"[①]

五、市井奇人异士

《陶庵梦忆》还以赞美的笔调写了很多非同一般的市井人物,有工匠、说书艺人、杂技演员、伶人、画家等,展现他们的才艺、智慧和深情的癖好。他与民间艺人过从甚密,对他们的才艺赞赏有加。擅长竹器雕刻的金陵濮仲谦,"古貌古心,粥粥若无能者,然其技艺之巧,夺天工焉",他的雕刻不为势利所动,而且乐于助人,自己却一贫如洗。(《濮仲谦雕刻》)中过进士的沈梅冈因得罪严嵩下狱,在狱中练就了一副精雕细刻的身手,能以"香楠尺许,琢为文具一、大匣三、小匣七、壁锁二;棕竹数片,为箑一,为骨十八",连能工巧匠都自叹不如。(《沈梅冈》)著名制陶艺人龚春、时大彬、陈用卿,制锡艺人王元吉、归懋德,皆能化腐朽为神奇,于小小的砂罐锡注中体现艺术的真谛,其价值"直跻之商彝周鼎之列,而毫无惭色"。《柳敬亭说书》、《世美堂灯》、《吴中绝技》、《诸工》均对民间艺人的技艺进行了高度评价,"至其厚薄深浅,浓淡疏密,适与后世鉴赏家之心力、目力针芥相投",肯定他们能"与缙绅先生列坐抗礼",并感慨"则天下何物不足以贵人,特人自贱耳"。贱工也有高深的艺术修养,也能成名成家,这是一种新的价值观,反映了明代商品经济发达的情况下市民阶层新的思想意识。

张岱有个著名的观点:"人无癖不可与交,以其无深情也;人无疵不可与交,以其无真气也。"在张岱的朋友中,有一些有特殊癖好的奇人。擅长园艺种植的金乳生(《金乳生草花》),有多种癖好的祁豸佳(《祁止祥癖》),好琴喜兰的范与兰(《范与兰》),都是张岱笔下以深情动人的鲜活人物。

还有一些名士,以其特殊的才能和潇洒的风度而令张岱折服。读书于杭州南屏山的知名学者黄寓庸,有一心多用的特殊才能,"交际酬酢,八面应之。耳聆客言,目睹来牍,手书回札,口嘱傒奴,杂沓于前,未尝少错"。更难能可贵的是,访客无论贵贱,都一视同仁。(《奔云石》)包涵所,晚年归卧西湖,以声色自娱,造楼船,置歌儿舞女与书画;作八卦房,穷奢极欲,繁华到底,为西湖大家。(《包涵所》)范长白晚年退居苏州天平山,建园林,乐声伎,虽状貌奇丑,却冠履精洁,善于谐谑谈笑,"丝竹摇飏",更

---

① 谢肇淛:《五杂俎》(卷八),上海书店出版社2009年版,第157页。

兼园林雅致，“尽可自名其家”。（《范长白》）邹迪光罢归后在无锡惠山助愚公谷，与文士觞咏其间。其人工诗文字画，精音乐歌舞，极园亭之胜，“其园亭实有思致文理者为之”（《愚公谷》）。这四个人都是万历进士，中年以后归隐于市井，依然保持文人的高致。

明代中期以后，社会开始走向全面繁荣，“到明代后期的隆庆、万历、天启、崇祯年间，市民社会遂发展至了全盛阶段，甚至还出现了若干‘资本主义的萌芽’，开出了绚烂的市民社会的繁荣之花”①。都市工商业经济的发达，市民阶层的兴起，使文人士大夫的思想也受到市井文化的影响。一方面，传统意义上的末艺、贱流以其技艺和敬业精神受到社会的重视，地位得到提高和肯定；另一方面，明代中后期的文学中，出现了重视个性、肯定欲望的潮流，那些崇尚享乐主义人生哲学、能把生活过得有声有色的市井人物，也引起文人由衷的赞美和肯定。张岱研究专家夏咸淳先生说：“如果说《清明上河图》是中国绘画史风俗图之瑰宝，那么，《陶庵梦忆》则是中国文学史风俗记之绝唱。”②这绝唱中，有的是江南的山川风物、市井奇人、风俗人情，作者以细致的笔墨娓娓道来细细说去，在对往昔繁华生活刻骨铭心的怀念中，也寄托了他浓郁的思国之情、亡国之痛。

---

① 邵毅平：《中国文学中的商人世界》，复旦大学出版社2005年版，第280页。

② 夏咸淳：《论张岱及其〈陶庵梦忆〉〈西湖梦寻〉》，载《天府新论》2000年第2期。

王慎中与明正德、嘉靖时期“文以明道”思想之新变

刘尊举

（首都师范大学中国散文研究中心）

内容摘要：明正德、嘉靖之交，时局动荡，士人的生命旨趣纷纷由诗文创作转向了“性命之学”。唐宋派“文以明道”的创作思想遂取代前七子主情感、重格调的诗学主张，成为嘉靖前期主流的文学思想。王慎中的“文以明道”说，努力调和文与道之间的价值冲突，以“性情之效”沟通主体心性与文章风格，并主张效法欧阳修、曾巩文风，为明中期士人以诗文表达心性道德寻求到一种合理的途径。其“道其中之所欲言”的创作主张，强调创作主体的自心体验，在一定程度上突破了传统的“文以明道”思想，并预示了此后文学思想的发展趋向。

关键词：弃文从道　性命之学　文道合一　性情之效　“道其中之所欲言”

明正德及嘉靖初期的政权动荡，将明代士人推向一个极其尴尬的境地，其生命价值取向及人格心态亦随之发生了激剧变化，集中体现为“弃文从道”思潮的兴起与生命价值取向的内向转移。政局的危乱将士大夫们从相对从容的生活状态中逐出，令其以更加积极的姿态投身于政治生活中；而在屡次激烈抗争中所遭受的品格摧折却又极大地打击了其政治热情，因而不得不于体制之外寻求安顿心灵的处所。在这种两难处境中，士人的生命旨趣逐渐从“文”转向了“道”，而性命之学遂成为主流的转变方向。思想领域的变动，深刻地影响了士人对文学价值的认识。唐宋派前期代表人物王慎中、唐顺之“文以明道”的创作思想遂取代前七子主情感、重格调的诗文主张，成为最能代表该时期士人生命价值取向的文学思想。随着时代精神的不断注入，“文以明道”在王慎中、唐顺之手中亦具有了新的内涵，并呈现出向着一种新的文学思想演变的趋势。

一、政权动荡与士人生命价值之转向

明代士人的整体命运较之历史上任何一个朝代都更具悲剧色彩，除了宣德、弘治等少数时期之外，他们通常处在皇权的高压钳制或宦官的牵缠、摧折之下。弘治朝相对休明、宽松的政治环境，只是明代士人沉重的生存史上一个短暂的间隙，却足以再度激发起他们高扬的政治热情，同时也令其有足够的从容肆意于诗文创作。此乃明代士人可敬、可爱之处，同时也是其可悲之处。此后，孝宗皇帝逝世，武宗皇帝登上历史舞台，其骄奢淫逸与一意孤行旋即将士大夫们抛入了无底深渊。历经刘瑾擅权、江彬乱朝、宸濠叛乱，明代政局陷入空前的混乱之中，士大夫们再无昔日之闲暇以专意于文事。亲历弘治、正德两朝的李梦阳为之感叹道：“今盗贼顾日益弗靖，学士大夫相与释俎豆而议干戈！”[①]顾璘亦曾发出类似的感慨：相比弘治朝“上下无事，文治蔚兴”之盛况，正德朝“群盗并起，向用武力，学者耻言文事”[②]的衰落局面实在令人忧心而伤怀。直至嘉靖中期，王慎中犹且追忆“敬皇帝时，治化熙洽，士

---

① 李梦阳：《熊仕选诗序》，载《空同集》（卷五十二），文渊阁《四库全书》本。

② 顾璘：《关西纪行诗序》，载《顾华玉集》（卷一），文渊阁《四库全书》本。

大夫子以名行相高。天下敦庞无事，士者乐于闲暇而有和平之风，故得大肆于文学"[①]，而感慨盛时之不再，此皆足以说明从弘治到正德的政局变化对明代士人的生命状态带来何其深远的影响。正是在此种历史背景下，一种"弃文从道"的思潮兴起于正德、嘉靖之际。[②] 然而，于国家危乱之际，从吟诗作文转向究心世务或讲明理道，本是士人分内之事，亦算不得太大的不幸。真正可悲的是，正德、嘉靖士人满腔的政治热情非但不能被皇帝所理解，反而因违背其个人意志而遭受严酷打击，经由弘治朝培育起来的士人品节亦于此备受摧折。

正德朝士人出于强烈的政治责任心竭尽全力阻止武宗皇帝的荒唐行为，而任性的武宗皇帝又绝不肯向群臣低头，于是在文官集团与皇帝以及以皇权为依托的宦官、佞臣之间发生了激烈而持久的对抗。嘉靖朝君臣间的对抗则因"大礼议"而起，围绕着继统还是继嗣以及如何追尊世宗皇帝生父兴献王的问题，在皇帝与文官集团之间展开了一场旷日持久的争论，并伴随着一系列激烈的压制和抗争。群臣之所以会有这么大的勇气与皇权对抗，固然与弘治朝对士气的培养有关，但笔者认为最重要的原因还在于理学思想的长期影响，坚定了明代士人对道义的尊崇与信念，使他们敢于以"道"的名义与以皇权为代表的"势"进行坚决的抗争。然而，由于缺乏强有力的制度保障，面对强势的皇权，道义自身终究是脆弱无力的。于是在正德、嘉靖时期几场关键的权力较量中，最终是皇权取得了压倒性的胜利，下面以正德十四年与嘉靖三年两次大规模的冲突为例。正德十四年三月，世宗皇帝欲以"威武大将军太师镇国公朱寿"的名义巡视两畿、山东各地，阁臣、言官谏阻无效。于是很多五品以下的文官联名上疏，发起了一场群体性的抗争活动。疏文言辞激烈，直指正德皇帝的痛处，极大地激怒了皇帝本人及其宠幸的佞臣。上疏者先后有38人被投入诏狱，并与其他107人罚跪午门外五日。群臣跪后又受廷杖之刑，11人杖死，其余戍边贬黜有差。而在他们被罚跪的时候，除了内阁与户部尚书石砎例行公事般地上疏救免之外，廷臣莫有敢言者。[③] 嘉靖三年七月，群臣跪伏左顺门强谏，激怒世宗皇帝。先后142人下诏狱，为首者戍边，四品以上夺俸，五品以下180余人廷杖，编修王相等17人杖死。[④]

类似的历史悲剧总是一幕幕不厌其烦地上演，正德、嘉靖时期气节之士的遭遇在整个政治史上也许算不上什么了不起的大事，但它对当时士人的政治信仰与价值观念来说却是一场地地道道的深重灾难。在此般严酷形势下，一部分士人采取了顺应时势的态度，放弃了士人的理想与准则。《明史》于石瑶本传中论曰："自瑶及杨廷和、蒋冕、毛纪以强谏罢政，迄嘉靖季，密勿大臣无进逆耳之言者矣。"又于该卷赞辞中称："自时厥后，政府日以权势相倾。或脂韦淟涊，持禄自固。"[⑤]此虽仅就阁臣而言，却也是对正德、嘉靖官场一般情形的概括。有些士人终生坚守品节，然而却在政治理想破灭之后，深陷于精神的极度空虚苦闷之中，只能在诗酒中、在佯狂与抑郁中度过余生。晚年的李梦阳即饱受了这样的心灵折磨。更有些士人从激愤走向放浪，以一种极端的方式发泄心中的苦闷。康海、王廷陈、李开先等，莫不如此。当然，还有很多士人在失望、苦闷之余，试图在政治理想之外寻求生命的价值，一种比较普遍的行为是由外在的政治关怀转向对自我性情的关注。此种转变对此后学术思想及士人心态的发展走向产生了极其深远的影响，是因为王阳明心学正是在此种思想背景下形成并传播开来的。而王阳明的学说也的确为当时的士人提供了一种摆脱生命困境的有效途径，令其在不失儒者责任感、保持人格独立的前提下，实现内在的生命超越，从而在身处逆境时亦能保持心境的空明与平静。[⑥] 此后心学思想的发展与变异以及晚明士人品格的形成，虽然包含着更为复杂的学理因素与历史原因，但莫不是沿着寻求自我生命价值的方向发展的。

---

① 王慎中：《杭双溪诗集序》，载《遵岩集》（卷九），文渊阁《四库全书》本。

② 参见黄卓越：《明永乐至嘉靖初诗文观念研究》第六章第二节，北京师范大学出版社2001年版。

③ 孟森：《明史讲义》，上海古籍出版社2002年版，第198—200页。

④ 谷应泰：《明史纪事本末》，中华书局1977年版，第750—753页。

⑤ 张廷玉等：《明史》（卷一九〇），中华书局1984年版，第5049、5051页。

⑥ 左东岭在《王学与中晚明士人心态》中对王阳明心学与正德、嘉靖政局的关系及其形成过程做出详尽论述，参见该著第二章，人民文学出版社2000年版。

王慎中、唐顺之以及嘉靖八才子其他成员都是成长于嘉靖朝的一批士人，他们不曾亲历正德与嘉靖初士人所遭受的严酷摧残，却有着与之大致相似的经历与感受。他们同样是面对刚愎自用且猜忌心极强的世宗皇帝，同样因气节行径遭受了沉重的打击。① 王慎中、唐顺之二人均由此做出了深刻的反思，并导致了其学术思想与人格心态的重要转变。王慎中对其学术思想的转变有以下记述：

某少无师承，师心自用，妄意于文艺之事……天诱其衷，不即沦陷。二十八岁以来，始尽取古圣贤经传，及有宋诸大儒之书，闭门扫几，伏而读之。论文绎义，积以岁月，忽然有得。追思往日之谬，其不见为大贤君子所弃而终于小人之归者，诚幸矣！②

从专心于"文艺之事"转向潜心研读"古圣贤经传及有宋诸大儒之书"，即说明其价值观念之重心已从"文"转向了"道"。但他们此期的思想变化并不只是从"文"向"道"的价值取向转移，还包括对其早年气节行为的反思以及由此引起的对性命之学的关注。唐顺之对此有明确表述：

仆禀气素弱，兼以早年驰骋于文辞枝艺之域，而所恃以立身者，又不过强自努力于气节义行之间，其于古人性命之学盖殊未之有见也。③

王慎中亦于嘉靖十三年遭受贬谪之后对自身行为做出深刻反思。其于《在郡作》诗中云："直木孤生先得伐，明圭太洁易成瑕。"④于《始至留都作》诗中云："薪积宜先贱，舌柔悟后存。"⑤无不透露着道家全身避祸的思想。作于山东任上的《悔志》诗，则以儒者的身份，做出更加细致、深入的反省，并表达了自我调整的方向："掉舌常屈人，扼腕独愤世。出言讥王公，慕达不事事。傲倪多脱略，嘲慢无严志。辄希孔门狂，自比周士肆。择术谬豪发，千里遂不啻。反躬尽愆尤，考古何乖异。多忤岂通方，易盈知小器。不闻长者言，下流良足畏。"⑥前八句描述了其早年孤傲、狂放的行为方式，且公然以狂士自居。接下来是对上述行为的反思：虽立志不差，而择术不精，失之毫厘，谬以千里；深自反省，此般行径，与古圣贤相去何其之远。"多忤岂通方"，则透露出王慎中从孤介向通脱、从狂狷向中行的转变方向。数年之后，王慎中的这番努力果然取得了相当好的成效。嘉靖二十年大计罢官，其反应，较之嘉靖十三年，显然要坦然得多。其中一个重要原因当是此时的遵岩先生已将更多的精力投入到性命修养中，而不再过于计较外在事功之得失。文学热情的消退，道学思想的重振，尤其是性命之学的盛行，正是正德、嘉靖之际士人生命价值转变的主流方向。

二、文、道间的冲突与调和

随着士人的生命价值重心由"文"而"道"的转移，前七子主情感、重格调的诗学主张已不再符合主流的文化精神，取而代之的是唐宋派"文以明道"的创作思想。薛应旂对此一转变有着较为概括的说明：

迨至弘、德间习尚旋流、识趣日溺，于是李献吉、何仲默各以文自负。一时士人鲜有定见，亦遂翕然归之。何之言犹或近于理道，李则动曰史汉、史汉，一涉于六经、诸儒之言辄斥为头巾、酸馅，目不一瞬也。夫史汉诚文矣，而六经、诸儒之言，则文之至者。舍六经、诸儒不学，而惟学马迁、班固，文类史汉，亦末技焉耳。何关于理道，何益于政教哉！迩数年来，其说日益炽，摹拟者日益众，而文日益陋矣。

① 《明史》本传与李开先《遵岩王参政传》、《荆川唐都御史传》对此均有明确记载。参见《明史》(卷二〇五、卷二八七)，中华书局1984年版；《李开先全集》，卜键笺校，文化艺术出版社2004年版，第783、787页。

② 王慎中：《再上顾未斋》，载《遵岩集》(卷二十一)，文渊阁《四库全书》本。

③ 王慎中：《与刘南坦书》，载《荆川先生文集》(卷五)，《四部丛刊初编》本。

④ 王慎中：《在郡作》，载《遵岩集》(卷六)，文渊阁《四库全书》本。

⑤ 王慎中：《始至留都户部作》，载《遵岩集》(卷五)，文渊阁《四库全书》本。

⑥ 王慎中：《悔志》，载《遵岩集》(卷一)，文渊阁《四库全书》本。

乃思荆川子往称遵岩之文类子固者，岂直以子固之文为极致哉！盖以昔人谓子固文章本原六经，要之非诬。而遵岩高才殊质，岂不能凌跨西京、掩迹东都？其文乃独与子固相类者，盖不溺于习尚，不逐于时好，而卓有定见于道也几矣！①

可知，薛应旂对前七子，尤其是李梦阳，最大的不满乃在于其对理道的排斥。但仅就文章的师法对象而言，他也是倾向于"西京"、"东都"之文的，反倒是对王慎中师法曾巩的做法颇有微辞。他之所以能肯定遵岩与子固文章，乃是着眼于其"本原六经"、"有定见于道"之特征。薛应旂是从理学的角度加以评价的，也的确把握住了唐宋派与前七子的文学思想在价值维度上最显著的区别。然而，王慎中对曾巩文章的效法果然是仅仅着眼于其"本原六经"的特征吗？其在对"文"与"道"的权衡中果然只是倾向于后者吗？其所论之"道"究竟具有怎样的内涵以及对其文体与文风的选择形成了怎样的影响？这些问题都需要做进一步的深入考察。

嘉靖十四年之后，虽然王慎中、唐顺之在生命价值之重心逐渐从文转向了道，但他们对诗文创作依然保留了相当大的兴趣。据唐鼎元《明唐荆川先生年谱》记述，唐顺之罢归之后，尚"与遵岩时为文酒之会"②。唐顺之本人也在嘉靖十六年写给王慎中的信中谈到："仆于文字素非所长，然以猥尝受教于兄，且幽居少事，欲以灌园余力时一为之。"③但在此期间，唐顺之毕竟已经逐渐将其主要精力转向了性命修养中去。尽管他并不能彻底地放弃诗文创作，却也开始主张对此稍加控制，而不可沉溺于其中。唐顺之在作于嘉靖十七年的《与田巨山提学》一文中论到："仆窃谓游艺之与玩物，适情之与丧志，差别只在毫芒间……吾辈年已长大，虽笼聚精神、早夜矻矻从事于圣贤之后，尚惧枉却此生。则虽诗文与记诵便可一切罢去，况更有赘日剩力为此舐笔和墨者之事乎？"④这是唐顺之针对友人喜好书画而提出的规劝。他认为包括诗文、书画在内的种种技艺，可以用作陶冶性情之具，但倘若把握不好分寸的话，则很容易沦落到玩物丧志的境地。其实，这种矛盾态度正体现了唐顺之在"文"与"道"之间的艰难抉择，对古代士人来说诗文创作毕竟是难以割舍的生命活动。

王慎中则试图将"文"与"道"融为一体，他将"文"的本体追认为"道"，并充分肯定了文学创作的存在价值。尽管他也试图对"文"的表现内容加以规范，将"文"纳入"道"的领域，却并不以"道"取代"文"，同时也十分重视"文"自身的特征。在《薛文清公全集序》中，王慎中谈到：

诚有德矣，亦何事于文？未有有道德而不能言者，乃有诡于知道而不能为文，顾谓不足为也。其弊将使道与文为二物，亦可患也。⑤

"诚有德也，亦何事于文"是说有德者必能为文，而不必专意为之。这与朱熹的观点似乎有几分相似，但其立论意图却截然不同。"未有有德而不能言者"是说既然有德者必有言，那么不能言者必非实有德者。"乃有诡于知道而不能为文，顾谓不足为也。"既然"道"是"文"的本体，"文"是"道"的自然呈现，那么只要"道"有其存在的理由，"文"就必然有其存在的理由；有些人诡称"文不足为"，其实只是因为他们对"道"没有真切的体悟，所以写不出好文章罢了。故知王慎中的"文道合一"之论，旨在调和"文"与"道"之间的价值冲突，"文"、"道"并重才是其真实的论说目的。这同样体现于他对曾巩、王安石文章的评价中："至曾南丰宜黄、筠州二记，王荆公虔州、慈溪二记，文辞、义理并胜，当为千古绝笔。"⑥评价自己的《明伦堂记》则称："此文乃明道之文，非徒词章而已。其义则有宋大儒所未及发，其文则曾南丰筠州、黄宜二学记文也。"⑦可知，义理、文辞并胜，乃王慎中"明道之文"的创作理想。

---

① 薛应旂：《遵岩文粹序》，载黄宗羲：《明文海》（卷二四〇），文渊阁《四库全书》本。

② 唐鼎元：《明唐荆川先生年谱》（卷一），1939年唐肯仿宋排印本。

③ 唐顺之：《答王南江》，载《唐荆川文集》（卷五），《四部丛刊初编》本。

④ 唐顺之：《与田巨山提学》，载《唐荆川文集》（卷五），《四部丛刊初编》本。

⑤ 王慎中：《薛文清公全集序》，载《载遵岩集》（卷九），文渊阁《四库全书》本。

⑥ 王慎中：《与汪直斋》，载《遵岩集》（卷二十二），文渊阁《四库全书》本。

⑦ 王慎中：《与李中溪书》其一，载《遵岩集》（卷二十二），文渊阁《四库全书》本。

“文道合一”体现了了王慎中调和文、道冲突之意图，而“性情之效”则是其疏通文、道关系的具体手段。嘉靖十三年仕途受挫之后，基于对早年气节行为的反思，王慎中开始专力于心性修养，性情也逐渐变得宽厚、温和。他对文风的追求一如其性情取向，同样是向往一种平和、雅正的风格。其于《顾洞阳诗集序》一文中论道：

刚柔舒促、滛滥泰约之变，人之性术情好动于中，美恶之形成矣。因形以有声，得失邪正之言所由以出……约乎礼而不迫，优于兴而不放。文质相宣，华实各得。诵其诗不知其用意立法之至者，亦悦其有和平之声，洋洋乎其可爱玩而咏叹也……盖性情之效，而非铸意义、琢句律之所及也。①

王慎中认为，作者的性情可以决定诗文的基本风格。顾洞阳之诗值得称道之处，是其悠游不迫、雅正平和的艺术风格；推究其诗风成因，则归之于“性情之效”，以“性情之效”论诗文风格是王慎中文学思想的重要特点。此处所谓“性情”，当然不是指人的自然性情，而是指学术熏陶、道德修养之下的性情。因此，他在《张文僖公咏史诗序》中称赞其诗歌“词致庄重，音旨和畅，不为险怪苦刻，则熙朝馆阁之声”，究其成因，则直接归之于“学问讲习之正”。②从字面上看，以上文字皆是以心性修养作为文章风格的保障。其实，结合王慎中积极揣摩并效法欧阳修、曾巩的创作行为，此般论述又何尝不是王慎中为表达温厚性情而寻求相应的文章风格呢？从王慎中的诗文创作情况来看，虽然由于过于追求文章结构的精心构造，从而使得其文章稍乏浑成、厚重之风，但平和、雅正的确是其最突出的文风特征。

综上所述，王慎中“文以明道”的思想，是在正德、嘉靖之际“弃文从道”的社会思潮中，对“文”、“道”之间的价值冲突进行调和的产物。他既希望诗文创作能有助于道德心性的表达，又力图在性情与文风之间寻求一种和谐与统一，于是欧阳修、曾巩之文遂成为其最重的师法对象。“文道合一”是王慎中“文以明道”思想的立论基础，“性情之效”是其沟通道德心性与文章风格的核心理论，而“师法欧曾”则是实现其创作理想的有效途径。“文以明道”与“师法欧曾”互为表里，为明代中期的士人以诗文表现道德心性提供了理论支撑与技术支持，此正是王慎中对该时期文学思想最重要的贡献。

三、新的文学思想的萌生及其曲折进展

王阳明心学对明代文学最重要的影响之一，即体现为诗文创作从重技法、重格律到强调抒写自我的转变，而活跃于嘉靖前、中期的唐宋派通常被视为王阳明心学介入文学思想的最初体现者。其实，王阳明心学对唐宋派的影响是曲折且微妙的；而唐宋派的文学思想虽然在一定程度上预示了晚明文学的发展方向，但其本身与后者之间还有着相当大的距离。就其根本的价值取向而言，王阳明心学是重道而轻文的，这是王慎中“文以明道”思想形成的重要原因之一。但随着主体心灵地位的日益彰显，传统的“文以明道”的创作模式却自其内部逐渐瓦解。正是在集中表述其“文以明道”思想的过程中，王慎中提出了“道其中之所欲言”的创作主张。其于《曾南丰文粹序》中论道：

以彼生于衰世，各以其所见为学，蔽于其所尚，溺于其所习，不能正反而旁通。然发而为文，皆以道其中之所欲言，非掠取于外，藻饰而离其本者。故其蔽溺之情亦不能掩于词，而不醇不该之病所由以见。而荡然无所可尚、未有所习者，徒以其魁博诞纵之力攘窃于外，其文亦且怪奇瑰美，足以夸骇世之耳目。道德之意不能入焉，而果于叛去。以其非出于中之所为言，则亦无可见之情，而何足以议于醇驳该曲之际？③

其所谓“道其中之所欲言”，首先强调的是文章要言之有物，而不能仅凭华丽的文辞取胜。因为在

① 王慎中：《顾洞阳诗集序》，载《遵岩集》（卷九），文渊阁《四库全书》本。

② 王慎中：《张文僖公咏史诗序》，载《遵岩集》（卷九），文渊阁《四库全书》本。

③ 王慎中：《曾南丰文粹序》，载《遵岩集》（卷九），文渊阁《四库全书》本。

他看来,那些不能够"道其中之所欲言"的文章,虽然"怪奇瑰丽,足以夸骇世之耳目",而其主要缺陷则表现为"攘窃于外"而"无可见之情"。而那些能够"道其中之所欲言"的文章,虽然就学术道德而言依然"蔽于其所尚,溺于其所习",而其"蔽溺之情"、"不醇不该之病"毕竟可以由之以见。但此类文章显然不是王慎中心目中的理想范本,只有那些"发挥乎道德"、"该而醇"的文章才是他最希望看到的。因此,王慎中此论的真实意图,是说明此类文章虽然不够醇正、周详,但毕竟大致不离乎学术道德,因而也是可取的。其实,他完全可以直接如此表述,何必一定要强调"道其中之所欲言"呢?这种缠绕的措辞本身即是深有意味的。这体现了王慎中的一种微妙的矛盾心理:他既强调文章的道德属性,又想在此基础上突出创作主体的真切体验,却又谨慎地遵循着那种源于传统的思维模式,不肯明朗地表达出他对文学创作的真实体认。毕竟,讨论学术道德对文学创作的决定性意义才是他这篇文章的主题。尽管如此,强调创作主体的自身体验,依然是对传统的"文以明道"思想的重大突破。主体角色的介入打破了"文—道"的简单书写模式,文章不只是要对理道负责,还要体现出创作主体的心灵体验,从而转变为一种"文—心—道"的创作模式。从王慎中的文章创作来看,他也很少单纯地探讨义理,往往是结合具体的事件来阐发事理。即便是主要用来探讨义理的文章,王慎中同样要求有自己的独到见解。比如,他自论其《明伦堂记》,称"其义则宋大儒所未及发",即是要求文章在义理上必须有所发明。

王慎中"道其中之所欲言"的创作主张,尽管依然以"明道"作为其最终的文学宗旨,同时却又以能否表达自我的真切体难作为衡量文章价值的重要标准,显然是符合此后文学思想的发展趋向的。但此种转变显然不够彻底,其中一个重要原因是其所谓"中"(即"心")尚不具备本体的地位。此一点可在与唐顺之"本色论"的对比中得以明显呈现。首先,"中"在此并不具有生成的功能。王慎中所谓"中",只是创作主体对学术道德的体验,而不是德性自身,德性亦不由心而生成。而唐顺之的"本色",本身即是道,即是德性,即是"天机自然",文章只需抒写此"本色",而不必旁求外物。因而,王慎中的创作模式是"道—心—文",尚须受外在之道的约束;而唐顺之的创作模式则是"心—文",本心自足,无需外求。其次,"中"亦不具有"至善"的品质。在王慎中看来,即便高明如曾南丰者,"能道其中之所欲言",尚且只是"不醇不该之蔽亦已少矣"。故知其所谓"中",只是寻常的道德体验,而不是至明至诚之本心。而唐顺之的"本色",本身即是"天机圆活"、"性地洒落"之真精神,别无一毫尘浙、渣滓。[①] 可知,王慎中"道其中之所欲言"的文学思想虽然受到王阳明心学的影响,但较之唐顺之的"本色论",其程度尚远不够彻底。这显然与二人对王阳明心学的理解与接受程度相关。其实,即便是唐顺之,其所谓"本色",主要还是指道德本心,而不是人的自然情感。由此可见,嘉靖时期的文学思想已深受王阳明心学的影响,但与其后典型的晚明文学思想之间还有着很大的距离。

将唐宋派"道其中之所欲言"与"本色论"的创作理论置于整个明代文学思想史中加以观照,我们会发现其鲜明的过渡性特征。一方面,它脱胎于"文以明道"的创作思想,本身具有浓重的道学色彩;另一方面,它强调创作主体的自心体验,对传统的"文以明道"思想又多有突破。尽管与晚明自由抒写自然性情的文学思想之间还有着十分遥远的距离,但它毕竟预示了此后文学思想的发展趋向;而最具离经叛道色彩的晚明文学思潮居然萌生于"文以明道"的文学思想中,这本身即是一种颇耐寻味的现象。

---

① 左东岭:《王学与中晚明士人心态》第三章第五节,人民文学出版社2000年版。

勾描朱彝尊人生侧影的四种画像文本

毛文芳

（台湾中正大学中文系）

内容摘要：朱彝尊一生至少拥有四幅可考的画像，依绘制时序先后为：《烟雨归耕图》、《竹垞图》、《小长芦图》、《豆棚销夏图》。本文以顾氏刻本的几种朱彝尊画像文本为核心，系连其他的传记性文献，速写朱彝尊以像作传的生命图史，以勾描其中岁以迄晚年的人生侧影，并寻绎重要的文化讯息。朱彝尊画像题识的体裁韵散不拘，包括诗、词、曲、赞、记等，大抵具有文人社交的酬酢性，亦兼具表达愿思的抒情性，既抒发观者对像主生命气象的赞赏，亦可引为题者自喻的媒介。每一份庞大的"画像文本"，包含视觉性的图像与阅读性的文字两种类型，植根于文人心理与社会交往的范畴，表征着世代文人的心思与愿想，提供文学社群之个人与集体相互对话的平台，已成为中国近世文学史的重要环节。朱彝尊四种画像文本与其生命相互牵系，论述内容以个人身体与家园地景作为言志抒情的核心，画家置于图面中的隐喻性符码彼此更迭，文友题画，不仅相互响应，亦于今日经验与古代典故间往返穿梭与观想，使题咏具有浓厚的互文性，相互映照以进行潜在对话，而跨时代的不同接受群体亦共创以文踰图的多音复调，据以建构典型。朱彝尊的画像文本堪为近世文学可视化集体书写的一项有力标志。

关键词：朱彝尊　画像文本　《烟雨归耕图》《竹垞图》　近世文学

一、引　　论

古来不乏圣王、贤者、帝后的画像被用以歌功颂德，文人学士的画像晚至宋代开始盛行。明清时期，有许多新兴的社会变貌：传统阶级混淆、价值取向多元、学术激荡鸣发、经济蓬勃旺盛、民情百无禁忌、人际网络频仍，当时社会弥漫着一股骚动活泼的气氛，展现了一幅幅耀眼的时代景象，[①]肖像画亦赶上了这种时代气氛而应运流行。由于世俗化社会的逐渐形成与人际交往的频繁，名流自我展示的写照肖像，成为士人、赞助人、观众极感兴趣的主题，肖像画史已到达一个表现多样化与技法理论化的地步。明初谢环、戴进，明中期唐寅、仇英，明末清初陈洪绶、曾鲸、谢彬，盛清禹之鼎、戴苍等画家，经常应邀为名流写照，著名文人均有个人绘像流传。肖像画家有时被视为具有召唤亡灵的魔力，有时扮演隐蔽宫廷生活细节的实录者角色，更多时候，成为贵胄文士竞邀写真的名匠或宴集雅会盛况的见证人。晚明以降，画像铭刻人物或纪念事件的作风兴盛，委制个人画像并题识其上已成为一种流行风尚。画像题识的对象，有令人仰慕的先贤长者、情谊深厚的友辈或接受请托的时人等，倘若接受委托为他人画像题识，还牵涉到人际交往的网络关系，很多人也题写自己的画像。题画的类型包括了歌咏、像赞、画跋、题记等各类写作型式。[②] 凡此显示明清文人在社会网络中，以画像题识交谊酬酢的现象极为普遍，画像引发众多文士竞相题写，宛如共同开辟一个集体的文本空间。

---

① 李国安撰：《明末肖像画制作的两个社会性特征》，载《艺术学》1991 年 9 月第 6 期，第 119—157 页。

② 晚近学界对"题画文学"之概念、材料、研究范围的厘清，最完备清晰者，首推衣若芬撰《题画文学研究概述》，载《中国文哲研究通讯》2000 年第 10 卷第 1 期，第 215—252 页。

个人神貌如此多样,人生行迹又缤纷多彩,绘制画像成为一种有力的抒发形式,拥有多幅画像的文人比比皆是。例如明代吴派画家沈周有《五十八岁像》、《七十岁自寿图》、《七十四岁像》、《八十岁像》,每隔一段岁月便有一帧画像绘出;项圣谟有《松涛散仙图》与《朱色自画像》;清初陈维崧有《天女散花小像》、《迦陵填词图》及《洗桐图》;查慎行有《芦塘放鸭图》与《抱膝图》;王士禄有《桐阴读书图》与《长斋绣佛图》,率皆呈现了文人于不同时间绘制多幅画像的概况。[①] 清初石濂大汕和尚曾自绘三十四幅的系列《行迹图》,刊刻于《离六堂集》卷首(附图1),乃沿承宗教范畴的"成道图"传统,并效习佛教《法华经·普门品》观世音菩萨卅二现身意的精神,以图像媒介深入记忆、自我剖白与表达愿想的领域,大规模展现自我人生的多重面向。[②]

词根为编织物(texere)的"文本"(text)一词,是个经常被探讨的文学批评术语。从语言学的角度来看,"文本"既可以是一整本书,也可以指一个谚语、招牌等单句,是呈现语词结构的文学成品。从符号学的角度而言,"文本"代表一种符码,或一套通过某种媒介从发话人传递到接受者的一套符号。"文本"的概念不限于文学书写下的文字,亦可适用于电影、绘画等其他艺术文本,已扩展成社会文化中任何一项具有语言符号性质的构成物。[③] 本文指称的"文本",便是在这种脉络意义下形成,包括一幅画像的图面物象以及文字题识的相关生产,笔者谓之"画像文本"。以画像作为视觉观看的起点伸入思维领域中,借题写以表征情志,是中国文学紧密结合视觉思维的书写形式,为近世文学一个特殊的环节。

朱彝尊一生以画像表征个人心志,不遑多让。清人陈康祺《郎潜纪闻四笔》曾曰:

康熙朝,海内老辈传有三图:一为朱竹垞《烟雨归耕图》,一为李秋锦《灌园图》,一为陈迦陵《填词图》。盖三君皆命世才,仗剑出门,穷老尽气,所交皆天下奇士,胸中郁律不可一世,一题一咏,其诗词尽古今之瓌宝也。[④]

3幅画迹业已失传,图版幸存于嘉庆年间顾修汇刊之《读画斋偶辑》,辑刻包括上引朱彝尊、李良年、陈维崧等在内共计八位名士之画像十一幅,以及文友们大量的题识文字,八位像主根据心中理想模式入画,有的功业自颂,有的标榜家学传承,有的选在书斋亮相,有的雅会填词,有的躬耕垂钓,有的纵情酒乐,有的则恢弘地企图呈现一段生命史迹……。顾修辑刻顺、康名士画像文本,以朱彝尊者最多,共有四种,依绘制时序先后为:《烟雨归耕图》、《竹垞图》、《小长芦图》、《豆棚销夏图》。陈康祺所言康熙朝三图之李良年、陈维崧二人画像,笔者昔日已撰有专论,[⑤]本文将以现今可考顾刻的四种朱彝尊画像文本为核心,系连其他传记性文本一起合读,以勾描竹垞中岁以迄晚年的人生侧影,并寻绎重要的文化讯息。

二、《烟雨归耕图》

朱竹垞,名彝尊,字锡鬯,号"竹垞",晚号"小长芦钓鱼师",又号"金风亭长",行十,秀水人,居嘉兴之梅花溪。家有亭名曝书,藏书八万卷,著述甚富。第一幅画像:《烟雨归耕图》为钱塘戴苍所绘,据王

---

① 毛文芳:《图成行乐——明清文人画像题咏析论》,台湾学生书局2008年1月版。

② 毛文芳:《顾盼自雄·仰面长啸:清初释大汕(1637—1705)〈行迹图〉及其题辞探论》,载《清华学报》第40卷第4期,第789—850页。

③ [法]罗兰·巴特:《从作品到本文》,载朱耀伟编:《当代西方文学批评理论》,骆驼出版社1992年版,第15—23页。另参见王先霈、王又平主编:《文学批评术语词典》"文本和作品""文本"条,上海文艺出版社1999年版,第167—169页。

④ 引自陈康祺:《郎潜纪闻四笔》(卷6)第22条"康熙朝三图"条,中华书局1997年版。

⑤ 毛文芳:《长鬣飘萧、云鬟窈窕:陈维崧〈迦陵填词图〉题咏》,载《图成行乐》,第341—460页。另参见毛文芳:《汪琬(1624—1691)〈灌园图记〉之文体探析及伦理意涵》,"2010中国古代散文国际学术研讨会"发表论文(福建武夷山:福建师范大学文学院、中国古代散文学会共同主办,2010年8月27—29日)。

国维考曰：

朱竹垞先生烟雨归耕图，康熙壬子西泠戴苍写，有竹垞自书赞及《百字令》一阕，并同时诸名士诗词。余见竹垞弟子顾中村仲清重摹本。[①]

据知竹垞此图作于康熙十一年壬子，朱彝尊四十四岁，当时旅食京师，再过七年，始举博学鸿词科而入翰林。画像以写真方式呈现一个农夫的身体，戴笠荷锄的画中人面向观众，右臂环抱、左掌轻扶肩锄的手部动作，加上头部与躯干略呈相左的微倾角度，以及两脚八字展开的足部姿态，具描了画中人轻松自在的农耕形象(附图 2)。该画有朱彝尊自赞曰：

馌有妇子，居有环堵。舍尔征衣，蓑笠是荷。为力虽微，其志则坚。粒食既足，不期逢年。咄哉斯人，谁为徒者。人或知尔，百世之下。[②]

赞文表述十七岁便已结婚的他，早有妻室，生活清贫，却不争逐名利，安于粒食自足的农耕之志。文中以一位蓑笠荷锄、力微志坚而供给自足的农夫形象进行自我描述，并勾勒一种淳良简朴的田耕生涯。朱彝尊曾祖朱国祚为明万历壬午经魁，任明朝宰辅。家学渊源，自幼聪慧，读书过目成诵，博通经史，擅长诗词，为浙西词派的领袖，与潘耒、严绳孙同以布衣举鸿博骤起，并称“江浙三布衣”，诗与王渔洋齐名誉称“南北两大宗”。深研经学，又精于金石考证之学。善八分书，工山水，烟云苍润得书卷气。年轻时期，与同里文友结社为诗，受到台阁大公曹溶的赏识。吴伟业舍馆嘉兴时，曾以李白比拟朱彝尊，“西泠十子”的领袖陆圻，也为朱彝尊的诗作所倾倒。青年时期，由于生计窘迫而奔走四方，过着寄人篱下、为人捉刀的游幕生涯，康熙初年因避祸四处游历，得与四下名士如吴伟业、尤侗、徐乾学、邹祇谟、曹尔堪、毛奇龄、王士禛、纳兰性德、魏耕等名士交游，使其学养、才华与声誉备受肯定，终能获荐而举鸿博。是故此际旅食京师的他看着画中的自己，自赞文末四句“咄哉斯人，谁为徒者。人或知尔，百世之下”，掩藏不住个人的自信。

《烟雨归耕图》绘成次年，即康熙十二年，爆发通海案，几年内，朱彝尊曾避祸于浙江永嘉，奔走于山西、河北、山东一带，他以此画隐志于农耕，心理底层或有寒蝉效应，此时的朱彝尊又撰写了一篇自我观看的《百字令》自题词，[③]其口吻与上篇自赞明显不同：

菰芦深处，叹斯人枯槁，岂非穷士。剩有虚名身后策，小技文章而已。四十无闻，一邱欲卧，漂泊今如此。田园何在？白头乱发垂耳。空自南走羊城，西穷雁塞，更东浮淄水。一刺怀中磨灭尽，回首风尘燕市。草屩捞鰕，短衣射虎，足了平生事。滔滔天下，不知知己谁是。

一开始即出以怜才自悯的口吻，叹穷士枯槁漂泊，四十岁仕途默默无闻，题词下片交代了前半生的漂泊生涯，徒有白头乱发垂耳，壮志磨尽，只剩得“草屩捞鰕，短衣射虎”的渔猎心愿。最末的问句“滔滔天下，不知知己谁是”与前一年自赞文本的那股自信“人或知尔，百世之下”形成强烈的对比。

《烟雨归耕图》为康熙朝名画之一，画中戴笠荷锄的朱彝尊，一如上引陈康祺《郎潜纪闻四笔》之言：“君皆命世才，仗剑出门，穷老尽气，……胸中郁律不可一世”，透过画家之笔淋漓尽致地发挥出来，而一题一咏之诗词，“尽古今之瓌宝”。[④]“烟雨归耕”的主题具复古色彩，代表舍弃现世功利，回复“力田孝弟”上古邈远之风，陈晋明《秋波媚》题词曰：“尽焚笔砚，不拈书史，只把锄犁。”便道出尽弃学问，

① 引自周锡山编校：《王国维集》(第 1 册)，中国社会科学出版社 2008 年版，第 153 页，《阅古漫录(选录)》第一则“《朱竹垞先生烟雨归耕图》自赞及诸题咏”。王国维据顾仲清摹本备录该画之自赞及题咏诸家，其中有若干字句与笔者所见北京大学顾修辑刻本有所出入，引文悉依顾本。

② 《读画斋偶辑》(1 函 4 册)。笔者 2008 年曾赴北大图书馆古籍特藏室搜阅此本，有“清嘉庆四年石门顾氏读画斋刻”字样，本文之朱彝尊画像摹本及其相关题识，笔者大抵引自此本。

③ 王国维曰：“《百字令》旧题小像，作岁在癸丑。”引自周锡山编校：《王国维集》，中国社会科学出版社 2008 年版，第 153 页。

④ 陈康祺：《郎潜纪闻四笔》(卷六)第 22 条“康熙朝三图”条，中华书局 1997 年版。

力田躬耕的生活面向，回到“古人食力，载耘载耔”（周篔题诗）、“劳力其躬，圣人之徒”（高兆题诗）的境界。滔滔天下，同乡李良年真不愧为知己，《百字令》和作曰：

彼何为者，数过江门第，恨人奇士。朔塞南枝来往惯，筋力也应倦已。弱不胜衣，狂思雪笔，垄上从无此。展图一笑，十郎聊写愁耳。曾记细雨青芜，双挐小艇，问桃花流水。本欲逃名名不去，行遍山林城市。子定归与，吾将作伴，摒挡西畴事。算来长策，为农今日良是。

李良年十分理解这位“恨人奇士”的同乡好友朱彝尊，知其生涯，知其委屈，知其志节。李良年以和作宽慰竹垞，这枝“狂思雪笔”有办法从田垄上抛却得去吗？朱彝尊早已名满天下，能够如愿地“尽焚笔砚，不拈书史，只把锄犁”乎？恐怕是：“本欲逃名名不去，行遍山林城市。”若朱彝尊执意“不如归去”，不妨与其相约作伴回乡为农。纪映钟则以文字描画一幅田家乐：

十亩之间力所营，抛书长日事躬耕。一蓑风雨归来晚，烟火茅檐稚子迎。
陶家乐事在东畴，郑子还从谷口求。拚得朱颜任胼胝，斯人高致已千秋。
自把犁鉏弃砚田，春风辛苦陇头眠。平生不作篝车祝，岁岁人歌大有年。

这幅画像命名为“烟雨归耕”，所有题人包括朱彝尊自己的眼光多聚焦于“归耕”的主题，戴苍原画如何？不得而知，唯顾刻图版并未呈现“烟雨”景象，多数题家亦不对“烟雨”加以着墨。“烟雨”，可能指涉归耕之“耕”的动机，如钱澄题曰：“每因雨后催耕起”；同时也可能指涉“归”于江南故乡的气候特色，如行筏题曰：“披蓑戴笠烟村”，魏禧题曰：“春烟霏霏，春雨冥冥。衣蓑戴笠，独行无人”，“烟雨”成为这幅画像隐藏的背景。

据顾刻首引李香子鹤征录曰：

某闻之老辈海内有三图，其二落梅里，一为家竹翁烟雨归耕图，一为秋锦先生灌园图，一为陈迦陵先生填词图。……秦小岘观察题诗云：竹垞一事偏输与，画卷留传到子孙。有慨乎其言之。

文中三图与李康祺所言相同，全被刻入顾修集中，秦小岘题诗指出《烟雨归耕图》流传最久，确实这幅画像流传有绪。据王国维称，此图于康熙四十七年有竹垞弟子——江南医家顾中村仲清的摹本，后又有顾修在嘉庆年间的刻本，真迹曾于嘉庆中归嘉兴李金澜。道光名书法家何绍基还曾在顾亭林祠修禊之初委请名手吴儁描摹朱彝尊此像，以供朋友赏析。道光年间，名刻家沈振铭尝为李遇孙摹刻竹垞《烟雨归耕图》于竹臂搁，其参照的母本即顾中村的摹刻，款题“道光戊子四月”。再据王国维所考，乾隆时期的罗聘曾作《朱竹垞烟雨归耕小影》摹本，髯髯有须，作倚锄伫立之状，与顾中村摹本不同，应系别本，可知竹垞平生不只此一图也。[①]

浙派词宗朱彝尊《烟雨归耕图》深获世人喜爱，另一个原因可能与朱彝尊擅长诗词、具遗民思想、入清廷明史馆纂修又获罪归里的丰富经历有关。与王士禛一样，清初朱彝尊是乾、嘉、道京师士人推崇才誉与气节的对象，《烟雨归耕图》一图成为这些后代士人评赏的题材，观点迥异于竹垞四十三岁时的当代友人，隔世的眼光颇欲为其盖棺论定，如乾嘉时期的翁方纲题曰：

先生果言归乎？食力以药饥乎？所犁锄者三百卷之精微，所刈获者自序篇之发挥，噫嘻，知者希矣。[②]

翁方纲着眼于赞扬朱彝尊远离仕途、专力于学术的人生抉择，用以投射翁方纲个人沉浮宦海的无奈。至于嘉道士人观看此画的题诗，既迥异于朱彝尊同时的朋辈眼光，也不同于乾嘉翁方纲对其考经著述的赞赏，例如刘宝楠对《烟雨归耕图》一图的观看，表达在题诗上有现世的感慨，由朱彝尊当代士人的歌咏农隐到乾嘉翁方纲的经学赞佩，转为嘉道士人关切民生疾苦、传播经世关怀的媒介，作者自

① 关于朱彝尊《烟雨归耕图》流传之绪，参见周锡山编校：《王国维集》，中国社会科学出版社 2008 年版，第 153—159 页。

② 翁方纲：《朱竹垞烟雨归耕图赞》，载翁方纲：《复初斋文集》（卷十三），文海出版社 1969 年版。

传统经史中发掘治水的策略,已带入了鲜明的经世色彩。[①]《烟雨归耕图》不仅是朱彝尊中岁人生文化声誉追求的一个重要侧影,后代的流传及题诗亦辟建了时代变迁下不同世代文人对应时局心理折射的对话平台。

三、《竹垞图》

朱彝尊第二幅画像为《竹垞图》,自填《百字令》交代成画过程,词曰:

杜陵老矣,共丹青曹霸,白头漂泊。花柳春残都不见,底事燕南栖托。略彴长堤,呕哑柔橹,只想江乡乐。吾庐何处,夕阳芳艹村落。况有蔗芋闲田,竹梧旧径,客至堪杯酌。试画三楹茅屋矮,随意图书帘幙。硖石东西,横山近远,密树遮云壑。明年归去,小楼添向墙角。

本词后有小记曰:"康熙甲寅春,客通潞,填百字令。"此时为康熙十三年春日,四十六岁的朱彝尊客居北京通州潞河,因思乡而填此词,词中自比诗人杜甫与画家曹霸。曹霸承皇帝之宠命绘凌烟阁功臣像与玉花骢马,画名显赫,后因罪贬为庶民,晚景凄凉。长期流落的杜甫为曹将军写《丹青引》,亦正是老杜饱经沧桑困顿生活的心理投射,藉表惺惺相惜之意。朱彝尊援《丹青引》入词形成互文,用以吐诉中年半百游幕漂泊之苦。栖身燕南的过客,看不见江南家乡之花柳春残,脑中幻想出呕哑柔橹的江乡之乐,吾庐正在那夕阳芳草村落之处。词人如何缓解乡愁?词进入下片带出《竹垞图》的蓝本,图上要有:蔗芋、闲田、竹梧、旧径、客至酌杯、三楹矮茅屋、图书帘幙、东西硖石、远近横山以及密树遮云壑。填词勾绘蓝本后,请海陵画家曹秋厓绘图,目前该图真迹失传,顾刻摹本的图像布置,几与朱彝尊的词意相符合,全画以集中在图画左侧、环绕着竹丛的屋宇建筑为主景,数间屋室面向观众窗户敞开,有堆栈的书册以示主人的读书癖好,一远一近两个窗洞有面目简略的写意人迹,近者是一名僮仆,远者老人捧书阅读,应系朱彝尊的写照。图画右侧 1/4 有疏朗的平野沃畴,呈现平远的空间感(附图 3)。

这幅画严格说起来,不能算是人物画像,而是以宅院为诉求的写景画。再引朱彝尊《看竹图题记》自述曰:

甲申后,避兵田舍,凡十余徙,必择有竹之地以居。其后客游大同,边障苦寒,乃艺苇以代竹。既而留山东,见冶源修竹数百万,狂喜不忍去。归,买宅长水上,曰"竹垞"。

甲申正是康熙八年,即《竹垞图》绘成前五年。四十一岁的朱彝尊自山东游历归秀水,买宅于邻,因西边有竹,便以"竹垞"自号。据史料记载,竹垞内旧有潜采堂、曝书亭、醧舫、娱老轩、静志居、茶烟阁、敬悦斋等筑设。五年后,康熙十三年春,朱彝尊客居潞河,因怀念家乡,遂请海陵画家曹次岳绘《竹垞图》。这幅画与两年前为朱彝尊绘制那幅以人物写真为诉求的《烟雨归耕图》不同,此画不以人物形象为诉求,描绘的是一个日常行住坐卧于其中的家园,一个身在异地却情感紧紧系联的地方,"竹垞"是朱彝尊记忆中的一个地景,《竹垞图》是志写地景的画像,用以抒情表志,朱彝尊怀念家园的这幅地景画像,宅院图像透过竹丛的描绘以敷写景致,故其抒志的媒介在于"竹",此可由朱彝尊其他相关诗文作为旁证,除了为魏禧而作的《看竹图题记》之外,又如《风中柳戏题竹垞壁》,词曰:

有竹千竿,宁使食时无肉,也不须、更移珍木。北垞也竹,南垞也竹。护吾庐、几丛寒玉。晚来月上,对影描他横幅。赋新词、《竹山》、《竹屋》。郫筒一束,笋鞋三伏,竹夫人,醉乡同宿。[②]

词意充分显示住在竹篁国度里的朱彝尊有浓厚的竹癖,不仅是赋咏的对象而已,连一切生活用物如:郫筒、笋鞋、竹夫人亦全都竹化了。朱彝尊为自己另幅戴笠捋须的画像题赞时,又再次提出竹垞这

---

① 罗检秋:《嘉道年间京师士人修禊雅集与经世意识的觉醒》,载《中国近代思想史研究集刊》第 2 辑,郑大华、邹小站主编:《西方思想在近代中国》,社会科学文献出版社 2005 年版,http://jds.cass.cn/Item/2020.aspx(20120803)。

② 引自叶元章、钟夏选注:《朱彝尊选集》,上海古籍出版社 1991 年版,第 305 页。

个地景空间：

北垞南，南垞北，中有曝书亭，空明无四壁。八万卷，家所储，鼠衔姜，獭祭鱼，壮而不学老著书，一片端溪石，晨夕心相于审厥众，授孙子，千秋名，身后事。[①]

津津乐道其居游的千竿世界，朱彝尊以此表志，“竹”正如他为文友魏禧画像所写《看竹图题记》一般，已成为他与文友间表征志节的鲜明符码与共同语汇。

康熙八年买宅“竹垞”；康熙十一年嘱绘《烟雨归耕图》，又为魏叔子《看竹图题记》；康熙十三年嘱绘《竹垞图》，一连串行径好似朱彝尊为漂泊无依之游幕生活所作的印记，悲慨不遇的命运要到康熙十八年举鸿博后始获得改观。朱彝尊举鸿博后任翰林检讨，编《明史》，四年后，于康熙二十二年入直南书房为皇帝侍讲，此后，获皇帝宠遇，多次获得御赐。京官时期，结识台阁诸公与文友，文名大噪。然而获得恩宠的好景毕竟不长，康熙二十三年，朱彝尊五十六岁，因事被降一级谪官，迁出禁垣，移居宣武门外海波寺街古藤书屋，直到康熙二十八年，才自古藤书屋移居槐市斜街。康熙二十九年，六十二岁复职而补原官。康熙三十一年，六十四岁的朱彝尊复罢官，寻复原官，遂引疾归，乃携眷属离京返浙。由这一段年谱数据大致可以推得其举鸿博、入直南书房、受康熙皇帝宠遇直到两度罢官称疾返乡的历程。那么，到了康熙三十三年，再度端看《竹垞图》时的心境如何，也就不言而喻了。朱彝尊早在康熙十三年填《百字令》文尾复记曰：

康熙甲寅春，客通潞，填百字令，索秋厓补图二十一年矣。秋厓久逝，小楼墙角至今未添，而予衰愈甚。展对此图，不胜迟暮之慨。因付庄池并书前阕，以要何者。岁在甲戌五月，竹垞老人。

这则注记款署“岁在甲戌五月”，即康熙三十三年。记文交代了《竹垞图》装池的缘由。据上引《百字令》原词句曰：“明年归去，小楼添向墙角。”康熙十三年曹次岳已绘就的《竹垞图》，事实上并未完成，原缺小楼墙角一景，朱彝尊打算次年回乡时请曹氏补上。

不料一拖经年，直到二十一年后，画家曹氏久逝，一景始终未添，该画犹未完成。文友沈岸登和词问道：“小楼添否，斜阳先在篱角。”就是关注这个未完成的约定。嘱绘《竹垞图》时的朱彝尊为四十六岁，到康熙三十三年此际的他已是六十七岁皤发之年，再度面对故居地景影迹的召唤，恐怕不再有《看竹图题记》那“勃然兴起，突怒无畏，拔泥涂而立加万夫之上”的豪杰心态，存有的只有那“不胜迟暮”的慨叹了。知交李良年最了解此种心绪，和作曰：

路亭旅思，爱小园入画，予山之宅。二十一番春事改，追话软红游历。史局谁长？酒僊臣是，晚遂归田策。白头题句，这回真个头白。记否洗研莲南，擘笺梅底，更谱琴梧隙，问旧心惊云散后，剩我比邻双屐。就竹寻君，展图看竹，疏翠沾衣帻。茗香销夏，不须怊怅陈迹。

“白头题句，这回真个头白”，二十一年人事沧桑，晚归田园作酒僊。好友“心惊云散”后南返，惟李良年为剩留的比邻双屐，赴竹垞寻君，一同展图看竹，最后宽慰好友“不须怊怅陈迹”。李良年另一同题和作再度劝勉好友：

回首长安天际远，不觉青山日暮。留此丹青，剩予白发，抚景聊容与。他年相访，小楼重话烟雨。

留住一幅丹青，作为他日小楼烟雨的白发话题。叶舒璐则直接碰触朱彝尊的痛楚，当头棒喝：“朝衫卸了，十年来梦破，浮名刍狗。”名利如浮云刍狗，过眼烟云。“堪叹绿野平泉，几多池馆，转眼成乌有。”就算是江乡的竹垞，也一样经不起时间的考验，转眼乌有。幸而朱彝尊留下了这幅足以让人缅怀、似恁风流的家园“地景”，画中的长芦、片石，都会比名山更享有高寿，那么朱彝尊之文化声誉必能随着丹青与题咏而永垂不朽。

---

① 引自叶元章、钟夏选注：《朱彝尊选集》卷首，上海古籍出版社 1991 年版。

四、《小长芦图》

顾修辑刻朱彝尊的第三幅画像:《小长芦图》,是与朱昆田二人的父子双像,为禹之鼎于康熙二十八年所绘。该年竹垞六十一岁,回首朱彝尊中岁以来的人生履迹,康熙十八年举鸿博后任翰林检讨,四年后入直南书房为皇帝侍讲,屡获恩宠御赐,并结识台阁诸公。然好景不长,宦历浮沉。康熙二十三年,因事被降一级谪官,迁出禁垣,移居宣武门外海波寺街古藤书屋,直到康熙二十八年,朱彝尊自古藤书屋移居槐市斜街,二度搬迁,于次年复职补原官。至于朱昆田出生时适朱彝尊长子夭亡,次子昆田遂成为父亲心中继承父志的寄望。康熙八年,昆田完婚,冬天,四十一岁的朱彝尊挈十八岁的儿子昆田至济南,开始引入文友圈。康熙二十五年底,山东巡抚张鹏开调京,三十五岁已担任幕府的朱昆田随之入都,便与父同住降职迁居的古藤书屋。康熙二十八年对朱彝尊而言,是个舛运远离、复职原官、其子来京团聚、心境自然宽舒的一个时点,斯年竹垞请禹之鼎绘《小长芦图》,一方面有意正式引介其甫至京城三年的儿子昆田到文友圈,寻求进身之阶;另一方面,也可能是出于宦海浮沉后对伦理亲情的回归与依靠。昆田与父皆有文才,亦长历幕府生涯,世称"小朱十",所交皆四方名士。昆田于朱彝尊二十四岁甫丧长子时诞生,重燃子承衣钵的父望,不幸早卒,享年仅四十八岁,时年庚七十一的彝尊仍健在。

根据《吴郡记》所载,朱家在浙江秀水,古称"檇李",海滨广斥,盐田相望,旧号"小长芦",《小长芦图》是以故乡命名的画像,亦与《竹垞图》一样具有浓厚的"地景"色彩。图中两人一起面向观众,一坐一站,踞坐盘石者年长体广宽舒,手持钓竿,垂纶入水,斗笠置于石上,老者身旁稍后为清瘦立者,较为年轻而拘谨,头戴竹笠,两手相交自然垂于腹间。画面右侧由土坡巨树组成人物坐立较为壅塞的主景,远景为一带山峰与飞鸟,画面左侧则以留白与零星芦苇点出宽阔江景,正是老者垂竿的水域,这是朱彝尊充满寄望的一幅父子双像(附图4)。

顾刻诸家题《小长芦图》者,皆五、六、七言各一首,宋荦题诗曰:

> 谁写水村图,芦汀秋色冷。诗翁脱帽来,怀抱江湖永。
>
> 爱此雨蓑烟笠,相将更有佳儿。我亦何时携幼,挐船直入西陂。
>
> 斜阳袅袅钓丝风,蟹舍渔庄野岸通。此际披图心一洗,解人却忆米南宫。

第一首写朱家水村及老诗翁;第二首写其令人称羡之佳儿,兴发作者宋荦携幼归家西陂之情怀;第三首再咏长芦之景,末句引米南宫"宝轴时开心一洗"句,赞扬禹之鼎这幅妙画。王士禛的题咏如下:

> 史笔高三馆,归心恋五湖。分明鰕菜好,写出小长芦。
>
> 膝上佳儿文度,眼中秋色江村。归路不须扶杖,笑凭桐孙稻孙。(小字:竹垞二孙名)
>
> 一蓑一笠日相随,不似官人似钓师。七子爱吟杨处士,乱堆渔舍晚晴时。

渔洋题图程序与宋荦相似,既咏小长芦之景及朱太史之乡心,亦写朱彝尊的三代天伦之乐,有佳儿昆田一蓑一笠相随承志,尚有已出世的桐、稻二孙可以颐养天年,合咏父子不像官员更像钓师。高不骞的题诗带点幽默,诗曰:

> 槐树斜街宅,经营此画图。由来名父子,只恋小长芦。
>
> 六载玉堂天上,一丝钓艇沙头。肯放四明狂客,寥寥独擅风流。
>
> 师资父事分平生,倘许肩随渔钓名。载酒相寻长水面,乱呼渔弟与渔兄。

第一首言朱彝尊此年在北京,适由古藤书屋移居槐市斜街寓所,委请禹之鼎绘图,这对文化圈中著名的父子,乔迁寓所却一心只恋着秀水故乡小长芦。第二首说到朱彝尊二十二岁入直南书房至今正是六载,朱彝尊获皇帝恩宠如在天上玉堂,却一根钓丝悬系江乡湖水,当今皇上肯放这名狂客回故乡独擅风流吗？第三首诗说到这位亦师亦父的朱彝尊，由着小朱随父之钓名，一同在江水上载酒垂纶，那么画中看起来志趣相投的父子更像是一对渔人兄弟了。与朱彝尊非常熟识的表弟查慎行，受嘱为《小长芦图》题诗，第三首诗曰：

白首初辞供奉班，一身那不爱投闲。江湖老伴多星散，知己无如父子间。

查慎行这组题诗在画像五年后，即康熙三十三年，正是朱彝尊第二次罢官旋复引疾南归之后，查慎行以这幅充满天伦亲谊的父子画像慰藉表兄朱彝尊，白首辞官恰好给予投闲的机会，江湖老伴都星散了，唯有天伦亲情可堪告慰，父子就是知己。

许多文友的题诗大抵环绕着家乡"地景"与"父子"的话题打转，如：

老子闲来踞石，佳儿钓罢携竿。两岸芦声杂雨，一湾暝色荒寒。（邵长蘅题诗）

成都两只屩，山阴一顶笠。指认芦中人，千秋两朱十。（查嗣瑮题诗）

掷下簪头镂管，来听一片秋芦。箬笠于今懒戴，丝竿付与佳儿。（陆棻题诗）

无忘筌处得鲈鱼，为圃为农两不如。本是丝纶好高手，呼儿付与一竿挐。（戴锜题诗）

倦却江湖载酒遊，阿郎赤脚父科头。一丝烟雨清如许，那有贪鱼敢上钩。（沈季友题诗）

就着画面赞扬朱彝尊这对名流父子之显赫诗名与渔钓高情，对于朱彝尊父子家族传承投以羡慕眼光。

五、《豆棚销夏图》

朱彝尊生平最后一幅画像是梅庚所绘《豆棚销夏图》，绘于康熙三十七年戊寅，朱彝尊年已启事岁。朱彝尊自康熙三十一年六十四岁二度罢官旋复引疾南归后，已远离官场，南返故乡"竹垞"定居，过着著述与诗文交游的惬意生活。二十四年前，朱彝尊在京因怀乡而嘱绘《竹垞图》，许多文友便以可销夏劝归，例如徐釚《百字令》和作句曰："衮衮诸公，万人海里，只是相争逐。输君高卧，垞南垞北皆竹。"徜徉高卧在竹垞家院的竹海里，正是"晴日疏窗烟缕散，浅露一丛寒玉"。何有炎热之气？换成叶舒潞的说法是："翠幄阴浓，碧波凉泻，人在羲皇右。湘帘高卷，远峯青送吟袖。"这样的好环境，李良年也劝勉："茗香销夏，不须怊怅陈迹。"徐釚又有句曰："曝书亭子，共谁销夏同曝？"豆棚就在竹垞旁，适可为乡居提供销夏的凉意。

图版中，画家描绘乡间景致，傍着水域的土坡野景中，竹篱笆外豆棚一架藤叶攀爬，这幅画最奇特的地方在于画家对棚下像主肢体的具描，主人翁交脚坐在板凳上，衣不蔽体并袒露肚脐暗示天气炎热，左手执一把焦叶扇以备摇风纳凉，用以塑造一位年高长者销夏舒闲的形象，像主身旁有一僮仆捧着书册侍坐。画家采右重左轻的构图，将主景集于右侧，左侧则以留白作水域向远山延伸（附图5）。《豆棚销夏图》以农家野逸的生活情状为诉求，七十岁的竹垞不复争逐世名，此画并未请人题句，唯有画家梅庚绘后受嘱题诗曰：

别开高阁面清湍，销夏披风绿柳湾。对坐豆棚歌白雪，不知天壤有尘寰。

这位形迹脱略的诗翁，当着清湍柳湾，于炎夏里歌白雪，早已把外境之"夏"给解"销"了，尘寰是非不到我，画家兼题者的梅庚为朱彝尊浮沉的一生作了特别的剪影：豆棚下一位十足的羲皇神仙。

在画像中植入季节氛围者，除了《豆棚销夏图》之外，朱彝尊另有一幅《雪景写真》，王士禛有四首题诗曰：

天女长空散六花，疏枝冷蕊闘横斜。小身幻出维摩影，费我连朝玉画叉。

雪后溪山画不如，梅花林外跨青驴。相逢莫笑酸寒甚，会较华林七录书。

雪屋寒林断晚烟，板桥流水尚溅溅。不逢才子安鸿渐，定是襄阳孟浩然。

风急天山雪打围，下鞲鹰疾掠空飞。谁知驴背江南客，手拗寒香插帽归。[①]

渔洋题诗为读者再现该画的可视化印象，像主正置身于晚烟默林间，跨着青驴漫行于雪景中，诗人或着力于描写寒林间静肃的疏枝冷蕊，或刻画天山急风里疾鹰掠飞的动态景观，渔洋"不逢才子安鸿渐，定是襄阳孟浩然"二句，为朱彝尊驴背骑客手拗寒香的酸寒形象隐隐地作了一点小小嘲讽。

六、结　　论

正如清初卞永誉、陈维崧、王士禛、尤侗、释大汕等著名文士一样，朱彝尊一生拥有四幅可考的画像，各自勾描朱彝尊的人生侧影，仿佛速写了朱彝尊以像作传的生命图史。虽然画像的本质在"写真"，然而戴苍、曹秋厓、禹之鼎、梅庚等画家却将摹写朱彝尊真容的诉求降到最低，着力于图面营造像主的身体与环境，摆脱各像之间的重复性，而展现生命的多样化情境。至于为图见证的文字生产：题识，亦为近世文学表述的大宗，朱彝尊画像题识的体裁韵散不拘，包括诗、词、曲、赞、记等，其中同题和作的篇什颇多，以像主为核心圈围出的文学社群题写，大抵具有文人社交的酬酢性，同时亦兼具表达愿思的抒情性，既抒发观者对像主生命气象的赞赏，亦可引为题者自喻言志的媒介。每一份庞大的画像文本，包含了视觉性的图像与阅读性的文字两种类型，植根于文人心理与社会交往的范畴，表征着世代文人的心思与愿想，提供文学社群之个人与集体相互对话的平台，已成为中国近世文学史的重要环节。

以下将本文的研究成果归纳为三个面向，试为阐论。

（一）图像的符号隐喻

本文有一项研究上的限制，即四幅画像的真迹均已亡佚，笔者无由得见，幸赖顾修《读画斋偶辑》摹刻而得窥一斑。版画制作者在图版绘制时莫不尽量忠于原画，画中像主与重要对象相当程度地被保留在图版中，后人在原画不存的状况下，仍可透过摹刻图版掌握原画的体貌，这也使得笔者本文的研究工作得以进行。E·H·冈布里奇在《艺术与幻觉》一书中提到："我们需要一种图式把握这一流动不居世界有限的多样性。伊瑟尔的接受美学解释道：每一种图式根据艺术家继承下来的惯例，使世界变得可以理解。图式的观念，刺激了人们的观察，启发了观察者的想象。"[②]朱彝尊的画像构图呈现着画家的观看角度，画家将其转化为图绘手法，让朱彝尊在图面表演一个个理想的视觉景象：或戴笠荷锄而衬景留白的耕夫写照，或丛竹掩映下读书于斋院的生活映现，或一坐一站抡竿垂钓的父子合影，或棚下交脚袒腹招凉的舒泰形象。或正或侧、或坐或立的姿形，其眉眼神情、手足仪态、着服用物，或是主绘居处宅楼、豆棚轻座的图景布设……图面构织栩栩如生的日常细节，偶作想象性的虚拟，或抒情言志，或志写地景，或表征家族传承，画像诉求彼此衬垫而各有侧重，形塑一个个传达审美品味、伦理情谊、文化职志、家乡召唤的景观。

画像不仅仿真与复制吾人的视觉经验而已，更是对创作产生之原初环境的符号投射，投射的范围无远弗届，包括政治、军事、医疗、宗教、经济、教育、知识系统等广大的历史环境，有赖像主与画家取用。画像与其说是某种表演、某种人生的期望，不如说是诠释像主朱彝尊对人生处境的一种隐藏，甚至是一种隐喻。隐喻性思维是人们认识世界的方法之一，人们通过对不同事物间相似性的比较而认识事物的特征。

---

① 引自王士禛：《蚕尾集》，载《渔洋精华录集释》（卷十二），《题朱竹垞检讨雪景小照四首》，上海古籍出版社1999年版，第210页。

② ［德］沃尔夫冈·伊瑟尔：《阅读活动——审美反应理论》，金元浦、周宁译，中国社会科学出版社1991年版，第109—110页。

朱彝尊四幅画像多少采取了隐性手段以创新图面布设，视觉符码的运用时有所见，例如斗笠出现于《烟雨归耕图》与《小长庐图》，“竹篁”出现于《竹坨图》与《豆棚销夏图》，将朱彝尊换装成耕夫或渔父，一端是辛勤的劳动者，具有混迹江湖、埋首田泥的特质；一端是文人逃避名利纠缠、向往隐遁的人生愿景，在渔耕生涯与隐遁愿景这原本毫无联系的二者之间找到了相似性，进而创造了隐喻。隐喻是被压抑的，需通过象征形式来传达，由心理角度而言，隐喻语言提供了一种重组个人世界的工具，于是渔/耕形象便为朱彝尊的愿景提供了新向度。《烟雨归耕图》、《竹坨图》、《小长芦图》、《豆棚销夏图》诸画像刻意塑造朱彝尊归耕、竹居、垂钓、闲坐等举止，以画面上头戴之笠、肩荷之锄、宅居之竹、入水之竿、手执之扇等物质符号，结合山水、庭树、盆花、椅榻等景物，作为隐喻媒介的符码，创造出田耕、竹居、渔钓、闲坐等文人活动的象征符码，以形塑像主特定的形象，兴发避世隐居的文化意象，焕发合宜的审美品味。图像的隐喻性处理类似语言，属于一种社会权力的论述，以戏剧性的对话方式演出，藉以达成神圣/世俗、社会/政治、在野/在朝、自然/人文的交换与沟通。[①]

（二）文本的互文性与接受

朱彝尊的《竹坨图》，图面仅见一座竹篁宅园，朱彝尊在题词中植入杜甫《丹青引》，便与唐代诗人杜甫、画家曹霸的人生起落形成互文性对话。克丽丝蒂娃认为：每一个文本把它自己建构为一种引用语的马赛克，每一个文本都是对另一个文本的吸收、改造和转化。意在强调任何一个单独的文本都是不自足的，其意义是在与其他文本交互参照、交互指涉的过程中所产生。刘纪蕙认为一件艺术品的形成，可以含有多层论述与多层符号系统的交织。所谓多层论述或是多层符号系统，是指艺术文本中镶嵌构织的多种引文，而每一个“文本中的文本”都牵连起文化史或艺术史中的环节，也牵连起此环节所指涉的论述意识形态或意义背景，因而产生所谓的“互文”作用。[②]《竹坨图》的朱彝尊与《丹青引》的曹霸及杜甫，彼此镶嵌，这些互文性对话，为画像文本创造了相互穿梭的网络关系，将画像文本的认知带往更宽广的诠释空间。[③]

互文性通常被用来指称两个或两个以上文本间发生的相互关系，可能是两个具体或特殊文本间的关系，或者某一文本通过记忆、重复、修正，向其他文本产生的扩散性影响。朱彝尊画像文本的互文性还有另一个更值得注意的复杂现象。以朱彝尊《烟雨归耕图》为例，当代文人观看画像的题咏，均集中于“烟雨归耕”这个具复古色彩的主题上，“归耕”代表舍弃现世功利，回复“力田孝弟”上古邈远之风，当代文友藉以赞赏这位好友为“恨人奇士”。百余年来，《烟雨归耕图》深获世人喜爱，可能与朱彝尊擅长诗词、具遗民思想、入清廷明史馆纂修又获罪归里的经历有关。乾嘉文士翁方纲着眼于赞扬朱彝尊远离仕途、考经著述、力于学术的人生抉择，用以投射翁方纲个人沉浮宦海的无奈。至于嘉道年间的士人观看此画的题诗，既迥异于朱彝尊时人的朋辈眼光，也不同于乾嘉翁方纲对其考经著述的赞赏，刘宝楠题诗则有现世的感慨，由传统经史中发掘治水的策略，带入了鲜明的经世色彩。[④] 正是罗兰·巴特认为的互文性意涵，各种同期或非同期的引文、典故、回响相互交织使《烟雨归耕图》成为一个多重向度的空间，各种观看的文字在其中交织、碰撞与融合。

《烟雨归耕图》这个经过艺术家继承传统而绘就的图示，进入流传中便成为一种具有“召唤结构”的“空白”，等待着康、乾、嘉、道等不同世代的读者，以“游移视点”配合其观视策略进行意义的填补或重建。[⑤] 朱彝尊画像布满画心或拖尾的诸家题画内容，不仅可以补诠像主朱彝尊的形象景观与扮装意识，还缔造了不同时代文学社群的对话空间。画面布有图像符号供给观者寻绎隐喻意涵，题咏者更在

① 束定芳：《隐喻学研究》，上海外语教育出版社 2000 年版，第 99—101 页。

② 刘纪蕙：《文学与艺术八论——互文·对位·文化诠释》，三民书局 1994 年版，代序第 2 页。

③ 廖炳惠编：《关键词 200——文学与批评研究的通用词汇编》，麦田出版社 2003 年版，第 255—256 页。

④ 罗检秋：《嘉道年间京师士人修禊雅集与经世意识的觉醒》，载《中国近代思想史研究集刊》第 2 辑，郑大华、邹小站主编：《西方思想在近代中国》，社会科学文献出版社 2005 年版，http://jds.cass.cn/Item/2020.aspx(20120803)。

⑤ ［德］沃尔夫冈·伊瑟尔：《阅读活动——审美反应理论》，金元浦、周宁译，中国社会科学出版社 1991 年版，第 129—277 页。

文本的肌理纹路间穿梭互文的空间，画像不仅具现了人/物摆置学（画家的构思），也公开了展示欲（像主愿望），并叩应了观众的阅读心理（观者期待）……一份画像文本的生产，不仅是画家、像主与观者的观看角度与意识交流而已，这些不同角度由视觉出发的语言，皆以符号隐喻的方式表征深意，载负着文人积淀的文化，使图像元素与诗歌意象链接文化中的比兴传统，成为文学社群文本接受与彼此熏习的符号体系，透过熟识与操作这套符号体系，并植入多重文本以创造新颖的互文关系，促成多方肉眼凝视下的诠释圈，使图像话语传达着震撼、感染、吸引与宣传的魅力，进一步紧密地建构了作为观众的文学社群及集体认同。

（三）侧记人生与建构典型

每一幅画像莫不诉说像主的行迹与心志，或穿着不同服装，或摆放别致姿形，或聚焦于某个事件，或置身于特定景致，构画的理念来自于对人生多样面貌与缤纷图景的体悟。朱彝尊的画像，文献可考者约有六幅，除了本文所论四幅画像外，另有《雪景写真》与《灞桥诗思图小照》，[①]然此二种，未见任何图版。本文锁定的四幅画像：既不像王士禛《载书图》蒙受皇恩地标榜功业，也不像陈维崧《填词图》标帜个人鲜明的文学活动，既不含李良年《灌园图》孝母归养的道德意涵，也绝无李符《庐山行脚图》预卜来日的宗教蕴含。朱彝尊的四种画像文本，以视觉呈现（图）与文字建构（文）共筑朱彝尊个人私密的生命经验，《烟雨归耕图》（四十四岁）与《豆棚销夏图》（七十岁）两幅，前者是蓄势待发的自信、以退为进的谦抑；后者则是繁华褪尽、人生浮沉后步向终曲的超脱与自在。《烟雨归耕图》（四十四岁）完全没有衬景，《豆棚销夏图》（七十岁）的背景亦极简略，二画分别呈现了戴笠荷锄与袒腹交脚的身体形象，用以表征朱彝尊中岁与晚年归隐自如的人生趋向。

至于《竹垞图》（四十六岁）与《小长芦图》（六十一岁）两幅，着意于朱彝尊家园地景的塑造，“竹垞”为个人斋院，“小长芦”为旧名称谓的家乡，皆是画家为像主家园忆想与追念不同层次的表述，而图之以“地景”。“地景”既实指一个认知的处所，也意味着一个情感联系的空间，“竹垞”、“小长芦”，就是这样的“地景”，乃朱彝尊身处异地遥想故乡的地景志写，家乡因回忆的距离感而充满魅力，其中《小长芦图》还在家园的表述脉络下延伸出父子传承的伦理意涵。

至于《豆棚销夏图》中袒胸露脐交脚执扇以销夏纳凉的长者形象，在清代文士画像中并不罕见，如罗聘于乾隆二十五年庚辰夏季上休日，为七十四岁的老师金农绘一幅画像：《蕉荫午睡图》。炎炎夏日，金农闲坐蕉荫，打着瞌睡，平日狂傲之态全无，唯存一付脱俗出世的形象。罗聘以白描笔法勾勒人物，画中人上身赤裸，下着松垮长裤，脚着布，身体微微靠后，坐在一把木交椅上，双臂松弛地搁在椅扶手上，右手轻握一把蒲扇，左脚微曲，右腿放松着地，造型自然而舒适。蕉荫下的袒腹午睡者，寿星似的大脑袋，满面胡须，脑后细细小辫。身后有数丛芭蕉，罗聘用淡墨染叶，绿意盎然。脚跟处有一位蹲睡的童子，也烘托了整个画面沈静安适的气氛（附图6）。整幅画把髯老颐养天年的心境表现得非常确当，难怪金农醒来后不胜欣喜，罗氏自赞曰：

> 先生瞌睡，睡着何妨。长安卿相，不来此乡。绿天如幕，举体清凉。世间同梦，惟有蒙庄。

用“世间同梦，惟有蒙庄”的文句，投射个人梦乡恬然自适、超尘脱世的人生想望。[②] 康熙年间朱彝尊的《豆棚销夏图》，梅庚之笔绘出豆棚下这位手执蕉扇、袒腹交脚的纳凉者身体，画家把外境之“夏”解“销”，也让尘寰是非不到我，塑成豆棚下一位羲皇神仙的剪影。吾人可在《豆棚销夏图》与《蕉荫午睡图》之间看到某种文本“典型”思维的继承。

画家将像主提供的文化素材经过提炼、浓缩、集中和概括，去芜存菁，以贴近像主期望的文化真实，建构文人的“典型”：一名淡泊的耕夫、一座栖隐的宅园、一对称羡的父子、一个销夏的长者。这些典型在“实录求真”、“虚构再现”之间游走。画像背后涉及文化名人透过“典型化”企图公开展示自我

---

① 李良年：《秋锦山房集》，《四库全书存目丛书》（集部别集类251册卷十），第142页。

② 李晓庭、蔡芃洋：《花之寺僧：罗聘传》，上海人民出版社2001年版，第37—38页。另参见毛文芳：《乐此不疲：清代金农的画像自题析论》，《图成行乐》，第159—222页。

的欲望，带有公众所赋予的声誉与功勋般的个人主义色彩，朱彝尊蓑笠荷锄的耕夫模样，朱彝尊父子以江畔钓徒造型现身……，诸多画像展示在众多视线之下，亦被框设在形象布置的尺度里，画像装裱就是一种公开的仪式，无论是高悬在厅堂里、摊展在手卷中，或呈现于出版品扉页，在视觉上提供了一个具体可见的理想典范，提供观者由“注视”到“省思”到“慕尤”的机会。

朱彝尊的四种画像文本与其生命相互牵系，成为朱彝尊的人生切面，为不同向度的自我发声：有喜悦、有忧伤；有肯定、有质疑；有赞叹、有忏悔；有宽慰、有责难，内在生命众声喧哗，此起彼落，论述内容以个人身体与家园地景作为言志抒情的核心，画家置于图面中的隐喻性符码彼此更迭，当文友被邀请凝视画像时，不仅相互响应，同时于今日经验与古代典故间往返穿梭与观想，使题咏具有浓厚的互文性，彼此形成一种文际关系，相互映照以进行潜在的对话，勾描朱彝尊中岁以迄晚年的人生侧影，而跨时代的不同接受者群体亦共创以文踰图的多音复调，用以反馈题者自己，据以建构典型与集体认同。朱彝尊画像文本堪为近世文学可视化表彰书写的一项有力标志。

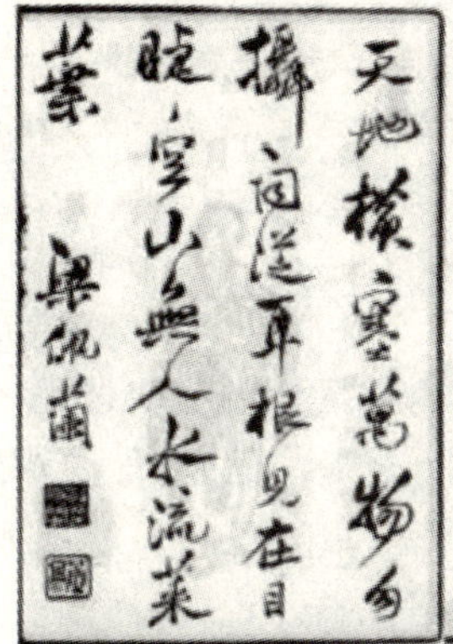

附图1　释大汕自绘《行迹图》“访道”

附图2　《烟雨归耕图》版画(嘉庆顾氏刻本)

附图3　《竹垞图》版画(嘉庆顾氏刻本)

附图4　《小长芦图》版画(嘉庆顾氏刻本)

附图5　《豆棚销夏图》版画(嘉庆顾氏刻本)

附图6　罗聘绘《蕉荫午睡图》轴

论朱一新“潜气内转”说的内涵、来源与价值[①]

莫道才

（广西师范大学文学院）

内容摘要：朱一新提出的“潜气内转”说成功地将骈文理论从文辞评点的辞章之论过渡到气韵之论，是近代骈文理论的重要思想。经过孙德谦的阐释，钱基博在孙德谦的基础上用“气韵”这一概念用来概括朱一新的“潜气内转”说，将内涵做了提升，是骈文理论的新发展。从此，骈文理论摆脱了辞章之论而发展到了气韵之说，完成了从文章学理论到文学理论的转型。

关键词：朱一新　无邪堂答问　骈文　潜气内转　孙德谦　钱基博　气韵

骈文文论的发展过程呈现了从关注外在的语言形式的辞章到注重内在气韵的演变过程。从宋代的辞章之论到晚清近代气韵之说的完成，标志着骈文文论的成熟。朱一新提出的“潜气内转”说成功地将骈文理论从文辞评点的辞章之论过渡到气韵之论，是近代骈文理论的重要思想。经过孙德谦的阐释，钱基博在孙德谦的基础上用“气韵”这一概念来概括朱一新的“潜气内转”说，将内涵做了提升，是骈文理论的新发展。从此，骈文理论摆脱了辞章之论而发展到了气韵之说，完成了从文章学理论到文学理论的转型。在这一过程中，朱一新提出的“潜气内转”说具有重要的作用。探寻这一演变过程对于深入理解和丰富中国古代文论具有深刻的意义。

一

近代骈文家和学问家朱一新（1846—1894）从宏观视野明确提出的骈文“潜气内转”说是骈文理论的一大飞跃。近代以来，“潜气内转”说越来越受到学术界的关注。首先是孙德谦对此予以极高评价，孙德谦在《六朝丽指》中说：

> 李申耆先生《骈体文钞》以六朝为断，盖使人知骈偶之文，当师法六朝也。其中六朝名篇，搜采殆尽。余三十之年喜读此书，始则玩其词藻耳，久之乃觉六朝文字，其开合变化有令人不可探索者。顾其时心能喻之，而口不能道，但识其文之隽妙而已。及阅《无邪堂答问》，有论六朝骈文，其言曰：“上抗下坠，潜气内转。”于是六朝真诀，益能领悟矣。盖余初读六朝文，往往见其上下文气似不相接，而又若作转，不解其故，得此说乃恍然也。试取刘柳之《荐周续之表》为证：“虽汾阳之举，辍驾于时艰；明扬之旨，潜感于穷谷矣。”上用“虽”字，而于“明扬”句上并无“而”字为转笔。一若此四语中，下二语仍接上二语而言，不知其气已转也，所谓“上抗下坠，潜气内转”者，即是如此。以他文类推，无不皆然。读六朝文者，此种行文秘诀，安可略诸？[②]

他说自己以前对于六朝骈文之美“心能喻之，而口不能道，但识其文之隽妙而已”，是朱一新提炼

① 本文系国家社会科学基金项目“中国古代骈文文论研究”（10XZW0023）的成果之一。

② 孙德谦：《六朝丽指》，载王水照主编：《历代文话》（第九册），复旦大学出版社2007年版，第8432页。

出"上抗下坠,潜气内转"(朱一新原话是"潜气内转,上抗下坠",见下文)这一"六朝真诀"让人幡然领悟、茅塞顿开。他理解的"上抗下坠,潜气内转"是"上下文气似不相接,而又若作转"。所谓的"气"就是"文气"。这与朱一新的原意有一些距离,详见下文。

笔者认为,对于"潜气内转"说的内涵和来源理解不一,这会影响对这一理论的正确运用和恰当评价,应该对此予以认真的梳理和研究。

作为骈文理论的"潜气内转"说出自于朱一新的《无邪堂答问》卷二:

骈文自当以气骨为主,其次则词旨渊雅,又当明于向背断续之法。向背之理易显,断续之理则微。语语续而不断,虽悦俗目,终非作家。(公牍文字,如笺、奏、书、启之类,不得不如此,其体自义山开之)惟其藕断丝连,乃能回肠荡气。骈文体格已卑,故其理与填词相通。(文与诗异流而同源,骈文尤近于诗,倚声亦诗之余也。风、雅本性情之事,惟深于情者,乃可为诗。特用情有邪正之不同,温柔敦厚,诗教也;缘情绮靡,非诗教也。至如雍容揄扬之作,铿锵镗鞳之词,源出于颂,别是一格。以骈文论,则曾选中刘圃三最工此)潜气内转,上抗下坠,其中自有音节,多读六朝文则知之。(四杰用俳调,故与此异,燕许尚皆如此,至中唐后而始变)国朝精于此者,惟稚威、叔宝、汪、洪诸家,亦时有之。舞轩以下,文虽工而此意则寡矣。①

这一段文字是朱一新回答学生提问的回答,涉及了有关骈文的诸问题,是朱一新对骈文的全面的观照,体现了他的骈文思想。出现在这段文字末尾的"潜气内转,上抗下坠"8个字最为人关注,大气包举,凝练简括,汇聚了他对骈文的观点,概括了朱一新的骈文观,为后人指明了骈文的命脉所在。仔细分析一下朱一新的这段文字,他其实讲了这么几个问题:①骈文要以气骨为主心,在此基础上做到词旨渊雅,也要明白文章结构的向背断续之法;②骈文不必语语续而不断,只有做到文辞句子表面"藕断丝连"而内部气韵不断,才能让人读出回肠荡气之魅力;③文章的"气"要潜藏于内,在暗地里运转,通过骈偶文辞音节的高低抑扬来体现出来。这就是"潜气内转,上抗下坠"的含义。

其实,朱一新这一段话之前是有一个铺垫的。朱一新的《无邪堂答问》表面是回答各位学生的问题,但是关于这一段骈文的问答与其他与学生的问答明显不同。从全文来看,基本上是自设问题自答,借此表明自己的骈文观。与前后的其他所问问题相比较,关于骈文的这一个问题明显深奥,恐学生提问不出这么深刻的问题。请看:

问:骈文导源汉魏,固不规规于声律对偶。百三家时有工拙,惟徐、庾能华而不靡,质而不腐。取法贵上,似当以风骨为主。骈体正宗,多作棘吻语。文之古与不古,当论气格。虽有拗句,亦行乎不得不行,何诸家有未尽然耶?陈检讨浑成富健,尤西堂倾筐倒箧,要非检腹所能。洪北江气极畅茂,吴圣徵稍宽婉弱,而曾《选》乃首西河。西河多棘吻,窃昧于从入矣。愿略举学骈文之要。②

这里的提问内容已经是先入为主,蕴含了所要回答的答案了,已经提出了"风骨"、"气格"的问题。朱一新仅仅是希望通过借此回答进一步展开分析阐述。所以回答就直接阐明了,与提问几乎顺势而下、一气呵成。他从先秦时代以来骈文的演变历程谈起:

答:骈文萌芽于周秦,具体于汉魏,沿及初唐,袭其体制,韩、柳复古,斯道寖微,至宋而体格一变矣。天地之道,有奇必有偶。周秦诸子之书,骈散互用,间多协韵,六经亦然。西京扬、马诸作,多用骈偶,皆已开其先声。顾时代递降,体制亦复略殊。同一骈偶也,魏晋与齐、梁异,齐梁与初唐异。同一初唐、齐、梁也,徐、庾与任、沈异,四杰与燕、许异。③

朱一新犹恐没有说明清楚,在这段文字之后作者加了一大段说明:"六朝文气骫骳,自是衰世之作。但学骈体,不能不宗之。汉文为骈俪之祖,崔、蔡诸公体格已成。建安近东汉,西晋近建安,故魏

① 朱一新:《无邪堂答问》,吕鸿儒、张长法点校,上海古籍出版社2000年版,第91—92页。

② 朱一新:《无邪堂答问》,吕鸿儒、张长法点校,上海古籍出版社2000年版,第89页。

③ 朱一新:《无邪堂答问》,吕鸿儒、张长法点校,上海古籍出版社2000年版,第89—90页。

晋自为一类，东晋与刘宋自为一类。永明以后，益趋繁缛，至萧梁诸帝王之作，而靡丽极矣。文章关乎运会，东汉清刚简质，适如东京风尚。建安藻绘而雄俊，魏武偏霸，才力自与六代不同。晋宋力弱，特多韵致，亦由清谈之故。其体较疏，犹有东汉遗意。至永明则变而日密，故骈文之有任、沈，犹诗家之有李、杜也。李存古意，杜开今体，任、沈亦然。任体疏，沈体密，梁、陈尤密，遂日趋于绮靡。惟北朝文体稍正，而不为南朝所重，北人亦自愧弗如，盖是时群以繁丽相尚也。物极必反，至徐、庾而清气渐出，庾尤清于徐，遂为骈体大宗。六朝文如干令升、范蔚宗，诗如左太冲、陶靖节、鲍明远，皆不为风气所囿，故可贵也。”朱一新在这里详细勾勒出汉魏六朝骈文的演进规律以及与时代风尚的内在关联。他在这里有三处用了“气”，“六朝文气骫骳”倾向于否定，“徐庾而清气渐出”颇为赞赏，“皆不为风气所囿，故可贵也”则评价最高，这说明朱一新开始有意识用“气”来观察骈文之演变。朱一新继续谈道：

徐、庾清新富丽，诚为骈文正轨，然已渐趋便易。厥后变而为四杰，再变而为义山，又变而为宋人。故义山者，宋人之先声也。……西堂熟于《骚》、《选》，拟骚及游戏文独工，虽或有伤大雅，以之启发初学则可。(袁简斋才笔纵放，胜于荔裳诸人，惟根柢不深，偶用古语，多成赘疣，若《修于忠肃庙碑》之类，故是杰作。[庙碑用辨难之体，虽非古法，犹或可为，若吴巢松《祭吴季子文》亦用之，则误甚。]曾选之佳者，尚有刘圃三、王芥子、孙渊如、吴山尊、彭甘亭、刘芙初、吴巢松、乐莲裳诸人。甘亭选学最深，亦颇为选所累。挦撦太多，真气不出，要是骈文正宗。芙初、巢松诸人，婉约峭蒨，致足赏心，而文气已薄。孙、王才高，未竟其所学也。[文章未论工拙，先论雅俗。如莲裳《答王痴山书》有云：“眼与碧流，意将红断，欲学齐梁，乃落俗调。”凡此皆可类推。]曾选之首西河，盖以时代为次。西河不以骈文名，而颇合六朝矩矱，整散兼行，并非钩棘。(如《沈云英传》入后人手，易为呕哕恶语，此独之。《平滇颂》用唐人李元宾、吕和叔文体，锻炼未纯，而笔力高迈。)惟才力薄弱者，苟欲为此，无易至举鼎绝膑，不若效徐、庾、义山一派，可免举止羞涩也。(曾选中，如郭频迦诸人，故为拗体，笔意似雅，边幅甚窘。此外，若王仲瞿，虽有奇气，乃野狐禅。姚复庄欲开生面，亦颇犯此弊。)[①]

这一段文字层层加注、解释延伸，表面来看有一点复杂，似乎在叙述骈文的演变及清代骈文家的创作点评，但多处反复提到很多骈文家“往往为其(学《史记》、《汉书》八家)所缚”、“为应酬文所累”、“体格太弱”、“颇为《选》所累”，其实这些都是文章缺乏“气”的表现。在所加自注中讨论“气”尤多，先后用了三次“气”：“真气不出”，“文气已薄”，“虽有奇气”。如此频繁的使用这一术语可见“气”是朱一新观察、评价骈文的新坐标。此外文中提到的“疏纵”、“纵放”、“笔力高迈”等用语也是“气”的具体表现。正在这一段话铺垫之后，朱一新明确提出了“骈文自当以气骨为主，其次则词旨渊雅，又当明于向背断续之法。向背之理易显，断续之理则微。语语续而不断，虽悦俗目，终非作家。惟其藕断丝连，乃能回肠荡气。骈文体格已卑，故其理与填词相通。潜气内转，上抗下坠，其中自有音节，多读六朝文则知之”。这一在骈文学史上高屋建瓴的论断从此提升了骈文理论的境界，脱离了之前饾饤琐屑的辞章之论！

“气”是古代文论的基本概念。其实在《无邪堂问答》中，“气”也是朱一新经常使用的词语。如在回答有关桐城派古文时称赞“惟曾文正善蓄气势”[②]。何为“气”？朱一新也有明确的定义。他说：“地以上皆天，人物以外皆天。塞乎天地之间者，气也。气聚而才生，分阴分阳，迭用柔刚。”[③]从《无邪堂答问》的整体文章来看，是他重气节、尚个性的人品思想的体现。他强调“养气”的重要：“君子贵穷理，贵养气，盖为此也。惟养气乃有真气节，配义与道，集义所生。”[④]他强调“气节”的重要：“内蕴义理，则外

① 朱一新：《无邪堂答问》，吕鸿儒、张长法点校，上海古籍出版社2000年版，第90—92页。

② 朱一新：《无邪堂答问》，吕鸿儒、张长法点校，上海古籍出版社2000年版，第87页。

③ 朱一新：《无邪堂答问》，吕鸿儒、张长法点校，上海古籍出版社2000年版，第131页。

④ 朱一新：《无邪堂答问》，吕鸿儒、张长法点校，上海古籍出版社2000年版，第196页。

发而为气节,故孟子养气之功必曰'集义'。"[①]"富贵不能淫,贫贱不能移,威武不能屈,斯乃真气节。"[②]在回答为人须有"气"时说:"奇崛盘郁之气,断不可少。龌龊者流,不可以入德,为其索索无真气也。人不特立独行,未免虚生可惜。此天之所与我者,人皆有之。世故日深,斯真气日寡,我但率性而行,初非以此翘然自异于众也。……诡异坚僻者,其人亦多奇气。"[③]可以说,文人有个性之"气"是朱一新评价人的重要标杆。作家的人格、品格、性格影响着其创作的风格。宋人王十朋在《蔡端明文集序》说:"文以气为主,非天下之至刚者莫能之。古今能为文之士非不多,而能杰然自名于世者无几,非文不足也,无刚气以主之也。"[④]正因为朱一新关注作家为人之"气",这样就很自然将"气"引入到骈文文论中了。

孙德谦在《六朝丽指》进一步对朱一新"潜气内转"说做了自己的解读和发挥。他说:

文章承转上下,必有虚字。六朝则不然,往往不加虚字,而其文气已转入后者。江文通《刘乔墓铭》"参错报善,茫昧云元。"自"乃毓伊人"下皆是赞刘,而此两句即是转笔也。……又如昭明《陶渊明集序》"岂能戚戚劳于忧畏,汲汲役于人间。"下"齐讴赵女之娱,八珍九鼎之食,结驷连骑之荣,侈袂执圭之贵:乐既乐矣,忧亦随之。"自"齐讴"至此,不细为推寻,几疑接上"岂能"两句之后,不知其辞气已转也。即下文"唐尧四海之主,而有汾阳之心;子晋天下之储,而有洛滨之志。轻之若脱屣,视之若鸿毛,而况于他人乎!""唐尧"之上文为"饕餮之徒,其流甚众",意不联贯,而于"唐"字上且无虚字,盖其气则又转也。故读六朝人文,须识得潜气内转妙诀,乃能承转处迎刃而解,否则上下语气,将不知其若何衔接矣。[⑤]

他的理解是:"文章承转上下,必有虚字。六朝则不然,往往不加虚字,而其文气已转入后者。"他认为,六朝骈文不用虚字也能让文章发挥转折、递进的作用,这就是朱一新所说的"潜气内转"。他说的"辞气之转"是把"转"理解成"转折"、"递进"的转换之意。笔者认为这样的理解是强化了转折的含义,有误读之嫌。这里的"转"应该是"运转"、"转动"、"调控"的意思,是潜运的"气"推动文章意脉的运转、运行、转动、前行,与用不用虚字没有必然的联系,有的骈文即使用了很多虚字也未必有文气的力量在转动。

二

朱一新的"潜气内转"说并非他的凭空创造,而是传统文论的继承与发扬。众所周知,在中国传统文化里,"气"是观照世界的重要视角,也是对世界构成的元素的基本认识。中国哲学认为万物由"气"构成,"气"是一切万物的矛盾体汇聚所在,宇宙万物由阴阳之"气"构成。《礼记·祭义》引孔子云:"气也者,神之盛也。"[⑥]郑玄注:"气,谓嘘吸出入也者。"《礼记·乐记》又说:"是故情深而文明,气盛而化神。"[⑦]中医的基本理论也认为,人的身体也是由"气"构成,阴阳之气协调则血气通畅,血气通畅则身体康健,阴阳之气不调则血气不畅,病从中生。所以,人必须要运"气"以通血脉,使之祛除邪毒。要养"气",使之保持气脉通畅。而且"气"要浩大,以之颐养性情。老者练习气功,也是为了养气,气顺则颐养天年。早在《孟子》中,孟子就强调"气",所谓"我善养吾浩然之气"。孟子的"浩然之气"在他看来就是"其为气也,至大至刚,以直养而无害,则塞于天地之间。其为气也,配义与道;无是,馁也。是集义

---

① 朱一新:《无邪堂答问》,吕鸿儒、张长法点校,上海古籍出版社2000年版,第129页。

② 朱一新:《无邪堂答问》,吕鸿儒、张长法点校,上海古籍出版社2000年版,第130页。

③ 朱一新:《无邪堂答问》,吕鸿儒、张长法点校,上海古籍出版社2000年版,第135页。

④ 王十朋:《梅溪王先生文集》(后集卷二十七),《四部丛刊》本。

⑤ 孙德谦:《六朝丽指》,载王水照主编:《历代文话》(第九册),复旦大学出版社2007年版,第8459—8460页。

⑥ 《礼记》(卷八),上海古籍出版社1987年版,第260页。

⑦ 《礼记·乐记》,《十三经注疏》本。

所生者，非义袭而取之也。行有不慊于心，则馁矣”[①]，他所说的“气”与“道”和“义”密切关联。韩愈也重视“气”，将文章文辞比喻为“浮物”，将“气”比喻为水：“气，水也；言，浮物也；水大而物之浮者大小毕浮。气之与言就是也。气盛则言之短长与声之高下皆宜。”[②]所谓“气盛则言之短长与声之高下皆宜”说的正是“潜气内转”与文辞表达的关系，只是并没有用这个词而已。章学诚也多指出“气”对文之重要作用：“凡文不足以动人，所以动人者，气也。……夫文非气不立，而气贵于平。”[③]古代散文一直重视“气”，到清代连桐城文派都注重“气”了。刘大櫆在《论文偶记》里说：“气最重要。予向谓文须笔轻气重嘉矣，而未至也。”[④]骈文尚“气”应该说也是这种重“气”的文化大环境的必然反映。

往前仔细追索，从语源来看，“潜气内转”这一概念最早应是出自曹魏时期繁休伯的《与魏文帝笺》：

正月八日壬寅，领主簿繁钦，死罪死罪！近屡奉笺，不足自宣。顷诸鼓吹，广求异妓。时都尉薛访车子，年始十四，能喉啭引声，与笳同音。白上呈见，果如其言。即日故共观试，乃知天壤之所生，诚有自然之妙物也。潜气内转，哀音外激，大不抗越，细不幽散，声悲旧笳，曲美常均。及与黄门鼓吹温胡，迭唱迭和。喉所发音，无不响应，曲折沈浮，寻变入节。自初呈试，中间二旬，胡欲傲其所不知，尚之以一曲，巧竭意匮，既已不能。而此孺子遗声抑扬，不可胜穷。优游转化，馀弄未尽，暨其清激悲吟，杂以怨慕。咏北狄之遐征，奏胡马之长思，凄入肝脾，哀感顽艳。是时日在西隅，凉风拂衽，背山临溪，流泉东逝。同坐仰叹，观者俯听，莫不泫泣殒涕，悲怀慷慨。自左马真、史妠，謇姐名倡，能识以来，耳目所见，佥曰诡异，未之闻也。窃惟圣体，兼爱好奇，是以因笺，先白委曲，伏想御闻，必含馀欢，冀事速讫，旋侍光尘，寓目阶庭，与听斯调，宴喜之乐，盖亦无量。钦死罪死罪。[⑤]

这一段话本来是谈论音乐的喉音发声之经验。有学者指出可能就是蒙古草原民族源自于匈奴时代的传统口头音乐艺术“呼麦”[⑥]。“呼麦”就是通过喉部“潜气内转”创造出来的天籁之声。对于音乐来说，收缩吐纳和控制运用“气”尤为重要。李调元在《雨村诗话》中就指出：“音乐以气为主，然气有放开者，有收合者。”[⑦]而《与魏文帝笺》说的“潜气内转，哀音外激；大不抗越，细不幽散；声悲旧笳，曲美常均”正是音乐歌唱的发声用气和表现的音乐美质。这里是三组对偶句，“潜气内转，哀音外激”是对举而说，有“潜气内转”才有“哀音外激”，散发出来的音色才会“大不抗越，细不幽散；声悲旧笳，曲美常均”。《广雅》曰：“抗，高也。”“抗越”就是高越。声音很大但不高越，声音很细但不幽散，是因为“气”通过腹腔的作用力在喉腔内运转掌控，让声音散发出来，浑厚有力而让人回肠荡气，这是纯从音乐的发声用气来说的。“转”在这里有运转、回转、转动的含义。明人唐顺之在《董中峰侍郎文集序》中讨论过歌唱的喉音的气之运用以及转气与音色的关系。他说：“喉中以转气，管中以转声。气有湮而复畅……最为善乐者，则不然。其妙常在于喉管之交，而其用常潜夫声气之表。气转于气之未湮，是以湮唱百变而常若一气；声转于声之未歇，是以歇宣万殊而常若一声。使喉管生气融而为一，而莫可以窥，盖其机徵矣。然而其声与气之必有所转，而所谓开阖首尾之节，凡为乐者，莫不皆然者，则不容异矣也。使不转气为声，则何以为乐？使其转气与声儿可以窥也，则乐何以为神？有贱工者，见夫善为乐者之若无所转，而以为果无所转也，于是直其气与声儿出之，戛戛然一往而不复，是击腐木湿鼓之音也。言文者，何以异此？”[⑧]唐顺之指出音乐发声之气与为文之气是相通的，他其实是借谈歌唱发声之

① 《孟子·公孙丑上》。
② 《答李翊书》。
③ 章学诚：《文史通义新编》，上海古籍出版社 1993 年版，第 182 页。
④ 刘大櫆：《论文偶记》。
⑤ 《文选》(卷四十)。
⑥ 范子烨：《呼麦与胡笳：中古时代的喉音艺术——对繁钦〈与魏文帝笺〉的音乐学阐释》，载《中国文化》2009 年第 1 期。
⑦ 李调元：《雨村诗话》(卷上)，《清诗话续编》本。
⑧ 唐顺之：《荆川先生文集》(卷十)，《四库丛刊》本。

气来讨论作文用气的重要性。

上述理论可能对朱一新有所启发。骈文虽表面偶对精工、文辞华美，但内在却有一股潜存的气在流动，正是这一股潜流的气脉推动文章的行进。凡是读骈文佳作都会感受这一气脉的存在。朱一新正是将繁休伯“潜气内转”这一音乐的理论借鉴、移植到骈文理论上，进行了创造性的改造运用，这是骈文理论的革命性飞跃，他成功地将骈文理论从文辞评点的辞章之论过渡到气韵之论。对于朱一新“潜气内转”说的文论价值，钱基博在《骈文通义·典型》中也有恰当的评价。他说：

> 余读义乌朱一新鼎甫《无邪堂答问》，论：“骈文自当以气骨为主，其次则词旨渊雅；又当明于向背断续之法；向背之理易显，断续之理则微。语语续而不断，虽悦俗目，终非作家；公牍文字如笺奏书启之类，不得不如此；其体自义山开之。惟其藕断丝连，乃能回肠荡气。骈文体格已卑，故其理与填词相通，潜气内转，上抗下坠，其中自有音节；多读六朝文则知之。”此体自以六朝为准，而“潜气内转，上抗下坠”，斯尤片言居要，可谓一字千金，信足树斯文之典型，而以发六朝之秘响者也！①

这里对朱一新的“潜气内转”说评价极高，称赞“斯尤片言居要，可谓一字千金，信足树斯文之典型，而以发六朝之秘响者也！”朱一新确立的“潜气内转”说不仅揭示了六朝骈文的秘籍，更是使骈文理论达到了一个新的境界，这是他对骈文理论的独特贡献。而孙德谦、钱基博则起到了发掘、发现、发明的作用，贡献同样巨大。钱基博在《骈文通义·典型》中还借评述孙德谦的《六朝丽指》将“潜气内转”说进一步提升为“气韵说”：

> 近人元和孙德谦隘堪纂《六朝丽指》一书，推大其谊，以为论衡；而矜诩奇秘，发端一序，谓：“俪辞之兴，六朝称极盛焉。余少好斯文，迄兹靡倦，握睇籀讽，垂三十年；见其气转于潜，骨植于秀。振采则清绮。陵节则纡徐。缉类新奇，会比兴之义，穷形抒写，极绚染之能。可谓有味乎其言之也！反复耽玩，籀其所论，大指主气韵，勿尚才气；崇散朗，勿嫥藻采。……后之为骈文者，每喜使事而不能行清空之气，非善法六朝者也！六朝之文，无不用顿宕之笔。后人但赏其藻采，而于气体散朗，则不复知之！故即论骈文，能入六朝之室者，殆无多矣！”此崇散朗，勿嫥藻采之说也。又谓：“长沙王益吾（先谦）选《骈文类纂》四十六卷，其持论大旨，则在不分骈散而以才气为归。夫骈文而归重才气，此固可使古文家不复轻鄙，无所藉口。惟既言骈文，则当上规六朝；而六朝文之可贵，盖以气韵胜，不必主才气立说也。《齐书·文学传》论曰：‘放言落纸，气韵天成。’若取才气横溢，则非六朝真诀也。昌黎谓：‘惟其气盛，故言之高下皆宜。’斯古文家应尔，骈文则不如此也！六朝文中往往气极遒炼，欲言不言；而其意则若即若离，上抗下坠，潜气内转。故骈文蹊径与散文之气盛言宜，所异在此。”此主气韵，勿尚才气之说也。主气韵，勿尚才气，则安雅而不流于驰骋，与散行疏科。崇散朗，勿矜才藻，则疏逸而无伤于板滞，与四六分疆。②

“主气韵”是钱基博对朱一新“潜气内转”说新的理论概括和整合。“此主气韵，勿尚才气之说也。”以前的骈文文论是崇尚才气的辞章之论，严格来说那是文章理论，还不是文学理论。“主气韵，勿尚才气；崇散朗，勿嫥藻采。”在解读朱一新的“潜气内转”说的同时，钱基博又对朱一新的“潜气内转”说做了发展和完善。他将“气”界定为“气韵”，以与“才气”做了切割，这是崇尚散朗的气韵，所以说“主气韵，勿尚才气，则安雅而不流于驰骋，与散行疏科。崇散朗，勿矜才藻，则疏逸而无伤于板滞，与四六分疆”，这是辩证的分析和发明。这样，朱一新的骈文理论到钱基博又有了新的创造性的进步。

“气韵”在古代书画理论中常用，比如五代欧阳炯在《蜀八卦殿壁画奇异记》中说：“六法之内，惟形似、气韵二者为先。有气韵而无形似，则质胜于文；有形似而无气韵，则华而不实。”③明人顾凝远在《画

---

① 钱基博：《骈文通义·典型》。

② 钱基博：《骈文通义·典型》。

③ 徐中玉主编：《中国古代文艺理论资料丛刊·文气风骨编》，中国社会科学出版社1997年版，第11页。

引》中说："六法中第一气韵生动，有气韵则生动矣。"[①]清人黄钺在《二十四画品》中列"气韵"一品云："六法之难，气韵为最。意居笔先，妙在画外。"[②]画中有"气韵"则为评价最高，以为神品。在明清以前的诗论也常用"气韵"。而骈文理论在钱基博之前，孙德谦在《六朝丽指》中也用了"气韵"论骈文，他说："余尝以六朝骈文譬诸山林之士，超逸不群，别有一种神峰标映、贞静幽闲之致。其品格孤高，尘氛不染，古今亦何易得？是故作斯体者，当于气韵求之，若取才气横溢，则非六朝真诀也。"[③]钱基博论骈文归为"气韵"这一概念可能直接从沈约《南齐书·文学传论》"放言落纸，气韵天成"而来。钱基博在孙德谦的基础上则将"气韵"这一概念用来概括朱一新的"潜气内转"说，既是内涵的提升，也是骈文理论的新发展。从此，这一点睛之笔使骈文理论摆脱了辞章之论而发展到了气韵之说，完成了骈文文论从文章学理论到文学理论的转型。

---

① 徐中玉主编：《中国古代文艺理论资料丛刊·文气风骨编》，中国社会科学出版社 1997 年版，第 60 页。

② 徐中玉主编：《中国古代文艺理论资料丛刊·文气风骨编》，中国社会科学出版社 1997 年版，第 23 页。

③ 孙德谦：《六朝丽指》，载王水照主编：《历代文话》(第九册)，复旦大学出版社 2007 年版，第 8433 页。

金代骈文新论

——兼与于景祥先生商榷[①]

王　永

（中国传媒大学文学院）

内容摘要：金代骈文研究需要从分期依据、文本对象、文体观念三个方面更新观念，金代骈文发展的划分应该以"四期说"取代"三期说"。宋人降表不应作为金代骈文的研究对象，金初皇室不是骈文的直接作者。评价金代骈文成就不应主要依据艺术形式的演进，而应着眼其文体功能的变迁和实现状况。

关键词：金代　骈文　于景祥　分期　降表

于景祥先生于《中国骈文通史》中始设专节论述金代骈文，开创之功不可掩没。在50余页、30 000余字的篇幅中，于景祥先生全面梳理了金代骈文的发展历程，按照历史发展的线索描述和评价一些成就较高的段落或者篇章，为后世学人提供了坚实的基础和丰富的材料。这个工作，无论在骈文的学术史上还是金代文学的研究格局中都是值得瞩目的。作为骈文研究的专家，于景祥先生在艺术形式上对金代骈文进行的评价也颇值得重视。

笔者多年来致力于金代散文的研究，基于对金源文献的掌握和散文文体的考察，有诸多意见与于景祥先生不合，故而撰写此文，在于景祥先生的研究基础上，提出一些新的看法，以供学术界讨论。总体说来，分歧的焦点集中在发展历程的划分、研究对象的划定、价值评判的依据这三个方面。

一、金代骈文发展分期问题

于景祥《中国骈文通史》中对金代骈文的划分持"三期说"，这是关于金代文学的一般分法，肇始于《金文最·伍绍棠跋》：

> 溯夫渤海龙兴，飙风电扫，始于收国，以迄海陵，文字甫兴，制科肇举，譬之唐室初定，议礼多籍马周；魏台始营，故事或咨王粲，此一时也。大定、明昌，四方静谧，乘轺之使，酌匹裂而叙欢；射策之英，染缇油而试艺。恺乐娱宴，雍容揄扬；譬之马工枚速，奋飞于孝武之朝；柳雅韩碑，绩藻乎元和之盛，此又一时也。逮乎汴水南迁，边疆日蹙；龙蛇澒洞，豺虎纵横；羁人同楚社之悲，朝士有新亭之泣。譬之杜樊川之慷慨，乃喜言兵；刘越石之激越，辄闻伤乱。此又一时也。[②]

金亡之后，一代文学文献散乱几尽，诗歌方面幸有元好问编《中州集》搜集传世，而文章则直至清代方有张金吾的《金文最》加以裒辑收录，其中伍绍棠的这段跋语是金代文学研究史上一篇十分珍贵

---

① 本文为2012年教育部人文社会科学研究青年基金项目"唐宋古文金元传播接受史"（项目编号：12YJC751087）相关成果。

② 张金吾编：《金文最·伍绍棠跋》，中华书局1990年版，第1728页。

的文献。当代学术界对金代文学的划分多依据于此,比如周惠泉先生《金代文学论》、胡传志先生《金代文学研究》等专著,都遵其"三期说"。于景祥也持这种观点:"这种说法,大体符合金代文学发展的实际,而金代骈文之发展与演化也大致与此相合,具体说来可以分为上述三个时期。"[①]这种分期方式是:从太祖开国至海陵朝末年为第一期,世宗、章宗朝为第二期,宣宗朝至金亡为第三期。笔者对于前两期的划分也并无异议,只是在最后一期的划分上,又注意到学术界一些不同的说法。

我们再回到《金文最》诸序,其实里面包含着一个更为合理的分期依据,只是并未受到学术界的充分重视。《金文最·张金吾序》云:"隼稽武元开国,得辽旧人,文烈继统,收宋图籍,文教由是兴焉。大定、明昌,投戈息马,治化休明。南渡以后,杨、赵诸公迭主文盟,文风蒸蒸日上。迄乎北渡,元遗山以闳衍博大之才,郁然为一代宗工,执文坛牛耳者几三十年。呜呼,盛矣!"[②]这段文字很清晰地将金代文坛划分为四个时期:前两期与伍绍棠相同,而将后期文坛又细分为"贞祐南渡"和"壬辰北渡"两个时期。在最后一个时期的表述上,明显和庄仲方一致。笔者认为,金亡前后文坛的风气、主题及代表人物都发生了很大的变化,不能混为一谈,所以"四期说"更为合理。这个"四期说"是着眼于整个文坛走向的,也适用于对骈文的缕析。

"四期说"代表了当前学术界的最新观点,张晶先生在《辽金诗史》和《辽金诗学思想研究》两书中都是持这样的看法,山西大学牛贵琥先生的新著《金代文学编年史》也是将金代文学作"四期观":

> 从金国初建到海陵王被弑为第一编——金代前期文学。……从金世宗至卫绍王被弑为第二编——金代中期文学。……金宣宗南渡至金亡为第三编——金代后期文学。……金亡之后一直到元世祖忽必烈至元元年的蒙古时期,为第四编——余波。在这一时期,活跃在文坛上的是金遗民作家和金代所培养起来的作家,近一百二十年的金代文学在这时才结下丰硕的果实。[③]

于先生既然并没有从骈文独立于其他各体文学的角度上去论证金代骈文的演进历程,那么不妨参考这些新近的"四期说"重新审视一下金代骈文的分期,将"余波"期单独来看。

即便是这样,简单的历程描述是否是呈现金代骈文价值的最佳方式呢?笔者对此持否定的观点。线性描述固然不可或缺,但容易进入到一种既定的思维模式中去。比如于景祥所云:"如果从宏观上进行评估,那么可以这样说:金代骈文的总趋势是逐渐走向兴盛,前期不如中期,中期不如后期。"又云:

> 整个金代骈文的发展与演化,大致就是这样:初期为草创阶段,借才异国,主要作家都是辽、宋旧人,没有形成自己时代、自己国家骈文应有的特色;中期即大定、明昌时期,金代骈文呈现出自己时代的特殊风貌,成就比较显著,但还没有达到其高峰期;金代后期,经过前期,特别是中期在艺术、思想等方面的准备,尤其是经过国破家亡之痛、山河异色之悲的磨难之后,骈文创作迎来了真正的高峰期,其标志不仅仅是作者众多,总体质量大大提高,而且更主要的是出现了赵秉文、李俊民,特别是元好问这样的骈文大家。[④]

笔者认为,这是纯粹从艺术风格"典雅工丽"的追求上来探讨的。依据艺术形式作为评判标准,又将"雅丽"的宋人降表纳入金代骈文的研究视野,从而得出金代骈文前轻后重的观点,本身就是立不住脚的、自相矛盾的。

实际上,骈文有实用和审美两种功能。金代骈文的主要成就不在审美,而在实用。只有着眼于社会的变迁,才能看到金代骈文主题上的变化,才能看清楚骈文对金代所起到的实际作用。故而,将金代社会的发展与骈文主题的转移结合起来研究,才能更好地认知金代骈文的价值。

---

① 于景祥:《中国骈文通史》,吉林人民出版社2002年版,第766页。

② 张金吾编:《金文最·自序》,中华书局1990年版,第9页。

③ 牛贵琥:《金代文学编年史》,安徽大学出版社2011年版,第1页。

④ 于景祥:《中国骈文通史》,吉林人民出版社2002年版,第815页。

二、金代骈文研究对象问题

在金代骈文的研究对象上,笔者也不同意于景祥先生将宋人降表纳入研究范畴并给予极高评价的做法。金代女真皇室的骈文作品明显出于代笔,而于景祥先生全不考察地据以论定女真帝王及宗室的骈文成就,有些欠缺严谨。

(一)宋人降表不应划归金代骈文的研究范畴

骈文的研究如果专门着眼于艺术形式,这种做法本身就是一种认识上的偏颇。在这种理念支配下,必然堕入到一种唯艺术的无是非泥沼之中。金灭北宋以后,伪楚刘豫、宋徽宗、宋钦宗均有写给金太宗的上表。这些章表在艺术形式上固然精工典丽,代表时代的最高水准,但它们代表的毕竟是宋人的骈文成就,与金朝无涉。将这些章表纳入金代骈文的研究视野,非常牵强。于景祥认为:“徽、钦二帝在金国写下了不少这样的形式美文,在大金庙堂上展转,其影响是可想而知的。”[①]但事实上,金初的骈文几乎都是由辽、宋入金的文士所作。他们当时已经是成熟的文学家,如韩昉、宇文虚中、吴激、蔡松年、高士谈等人,在他们骈文写作的艺术渊源格局中,宋人降表的影响几乎可以忽略。并且,金初骈文的主导风格是向女真民族气质投合的雄健气势,而降表中展现的摇尾乞怜之态正为女真人所不齿,是代笔的文人们所要刻意摒弃的,又怎么可能成为学习的榜样呢?

(二)金初国书诏令作者并非皇室本人

尽管金初汉化风气日盛,但统治者的汉文水平还达不到独立撰写骈文的程度。在对金代前期和中期的骈文评价中,于景祥先生始终将女真皇室的主名看成是实际作者:“金代统治者中尽管有反汉化的人物,但却没能改变汉化的大趋势;而汉化过程中,文学的汉化尤为突出,即使皇族中人也大都懂汉语、作汉文。”又说:“由于宋金两国常有国书往还,所以就庙堂应用文字而言,金代从初期便显示出骈化的势头,而从金太祖完颜阿骨打之后,各代皇帝大都能以骈偶行文。”[②]其实,这是他对金代文献及女真文化情状了解不够深入所造成的误解。

金代统治者自立国之初就渴求文士。金太祖天辅二年九月戊子,诏曰:“国书诏令,宜选善属文者为之。其令所在访求博学雄才之士,敦遣赴阙。”[③]这些诏令也吸引了一些由辽、宋入金的文人:“太祖既兴,得辽、宋旧人用之,使介往复,其言已文。太宗继统,乃行选举之法,及伐宋,取汴京图籍,宋士多归之。”[④]这里已经说明了金初这些庙堂骈文,大部分为文士代笔。如果从他们共同展现的女真皇室主张与个性角度而言,文人们确实只是代言;但若从艺术水平的发展角度而言,则女真皇室并未起到多少作用。以这些诏令文字为依据评价女真族的骈文艺术发展是不客观的。

金代帝王自熙宗、海陵王起经由汉族文人教授,始通汉文,略有诗赋传世,但其骈文写作的能力未必足以支撑其亲自撰写诏令。有一则史料可以让我们窥见当时女真帝王的汉文水平。金熙宗皇统九年,翰林学士张钧为熙宗起草《罪已诏》,其中有“惟德弗类,上干天威”、“顾兹寡昧,眇予小子”的字样,参知政事奚人萧肄将这段话翻译成女真语,奏道:“‘弗类’是大无道,‘寡’者孤独无亲,‘昧’则于人事弗晓,‘眇’则物无所见,‘小子’婴孩之称,此汉人托文字以詈主上也。”[⑤]实际上,这是由辽人金文人对由宋入金文人的一种陷害。但金熙宗不仅没有辨识的能力,而且一怒之下用非常残忍的方式杀害了张钧。于景祥先生的论著中将主名为金代帝王的诏册文章全部不加辨析地进行评价,甚至云“皇帝之

---

① 于景祥:《中国骈文通史》,吉林人民出版社2002年版,第768页。

② 于景祥:《中国骈文通史》,吉林人民出版社2002年版,第766页。

③ 脱脱编:《金史》(卷二),中华书局1975年版,第32页。

④ 脱脱编:《金史》(卷六十三),中华书局1975年版,第2713页。

⑤ 脱脱编:《金史》(卷六十三),中华书局1975年版,第2780页。

外，金朝骈文作者诸如宗翰、宗望、宗幹、完颜杲、悼平皇后等皆有骈文传世，水平也比较可观”[①]，这是武断的。

在《金史·文艺传》、元好问《中州集·小传》和刘祁《归潜志》等书中列有多位长于诏册撰写的金初辽、宋文人，如韩昉、宇文虚中、高士谈、蔡松年、吴激、虞仲文、韩企先、翟永固等人，他们应是金初骈文的主要作者。宋人洪皓有《松漠纪闻》一书，是出使金国的见闻记录，笔者根据书中内容已经考证出《诛宗磐等诏》及《更定官制诏》2 篇骈文诏令即为韩昉所撰。[②] 另有南宋李心传云：“韩昉册命中奉大夫、知东平府、充京东西淮南安抚使、节制河南诸州。刘豫为皇帝，国号大齐，都大名府。其册文略曰：……昉有文学，仕辽为知制诰，金主因而用之，凡大诏令多韩昉所草也。”[③]另有史料记载：“天会十三年，熙宗即位，宗翰为太保领三省事，封晋国王，乞致仕。批答不允，其词(宇文)虚中作也。”[④]至少在金代文学初期，帝王、皇室之骈文作品，应该就是韩昉、宇文虚中等人所撰。

三、金代骈文评价角度问题

于景祥《中国骈文通史》对金代骈文的研究基本上限于艺术形式层面，以“典丽工雅”为主要的评价标准。如果仅从这一角度来观察，金代骈文几乎没有多大价值。其实金代骈文的价值主要在于它的功能，再也没有一个朝代能像金代一样将骈文的实用价值体现得如此直观。从文体功能学的角度来看待金代骈文，可以在文史之间挖掘出一部隐性的金代历史。

(一)金代骈文在艺术形式上并无清晰的演进线索

金代的骈文，在艺术形式上并无明显的演进痕迹。少数女真族作家的作品一直成就不高；就汉族作家而言，金代自己培养起来的“国朝文派”一代也未见得比“借才异代”的前辈作家成就更高；而到了金末，以王若虚为代表的理论家们对骈文的否定态度也制约了骈文艺术水准的进步。王若虚认为：“四六，文章之病也，而近世以来制诰章表率皆用之，君臣上下之相告语，欲其诚意交孚，而骈俪浮词，不啻俳优之鄙，无奈失体耶？后有明王贤大臣一禁绝之，亦千古之快也。”[⑤]终有金一代，骈文在艺术上没有一个清晰的演进历程，所谓“金代骈文的总趋势是逐渐走向兴盛，前期不如中期，中期不如后期”[⑥]，只是想当然而言。

拘泥于艺术风格或者艺术形式，从实用功能实现和主题变化发展的角度来看金代骈文，是不可能论证出金代骈文的独特价值的。所以，我们就必须进入到金代骈文与金朝军事、政治、经济、文化以及女真民族气质的融合中来考察金代骈文，才能展现出金代骈文影响时代和社会的巨大意义。

(二)金代骈文内容主题变化明显

金代骈文的主题，我们可以从《大金吊伐录》、《大金诏令释注》、《大金集礼》三部书的编撰中窥见一斑。这三部书证明了金代骈文在军事、政治和仪礼方面的实用功能非常受人重视，代表了金代前、中期骈文的主要功能，也是我们研究金代骈文最重要的视角，而后期骈文，则以哀悼类文体占据主导。研究金代骈文，不应仅仅着眼于骈文发展史的线索，而应更加重视骈文写作的横向关联，去关注国家意识下的金代骈文书写，这样方能把握住金代骈文最核心的价值，这个价值甚至超过金代诗、词、赋及其他散体文学。

金代文化史研究格局给予史学研究的重视远远大于文学研究，这也说明了金代作为一个少数民

---

① 于景祥：《中国骈文通史》，吉林人民出版社 2002 年版，第 772 页。

② 王永：《金代散文研究》，中国社会科学出版社 2011 年版，第 26 页。

③ 李心传编：《建炎以来系年要录》(卷三十五)，上海古籍出版社 1992 年版，第 522 页。

④ 脱脱编：《金史》(卷十七)，中华书局 1975 年版，第 1792 页。

⑤ 王若虚：《滹南遗老集校注》，胡传志、李定乾校注，辽海出版社 2006 年版，第 426 页。

⑥ 于景祥：《中国骈文通史》，吉林人民出版社 2002 年版，第 765 页。

族建立的政权存在的历史意义。骈文研究最有助于连接文学与史学，搭起一座相互贯通的桥梁。抛开学术专论文章和辞赋类审美文章，我们可以通过受到统治者特别关注的骈文来观察其在军事扩张、政权建设、仪礼完善目的下的文体功能实现状况。不管是客观发生的还是人为书写的，历史总是面向一些已经发生的事实，这个事实是由历史发展的客观规律和人们的主观行动所造就的。但在历史事实发生之前，以骈体文为主要形式的应用文章中包含着一部重要的“预历史”或者说“准历史”，这是不以历史客观规律为转移的，是尚未为实践所落实和印证的“意愿史”。对这部意愿史，我们可以通过骈文研究的文学手段来进入，我们可以从最新的金代史学研究成果入手，在精读全部金代文献基础上，运用文体分析的方法，由篇到体，由体到事，由事到史，形成对金代骈文的分体和整体判断。结合当时特定的历史语境，在外部史料或内部线索的定位中，研究金代各体骈文的写作特色（如尊破、繁简、长短、工拙、浅深、修辞、隶事等）、文学价值与社会功能。金代骈文实际上承载了汉族文化和女真族文化在精神、意志、观念、意愿等方面的交汇功能，在这样的视野下，我们能够得到更有高度的学术观察。

论刘大櫆诗集序"以诗为文"的特点

李　睿　吴怀东

（安徽大学文学院）

内容摘要：在桐城派作家中，刘大櫆诗文兼擅，他将诗歌的表现手法与精神内涵引入古文中，"以诗为文"，在古文创作中体现了鲜明的诗体特征。他为别人的诗集所作的序共有28篇，具有浓郁的抒情气息，营构了浑融的意境，具有诗性特质。刘大櫆的"以诗为文"，丰富了古文的美学意蕴，体现了桐城派开放的文体观念与创新精神，也是中国古代"以诗为文"发展历程中的重要一环。

关键词：刘大櫆　诗集序　"以诗为文"　桐城派

桐城三祖中，方苞表示"绝意不为诗"，存诗很少①，而姚鼐与刘大櫆则古文与诗兼长并擅。他们在古文创作中，自觉地引入诗歌的表现手法与精神内涵，形成"以诗为文"的特点。吴孟复先生说："刘大櫆又是诗人，散文中常带有诗的韵味。"②注意到刘大櫆古文"以诗为文"的现象，但未做详细分析阐述，本文尝试在这个问题上做一探讨。

海峰有诗近九百首，姚鼐说："至海峰则文与诗并极其力，能包括古人之异体，镕以成其体，雄豪奥祕，麾斥出之，岂非其才之绝出今古者哉！"③还说："桐城为诗者，大率称海峰弟子。"④姚莹说："海峰出而大振，惜抱起而继之，然后诗道大昌。"袁枚《随园诗话》中记载，程晋芳甚至认为刘大櫆"诗胜于文"。其诗歌创作，古体与近体诗兼工。刘大櫆对于诗歌创作的重视以及丰富的诗歌创作实践，其实为他"以诗为文"提供了前提和基础。

事实上，在刘大櫆的散文创作中确实可以看到其"以诗为文"的痕迹，当然，由于散文题材不同，其受诗歌影响程度并不一致，其中，其为诗文集题序之作比较突出地显示了"以诗为文"的倾向。明代吴讷《文章辨体》说："《尔雅》云：序，绪也。序之体，始于诗之大序……其言次第有序，故谓之序也。东莱云：凡序文籍，当序作者之意；如赠送燕集等作，又当随事以序其实也。""大抵序事之文，以次第其语、善叙事理为上。"⑤可见序分为为文集作序言的序文与赠送燕集的序文两种，都要求语言次第有序，善叙事理。由于序起源于《诗经》大序，序文与诗之间也有着天然的联系。在历代散文中，为别人诗集所作的序文数量浩繁，这些序文一般叙述交游始末，对其诗做出评价抑扬，间或阐发一定的文学观念。刘大櫆为别人诗集所作的序共有28篇，多于桐城派其他作家，不仅阐发了独到的诗学观，其本身也具有诗性特质，是诗化的散文。"以诗为文"，在刘大櫆古文中不仅是一种创作手法，也是他创作思想的体现，从一个侧面反映了桐城派开放的文体观念以及他们汲取众长又自成一家的艺术抱负与文学追求。

---

① 根据刘季高校点的《方苞集》（上海古籍出版社1983年版）存诗十五首，徐天祥、陈蕾点校的《方望溪遗集》（黄山书社1990年版）收其诗二十首。

② 《刘大櫆集》，吴孟复校点，上海古籍出版社1990年版，第6页。

③ 姚鼐：《刘海峰先生传》，载《惜抱轩诗文集》，刘季高校点，上海古籍出版社1992年版。

④ 姚鼐：《抱犊山人李君墓志铭》，载《惜抱轩诗文集》，刘季高校点，上海古籍出版社1992年版。

⑤ 《文章辨体序说文体明辨序说》，人民文学出版社1998年版，第42页。

一、浓郁的抒情气息

海峰的诗集序之所以贯穿着整体的诗意情韵与抒情气息，是由于他在作序时，将诗歌与人紧密地联系在一起，着力表现诗人坎坷多舛的身世，抒发对他们的惋惜同情。文章寓说理、叙事于抒情之中，充满死生聚散之感、抑郁不平之气。

清代前中期，在八股取士的制度下，时文仍然是人们心摹手追、刻苦研习的对象。诗歌与古文一样，实际的用处不大，因而不被看重："然其道皆以四子五经之书，为八比之时文。至于诗，盖无所用之，而天下习为举子业者多不能诗，其能为诗者亦不复留意举子业。呜呼，此诗之所以能穷人也。"①这样一来，只有不随时俯仰、"思与古人为徒"的人，才能倾注心力为诗。他们写诗不是出于功利的考虑或应酬的需要，而是出于发自内心的对诗之热爱："夫诗之为技小矣，及其得之于手而应之于心，虽寝食可以相忘，而况于人世之得失，去来之无定者欤！"②刘大櫆为之作序的诗人，有着这样摒弃世俗的禀赋气质，又往往历尽生活的磨难。可以说，"穷"更加深刻地塑造了他们的个性，催生了独特的思维方式和感悟能力，帮助他们在平凡的生活中发现诗意，使得他们怀着一腔苍凉感愤之情，更深沉地投入诗歌的创作中去，诗歌成了他们精神的寄托与心灵的归宿："穷愁艰阻，可喜可惧、忿憾无聊之气，一皆寓之于诗。"③故其诗绝去伪饰，独抒性灵，达到了诗与人合一的程度。在刘大櫆看来，得之于天的禀赋气质与后天的坎坷经历共同构铸了精神境界的崇高，有了这样的人格精神，才能创作不朽的诗篇，传于后世。

正是由于诗与人合一，所以诗歌因人而异，无一定之法，贵在抒写性灵，自成一家。刘大櫆的诗集序，往往不对诗歌作十分具体的评骘，而是着重展现作者的人生经历与精神人格。对于这些诗人的遭遇，海峰感同身受，给予深切的同情，发出强烈的共鸣。除了直接抒情之外，刘大櫆诗集序还在刻画人物和描写日常生活上体现了诗意。《张宏勋诗序》写作者客居京城时，与张宏勋为友，"相去六七里，每旬日或半月之间，则张君必一出相见，相见则必有书一幅、画一卷、诗数篇袖而出之以共赏，宜其业之日益精"④。没有言语与交谈，寥寥数语的动作描写传神地表现了友人对于文艺的痴迷。写愤世嫉俗的友人马湘灵，选取酒酣时的神态言语加以刻画："因遍刺当时达官无所避。余惊怖其言。湘灵慷慨曰：子以我为俗子乎？……湘灵命酒连举十余觞，大醉欢呼，发上指冠，已复悲歌出涕……湘灵乃指余兄曰：彼乃同心者！"⑤这个日常生活的场面，写得如同易水送别时的场景，悲壮慷慨，令人震慑。

刘大櫆的诗集序往往在现实中插入回忆的片段，不胜今昔盛衰、聚散无常之感。"回忆是诗歌的根与源"⑥，回忆与现实拉开了一定的距离，当下的情感得以沉淀，尤其是对痛苦的反刍与回味，增添了诗意的感受。《见吾轩诗序》："忆昔与中畯游，旦晚相过从，时时出酒食以相慰劳，酒酣以往，相与纵论古今之变、当时之利病得失，悲吟慷慨，意气勃然。"⑦《岳水轩诗序》："犹忆在金陵，登水轩之堂，饮酒啸歌，意气闲放，忽忽十余年，复相见于新安，则两人皆萧然白发，无能为也已！"⑧于今昔对比中，聚散离合、衰老无成之叹油然而生，诗意浓郁。此外在《张宏勋诗序》、《倪司城诗序》、《马湘灵诗序》中，都插入回忆，融入今昔之感。

由此可见，刘大櫆的诗集序寄慨遥深，他有感于诗人命运之多舛、境遇之困窘，也有感于知交之零

---

① 《王载扬诗序》，载《刘大櫆集》，吴孟复校点，上海古籍出版社1990年版，第65页。

② 《江汶川诗序》，载《刘大櫆集》，吴孟复校点，上海古籍出版社1990年版，第85页。

③ 《江汶川诗序》，载《刘大櫆集》，吴孟复校点，上海古籍出版社1990年版，第85页。

④ 《张宏勋诗序》，载《刘大櫆集》，吴孟复校点，上海古籍出版社1990年版，第70页。

⑤ 《马湘灵诗序》，载《刘大櫆集》，吴孟复校点，上海古籍出版社1990年版，第82—83页。

⑥ 宇文所安：《追忆——中国古典文学中的往事再现》，生活·读书·新知三联书店2004年版。

⑦ 《见吾轩诗序》，载《刘大櫆集》，吴孟复校点，上海古籍出版社1990年版，第79—80页。

⑧ 《岳水轩诗序》，载《刘大櫆集》，吴孟复校点，上海古籍出版社1990年版，第67页。

落、聚散之无常。由于这些诗人与海峰的坎坷身世相近，所以他也是借作诗序之机，浇胸中块垒。28篇诗集序，就像一组《感遇》诗，构成了整体的诗意情韵。而这一情韵，与绝少应制应酬之作、抒发性情之真与身世之感的海峰之诗互为映发。海峰诗集序浓郁的抒情气息，是他“以诗为文”的表现之一。

二、浑融的意境

意境是诗歌理论的术语，是中国古典诗歌最高层级的美感范畴。童庆炳先生说：“抒情型的文体表现功能一般都趋于这种意境模式。意境模式是一种以景结情、以象结意的空间模式。它所追求的是情与景交融所形成的立体的富有膨胀感的艺术空间。”“在中国古代文学史上，抒情型作品最为发达，所以在文体表现功能上追求意境这种艺术空间也就是很自然的事。”①

意境的营造可以通过点染、勾勒、跳荡、呼应等表现手法来实现，海峰诗集序中，这几种手法的运用较为普遍，营造了浑融的意境，呈现出诗意的境界。

（一）点染与勾勒

《吴青然诗序》中，写作者与吴青然一同参加博学鸿词科的考试，同时被黜，而于此处之后，作者又用两次侧面描写加以点染：一次是青然不在时，作者在友人张苍崖寓所饮酒，与二三知己语及青然的家庭变故，“涕泣交横”；一次是路过顺天刘公的幕府寻访青然，而青然已归全椒，作者与其友人张君相处一个月，“未尝不言及青然，而相为叹息者久之”。淡笔勾勒与适度渲染，流露出作者对友人不幸身世的深刻同情，知己之感溢于言表。文如烟波万顷，一片苍茫，意境深浑。

（二）跳　荡

《程易田诗序》先写独居独学，冀知音而未得；然后做一转折，写作者在黟县任教谕时，邻近的歙县尤多英贤，敦行谊，重交游，之后自然地过渡到与程易田的旦夕相从、切磋之乐。接着笔锋又一转，写到“欢聚未几，离散随之”，将以前与现在做一比较，以前独居时无乐但也无不乐，今日有欢聚之乐，但又将有离别之不乐。思绪跳跃回荡，笔势开阖动宕，在几层转折中，作者对友情的看重、与友人的相知之深、对哀乐人生的感叹尽在其中，感慨深沉，意境深远。《岳水轩诗序》一开始就称道水轩的家世为人，但负才不遇，只是区区一幕僚。接着文笔跳荡折转，另辟新境，指出其诗歌可以与天壤相辉映，可以无憾。从开篇的有憾到篇末的无憾，开阖起落之中饶有诗味。

（三）呼　应

《朱子颖诗序》写作者与“奇男子”朱子颖的交往，却两次提到姚鼐，起到了不同寻常的效果。一次是子颖年轻未遇、穷愁潦倒时：“（子颖）偶以七言诗一轴示余，余置之座侧。友人姚姬传过余邸舍，一见而心折，以为己莫能为也，遂往造其庐而定交焉。姬传以文章名一世，而其爱慕子颖如此。”②一次是子颖为官建功之后：“乙未之春，姬传以壮年刑部告归田里，道过泰安，与子颖同上泰山，登日观，慨然想见隐君子之高风，其幽怀远韵与子颖略相近云。”③引入姚鼐与朱子颖的交往，摄取了两次典型的场景，前后呼应，次第展开，子颖的非凡才华与幽怀远韵在当世文宗姚鼐的衬托之下，愈显突出，深见嘉许推重之情。

海峰诗集序的修辞手法多样，如夸张、比喻、烘托、对比、示现等。除此之外，这些文章骈散相间，错落中有齐整。骈文本来就是一种诗化的散文，由此也造成海峰古文的诗性特质。注重语言的锤炼、讲究声韵格律、善于比兴取象，这些诗性特质在海峰诗集序中也有所体现，属于细节方面，兹不赘述。

---

① 童庆炳：《文体与文体的创造》，云南人民出版社1994年版，第265页。

② 《朱子颖诗序》，载《刘大櫆集》，吴孟复校点，上海古籍出版社1990年版，第63页。

③ 《朱子颖诗序》，载《刘大櫆集》，吴孟复校点，上海古籍出版社1990年版，第64页。

三、刘大櫆"以诗为文"的渊源与意义

"以诗为文"与"以文为诗"一样，实则是文体之间的打通与融合，也即"破体"。[①] 袁行霈先生所说"一种文体与其它文体相互渗透与交融，吸取其它文体的艺术特点以求得新变"[②]，是文体演变最为普遍的一种形态。在中国古代文学史上，"以诗为文"渊源甚早，诚如杨景龙所说："秦汉以下的历代散文，都存在着程度不同的以诗为文现象，追求诗语诗情、诗意诗境，成为包括散文家在内的中国各体文学作家的情意结。"[③]

刘大櫆古文的诗化倾向，来源于多种因素，而从文学传统来看，无疑源自《庄子》且有所发展。桐城派学人由明代归有光等人上溯唐宋八大家，以先秦汉代散文为最高典范。刘大櫆于《庄子》用力最深。[④]《庄子》散文具有鲜明的诗性精神。闻一多先生称庄子为"最真实的诗人"(《古典新义·庄子》)，王国维说："故庄、列书中之某部分，即谓之散文诗无不可也。"(《屈子之文学精神》)这种诗性精神的体现即是刘熙载所说的神妙。(《艺概·文概》)刘大櫆推崇的"神奇"与"气奇"是为文的最高境界，此即刘熙载所言《庄子》的"神妙"之境。关于海峰古文的审美特征，方宗诚曾转述方东树的话云："先生之文，日丽春敷，风云变态，言尽矣，而观者犹若浩浩乎不可穷，拟诸形容，象太空之无际焉。"(《桐城文录序》)这是一种"自然神妙"的境界，姚鼐对此反复阐述，是他追求的文章至境。[⑤] 他说："文之至者通乎神明，人力不及施也。"[⑥]"夫天地之间莫非文也，故文之至者，通于造化之自然。"[⑦]这与刘大櫆为文的祈向是一致的，体现了桐城派高远的文学追求。

刘大櫆"以诗为文"，另外一个前提就是他们的诗歌创作。在桐城派作家中，除了方苞明确表示"决意不为诗"之外，其他古文作家都是重视诗歌创作的，刘大櫆、姚鼐及其后学都有大量的诗歌传世，对此勿须费辞。

在桐城派文学理论与实践中，"以诗为文"经历了一个发展的过程，这与桐城派文体观念之演变密切相关。清代前期，方苞认为"古文之传，与诗赋异道"，由于尊古文之体并卑视其他文体，故而方苞又主张"禁体"，要求古文不可掺杂他体，不可用语录中语、骈文中丽语、汉赋中板重字法、诗歌中隽语、《南史》与《北史》中佻巧语以及佛家语，将古文文体与其他文体严格区分开来。这对反对朝中翰苑久行不衰的雕镌篆刻之文、建立古文规范起到了积极作用，但其弊端是：严谨有余，而生气不足；古朴有余，清新不足。因此，桐城派的某些文章"道学气"、"匠气"过重，为人诟病。

随着古文文统的建立、古文地位的提高，在创作上，桐城派代表作家在尊体的基础上做了进一步的融合文体的努力。与方苞不同，在理论上，姚鼐则强调文与道并重，因而从尊古文之体出发，阐述了兼容并蓄的文体观。《陶山四书义序》说："论文之高卑以才也，而不以其体。"[⑧]他认为文体没有尊卑之分，关键是创作主体的才与识。有了高才卓识，就能发挥文体的优长，使之兴盛；反之，则不能振兴。在倡导古文的同时，姚鼐并不卑视时文。其提倡"以古文为时文"，正是在强调文体无高卑之分的基础上进行的打通文体的尝试。

---

① 余恕诚、吴怀东：《唐诗与其他文体之关系》，中华书局2012年版，结语"文体观念与时代精神，异体交融与维护本色"。

② 袁行霈主编：《中国文学史》(第一卷)，高等教育出版社2005年版，第10页。

③ 杨景龙：《试论"以诗为文"》，载《文学评论》2010年第4期。

④ 姚曼波：《试论庄子对桐城派文学主张形成的影响》，载《桐城派研究论文集》，中国文联出版社2006年版。

⑤ 王达敏：《姚鼐与乾嘉学派》第六章"神妙说发微"，学苑出版社2007年版。

⑥ 姚鼐：《复鲁絜非书》，载《惜抱轩诗文集》，上海古籍出版社1992年版。

⑦ 姚鼐：《答鲁宾之书》，载《惜抱轩文集》，上海古籍出版社1992年版。

⑧ 姚鼐：《陶山四书义序》，载《惜抱轩诗文集》，上海古籍出版社1992年版。

他们打破了古文与诗歌的界限，表达诗文相通的观点，如姚鼐说："诗文皆技也，技之精者必近道。"[①]又说："诗之与文，固是一理。"[②]因此，姚鼐经常"以文论诗"。他的一些著名文学观念便是在诗集序中提出来的，"阴阳刚柔"说在《海愚诗钞序》中加以发挥，"道与艺合，天与人一，则为文之至"的观点于《敦拙堂诗集序》中提出。与此同时，他"以文为诗"，将古文的穿插跌宕之法引入诗中，如曾国藩所评"以古文之法，通之于诗，故劲气盘折"。文体的打通与融合往往意味着双向的渗透与交融，诗歌对古文的渗透与影响也十分明显。此后姚鼐高足方东树著《昭昧詹言》，把古文法直接运用到诗歌领域，以文法通诗法，完善了桐城派诗学的体系。

在桐城派中，如果说姚鼐是"以诗为文"理论上的提倡者，刘大櫆则是主要的实践者。前述其创作体现了"以诗为文"的倾向，而考察其文论，显然也颇有受到诗论启发的痕迹。他以"神"论文，强调从音节字句求神气的学文方法，与严羽、谢榛等人的学诗方法相一致。[③] 他特别强调"简"、"远"，可以说是借鉴了诗歌简约空灵、含蓄蕴藉的特点。刘大櫆针对古文提出的审美标准很多是从诗论范畴中借鉴的，他将诗论引入文论，实现了古文理论的诗论化。可以说，刘大櫆在创作实践上，将诗歌的表现手法与精神内涵纳入古文中，实现了"以诗为文"的创新与超越，是与他在理论上的诗化桴鼓相应的。

当然，"以诗为文"和"以文为诗"一样，是某些表现手法的借鉴与内涵的相通，桐城派提出"诗文一理"，是建立在"法"的原则上，在诗与文的取径、师法对象、风格上，他们还是有着不同的追求。[④]

总之，如同姚鼐所言，"为文章者，有所法而后能，有所变而后大"[⑤]，从发展的角度看，桐城派古文家前期由尊体而禁体，后期则走向诗文相生与相通，换言之，由强调建立古文规范到注重古文的审美性与意境，其间经历了一个发展演变、逐渐完善的过程，而在这个过程中，诗歌发挥了不可或缺的正面影响作用。也正是立足于这个历时性视角，才能把握刘大櫆散文"以文为诗"的意义和地位：刘大櫆的诗集序，阐述了独到的诗歌见解，以其浓郁的抒情气息和浑融的意境，体现了诗性特质；其古文追求诗语诗情、诗意诗境，不但丰富了古文的表现手法，而且在古文中体现了诗歌的精神意蕴，拓宽了古文创作的境界。从中国古代文学诗文互动的发展道路以及桐城派古文发展、演变的历史来看，以刘大櫆诗集序为代表的桐城派古文是这个链条上的重要一环。

---

① 姚鼐：《答翁学士书》，载《惜抱轩文集》，上海古籍出版社 1992 年版。

② 姚鼐：《与王铁夫书》，载《惜抱轩诗文集》，上海古籍出版社 1992 年版。

③ 赵建章：《刘大櫆古文理论的诗论化》，载《中文自学指导》2005 年第 3 期。

④ 金华珍：《桐城派诗论研究》，台湾师范大学 2005 年博士学位论文。

⑤ 姚鼐：《刘海峰先生八十寿序》引程晋芳、周书昌语，载《惜抱轩文集》，上海古籍出版社 1992 年版。

章太炎论桐城文派

徐国荣

（暨南大学文学院）

内容摘要：章太炎对清代人物的评价或有偏颇之处，但在论述桐城文派时，则基本上出于纯粹的学术眼光，从自己一以贯之的文学观念出发，而王闿运和林纾分别代表了其评价标准的正反两面人物。清代的骈散之争和曾国藩皆与桐城文派密切相关，对于这两者的评价，则可体现章太炎的"革命家"身份与学术大师之间的平衡，也由此可见他对桐城文派所做评价的公允态度，没有受到其政治立场的影响。

关键词：章太炎　桐城文派　雅与俗　骈散之争　曾国藩

尽管自桐城文派产生的时候起，批评之声就已不绝于耳，但作为一个文学流派，特别是散文流派，桐城文派仍是清代直至清民之际影响最大的一个派别。刘声木撰《桐城文学渊源考》，正编与补遗各十三卷，合计收录 1 223 人，上溯至明代归有光与唐顺之，下至民国时期，所录或者过宽，亦有自壮声势之嫌，但正如作者在序言中所说："桐城文学流传至广，支流余裔蔓衍天下，实为我朝二百余年文学一大掌故，关系匪细，非一人一家所得毁誉。"[①]即使是新文化运动后，因被冠以"桐城谬种"而备受打击后，其影响实则依然存在，遑论气焰熏天的晚清时期。但是，作为身在其中的古文大家及学术大师，章太炎对于桐城文派及其中人物的态度却颇为耐人寻味。桐城文派之遭受批评固然有不同原因，但其中重要一点即在于其追求的清真雅正之风对清王朝有歌功颂德之嫌。作为一个"有学问的革命家"（鲁迅语）或"有革命业绩的学问家"（汤炳正语），章太炎（尤其是早年）对于亲满与亲清倾向的人物大都给予苛评，其弟子黄侃、钱玄同等又曾与桐城派中人物有过直接学术交锋，而他对于桐城文派及其中某些人物的评论却基本上持以比较公允的学术态度，即便是早年处于激进的、反清排满的、民族主义情绪高涨的革命时期，其论桐城文派亦复如此。当然，桐城文派人数众多，时间亦长，我们通过章太炎对其中人物的不同评论，不仅可看出章太炎独特的文学观念，亦可发掘出其中隐含的文化意蕴。

一、雅俗之分与高下之别：王闿运和林纾的不同命运

章太炎并无专文评述桐城文派及其中人物，其所论基本散见于几次国学讲演及书信中。关于桐城派，章太炎只对其中人物的文学成就做个别式的评论，并没有将其系统地归之于某家某派而加以褒贬。所以，在 1922 年的《国学概论》中，他以较多的篇幅却又十分简洁地对其发展与渊源做了概述：

> 桐城派，是以归有光为鼻祖……方苞出，步趋归有光，声势甚大，桐城之名以出。方行文甚谨严，姚姬传承他的后，才气甚高，也可与方并驾。但桐城派所称刘大櫆，殊无足取……曾国藩本非桐城人，因为声名煊赫，桐城派强引而入之。他的著作，比前人都高一著。归、汪、方、姚都只能学欧、曾（按此指曾巩）。曾（按此指曾国藩）才有些和韩相仿佛，所以他自己也不肯说是桐城的。桐城派后裔吴汝纶

① 王水照主编：《历代文话》（第十册），复旦大学出版社 2007 年版，第 9138 页。

的文,并非自桐城习来,乃自曾国藩处授得的。①

这里指出桐城文派出自明之归有光,而一向被认为"桐城三祖"中的刘大櫆却"殊无足取"。而桐城文派之所以在近代以来还能够声势煊赫,其原因在于曾国藩的中兴之功。他没有对整个桐城文派做价值判断,因为在他看来,文实在不可分派。桐城派毕竟还有值得人们效仿与推崇之处,为什么呢?"我们所以推重桐城派,也因为学习他们的气度格律,明白他们的公式禁忌,或者免除那台阁派和七子派的习气罢了。"②至少,桐城派的"气度格律"与"公式禁忌"不能写出奇文,至多只能用于"常文"而已,但较之明代"台阁派和七子派",已是高明许多了。对于姚鼐及其《古文辞类纂》,章太炎还是认同其选文倾向及其意义的。1924 年,他拟定了一份《中学国文书目》,其中"集部选定《古文辞类纂》、《续古文辞类纂》、《古诗源》、《唐诗别裁》四种。之所以选定这些著作,是因为'陈说事义,非文不宣;抒写情性,非诗不达。……今于别集悉置不录,总集如《文选》亦不宜于始学,只取四种,使知辞尚体要,诗归正则,则上矣'"③。针对当时出现的各种思潮以及如报章体之类的新文体,章太炎自是坚守自己的文字个性,所以说:"然平生于文学一端,虽有所不为,未尝极意非薄。下至归、方、姚、张诸子,但于文格无点,波澜意度,非有昌狂偭规者,则以为学识随其所至,辞气从其所好而已。今世文学已衰,妄者皆务为骫骳,亦何暇訾议桐城义法乎?"意谓辞气可以"从其所好",桐城诸子之文即使在当时常被视为"气弱",倒也不妨并存。反而是在此"文学已衰"之世,"务为骫骳"之"妄者"根本没有资格讥议桐城义法。"骫骳",纡曲、委曲之意。桐城之文虽或贫弱而乏文采,但并不故意纡曲骫骳。所以,此处"务为骫骳"者或有实指,但在章太炎看来是没有资格讥议桐城文的。

按照章太炎自己的才性,桐城文章自是不能入其法眼,他最喜爱的是魏晋文。在欣赏魏晋文章的不同表述中,他总是使用"清雅"、"淡雅"、"醇雅"、"淳雅"或"安雅"、"闳雅"、"闲雅"这样的词语,而别人评论他的文章风格也是如此。总之,"雅"不仅是他论魏晋文的标准,也是论一切文的准绳。但他所谓的"雅",虽与"俗"相对,却并非仅指一种文章风格。在章太炎看来,根据不同文章体裁的不同要求,上者自然是"尽雅",下者倒也无妨是"尽俗"。此所谓雅与俗是"辞尚体要"的一种"轨则"。

工拙者,系乎才调;雅俗者,存乎轨则。轨则之不知,虽有才调而无足贵。是故俗而工者,无宁雅而拙也。雅有消极、积极之分。消极之雅,清而无物,欧、曾、方、姚之文是也。积极之雅,闳而能肆,扬、班、张、韩之文是也。虽然,俗而工者,无宁雅而拙。故方(苞)、姚(鼐)之才虽驽,犹足以傲今人也。④

在章太炎的论文标准中,工与拙主要是从文章的文采而言,是由个人的才气决定的。而雅与俗却关乎文章的体式,是文章是否得体的关键。能够工而又雅当然是最好的,不得已而求其次,则宁愿雅而拙。所以,桐城二祖方苞与姚鼐的文章属于"消极之雅",是"雅而拙"者。但这并不是最差的,"拙"是由其才决定的,却仍然"足以傲今人"。在《与人论文书》中,他将此意阐述得尤为充分。其云:

徒论辞气,太上则雅,其次犹贵俗耳。俗者,谓土地所生习,婚姻丧纪,旧所行也,非猥鄙之谓。……佻偄侧媚之辞,薄之则必在绳之外矣,是能俗者也。⑤

此等"能俗"之文,用平常的语言说些浅显平易的道理,虽不能达到他心目中理想的文章状态,但也是有用之文,让世人有规则可循,自不妨存世。这种文章的典型代表是桐城姚鼐及其支流阳湖派的张惠言。那么,在章太炎当时,除了他自己以外,什么样的文章堪为典范,什么样的文章又是反面的典型呢?这就是下面常为论者所引的这段话:

---

① 章太炎:《国学概论》(第四章),曹聚仁整理,巴蜀书社 1987 年版,第 94—95 页。

② 章太炎:《国学概论》(第四章),曹聚仁整理,巴蜀书社 1987 年版,第 95 页。

③ 姜义华:《章炳麟评传》,南京大学出版社 2002 年版,第 245 页。

④ 章太炎:《国学讲习会略说·文学论略》,载张昭军编:《章太炎讲国学》,东方出版社 2007 年版,第 33 页。

⑤ 《太炎文录初编》,载《章太炎全集》(第四卷),上海人民出版社 1985 年版,第 167 页。

并世所见,王闿运能尽雅,其次吴汝纶以下,有桐城马其昶为能尽俗(萧穆犹未能尽俗)。下流所抑,乃在严复、林纾之徒。复辞虽饬,气体比于制举,若将所谓曳行作姿者也。纾视复又弥下,辞无涓选,精采杂污,而更浸润唐人小说之风。夫欲物其体势,视若蔽尘,笑若龋齿,行若曲肩,自以为妍,而只益其丑也。与蒲松龄相次,自饰其辞,而祗敬之曰:此真司马迁、班固之言!(纾自云:"日以左、国、史、汉、庄、骚教人。"未知其所教者,何语也?以数公名最高,援以自重。然曩日金人瑞辈,亦非不举此自标。盖以猥俗评选之见,而论六艺诸子之文,听其发言,知其鄙倍矣。纾弟子记师言,援吴汝纶言以为重。汝纶既没,其言有无不可知。观汝纶所为文辞,不应与纾同其谬妄,或由性不绝人,好为奖饰之言乎?)若然者,既不能雅,又不能俗,则复不得比于吴、蜀六士矣。[①]

章太炎以王闿运为"能尽雅"的代表,桐城文派中的吴汝纶与马其昶为"能尽俗"。同时注曰:"萧穆犹未能尽俗。"萧穆,字敬孚,清末民初桐城人,其品行与学问皆为时人所誉,若此之人,连"尽俗"的资格都未够,可见马其昶等人的"能尽俗"实为难得之评,而当时名声显赫的严复与林纾却是"下流"之列。不妨先看看王闿运何以"能尽雅"。

王闿运文宗六朝,审美趣味与章太炎多有相合之处,皆欲以"学"为底蕴,崇尚清雅之文。尽管章太炎在《与邓实书》中也不欲与王闿运比肩,但以章太炎的目光视之,"能尽雅"实为高评。何以如此?钱基博以为章太炎"论文乃喜闿运,至以为闿运能尽雅者;则以闿运文出《萧选》而散朗,不贵绮错,与炳麟之衡文魏晋者意有契焉"[②]。他认为两者共同之处在于论文之"意有契焉",即对于魏晋文的爱好以及对清雅之风的追求。当然,章太炎所谓的"六朝文"主要指魏晋至梁武帝时期的文学,对萧统《文选》之贵翰藻有所不满,尤其对六朝骈文的集大成者徐陵与庾信常予批评。这与王闿运有所区别。除此之外,他重视王闿运之文的原因还在于他们共同对"学有本根"的重视,这也正是章太炎对桐城文虽不卑视却也评价不高的重要原因。这一点,当时王闿运的弟子廖平倒是说得很明白:"桐城派文但主修饰,无真学力,故学之者无不薄;其欲求乱头粗服之天姿国色,于桐城派文,不可得也。"[③]联系到章太炎对魏晋文的重视,其中曰:"效魏晋之持论者,上不徒守文,下不可御人以口,必先豫之以学。"[④](《国故论衡·论式》)重视文章中的学问根柢,这是他作为学问大家的本色之一。因为在他看来,没有学问的文章,底气不足,容易走向浮滑。而先秦子学和魏晋玄文皆析理精微,学问剀切,故得彬彬之盛。尽管章太炎自视甚高,其学问主要指经学,故对王闿运文章也只认同其"雅",不认可王闿运之"学"。而他对当时一些桐城末流及林纾等人的鄙视,亦未始不出于此。

在当世文人中,林纾最为章太炎所轻。对于严复,得"下流"之评恐为林纾连累。总起来看,他对严复的学问还是认同的,只是对其文章体式有些微辞。至于林纾,不但常常成为章太炎恶评的对象,林纾也曾对章太炎反唇相讥。

除了对林纾的品行及其援名人之言以自重表示不满之外,章太炎对于林纾文章的鄙薄,一方面固然是认为其学无根柢,一方面则因其文风之"诡雅异俗"。也就是说,他认为林纾之文既不能尽雅,学司马迁、班固而不得;又不能尽俗,如桐城吴汝纶之辈。"辞无涓选",对文章的语辞选择体例不纯,自然"精彩杂污"了,这与章太炎一向强调的"辞尚体要"正好背道而驰。更何况,章太炎还认为林纾之文"浸润唐人小说之风",尤为文中恶道。即便对小说较为轻视,他也认为小说依然有雅俗之分,所以说:"近世小说,其为街谈巷语,若《水浒传》、《儒林外史》;其为神怪幽秘,若《阅微草堂》五种,此皆无害为雅者。若以古艳相矜,以明媚自喜,则无不沦入恶道。"[⑤]后一种"恶道"之谓林纾小说,明眼人一望便知。对章太炎的苦相讥讽,林纾反唇相讥。曾著小说《畏庐笔记》,其中《马公琴》一段,徐一士谓此"意

① 《太炎文录初编》,载《章太炎全集》(第四卷),上海人民出版社1985年版,第168—169页。

② 钱基博:《现代中国文学史》,中国人民大学出版社2004年版,第58页。

③ 钱基博:《现代中国文学史》,中国人民大学出版社2004年版,第54页。

④ 章太炎:《国故论衡疏证》,庞俊、郭诚永疏证,中华书局2008年版,第405页。

⑤ 章太炎:《国学讲习会略说·文学论略》,载张昭军编:《章太炎讲国学》,东方出版社2007年版,第35页。

有所指,似即谓太炎耳。然多非中肯之谈。……盖含有报复性质,太炎对林夙尝轻鄙也"[①](《太炎琐话》)。至于新文化运动时期,林纾被当作"桐城谬种"而受打击,章太炎弟子于此火力最猛,实则与章太炎的观点未必相关。也就是说,章太炎主要按照"雅"与"学"的标准而衡文,故王闿运与林纾在高下之别中各自扮演着不同的命运角色。至于对林纾的批评是否恰当,则可见仁见智。

二、"革命"与学术之间的平衡:对骈散之争及曾国藩的看法

论者或谓,章太炎论人衡文,常以政治立场及气节高下为第一前提。这话有一定道理,但不可过于强调其政治立场对其学术评论的影响。他对清代人物的评价确有民族主义情绪,而在不涉及政治立场的纯学术研究时,章太炎可以固守己见,却能够抛弃意气之争而出以通脱见解。这可集中表现在与桐城文派关系密切的骈散之争及对曾国藩的评价之上。

骈散之争自清中叶以来一直时断时续,至民国初年,逐渐演变成为"文选派"与"桐城派"之争。其中,文选派以章太炎弟子黄侃及其友刘师培为主将。两派之争或明或暗,其中的意气用事在所难免,而文学流派之争则是以不同的文学观念为前提的。但是,无论是骈散之争,还是桐选之争,章太炎自己却能够置身事外,没有卷入其中。究其因,不是他不好辩,而是他认为骈散之争根本没有必要,实属无谓。章太炎弟子黄侃早年与桐城派人相争,后持骈散各有所宜的通脱见解,这也当是逐渐接受了章太炎的观念与影响所致。在章太炎的文学观念中,骈文与散文各有所宜,不宜偏废,应当根据"辞尚体要"原则而选择。这一点,无论是早年论文,还是晚年的国学讲演,所持观点前后一致,并无改变。兹取晚年渐趋平实的一段话为例:

> 骈文散文各有体要。骈文、散文,各有短长。言宜单者,不能使之偶;语合偶者,不能使之单。[②]
>
> 由今观之,骈散二者本难偏废。头绪纷繁者,当用骈;叙事者,止宜用散;议论者,骈散各有所宜。不知当时何以各执一偏,如此其固也。[③]

这段话明白无误地表述了章太炎对骈散之争的通脱之见。其中,对阮元以骈文为文学正宗的观点,章太炎一再认为其"持论偏颇",但完全是纯学术的辩正,并没有带上什么"革命"或种族主义情绪。同样的道理,也可体现在章太炎对清廷重臣曾国藩的评价上。

章太炎出于排满反清的革命需要,对太平天国政权抱有好感,而曾国藩则是因镇压太平军而起家的。如果非要认为章太炎论人衡文皆以政治立场为第一前提,则一定得出对曾国藩每有恶评的结论,而事实上却并非如此。曾国藩固然是政治人物,可在古文学术史上也同样是不可忽略的一个人物。在文学史上,他是湘乡派的开派者。而无论湘乡派是否属于桐城文派,至少与桐城派渊源甚深,论文旨趣与崇尚人物多有相合之处。章太炎对桐城文派评价或褒或贬,而对曾国藩在文学上的评价,除了从"修辞立诚"角度对曾国藩倡导宋诗而不满外,对其散文及其理论的评价则以肯定为多。当然,他心目中理想的文章风格是晋人文字的"平彻闲雅",即通畅平淡而体现出格调上的清雅,"曾涤笙自谓学陆宣公,今观其文,类于八股,平固有之,雅则未能"[④]。在《说林下》中说:"善叙行事,能为碑版传状,韵语深厚,上攀班固、韩愈之轮,如曾国藩、张裕钊,斯其选也。"[⑤]但总体看来,无论是曾国藩的古文理论,还是其选文倾向及自身古文成就,章太炎基本持推崇之意。我们亦可取其晚年的《国学讲演录》之言为例:

> 近世曾涤笙言古文之法,无施不可,独短于说理。(原注:方望溪有"文以载道"之言,曾氏作此说,

---

① 《一士类稿》,中华书局 2007 年版,第 116—117 页。

② 《国学讲演录·文学略说》,凤凰出版社 2008 年版,第 243 页。

③ 《国学讲演录·文学略说》,凤凰出版社 2008 年版,第 245 页。

④ 《国学讲演录·文学略说》,凤凰出版社 2008 年版,第 259 页。

⑤ 《太炎文录初编》,载《章太炎全集》(第四卷),上海人民出版社 1985 年版,第 121 页。

是所见过望溪已。)[①]

(归)震川之文，好摇曳生姿，一言可了者，故作冗长之语。曾涤笙讥之曰："神乎？味乎？徒辞费耳。"此谓震川未脱八股气息也。[②]

曾涤笙自办团练，以平洪杨之乱，国势既变，湘军亦俨然一世之雄，故其文风骨遒上，得阳刚之气为多。虽继起无人，然并世有王湘绮，亦可云近于阳刚矣。湘绮与涤笙路径不同，涤笙自桐城入而不为桐城所囿。[③]

究其因，恐怕也是由于曾国藩在论文旨趣上与章太炎多有相合之处。特别是章太炎对文章之"雅"与"学"的重视，对骈散之争的通脱之见，对"辞尚体要"原则的强调，在曾国藩的文学主张中也都或明或暗地出现过。在《送周荇农南归序》中，曾国藩说："一奇一偶，天地之用也。文字之道，何独不然？六籍尚矣。自汉以来，为文者，莫善于司马迁。迁之文，其积句也皆奇，而义必相辅，气不孤伸，彼有偶焉者存焉。其他善者，班固则毗于偶，韩愈则毗于奇。"[④]持骈散合一之说。在《书归震川文集后》文中，曾国藩亦持"辞尚体要"之论，为章太炎引用而认可。可以说，章太炎并未因曾国藩为满清重臣或镇压太平军而刻意加矢于此，更不曾因文而废人，这倒体现了他在"革命"需要与学术之间的平衡及公允态度。当然，如果非要说章国藩喜从"政治立场"而论人衡文，或许他对曾国藩之"爱国"与欲"覆清"有所期待，在《书曾刻船山遗书后》一文中略有透露，然不能定论。在他一生众多的文章与讲演中，基本上是将曾国藩当作一个学术人物而看待的。

① 《国学讲演录·文学略说》，凤凰出版社 2008 年版，第 241 页。

② 《国学讲演录·文学略说》，凤凰出版社 2008 年版，第 246 页。

③ 《国学讲演录·文学略说》，凤凰出版社 2008 年版，第 251 页。

④ 《曾国藩全集·诗文》，岳麓书社 1986 年版，第 162 页。

吴汝纶集外文考略

徐世中
（广东第二师范学院中文系）

内容摘要：吴汝纶是近代著名学者、教育家和文学家，其著作自然成为学者研究吴汝纶思想的重要参考。黄山书社于2002年出版的《吴汝纶全集》，确实给学术界全面研究吴汝纶提供了一个综合性的文本。然因載籍甚众，该书难免有遗珠之憾。笔者最近在查阅相关资料的过程中，发现吴汝纶集外文1篇，兹加以迻出，并略做考述，以供再版时参考。

关键词：吴汝纶　佚文　考略

吴汝纶（1840—1903），字挚甫，安徽桐城（今属枞阳）人，近代著名学者、教育家和桐城派末代宗师。同治三年（1864）举人，次年举进士，先后入曾国藩、李鸿章幕府，历官直隶深州、冀州（今均属河北）知州。光绪十五年（1889）起，主讲保定莲池书院。光绪二十八年（1902），任京师大学堂总教习，旋赴日考察教育，著《东游丛录》等，与张裕钊、黎庶昌、薛福成号称“曾门四弟子”，后人辑有《桐城吴先生全书》等。

施培毅与徐寿凯校点的《吴汝纶全集》（黄山书社2002年9月版），于吴汝纶作品收罗较为完备，为我们研究吴汝纶提供了一个综合性的文本。不过吴汝纶著述甚富，集外间有失收之诗文，今就浏览所及，为补遗1篇，并略做考述。

一、关于集外文及文中所涉及的人物

笔者最近在阅读《冒广生友朋书札》时，发现其中有吴汝纶撰写的一封信，而此信为《吴汝纶全集》所不收，现迻录如下：

答冒广生

鹤亭仁兄大人左右：

前奉惠书，并寄赐朱卷一册，拜读一过，才思富赡，光彩照人，断推近科名作。试帖雅健，经艺兼有时事之感，敬佩无似。并示及拟撰先师畇叔先生家传，草稿未定，已为金君采入丛书。金君之于先师，犹若吴武陵之于柳子厚，激赏尊著，并属缪小山编修刻入《碑传续录》，当非妄叹。南归务求写示，弟实先睹为快。

季况先生有急，萧敬甫及执事均有望于下走。季公又自有书见予，抄寄亏案本末。汝纶谊应少助棉力，无可委谢。但人微言轻，失势已久，海内贵人，无复记识贱名者。闽中两司皆旧游，皆所谓见待异礼、未去毛皮者，骤欲有所请讬，恐未肯俯听，且此事当由闽帅主政，两司必藉词委谢。因思山西胡中丞亦出畇师门下，倘肯援手，当冀得力，遂将季公抄示此案手折封入函内，并去年见惠《五周先生集》一并寄上。胡公不识能否函讬闽帅，现尚未得胡公复书。至季、李二公处，亦皆致书关说，缘恐驲寄或有浮沉，皆封入敬甫函中，属其转寄，未识敬甫何时在沪？又季、李二书均附寄《五周先生集》一册，执事未归，恐《周集》无从寻觅，望执事速寄书敬甫，使取《周集》二册，随函速递。今将胡、季、李三函摘抄呈览。所谋如此，究恐无能为役。他处亦无可求援，执事在都下倘求得闽帅边公书，当有裨益，过于下走此三函多矣。以前示寄书当达如皋县城西云路巷，谓文旌必已遄返，故函请敬甫转致一切。今得续示，敬告一一。复颂文祉不具。

愚弟吴汝纶顿首

四月四日[①]

按：冒广生(1873—1959)，字鹤亭，号疚斋，江苏如皋人，明末冒襄(字辟疆)的后裔。因出生于广州而得名，是我国近代著名学者、诗人和词家。光绪二十年(1894)举人，清末任刑部郎中、农工商部郎中，民国后历任江浙等地海关监督、中山大学教授、国史馆纂修，建国后，任上海市文物管理委员会特约顾问。著有《疚斋词论》、《小三吾亭诗文集》、《冒鹤亭诗歌曲论著述》、《四声钩陈》、《蒙古源流年表》等，编有《如皋冒氏丛书》、《永嘉诗人祠堂丛刻》等近百卷。

信中"先师畇叔"即指周星誉，"季况"指周星诒。周星誉(1826—1884)，字畇叔，一字叔云，河南祥符(今开封)人，世居山阴。道光三十年(1850)进士，由御史官广东盐运使。工诗，著有《鸥堂日记》、《东鸥草堂词》、《鸥堂剩稿》等。周星诒(1833—1904)，字季贶，号窳櫎。河南祥符人，长期居越。负才任侠，为人有奇气。官福建建宁府知府，为浙东有名藏书家。精校雠、目录、史学，与傅以礼、魏锡曾友善。工诗词，有《窳櫎诗质》、《勉熹词》等。据冒广生在《小三吾亭词话》中记载：

"七外祖周畇叔先生星誉早岁入翰林，平流而进，以监司终。所著《东鸥草堂词》，小令之工，几于温李。"[②]

"外祖周季况先生(星诒)《勉熹词》，与《东鸥草堂词》合刻于闽中。经乱板毁，自悔少作，秘不示人。余刻《五周先生集》，独缺此种。"[③]

由此可知，冒广生为周星诒的外孙，周星誉为周星诒之堂兄。

信中提及的《五周先生集》，据冒怀苏在《冒鹤亭先生年谱》中介绍：

"一八九六年(清光绪二十二年丙申)二十四岁

…………

是年，先生辑成《五周先生集》，五周先生者：周文之(名沐润)，

道光进士，常州府知府，为外祖季贶之大兄。周复之(名源绪)，道光进士，安庆府知府，行二。周涑人(名星譼)，安徽无为州知州，行五。以及伯外祖畇叔，行七。外祖季贶，行八。次年，俞曲园为《五周先生集》作序，略云：'五先生皆旷代逸才。……诗文皆自能成家，不染近代浮靡之习。'"[④]

据上可知，《五周先生集》为周星誉、周星诒兄弟五人的作品合集，由冒广生编辑而成。

除冒广生、周星誉、周星诒外，信中涉及的人物还有萧穆、金武祥、缪荃孙、胡聘之、李兴锐、季邦桢等。其中萧穆(1835—1904)，字敬甫，一字敬孚，安徽桐城人。少家贫，岁试县学第二名，应试多次，皆未售。后由李鸿章之推荐，同治十二年馆于上海江南机器制造局。光绪二十五年，在上海创立"方言馆"。其著述甚富，有《敬孚类稿》十六卷。金武祥(1842—1925)，字溎生，江苏江阴人。监生，官广东盐运司同知。工诗词，有《霞城唱和集》、《冰泉唱和集》、《陶庐杂忆》、《粟香五笔》等。其主要依据冒广生的《伯外祖周公畇叔行状》而撰写《二品顶戴两广盐运周公(星誉)传》，被收入缪荃孙编的《续碑传集》中。周星誉的主要著作，也被收入其刊刻的《粟香室丛书》中。缪荃孙(1844—1919)，字筱珊，一字小山，江苏江阴人。光绪二年进士，授编修，历任钟山书院、南菁书院总教习，江南图书馆、京师图书馆

① 上海博物馆图书馆编：《冒广生友朋书札》，上海书画出版社2009年版，第141页。

② 冒广生：《小三吾亭词话》，载《词话丛编》(第五册)，中华书局1986年版，第4667页。

③ 冒广生：《小三吾亭词话》，载《词话丛编》(第五册)，中华书局1986年版，第4669页。

④ 冒怀苏编著：《冒鹤亭先生年谱》，学林出版社1998年版，第74页。

监督。入民国,任清史馆总纂。其著述甚富,有《云自在龛丛书》、《艺风堂文集》、《国朝常州词录》等。胡聘之(1840—1912),字蕲生,萃臣,号景伊,湖北天门竟陵镇人。同治三年中举人,次年联捷进士。选庶吉士,散馆授翰林院编修。历任会试同考官、四川乡试主考官、侍读学士、太仆寺少卿、顺天府府尹等职。光绪十七年,出任山西布政使。光绪二十年,任山西巡抚。在山西发展洋务,开煤矿,创办工厂,兴建学校。戊戌变法失败后,被免职回乡。曾参撰《山西通志》,编有《山右石刻丛编》四十卷。李兴锐(1827—1904),字勉林,清湖南浏阳市三口镇人。早年随曾国藩镇压太平军,同治九年任直隶大名府知府。旋调江苏,跟随彭玉麟规划长江水师,修筑沿江炮台。光绪元年,总办上海机器制造局。光绪十一年,参加查勘中越边界,后历任津梅关道、长芦盐运使、福建按察使、福建布政使。光绪二十六年,擢江西巡抚。浚治鄱阳湖,导水入江,整顿厘捐,创设农工商局等。光绪二十八年诏行"新政",他奏请开特科,设银行,修农政,讲武备等。光绪二十九年署闽浙总督,次年署两江总督,旋病死。季邦桢(1843—?),字士周,一字耜州,江苏常州人。同治十年进士,历任长芦盐运使、直隶按察使、福建布政使。边宝泉(1831—1898),字润民,汉军镶红旗人。同治二年进士,任翰林院编修、乡试会试考官、户科给事中等职。同治十一年,补浙江道监察御史。光绪三年,出为陕西督粮道,再迁布政使。光绪九年,擢陕西巡抚。光绪十二年,调河南巡抚,后因疾归。光绪二十年,任闽浙总督兼船政大臣。光绪二十四年,卒于官,赠太子少保。

二、关于集外文中"蚊船亏累案"

考虑到外祖父周季况因年老仍然身陷福建蚊船亏累案而不得休止的情况,冒广生便写信给吴汝纶,请他出面相救。其信云:

得萧敬甫书,知七月间所寄《五周先生集》一部已达左右。周先生垂老颂系,茕茕无告,执事乃念师门之谊,欲为援手,使正首邱,感荷!感荷!此事本末,微独敬甫不及知,即广生亦仅得其概,今且为执事约略陈之:

初闽中有巨室,曰带经堂陈氏,多收藏异书,其子孙不能保,稍稍散出。周先生乃以全力致之,若孙严所校《北堂书钞》,固世所目为千金本者也。其后,丁雨生中丞抚闽中,从周先生乞书不可,借书不可,欲迻写其书目又不可。而媚中丞者,乃利诱势劫,日聒于周先生之耳。周先生不胜其扰,则语客曰:"谢中丞!周季况不能为郁泰峰也。"中丞闻之,则衔周先生次骨,乃假蚊船案以中伤之。

蚊船者,周先生所與载生洋行购造之铁甲船也。越五年,而行商欲张其交易,乃为书大府,谓如式再造,可减价至十万元之谱。夫曰如式,则其式已不新矣。曰减价,则其价非中饱矣。方事之急也,狱吏承中丞意旨,百端罗织,脱周先生有丝毫暖昧,则首领且不可保。狱成,乃以虽无侵蚀情事,而未能核实勒令赔缴。后发遣军台,效力赎罪。士论冤之。

今事隔已二十余年,中丞墓木早拱。而周先生罢官以后,卒亦不能保其藏书,出以易食,又门祚衰歇,子姓凋零,穷无所归,乃依吾母以终老。大府不究其事之枉,犹时时严檄急追。坐是,复不能居如皋,孑然一身,羁系海峤,行且幽忧以死,此吾母之所日夜仰天椎心,奋然欲效缇萦上言之故事者也。

执事文章道义,海内推重,诚能致书闽中大吏,开一面之网,矜恤穷儒,奏结前事,俾获赦原,此上策也。万一不能平反,亦求稍与宽假,或令取保就医,以不了为了,亦可衔结为报。此案迭经恩诏,核与豁免,条例相符,若肯矜全,不患无词宽贷也。临颖主臣主臣。①

在信中,冒广生对蚊船案的始末做了简略介绍。另据《汪穰卿笔记》载:

祥符周季况先生,为两广盐运使周叔云都转星誉之弟,以知县官闽,颇好藏旧籍,有宋写《北堂书钞》,颇见珍异。时丁雨生中丞抚闽,收藏繁富,闻先生有此书,颇欲得之,遣人示意,先生不应。后先

① 冒广生:《小三吾亭文甲集》,载《丛书集成三编》(第54册),台湾新文丰出版公司1997年版,第50—51页。

生以亏官款被劾，在他人本可以查抄无着了事。丁心衔先生，特令留闽，俟交清官款方许回籍，故先生后虽挈家居苏，仍时需至闽，以是终其身云。①

从汪康年笔记中，我们可以了解到此案之所以久拖不决的根本原因在于丁日昌的陷害。又据冒怀苏撰写的《冒鹤亭先生年谱》载：

一九零一年（清光绪二十七年辛丑）二十九岁。

四月，在上海，汪仲虎偕先生往见汪穰卿（名康年）于"时务馆"，汪穰卿以《公会章程》示之，商谈印书事。后汪穰卿函询先生外祖季贶近况。先有季贶曾作书数通致汪。②

由此可知，汪康年笔记所记内容应该是真实的。

吴汝纶在接到冒广生的信后，便为此事想方设法。在《答冒广生》中，吴汝纶提及自己分别致书胡聘之、李勉林、季士周三人，请他们为周季况关说。经检阅《吴汝纶全集·尺牍》，发现这三封信均被收入该书中。由于这三封信内容大体相同，现将其中一封信中所涉及该案的内容辑录如下：

《与山西胡中丞》

南中近刻成《五周先生集》，欲与《五窦联珠》后先辉映。《五集》之中，畇师词学，及季况先生五言律诗，尤为必传之作。文章憎命，先师既失路于粤西，季公又诖误于闽海，家业凋零，子弟微弱。季公老而无归，将依爱女以终老；而闽中旧事复发，坐赃被逮，急追逋负。闻其狱事本冤，既奏当定谳，今已无可置辨。但以廿余年旧案，又经奉旨原宥，谓无侵蚀情事，徒以未能核实，勒令清缴，又迭经恩诏，与豁免条例相符。季公年近古稀，无子无孙，羁系闽省，行见幽忧以死。某身居下流，无能为役，欲望大云远被，怜先师人亡家破，仅子然憖留爱弟，仍不免刑网横加，至可哀痛。可否致书闽帅，开一面之网，矜恤穷儒，奏结前事，俾获赦原，此上策也。万一大吏碍难平反，亦求稍与宽假，或令取保就医，以不了为了，亦可衔结为报。

总之，大吏若肯矜全，不患无词宽贷。兹将季公坐买蚊船亏累元案本末，抄折奉呈，并附呈《五周先生集》一册，伏乞惠览。昔敝友坐一冤狱，桐城县令已锻炼定罪，某自深州缄寄此友所著诗稿四册，曾文正立饬平反其狱，今又妄干执事，欲再邀曾文正之惠，惶悚无已。不宣。③

从以上信内容可以看出，为让周季况能平安度过晚年，吴汝纶确实为此事费尽心血。

三、关于集外文的写作时间及其价值

从内容上看，吴汝纶撰写的这封《答冒广生》，与《与山西胡中丞》、《与福建李勉林廉访》、《与福建季士周方伯》在内容上有前后相承的关系，而后面这三封信分别作于光绪二十四年闰三月六日和十九日，由此可以断定：《答冒广生》当作于光绪二十四年。

至于此信的史料价值，笔者认为主要体现在两点。

（一）可补史料之缺

施培毅与徐寿凯校点的《吴汝纶全集》与郭立志编的《桐城吴先生年谱》等书，均缺少吴汝纶与冒广生交游情况的记载，故此信足可补这方面史料之缺。

（二）可见吴汝纶之为人

尽管考虑到自己这时已是"人微言轻，失势已久，海内贵人，无复记识贱名者"的情况，再加上"闽中两司皆旧游，皆所谓见待异礼、未去毛皮者，骤欲有所请托，恐未肯俯听"的情况，吴汝纶对周季况事

① 汪康年：《汪穰卿笔记》（卷七），载《近代稗海》（第11辑），四川人民出版社1988年版，第551页。

② 冒怀苏编著：《冒鹤亭先生年谱》，学林出版社1998年版，第122页。

③ 吴汝纶：《吴汝纶全集》（第三册），黄山书社2002年版，第188—191页。

仍然倾尽全力，出手相援。所以后来周星诒在看到随信附寄的胡中丞、季士周、李勉林三函摘抄件时，不禁发出感叹："挚老拳拳高谊，上追北海。读其后幅，为之泪落。"[①]此案的结果尽管最终未能如愿，但从这封信中，我们可以看出吴汝纶的为人。

受吴汝纶的影响，冒广生于 1902 年正式决定拜其为师[②]，后多方面向其请益，最终也成为一名著名的古文家。[③]

综上所述，此次新发现的这封书信，不仅为吴汝纶研究提供了新材料，而且也为考察吴汝纶与冒广生之交往提供了新线索，因而具有重要的史料价值。

---

① 上海博物馆图书馆编：《冒广生友朋书札》，上海书画出版社 2009 年 12 月版，第 6 页。

② 冒怀苏编著：《冒鹤亭先生年谱》，学林出版社 1998 年 5 月版，第 127 页。

③ 冒怀苏编著：《冒鹤亭先生年谱》，学林出版社 1998 年 5 月版，第 127 页。

话本小说入话的发展演变[①]

杨林夕

（广东惠州学院）

内容摘要：本文梳理了唐话本、宋元话本、明清话本拟话本入话的情况，展现其发展演变的轨迹，即从不规范到规范，从繁荣到衰落，从短篇幅到长篇幅再到短篇幅，最后成为正文的有机部分。

关键词：入话　入话诗　头回　议论解释　话本

说到话本小说我们一般会想起明代的“三言二拍”，它们的体制基本上已经完备规范，包含题目、篇首、入话、头回、正话和结尾六部分，已有入话和头回的区分。而“三言”多源于宋元话本，宋元话本之前有唐话本。本文从话本的开头部分（我们统称为“入话”，包括入话诗或者篇首诗、头回故事和引入正话的解释议论性文字三部分）来考察唐宋元明清话本小说的发展轨迹。

一、唐话本小说的开头情况

唐话本有讲史话本和小说话本、变文和以说为主的叙事作品等，如《庐山远公话》、《师师谩语话》、《唐太宗入冥记》、《叶静能诗》、《秋胡变文》、《伍子胥变文》、《降魔变文》、《丑女缘起》、《燕子赋》、《晏子赋》、《孔子项托相问书》等。而真正的唐小说话本只有六部，即《庐山远公话》、《师师谩语话》、《唐太宗入冥记》、《叶静能诗》、《秋胡变文》、《韩擒虎话本》。

由于敦煌话本多为残本，只有《庐山远公话》开头类入话。其“盖闻法王荡荡，佛教巍巍。王法无私，佛行平等”、“王留玫教，佛演真宗，皆是十二部尊经，物是释迦梁津。如来灭度之后，众圣潜形于像法中”[②]类似入话，引入正话并点明主旨。《韩擒虎话本》无篇首诗和入话，但有类似宋元话本小说“得胜头回”。其开头写杨坚称帝：主上无道，随州法华和尚被龙王告知随州杨坚合有天分，该为皇帝，但他患脑痛，于是让其用龙膏医治杨坚头痛；又写朝廷内司天监夜观乾象，得知杨坚在百日内要当皇帝，便奏闻皇帝叫杨坚到长安来，欲除之。但杨坚听从和尚临走时语：“百日之内，合有天分，进一日亡，退一日伤”，所以未及时进宫；杨坚之女知其父进朝必遭毒手，为免见父亲受苦，准备服毒自尽，结果皇帝误饮毒酒而死；杨坚进宫欲立为帝，各大臣疑惑之际，忽见一白羊身长一丈二尺，张牙利口，便下殿来，哮吼如雷，拟吞合朝大臣，众知杨坚合有天分，于是一齐拜舞，山呼万岁。金陵陈王知道杨坚为君，“心生不服”，着手下两员大将领兵四十万讨伐，引出了英雄人物韩擒虎请战。[③] 正话详细地描写了韩擒虎传奇的一生。严格说来，这算不上真正的头回。因为话本小说在诗词和入话之后插入头回，叙述和正话相类或相反的故事，且这个故事相对独立，与正话内容几乎没有关系。《韩擒虎话本》开头却不是这样的，“杨坚称帝”故事同正话密切相连，是正话的背景和原因，较接近明清历史演义的叙事体制，所以

---

① 本文系广东省十一五社会科学规划项目（09GJ04），教育部人文社会科学基金青年课题（A40907）。

② 王重民等编：《敦煌变文集》，人民文学出版社 1957 年版，第 166 页。

③ 王重民等编：《敦煌变文集》，人民文学出版社 1957 年版，第 196—199 页。

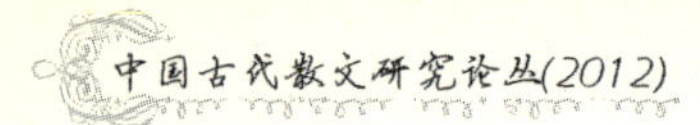

是可称为头回的一种过渡形态。可见现存唐话本是没有入话的。

二、宋元话本小说的开头情况

宋元话本始有入话，其代表是《清平山堂话本》和《熊龙峰刊四种小说》，其中《翡翠轩》和《梅杏争春》是残篇，《羊角哀死战荆轲》、《死生交范张鸡黍》和《老冯唐直谏汉文帝》3篇开头残缺，《风月相思》和《戒指儿记》是明话本，这7篇不在讨论中；《熊龙峰刊四种小说》中《冯伯玉风月相思小说》和《孔淑芳双鱼扇坠传》是明代话本。"三言"中的所谓宋元旧篇多经冯梦龙改写，众说纷纭一时难以说清，故均作为明代作品，所以本文以宋元话本24篇为讨论对象。

《清平山堂话本》的22篇话本小说中只有《洛阳三怪记》没有"入话"二字，《夔关姚卞吊诸葛》篇首诗残缺了，其他20篇都有入话字样和篇首诗词。只有3篇有头回故事，即《简帖和尚》(宇文绶错封书)、《刎颈鸳鸯会》(步非烟私通李象丧命)和《李元吴江救朱蛇》(孙叔敖杀蛇)。有议论说明性文字的7篇：其中《柳耆卿诗酒玩江楼记》极短，只说"这首诗是柳耆卿题美人诗"就直接入题。

《熊龙峰刊四种小说》都有"入话"二字和篇首诗，且都是七绝。2篇宋元话本中《张生彩鸾灯传》有"鸳鸯灯"的头回故事，也有解释过渡的文字："今日为甚说道段话。却有个波俏的女娘子也因灯夜游玩，撞着个狂荡的小秀才，惹出一场奇奇怪怪的事来。未知久后成得夫妇也不。且听下同分解。正是，澄初放夜人初会，梅正开时月正圆。"另外那篇《苏长公章台柳》没有头回和解释议论性文字。

综之，24篇宋元话本中都有"入话"字样和篇首诗(1篇残缺不算)，4篇有头回，占1/6，8篇有议论说明文字，大多较简单，占1/3。可见入话的头回和议论使用不多，没有形成习惯或者程式化。

三、明话本入话的情况

明话本都有篇首诗，都取消了"入话"二字，而代之以实际内容。到"三言"入话体制大具，至"二拍"和《西湖二集》越来越完备，故事和论说文字越来越长，到"二拍"达到顶峰后，篇幅减少，头回和议论越来越少甚至没有。具体如次：

"三言"中《古今小说》有头回的14篇，有议论说明文字的21篇，议论和头回均有的4篇，均无的9篇；《警世通言》有头回的15篇，有议论说明文字的20篇，议论和头回均有的6篇，均无的11篇；《醒世恒言》有头回的15篇，有议论说明文字的19篇，议论和头回均有的5篇，均无的11篇。"三言"中没有头回故事和议论说明文字的篇数不少，但是其体制已趋于完整，即入话基本具备篇首诗词、解释议论文字和头回故事三部分，"三言"之后，话本小说的入话体制就基本固定，到了"二拍"和《西湖二集》表现非常明显。《拍案惊奇》有头回的37篇，有论说的30篇，议论和头回均有的27篇，均无的0篇；《二刻拍案惊奇》38篇中有头回的34篇，有论说的26篇，议论和头回均有的22篇，均无的0篇；《西湖二集》34篇中有头回的29篇，有论说的29篇，论说和头回均有的26篇，均无的2篇。

除《西湖二集》外，其他作品入话中的头回相对"三言二拍"普遍减少，《七十二朝人物演义》和《型世言》40篇都只有12篇，《清夜钟》10篇仅4篇，《贪欣误》6篇仅3篇，《醉醒石》15篇仅7篇。并且这些头回普遍较"三言二拍"简短，如《型世言》第五、八、十二、二十二回等头回只有四五百字；《醉醒石》第一、三、四、五、六等头回大多只有二三百字。《西湖二集》许多作品使用多个头回，但每个头回都比较简略，大多为三五百字。像二拍那样篇幅较长、情节较完整曲折的头回已很难见到。与头回篇幅的大幅减缩相对应，头回的功能也发生了巨大的变化，出现了大量与正话关系松散而旨在论证引言观点的引证性头回。

《鼓掌绝尘》、《宜春香质》、《弁而钗》、《载花船》和《欢喜冤家》五部话本小说集中仅有《欢喜冤家》的续第六回和《载花船》卷二2篇有头回。同时议论性引言大幅缩减，一些作品甚至干脆省掉。《鼓掌绝尘》、《宜春香质》、《弁而钗》、《载花船》的引言大多仅有泛泛的几句话，《欢喜冤家》中的绝大多数作品则无引言，头回更是极少使用。可见明话本入话表现为由固定、定型到发展变化的过程。

四、清话本入话的情况

清前期文人性突出的话本有：《无声戏合集》、《十二楼》、《豆棚闲话》、《西湖佳话》和《照世杯》等。占主导地位的是以娱乐消遣为主，具有鲜明商业传播和读者接受意味的话本。绝大多数话本普遍出现了入话退化的现象。

篇首诗词加引言成为清前期话本小说入话的主导形式，极少使用头回，如《一片情》、《都是幻》、《笔梨园》、《锦绣衣》、《照世杯》、《珍珠舶》、《云仙啸》、《警寤钟》、《西湖佳话》、《五色石》、《八洞天》等无头回，《十二笑》6 篇中有 2 篇含头回，《十二楼》12 篇中有 1 篇含头回，《风流悟》8 篇中有 2 篇含头回。个别作品甚至无篇首诗词或议论性引言，如《五更风》无篇首诗词，《人中画》无议论性引言。即使有引言的，大部分作品的议论性引言都比较短小，多为泛泛之言，如《笔梨园》，只有《锦绣衣》、《警寤钟》、《珍珠舶》、《十二楼》、《五色石》、《八洞天》等引论性文字稍长，其中《警寤钟》、《五色石》、《八洞天》承袭了文人性文体的部分形态特征，保持了较长的议论性引言，窃夺谈伦理纲常，教化意识浓厚。入话的简化在削弱了其议论、引导功能的同时，将阅读欣赏的重点转入正话本身。

清中后期话本小说出现衰落迹象。雍、乾近七十年间，仅出现《二刻醒世恒言》、《雨花香》、《通天乐》、《娱目醒心篇》四部话本小说集。后到光绪年间，又陆续有《阴阳显报鬼神传》、《俗话倾谈》和《跻春台》等少数作品问世。《娱目醒心篇》、《跻春台》、《二刻醒世恒言》等的篇章体制表现出向笔记化演变的痕迹，如《跻春台》虽有入话，却只有开篇诗词；《雨花香》、《通天乐》、《阴阳显报鬼神传》、《俗话倾谈》都不再使用入话而一开始就直奔主题。虽然《雨花香》、《通天乐》每篇作品篇首都有一段相对独立的议论文字，或议论文字，或评议题旨，或评论人物故事，与《型世言》的“小引”非常相似。但是这种文字只能算作评点文字，而与入话无关。

也有一些变异的情况，如《娱目醒心篇》的入话很长，常常独立占用作品第一回，即卷一“走天涯克全子孝　感异梦始获亲骸”、卷三“解己囊惠周合邑　受人托信著远方”、卷四“活全家愿甘降辱　徇大节始显清贞”、卷九“赔遗金暗中获隽　拒美色眼下登科”、卷十三“争嗣议力折群言　冒贪名阴行厚德”、卷十四“遇赏音穷途吐气　酬知己狱底抒忠”、卷十五“堕奸谋险遭屠割　感梦兆巧脱罗网”、卷十六“方正士活判幽魂　恶孽人死遭冥责”，其中，卷三、卷四、卷九、卷十四、卷十五、卷十六的入话与正话旗鼓相当，各占一回。在这些作品中，头回似乎不再是导入正话的附加成分，而成为与正话并列、具有同等价值和意义的内容。

综之，可见话本小说的入话从唐话本的偶尔为之不固定、宋元话本的不规范到明话本的定型化和规范，从明话本的繁荣到清末话本的衰落，从宋元话本的简短入话的篇幅到“三言”的加长，到“二拍”越来越长后逐步缩短，最后到清末越来越简短，而有的异化为正文的有机部分。

【主要参考文献】

[1]　王重民等编：《敦煌变文集》，人民文学出版社 1957 年版。
[2]　洪楩编：《清平山堂话本》，王一工标校，上海古籍出版社 1995 年版。
[3]　徐兴菊：《明刊话本小说入话研究》，暨南大学硕士学位论文。
[4]　《熊龙峰刊行小说四种》，石昌渝校点，江苏古籍出版社 1990 年版。
[5]　冯梦龙、凌濛初：《三言二拍》，广东旅游出版社 2009 年第 1 版。
[6]　天然痴叟：《石点头》，内蒙古人民出版社 1985 年版。
[7]　《西湖二集》，刘耀林、徐元校注，浙江古籍出版社 1981 年版。
[8]　路工、谭天合编：《古本平话小说集》，人民文学出版社 1984 年版。
[9]　《鼓掌绝尘》，李落、苗壮点校，春风文艺出版社 1985 年版。
[10]　《欢喜冤家》，周有德等校点，春风文艺出版社 1989 年版。

［11］ 陆人龙:《型世言》,李文焕校点,中国大百科全书出版社 1997 年版。
［12］ 侯忠义:《明代小说辑刊》(第二辑),巴蜀书社 1995 年版。
［13］ 龙阳逸史:《中国历代禁毁小说》(第六辑第三册),双笛国际事务出版公司 1996 年版。

论章太炎的“文理”说

余　莉
（南开大学文学院）

内容摘要：“文理”是章太炎文论的核心命题。其“文理”之“理”根柢诸子、兼法魏晋，意在名理，注重文章的学理性以及学理的独立性，是对中国古代散文学理传统的继承与发扬。章太炎以“文理”为标准，推崇魏晋名理之文，通过重评散文史，构建起一个主智的散文史观。而“文理”说所呈现出来的求真求是的精神以及强烈的思辨色彩和战斗意识，则体现了对桐城派“义理”的超越，是中国古代散文理论的一次现代转型。

关键词：章太炎　文理说　魏晋论说文　主智　现代转型

1906年10月7日，章太炎在《国粹学报》丙午年第九号上发表《文学论略》，该文开篇曰：“何以谓之文学？以有文字，著于竹帛，故谓之文；论其法式，谓之文学。凡文理、文字、文辞，皆谓之文。”这一段话后来被保留在《国故论衡》之《文学总略》①中，一直是学界讨论的对象。不过，学者们多把目光聚集在章太炎的文学观念上，对“文理”二字搁置。实际上，“文理”是章太炎散文理论的核心命题，而这一命题目前还未得到学界足够的重视。本文将通过对“文理”之“理”渊源及内涵的解读，探究这一命题在中国散文史上的价值和意义。

一、“文理”之“理”与散文的学理传统

中国古代散文理论向来重视文理，但文理的内涵各有不同。刘勰在《文心雕龙·宗经》中赞五经“义既埏乎性情，辞亦匠于文理”②，其“文理”主要指文法。古文运动以后，儒学强势复兴，“文以载道”论成为主流，虽然流派众多，但其文理内涵整体不出儒学范围，如清代章学诚之论“文理”，仍意在明道。章太炎的“文理”说内涵独特，其“文理”所谓之“理”根柢诸子，兼法魏晋，意在名理，注重文章的学理性及学理的独立性，重视著作之文，是对中国古代散文学理传统的继承与发扬。

章太炎晚年在《国学略说·文学略说》中解析文“理”时特别提出：“盖理有事理、名理之别。事理之文，唐宋人尚能命笔，名理之文，惟晚周与六朝人能为之。”③又在谈“论”体文写作时曰：“人之思想，愈演愈深，非论不足以发表其思想，故贵乎精微朗畅也，……论名理不论事理，乃为精微朗畅者矣。”④可见，章太炎“文理”之“理”并非普通意义上的事理，而是名理。其实早在1903年之时，他就看重名理之文了，1914年他在《自述学术次第》中论及自己的文章渊源时说“三十四岁以后，……读三国两晋文辞，以为至美，由是体裁初变”⑤，并认为后世文章均不及魏晋之时，而原因即在于“百年以往，诸公多谓

---

① 章太炎：《国故论衡疏证》，庞俊、郭诚永疏证，中华书局2008年版，第1页。

② 《文心雕龙注》，刘勰著，范文澜注，人民文学出版社1958年版，第21页。

③ 章太炎：《章太炎国学讲义》，海潮出版社2007年版，第219页。

④ 章太炎：《章太炎国学讲义》，海潮出版社2007年版，第230页。

⑤ 章太炎等：《中国近三百年学术史论》，上海古籍出版社2006年版，第124页。

经史之外，非有学问，其于诸子佛典，独有采其雅顺、摭其逸事，于名理则深恚焉。平时浏览，宁窥短书杂事，不窥魏晋玄言也”。名理之说始于先秦诸子，主张考察社会事物中名与实的关系，但其学说体系复杂，各有侧重。荀子有《正名篇》，举刑名、爵名、文名、散名四项，前三者与政治有关，散名则普及一切社会事物。东汉末王符在《潜夫论》中提出“选贤贡士，必考核其清素，据实而言”[①]，于是名理学再次兴盛起来，并发展为一股人物品评思潮，具体表现为通过考核名实和辨名析理来选贤任能。魏晋时期，名理学成为一种清谈风尚，其内容也由人物品评发展到抽象的才性关系探究。《三国志》、《晋书》、《世说新语》等书中多有关于谓某名士善于“名理”的记载，如《三国志·魏书·钟会传》记载其“及壮，……博学精练名理”，《世说新语·言语》记载裴頠“善谈名理”。

章太炎拈出“名理”，是为其“文理”之“理”作注脚，所以他所谓的“名理”与先秦及魏晋时的名理学并不尽相同，他对先秦名家的诡辩之风和魏晋的品藻人物之习也并无兴致。具体而言，他对“名理”的取法主要基于以下两个方面：

(1)注重文章内容上能甄别名理、议礼论政。他在《国学略说》之《诸子略说》中说：“孔子谓‘名不正则言不顺，言不顺则事不成，事不成则礼乐不兴，礼乐不兴则刑罚不中，刑罚不中则民无所措手足’，此推论至极之说。施于政治、文牍最要。”[②]又在评价惠施时说：“惠施虽非诡辩，然其玄远之语，犹非为政所急，以之讲学则可，以之施于政治则无所可用。”[③]可见，章太炎取舍名理的一条重要的标准在于通过名理之辨议政。所以他说“名家最得大体者荀子，次则尹文”[④]，对于公孙龙辈的诡辩之风则不屑。又其在《国故论衡·论式》中说“夫持论之难，不在出入风议，臧否人群，独持理议礼为剧”[⑤]，看低魏晋名理学中的品藻人物之习，把“持理议礼”目为文章“持论”之要。此处，“持理议礼”即意指通过甄别名理来对社会政治做出学理的分析。在《国故论衡·论式》一文中，章太炎批评近代文章，短于“名理”，其曰“名理之言，近世冣短”，并说近世之文“以甄名理，则僻违而无类；以议典宪，则支离而不驯”。

(2)强调文章论理技法上要宗师名家。名理之谈以先秦名家为著，故在作文法则上，“文理”说强调立论要本名家，讲究论理过程中的攻守有序。1910年章太炎在《中国文化的根源与近代学术的发展》一文中讲到中国诸子哲理时说：“最要紧的是名家，没有名家，一切哲理都难以发挥尽致。”[⑥]这话说得偏颇，但若从作文法则来讲，则又有可解之处。因为章太炎在同年出版的《国故论衡·论式》一文中提出“凡立论欲其本名家”[⑦]，并重申了他在《与邓实书》中的观点，曰：“文生于名，名生于形，形之所限者分，名之所稽者理。分理明察，谓之知文。”[⑧]又说：“忽略名实，则不足以说典礼，浮辞未剪，则不足以穷远致。”[⑨]名家善于考辨名实，而名实之分是文章“议礼论政”的重要基础，所以章太炎在文章技法上强调以名家为本。又名家在论理过程讲究攻守，所以章太炎在《国故论衡·论式》中也特别强调文章论理时要攻守有序，他欣赏魏晋之文的一个原因正在于其文“守己有度，伐人有序，和理在中，孚尹旁达”[⑩]。章太炎倡“文理”，根柢诸子，兼法魏晋，以名理为其理之内核，可见是有意继承散文的学理传统。

从名理出发，“文理”之“理”在文章理论上特别注重文章的学理性，强调写作的学术根基。关于这一点，他在《国故论衡·论式》中特别提出“持理议礼，非擅其学莫能至”[⑪]。又如前所述，他认为“名理

---

① 王符：《潜夫论》，汪继培笺，上海古籍出版社1978年版，第183页。

② 章太炎：《章太炎国学讲义》，海潮出版社2007年版，第215页。

③ 章太炎：《章太炎国学讲义》，海潮出版社2007年版，第215页。

④ 章太炎：《章太炎国学讲义》，海潮出版社2007年版，第211页。

⑤ 章太炎：《国故论衡疏证》，庞俊、郭诚永疏证，中华书局2008年版，第395页。

⑥ 章太炎：《章太炎学术随笔》，张勇编，中国青年出版社1999年版，第14页。

⑦ 章太炎：《国故论衡疏证》，庞俊、郭诚永疏证，中华书局2008年版，第404页。

⑧ 章太炎：《国故论衡疏证》，庞俊、郭诚永疏证，中华书局2008年版，第398页。

⑨ 章太炎：《国故论衡疏证》，庞俊、郭诚永疏证，中华书局2008年版，第399页。

⑩ 章太炎：《国故论衡疏证》，庞俊、郭诚永疏证，中华书局2008年版，第402页。

⑪ 章太炎：《国故论衡疏证》，庞俊、郭诚永疏证，中华书局2008年版，第395页。

之文，惟晚周与六朝人能为之”，而《国故论衡·论式》中他提出学习魏晋之文必须要从学术入手，其曰“效魏晋之持论……必先豫之以学”[①]，又批评近世之文学习六代“不窥六代学术之本”。而且，在标举魏晋学术的《五朝学》一文中，章太炎认为学术与文是可以相得益彰的，其曰“玄学者固不与艺术文行牾，且翼扶之”[②]，认为具有思辨色彩的玄学有益于文，并条列了众多释例。1909年，章太炎曾写信给邓实，对有人将自己与谭嗣同、黄遵宪同列录人文集表示不敢苟同。理由是章太炎认为二人“学术既疏，其文辞又少检格”[③]，故不愿与之同列。以上可见，章太炎对文章的学术根基极为看重。从章太炎对历代文章的评价来看，他对诸家文章的评价与对他们学术的评价有相一致之处。如《国故论衡·论式》中对历代诸家的褒贬可在《訄书》(重订本)中找到源头。而章太炎在推崇魏晋六朝名理之文的同时，也写了《五朝学》来肯定其学术。当然，在中国古代文论中，对学术根基的要求早已有之，唐宋以来，尤为看重，唐代古文运动健将韩愈提出作文要“养其根而俟其实”(《答李翊书》)，朱熹强调“道是本，文是末，这文皆是道中流出”(《朱子语类》卷一三九《论文上》)，章学诚提出“求自得于学问，固是文章之本”(《文史通义·文理》)，这些都是重学术根基的表现，所以章太炎“文理”说强调文章写作的学术根基仍是对中国散文学理传统的继承。但是，章太炎与韩愈等人对学术的要求还是有差异的。韩愈等人所重的学术根柢要在儒学，在行文中讲究依经说理；而章太炎说“擅其学”，其学术是多元化的，不只限于儒学，尤其1906年他在《诸子学略说》对儒学和孔子持批判态度，而行文时，则强调独立学理。

章太炎“文理”之“理”强调独立学理、自成一家之理，表现在文论上就是重视著作之文。1906年，章太炎在《诸子学略说》中曾批判汉武帝独尊儒术之后为文必以孔子为宗、强相攀引的行为，并由此盛赞周秦诸子学理独立的气质。由学术推及文论，章太炎在文的分类上也体现出对独立学理的重视。在章太炎的著作及讲演文中，曾有四次提及了文的分类，虽然每次的分类都不尽相同，但章太炎始终看重能自成一家之理、有独立学理色彩的著作之文，还特别提出文有“著作之文”一类。在1906年的《文学论略》中，章太炎在“无韵文”中设有“学说”类，含诸子、疏证、平议，在分析其文类特征时，章太炎都特别强调其文“自成一家”的特征。1910年的《国故论衡·文学总略》中，章太炎再次引用《论衡·超奇》中的观点，“能说一经者为儒生，博览古今者为通人，采掇传书以上书奏记者为文人，能精思著文连结篇章者为鸿儒”[④]，通过区别儒生、通人、文人和鸿儒，章太炎强调了鸿儒之文的特征在于有精思的学理，并说：“鸿儒之文，有经、传、解故、诸子，彼方目以上第，非若后人摈此于文学外。”[⑤]这些都是具备独立学理的著作，章太炎将其归入文类，并视为文的最高层。而且，章太炎对独立学理的推崇还包括自然科学等其他我们今天看来非文的学科在内。如1922年章太炎在上海讲到文的分类时，将经、子、史与数典之文、习艺之文并列为“集外文”类。他所谓“数典之文”含官制、仪注、刑法、乐律、书目，“习艺之文”含算术、工程、农事、医书、地志，并认为“以上各种，文都佳绝”[⑥]。章太炎还曾解释为何将算术纳入文类，曰：“算术说解，自《九章》而下，亦别自成派。良以非此文体，无以说明其理故也。”[⑦]章太炎这种独特的分类不仅是本文开篇所提到的“凡文理……皆谓之文”这一观念的例证，也是章太炎重独立学理的重要表现。1935年，章太炎在苏州章太炎国学讲习会讲授文学时，特别提出文有著作之文和独行之文，其曰：“著作之文，以史类为主，而周末诸子说理者为后起，老、墨、庄、申、韩、孟、荀是也。……著作之盛，周末为最，顾独在诸子，史部不能相抗。”[⑧]又说魏文帝曹丕《论文》，“不数宴游之作，而独称

---

① 章太炎：《国故论衡疏证》，庞俊、郭诚永疏证，中华书局2008年版，第405页。

② 章太炎：《章太炎全集》(四)，上海人民出版社1985年版，第75—76页。

③ 章太炎：《章太炎全集》(四)，上海人民出版社1985年版，第170页。

④ 章太炎：《国故论衡疏证》，庞俊、郭诚永疏证，中华书局2008年版，第250页。

⑤ 章太炎：《国故论衡疏证》，庞俊、郭诚永疏证，中华书局2008年版，第252页。

⑥ 章太炎：《章太炎国学讲义》，海潮出版社2007年版，第46页。

⑦ 章太炎：《章太炎国学讲义》，海潮出版社2007年版，第219页。

⑧ 章太炎：《章太炎国学讲义》，海潮出版社2007年版，第216页。

徐干为不朽者，盖犹视著作之文尊于独行者也”①。可见，他对具有独立学理体系的诸子著作更加赞赏。并且，章太炎还特别强调著作之文能说理。曾国藩谓古文短于说理，章太炎驳斥曰：“夫著作之文，原可以说理。古人之书，《庄子》奇诡，《孟》、《荀》平易，皆能说理。《韩非·解老》、《喻老》，说理亦未尝不明。降格以求，犹有《崇有》、《神灭》之作，何尝短于说理哉！”②当然，著作之文，或著述之文，前人也有论及，唯界定各有差异。这里要特别提到的是，章学诚曾在其《文史通义·答问》中提到“著述之文”，并将之与“文人之文”相对，章太炎对章学诚的学术深有研究，《国故论衡》中多有阐述，其中复杂之处，此处不论。就“著述之文”一说而言，章太炎提出“著作之文”显然有对章学诚之说的继承和吸纳，然考其内涵，章学诚所谓“著述之文”实与其史学思想有关，故其重叙事与章太炎重学理仍所有别。

中国古代散文从一开始就有一个学理的传统，先秦诸子之文，学理精微，文风独立昂扬，是为学理传统的表率。自汉朝大一统之后，儒学独尊为官方学术，于是诸子学术渐寝，散文的学理性亦渐失。唐宋古文运动倡导“文以载道”，确立了以社会统治和政治教化为依托的理性文风，仍是牵依官方，且少独立昂扬之气，学理传统遂被淹没。后理学家与桐城派标举“义理”，紧守程朱理学藩篱，故为文日益浅薄，流于空疏。唯魏晋之时，儒学失统，学术多元化，学理传统亦得到复苏。

章太炎倡“文理”说，上溯周秦，下拨魏晋，注重文章的学理性，并强调学理的独立性。从散文理论发展的外部因素来看，与章太炎的哲学思想、政治理想及其他学术均有渗透之处，如他看重文章能自成一家之“理”，并要求能自坚其“理”，这与他哲学思想上的“依自不依他”理念有相通之处，他看重文章的综核名理、思辨精细的一面，也与他在佛教上宗师唯识法相有关联之处。但从散文理论发展的内在理路来看，其“文理”之“理”自觉吸取诸子以来学理性、重名理之文，重思想家之文，确可谓是继承并发扬了中国古代散文史上的学理传统。

二、“文理”与主智的散文史观

中国古代的散文理论多关注文与经、文与道以及文与情的关系，各派在争辩过程中都力图以正统的儒学为源，大加阐释。章太炎“文理”说强调文章的学理性和学理的独立性，推崇先秦诸子之作和魏晋六朝的名理之文，在重评历代文章的过程中，重视思想家之文，看低文人之文，从散文史观的角度来看，它偏离了主流理论中的文道史观，或者主情史观，构建起一个主智的散文史观。

中国古代散文史观的主流在唐宋古文运动之后一直是载道，而在这之前，尚有璀璨的晚周散文和魏晋六朝散文。诸子之文，学理精深，刘勰《文心雕龙·诸子第十七》中说诸子之文“述道言治，枝条五经”③，将诸子比附五经，自然是出于他宗经的文学观念，但就学理而言，诸子实有可比之处，且它不仅有学理，更有开化民智之效。关于这一点，章太炎1910年在《中国文化的根源与近代学术的发展》一文中讲到中国诸子学的发展时，特别提到诸子的学理“原是要使民智，不是要使民愚”④。民智则难驯，此深为封建统治阶层所忌，故对诸子之文，主流文坛基本上都采取搁置态度。《文选》不选录“老、庄之作，管、孟之流”，说其文采不够。古文运动以后，随着“文以载道”理论的确立和学术官方化，儒学强势复兴，诸子自然被边缘化，于是唐宋之文成为时代新宠，而士人以科举为要，亦多习近代之文。明代复古，至秦汉而止步。清代以少数民族入主中原，出于封建统治的需要，选文更是以“醇雅”为宗，方苞《古文约选序》中云“周末诸子精深宏博”，但“概弗采录”⑤。总之，在散文史上，诸子之文并没有得到主流的重视，其学理精神尤其得不到发扬。唯魏晋六朝时期，儒学失统，政权又频繁更迭，加上佛、道、玄等多种学术并行，学理遂开，故魏晋六朝散文，颇有精思之作，主智亦有周秦之风。然由于其时文章整

---

① 章太炎：《章太炎国学讲义》，海潮出版社2007年版，第217页。

② 章太炎：《章太炎国学讲义》，海潮出版社2007年版，第219页。

③ 《文心雕龙注》，刘勰著，范文澜注，人民文学出版社1958年版，第308页。

④ 章太炎：《章太炎学术随笔》，张勇编，中国青年出版社1999年版，第14页。

⑤ 方苞：《方苞集》(下)，上海古籍出版社2008年版，第614页。

体趋于华美,又主情思潮盛行,故名理之文不为当时文坛所重。后世皆以六朝之文靡靡,亦不加青睐。

章太炎倡扬"文理",将晚周和魏晋六朝名理之文推为文之极致,也就将一个主智的散文体系推到了理论前沿,尤其是借晚周之文深度挖掘了魏晋六朝散文思辨之美。因为诸子之文虽然不为主流文坛所倡导,但整体上仍享有盛誉,历代也都有文章大家私习。而魏晋六朝散文则不一样,魏晋六朝,正是骈文兴起、文学走向自觉的时代,所以过去的散文史观多关注其主情尚采的一面,忽视其中主智尚理的一面。而章太炎在《国故论衡·论式》中说"魏晋之文,大体皆埤于汉,独持论仿佛晚周。……可以为百世师矣"[①],以魏晋之论媲美晚周,这不仅大大抬高魏晋散文在散文史上的地位,也将一个主智尚理的散文系统呈现出来。如章太炎非常欣赏裴頠的《崇有》和范缜的《神灭》,曰:"魏晋六朝,崇尚清谈。裴頠《崇有》,范缜《神灭》,斯为杰构。清谈者宗师老子,以无为贵,故裴頠作论以破其说。《宏明集》所收,多扬玄虚之旨,范缜远承公孟,近宗阮瞻,昌论无鬼,谓'形之于神,犹刀之于利,未闻刀去而利存,安有人亡而神在'。是以清谈破佛法也。此种析理精微之作,唐以后不可见。"[②]裴頠、范缜二人及其这两篇文章,过去根本不为散文史所重,但章太炎却给予其如此高的评价。究其原因,主要与其所倡扬的"文理"有关,因为此两篇均通过"综核名实"对当时的主流思潮进行批驳,通过学理上的论辩,呈现出一种主智的祛昧精神,这与封建正统观念下的"文以载道"及依经行文有本质区别,所以章太炎推举魏晋六朝名理之文开启了一个主智的散文史观。

在《自述学术次第》中,章太炎谈到汪容甫、李申耆之文与魏晋之文的差距,其曰:"汪、李两公……能作常文,至议礼论政则踬言……观夫王弼、阮籍、嵇康、裴頠之辞,必非汪、李所能窥也。"[③]章太炎认为后世文章不如魏晋的原因在于其文章写作多向经史取法,不窥诸子佛典、魏晋玄言,并将文章风格与学识相连,曰:"其文如是,亦应于学术。"其实,后世之文并非没有学问,只是随着封建王权的进一步加强,其学问渐渐缺少一种大无畏的求是精神和勇气,所以文章也渐缺乏一种主智的风貌。

从主智散文史观出发,章太炎在《国故论衡·论式》中几乎否定了散文史上的唐宋古文运动及其所建构的文道史观,尤其对古文运动的代表作家的整体评价极为低下。通过与汉文、魏晋文相比,章太炎指出唐宋诸家因为学术上的欠缺在议事、辨智上皆有不足,根本无力驾驭说理文。其曰:"逮及韩、吕、柳、权、独孤、皇甫诸家,劣能自振,议事确质不能如两京;辨智宣朗不能如魏晋。晚唐变以谲诡,两宋济以浮夸,斯皆不足劭也。"[④]又指责其于文章写法上"持论不本名家,外方陷敌,内则亦以自偾"[⑤],故"持论"不严,"文理"不足,远非佳作。对散文史上呼声很高的唐宋八大家之文,章太炎的评价也不高。韩愈、柳宗元二人间,章太炎相对欣赏柳宗元,原因在于"柳犹可以说理,韩尤非其伦矣"[⑥],柳宗元《天说》在《国故论衡·论式》中也被章太炎认为是能"持理者"。宋代诸位尤其不被章太炎欣赏,其曰:"欧阳修、曾巩,好为大言,汗漫无以应敌,斯持论最短者也。若乃苏轼父子,则佞人之戋戋者。"[⑦]这与《訄书》重订本"学蛊"篇中对欧阳修、苏轼等人学术的批判有相通之处,在"学蛊"中其曰:"宋之余烈,蛊民之学者,程、朱亡咎焉,欧阳修、苏轼其孟也。"[⑧]并且说:"修不通六艺,正义不习,而瞍以说经,持之无故,讹讹以御人,辞人也。不辨于名理,比合训言,反覆其文,自以为闻道,遭大人木强,而己得尸其名,以色取仁,居之不疑矣。轼之器,尽于发策决科,上便辞以耀听者……"[⑨]可见,章太炎对欧阳修、苏轼文章的批评基点并非是以文评文,而是以学术评文,以思想评文。此外,章太炎还总结了唐宋

① 章太炎:《国故论衡疏证》,庞俊、郭诚永疏证,中华书局2008年版,第402页。

② 章太炎:《章太炎国学讲义》,海潮出版社2007年版,第219页。

③ 章太炎等:《中国近三百年学术史论》,上海古籍出版社2006年版,第124—125页。

④ 章太炎:《国故论衡疏证》,庞俊、郭诚永疏证,中华书局2008年版,第399页。

⑤ 章太炎:《国故论衡疏证》,庞俊、郭诚永疏证,中华书局2008年版,第395页。

⑥ 章太炎:《章太炎国学讲义》之《国学略说》,海潮出版社2007年版,第219页。

⑦ 章太炎:《国故论衡疏证》,庞俊、郭诚永疏证,中华书局2008年版,第403页。

⑧ 章太炎:《章太炎全集》(三),上海人民出版社1985年版,第146页。

⑨ 章太炎:《章太炎全集》(四),上海人民出版社1985年版,第146—147页。

文章“持论”之不足，其曰“廉而不节，近于彊钳，肆而不制，近于流荡，清而不根，近于草野”[①]，若学唐宋“持论”，只能“利其齿牙”。[②] 所以整体来看，章太炎对唐宋古文运动系列作家的评价并不高，倒是对一些在这之外的作家颇有赞扬，如唐代颇欣赏张悦、苏颋，宋代颇欣赏司马光和刘敞，这也意味章太炎对唐宋古文运动建立起来的文道史观持有异议。

明代文坛以复古为主流，然其复古以模拟为能事，鲜有能自成一家者，这在章太炎看来自然是乏智的，故他对明代文坛评价也很低。唐宋派自不必说，其在师承上不入章太炎之眼。归有光之文，在明清两代享有声誉，影响很大，然章太炎谓其文“好摇曳生姿，一言可了者，故作冗长之语”[③]，有八股气息。明七子学秦汉，在章太炎看来不过“邯郸学步耳”[④]。并且章太炎对汉代之文的整体评价原本也不高。他在《自述学术次第》中说“秦汉之高文典册，至玄理则不能言”，尤其在《国故论衡·论式》中批判汉初儒者之文“与纵横相依，逆取则饰游谈，顺守则主常论；游谈恣肆而无法程，常论宽缓而无攻守”[⑤]的行文风格。至于众多子书之作，在章太炎看来“持较周秦诸子，说理固不逮，文笔亦渐逊矣”[⑥]。只有石渠《议奏》和赵充国的奏文颇得好评。此外，对后汉《论衡》、《昌言》及魏初《人物志》稍有好评，曰：“然其深达理要者，……此三家差可以攀晚周，其余虽娴雅，悉腐谈也。”[⑦]

清代散文有骈文、古文两大派，并在散文史上展开了一场持久的骈散之争。章太炎认为骈体散体各有短长，对骈散之争持无谓态度，尊崇《尚书》“辞尚体要”的观念。但对骈文、古文二派的散文理论，则各有驳斥。骈文派理论旗手阮元质疑桐城派“古文”的合理性，并从《文选序》中拈出“沉思翰藻”一词，并以之为文的必备属性，视骈文文之正统，将经、史、子排除在文之外，这与章太炎的理念相悖，故其在《国故论衡·文学总略》中讽其“沾沾焉惟华辞之守”，并有多处批驳。桐城派为文在文章写作也主要取法唐宋诸家，尤其看低魏晋六朝，这也遭到章太炎的驳斥。桐城派方苞不喜诸子及六朝文，其《书柳文后》一文批评柳宗元文章于道多“支离而无所归宿”，将原因归结于“盖其根源杂出周、秦、汉、魏、六朝诸文家”[⑧]。姚鼐《古文辞类纂序目》明言“古文不取六朝人”[⑨]，所以章太炎在《国学略说》中批评姚鼐的《古文辞类纂》“以唐宋直接周秦诸子、《史》、《汉》，置东汉、六朝于不论，一若文至西汉即斩焉中绝，昌黎之出，真似石破天惊者也。天下安有是事耶”[⑩]。应该说，章太炎的这种批驳还是比较客观的。实际上清代一些学者都承认韩愈之文有六朝师承，如王铁夫就曾说“韩有六朝之学”[⑪]，刘熙载《艺概·文概》中也说“韩文起八代之衰，实集八代之成”。不过章太炎的视角与众人有所不同，一般人是从散文艺术的视角出发，而章太炎主要从文理的角度。曾国藩谓古文之法短于说理，章太炎驳斥曰：“彼所谓古文者，上攀秦汉，下法唐宋，中间不取魏晋六朝。……宜其不能说理矣。”[⑫]整体而言，章太炎对桐城派的批驳较唐宋及明代诸家要宽和很多，而他也认为桐城派文“上接秦汉、下承韩、柳固不足，以继北宋之轨则有余，胜于南宋之作远矣”[⑬]。

从上述可见，章太炎扬“文理”说，推崇诸子及魏晋名理之文，倡导一种主智的散文史观。在重评历代文章得失之时，重视学者之文、思想家之文，看低文人之文，并由此看低唐以后的主流文坛，几乎

---

① 章太炎：《国故论衡疏证》，庞俊、郭诚永疏证，中华书局2008年版，第404—405页。

② 章太炎：《国故论衡疏证》，庞俊、郭诚永疏证，中华书局2008年版，第405页。

③ 章太炎：《章太炎国学讲义》，海潮出版社2007年版，第222页。

④ 章太炎：《章太炎国学讲义》，海潮出版社2007年版，第223页。

⑤ 章太炎：《国故论衡疏证》，庞俊、郭诚永疏证，中华书局2008年版，第400—401页。

⑥ 章太炎：《章太炎国学讲义》，海潮出版社2007年版，第217页。

⑦ 章太炎：《国故论衡疏证》，庞俊、郭诚永疏证，中华书局2008年版，第389页。

⑧ 方苞：《方苞集》(上)，上海古籍出版社2008年版，第112页。

⑨ 姚鼐纂辑：《古文辞类纂》，胡示明、李祚唐标校，上海古籍出版社1998年版，第17页。

⑩ 章太炎：《章太炎国学讲义》，海潮出版社2007年版，第231—232页。

⑪ 孙昌武：《韩愈散文艺术论》，南开大学出版社1986年版，第47页。

⑫ 章太炎：《章太炎国学讲义》，海潮出版社2007年版，第219页。

⑬ 章太炎：《章太炎国学讲义》，海潮出版社2007年版，第226页。

否定了唐宋以来的新文统，这自然是偏颇的。而且，历代文坛皆有绚烂的一面，远非只有章太炎所论及的这些面，只是很多丰富的东西目前仍处于埋没之中，或于小品文类虽被发掘，又在章太炎所扬的“文理”之外，故不在讨论之内。可见，任何理论视角都是会有盲点的。章太炎晚年的散文史观略有变化，尤其对唐宋诸家的评价与早年相比渐趋平和，少批驳，但也不赞美，且仍然坚持他主智的立场。这对中国古代散文史上的两大派别——古文派和骈文派而言，既是反思，也有超越。

三、“文理”与散文理论的现代转型

晚清社会剧变，文坛亦剧变，随着小说的崛起，散文在文坛的地位被迫走向边缘，尤其当白话文异军突起，古代散文的地位更是一落千丈，溃不成军，以至桐城派后来被文坛激进派斥为“桐城谬种”，骈文派被讥为“选学妖孽”。章太炎以思想家的眼光倡扬“文理”，在整理国故的浪潮中，推出诸子及魏晋六朝名理之文，其理论虽有偏颇之处，但对于当日社会境况而言，“文理”说仍然有其意义。尤其它弘扬一种诸子精神，要求文章有求真求是的勇气和独立昂扬的精神风貌，是对桐城派“义理”说的超越，实属中国古代散文理论的一次现代转型。

“文理”说重扬的是一种诸子精神，其“文理”之“理”的内涵与周秦、魏晋诸子精神在风格上有相通之处。作为晚清至民国时期一位有政治理想的思想家，章太炎在寻找社会革命道路的过程中，特别注重从中国古代的诸子学说中寻找学理，其中周秦诸子学和魏晋玄学正是章太炎社会哲学思想的重要来源。1906 年章太炎在《诸子学略说》大赞周秦诸子及其文章学理独立、坚守自我的风格，其曰：“惟周秦诸子，推迹古初，承受师法，各为独立，无援引攀附之事。虽同在一家者，犹且矜已自贵，不相通融。”①对周秦诸子这种评价后来在其弟子记载的《菿汉雅言札记》中也有出现，且更加突出。其曰周秦诸子：“彼所学者，主观之学，要在寻求义理，不在考迹异同。既立一宗，则必自坚其说，一切载籍，可供吾之用，非束书不观也。”②从这两段材料可以看出，章太炎对周秦诸子的肯定在学理之外更有一种精神风格上的赞扬，不仅肯定周秦诸子追求真理的精神、独立的学术个性，而且也肯定了周秦之文“理”从自出、不援引攀附、能自成一家之理，以及持论严密、有法度，能自坚其理的风格。这种精神风格正与“文理”之“理”的内涵(见前所述)相通。此外，1910 年，章太炎在《五朝学》中表达了对五朝士人独立人格精神的敬服，其曰：“五朝士大夫，孝友醇素，隐不以求公车征聘，仕不以名势相援为朋党，贤于季汉，过唐、宋、明亦无訾。”③这也与章太炎“文理”之“理”对文章论理方式上的要求有暗通之处。所以说“文理”说重扬的是一种诸子精神，这种诸子精神呈现在文章风格上就要求文章有求真求是的勇气和独立昂扬的风貌。

“文理”说所呈现出来的这种精神风貌，是对桐城派“义理”说的超越，同时为中国散文理论的现代转型提供了一条出路。桐城派为文虽然以“义理”为首，但其思想上牵依程朱理学，少自我创新。其门派主将方苞、姚鼐等人对理学的核心学术如性、命等问题并无深入研究，在学理上也无创新自得之处。所以他们的文章既缺乏求是精神，又少独立昂扬之气。这一点不仅深为时人鄙薄，其门派中人也有清醒认识，如方东树在《书望溪先生集后》一文中就直面了这个问题，他说方苞文章所论之“道”是“袭于程朱道学已明之后，力求充其知而务周防焉，不敢肆；故议论愈密，而措语矜慎，文气转拘束，不能宏放也”④，可谓一针见血点出了桐城派文章的死穴。尽管其门派后学也意识到文章要“随时而变”(梅曾亮《答朱丹木书》)，曾国藩还在“义理”的基础上加上“经济”，走向“事功”。且桐城派的不少作品也逐渐脱离了空疏的义理，转而关注社会，如吴汝伦的《矢津昌永〈世界地理〉序》表现了强烈的民族意识和抵

---

① 章太炎，洪治纲主编：《章太炎经典文存》，上海大学出版社 2003 年版，第 90 页。

② 章太炎：《菿汉三言》，虞云国标点，辽宁教育出版社 2000 年版，第 150 页。

③ 章太炎：《章太炎全集》(四)，上海人民出版社 1985 年版，第 76—77 页。

④ 舒芜等编选：《近代文论选》(上)，人民文学出版社 1959 年版，第 36 页。

御外辱的觉醒。但受制于其自身的社会位置，很难走出长期的理学卫道窠臼，与一个剧变的时代接轨。故其理论不断遭到一些试图以文学促进社会改革的散文理论家的批判，如冯桂芬即在《复庄卫生书》一文中讨伐桐城派“义法”说，并对桐城派所载之“道”的范畴提出质疑，认为“举凡典章制度，名物象数，无一非道之所寄，即无不可著之于文。有能理而董之，阐而明之，探其奥赜，发其精英，斯谓之佳文”①，要求散文写作解放思想枷锁。章太炎的“文理”说重扬诸子精神，鼓励文章写作要有追求真理的勇气和独立昂扬的精神风貌，可谓有效地破除了桐城派散文理论在当时的瓶颈，为散文理论的现代转型解除了精神枷锁。

此外，“文理”说强调思辨能力，讲究论理过程中的战斗意识，这也为散文理论的现代转型提供了写作技法上的指导。章太炎在《国故论衡·论式》中多处谈到文章的写作技法，尤其注重合理的思辨和有序的战斗，如其评价汉代桓宽的《盐铁》时就指出了其在文章写作技法上的不足，其曰：“汉论著者莫如《盐铁》，然观其驳议，御史大夫、丞相史言此，而文学、贤良言彼，不相剀切。有时牵引小事，功劫无已，则论已离其宗。或有却击如骂，侮弄如朝，故发言终日，而不得其所凝止。其文虽博丽哉，以持论则不中矣。”②这都对散文及散文理论走向现代化具有指导作用。

总之，章太炎的“文理”说弘扬诸子精神，要求文章有追求真理的勇气和独立昂扬的精神气度，并在写法上强调思辨能力和战斗意识，这不仅是对桐城派“义理”说的超越，而且无疑吻合了时代的节奏，为散文理论的现代转型留下了生存空间。而实际上，现代散文也呈现出这种发展趋向，随着报刊文学的兴盛，现代散文一度出现了魏晋笔法，并成为当时知识分子参与社会政治活动的主要方式。关于这一点已有学者论述，故此处不再赘笔。

四、结　　语

近代著名的“国粹派”组织者邓实在《明末四先生学说》中说：“有一代之变，即有一代救变之学。”③面对一个急剧转型的时代，作为思想家的章太炎倡扬“文理”，注重文章的学理性和学理的独立性，重新开启中国古代散文的学理传统。又以“文理”为标准，推崇先秦及魏晋名理之文，通过重评散文史，否定唐宋古文运动建立起来的文道史观，构建起一个主智的散文史观。应该说这正是一种“救变”的行为。且“文理”说所呈现出来的求真求是、昂扬独立的精神风貌不仅是对桐城派“义理”说的超越，也具有鲜明的现代性，是中国古代散文理论向现代转型的一种标志。

① 舒芜等编选：《近代文论选》，人民文学出版社1999年版，第14页。

② 章太炎：《国故论衡疏证》，庞俊、郭诚永疏证，中华书局2008年版，第401页。

③ 章太炎等：《中国近三百年学术史论·明末四先生学说》，上海古籍出版社2006年版，第345页。

浅论桐城派作家吴敏树的古文创作

张　维

（广西大学文学院）

内容摘要：吴敏树是清代湖南重要的古文作家，与曾国藩一起被认为是湖南最好的古文家，但对吴敏树是否属于桐城派作家一直有着不同的观点。本文通过分析认为，吴敏树虽自言不居桐城文派之属，然其古文观点和为文取向与桐城派并无二致。其恬适清旷偏于阴柔的文风，恰使其耀眼于道咸时期桐城派作家之中。

关键词：吴敏树　桐城派　古文创作

一

吴敏树（1805—1873），字本深，号南屏，别号柈湖渔叟，又号乐生翁，湖南巴陵（今湖南岳阳）人。道光十二年（1832）举人；道光二十四年（1844）赴京会试，以大挑二等，得候补教谕；道光二十八年（1848），官湖南浏阳县训导。咸丰元年（1851）三月，因与地方官意见不合，辞职归里。从此隐居林泉，徜徉湖光山水间，专治古文，名声日显。郭嵩焘评道："湖南二百年文章之盛，推曾文正公及君（吴敏树）。"①吴敏树深受曾国藩称赏，不仅屡邀其入幕府，而且还将他列入桐城文派统系中。②但吴敏树婉辞了曾国藩入幕的盛情邀请，而对其另一番好意则在《与筱岑论文派书》③中严正申明己见，反对流派之说。他说道：

文章艺术之有流派，此风气大略之云尔。其间实不必皆相师效，或甚有不同；而往往自无能之人，假是名以私立门户，震动流俗，反为世所诟厉，而以病其所宗主之人。……今之所称桐城文派者，始自乾隆间姚郎中姬传称私淑其乡先辈望溪方先生之门人刘海峰，又以望溪接续明人归震川，而为《古文辞类纂》一书，直以归、方续八家，刘氏嗣之，其意盖以古今文章之传，系之己也。……

自来古文之家，必皆得力于古书。盖文体坏而后古文兴，唐之韩、柳，承八代之衰，而力挽之于古，始有此名。柳不师韩，而与之并起。宋以后则皆以韩为大宗，而其为文所以自成就者，亦非直取之韩也。韩尚不可为派，况后人乎？乌有建一先生之言，以为门户途辙，而可自达于古人者哉！……

吴敏树此举不是为提高自己的名望，而是他从自己的学习经历出发，对不读古书却言称古文的好名之徒的揭露。吴敏树学习古文，基本上是通过自己的努力，研读古大家之文，然后习作模仿，并注意观察生活、累积素材等，逐渐领悟作文要诀，并无现实的师承相授。在《柈湖文录·序》④他对此回

① 郭嵩焘：《养知书屋文集》卷二十二《吴南屏墓表》，载《续修四库全书》本。

② 曾国藩：《曾文正公文集》卷三《欧阳生文集·序》："昔者，国藩尝怪姚先生典试湖南，而吾乡出其门者，未闻相从以学文为事。既而得巴陵吴敏树南屏，称述其术，笃好而不厌。"同治十三年传忠书局校刊本。

③ 吴敏树：《柈湖文集》（卷六），载《续修四库全书》本。

④ 吴敏树：《柈湖文集》（卷三），载《续修四库全书》本。

顾道：

余粗别章句，为文即窃仿先正。师怒之，谓：少年之文，当如春花鲜艳，悦人而易售，何取此朴钝者为？余固弗能改，久乃益喜古文。读诗书至别钞为本，以文拟之。塾题出不肯即为，而取韩、柳文一篇读之数过，引被沉思，觉心倦欲痛即止。又起为之，如是者数，而文成矣。或出行畦田间，与农父牧子语溪旁，观水流一顷，遽归而文成矣。

正是这种"自来古文之家，必皆得力于古书"的观点，使其真正投入到文法的研讨中，而不是为科举取名，或取悦时俗，研磨技巧。吴敏树指出，科举制度下造就和培养的不过是只知背诵"圣人贤人之言"，徒习课试之文，却对治身、治人之道一无所知的无用之徒。他说：

今天下学士潸然于其所学，内不知所以治身，外不知所以治人者，岂非时文之由哉？夫时文者，习于圣人贤人之言而附以儒者之说，其所称非修己之实，则治国平天下之道也。然而，学者日习为之，且内不知所以治身、外不知所以治人者，何耶？今之为时文者，非果能明于圣人贤人之心，知其事而言之者也。村塾十岁之童子，蠹诵章句，操笔为而学为文，则其所言莫非尧舜三代之故，孔子、孟子之为人，其实，衣服、饮食之事，皆无晓也。而时文以取士既久，四子书之言所用以为之题者，益乱且碎。语其种类，凡有数十。学者欲皆备之，则穷日之力而不足以给，又乌知其他？是故其师之所坐堂而讲，弟子之所执卷以听，群居之所切劘，课试之所高下，非是无有也。其于治身、治人之道，则曰非我事也，我不知也。我知为圣人贤人言之尔。是故入而事其亲，出而游于其乡，无以异于蒙不识字之人也，又恐不及焉。及其一旦窃科第而将入于官，乃始学为仕宦走趋之书，一切官府之仪状品式，而往充位焉。而今世法令所以待夫天下之事者，皆未之闻也。是故今之天下有人曰：我将治身而为其善、去其恶，则必归于阴骘感应之书。有人曰：我将治人而清其狱讼、理其簿书，则必师乎刑名幕客之辈。夫以阴骘感应之书而尊于圣贤人之教，以刑名幕客之辈而傲于服习仁义之人，而为之师，然则今之学士，岂不辱孔孟而羞儒名矣哉？故时文之敝，至今日而极矣。呜呼！其将何道而变之？[①]

因而，吴敏树虽居僻壤，"孤意自行"，但他由归有光古文，上溯韩愈、欧阳修，直达司马迁的为文取向，却与桐城派不谋而合，甚至超越了桐城派的拘囿和藩篱。[②]

吴敏树与桐城派的区别，还表现在他明确表达过不喜姚鼐的古文，[③]他还曾经因为梅曾亮是姚鼐的直传弟子，对梅曾亮古文评价也不高。[④]不过，在深入了解之后，吴敏树改变了原来的看法。[⑤]他说：

而上元梅郎中伯言，又称得法于姚氏。余曩在京师，见时学治古文者，必趋梅先生，以求归方之所传。而余颇亦好事，顾心隘薄时贤，以为文必古于词，则自我求之古人而已，奚近时宗派之云。果若是，是文之大阨也。而余间从梅先生语，独有以发余意，又读其文数十篇，知先生于文自得于古人，而

① 吴敏树：《柈湖文集》卷一《文敝》，载《续修四库全书》本。

② 郭嵩焘《吴南屏墓表》："方是时，上元梅郎中曾亮倡古文义法京师，传其师桐城姚先生之说。唐宋以后，治古文者，独昆山归氏。国朝桐城方氏、刘氏相嬗为正宗。君（吴敏树）少习为制艺，应科举，独喜应试之文，崇尚归氏。闻归氏有古文，求得其书，择其纪事可喜者录之，裒然成册，不知其时尚也。游京师，有见者以闻于梅郎中，于是君能为古文之名日盛于京师，而君言古文顾独不喜归氏，以为诗书六经皆文也，其流为司马迁。得迁之奇者韩氏耳。欧阳公又学韩氏，而得其逸。而自言为文得欧阳氏之逸，归氏之文同得之欧阳氏，而语其极未逮也。故于当时宗派之说，不以自居。"另《与筱岑论文派书》："弟生居中穷乡，少师友见闻之益，亦幸不遭声习濡染之害。自年二十时，辄喜学为古文，经子史汉外，惟见有八家之书，以为文章尽于此尔。八股文独高归氏，已乃于村塾古文选本中见归氏一二作，心独异之，求访其集。于长沙书肆中则无有，因托书贾购之吴中。既得其书，别钞两卷。甲辰入都，携之行箧，不意都中称文者，方相与尊尚归文，以此弟亦妄有名字与在时流之末，此兄之所宿知也。"

③ 吴敏树《与筱岑论文派书》："独弟素非喜姚氏者，未敢冒称。"

④ 吴敏树《柈湖文录·序》："甲辰都下始见梅伯言、余小坡二君之文，惊而异之，以为过我，因钞取梅氏文数篇以归案头，用洁纸正书之，即见其多不足者，乃日书韩文碑志，细注而读之，钞孟书，评史记，文且至矣。"

⑤ 吴敏树《柈湖文集》卷五《记钞本震川文后》："梅先生为余言：归氏之学，自桐城方灵皋氏后，姚姬传氏得之。梅先生盖亲受学于姚氏，而其为文之道，亦各异。"

寻声相逐者或未之识也。余自是益求之古书。[①]

其实桐城派虽声言统系派别，但每个人具体的创作都是不同的。正如梅曾亮指出的那样："夫公(陈用光)之学，固出于姚先生，而文不必同。然前乎先生(姚鼐)者，有方望溪侍郎、刘海峰学博，其文亦皆较然不同。盖性情异，故文亦异焉。其异也，乃其所以为真欤？"[②]所以，吴敏树说，梅曾亮与姚鼐的为文之道不同，是自然之理。而吴敏树对梅曾亮古文的肯定，是因为梅曾亮文"自得于古人"，与他所强调的"以为文必古于词，则自我求之古人而已"是相一致的。

吴敏树所谓"得力于古书"、"求之古人"的观点，实则与桐城派的主张并无二致。吴敏树自言不居桐城文派之属，其中有反对流派之说的意气用事，[③]而就其古文观点和为文取向上来看，亦可视为桐城派作家的代表之一。

二

吴敏树自重闲雅，不重功名，待人诚恳，不乐吹嘘。他曾说："人之于古，岂特效其文哉？必行谊无不与合，而后吾文从焉。"[④]因此，他官浏阳教谕，与官小有不合，即辞官回乡，乐游山水，读书作文，不复入。这样的生活经历，使其古文创作独具特色。吴敏树《柈湖文集》十二卷，其内容多是"山水之奇，朋友之欢，及博观周秦两汉之书，见闻所及，瑰行轶迹"[⑤]，因"身不厕朝籍，无高文典册之作"[⑥]。其文"长于叙事，故传人记游之作，有绝佳者。若夫说经议政，固非文士所易办，集中虽亦有此类文字，然可传之篇鲜矣"[⑦]。

吴敏树的议论文，又有史论文和说理文之别。前者的代表作如《范增论》、《淮阴侯论》、《驳侯方域燕太子丹论》等，后者则有《说钓》、《杂说三首》等。

吴敏树好读《史记》，他不仅以之作为文章的典范，而且还以史家的眼光来研究《史记》，最终辑成《史记别钞》一书。他在该书序中说："余读《史记》，窃叹古今谈文章家必推司马氏序事之长。至其所以赞美之者，不免震于形貌，而以为有纵横离变之奇。及所与班书较上下者，惟在字句繁省之间。余独以此悲史公本志之不明，笔削之不彰。又以知后代史官文字之不相逮及者，亦由未讲乎此也。故欲以己意论说《史记》。"[⑧]虽未睹其间文字，但从他的史论文中，亦可窥见吴敏树史才、史学、史识之一斑。《范增论》[⑨]将项羽最终失败的原因归咎于范增的纵横家习气，缺乏谋划天下的大度与胸襟。论文以史实为依据，按时间顺序历数项羽称霸过程中，范增屡次策动只有"匹夫之勇"的项羽，冒天下之大不韪，做出有失仁义之事，为最终破败埋下伏笔。文章一开始即表明观点：

古今学者道秦汉之际刘项氏得失之故，皆曰项王放弑义帝，负天下大恶。又不居关中而都彭城，失形便。及宰割侯王、逞私北公主，天下怨。汉祖乘之弱，遂破灭。以余观之，项氏所以暴强与其终败，皆范增为之也。

---

① 吴敏树：《柈湖文集》卷十二《梅伯方先生诔辞》，载《续修四库全书》本。

② 梅曾亮：《柏枧山房诗文集》卷五《太乙舟山房文集叙》，彭国忠、胡晓明校点，上海古籍出版社2005年版。

③ 曾国藩认为吴敏树《与筱岑论文派书》评价姚鼐未为允当，曾国藩《致南屏书》说："惜抱于刘才甫，不无阿私，而辩文章之源流，识古书之正伪，亦实有突过归、方之处。尊兄鄙其宗派之说，而并没其笃古之功，揆之事理，宁可谓平？"《曾文正公书牍》，(台北)世界书局1985年版。

④ 杜贵墀：《吴先生传》，载吴敏树《柈湖文集》前附。

⑤ 郭嵩焘：《吴南屏墓表》。

⑥ 杜贵墀：《吴先生传》，载吴敏树《柈湖文集》前附。

⑦ 张舜徽：《清人文集别录》，中华书局1963年版，第504—505页。

⑧ 吴敏树：《柈湖文集》卷三《史记别钞·序》。

⑨ 吴敏树：《柈湖文集》(卷一)，载《续修四库全书》本。

接着就项羽弑杀义帝、杀宋义夺军权、坑杀降卒等事，指出这些都是范增在背后的策划，看似一步步将项羽推上霸王的位置，实则是一步步将其逼到了悬崖边上。项羽之所以会自陷困境，是因为范增对时局错误的判断。当此之时，群雄并起，各自都打出恢复六国的旗号，以召集力量，而范增却以逞意骄纵，不可一世，怂恿项羽自立为王，成为众矢之的，必然招致祸败。

项氏世楚将家，秦之灭楚，项燕复立楚，斗秦而败死，则项燕者，固楚国至忠之臣也。梁、籍，燕之子孙，苟未能举事则已，举事必后先人之志，报君父之雠，决然无他可为者矣。然项梁起兵渡江，未有义声，而但击杀景驹，则其志固不在楚矣。增诚贤者，宜称引大义，晓譬梁、籍，幸能听从，兴复楚国可也。奈何但令立楚后为名号而已哉？夫名者，天下之所最重，未易举废。而在于项氏尤甚，何者？楚之亡才十余岁，其故家遗民欲复楚者何限，故项氏一呼，楚兵毕集，非独怜怀王，而亦痛项燕之死也。增不知此指，徒借助民望，思谲而用之，以孙冒祖，称谓无稽。义帝之弑，实自于此矣。

而孙心起牧羊儿伍之中，又自英伟，有君人意度，乘项梁败死，辄自收兵柄，用吕臣父子于内，西军独遣沛公，拔宋义为大将，屈羽增其下，使北救赵。当此之时，微独羽之堆暴忿恨其主，而增岂肯心服哉？其欲杀宋义而夺之军，决矣。然宋义留军安阳四十余日，羽始矫杀之，何也？义之留军，非失策也。秦兵方盛，章邯、王离未易卒破，而张耳、陈余尚能守赵，故委赵以敝秦。其本计然也，及是而宋义固进兵不久矣。羽乃强争面矫杀之，因以声震诸侯，鼓士卒而破秦军，必增之谋也。藉非增谋，羽之屠义必遽无以立名而渡河救赵，时犹未可而战不亟胜也。故曰：此增之谋也。

羽既已破降秦军，将驱而入关，不能拊安降卒，惧其为变而坑之新安，此又宜增所主谋者，何也？羽虽暴恣，至坑杀数十万人，未有不少为迟疑者。非增赞之，羽岂能决哉？而关中之不可都居以此也。于是天下威权既皆尽夭于羽，将以谓天下莫难我也。而楚后之立者，至此可以无事，遂乃剖裂。宇内专封侯王，放弑义帝，而自为霸王。盖增所为羽主画者，于此粗就。而项氏之亡形成矣。

且夫天之亡秦，当时人皆知之。至六国之不复，则未可知也。天下豪杰叛秦者，皆争立六国。虽汉高之起，亦资楚而集焉。假令楚帝尚存，汉高欲为帝王，固未可也。况项氏，楚之世臣。羽，亲燕之子孙。而乃倍君忘亲，欺国人，隳家声，而欲为帝王，岂可哉？增始说项梁而尤陈涉。陈涉，楚之鄙人耳。增犹以其不立楚致败。及见羽擅事，形势在己，遂肆然变天下之大局而不疑，不知其乃为他人便事，而己之颠倒取败，且什百于陈王也。

文章最后又进一步论述，说明以上的推断不是枉加罪名于范增头上，因为项羽毕竟与范增不同，尚存仁义之心。但吴敏树并没有就此为项羽开脱，还是指出其欲为帝王之私念是导致悲剧的根源。

或谓羽且无废义帝，而挟以令天下，天下在定，乃徐取之，如后世篡者之为，羽奚为不出此？曰：增计之熟矣，羽擅事日浅，其人之亲信者稀，而山东诸侯之叛者，又可逆知也。设令义帝居中而羽用兵于外，其势必危，故速决如此，此非增之谋而谁谋耶？高帝曰：项王有一亚父，不能用此。自谓鸿门一事耳。鸿门之不杀高帝，乃羽之善而增之见小也。至王高帝汉中，计久闭之，毋令得驰骋交诸侯而摇动天下，又增之所为奇计者，而史称恶负约。巴蜀亦关中地者，谬辞也。义帝可弑而恶负约哉？凡增之所为羽谋者，类皆诡秘如是。盖增者，纵横之流，不达大谊，果不可以谋人家国。虽微汉高，定天下者非羽也。吾故具论其本末，明项氏所以亡灭者，皆增之由。而又惜项氏以忠臣子孙而妄欲为帝王之事也。

全文气势浩荡，纵横开阖，观点鲜明，分析透彻，可见吴敏树学识之渊博。但此类充满阳刚之气的文章，毕竟是少数，吴敏树的古文更趋阴柔之美，他的说理文就以委婉含蓄著称。如《说钓》[①]一文，堪称佳作。其文曰：

余村居无事，喜钓。游钓之道道未善也，亦知其趣焉。当初夏、中秋之月，早食后出门，而望见村中塘水晴碧汎然。疾理竿丝，持篮而往，至乎塘岸，择水草空处，投食其中。饵钩而下之，蹲而视其浮

① 吴敏树：《柈湖文集》(卷二)，载《续修四库全书》本。

子，思其动而掣之，则得大鱼焉。无何？浮子寂然，则徐牵引之，仍自寂然。已而手倦足疲，倚竿于岸，游目而观之，其寂然者如故。盖逾时始得一动，动而掣之，则无有。余曰：是小鱼之窃食者也，鱼将至矣。又逾时，动者稍异，掣之得鲫，长可四五寸许。余曰：鱼至矣，大者可得矣。起立而伺之，注意而取之，间乃得一，率如前之鱼，无有大者。日方午，腹饥思食甚，余忍而不归，以钓。见村人之田者，皆毕食以出，乃收竿持鱼以归。归而妻子劳问有鱼乎？余示以篮而一相笑也。及饭后，仍出，更指别塘求钓处。逮暮乃归。其得鱼与午前比，或一日得鱼稍大者某所，必数数往焉，卒未尝多得。且或无一得者，余疑钓之不善，问之常钓家，率如是。

嘻，此可以观矣。吾尝试求科第官禄于时矣，与吾之此钓有以异乎哉？其始之就试有司也，是望而往，蹲而视焉者也。其数试而不遇也，是久未得鱼者也。其幸而获于学官乡举也，是得鱼小小者也。若其进于礼部、吏于天官，是得鱼之大。吾方数数钓而又未能有之者也。然而，大之上有大焉，得之后有得焉。劳神侥幸之门，忍若风尘之路，终身无满意，时老死而不知休止，求如此之日暮，归来而博妻孥一笑，岂可得耶？夫钓，适事也，隐者之所游也。其趣或类于求得终焉，少系于人之心者不足可欲故也。吾将惟鱼之求而无他，钓焉其可哉？

文章前半部分作者向我们展现了他悠闲自得的乡居生活的一个侧面——塘间垂钓，其中充满了文人雅趣，只此来看，无异于一篇小品文。作者对垂钓中期待、失望、惊喜的心情和表情进行了细致的描写，表现出作者率真、怡然的性情，描写形象、生趣、自然、本真。但作者做如此详尽铺垫，是为了说理，即垂钓者对目标执着、永不满足的心态就如同那些终生追逐功名、至死不悔的世人，他们获得了某种虚荣，然而却失去了最基本的生活乐趣。不过，无论垂钓或求取名利，本身并无对错，而是人们往往对目标进行主观衡量。所以，人的无穷欲望才是使生活无趣、生命无趣的根源。因此，作者最后表达了自己的愿望，即“惟鱼之求而无他”的纯粹之乐。文章叙事、说理浑然一体，风格自然要妙，令人叹服。

吴敏树超凡脱俗的处世生活方式，就如他那些俊逸淡雅、清新晓畅的古文一样，给我们留下了深刻的印象。正如曾国藩读吴敏树文集后的感受那样：“其中闲适之文，清旷自怡，萧然物外……若翱翔于云表，俯视而有至乐……”[①]吴敏树虽兼长众体，但有此一类恬适雅文，为之添彩增光而耀眼于道咸时期的桐城派作家之中。

① 曾国藩：《曾文正公书札》卷十四《覆吴南屏（同治辛未）》，光绪二年传忠书局刻本。

蔡世远与清代文风

张则桐
（漳州师范学院中文系）

内容摘要：蔡世远受到清初闽南朱子学、浙东学术和理学名臣的影响，他继承文以载道的传统，以雅正为古文标准，重视文章的气势。他通过编辑《古文雅正》选本、教导乾隆皇帝和自己的古文创作，有力地影响了清代雍正、乾隆两朝文风。

关键词：蔡世远　浙东学术　雅正

蔡世远（1681—1734），字闻之，号梁村，漳浦（今福建省漳浦县）人，康熙四十八年（1709）进士。雍正年间曾官翰林编修，入直上书房，充日讲起居注官、经筵讲官，雍正六年（1728）任礼部左侍郎，卒后加赠礼部尚书，谥文勤。蔡世远是雍正年间的理学名臣，父子相继主持福州鳌峰书院，蔡世远制订的《鳌峰学约》一直是鳌峰学子修身治学的指导思想，对有清一代闽地士人影响深远。蔡世远从幼年时就研习古文，长期任职馆阁，又曾为乾隆皇帝侍读，他参与了清代中叶对文风的规范，并产生了较大的影响，本文试对此问题做一初步探讨。

一

蔡世远的家族具有深厚的理学渊源，他的祖父蔡而煜，字邦贲，一字季湛，“师事黄道周，下笔为书古文辞，风骨辄与之肖，道周心重之”①。黄道周是明末大儒，崇祯年间他在漳州府城及漳浦讲学，使漳州学风昌盛，人才辈出。蔡世远的父亲蔡璧，字君宏，号武湖，曾任罗源教谕，张伯行巡抚福建，创鳌峰书院，请蔡璧主持其事。明代中期以降，江浙一带受到阳明心学的影响，朱学一度衰落，而闽地学者却恪守朱子学说，蔡世远说：“闽自龟山先生载道南来，理学之盛甲于宋代，沿及有明，风流未歇。正、嘉之际，姚江以良知之学倡天下，龙溪、心斋流弊益甚，独闽之学者卓然不为所惑。”②蔡璧是闽南坚守朱子学说的代表，他的学风笃实坚厚，蔡世远总结为：“先君教人，大都在笃伦理，严义利，曰本此而行之古人不难至。论学以躬行为本，不以空谈性命为高。读书要归于根柢深厚，返求诸身而自得之，不以词章自炫，卒之学问既充，精微洞澈，每下笔度越时流。”③求学重在学者自身确有体验，并于日常人伦中切实履践，这是宋代以来闽学的基本精神。蔡世远兄弟三人在青少年时代都由蔡璧教导，他继承了其父的学术思想和治学路径，他认为学者研习朱子学的关键环节是：“其要有三：曰主敬，曰穷理，曰力行。不主敬则无私之体何以澄之，不穷理则天下古今当然之则何以考之，不力行则所谓道德途说而

---

① 《光绪漳州府志》（卷三十二），上海书店出版社 1991 年版。

② 《周易浅说序》，载《二希堂文集》（卷一），漳州市蔡新研究会影印清光绪二十五年闽多艺斋刊本《二希堂文集》，2008 年。

③ 《先考武湖府君行状》，载《二希堂文集》（卷九），漳州市蔡新研究会影印清光绪二十五年闽多艺斋刊本《二希堂文集》，2008 年。

已，何由复其性之本然哉！”①

蔡世远与清初浙东学术也有甚深的渊源，主要是受到陈汝咸的教导。陈汝咸，字莘学，号心斋，又号月湖先生，鄞县人。他的父亲陈锡嘏字介眉，为黄宗羲的入室弟子，长于经学，曾中浙江乡试第一。陈汝咸幼年曾亲炙梨洲教诲，他的思想学术秉承家学，是浙东学术的嫡系。陈汝咸于康熙辛未(1691)进士及第，康熙丙子(1696)以翰林出任漳浦县令，并长达十三年。陈汝咸在漳浦兴利除弊，颇有善政。他热心教育，兴办书院，对康熙中后期漳浦士人的学风、文风影响甚大。陈汝咸任职漳浦期间正是蔡世远的青年时期(十五至二十八岁)，陈汝咸非常钦佩蔡璧的学问人品，称赞他是“今之黄叔度”②。蔡世远也受到陈汝咸的赏识，二人师弟之谊甚笃，蔡世远通过陈汝咸接触到清初浙东学派的学术思想和文章观念，蓝鼎元说：“先生涖邑时，以经学及诗古文辞振励多士，漳之树帜建鼓与海内相角如蔡梁村世远等诸君皆其教也。”③

易代之后，一些遗民学者痛定思痛，对晚明王学的空疏学风进行激烈的抨击，重视践履的朱学在学术界内部已呈现复兴之势。康熙皇帝在平定三藩之后，为了巩固统治，大力提倡程朱理学，刊定《性理大全》、《朱子全书》等书，特命朱子配祀十哲之列。康熙中后期崇尚程朱、排抵王学已成仕林普遍风气。蔡世远受知于康熙中后期理学名臣李光地和张伯行，李光地是他会试的主考，又有同乡之谊，蔡世远曾参与李光地奉旨承修的御纂《性理大全》。李光地虽负盛名，却喜好为书坊编选八股文，清代笔记多记此事，如陈康祺云：“李文贞幼工举子业，好为坊社选文，尝自夸其明文前选之精曰：‘一乡一国士子，有能熟于此者，可永免兵水之灾。’”④蔡世远重视古文选本显然与李光地的这种喜好有关。张伯行担任福建巡抚期间甚为倚重蔡璧、蔡世远父子。张伯行于康熙四十七年(1708)重订《唐宋八大家文钞》，以理学家的眼光对《唐宋八大家文钞》重新选编评论，比较突出的是在八大家中推崇曾巩而贬抑三苏，这直接影响了蔡世远《古文雅正》的选评。

漳州自古多节烈忠义之士，清初漳州地区战乱频仍，因而经世致用的学风在漳州士人身上表现得非常突出。蔡世远名其书斋为“二希堂”，表明他在学问、事业上的祈向：“学问未敢望朱文公，庶几其真希元乎！事业未敢望诸葛武侯，庶几其范希文乎！”⑤蔡世远的成就主要体现在学术文章领域，真德秀选编的《文章正宗》和《续文章正宗》对他的影响很大。清初漳州士风、家学传统和师承渊源使蔡世远成为雍正朝的理学醇儒，方苞说他“夙尚气节，敦行孝弟，好语经济，而一本于诚信”⑥。正因如此，雍正即位后，即招蔡世远入京入直上书房，陪侍皇子弘历、弘昼读书。

二

蔡世远从青年时代就研习古文，他在漳浦成立东江文社，社友以古文相切磋，雍正年间在京城任职时与方苞密相过从。除了理学教育之外，蔡世远也致力于古文写作教育。他在自己的思想学术的基础上，结合康熙、雍正二帝对文风的要求，形成了系统明确的古文理论，并在平常的讲学中予以宣扬阐释。具体说来，蔡世远的古文理论主要有如下几个内容。

(一)继承文以载道的观点

理学家一般都有重道轻文的倾向，蔡世远遵循唐宋八大家的立场，强调道统与文统的统一。他说：“文以载道也，古之人文与道合而为一，今之人文与道离而为二。……离而为二者，驰骋以为工，靡

---

① 《学规类编序》，载《二希堂文集》(卷一)，漳州市蔡新研究会影印清光绪二十五年闽多艺斋刊本《二希堂文集》，2008年。

② 《光绪漳州府志》(卷三十二)，上海书店出版社1991年版。

③ 《兼山堂遗稿序》，载《鹿洲初集》(卷四)，影印文渊阁《四库全书》本。

④ 《郎潜纪闻三笔》(卷三)，中华书局1984年版。

⑤ 《四库全书总目》(卷一七三)，中华书局1995年版。

⑥ 《礼部侍郎蔡公墓志铭》，载《方苞集》(卷十)，上海古籍出版社1983年版。

富以为博，骩骳险僻使人割断难句以为此真古文也，不知其离乎道也远矣。”[①]这是清初汪琬以来古文正统派的观点，表现了朱学重新兴盛对古文的强力渗透。蔡世远在康熙后期及雍正年间强调古文道统和文统的统一，主要是为了矫正当时大多数读书人热衷于利举、视时文写作为获取功名富贵的工具的风气。他在《黄元杜文集序》中指出：“人材之所以不及古而国家少可用之材者，由为士者识趣卑近，志量薄狭浅陋，株守时文一册，以为平生之事业在是。”[②]这个思路与戴名世、方苞振兴古文之学的初衷一致，戴名世、方苞文集中也有多篇文字抨击士人沉溺于制艺的士风。

（二）以“雅正”作为古文的标准

康熙在平定三藩之后即着力文治，亲自组织人员编选古代诗文，提出“归于古雅”（《御选古文渊鉴序》）的文章标准，雍正皇帝特颁诏书，要求“制艺以清真古雅为宗”[③]。蔡世远领会康熙、雍正二帝的文风要求，提出文章“雅正”的标准，他所说的“雅正”即“其辞雅，其理正也”[④]，包括文章的思想意旨和语言修辞，蔡世远具体地阐发说：“措之为君臣父子夫妇昆弟朋友之伦，发之有经国大业不朽盛事之美，言为心声，辞尚体要。”[⑤]突出了文章道德履践和经世致用的功能，而对于文章风格，即“雅”的理解，蔡世远崇尚西汉文章，认为：“汉初文古质，中汉以后朴茂。”[⑥]他多用“简古”、“古茂”、“古淡”、“朴简”等词来称赞西汉文章，这既是对康熙皇帝“归于雅正”的回应，也表明蔡世远在古文艺术上的复古倾向。

（三）重视文章的气势

蔡世远还受到清初浙东学派古文的影响，他特别赞赏清初浙东遗民李邺嗣的古文。李邺嗣号杲堂，他读了黄宗羲的古文之后大为赞叹，从而接受了黄宗羲的古文理论，潜心古文写作。李邺嗣在清初浙东学人中以古文之学著称，文坛出现“西有魏冰叔，东有李杲堂”[⑦]的格局。蔡世远对杲堂之文评价甚高：“杲堂有识有气，溯源于子长，规范于韩、欧，可谓脱尽明季之习矣。”[⑧]在这里，蔡世远提出“有识有气”，他认为：“夫文章有识有气，无识不可以立体，无气不可以致用。”[⑨]蔡世远的这个观点与黄宗羲的古文理论有着内在的联系，他所谓的“体”，就是黄宗羲标举的“文章家架子”，而所谓的“识”即正统儒家的立场。“气盛言宜”是韩愈文论的重要命题，蔡世远所说的“气”，是指文章所具有的那种能使读者受到感染的气势，从而发挥文章的现实功能，它源于深厚的学术和文艺修养。他说：“余惟今之为古文者，患在气不充，又在学不适于有用。气不充则虽掇拾妆饰，貌为古质而薄弱短促，气不能贯三五行，古人所谓言之短长与声之高下皆宜者安在也？学不适于有用则虽激昂慷慨抑扬反复而中无所有，不能发而有言，即言之亦不能疏畅而洞达，所谓坐而言起而行者安在也？”[⑩]因而，蔡世远所注重的“气”与桐城派“因声求气”的“气”的内涵有较大的差异。

三

蔡世远在康熙末年至雍正年间与方苞一起参与了清代文风的规范和导引，对雍正、乾隆两朝的正

---

① 《薛敬轩先生文集·序》，载《二希堂文集》（卷一），漳州市蔡新研究会影印清光绪二十五年闽多艺斋刊本《二希堂文集》，2008年。

② 《二希堂文集》（卷二），漳州市蔡新研究会影印清光绪二十五年闽多艺斋刊本《二希堂文集》，2008年。

③ 方苞：《礼闱示贡士》，载《方苞集集外文》（卷八）。

④ 《古文雅正·序》，载《古文雅正》卷首，影印文渊阁《四库全书》本。

⑤ 方苞：《礼闱示贡士》，载《方苞集集外文》（卷八）。

⑥ 《古文雅正》（卷一），载影印文渊阁《四库全书》本。

⑦ 《再答周二安书》，载《杲堂文续钞》（卷二），《杲堂诗文集》，浙江古籍出版社1988年版。

⑧ 《书李杲堂集后》，载《二希堂文集》（卷十一），漳州市蔡新研究会影印清光绪二十五年闽多艺斋刊本《二希堂文集》，2008年。

⑨ 《再答周二安书》，载《杲堂文续钞》（卷二），《杲堂诗文集》，浙江古籍出版社1988年版。

⑩ 《鹿洲初集·序》，载《二希堂文集》（卷三），漳州市蔡新研究会影印清光绪二十五年闽多艺斋刊本《二希堂文集》，2008年。

统文风影响深远，这主要表现在以下三个方面。

(一)选评《古文雅正》

康熙五十四年(1715)蔡世远自京师回闽，家居期间评选《古文雅正》，作为教育子弟的教材，雍正初年经朱轼审订后刊印。《古文雅正》十四卷，选汉代至元代的文章236篇，每篇文后有蔡世远的简评，或揭示其意旨，或品评其文风。文章主要从各家文集、二十一史及历代总集和名臣奏议中选取文章，所收文章以论说文为主，其标准是："其事则可法可传，其文则可歌可诵。"①蔡世远收录了大量宋代理学家的文章，他称赞朱熹的《仁说》："朱子此篇最为传道微言，合孔门及程张诸儒之说而透彻亲切以示人。"②蔡世远还选取了不少诏书、策问、奏疏等，这类文章都有鲜明的时代特征和经世功能，体现了蔡世远学术经世的主张。《古文雅正》还有数量可观的史论和具有学术性质的序论，如《诸侯王表序》、《艺文志序》等，他评班固《艺文志序》："斯文废兴，瞭然指掌，简明有体，亦以见向、歆父子之有功于经学也。"③他称赞《新五代史》中的《职方考论》："极繁碎叙得极简明，故曰马、班以后诸史不但学识无欧公比，即文墨亦当推第一。"④选评这些文章，说明蔡世远对学术文章非常重视，这显然受到浙东学派的影响。《古文雅正》是清代继《御选古文渊鉴》之后又一部重要的规范文风的古文选本，蔡世远长期任职翰林，雍正六年任礼部侍郎，《御选古文渊鉴》及《唐宋文醇》是清代帝王的古文选本，代表帝王对文风的直接干预。而《古文雅正》则可以视为馆阁对御选古文选本的呼应，表明馆阁介入对清代文风的引导，四库馆臣对《古文雅正》评价甚高："世远是集，以理为根柢，而体杂语录者不登。以词为以羽翼，而语伤浮艳者不录。刘勰所谓扶质立干，垂条结繁者，殆庶己焉。数十年传诵艺林，不虚也。"⑤由此也可见它在雍正、乾隆朝受到士人的重视程度。

(二)对乾隆皇帝古文观念的影响

蔡世远自雍正元年(1723)入值上书房，侍皇子弘历、弘昼读书八年，他对乾隆皇帝的文章观念和古文写作影响较大，乾隆四十四年乾隆皇帝《怀旧诗》称蔡世远为"闻之蔡先生"，并深情地写道："先生长鳌峰，陶淑学者众。奉命训吾曹，风吟而月弄。虽未预懋勤，八载寒暑共。常云三不朽，德功言并重。立言亦岂易，昌黎语堪诵。气乃欲其盛，理乃欲其洞。是实为学力，虚车徒驾覂。因以书诸绅，未敢妄操纵。德功吾何有，言则企该综。呜呼于先生，吾得学之用。"⑥乾隆皇帝对编选古文选本兴趣很大，乾隆三年(1738)刊印的《唐宋文醇》是他作皇子读书时选编的，这与蔡世远的引导、影响是分不开的。乾隆继位后重视文风的规范，他在康熙、雍正的基础上，"谆谕文以载道，与政治相通，务质实而言必有物"⑦。蔡世远通过乾隆皇帝对清代文风发生了重大的影响。

(三)古文创作的典范意义

蔡世远的古文在雍正、乾隆两朝也声名显赫，《二希堂文集》卷首有乾隆为皇子时所作的序，他高度赞扬蔡世远的文章："今观其文，溯源于六经，阐发周、程、张、朱之理，而运以韩、柳、欧、苏之法度。"⑧蔡世远的思想、学术、政治地位和文章观念，决定了他文章的精神旨趣和风格特征，他的文章是典型的馆阁文章，"理醇词正，具有本原"⑨，他的古文所传达的理学精神是他秉承家学和师学并经过自己切身体会践履的一种诚挚的精神信仰，没有虚伪矫揉的成分。蔡世远的古文长于说理，思路明晰，起承转

---

① 《古文雅正·序》，载影印文渊阁《四库全书》本。

② 《古文雅正》(卷十三)，载影印文渊阁《四库全书》本。

③ 《古文雅正》(卷二)，载影印文渊阁《四库全书》本。

④ 《古文雅正》(卷十)，载影印文渊阁《四库全书》本。

⑤ 《四库全书总目》(卷一九〇)，中华书局1995年版。

⑥ 《清史列传》(卷十四)，中华书局1998年版。

⑦ 方苞：《礼闱示贡士》，载《方苞集集外文》(卷八)。

⑧ 《二希堂文集序》，漳州市蔡新研究会影印清光绪二十五年闽多艺斋刊本《二希堂文集》，2008年。

⑨ 《四库全书总目》(卷一七三)。

合的线索非常清楚，一般先由题目入手，叙述相关人物和事迹，然后揭示其与理学精神的联系，再展开深入的论析，如《困学录序》、《安溪李先生寿序》、《月湖书院碑记》等。这样的文章比较适合作为初学者的范本，因此，乾隆二十四年(1759)，"谕正文体，举世远之文为标准"[①]。蔡世远的古文通过皇帝的谕旨成为标准文体，这就直接影响了当时一般读书人的文章写作。

由上文的论述可以看出，蔡世远对雍正、乾隆两朝的文风影响深远。可以这样说，他与方苞共同引导了雍正、乾隆朝的文风走向。蔡世远对"雅正"的诠释与方苞固然有不少相同之处，而他们的差异也非常明显。方苞开创的桐城义法，主要适用于记叙文，包括传记、碑志、游记等。而蔡世远则着力于论说文文风的规范，与记叙文相比，论说文的体势变化较少，文学性也远不如记叙文，这就造成了方苞、蔡世远二人在文学史上的不同地位，方苞是一代宗师，知道蔡世远的人就很少了。应该看到，清代学术的兴盛造成学术文章的发达，"学者之文"显示出与"文人之文"迥然不同的精神趣味。我们从《古文雅正》可以看出，蔡世远非常重视学术文章，他已经注意到学术文章的独立性，《古文雅正》也有规范学术文章的意图，这是清代文章学史上一个重要的环节。因而，方苞与蔡世远对于清代文风具有互补的意义，"雅正"经过方苞、蔡世远的阐释，呈现出多元而且灵活的内涵，这成为清代文风演变的内在因素。

---

① 《二希堂文集序》，漳州市蔡新研究会影印清光绪二十五年闽多艺斋刊本《二希堂文集》，2008年。

论袁枚骈文思想

张作栋

（河池学院教师教育学院）

内容摘要：袁枚的骈文思想主要有尊体与宗尚六朝两方面。其中骈文尊体思想，从骈文与古文关系来讲则主张骈散对等；从骈文内部而言，则为骈文正名并“严洁”骈文，具有鲜明的时代意义。

关键词：袁枚　骈文　理论　四六

袁枚《袁枚全集》中包含着丰富的骈文理论，然相关研究却寥寥无几。据笔者所知，只有于景祥《中国骈文通史》、昝亮《袁枚骈文试论》、赵杏根《袁枚文章理论研究》、吕双伟《清代骈文理论研究》论及，然皆未充分展开。笔者认为，袁枚的骈文思想主要有尊体与宗尚六朝两方面。其中骈文尊体思想，从骈文与古文关系来讲则主张骈散对等；从骈文内部而言，则为骈文正名并“严洁”骈文，具有鲜明的时代意义，论述如下。

一、骈散对等

清代骈文号称复兴，初期陈维崧、毛奇龄、朱彝尊等人鹰扬于前，中叶胡天游、邵齐焘、刘星炜等虎步于后。然在乾嘉道时期，骈文仍难以与古文（散文）争锋。陆继辂《与赵青州书》云：“治古文者往往薄四六不屑为，甚者斥为俳优、侏儒之技。”①以桐城派为例，管同对骈文持排斥态度，梅曾亮《〈管异之文集〉书后》中提到管同观点，“人有哀乐者，面也，今以玉冠之，虽美，失其面矣，此骈体之失也”②，认为骈文因重文辞而失去本真。梅曾亮曾经“喜骈体之文”，后有转变，其《复陈伯游书》云：“某少喜骈体之文，近始觉班马韩柳之文为可贵。盖骈体之文，如俳优登场，非丝竹金鼓佐之，则手足无措，其周旋揖让非无可观，然以之酬接，则非人情也。”③不仅古文家如此，甚至连骈文家内心也甚为自卑，李兆洛《代作〈骈体文钞〉序》提到“业此者既畏骈体之名而避之”④，可见当时骈文相对于古文，仍处于卑下地位。袁枚就遇见这种鄙薄骈文的观点并予以反驳，其在给程晋芳的信《答友人论文第二书》中说道：“足下答绵庄曰‘散文多适用，骈体多无用，《文选》不足学’，此又误也。”⑤《随园诗话》卷一云：“以昌黎之崛强，宜鄙俳体矣；而《滕王阁序》曰：‘得附三王之末，有荣耀焉。’……今人未窥韩、柳门户，而先扫六朝；……何蜉蝣之多也！”⑥以上，足见当时古文之强势与骈文家面对的压力。

这样，在创作骈文同时，理论上为骈文辩护、提升骈文地位就是骈文家必须面对的问题了。袁枚

① 陆继辂：《崇百药斋文集》（卷十四），载《续修四库全书》（第 1496 册），上海古籍出版社 2002 年版。

② 梅曾亮：《柏枧山房全集》（卷五），载《续修四库全书》（第 1513 册），上海古籍出版社 2002 年版。

③ 梅曾亮：《柏枧山房全集》（卷八），载《续修四库全书》（第 1513 册），上海古籍出版社 2002 年版。

④ 李兆洛：《养一斋文集》（卷八），载《续修四库全书》（第 1495 册），上海古籍出版社 2002 年版。

⑤ 王英志主编：《袁枚全集·小仓山房文集》，江苏古籍出版社 1993 年版，第 321 页。

⑥ 王英志主编：《袁枚全集·随园诗话》，江苏古籍出版社 1993 年版，第 7 页。

自然也不例外，首先是论证骈文存在的合理性，其《书茅氏〈八家文选〉》云：

或问：有八家则六朝可废欤？曰：一奇一偶，天之道也；有散有骈，文之道也。文章体制，如各朝衣冠，不妨互异，其状貌之妍媸，固别有在也。天尊于地，偶统于奇，此亦自然之理。①

从抽象的奇偶相对、骈散并列观念来论证骈文存在的合理性，其《胡稚威骈体文序》说得具体一些：

文之骈，即数之偶也，而独不近取诸身乎？头，奇数也；而眉目，而手足，则偶矣。而独不远取诸物乎？草木，奇数也；而由蘖而瓣鄂，则偶矣。山峙而双峰，水分而交流，禽飞而并翼，星缀而连珠，此岂认为之哉！古圣人以文明道，而不讳修辞。骈体者，修辞之尤工者也。"六经"滥觞，汉魏延其绪，六朝畅其流。论者先散行而后骈体，似亦尊乾卑坤之义。然散体可蹈空，而骈文必徵典。骈文废，则悦学者少；为文者多，文乃日弊。②

在这里，袁枚"近取诸身"、"远取诸物"，论证骈文存在之合理；又从修辞的角度对比古文与骈文，为骈文争得与古文对等的一席之地。

其次，袁枚还将骈文与古文一起纳入文统。自从唐宋古文家将道统与文统捆绑到一起，六朝以来的骈文基本被逐出文统之外。清代桐城派古文之统绪即从归有光接唐宋古文进而上溯三代两汉，袁枚则对所谓文统溯源探流，其《答友人论文第二书》云：

文章之道，如夏、殷、周之立法，穷则变，变则通。西京浑古，至东京而渐漓。一二文人，不得不以奇数之穷，通偶数之变。及其靡曼已甚，豪杰代雄，则又不屑雷同，而必挽气运以中兴之。徐、庾、韩、柳，亦如禹、稷、颜子，易地则皆然者也。……盖其词骈，则征典隶事，势难不读书；其词散，则言之无物，亦足支持句读。吾尝谓韩、柳为文中五霸者，此也。然韩、柳琢句，时有六朝余习，皆宋人之所不屑为也。惟其不屑为，亦复不能为，而古文之道终焉。③

《答戴敬咸进士论时文》云：

无韵之文，始自《尧典》，降而汉魏，降而六朝，降而八家，再降至时文，而流品极矣。④

《与邵厚庵太守论杜茶村文书》：

"六经"，文之始也，降而《三传》，而两汉，而六朝，而唐宋，奇正骈散，体制相诡，要其归宿无他，曰顾名思义而已。⑤

袁枚没有将古文、骈文截然对立，而是从"变"与"通"的角度考察骈文与散文交替的发展演变，认为六朝文上承两汉，下启唐宋，这样就将古文、骈文一起纳入文统。更为可贵的是，与古文家将韩愈、柳宗元古文文统越过六朝、直绍三代两汉不同，袁枚将《文选》也视为韩愈、柳宗元古文渊源之一，《随园诗话》卷七云：

唐以前，未有不熟精《文选》理者，不独杜少陵也。韩、柳两家文字，其浓厚处，俱从此出。

袁枚的观点，应该说是符合文章发展演变历史的，既是对古文家尤其桐城派严守古文壁垒的突破，也较后来阮元干脆将散文驱逐出文章领域的做法中允客观，对于后来李兆洛编选《骈体文钞》以选本形式宣扬骈散同源有先导意义。骈文位卑，是相对于古文而言，自从宋代诗文革新运动以来，古文一直强势，成为文章正宗；而骈文不仅在文章领域上被挤压到几种应用文的狭小空间，而且被排除在

① 王英志主编：《袁枚全集·小仓山房文集》，江苏古籍出版社1993年版，第536页。

② 王英志主编：《袁枚全集·小仓山房文集》，江苏古籍出版社1993年版，第198—199页。

③ 王英志主编：《袁枚全集·小仓山房文集》，江苏古籍出版社1993年版，第321页。

④ 王英志主编：《袁枚全集·小仓山房尺牍》，江苏古籍出版社1993年版，第50页。

⑤ 王英志主编：《袁枚全集·小仓山房文集》，江苏古籍出版社1993年版，第317页。

文统之外。袁枚在理论上将古文、骈文纳入统一的文统,对于骈文来讲,相当于攀附上了高贵的血统,其文体得以提升到与古文对等的地位。

自中唐古文运动以来,骈文与古文既有对立,又有融合,这种现象在清代表现尤为突出。[①] 在骈文与古文的关系上,袁枚一方面不同于当时一些古文家、骈文家相互排斥,另一方面也不同于骈散合一论者,而是在骈散对等的基础上严划骈散之界。从用典的角度可以看出袁枚严骈文、散文之别的观点。《随园诗话》卷五云:"人有满腔书卷,无处张皇,当为考据之学,自成一家;其次,则骈体文,尽可铺排。何必借诗为卖弄?"又《覆家实堂》云:"我辈下笔所以不如欧曾者,正为胸中卷轴太多之故。"[②]袁枚认为,为骈文尽可以铺排典故,而作古文则不宜"胸中卷轴太多",从用典的角度对二者做了区分。从袁枚对自己文集的编纂亦可见端倪。乾隆四十年袁枚编《随园全集》,乾隆五十五年、嘉庆元年两次补编,袁枚都将古文编为《文集》,将骈文编为《外集》,洪锡豫《〈小仓山房尺牍〉序》云:"先生以四六为《外集》,其严划古文界限之意,业已了然。"[③]又《覆家实堂》云:

去冬在杭州,见朱石君侍郎,蒙其推许,云:"古文有十弊,惟随园能扫而空之。"余问其目,曰:"谈心论性,颇似宋人语录,一弊也;排词偶语,学六朝靡受,二弊也;……"余笑答曰:"此外尚有三弊。"

论者多以"古文三弊"概括袁枚古文观,其实袁枚是赞同朱珪所提出的"古文十弊"的,只是在此基础上又做补充。袁枚赞同朱珪"排词偶语,学六朝靡受,二弊也",其严骈散之别的出发点主要是保持古文之古雅,但客观上在骈文尚难以与古文争锋的时代,严骈散之别观点有利于骈文保持自身的独立性、对等性。

尽管袁枚力图将骈文的地位提到与古文对等的地位,我们仍要承认,袁枚"严画古文界限"的观点是伴随着"先散行而后骈体"之意的。这种情况,是古文与骈文的对立在同一作家内心的体现,由此可见古文尊而骈文卑的观念是多么的根深蒂固!但是这决不能否定袁枚骈文与古文对等(不完全等同于"平等")的思想。

二、为骈文"正名"与"严洁"骈文

骈文地位之卑,除了骈偶的本质特征以及讲究用典、辞藻、声韵等因素容易将创作引入偏重形式的原因,还与时代的创作潮流有关。在宋代,以"四六"冠名的骈文创作,被古文挤压到几种应用文体中,尤其集中于"朝廷命令诏册"与"缙绅之间笺书、祝疏"等庙堂性、应酬性的文体。[④] 到元、明时期,"成为极狭隘的用途,也就变成极卑陋的风格"[⑤],限于公文及日常应酬,内容熟滑,格调不高。这类骈文由于逐渐程式化、僵化,甚至成为官样公文的代名词。直到清代,这种情况仍存在着。

在这种背景下,除了创作上扩疆拓域、突破公文及日常应酬书启的藩篱,注重具有抒情性的"垂世之文",理论上为骈文"正名",辨析"四六"与"骈文"("骈体")之区别就是推尊骈体很重要的内容了。"骈文"是后来追加的名称。在骈文史上,使用时间最长的名称是"四六"。四六之名,始自晚唐,盛于宋代,元明沿袭之,期间虽亦有"骈偶"、"骈语"、"俪语"、"骈丽"、"俳语"等名称,但均不如"四六"通行。清代"四六"与"骈(体)文"两名称最为通行,细究则又有"四六"名称渐衰,"骈(体)文"名称渐兴之趋势。究其因,固然有"四六"之名本不能概括骈文对偶之本质属性的因素,但更为深层的原因当为骈文尊体之需要。袁枚虽然"四六"、"骈体(文)"与"骈文"等名称都用,但将"四六"视为骈文的"俗名",则实为为骈文"正名"之第一步。袁枚《胡稚威骈体文序》云:

---

① 莫山洪:《骈散的对立与互融》第七章"清代骈散相争与互融的极盛"。

② 王英志主编:《袁枚全集·小仓山房尺牍》,江苏古籍出版社 1993 年版,第 66—67 页。

③ 王英志主编:《袁枚全集·小仓山房尺牍》卷首,江苏古籍出版社 1993 年版。

④ 洪迈:《容斋四六丛谈》,载莫道才:《骈文研究与历代四六话》,辽海出版社 2005 年版,第 354 页。

⑤ 瞿兑之:《骈文概论》,海南出版社 1994 年版,第 117 页。

若夫四六者，俗名也。《庚桑楚》及《吕览》所称四六，非此之解。柳子称“骈四俪六”，樊南称“六甲四数”，亦偶然语耳。沿此名文，于义何当。宋人起而矫之，轻行流转，别开蹊径；古人固而存之之义绝焉。自是格愈降，调愈卑，靡靡然皮传而已。虽骈其词，仍无资于读书。文之中，又唯骈体为尤弊。

袁枚分析了以“四六”名骈文之不当，隐含的意图就是将骈文在发展演变过程中的弊端归于“四六”，而以“骈文”另立门户。这种观点，与同为胡天游文集作序的程晋芳相呼应。程晋芳《胡稚威文集后序》云：“吾最恶‘四六’二字。夫骈体者，散体之变耳。古人文，单句行双句中何限？乌有字必四、句必六者？”[①]他们为后来持“除四六”观点最为坚决的孙德谦做了理论上的先导。

在文集的编辑上，也可以看出袁枚为推尊骈体而做的“严洁”骈文的努力。袁枚将日常应酬的尺牍独立出来编为《随园尺牍》，《随园尺牍》中，既有散体，又有骈体。对此，洪锡豫《〈小仓山房尺牍〉序》云：

随园先生尝谓尺牍者，古文之余唾。今之人或以尺牍为古文，误也。盖古文体裁最严洁，一切绮语、诙谐语、排偶语、词赋语、理学语、佛老语、考据、注疏、寒暄、应酬语，俱不可一字犯其笔端；若尺牍，则信心任手，谑浪笑敖，无所不可。

尺牍在袁枚看来，“信心任手，谑浪笑敖，无所不可”，态度随意，内容不拘，所以将骈体尺牍与散体尺牍从文的领域剔除出来。这既是“严洁”古文之举，也有推尊骈体之意。通过将“谑浪笑敖”的骈体文字驱逐出《外集》的做法，来“严洁”骈文、推尊骈体。如《随园尺牍》中的《再覆似村》云：“振振公子，原非带下之医生；蛇蛇硕言，偏纳瓜田之履”，“佳人非朋友之轻裘，公然可共；衾枕岂五霸之仁义，久假思归”，虽对偶工整，然语言轻佻，实为游戏之作，不登大雅之堂，难怪随园本人不将之入《外集》。当然，在这一点上，袁枚做得还不够。后来吴鼒编选《八家四六文钞》，“凡先生之文，稍涉俗调与近于伪体者皆不录”[②]，对于袁枚编入《外集》而仍旧涉及风月的“俗调”盖不选入。但是，在骈文思想方面，袁枚毕竟开始自觉地做出“严洁”的尝试。

三、宗尚六朝

乾嘉年间是骈文发展的中兴期。面对丰富的历史遗存，当时骈文家几乎都面对这一个“宗尚”问题，或宗尚六朝，或追踪三唐，或推尊两宋。对于袁枚的骈文宗尚，张仁青在《中国骈文发展史》中将袁枚骈文归为“宋四六派”，细究之，并非如此。从自我标榜、对清代骈文家的赞许以及实际创作来看，袁枚是以六朝、齐梁或徐庾为宗法对象的。[③] 六朝骈文整体而言，体裁多样，内容丰富，文气动宕而不泻，舒缓而不滞；句式多样而渐趋整炼，语言典丽而华采，乃中国骈文之繁盛期。清代，希风六朝者众多，渐成所谓“六朝派”。袁枚在《子才子歌示庄念农》诗中说道：“骈文追六朝，散文绝三唐。”非常明确地提到自己的骈文以六朝为宗。《途中寄金二质夫》诗云“未几践玉堂，窃自比徐庾”[④]，这种自比，既显示了其高度的自信，也是对徐庾的高度评价。《小仓山房文集》中，《答友人某论文书》云“仆……学杜韩亦为元白；好韩柳亦为徐庾”，《再答陶观察书》说得更明确“仆幼学徐庾韩柳之文及三唐人诗”[⑤]，可见袁枚古文法韩愈、柳宗元，骈文宗徐庾。

袁枚对清代骈文家的赞许，亦多以六朝、齐梁或徐庾为标尺。胡天游是袁枚最为心折的骈文家，《随园诗话》卷七云：“稚威骈体文，直掩徐庾，散行耻言宋代，一以唐人为归。诗学韩、孟，过于涩拗。”

---

① 程晋芳：《勉行堂文集》（卷二），载《续修四库全书》（第1433册），上海古籍出版社2002年版。

② 吴鼒选，许贞幹注：《八家四六文注》卷首，光绪辛卯刻本。

③ 袁枚有关骈文宗尚的论述中，“六朝”、“齐梁”或“徐庾”并用，三者没有本质区别。齐梁为六朝骈文之顶峰时期，徐庾乃六朝骈文之杰出代表。

④ 王英志主编：《袁枚全集·小仓山房诗集》，江苏古籍出版社1993年版，第271、938页。

⑤ 王英志主编：《袁枚全集·小仓山房文集》，江苏古籍出版社1993年版，第318、270页。

《与阮芸台宗伯》云:"稚威之文以四六为第一,散文次之,诗又次之。四六沉博绝丽,如《大禹陵碑》、《秋霖赋》等作,上掩六朝。散文宗唐,不屑为北宋之文,未免偏宕。"袁枚对其评价完全以"六朝"、"徐庾"为标的。毛奇龄是清初著名骈文家,袁枚《答孙俌之》云"《西河文集》,……沉郁淋漓……古艳斑斓,徐庾复出",对之也以"徐庾"相许。《与朱心池明府》云:"阁下……骈体文婉转流利,虽非徐庾,已是欧苏。"[①]另外,《随园诗话》卷二云:"同年邵叔岩(案:当为叔宀)太史《玉芝堂四六》一编,直逼齐、梁,诗亦高雅",《读杨蓉裳骈体文喜而有作时牧灵州寄来》云:"上推六代拦难住,下取千秋始得休"[②],对邵齐焘、朱心池、杨芳灿骈文之赞许皆以"齐梁"、"徐庾"、"六代"(六朝)为标的,可见袁枚骈文宗尚六朝的审美取向。[③]

张仁青《中国骈文发展史》立论于袁枚少量的公课文字而将袁枚骈文归为"宋四六派"。[④] 且不说在清代到底有没有"宋四六派",单是归之为"宋四六",即似是而非。袁枚确实创作了一些颇有宋四六欧苏一派风格的骈文,如《上尹制府乞病启》等公文。《上尹制府乞病启》多用长句,如"人虽草木,必不谢芳华于雨露之秋;水近楼台,益当效涓滴于高深之世";散行之气行乎骈偶之词,一气呵成,文脉流畅,如"不意本月三日,故里书来,慈亲卧病,枚违养之余,已深踧踖,得信之后,愈觉惊疑";用事虽多,绝少僻典。然在袁枚眼中,虽有此体,绝非正宗,文后云:"欧苏非四六正宗也,为公课文字,正自不得不尔。"在理论上,袁枚并未将宋四六视为正宗,仍以六朝为师范。袁枚对宋四六整体的评价也不高,《胡稚威骈体文序》:"宋人起而矫之,轻行流转,别开蹊径;古人固而存之之义绝焉。自是格愈降,调愈卑,靡靡然皮传而已。虽骈其词,仍无资于读书。文之中,又唯骈体为尤弊。"再者,从创作数量上来讲,具有宋四六格调的公课文字只占袁枚骈文一小部分。这类骈文,从体裁上来讲主要集中于表与启两类体裁。袁文中,表有5篇,启有15篇(其中尚有私人书信往还数篇),而袁枚骈文则共100余篇[⑤],表、启不足1/5。总论其骈文创作,亦多得"六朝体格"。孙星衍《袁枚传》云:"尤长骈体,抑扬跌宕,得六朝体格"[⑥],《文献徵存录·袁枚》云:"枚有《重建于忠肃庙碑》……是文不仿前人,抑扬跌宕,得六朝体格"[⑦],近代金秬香《骈文概论》云:"读《小仓山房外集》,颇具六朝风格"[⑧],看来,袁枚的创作基本也是贯彻其宗尚六朝的思想。

乾嘉时期流派繁多,在理论与创作上,取向不一,各随其是。由于六朝骈文本身的成就,标举六朝的取向遂逐渐成为清代骈文之主流或曰大宗。袁枚以其文坛名宿的地位,广为交游,奖掖后进,其骈文思想影响深远。

---

① 王英志主编:《袁枚全集·小仓山房尺牍》,江苏古籍出版社1993年版,第201、205、127页。

② 王英志主编:《袁枚全集·小仓山房诗集》,江苏古籍出版社1993年版,第830页。

③ 袁枚《答家惠纕孝廉》云:"至于心余推仆为六朝人,则又不敢当",与骈文推崇六朝毫不相干;另,袁枚《胡稚威骈体文序》以李商隐、初唐四杰、徐陵、庾信、张说、苏颋来比肩胡天游,说明胡天游骈文地位,与袁枚自身骈文宗六朝亦不矛盾。

④ 张仁青:《中国骈文发展史》,浙江大学出版社2009年版,第474—476页。

⑤ 《袁枚全集·小仓山房外集》收骈文94篇,另《外史志序》、《新齐谐序》亦为骈体,加上郑幸《袁枚年谱新编》所辑《孟亭诗集序》、《吾以吾鸣集钞序》2篇,共近100篇。

⑥ 王英志主编:《袁枚全集·附录二》,江苏古籍出版社1993年版,第6页。

⑦ 王英志主编:《袁枚全集·附录二》,江苏古籍出版社1993年版,第9页。

⑧ 金秬香:《骈文概论》,商务印书馆1934年版,第130页。

试论近代科技出版文化对近代中国散文的影响

谢飘云
（华南师范大学文学院）

内容摘要：在科技文化的影响下，近代文化类型变得纷繁芜杂，文化价值取向日渐多元化，人们的文化意识也逐步得以强化。就中国近代科技出版文化而言，它的产生给近代散文的变革注入了新元素。近代科技出版文化的影响既表现在对近代散文开放意识形成的促进上；又体现在近代散文宣传近代科学知识、弘扬科学精神上；还反映在近代散文对科技文化作用的认识上，推动着近代科技题材的散文得到拓展。

关键词：近代科技　出版文化　近代中国散文　影响

每一个历史时期，总有一些自觉或不自觉的文化精神特征代表着这一时代的基本行为方式和社会发展水平，这就是与科学技术发展相对应的文化精神特征。科学技术每一次突飞猛进的变革都扩大了人们的知识场景和思想界域，使人们对文化的理解递进一层，也使文化从内容到形式再度更新。科学技术日新月异的发展，在给近代文化增添新意、注入活力的同时，也打上了鲜明的时代烙印。在科技文化的影响下，近代文化类型变得纷繁芜杂，文化价值取向日渐多元化，人们的文化意识也逐步得以强化。就中国近代科技出版文化而言，它的产生是中国历史发展的必然，反映了中国近代社会对作为生产力的先进科学技术的客观要求。它的产生与发展，对近代中国社会、政治、经济、文化、教育的发展和科学技术进步产生了深刻影响，在中国的近代化进程中发挥了重要作用。1840 年鸦片战争的爆发，既是中国近代历史的开端，也是中国人学习西方先进科学技术的开始，近代科技出版也随之产生。近代印刷技术的日臻成熟为近代科技出版物大量复制与传播准备了技术条件。科技出版的诞生以科技出版物及其出版机构的出现为标志，具体来说，最早的近代科技图书出版问世，标志着近代科技出版的诞生，而后来的科技期刊诞生与开拓则是近代科技出版的丰富和发展的标志，从而给近代散文的变革注入了新元素。

一、近代科技出版文化与近代散文开放意识的形成

概括地说，中国人对科技文化的认识，是有一个过程的。最初由“师夷之长技以制夷”，到接受“西学”、“变法”、“维新”而求“自强”，人们的着眼点已从单纯的“尊夏攘夷”，转向对于丧权辱国的自身原因的思考与探索，转向对于“富国强兵”、“复兴民族”的追求。中西文化冲突融汇的发展演进，达到了一个新的更高的历史层面。这一重要的文化变动，对于近代民族精神和爱国主义文学创作有深远的意义。由“攘夷”到“自强”的重大转折，对于中国近代文化的演变，对于中华民族的近代觉醒，意义十分巨大。它意味着要打碎“华夏为中心”的幻想，抛弃保守、自大、排斥的狭隘民族文化心理，拥有一种开阔的世界文化视野、文化意识和文化眼光。尽管这一切都还刚刚起步，但其文化意义不可低估。当时大量的爱国主义文学作品，正可提供上述重大文化嬗变的鲜活生动的文学佐证。

受近代科技出版文化的影响，近代散文家如魏源、冯桂芬、谭嗣同、严复、康有为、梁启超等人对国家富强与科学技术的关系，也极为关注。主张学习西方先进的科学技术文化，成为近代散文中一个突

出的内容。林则徐是近代睁眼看世界的第一人,我国最早的近代科技出版物当属林则徐组织人员翻译的《四洲志》。该书系英国慕瑞(Hugh Murray)所著 *The Encyclopedia of Geography*(《世界地理大全》),1836 年在伦敦出版。1839 年 12 月,林则徐出于禁烟的需要,组织人力将该书翻译成中文,书名译为《四洲志》,1941 年刊印。该书内容包括世界 30 多个国家的地理、历史和政情,是当时中国第一部较系统的世界地理志,是最早记述世界各国历史、地理、政治的专书,虽然该书不是严格意义上的科学技术图书,但在近代史上具有开风气的作用。他翻译西报、西书的活动,介绍西方资本主义国家的实况,探求海外科学,在闭关自守的清代中叶时期,确是破天荒的创举,对近代思想起了开拓性的启蒙作用,给了 19 世纪末的维新运动以重大影响。

近代散文家们从这些近代科技出版物中吸取营养,促进了散文的发展。改革派人物、散文家魏源在《海国图志》中所主张的"师夷"的具体办法,就是在科技文化的影响下形成的。魏源根据《四洲志》一书与林则徐的其他译稿汇编为《海国图志》(五十卷本),1842 年刊印。书后附有《西洋器艺述考》,介绍西方火炮及其使用方法等知识。也就是说,《海国图志》已经包含科学技术的内容。咸丰二年(1852)又在参考更多资料的基础上出版了一百卷本《海国图志》,书中除了介绍火炮外,又增加了蒸汽机、地质矿物等科技知识。林则徐、魏源的译书活动反映了他们对外开放的思想,并带动了一批有识之士的觉醒。魏源编纂的《海国图志》即以"师夷长技以制夷"为指导,同时也是这一思想的实践。这一思想激发了当时人们学习西方先进科学技术的热情,其中包括翻译出版西方的科技图书,并引发了后来的洋务运动,他们的译书活动开创了近代科技翻译出版的先河。"师夷长技以制夷"主张,既是中国近代思想解放肇始的重要标志,也是中国近代科技出版的指导原则,成为后来洋务运动、戊戌变法运动的思想渊源。魏源是中国近代早期的启蒙思想家,同时,也是具有丰富的世界知识和科学头脑的政治家。他把今文经学和"西学"、"新学"结合起来,作为他"经世致用"的思想武器,寻找"富国强兵"之路。他把西方资本主义国家作为一面镜子,热心探讨当时各方面最主要的问题,积极地提出了他的"富国强兵"的理论纲领和行动纲领。鸦片战争后,民族危机促使魏源认真地去研究历史和了解中国以外的世界。他将中国历史的发展放到世界范围内考察,并探索其规律性。魏源认为要"制夷",先得"师夷",即向西方学习。至于如何"师夷",他在《筹海篇》等一系列散文中提出的便是一条发展资本主义新式企业和编练新式军队以"强国御侮"的理想之路,集中体现了魏源反侵略思想和精心筹划的"以夷攻夷"、"以夷款夷"、"师夷之长技以制夷"的抗敌策略。魏源认为"欲制外夷者,必先悉夷情始"①。这些散文从头至尾都洋溢着爱国主义的赤诚热情,都闪烁着反抗外国侵略和自立自强的理性光芒,都纵横着一个个救国救民、踏踏实实的具体墨线,展示了作为一个爱国主义者的抱负与理想。魏源的散文,对于急欲改变封建落后面貌、争取自立图存的 19 世纪的东方民族来说,是有巨大的吸引力的。如他在《海国图志序》中指出:这部书是"创榛辟莽,前驱先路",是为了"以夷攻夷,以夷款夷","为师夷之长技以制夷"而写的。这在当时反侵略的斗争中,具有启迪意义。又如《筹海篇三·议战》对中国的物质资源、中国人的智慧做了全面的比较分析以后得出结论,认为只要我们一开风气,励精淬志,效法西方,则中国人是不难赶上西洋人的。所以应该走俄国彼德大帝的道路,学习西方的先进的科学技术,才可能改变落后状态而成为强国。他在散文中强调通过学习西方科学技术,首先设厂制造轮船和枪炮,然后在此基础上,发展中国自己的工业。造船厂在制造了足够用的兵船之后,就可制造商船;枪炮厂在制造了足够用的枪炮之外,就可以制造各种机器。"凡有益民用者,皆可于此造之。"②他认为这样把军需工业转变为民用工业,中国就可以走上工业化的道路。当时那些愚昧无知、嚣然自大的保守势力诬蔑机器为"奇技淫巧"、"形器之末",魏源对此予以有力的批判。他说:"古之圣人刳舟剡楫,以济不通,弦弧剡矢,以威天下,亦岂非形器之末,而睽涣取诸易象,射御登诸六艺,岂火轮火器不等于射御乎?指南制自周公,挈壶创自《周礼》,有用之物,即奇技而非淫巧。今西洋器械借风力、水力、火力,夺

---

① 《筹海篇三》,载《海国图志》(卷二)。

② 《海国图志》(卷二)。

造化，通神明，无非竭耳目心思之力。以前民用，因其所长而用之，即因其所长而制之。风气日开，智慧日出，方见东海之民，犹西海之民，云集而鹜赴，又何暂用旋辍之有……”[①]魏源指出了中国在当时的出路，预示了中国的前途。这个出路和前途，其实就是资本主义工业化。

19世纪60年代初，冯桂芬在他的散文《校邠庐抗议》提出了学习西方科技文化的具体方略。主张“以中国之伦常名教为原本，辅以诸国富强之术”，“采西学”，“制洋器”；后来，沈毓桂将冯桂芬的这一思想首次概括为“中学为体，西学为用”或“中体西用”。1895年4月，他在《万国公报》第75期上发表的《匡时策》一文中提出“中西学问，互有得失”，华人“宜以中学为体，西学为用”。继而由洋务派代表人物之一张之洞在其《劝学篇》中对“中体西用”论进行了系统阐述，实际上是提倡在维护封建统治制度的前提下，学习西方的自然科学技术。所谓“中学为体，西学为用”，就是把中国文化或中国的学问作为“体”——根本，把西方的学问为我所用，且不动摇中学这个根本。“洋务运动”就是在这一思潮的指导下开展起来的。在洋务运动期间，洋务派旗帜鲜明地以多种途径、多种方式学习和引进西方的先进科学技术。不仅聘用国外人员指导技术研发生产，而且把翻译西方科技图书作为科技引进的重要手段。因此，中国近代早期有识之士自觉学习西方先进科学技术是中国近代科技出版文化产生的原初动力。近代科技出版文化的热潮，引起思想界的极大震动。

二、近代科技出版文化与近代散文科学精神的弘扬

近代科技出版文化的影响还体现在近代散文宣传近代科学知识、弘扬科学精神上。王韬的散文有很浓厚的科学意识，他不仅自己对格致之学饶有兴趣，而且还不遗余力地在散文中介绍西方自然科学家和科技方面的著作。在《英国才女法克斯传》中，他写道：“女以格致诸事，理本相因，道原一贯，著有《格致联珠考》(即《物质科学之关系》)，辞文清朗，语简意赅，凡诸名士辩论之词，遍加甄录，间复断以己意，书稿凡九易，学者无不奉为金科玉律。”[②]通过介绍这位英国天文学家，不仅使人们认识了西方的自然科学，也了解了各种事物互相关联即“理本相因”的科学方法。由于王韬精于历学，他对西方天文学家的成就注意尤多，除介绍法克斯外，他还写了《英人侯失勒传》，他在传记后的评语中说：“侯失勒(即赫瑟尔)以历学世其家，享盛名三代。约翰天挺异质，又复济之以力学，宜其超越名流，为近时畴人家领袖也。其父维廉，精于造远镜，其最大功在测定星，如明天河无数远星，又新测得诸星气。约翰生平所用力者，亦即在此数端。自言近今所远最精之器，能平安而便于考较，易于昔时所用者，可无畏难中止。故自道光五年至十三年，测视星气，未尝一日辍也。约翰天学所造，深宏广远，兹世未之或先，而其所长尤在稔于用测量诸器，不足观其授受渊源之所自哉。”[③]再如在《英人倍根》中，王韬对倍根这位“现代实验科学”之父倍加推崇。文中写道：“倍根，英国大臣也。生于明嘉靖四十年，少具奇慧，聪警罕俦。既长，于格致之学心有所得。生平著述甚夥。其为学也，不敢以古人之言为尽善，而务在自有所发明。其立言也，不欲取法于古人，而务极乎一己所独创。其言古来载籍，乃糟粕耳，深信胶守，则聪明为其所囿，于是澄思渺虑，独察事物以极其理，务期于世有实济，于人有厚益。盖明泰昌元年，倍根初著《格物穷理新法》，前此无人言之者，其言务在实事求是，必考物以合理，不造理以合物。”[④]王韬不仅介绍了他的归纳、分析、比较、观察等科学方法，而且还朦胧地意识到“不造理以合物”、“必考物以合理”的唯物观点。王韬第一次把现代科学的实验方法介绍到中国，在他经世致用的传统思想中注入了新的因素。王韬还在培根传中首次提到了哈尔非(即哈维)的人体血液循环论，哈略(即亚立)对太阳表面黑子的观察，纽顿(即牛顿)的光学，哈雷彗星，等等，认为“英国诸学蒸蒸日上，无不勤察事

---

① 《海国图志》(卷二)。

② 王韬:《英国才女法克斯》，载《瓮牖余谈》(卷二)，第10页。

③ 《英人侯失勒》，载《瓮牖余谈》(卷二)，第8页。

④ 《英人倍根》，载《瓮牖余谈》(卷二)，第6页。

物,讲求真理,祖倍根之说参悟而出”,指出“英国自巨绅显宦,下逮细民,共习培根之书,然皆钦其学,……而公是非,百世不能掩焉”①。王韬对英国自然科学家和哲学家的介绍,使中国思想界、科学文化界乃至整个社会眼界大开。不仅如此,王韬还撰写介绍科学知识的文章,以扫除封建愚昧与迷信。他写有《西国造纸法》、《英国硝皮法》、《西历缘起说》、《造自来火说》、《汉口雨钱》、《星陨说》等,运用其广博的科学知识解释一些自然现象和奇异现象。虽然在今天看来,某些解释不尽合理,但他力图用当代先进科学来解释,这在当时是难能可贵的。

康有为是近代中国最早向西方寻求真理的主要代表人物之一,科学文化恰恰是康有为进行思想宣传和文化变革的内在动因与标志之一。康有为拿起了西方科学这一锐利武器,力图成其“经营天下”之志。康有为的科学散文《诸天讲》就是比较有代表性地表现了他的散文创作的这一特色,这部题为《诸天讲》的散文著作,是康有为几经修正身后方才出版的力作。康有为以律历星相,参验西方天文科学,著书《诸天讲》,自号“天游化人”。梁任公评价此书为:“诸天书,多科学家言,而不尽为科学家言。”后人常以康有为的弟子梁启超为常变常新,而以康有为为守旧,却不知康有为年轻时,即已游历香港、京师、扬州、镇江、上海等地,眼界十分开阔,绝不是一个闭门不知窗外事的读书人。还有康有为更研读了当时大量的西方译著,对科技文明的了解堪称深入。康有为在天文之中,感发领悟的人生哲理,与易学佛经相印证,形成了康有为不同于古人、遗世独立的学问体系。康有为的科学散文《诸天讲》,是作者为了改变人们的旧意识、旧观念,对宇宙问题所做的认真探求。他在文中讲了太阳系的起源,地球与诸行星绕太阳旋转及其原因,解释了月亮的圆缺、日食、月食、彗星、流星、太阳的黑子等天象,也说明了地球上发生的潮汐、地震、火山等。此外,在文中还谈及了银河系和河外的天体,认为宇宙是广大“无尽”的。康有为在散文里讲的是自然科学知识,意在寓政治于科学之中,对过去某些宗教唯心主义天道观进行批判。他指出:过去以“占验言天”是很荒谬的,“吾地蕞尔仅为日游星之一,岂能以诸恒星应一国百官之占卜乎,可笑事也”。他认为那种分野之说“其谬尤甚”,因为中国仅当大地1/80,地球为太阳的行星之一,而太阳也只是无数行星之一,“岂能以恒星为州郡分野,实堪骇矣”②。至于过去天地相配,又以日与星皆绕吾地,甚至还说什么“父天而母地,乾父而坤母也,郊天而坛地也,更是荒谬之至”③,从而得出结论:“器之为用大矣哉! 显微千里之镜,皆粗器耳,而远窥土、木之月,知诸星之别为地,近窥精微之物,见身中微丝之筦,见肺中植物之生,见水中小虫若龙象,而大道出焉。道尊于器,然器亦足以变道矣。”④由此可见康有为对科学的尊崇,也可以看到他在传统古文形式中的新的追求。

康有为对科技文化追寻,还在其著名散文著作《实理公法全书》中进行了全面阐述和运用。《实理公法全书》虽成书于1888年之前,但它却是康有为科学方法论形成的重要标志。康有为是最早拿起科学武器,运用科学及其方法改造传统、冲击传统经学的。从显微镜、千里镜中看到的世界令他对科学威力深信不疑。1884年他用购得的三百倍显微镜,视一瓣菊花,长竟丈余;视蚁,长五尺许,“适适然惊”之余,立即写了散文《显微》,大发想象:“由三百倍之显微镜视蚁,而蚁为五尺。而推之它日制作日精,则必有三千倍之显微镜观蚁,则蚁之大当为五丈”;“若有三万倍之显微镜以观蚁,则蚁之大当为五十丈”,那么,三十万倍、三兆倍、三京倍、三陈倍……三可倍、三思倍呢? 如此下去,“若有三亿倍显微镜观蚁,则蚁应百万万兆倍于吾地球”⑤,那就不能用“巧历”计算了。科学威力无穷的观念随着康有为思想之深入而逐渐形成。此后,康有为又撰《康子内外篇》谓:“内篇言天地人物之理,外篇言政教艺乐之事,又作公理书,依几何为之者”,此公理书就是《实理公法全书》,几何公理是康有为写作此书并阐发整体思想之基础。如在《夫妇门》中认为男女“倘有分毫不相悦,而无庸相聚”也是按“几何公理所

① 《英人倍根》,载《瓮牖余谈》(卷二),第6页。

② 《诸天讲》(卷一)。

③ 《诸天讲》(卷二)。

④ 《日本书目志》(卷七)。

⑤ 《康有为全集》,上海古籍出版社1987年版,第275页。

出之法”,在《刑罚门》中说“无故杀人者偿其命,有所困者重则加罪,轻则减罪。技此几何公理所出之法”。由此可见,科学在康有为那里早已越出了它原来的范围,融入他的思想之中而幻化成一种无所不能无所不及的权威。这对近代散文的科学意识的形成起到重要的作用。

三、近代科技出版文化与近代科技题材散文的拓展

近代科技出版文化的影响也表现在近代散文对科技文化作用的认识上。基于对近代科技的认识,近代科技题材的散文得到拓展。谭嗣同的散文在科技文化的影响下,面对当时深重的民族危机,能够抛弃传统的认识态度,正视国民的劣根性,严于解剖自己,寻找先进与落后的差距之因,冲破重重阻力,提出一系列有积极意义的维新主张,类如“广兴学校”、“大开议会”、“尽开中国所有矿产”,[①]这本身就是一项勇敢与伟大的创举。就此,谭嗣同对于当时“中国向何处去”这个极为严肃的问题做了积极探索,努力为中国资产阶级维新运动开拓出了一条道路,代表了近代启蒙思想的成就。他试图通过探求救国良方,企望历史能够朝着最符合自身价值定向的前景发展。尽管谭嗣同对西方科技文化的认识还深深打上了时代与阶级的烙印,但从他《治言》到《仁学》的散文写作,却反映了谭嗣同对西方科技文化由顺向认同到逆向认同的思想机制过程,也表现了谭嗣同认识科技文化过程中勇敢激进的特色。且不说体制庞大的《仁学》,单就日常书简便可看出。例如他写给贝元征的书信中,在批驳“数十年来士大夫争讲洋务,绝无成效,反驱天下人才,尽入于顽钝贪诈”的观点时,先树立批判的靶子,反诘道:“中国数十年来,何常有洋务哉?抑岂有一士大夫能讲者?”接着进一步指出贝元征对洋务认识的不足:你所理解的洋务只不过是表象罢了,只要有轮船、电线、火车、枪炮、水雷及织布、铸铁等机器就可称作“洋务运动”。实际上“凡此皆洋务之枝叶,非其根本”,而对“于其法度政令之美备,曾未梦见”,当然会“执枝叶而责其根本之成效,何为不绝无哉?况枝叶尚无有能讲者”[②]。作者对于办洋务有自己独到、深刻的见解,高于一般人,一方面是严厉批评“士君子徒尚空谈,清流养望,以办洋务为降志辱身,攻击不遗余力”[③];另一方面的潜台词是办洋务不仅仅是开办制造局而已,更重要的是完善“法度”,能够研究不同器物的使用,能够制造枪炮,还要懂得它的炮界、昂低度等的误差;能够制造汽轮,则还要懂得它的功率、马力、涨力、压力等各种条件。反映了具有远见卓识的资产阶级维新派的思虑周到、目光长远,绝不是形式主义者。谭嗣同所作《试行印花税条说》、《论电灯之益》、《论湘粤铁路之益》、《论中国情势危急》、《论今日西学与中国古学》等20篇散文,大体属于报章政论文的范畴,它们或宣传变法,兴利除弊,或提倡新学,介绍西方科技文化知识,文中充满着强烈的爱国思想和民主精神。这些文章大都气势充沛、笔锋犀利、条理清晰、语言畅达,在长短不齐的句子中又杂以俗语、俚语和外国语词,使作品显得清新活泼,富有生命力,从内容到形式都突破了桐城派“义法”的束缚。

又如梁启超的散文中一直对科技方面题材亦多有所及,如《科学精神与东西方文化》、《人生与科学》、《改用太阳历清议》等。梁启超在《科学精神与东西方文化》一文中,概括道出中国传统文化中存在的毛病即笼统、武断、虚伪、因袭、散失五个方面。要救治这病,除了提倡科学精神外,没有第二剂良药了。文章指出:“近百年来科学的收获如此其丰富,我们不是鸟,也可以腾空,不是鱼,也可以入水;不是神仙,也可以和几百千里外的人答话……诸如此类,那一件不是受科学之赐?任凭怎么顽固的人,谅来‘科学无用’这句话,再不会出诸口了。然而中国为什么直到今日还得不着科学的好处?直到今日依然成为‘非科学国民’呢?我想,中国人对于科学的态度,有根本不对的两点:其一,把科学看得太低了,太粗了……其二,把科学看得太呆了,太窄了。那些绝对的鄙厌科学的人且不必责备,就是相对的尊重科学的人,还是十个有九个不了解科学性质……我大胆说一句话:中国人对于科学这两种态

---

① 《兴算学议·上欧阳中鹄书》,载《谭嗣同全集》(增订本),中华书局1981年版,第162页。

② 《谭嗣同全集》(增订本),中华书局1981年版,第202页。

③ 《报贝元征》,载《谭嗣同全集》(增订本),中华书局1981年版,第204页。

度倘若长此不变，中国人在世界上便永远没有学问的独立，中国人不久必要成为现代被淘汰的国民。"①散文中表现出梁启超对现代科学的期望。在梁启超的时代，西方科学文化潮水般地涌入中国，逐渐浸润了国人的心智，然而由于传统文化的深刻影响，士大夫阶层虽然对于中国的落后、挨打感到震惊与痛心，虽然也发出向西方学习的哀鸣，但是就其总体而言，士大夫阶层总是有点瞧不起西方的思想文化特别是科学技术，或者以为那些东西就其根源来说，可能都是中国古代传到西方的，这就是"西学中源"说；或者以为西方的思想文化特别是科学技术，不过是用，不过是末，其价值无法与中国文化之体、之本相比，因而处在中国社会转型期的士大夫阶层从根本上瞧不起西方的思想文化、科学技术，以为那不过是奇技淫巧、雕虫小技。梁启超则不然，他在1898年之后流亡国外的散文作品中，有相当一部分是介绍欧美近代科学家的学术思想与学术成就的，像卢梭、培根、笛卡尔、达尔文、康德、亚当·斯密、孟德斯鸠以及亚里士多德、柏拉图、苏格拉底、休谟、瓦特、牛顿、斯宾塞、富兰克林等，梁启超都有长短不一的文章予以介绍。他的《格致学沿革考略》分上古、中古及近古三个时期，简明扼要地评述了化学、物理学、生物学、医学、地质学、数学、天文学、机械学等学科的演变历史。这对于促进国人的科学认识与科学精神的发展，无疑起到了重要的作用，梁启超成为西方科学文化在近代中国最重要的传播者之一。诚然，梁启超不是职业科学家，他对科学的兴趣也只是局限于科学文化方面，而且一旦条件成熟，梁启超的政治热情远远大于其对科学文化的热情，所以科学以及科学文化都成了他在参政之余的雅兴。基于这种认识，欧游归来的梁启超一反常态，反对将科学凌驾于一切事物之上，主张重新认识中国传统文化的价值，向西方推广重视精神生活的东方文化。他在《欧游心影录》中指出，当时讴歌科学万能的人，渴望着科学成功，黄金世界便指日出现。然而，我们人类不但没有得到幸福，反而带来了许多灾难，好像沙漠中迷路的旅人，远远望见个大黑影，拼命向前赶，以为可以靠它向导；哪知赶上几程，影子却不见了，因此无限凄凉失望。影子是谁？就是这位科学先生。欧洲人做了一场科学万能的大梦，到如今却叫起科学破产来。对包括科学在内的一切保持适度的怀疑原本是一种科学的态度，然而笃信科学的梁启超后期却犯了科学的大忌，走向对科学的失望。

同时，近代科技期刊的诞生与拓展，对近代散文的发展产生了深刻的影响。在洋务运动至辛亥革命爆发期间，科技出版有一个重要突破，即科技期刊的诞生。对期刊来说是刚刚诞生，而对于整个科技出版来说，这是开拓期的又一个重要标志。1875年，在徐寿等中国知识分子的支持帮助下，傅兰雅(John Fryer)在格致书院开始筹备科技期刊《格致汇编》的创刊事宜，并于1876年2月9日（光绪二年正月十五）在上海正式出版创刊号，这是中外知识分子协力创办的我国第一个中文版科技期刊，标志着中国近代科技期刊的诞生。《格致汇编》的创刊，是中国近代科技出版史上的一个重要进展，它开辟了中国近代科技出版新境界。在《格致汇编》之后，又陆续有若干科技期刊创刊问世，包括《农学报》、《亚泉杂志》、《算学报》、《格致新报》、《上海医学报》等。可以肯定地说，《格致汇编》对科技期刊的出版起到了带动作用。科技期刊的诞生，无疑为近代科技出版的发展开辟了新领域，增添了新动力，极大地推进了不断开拓的科技出版业的发展，使科技出版进入图书和期刊双翼发展的阶段。由于近代科技期刊的诞生，科技散文形成了繁荣的局面，丰富了近代散文的种类与内涵，拓宽了近代散文写作的题材范围，促使近代散文科学意识的形成。

总之，近代科技出版文化及其对文学的影响是一个非常复杂的过程，我们只有对其做细致的梳理、探究，才能描绘它的发展脉络，这对厘清中国近代科学精神以致现代科学精神的源流关系具有重大的意义。

【主要参考文献】

[1] 张岂之总主编：《中国历史》（晚清民国卷），高等教育出版社2001年版。

[2] 白寿彝总主编，龚书铎主编：《中国通史》（上册第十一卷近代前编），上海人民出版社2004年版。

---

① 梁启超：《科学精神与东西文化》，载《饮冰室合集》，中华书局1936年版。

[3] 毕剑横:《中国科学技术史概述》,四川省社会科学院出版社 1985 年版。
[4] 张密生:《科学技术史》,武汉大学出版社 2005 年版。
[5] 李喜所:《中国近代社会与文化研究》,人民出版社 2003 年版。
[6] 林文照:《近代科学为什么没有在中国产生》,载中国科学院《自然辩证法通讯》杂志社编:《科学与传统文化——中国近代科学落后的原因》,陕西科学技术出版社 1983 年版。
[7] 杜石然、林庆元、郭金彬:《洋务运动与中国近代科技》,辽宁教育出版社 1991 年版。
[8] 范铁权:《体制与观念的现代转型——中国科学社与中国的科学文化》,人民出版社 2005 年版。
[9] 龚书铎:《中国近代以来的社会变革》,载张克敏编:《中外历史问题八人谈》,中共中央党校出版社 1998 年版。
[10] 张志强:《20 世纪中国的出版研究》,广西教育出版社 2004 年版。
[11] 魏源:《海国图志》,岳麓书社 1998 年版。

华南师范大学文学院简介

华南师范大学文学院成立于2005年，前身是广东省文理学院中国文学系。1951年，文理学院改为华南师范学院，中国文学系易名为中国语言文学系。2000年，中文系和历史系合并为人文学院；2005年中文系独立发展为文学院。文学院设有中国语言文学、汉语言学、编辑出版学3个学系及语文教育中心和继续教育中心，另设有岭南文化研究中心（省部级重点研究基地）、中国古代文学与文化研究中心、中国现当代散文研究中心、古代文献研究所、戏剧影视研究所、语言研究所、汉语史研究室和近代文学研究室等研究机构，拥有一个公开出版的刊物《语文月刊》和一个内部刊物《语文辅导》。

一、现任领导

院长：陈少华教授

党委书记：王政忠书记

党委副书记：黄楚文

副院长：谢飘云教授、张玉金教授、段吉方副教授

二、师资队伍

经过多年的建设和发展，文学院已形成一支高学历、年轻化、结构合理的师资队伍。目前，文学院共有教职工113人，其中专任教师95人，教授28人，副教授35人，具有博士学位的教师56人，占专任教师总数的59%。

三、学科设置

文学院办学历史悠久，有广泛的社会影响，老一辈的知名教授如廖苾光、康白情、吴剑青、李镜池、吴三立、廖子东、李育中等为学科的发展奠定了坚实的基础。文学院现有中国古代文学、中国现当代文学和汉语言文字学3个博士点和文艺学、美学、中国古代文学、中国现当代文学、汉语言文字学、语言学及应用语言学、比较文学与世界文学、中国古典文献学8个硕士学位点，其中中国古代文学、中国现当代文学为广东省重点学科，还设有中国语言文学博士后流动站；本科专业有汉语言文学（师范类）、汉语言文学（含中英文秘书）、编辑出版学、汉语言学4个专业，其中汉语言文学（师范类）是广东省“名牌专业”，是广东省教育厅重点扶持的专业之一。此外，从1998年起，文学院开始招收语文方向的教育硕士研究生。

华南师范大学中国古代散文研究所

华南师范大学文学院中国古代文学学科是广东省重点学科，是文学院一级博士授权点的主干学科，古代散文研究是文学院古代文学研究的四个主要方向之一，文学院的古代散文研究有悠久的传统和丰硕的成果 。

一、文学院的古代散文研究

文学院的古代散文研究起步于20世纪70年代，著名庄子研究专家曹础基先生在中华书局出版了有全国影响的《庄子浅注》。20世纪80年代，教研室相继出版了《桐城派研究》、《先秦幽默艺术论》、《淮南子注》、《中国近代散文史》、《先秦散文》等一大批散文研究著作。20世纪90年代，教研室主任周国雄教授策划了一套全国最大规模的八卷本《中国古代散文史》，虽然该书因出版困难而未付梓，但是最终凝聚了一支全国领先的研究队伍，队员有马茂军、谢飘云、何天杰、陈一平、陈志扬、李光摩、孙雪霞，校外专家有谭家健、吴承学、阮忠、熊礼汇、陈桐生、王达敏。近年来出版著作8部，在权威刊物发表论文10篇，核心期刊发表论文40篇，获得国家社会科学基金1项，国家后期资助1项，教育部省社会科学项目4项，获广东省哲学社会科学优秀论文奖1项。所员马茂军教授、谢飘云教授都担任中国古代散文学会副会长。

二、成立中国古代散文研究所在学科建设、梯队建设方面的意义

希望未来三至五年中国古代散文所在古代散文研究领域开展原创性、重大关键问题研究和攻关，取得突破性、标志性成果10—15项。

(1)2012年8月28—31日了举办150人的“中国古代散文研究国际研讨会”。

(2)2012年8月在中国古代散文国际研讨会上挂牌成立了华南师范大学“中国古代散文研究所”。

(3)配合华南师范大学“211”项目，出版“文化生态与中国古代散文研究”丛书一套十本，扩大全国影响。

(4)承办中国古代散文网。

(5)与陈建晖教授的中国现代散文研究所一起打造整合一支在全国领先的散文研究团队，冲击教育部和国家重点研究基地。

(6)发表T级论文3—5篇，出版专著8—10部，获国家社会科学基金3项，省部级项目5项。

附录　成果一览表

一、近年权威期刊论文

马茂军:《中国古代散文义味说》,载《文学评论》2012 年第 4 期;《论唐宋文之争》,载《文学评论》2011 年第 3 期;《明代的唐宋文论争》,载《文艺研究》2011 年第 5 期;《中国古代散文概念发生研究》,载《文学评论》2007 年第 3 期;《坛经的诗美学意义》,载《文学评论》2005 年第 5 期;《蒋捷三考》,载《文学遗产》2004 年第 3 期。

陈志扬:《阮元骈文观嬗变及其历史意义》,载《文学评论》2008 年第 1 期;《四六丛话:乾嘉骈散文之争格局下的骈文研究》,载《文学评论》2006 年第 2 期;《读吴承学〈中国古代文体形态研究〉》,载《文学评论》2004 年第 5 期。

李光摩:《八股文的定型及其相关问题》,载《文学遗产》2011 年第 6 期;《钱谦益弇州晚年定论考》,载《文学遗产》2010 年第 2 期;《八股四题》,载《文学评论》2004 年第 2 期。

二、著　　作

马茂军:《宋代散文史论》,中华书局 2008 年 6 月版;《中国古代散文思想史》,人民出版社 2011 年 5 月版;《唐宋散文研究》,广东高等教育出版社 2012 年 3 月版。

孙雪霞:《文学庄子探微》,广东高等教育出版社 2010 年 3 月版。

谢飘云:《中国近代散文史》,中国文联出版公司 1997 年版;《中国近代散文史教程》,科学出版社 2010 年 6 月版。

何天杰:《桐城文派:文章法的总结与超越》,广州文化出版社 1989 年版。

三、项　　目

2012 年度国家社会科学基金项目“宋代文话与宋代文体学”,马茂军。

2010 年度国家社会科学基金后期资助“明代八股文形态研究”,李光摩。

2009 年度教育部一般项目“宋代文话与宋代文章学”,马茂军。

2010 年度教育部一般项目“清代文体文献与清代文体学”,陈志扬。

2009 年度广东省社会科学青年项目“比较视野中的《庄子》神话研究”,孙雪霞。

2006 年《文学庄子探微》获广东省社会科学出版基金,孙雪霞。

四、获　　奖

马茂军:《中国古代散文概念发生研究》获得 2007—2008 年度广东省哲学社会科学优秀论文三等奖。

五、人员组成

名誉所长:谭家健(会长)、谢飘云(副院长)

所长:马茂军

所员:谢飘云、陈一平、李光摩、陈志扬、张巍、孙雪霞

六、学术委员会专家

谭家健、吴承学、熊礼汇、洪本健、陈桐生、阮忠、陈元锋、王达敏、许东海、常森、欧明俊、张德建、莫道才、吴怀东

《中国古代散文研究论丛》征稿启事

《中国古代散文研究论丛》，由华南师范大学中国古代散文研究所主办，名誉主编为谭家健、谢飘云，执行主编为马茂军。由世界图书出版公司出版，力求推出中国古代散文的最新研究成果，促进我国的学术发展和文化繁荣。

《中国古代散文研究论丛》征稿范围：包括中国古代散文理论研究，散文史研究，先唐散文研究，唐宋散文研究，元明清散文研究，近代散文研究等栏目。书稿要求“齐、清、定”，注释、参考文献等格式规范参照《文学遗产》规范。

本论丛同时欢迎一万字以上的大论文。

地址：广州市华南师范大学文学院

邮编：510006

邮箱：gudaisanwenmmj@126.com

电话：13316268311